臺灣現代文學史稿

李詮林　著

本成果受「開明慈善基金會」資助

第五輯

總序

　　光陰似箭，歲月如流。從西元二○一四年福建師範大學文學院與臺北萬卷樓圖書公司合作刊印「百年學術論叢」第一輯，至今已經走過了五個年頭，眼下論叢第五輯又將奉獻給學術界。

　　回顧已刊四輯，前兩輯的作者，大多數為德高望重的老先生；後兩輯，約有一半是中青年學者。由此，我們一方面看到老輩宿師攘袂引領的篤實風範，另一方面感受到年輕後學齊頭並進的強勁步武。再看第五輯，則幾乎全是清一色中青年英彥的論著。長江後浪推前浪，我們的學術梯隊已經明顯呈現出可持續發展的勢頭。

　　略覽本輯諸書，所沁發出的學術氣息，足以令人精神一振，耳目一新：陳穎《中國戰爭小說綜論》，宏觀與微觀交替，闡述中國戰爭小說發展史跡及文化意義，並比較評析海峽兩岸抗日小說創作；郭洪雷《小說修辭研究論稿》，綜括小說修辭研究史及中國小說修辭意識的發展現狀，力圖喚醒此中被遺忘的文學意識；黃科安《現代中國隨筆探賾》，梳理現代中國隨筆的發展歷程及其對中外隨筆傳統的傳承與創新，總結隨筆創作的經驗教訓；陳衛《聞一多詩學論》，以意象、幻象、情感、格律、技巧為核心，展開對聞一多詩學與詩歌的論述；林婷《出入之間──當代戲劇研究》，結合入乎其內、出乎其外兩種研究思路，為中國當代戲劇研究獻一家之言；黃鍵《京派文學批評研究（修訂版）》，考察中國現代文學史上「京派」的文學批評成就，發掘其對當代中國現代文藝批評的啟示性意義；李詮林《臺灣現代文學史稿》，從文本創譯用語的角度構建臺灣現代文學史，研究臺

灣現代文學進程中獨特的語言轉換現象；劉海燕《從民間到經典——
關羽形象與關羽崇拜生成演變史論》，研究關羽崇拜及關羽形象塑造
的宗教接受，深入闡釋關羽形象的文學生成與宗教生成；高偉光《神
人共娛——西方宗教文化與西方文學的宗教言說》，以宗教派別之外
的視角審視西方宗教文化內涵及其發展軌跡，用理智言說一部宗教文
化；王進安《明代韻書《韻學集成》研究》，將《韻學集成》與相關
韻書比較，探尋其間的傳承或改易情實，為明代早期韻書的研究添磚
加瓦。凡此十種專著，無論是學術觀點之獨到，還是研究方法之新
穎，均讓我們刮目相看。

　　讓我尤感欣喜的是，本論叢各輯的持續推出，不斷獲得兩岸學
界、教育界的良好評價與真誠祝願。他們的讚許，是激發我們學術進
步的一大鞭勵，也是兩岸學術交流互動的美贍見證。我堅碻不移地認
為：在當今自由開放的學術環境中，兩岸文化溝通日趨融暢，我們的
學術途程必將越走越寬闊久遠。

汪文頂
西元二〇一九年歲在己亥春日序於福州

目次

第二編　文學的內部：語言暴政下的痛苦言說

汪序

　　詮林的《臺灣現代文學史稿》即將付梓出版，邀序於我。作為他的博士生導師，我卻之不恭，亦當仁不讓。於是姑妄言之，一來向讀者推介，二來提幾點有關臺灣文學研究的看法，以就教於諸位方家。

　　詮林此書是在其博士論文基礎上修訂而成的，原題為《臺灣現代文學史稿（1923-1949）》。記得我在二○○三年準備了兩篇博士生授課講稿，一篇題為〈文學的周邊文化關係──談臺灣文學史研究的幾個問題〉，後來發表於《福建師範大學學報》二○○四年第一期；一篇題為〈語言的轉換與文學的進程──關於臺灣文學的一種解說〉，後來發表於《中國現代文學研究叢刊》二○○四年第一期。兩篇文章從我本人治學的得失（包括對已故臺灣學者王崧興教授之「周邊文化關係」，以及胡適先生「文學的國語」、「國語的文學」等論點的理解）出發，談論臺灣文學史研究的若干問題。詮林聽課之後，受到啟發，確立了重修臺灣現代文學史的宏偉志向。癸未之秋、開學伊始，我與他商定，他以「臺灣現代文學史」作為博士學位論文的選題，我則擔負指導之責。

　　我在一九九一年左右參與寫作《臺灣文學史》（海峽文藝出版社出版）時就認為，文學邊緣的文體、文學外部的制度、文學圈外的事件等因素同文學發生關聯而構成的文學的周邊文化關係，不是文學的身外之物，也不是文學史研究可以忽略的部分。文體與文學，關係甚為密切。某種文體的盛行，甚至造就了某一時代文學的風貌。然而，隨著文學的發展、時代的推演，某些文體漸被置於文學的邊緣，漸被視為文學的邊緣文體。在我看來，我們收集臺灣文學史料的注意力應

當及於臺灣作家的聯語、詩鐘、制義、駢文、歌辭等各類邊緣文體的作品。我在寫作《臺灣文學史》之「近代文學編」時，曾認真考慮過文學圈外的事件尤其是政治事件同文學史分期的問題，從臺灣文學的實際情況出發，我不贊同將「五四」運動發生的一九一九年作為臺灣近代文學和臺灣現代文學分野的界線。政治變動以外的重大事件如社會運動同文學的關係，當實事求是地看待。以一九四五至一九四八年間臺灣的國語運動和臺灣文學的關係為例，光復初期（1945-1948）臺灣的國語運動經歷了官方籌劃和民眾自發並行的過渡階段和語文學術專家主導的階段，並且在官方、民眾和專家的共同參與之下，成為在臺灣全面推行國語、全面提升臺灣民眾的國語水準的社會運動。與臺灣國語運動同步、得臺灣國語運動的配合，臺灣文學在光復初期的幾年間實行和實現了「文學的國語、國語的文學」的目標。光復初期（1945-1948）是臺灣現代文學畢其功於一役的時期，國語運動對文學的推動是此一時期最為重要的文學史實。從一九四五年到一九四八年，臺灣國語運動在臺灣現代文學史上劃出了一個「文學的國語、國語的文學」的時期。

　　作為一個歷史時期的遺留，我們今天看到的臺灣現代文學作品略可分為文言作品、國語（白話）作品和日語作品。某些臺灣現代文學作品的創作過程其實是一個語言轉換的過程、一個亦創亦譯的過程。如賴和作品的從文言初稿到國語（白話）夾雜方言的定稿，呂赫若作品的從方言腹稿到日語或國語（白話）文稿。與此相應，臺灣現代作家的創作用語其實可以稱為創、譯用語，它涉及文言、國語（白話）、日語和方言。關於臺灣現代文學和臺灣新文學的「發軔」或「發端」，論者多鎖定於「反對文言文，提倡白話文」，相關著述亦往往以「從文言文到白話文」作為臺灣現代文學史和臺灣新文學史的「第一章」或「第一節」。我認為，這裡有三個問題應當得到澄清和說明。首先，「臺灣現代文學」不是「臺灣新文學」的同義語。「臺灣

現代文學」乃同「臺灣古代文學」、「臺灣近代文學」和「臺灣當代文學」並舉，而「臺灣新文學」則與「臺灣舊文學」對舉。與此相應，臺灣現代文學作品包括了文言作品、國語（白話）作品和日語作品等，而臺灣新文學作品首先就排除了文言作品。其次，「反對文言文，提倡白話文」的實行與「從文言文到白話文」的實現乃是同一個過程而不是同一回事。在臺灣，「反對文言文，提倡白話文」的始倡乃在一九二〇年以後，它在臺灣光復以前只是部分地得到部分臺灣現代作家的響應，文言一直是臺灣現代作家主要的寫作用語之一；「從文言文到白話文」則在臺灣光復初期（1945-1948）、在胡適一九一六年曾經預計的「三十年」屆滿之期才得「幾乎完全成功」。第三，日據時期，在日據當局文化政策的重壓之下，堅守傳統的民俗習慣和語言習慣成為臺灣人民抵制日據當局文化政策的主要鬥爭方式，成為臺灣人民最為看重的生活方式。傳統的民俗習慣和語言習慣，臺灣民俗和臺灣方言，自然也為臺灣作家所看重。對於臺灣現代文學作品採用方言俚語的現象，這應該是一種合理的解釋。

　　以上觀點，在作者書中已有了更為詳盡、深入、嚴謹的論述，毋庸贅述。我對於臺灣現代文學的上述授課講稿僅僅是一個粗略的構想和綱要，作者論著的視野已遠超出了我的論述範疇。應該特別指出的是，作者在對臺灣現代文學史階段的方言文學的論述上，恰恰彌補了我在此方面的薄弱環節。我曾經認為，在臺灣現代文學的進程中，方言作品始終未能自成一類、自成一種氣候，並且還引用了張我軍所謂「臺灣方言是無法表記的」和連橫所謂「以臺灣語而為小說，臺灣人諒亦能知，但恐行之不遠耳」等觀點，得出過「嘗試用方言寫作的臺灣現代作家鮮有斬獲，方言作品未能自成一類、自成一種氣候」的結論。作者經過艱苦的爬梳整理和細密考證，認為，方言（客家語、閩南語、臺灣少數民族語言）文學也是臺灣現代文學作品的一種主要語言載體樣態，而且存在有方言小說、方言散文、方言戲劇、閩南語流

行歌、閩南語歌仔冊等大量的多種類方言文學形態；臺灣現代方言文學是中華區域方言文學中不可或缺的一類。這使我改變了對於臺灣現代方言文學的最初看法，有一種耳目為之一新的感覺。總之，詮林對臺灣現代文學史的論述，已超越了我原來的期待。可以說，這是一部較為優秀的論著，值得諸位方家一讀，特此推薦。

詮林敏於治學、視野開闊，在跟隨我攻讀博士學位的三年間，他思維活躍、勇於創新、刻苦鑽研、勤奮撰著的精神給我留下了較深的印象。臺港澳暨海外華文文學研究是一個方興未艾的學科，有著廣闊的前景和許多有待於開掘的領域，希望詮林能夠繼續堅定、扎實地開拓前進，通過持續不懈地努力，在不久的將來，取得更多更好的成果，為學科成長、學術進步做出更大的貢獻。

是為序。

汪毅夫

丁亥孟春，於福州涵悅齋

引論

　　臺灣現代文學作品的語言載體有漢語文言、國語（白話）、方言（客家語、閩南語、臺灣少數民族語言）和日語等多種樣態。本書嘗試從文本創譯用語的角度構建臺灣現代文學史，運用社會語言學的方法研究臺灣現代文學進程中的獨特的語言轉換現象。

　　本書以語言轉換為經脈，以臺灣光復為界限，將臺灣現代文學史分為臺灣現代文學史的日據時段（1923年1月1日-1945年8月15日）和光復初期臺灣現代文學（1945年8月16日-1949年5月20日）兩個大部分（上下篇）進行論述；其中日據時段部分又分為兩個小階段（一九三七年六月日據當局廢止臺灣中文報刊及報刊漢文欄之前與其後）。並按文學本體與文學外圍文化及兩者的融混共生形態（主要表現為文藝論爭）將兩個大部分（上下篇）分別劃分為文學外圍書寫、文學的內部考察、文學內外的糾葛纏繞三個論述角度與層次。

　　文學外圍的社會制度等文學的周邊文化關係和外圍書寫（如流散寫作）是臺灣現代文學史不可或缺的有機組成部分，映攝著臺灣現代文學的中華文化意涵。

　　文學內部的邊緣書寫（如女性文學、地下寫作、民間寫作等）、語言轉換（如中──日文間的轉換、文言──國語間的轉換、方言──文言及方言──國語間的轉換等）、文化隱喻（如敘事結構的隱喻、人物形象的隱喻、背景的隱喻等）則顯示了臺灣文學追求進步、堅守中華文化的韌性抗爭精神。

　　日據時段的文藝論爭與光復初期的文藝論議組成了文學外圍事象與文學內部事象溝通的橋樑，實時控導著臺灣現代文學的中華文化本

質發展方向。

　　經過對臺灣現代文學史上的文學周邊文化、作家作品及文學流派、文學思潮等的全方位掃描，本書認為，邊緣書寫、語言轉換、文化隱喻，以及對中華文化的堅韌持守是臺灣現代文學史最具規律性的文學現象。

一　本課題領域的學術史回顧

　　回顧臺灣現代文學史的書寫史，有關臺灣現代文學的研究，作為臺灣現代文學史的基礎，實際上從上世紀三十年代即已開始了。

　　在中國內地，胡風密切關注臺灣文學的發展，一九三六年，他將楊逵的日文小說〈送報伕〉翻譯成中文，介紹給中國內地讀者，並將其同呂赫若的〈牛車〉、楊華的〈薄命〉、朝鮮作家張宇宙的小說《山靈》等合編為《山靈——朝鮮臺灣短篇集》於一九三六年四月出版，同年五月再版。在臺灣，一九四二年十月十九日，黃得時《輓近臺灣文學運動史》（日文）發表於《臺灣文學》二卷四號。接著，黃得時又在一九四三年七月三十一日《臺灣文學》第三卷三號發表了〈臺灣文學史序說〉（日文），其史事撰述，截至雍正年，雖不盡完備，但有系統地書寫臺灣文學史的做法，給後繼者以有益的啟發。一九四七年四月，王白淵撰寫了《臺灣新生報》出版的《臺灣年鑑》中的〈文化〉篇，共有六節，包涵文學、新聞、美術、音樂、演劇、電影等方面，以文學史的理路，梳理了臺灣文學發生發展的脈絡，該作在戰後最早初步總結了日據時期臺灣文學的成就，具有重要的現實意義。

　　臺灣學者王錦江（王詩琅）的《臺灣新文學運動史料》[1]是臺灣光復後臺灣現代文學研究領域最早的論文之一。該文「留意及於臺灣

1　見一九四七年七月二日臺灣《新生報》。

現代作家的寫作用語、留意及於臺灣現代文學在日據時期發生的『一種特別的、用中文和日文表現的現象』。」[2]但是，該論文沒有得到其他研究者應有的注意，臺灣現代文學史書寫因此出現了不該出現的問題。如，大陸學者汪毅夫先生指出：「有臺灣現代文學史論著對臺灣現代作家吳濁流的文言作品完全未予採認，對其日語作品，則一概將譯文當做原作、將譯者的國語（白話）譯文當做作者的國語（白話）作品來解讀。我們可以就此設問和設想，假若臺灣現代文學作品在寫作用語上的採認標準是國語（白話），文言不是國語（白話），文言作品固當不予採認；但日語也不是國語（白話），日語作品為什麼得到採認？假若日語作品的譯者也如吾閩先賢嚴復、林紓一般將原作譯為文言而不是國語（白話），論者又將如何措置？另有語言學研究論文亦將吳濁流作品之譯文當做原作，從一九七一年的國語（白話）譯文裡取證說明作品作年（1948）之語言現象。」[3]

從一九四九年到一九七九年間，在中國內地，有關臺灣現代文學研究的著述付之闕如。一九七九年之後，有關文章開始在報刊上發表。臺灣方面，自一九八○年代以來，隨著臺灣政治的解禁，臺灣文學研究逐漸成為臺灣學界的一門顯學。在中國內地，臺灣文學研究也乘改革開放政策之東風，於一九八○年代進入學術研究的殿堂。因此，臺灣文學的研究，在中國內地與臺灣，幾乎是同步的，這或許是巧合，但是這個巧合有它的歷史必然性。因為，臺灣文學與祖國內地文學是血肉相聯的，即或是軍事的割占、政治的高壓，亦無法阻斷兩者的文化親緣。

古繼堂和斯欽一九八一年編的《望君早歸──臺灣短篇小說選》

---

2 見汪毅夫：〈語言的轉換與文學的進程──關於臺灣文學的一種解說〉，《中國現代文學研究叢刊》2004年第1期，頁201。

3 見汪毅夫：〈語言的轉換與文學的進程──關於臺灣文學的一種解說〉，《中國現代文學研究叢刊》2004年第1期，頁201。

是大陸有關臺灣現代文學作品的最早的選集。此後，研究者開始對臺灣現代文學文本進行評析。一九八二年六月十日至十六日，首屆「臺灣香港文學學術討論會」在廣州暨南大學舉行，從此，此類臺港文學研討會兩年一次，一直延續至二〇〇六年的「第十四屆世界華文文學國際學術研討會」。從一九八〇年代中期開始，中國內地學術界逐漸開始了關於臺灣文學史、類文學史的書寫。此後，中國內地研究臺灣文學的著作主要有：封祖盛《臺灣小說主要流派初探》（1983），王晉民、鄺白曼《臺灣與海外華人作家小傳》（1983），黃重添、莊明萱、闕豐齡合編《臺灣新文學概觀》（上冊，1986），汪景壽編《臺灣小說作家論》（1984），武治純編《壓不扁的玫瑰花——臺灣鄉土文學初探》（1985），古繼堂著《靜聽那心底的旋律：臺灣文學論》（1989），徐迺翔主編《臺灣新文學辭典》（1989）等。

　　從一九七九年到一九八九年間，大陸對臺灣文學的研究，大體經歷了如下進程：從對作家的介紹到對作家、作品的評析；從盲目寫作到有計畫、有目標的深入研究；從偏重作品的思想性到兼重作品審美價值與藝術手法的評析；從作家、作品研究，到文學史、文體史的撰述。此時期，大陸的臺灣文學研究取得了長足的進步，但是仍有資料占有嚴重不足的缺陷，而且散文、戲劇及文學評論方面的研究遠遜於小說、詩歌研究。但總體來看，此時期取得的豐碩研究成果，為下一步的研究打下了深厚的基礎。

　　一九九〇年代以來，黃重添著《臺灣長篇小說論》（海峽文藝出版社，1990年）和《臺灣新文學概觀》（下冊，鷺江出版社，1991年）、潘亞暾著《臺港文學導論》（高等教育出版社，1990年）、古繼堂著《臺灣愛情文學論》（1990）、楊際嵐、管寧《臺灣社會問題小說選》（海峽文藝出版社，1996年1月）、中國社會科學院文學研究所和該院學術交流委員會編著的《臺灣愛國詩鑒》和《臺灣愛國文鑒》（北京出版社，2000年）相繼出版。朱雙一則著力於考察光復初期文

學、鄉土文學論戰、《風月報》三大論戰等較少有人注意的文學現象，重視史料的發掘和整理。陸士清的《臺灣文學新論》（復旦大學出版社，1993年）中有關臺灣現代文學的七篇論文，見解新穎，如有關「臺灣文學」與「臺灣意識」，以及「日據時期臺灣新文學的中國意識」的論述，今天看來仍具重要價值，體現了論者的超前意識和預見性。另外，此時期大陸出版了幾本研究臺灣文學的工具書：陳遼主編《臺灣港澳與海外華文文學辭典》（山西教育出版社，1990年）、王晉民主編《臺灣文學家辭典》（廣西教育出版社，1991年），王景山主編《臺港澳暨海外華文作家辭典》（人民文學出版社，1992年）、張超主編《臺港澳及海外華人作家詞典》（南京大學出版社，1994年）等。

　　在這些研究資料整理、研究論文撰寫工作的基礎上，有關臺灣現代文學史的專著開始在大陸出現。

　　古繼堂獨自撰寫了三種文體史著作。即《臺灣小說發展史》（1989）、《臺灣新詩發展史》（1990）、《臺灣新文學理論批評史》（1993）。《臺灣小說發展史》是兩岸第一本有關臺灣小說發展的專著。《臺灣新詩發展史》則是兩岸第一本有關臺灣新詩發展的專著，曾引起孟樊、游喚、陳謙、文曉村、李瑞騰與李魁賢等臺灣學者的熱烈討論，但也有學者批評該書對詩人的分類與評價標準不夠統一，並指出了一些錯誤。[4]

　　到目前（2018）為止，中國大陸主要有如下幾種版本的臺灣現代文學史：白少帆、王玉斌、張恆春、武治純等著《現代臺灣文學史》（1987），張毓茂主編《二十世紀中國兩岸文學史》（1988）中有關臺灣現代文學的部分，公仲、汪義生著《臺灣新文學史初編》（1989），劉登翰等編著的《臺灣文學史》《現代文學編》（1991），呂正惠、趙

4　參見張默：〈偏頗、錯置、不實？──古繼堂著《臺灣新詩發展史》初探筆記〉，《臺灣詩學季刊》第14期，頁37-45。

遲秋主編《臺灣新文學思潮史綱》（2002），古繼堂主編《簡明臺灣文學史》（2002）有關現代文學的部分、李詮林《臺灣現代文學史稿》（2007）等。

　　白少帆與王玉斌、張恆春、武治純等人主編的《現代臺灣文學史》（1987年12月）是中國內地第一本正式標明臺灣文學史的專著。《現代臺灣文學史》共分三十五章，時間從臺灣新文學開拓期開始，到一九八〇年代結束。執筆者共二十二位。這是中國內地第一本較完整地介紹臺灣文學的著作。但臺灣學者認為該著過於倚賴第二手資料[5]，並認為：此書對臺灣文學的歷史分期不夠細緻，所呈現的歷史是「塊狀」的，其次，在個別作家的評論上缺乏深度[6]。《現代臺灣文學史》中，闢有一章「臺灣少數民族文學」，探討了「高山族文學」（包括口傳文學與作家創作），這在臺灣文學史著作中屬於一個創舉。但是，該書將光復後的當代臺灣文學也列入該書中論述，表明，該書不是將「現代」一詞作為一個表示時段的概念來處理的，而是將其當作了表示社會進程的概念。張毓茂主編《二十世紀中國兩岸文學史》（1988）將臺灣的二十世紀文學分別安排在第一編第八章淪陷區文學、第二編第十二章淪陷區文學、第三編第十章淪陷區文學中進行論述，體現了著者宏觀把握中國兩岸文學整體的超前意識。而且該著作中清晰地辨別了作家的不同創作用語，這在同時期同類著作中較為罕見，顯示了著者嚴謹的治學風格。但是，因為該著作強調的是兩岸文學史的整體把握，因此，未能對於臺灣現代文學進行深入細緻地論述。臺灣文學部分僅在第一編中占有第八章一章的篇幅，第十二章第一、二節兩節的篇幅，在第三編中占有第十章第一、二節兩節的篇幅。當然，僅就這些文字而言，在臺灣文學資料難覓的當時，已屬難

5　參見鄭明娳：〈評遼寧大學版《現代臺灣文學史》〉，《中國論壇》第32卷9期，頁52-56。

6　參見呂正惠：〈評遼寧大學《現代臺灣文學史》〉，《新地文學》第4期，頁19-23。

能可貴。劉登翰與莊明萱等人主編的《臺灣文學史》（上、下冊）是目前為止海峽兩岸最詳盡、最全面的臺灣文學通史，其時間跨度從遠古臺灣一直到該書著成時的臺灣，對大陸讀者而言，可以說是一本初步認識臺灣文學概況的入門書籍，受到了兩岸學者的廣泛注意及好評。該著作是目前為止眾多臺灣文學史著作中最好的著作之一，「從所占有的史料上說，閩版《臺灣文學史》超過了先它出版的任何一部《臺灣文學史》。即使不包括古代文學和近代文學二編，僅就現、當代文學而言，情況亦複如此。」[7]該著作曾獲第八屆中國圖書獎、福建省社會科學優秀成果一等獎。但該書也存在著因受到資料搜集方面困難的限制，而忽略或避而不談現代文學作品的創作用語的問題，將日語作品與中文作品混淆在一起。另外，由於該著作是集體撰述，因此在行文過程中不可避免地存在著行文風格不一的弊端。由古繼堂主編的《簡明臺灣文學史》[8]敘述了自一六六一年至二十世紀末近四百年的臺灣文學發展史。該著著重勾勒臺灣文學與中國文學的血脈關聯，將臺灣文學分為三個時期，即：早期臺灣文學——從大陸到臺灣；中期臺灣文學——從阻隔到匯流；近期臺灣文學——從主潮更迭到多元共生。該著主要側重於簡要勾勒，因此著力點不在於臺灣現代文學的深入挖掘。二○○四年十二月由百花洲文藝出版社出版的方忠的《二十世紀臺灣文學史論》既有充實的史料又有扎實的個案研究，以文學流派為文學史脈絡，而且運用了新穎的研究方法，如敘事學、文藝社會學等。但該著作仍有不足之處，即沒有對二十世紀臺灣文學史上的戲劇文學進行論述。此外，還有包恆新著《臺灣現代文學簡述》（上海社會科學院出版社，1988年），于寒、金宗洙《臺灣新文學七十年》（上、下冊，延邊大學出版社，1990年），黃重添與莊明萱等

---

7 袁良駿：〈臺灣文學研究的里程碑——評閩版《臺灣文學史》〉，《福建論壇》（人文社會科學版）1994年第1期，頁15。

8 古繼堂主編：《簡明臺灣文學史》（北京市：北京時事出版社，2002年6月）。

人主編的《臺灣新文學概觀》⁹、安興本《衝突的臺灣》（華文出版社，2001年）、陸卓寧《二十世紀臺灣文學史略》（民族出版社，2006年）等。二十多年來，大陸出版的有關臺灣現代文學的文學史著作（包括斷代史、文體史、類文學史）已超過四十部。

　　臺灣方面，《臺灣省通志卷六・學藝志》（臺灣省文獻委員會，1971年）較為詳細系統地記述了自古代至一九七〇年代的臺灣文學發展過程，初具文學史的概貌，但該書以書籍、詩文稿發表的先後為經絡，較偏重於文體史的敘述，對作家的創作藝術、文本的內部分析，相對較為薄弱。一九七七年，陳少廷《臺灣新文學運動簡史》由聯經出版社出版。這是兩岸第一本臺灣文學史專書。全書約八萬多字，提綱挈領介紹了一九二〇年代以迄臺灣光復臺灣新文學運動的成果。全書大量利用《臺北文物》的文獻資料，主要借鑑了黃得時的〈臺灣新文學運動概觀〉，並使用了一些第一手日文資料。葉石濤的《臺灣文學史綱》（1987）和彭瑞金的《臺灣新文學運動四十年》（1997）均是以編年史方式撰寫的臺灣文學史專著。一九八七年二月，葉石濤著《臺灣文學史綱》出版，這是海峽兩岸的第一部系統專門論述臺灣文學發展過程的臺灣文學通史。該書還附錄了林瑞明編著的《臺灣文學史年表（未定稿）》。《臺灣文學史綱》有其比較重要的開闢性價值。但是該書畢竟只是一本《史綱》，而且要注意臺灣文學古今發展的全貌，對臺灣現代文學史這一個相對較小的階段的文學，不可能深入、細緻地剖析。一九九一年，彭瑞金著《臺灣新文學運動四十年》出版。該書具有引用資料豐富，廣泛吸收應用他人的成果的優點，但只對臺灣現代文學史上的新文學運動進行論述，而漢文言文學的論述則付之闕如。而且其文學史論述因政治偏見而導致了學術上的偏斜，主

9　黃重添、莊明萱、闕豐齡：《臺灣新文學概觀》（廈門市：鷺江出版社，1986年，初版1刷），上冊；黃重添、徐學、朱雙一：《臺灣新文學概觀》（廈門市：鷺江出版社，1991年，初版1刷），下冊。

要表現在，過於側重於臺灣文學的獨特性和本島作家，對外省作家則著筆不夠。一九九五年，葉石濤另外以問答隨筆形式於《臺灣新聞報》「西子灣」副刊，每週發表一篇「臺灣文學百問」，稍後整理出版命名為《臺灣文學入門》，作為《臺灣文學史綱》的訂正和補充。一九九七年六月《臺灣文學入門》正式出版，但因受作者政治觀點急性轉變的影響，已遠不及《臺灣文學史綱》客觀準確。陳芳明《臺灣新文學史》從一九九九年八月《聯合文學》第十五卷第十期（總178期）開始刊載。陳芳明以西方理論作為研究方法，廣泛吸收各地有關臺灣文學研究的新成果，試圖超越以往臺灣文學史論著，以「後殖民史觀」的社會階段論為基礎建構臺灣新文學史，但因政治偏見，沒有做到理想中的客觀性，曾引起其他學者的批評[10]。在臺灣有關機構的經費支持下，臺灣學者開始了區域文學史的書寫，目前完成的區域文學史主要有：施懿琳、許俊雅、楊翠《臺中縣文學發展史田野調查報告書》[11]；施懿琳、許俊雅、楊翠《臺中縣文學發展史》[12]；施懿琳、楊翠《彰化縣文學發展史》[13]；江寶釵《嘉義地區古典文學發展史》[14]；陳明臺《臺中市文學史初編》[15]；葉連鵬《澎湖文學發展之研究》[16]；莫渝、王幼華《苗栗縣文學史》。[17]這些區域文學史的撰寫，為臺灣文學史提供了扎實的資料積累，將成為後繼者撰寫臺灣文學史的重要依

---

10 參見許南村編：《反對言偽而辯——陳芳明臺灣文學論、後現代論、後殖民論的批判》（臺北市：人間出版社，2002年8月，初版1刷）。

11 施懿琳、許俊雅、楊翠：《臺中縣文學發展史田野調查報告書》（臺中縣：臺中縣立文化中心，1993年6月）。

12 施懿琳、許俊雅、楊翠：《臺中縣文學發展史》（臺中縣：臺中縣立文化中心，1995年6月）。

13 施懿琳、楊翠：《彰化縣文學發展史》（彰化縣：彰化縣立文化中心，1997年5月）。

14 江寶釵：《嘉義地區古典文學發展史》（嘉義縣：嘉義縣立文化中心，1998年6月）。

15 陳明臺：《臺中市文學史初編》（臺中市：臺中市立文化中心，1999年6月）。

16 葉連鵬：《澎湖文學發展之研究》（澎湖縣：澎湖縣文化局，2001年12月）。

17 莫渝、王幼華：《苗栗縣文學史》（苗栗縣：苗栗縣文化中心，2002年2月）。

據。長期以來，大多數臺灣現代文學史著作，往往只將注意力集中在新文化運動與新文學創作上，卻忽略了漢文言文學，造成了遺珠之憾。實際上，在臺灣，對一九二三年後的漢文言詩文的研究從連橫創辦《臺灣詩薈》雜誌時即已開始，只是連橫的研究主要是一些零星的介紹與抄錄，不夠系統，而且他的研究又不關注臺灣當時已興起的新文學現象。到了一九六○年代，研究者開始在注意新文學現象的同時，注意臺灣文言詩文社的介紹，研究的對象有林小眉（1893-1940）、莊太岳（1880-1938）等。一九七○年代，《臺灣文獻》雜誌進一步拓寬了文言詩文的研究視野，刊登了有關趙雲石（1863-1936）、連橫（1878-1936）等人的研究論文。但是這些研究都是獨立進行的，其研究對象也未能納入整個臺灣現代文學史的系統之內。到了一九九○年代之後，臺灣學者開始重視臺灣現代文學史日據時段的文言詩文，在這方面作了大量的工作。施懿琳、陳昭瑛、黃美娥、翁聖峰、江寶釵等學者兼重臺灣現代文學時段的文言、國語（白話）文學，並且不乏放眼世界的開闊視野和先進理論。臺灣省文獻會也重印了臺灣文獻叢刊中的部分作品，以及《洪棄生先生全集》、《吳德功先生全集》、《連雅堂先生全集》。新竹市立文化局出版了《張純甫全集》（黃美娥編）、《梅鶴齋吟草》（黃美娥編），新竹縣文化局出版了《大新吟社詩集》（林柏燕輯），彰化文化局出版了《賴和漢詩初編》（林瑞明編）、《楊守愚作品選集》（施懿琳編）、《楊守愚作品選集（補遺）》（許俊雅編）、《陳虛谷作品集》（陳逸雄編）、《周定山作品選集》（施懿琳編）、《林荊南作品集》（施懿琳編），「中研院」文哲所出版了《金川詩草》（1992），「中研院」近史所出版了《林獻堂日記》（許雪姬編，2001、2002年）等。《臺中縣文學發展史》與《彰化縣文學發展史》中也有了有關光復初期文言文學的論述。

　　在國外方面，最近幾年，較多數量的日本學者開始注意臺灣現代文學，如山田敬三、松永正義、垂水千惠、橫地剛、下村作次郎、中

村哲等。這些學者的論述中有些出於政治目的，背離於學術研究的科學原則。有些則尚公正客觀，比如，天理大學國際文化學部教授下村作次郎從日本人的印象中研究臺灣作家賴和，他聯繫臺灣戰前的歷史文化背景，考察賴和的文學地位，探討「臺灣的魯迅——賴和」這一名稱的由來，比較賴和與魯迅的相似之處。下村氏從他所發掘出來的史料中，考證賴和當年的地位和影響，具有一定的學術價值。[18]下村作次郎研究中國現代文學、臺灣文學、臺灣原住民文學。主要著作與譯著有《文學で読む臺灣——支配者　言語　作家たち》、《悲情の山地——臺灣原住民小說選》、《名前を返せ　モーナノン／トパス・タナピマ集——臺灣原住民文學選1》、《抗日霧社事件の歷史》等書。中村哲也對賴和有很高的評價，認為賴和是「臺灣白話文學的開拓者」。另外，黃英哲著有《臺灣文化再構築1945-1947の光と影——魯迅思想受容の行方》，編有《楊逵全集》、《劉吶鷗日記》、《許壽裳日記》等書。橫地剛則對光復初期的臺灣文學，特別是該時期的作家生平考證等素有研究。對於日本學者的臺灣現代文學研究，目前應該有一個清楚的認識，對於其中為皇民文學歌功頌德、歪曲事實者要進行辨誤。日本學者目前（2005）還沒有關注到臺灣現代文學史上的文言文學。而且也尚未形成有分量的臺灣現代文學史專著。在德國，魯爾大學的研究者，如雷丹女士，主要著力於臺灣現代文學的形上層面，較少注意「史」的論述。美國的研究者，如白之，主要側重於臺灣當代文學（一九四九年以後）的研究，最近幾年有學者開始從事臺灣現代文學的著述，但是主要還是由臺港移民美國的學者，如王德威、杜國清等。

　　以上臺灣文學史的編纂，大致可分為如下幾種視角：抗爭文學史論述、區域文學史論述、後殖民文學史論述。臺灣文學史存在著書寫

18 參見倪金華：〈日本、中國大陸與臺灣的臺灣文學研究比較觀〉，《臺灣研究集刊》2002年第4期，頁84-94。

爭議，主要表現在民族、國家、階級、性別等與政治極其接近的概念。臺灣現代文學時段的文學生產與知識階級、民間習俗、文化運動、霸權話語、語言暴政以及日據時期殖民現代性現象中的現代都會、落後農村等息息相關。在臺灣現代文學這個文學場域裡，有著不同於同時期的中國其他地區的特殊文學事象，如，臺灣作家創作了為數眾多的日語作品；嚴厲的出版檢閱法規、語言控制的高壓政策、圖書進出口限制等日據時期的殖民地文學生產機制。當然，更多的是與同時期大陸共相的存在，如：臺灣的漢文言詩文、通俗文學，都與大陸的文學血脈相通；臺灣的新文學運動是在大陸五四新文學運動的感召下，蓬勃發展起來的，雖然落後於大陸新文學大約三、四年，但基本上同步。

　　以上臺灣文學史撰述過程給後繼修史者以諸多啟示。文學史書寫的目的是通過作品以及文獻資料的分析，建構出文學史的真實面貌，其根本原則是真實準確。集體撰述的文學史固然有各採眾家之長、資料容易查找、集思廣益等長處，但畢竟容易出現著作前後寫作風格不一，難免有些章節上水準的不平衡，或者風格上的不太協調；甚至前後觀點互相矛盾的弊端。因此，個人寫史，確實有其必要。另外，在上文所述數種臺灣現代文學史出版以後的時間裡，有一些新的臺灣文學史料被發現；有一些以前被忽視的或被遺忘的臺灣現代作家作品重新「出土」；也有一些更適於臺灣現代文學史書寫的新視角和方法論被逐步證明更具科學性。凡此種種，均為書寫新的臺灣現代文學史提供了廣闊的場域與空間。而對此一場域進行開發之後所形成的嶄新文學圖景，無疑會成為一個新的臺灣現代文學史著作的藍本。

二　本課題研究的目的、意義

　　一八九四年，甲午中日海戰，中方失利。一八九五年四月十七

日，腐敗無能的清政府與日本簽訂《馬關條約》，將臺灣、澎湖列島割讓給日本。一八九五年五月二十九日，日本侵略軍在臺灣登陸，臺灣從此時到一九四五年不幸被日本侵占。臺灣文學也從此經歷了五十年屈辱、血淚與抗爭交織的歷史。一九四五年八月，日本戰敗，臺灣重新回到了祖國的懷抱，臺灣文學也重新與大陸文學融匯在一起。臺灣是中國不可分割的一部分，臺灣文學亦是中國文學不可分割的一部分，臺灣文化亦與中華文化有著母子血緣之親。本著中所論及一切，均以此為敘史、立論之根本原則。

　　目前，臺灣現代文學的研究工作方興未艾，研究者試圖梳理正典的發生與形成的過程，具體而言，即，何為正典，正典又為何？被中國內地、臺灣、香港與日本及其他國家或地區確定為符合「正典」標準的典範作家作品，其生成與傳播的過程中，是否受到外來的影響，同時又是否有著自身內在的機緣與規律？他們與社會文化的變遷的關係如何？他們與統治當局的主導意識形態之關聯又如何？這些都是眾多臺灣現代文學研究者所力求解決的問題。臺灣文學史的書寫、作家全集的編輯、經典作品的選定等等課題的不斷湧出，都說明了臺灣現代文學研究領域的廣泛需求與廣闊前景。拙作的主要目的在於挖掘真正能夠代表臺灣文學的文化本質與思想內涵的文學現象與文學史實，實事求是，注重科學性。既重視文學流派、文藝論爭、文學生產機制、作家生平資料等的爬梳考證，也強調對於文本的分析詮釋，以期建立科學的歷史觀。臺灣文學研究不能無視於中國傳統文論以及西方現當代文學理論的結合運用，例如新歷史主義、後殖民理論、女性論述等。同時也要重視閩臺區域文學的比較研究，因為臺灣的歷史文化發展與其原鄉文化，主要是閩文化和中原文化（主要是河洛文化）密切相關，臺灣與福建本來在清代是一個省，臺灣在清代時，曾經是隸屬於福建省的「臺灣府」，一直到一八八五年，才建置臺灣省。臺灣現代文學史的編纂應重視臺灣的文化場域與文化論述，應注意臺灣近

現代史各個階段與鄰近地區的交往，據此觀察其繼承、變通原鄉文化所形成的特殊文學現象，並以比較文學的觀點燭照臺灣現代文學的獨特風貌。如，臺灣現代文學作品包括文言作品、國語（白話）作品、方言文學作品和日語作品等多種語言的變貌。其中，部分日語作品發表前已經過譯者譯為國語（白話），經過了一個語言轉換的過程，如楊逵作、潛生譯的《知哥仔伯》，葉石濤作、潛生譯的《澎湖島的死刑》和《汪昏平・貓・和一個女人》；大部分日語作品則在發表後由譯者譯為國語（白話），也經過一個語言轉換的過程。因此，對臺灣現代文學作品應該有原作和譯文之辨，對於譯文則還應該注意各種譯本之別，如呂赫若的日語作品就有施文譯本、鄭清文譯本和林至潔譯本等多種版本的譯作。

因此，諸如文學生產、文學場域、文學史料、文藝流派、代表作家作品、文藝思想、文藝論爭等，這些涉及文學的內部與文學的外圍、文學的邊緣與邊緣的文學的種種纏繞糾葛不清的「大文學」，都進入了臺灣現代文學史的視野範圍。像期刊雜誌、報紙文藝欄、作品的單行本或全集、日據時期現實主義文學（包括人道主義、鄉土文學、批判現實主義、普羅文學等多種樣態）、現代主義文學等都應該成為臺灣現代文學史的構成要件。由此，追求作家個案研究、作家群研究、文本分析、個別視角研究與社會歷史文化研究之融合，應該成為臺灣現代文學史論述的價值目標。

另外，在臺灣現代文學史的書寫過程中必須明確三個概念。

第一，臺灣現代文學與臺灣新文學不是「同義語」[19]。「臺灣現代文學」是同「臺灣古代文學」、「臺灣近代文學」和「臺灣當代文學」並舉的概念，而「臺灣新文學」則是與「臺灣舊文學」對舉的概念。與此相應，臺灣現代文學作品包括了文言作品、國語（白話）作品和

19　汪毅夫：〈語言的轉換與文學的進程——關於臺灣文學的一種解說〉，《中國現代文學研究叢刊》2004年第1期，頁202。

日語作品等，而臺灣新文學作品首先就排除了文言作品。

　　其次，日據時期臺灣並沒有徹底實現從文言文到白話文的轉換，臺灣的新文學運動到光復初期才宣告成功。「反對文言文，提倡白話文」在臺灣的始倡是在一九二〇年以後，其時，臺灣淪陷已二十餘年。日據當局從據臺之初就將「使臺人迅速學習日本語」列入《對臺教育方針》（1895），開始在臺灣強制推行日語、阻限漢語。臺灣的報刊大都以日語版發行，報刊的「漢文欄」篇幅相當有限。日據當局企圖在臺灣實行的不是「以白話文代替文言」，而是用日語取代漢語。基於「保持漢文於一線」[20]的理念，部分臺灣現代作家學習和使用文言的活動不曾稍息，文言一直是臺灣現代作家主要的寫作用語之一。

　　第三，「從文言文到白話文」可以表述為「從文言到國語（白話）」。文言即古代漢語書面語，白話即國語（民國初年確定的國家共同語[21]，包括書面語和口頭語），如張我軍一九二五年在臺灣倡言「反對文言文，提倡白話文」時所稱「我們之所謂白話是指中國的國語」[22]，亦如葉榮鐘一九二九年向臺灣讀者介紹「中國新文學概觀」時所謂「民國九年十年（1920-1921），白話公然叫做國語了」。[23]

　　臺灣現代文學史階段雖然時間不長，但是文學現象多種多樣，文學作品舉不勝數。而社會政治因素的影響又讓該時期的文學呈現出複雜的生存狀態，並使得對這一時期的文學的研究工作荊棘密佈、困難重重。但當今，兩岸民眾「破冰」呼聲漸高，兩岸社會文化交流日益

20 葉榮鐘：《日據下臺灣政治社會運動史》（臺中市：晨星出版有限公司，2000年），下冊，頁619。

21 關於「國語」和「共同語」，周有光認為，「現代的共同語源出於古代，但不同於古代……共同語的名稱也經過演變，清末民初稱『國語』（國家共同語），五〇年代稱『普通話』（漢民族共同語）。一九八二年的憲法規定：『國家推廣全國通用的普通話』（全國共同語）。新加坡和海外華人稱『華語』（華人的共同語）。名稱不同，實質相同。」語見《當代中國的文字改革》（北京市：當代中國出版社，1995年），頁2。

22 張光正編：《張我軍全集》（北京市：臺海出版社，2000年），頁56。

23 葉榮鐘：《葉榮鐘早期文集》（臺中市：晨星出版有限公司，2000年），頁231。

深入廣泛，各種現代化文獻檢索手段日趨尖端發達、資料彙集相對以前容易，這些都成為書寫更加詳盡、準確的臺灣現代文學史的有利條件。因此，借鑑前人著作的成功經驗，實施新的突破，重繪臺灣現代文學史「地圖」[24]，已有其可行性。修史者必要能秉持公心、不存偏見，這是拙作的出發點與立足點。

三　本課題擬採取的研究方法及可行性分析

本書主要論述的對象是一九二三至一九四九年間處於日據時期「柔性同化政策時期」、「皇民化運動時期」和臺灣光復初期這三個不同歷史階段的臺灣文學。因為涉及文學史現象的來龍去脈和論述的邏輯性、完整性，對此階段略前和略後的有關文學、社會現象，也有簡要的評述。臺灣現代文學的進程稍晚於大陸現代文學進程，兩者有著相同的本質，即都存在著國語（白話）文學向文言文學發起衝擊，力求實現語言轉換的過程。但是，在臺灣日據時期，處於殖民地半封建的臺灣與處於半封建半殖民地社會的祖國相比，社會形態略有差異，所以，此時期的臺灣現代文學又有其較為複雜的變貌。宜從語言與文學的關係及臺灣現代作家的寫作用語來研判。

在理論方面，拙著追求將理論話語由有形化為無形，不是刻板、生硬地引用西方理論，而是讓理論深藏於字裡行間，力求做到文學與史學的共生。特別是力求做到史料與史論的有機融合，使其化合為一，而非各自為戰。簡單地說，即在抽象的理論話語裡灌注生動活潑的鮮活史料。本書主要借鑑的理論有：

一、實證的史學研究法。文學史與文學作品及文學理論的不同在於，它的中心詞是「史」，而非「作品」或「理論」。因而，撰寫文學

24 楊義：〈重繪中國文學地圖〉，《文學遺產》2003年第5期，頁17。

史著作首先要把握史學著作的史學特點，秉持較為客觀、全面、科學的史學精神，實事求是，不虛論、不妄斷，使其具有較強的可信度。在此基礎上對諸種文學現象進行梳理，加以系統化，才能形成名副其實的文學史。既要盡可能多地占有豐富的資料，同時又要注意「寧缺無濫」的原則，存疑的文學史料要注明，或者留待時間檢驗，解除疑問後，再修訂入史。從邏輯學的角度來說，史學研究的方法主要應該是歸納，這與哲學、文學等以演繹或演義為主不同。歸納的對象應該是真實可信的歷史事實，歷史事實是如何獲取的呢？一方面是根據歷史記述，另一方面就是要根據多種歷史文化遺存進行深入、細緻地考證，得出可信的結果。中國知識分子歷來就有考據、實證的腳踏實地的科學精神。「實證研究對於中國古代、現代和世界華人文學的研究都必不可少，而目前卻還顯得比較薄弱，有必要加以強調。」[25]書寫新的臺灣現代文學史，也要堅持這種實證的史學精神，以實證入史，以實證佐史，以實證論史。這樣，真正的中國史學與真正的中國詩學才能夠融入新的臺灣現代文學史，賦予它真正的中華文化精神，使其具有不可辯駁的科學性和說服力。當然，實證的史學研究法並不排斥吸收其他新理論與新學說。「所謂實證研究，與傳統的乾嘉考證之學雖有相通之處，卻並不是一回事。這是一種一切訴諸實證的科學研究，不僅較乾嘉考據學要求更嚴密而充分的證實，並且不承認任何偶像與先驗的東西……所以，沒有新學說的引入，也就不可能有現代意義上的實證研究。」[26]

　　二、文化保守主義的合理內核。要明確認識到日據時期作者群的複雜性。吸收文化保守主義的合理內核，對於有損於中華民族道德和

---

25 章培恆、陳思和、周斌：〈中國文學實證研究‧主持人的話〉，《復旦學報》2004年第1期，頁7。

26 章培恆、陳思和、周斌：〈中國文學實證研究‧主持人的話〉，《復旦學報》2004年第1期，頁7。

民族氣節的作家作品，可適當採用「留白」的敘事策略，以此作為無言的揭批與抗議。力求分別從知識者文化、民間文化（或曰大眾俗文化）中剖析深藏其中的殖民傷痛，觀察其中所鑲嵌的殖民經驗、中華情結與認同、民間習俗和民間信仰對民族凝聚力的媒介作用、民族文化自身的免疫力對文化殖民的抵制。

三、文化人類學。臺灣回歸祖國後，臺灣方言文學作為反抗殖民統治的隱蔽性的工具功能和歷史使命已經完成。光復初期的臺灣方言文學之繼續存在與發展的問題不宜從政治的角度去分析，而只能從民俗文化學、文化人類學的角度去解答。

此外，拙作還計劃採用認知語言學、社會語言學、流散美學、新歷史主義、文學社會學等西方理論的研究方法。

由以上研究方法出發，本書力求有如下主要創新點：

（一）語言轉換與文學進程的緊密關係

「在臺灣文學史上，包括從文言到國語（白話）在內的語言的轉換問題乃是發生於臺灣現代文學時期的特殊問題、並且始終貫穿於臺灣現代文學的進程。」[27]從語言與文學的關係來考察臺灣現代文學史上的諸多文學現象，是一個比較契合臺灣現代文學研究的嶄新視角。使用不同寫作用語的臺灣現代作家在其文學活動中經歷了如下幾種不同類型的語言轉換：一、從用文言寫作到兼用國語（白話）寫作，如賴和、陳虛谷和楊守愚；二、從用文言起草到用國語（白話）和方言定稿，如賴和；三、從用文言寫作到兼用日語寫作，如吳濁流；四、從用文言寫作到兼用日語和國語（白話）寫作，如葉榮鐘；五、從方言俚語到文言詞語，如許丙丁的〈小封神〉與賴和的《鬥鬧熱》；六、從用日語寫作到用國語（白話）寫作，如呂赫若；七、從用方言

---

27 汪毅夫：〈語言的轉換與文學的進程──關於臺灣文學的一種解說〉，《中國現代文學研究叢刊》2004年第1期，頁203。

思考到用日語和國語（白話）寫作，如呂赫若、張文環；八、從日語作品到國語（白話）譯文，如楊逵；九、從使用國語（白話）創作到改用日文創作，如楊雲萍，他曾經和江夢筆合辦《人人》雜誌，該刊於一九二五年三月出版，是臺灣第一本白話文的文學期刊，但是楊雲萍在一九二六年三月去日本讀書，專攻文學，後來，他就改用日文寫詩，還曾經出版過日文詩集《山河集》；十、各類翻譯文學，如張我軍的日文中譯、黃宗葵、劉頑椿、吳守禮等的中文日譯，許壽裳、黎烈文等的歐文中譯等。由此，本書的書寫，著重注意以下三點：

1 注意原作與譯作之區分

　　臺灣日據時期，有許多文學作品是用日文寫作的，後來才由作者本人或他人翻譯為中文。如楊逵的〈送報伕〉即用日文寫成，後由胡風在一九三六年翻譯成中文。因此，細讀原著，將其與譯作進行比較，實屬必要，也是一個有趣的工作。通過比較，能夠發現兩者的異同，一些文化現象，如中國傳統文論中所說的「隱義以藏用」[28]以及臺灣作家在殖民文化重壓下被迫用非母語創作，情志無法盡情舒展的矛盾心情和艱難處境，就能清晰地顯現。而將原作與譯作區分開來加以研究，這本身就是一種科學的態度。原作是第一手材料，往往比經過譯者譯介、闡釋後的譯作更有說服力。從闡釋學的角度來說，譯者對原作的譯讀，實際上是一個「視域融合」[29]的過程，我國自古就有「我注六經」與「六經注我」之辨，譯讀之後的成果往往包含有譯者自身的主觀情感。將譯作當作研究原作者的根據，其客觀性、科學性及可信度肯定是大打折扣的。當然，如果因為資料極難搜集，無法獲取原作，就只能以譯作為據本了，但是，至少也應該在行文時注明自

28　周振甫：《文心雕龍今譯》（北京市：中華書局，1986年12月，初版1刷），頁20。

29　伽達默爾撰，洪漢鼎譯：《真理與方法》（上海市：上海譯文出版社，1992年，初版1刷），頁388。

己進行研究時所依據的是譯本而非原作，這樣才能避開渾水摸魚、魚目混珠之嫌，也能讓讀者有一個清晰的瞭解。另外，如果譯作的發表時間也是在臺灣現代文學（1923-1948）這個時間階段之內，那麼，不妨將譯作及譯者也作為文學史的研究對象，將其專列章節。這樣可以使文學史著作的體系更加完整、全面。

2 重視臺灣現代文學史上的文言詩文

「現代文學」與「新文學」是兩個不同的概念，應該加以明確區分。現代文學只代表一個時段內的文學，是從歷時性的角度講的。而「新文學」則是針對文學形式、文學體裁而言，它與「舊體文學」、「文言文學」相對舉，是從共時性的角度出發的。文言詩文在臺灣現代文學史上具有其獨特的作用與意義。比如，臺灣日據時期的舊體文學（或稱文言文學），與同時期的中國大陸文言文學有著不同的文學史意義。臺灣日據時期的文言文學在很大程度上起到了抵制日本文化同化、高昂中華文化旗幟、弘揚中華傳統文化、強力挽留殖民者所妄圖泯滅的炎黃文化之根的作用。因此，不能將臺灣的文言文學者簡單地視為不適應歷史潮流的封建舊勢力的維護者與代言人。日據時期臺灣在現代文學史上有著重要地位的文言詩人，如洪棄生（1866-1928）、王松（1866-1930）、連橫（1878-1936）、林資修（1879-1939）等都是不甘徹底淪為日本殖民統治的奴隸，或針鋒相對，或隱忍地堅持韌性抗爭的愛國詩人。在日本殖民當局占領臺灣，推行文化殖民政策，強迫臺灣同胞拋棄自己的母語而去講用日語，甚至連名字也被迫改為日本姓名的社會環境下，臺灣的文化人士，敢於並主動地用自己的母語和自己祖國傳統的文學形式進行創作，這種行為本身即已難能可貴。在當時那種艱苦環境下，不論是中國舊體詩詞還是類似於民歌的竹枝詞，甚或是用中文寫就的打油詩，以及在鄉村裡普受歡迎的歌仔戲，都可能是藉以抒發家國之恨和文化鄉愁、傳承中華祖先傳統文化精神

的絕佳載體。在這樣一種情況下，即或是擊缽吟之類的賦詩遊戲，也不能輕易就完全抹殺其在整個中華文明史進程中的特殊的歷史意義與作用。

3　辨清臺灣方言與文言詞語和國語（白話）的血緣

值得強調的是，臺灣的方言俚語主要源自閩南方言。閩南方言是由晉唐時期移居閩南的中原移民帶來的晉唐古語，在背山面海、地理形勢相對於古代其他中原地區較為閉塞的晉江平原，形成了一個傳承歷史悠久、受外來語言影響較小的方言區。古代漢語的一大弊病「言文不一」，即寫文章僅僅是少數讀書人的事，而人們日常所講用的口頭語言，則往往不能形諸文字，正和閩南語現今所有的「有音無字」的情況一致。後來，閩南方言隨著眾多的閩南移民傳入臺灣，成為臺灣的主要方言，也就是現在所謂臺語。因而，臺語並非漢語言以外的另一語言，而是我國古代漢語方言的「活化石」。古漢語語彙（文言詞語）與臺灣的方言俚語是有著嫡親的母子血緣關係的。部分作家在採用方言俚語時，留意於取其對應的文言詞語。賴和的《鬥鬧熱》（1926）和《一個同志的批信》（1935）裡的「鬥」、「鬧熱」和「批」都是方言裡保存下來的古語。鬥，意為「相接」，李賀〈梁臺古意〉云：「臺前鬥玉作蛟龍」；鬧熱，意為熱鬧，白居易〈雪中晏起偶詠所懷兼呈張常侍、韋庶子、皇甫郎中詩〉：「紅塵鬧熱白雪冷」。鬥鬧熱，湊熱鬧的意思。批，古代指一種上傳下達的公文，在閩南方言裡指各種書信。從臺灣光復初期國語推行運動的實際情況看，「用國文講國文」、用方言「講國文」是曾經採用的講授國語（白話）的方式。而臺灣民眾最常用的學習國語（白話）的方式是借助注音符號、國語羅馬字或方言羅馬字。鍾肇政先生自稱在臺灣光復初期透過注音符號和文言讀本學習國語（白話），並宣稱這是不少人「共通的學習

經過」[30]朱兆祥則提及「注符、方符、國羅、方羅」（即注音符號、方言符號、國語羅馬字和方言羅馬字）都是「國語指導員」[31]；胡莫和朱兆祥在臺灣光復初期還分別提出新拼音法（臺灣新白字）》[32]和「廈語方言羅馬字」之「新草案」[33]以濟「臺灣方言是無法表記的」之窮。「由方言到國語，由方符到國文，這是國定的左方右國──或左義右音的政策。臺灣省的國語運動正是朝著這個路走的」[34]。

（二）重現南島語系群族之現代文學

臺灣南島語系群族（即居住在臺灣的中國少數民族之一種，也有學者稱其為高山族、臺灣原住民族）文學是中國文學的一支，也是臺灣文學的一個組成部分，因此，搜集、訪求、研討臺灣南島語系群族現代文學，乃是臺灣現代文學史寫作的必要環節。臺灣南島語系群族文學主要體現為歌謠、神話、民間故事等口傳文學形式，屬於非物質文化遺產的一部分，如不及時加以記錄、整理，將有失傳的危險。這更給文學史編纂者提出了迫切的要求。本文將其列為臺灣方言文學中的一類。

（三）挖掘臺灣現代文學作品的文化隱喻功能及韌性抗爭精神

臺灣現代文學經歷了日本殖民統治與國民黨統治臺灣初期兩個時期。前後兩種統治性質是不同的，但它們都是黑暗、腐敗的。臺灣現代作家處於殘暴的高壓政策之下，不可能採用直抒胸臆、明白直露的

---

30 鍾肇政：《創作即翻譯》，臺灣《聯合報》，1991年8月20日。
31 朱兆祥：〈廈語方言羅馬字草案〉，《臺灣文化》第3卷第7號（1948年9月1日）。
32 胡莫：〈廈門方言之羅馬字拼音法〉，載《臺灣文化》第3卷第5號（1948年6月1日）。
33 見《臺灣文化》第3卷第7號，頁13-18。
34 朱兆祥：〈廈語方言羅馬字草案〉，《臺灣文化》第3卷第7號（1948年9月1日）。

文筆，而只能借用反諷、借喻、象徵等隱晦曲折的言說方式，以獲得公開發表作品的機會。他們正是通過這種形式來表達自己內心深處的激憤與抗爭，陳述自己的社會理想。這種書寫策略使其文本具有了獨特的文化隱喻功能。隱喻是一種修辭、一種比喻語言。但它也是一種功能，具有詩性的特點，可以「『讓關於不同事物的兩種觀念一同活動，』『並且用一個詞或詞組加以支撐』，使兩者『互相作用』而產生『合力』。」[35]隱喻從語言出發，結合意象和象徵，使敘事話語具有遠超出其字面意思的深廣含義，使文本與讀者形成一個有機的互動機制。「隱喻是人類認知的重要手段。無論在我們的思維中還是言語行為中，隱喻（作為概念和語言形式）都起了重要的作用，能夠幫助我們理解和認識那些不易通過直觀手段直接理解和認識的事物以及事物之間的內在聯繫。」[36]文本通過隱喻構成了一個功能系統，借助於這一系統，文本可以在與受眾的對話中昇華出潛在的隱性意蘊。文化隱喻適用於以情感、心理上可為敵對者接受的形式掩飾言說者的原始意圖。在上述特殊歷史境遇裡，這種機制恰好契合了臺灣現代作家韌性戰鬥、曲筆反諷的表述方式的要求。比如，呂赫若小說文本的命名、敘事結構、語言的轉換、人物形象與風土背景等均具有文化隱喻內涵。探求臺灣現代作家文本的深層隱喻意義，對認識日據時期及光復初期臺灣的歷史場境，對瞭解作家的心路歷程，均有助益。

（四）注意文學與周邊文化的關係

「文學邊緣的文體、文學外部的制度、文學圈外的事件等因素同文學發生關聯而構成的文學的周邊文化關係，不是文學的身外之物，

---

35 泰倫斯・霍克斯：《隱喻》（太原市：北嶽文藝出版社）。轉引自張目：〈隱喻：現代主義詩歌的詩性功能〉，《文藝爭鳴》1997年第2期，頁60。

36 朱小安：〈試論隱喻概念〉，《解放軍外國語學院學報》1994年第3期（總第68期），頁17。

也不是文學史研究可以忽略的部分。」[37]因此，對臺灣文學史料的搜集，除了一般文體外，還應該注意臺灣作家的楹聯、詩鐘、八股文、駢文、歌辭等各類邊緣文體的作品。另外，文學的外部制度，如教育制度、職官制度、警察制度、保甲制度等對臺灣文學具有多方面的影響，「文學的外部制度同文學的關係，乃是中文（國文）院（所）出身的學者如我輩宜多加注意的關節。」[38]這方面有許多問題值得深入研究。在各種邊緣文體、流行音樂美術作品、民間習俗和民間信仰活動、文藝政策以及建築與都市、鄉村與田園等空間形式裡，可以觀察到這些邊緣書寫中的文化觀點建構及其背後的中華文化傳承和深層的中華社會文化中心意涵。而文學圈外的事件，諸如政治事件、政治運動、社會運動對文學的影響，及其同文學的關係，也是編纂臺灣文學史時所不可忽視的問題，應當實事求是地看待。比如一九四五至一九四八年間臺灣的國語運動，是在臺灣全面推行國語、全面提升臺灣民眾的國語水準的社會運動。臺灣文學在光復初期的幾年間就實現了「文學的國語、國語的文學」的目標，可見，國語運動對文學的推動是臺灣光復初期極其重要的文學史實，臺灣國語運動在臺灣現代文學史上開創了一個國語（白話）文學的時期，在此時期內，臺灣新文學畢其功於一役，整個臺灣現代文學的進程也基本完成。

（五）臺灣通俗文學

　　主要包括：雞籠生漫畫；臺灣日據時期電影文學；吳漫沙、徐坤泉的言情小說；鄭坤五的俠義小說與歷史小說──〈鯤島逸史〉；辜顏碧霞、黃寶桃等女性日語作家的言情通俗小說；閩南語流行歌等。

---

37 汪毅夫：〈文學的周邊文化關係──談臺灣文學史研究的幾個問題〉，《福建師範大學學報》2004年第1期，頁76。

38 汪毅夫：《閩臺區域社會研究》（廈門市：鷺江出版社，2004年3月，初版1刷），頁365。

（六）女性文學

　　在臺灣日據時期，在日本殖民政體的統治下，女性受教育的機會是「有限臺民中的有限」[39]，因此，女性作家相對於男性作家，數量較少。但是，就日據時期臺灣作家的日文創作整體而言，臺灣女性作家張碧華、楊千鶴、黃寶桃、辜顏碧霞等的日語創作仍然佔據不可忽視的分量。而且，「當時以婦女議題為主題的創作乃是日據文學的一大重點」[40]。臺灣女性文言詩人也數量眾多，僅澎湖詩人陳錫如一人，即有從事詩歌創作的女弟子五十四人。臺灣現代文學史階段比較著名的女性文言詩人主要有石中英、李德和、黃金川、蔡旨禪等。但以往的文學史著作所較少論及這些不應該忽視的女性詩人，未能充分注意女性在文學中扮演的角色，該方面資料也較缺乏。目前這一情況獲得了較大改善，許多臺灣學者開始以日據時期女性文言詩人為研究主題。黃金川因其特殊的家世背景最受矚目，不僅詩集《金川詩草》[41]數度出版，更有鄭文惠等十位女博士編寫了《金川詩草百首鑒賞》[42]，為金川詩做了詳盡的注釋賞析，此外，亦有多篇相關的研究論文[43]。近年來，臺灣中正大學中文系教授江寶釵開展了嘉義女詩人李德和的研究，撰述論文、彙編整理資料。施懿琳作《南都女詩人石中英及其

---

39 參見江寶釵博士論文《論〈現代文學〉女性小說家：從一個女性主題出發》，第三章「女性創作與《現代文學》女性小說家的批評視角」（臺北市：臺灣師範大學國文研究所博士論文，1994年6月）。

40 參見許俊雅：《日據時期臺灣小說研究》（臺北市：文史哲出版社，1995年），頁348。

41 參見《金川詩草》（臺北市：陳啟清先生慈善基金會出版，1991年）；《正續合編金川詩草》（臺北市：中研院文哲所，1992年10月）。

42 參見鄭文惠等：《金川詩草百首鑒賞》（臺北市：文史哲出版社，1997年）。

43 如，黃俊傑：〈黃金川的感情世界與現實關懷〉，收在《正續合編金川詩草》；廖一瑾：〈臺灣第一位閨秀詩人黃金川和她的《金川詩草》〉，《文化中文學報》1993年1月；許俊雅：〈三臺才女黃金川及其詩〉，收在《臺灣古典文學散論》（臺北市：文史哲出版社，1994年11月）；朱嘉雯：〈日據時期臺籍女詩人眼中的「家國」——以三臺才女黃金川為論述焦點〉，「中國女性書寫國際學術研討會會議論文」，1999年4月。

〈芸香閣儷玉吟草〉》對府城女詩人石中英的生平及作品進行了初步探討。臺灣「吳三連史料基金會」則曾經製作了臺灣女性文學專題。另外還有黃美娥博士論文中有關女作家林次湘的論述；《臺中縣文學發展史》中提及吳燕生；以及女詩人杜淑雅的被發現等。臺灣現代女性文學研究目前初露端倪。女性文學比較注重女性生活史、女性心態及女性的社會、家庭地位，有其獨特的規律。臺灣女性文學的挖掘整理及其研究均有其必要性，由此可以開闢臺灣現代文學研究的一個嶄新領域，拓寬臺灣現代文學史的視野。

（七）重視光復初期的臺灣現代文學

臺灣光復初期是中華民族近現代史上寶貴的海峽兩岸短暫統一時期。此一時期的兩岸文學、文化融匯與交流，為癒合日本侵略所帶來的傷痕、消除兩岸民眾睽違五十年的隔閡，其功厥偉。一部成功的臺灣現代文學史不可能缺少此段時期的文學描述。要實現這種文學史水準的提高，則要汲汲於材料的積累和史料的發掘，以期還原歷史原貌，呈現事實真相。

四　本書的基本結構及框架

臺灣文學的發展過程在乙未割臺前與大陸文學的發展是同步的。只是日本對臺灣的割占臨時打斷了這個發展趨向。在經歷了割臺的屈辱及民族壓迫和文化逼壓的陣痛之後，臺灣文學又重新走向了趨向祖國大陸的發展軌道。由於臺灣文學的發展有著在一八九五年之後與大陸不同步的現象，將大陸現代文學史的始點一九一九年也當作臺灣現代文學史的始點，顯然是不科學的。

臺灣新文學的發展是受大陸新文學的影響而實現的。因而，臺灣現代文學史的起點後於大陸現代文學的起點。「一九二三年是臺灣近

代文學史的下限，⋯⋯一九二三年以後，開始有嚴格意義上的臺灣現
代文學作品出現，而連雅堂的《臺灣詩乘》（一九二二年出版），是總
結、總評包括臺灣近代文學在內的臺灣舊文學的著作。一八九五年以
後離臺內渡的臺灣近代詩人在一九二三年以前大都駕鶴西去⋯⋯」[44]
因此，將一九二三年作為臺灣近代文學和臺灣現代文學的分界線，將
其作為臺灣現代文學史的開端，是從臺灣文學的實際情況出發的最佳
選擇。一九四五至一九四八年間，以「文學的國語、國語的文學」為
目標，臺灣的國語運動在臺灣文學史上劃出了一個承前啟後的時期，
在此時期內，「臺灣現代文學畢其功於一役」。[45]「從文言到國語（白
話）不僅是臺灣現代文學同臺灣近代文學、也是臺灣現代文學同臺灣
當代文學分野的顯要標誌。」[46]而隨著一九四九年國民黨政府敗退臺
灣，大批大陸知名作家也來到臺灣，臺灣文學開始了一個新的時期。
因此，一九四九年五月是臺灣現代文學史的下限，而一九四九年及其
之後的文學史階段則屬於臺灣當代文學史的範疇了。在這二十六年的
時限內，臺灣現代文學大致可以分為三個階段：（一）一九二三年至
一九三七年六月。上限為一九二三年黃朝琴和黃呈聰分別在《臺灣》
發表〈漢文改革論〉與〈論普及白話文的新使命〉，以及《臺灣民
報》的創刊；下限為一九三七年六月《臺灣日日新報》、《臺灣新
聞》、《臺南新報》和《臺灣新民報》的「漢文版」被迫停止，以及
《臺灣新文學》被迫停刊。（二）一九三七年七月中國抗日戰爭爆發
到一九四五年八月日本投降。（三）臺灣光復初期（1945年8月-1949
年5月）。

---

44 汪毅夫：《臺灣近代詩人在福建》（臺北市：幼獅文化事業公司，1998年，初版1
刷），頁7。

45 汪毅夫：《閩臺區域社會研究》（廈門市：鷺江出版社，2004年3月，初版1刷），頁
373。

46 汪毅夫：《閩臺區域社會研究》（廈門市：鷺江出版社，2004年3月，初版1刷），頁
338。

　　因為不同語言載體的文學，受到殖民政策、新文化運動等外部環境的影響，其發展規律和發展進程不一，因此，具體而言，漢語文言文學、漢語國語（白話）文文學、日語文學、各種方言文學等在此時期及日據初期的各自分段如下：

　　漢語文言文學：經歷了保存國粹、弘揚漢學、抵制殖民同化階段（1895-1915），無奈彷徨時期（1916-1923）和反省、革新思想時期（1924-1937年6月），堅韌生存、維一線斯文於不墜階段（1937年7月-1945年8月），光復後文言文學的繼存與新發展階段（1945年9月-1949年12月）。

　　國語（白話）文學：醞釀期（1920-1922）；萌生期（1923-1929）；發展期（1930-1937）；低潮期（1937-1945）；復甦期（1945-1948）；成熟期（1948-1949）

　　日語文學：抵制殖民文化、日語作品付之闕如階段（1895年5月29日-1922年4月），上限為日軍登陸臺灣，實施軍事占領之日，下限為追風（謝春木）的日文小說《她要往何處去》在一九二二年四月的《臺灣》雜誌上發表，是為臺灣現代文學史上的第一篇日文小說；新文化、新思想與媚日取寵傾向並存的日文創作時期（1922年5月-1937年6月），下限為日本殖民當局命令廢止各報刊漢文欄；抗戰時期的文化隱喻、韌性鬥爭的日文文學與迎合日本「國策」的文學雜糅時期（1937年7月-1945年8月），下限為抗日戰爭結束，日本失敗，退出臺灣，臺灣回歸祖國；光復後作家語言轉換適應期的日文文學的苟延階段（1945年9月-1949年5月），下限為國民黨當局在臺灣宣佈戒嚴。

　　各種方言文學：口頭承傳中華民族文化時期（1895年5月29日-1925年），下限為臺灣知識分子開始注意並搜集整理臺灣民間文學；傳統文化與新思想、新文化結合的改進時期（1925-1937年6月），上限以蔡培火一九二五年由臺南新樓書房出版的〈十項管見〉掀起第一次臺灣話文運動為標誌，下限為日本殖民當局強令廢止報刊漢文欄、

禁止歌仔戲等華夏民族方言文藝形式的創作與傳播；皇民化運動時期方言文學的隱性創作與堅韌抗爭（1937年7月-1945年8月15日）；光復後方言文學的復甦與分流（1945年8月16日-1949年5月）。

　　日據時段臺灣現代文學史又可以分為兩個小的階段：

　　（一）從黃朝琴〈漢文改革論〉和黃呈聰〈論普及白話文的新使命〉在《臺灣》發表、《臺灣民報》創刊的一九二三年起，迄於《臺灣日日新報》、《臺灣新聞》、《臺南新報》和《臺灣新民報》之「漢文版」被迫「廢止」的一九三七年六月為第一階段。在此一階段裡，「文言作為傳統的寫作用語，從臺灣古代文學、臺灣近代文學承襲而來，又從臺灣近代文學時期興起的結社聯吟活動的慣性得力，於時間和空間上得以延續和普及」[47]；另一方面，由於大陸文學革命的影響，也由於黃朝琴、黃呈聰和張我軍等人的倡導，國語（白話）也成為臺灣現代作家一種時髦的寫作用語。另有部分臺灣現代作家已經養成了用日語寫作的能力，如葉榮鐘《日據下臺灣政治社會運動史》所記：「能夠寫日文的固是濟濟多士」。[48]

　　（二）從一九三七年七月中國抗日戰爭爆發至一九四五年八月日本投降為第二階段。在本階段，日據當局全面取締報刊之漢文版、漢文欄和學校之漢語教學，用國語（白話）寫作的臺灣現代作家基本上失去了發表作品的空間，用文言寫作的臺灣現代作家卻由於日據當局並未取締詩社而有乘隙活動的餘地，文言和日語乃是臺灣現代作家僅有的兩個選項。

　　本書按照史的線索分為上下兩篇，即上篇臺灣現代文學史的日據時段（1923年1月1日-1945年8月15日）、下篇光復初期臺灣現代文學

47 參見汪毅夫：〈語言的轉換與文學的進程——關於臺灣文學的一種解說〉，《中國現代文學研究叢刊》2004年第1期，頁204。

48 葉榮鐘：《日據下臺灣政治社會運動史》（臺中市：晨星出版有限公司，2000年），下冊，頁619。

（1945年8月16日-1949年5月）。而在論述時，又根據文學自身的規律，將兩篇分別劃分為三個部分，即：文學的外圍（包括影響到文學發展的社會活動、音樂、美術藝術，臺灣作家離開臺灣之後的書寫，影響到臺灣文學的外國人書寫等諸種文學周邊的文化[49]）、文學的內部（包括對於作家作品闡釋評價、作家作品的創譯用語、文學流派等諸種文學現象）以及文學內部的創作藝術與文學外部的政治、思想、意識形態等混雜交錯、糾葛纏繞的文藝思想論爭。全文統一排序為十二章，但上下篇所分含的前兩編分別排序，以此表明時間觀念與史的建構，同時又避免失卻論述的邏輯性。

　　具體說來，上篇論述的是臺灣現代文學史的日據時段（1923年1月1日-1945年8月15日）。前兩編從民間寫作、離岸寫作、文化隱喻、韌性抗爭、文學的周邊文化、文化殖民的潛在證偽等方面，系統介紹日據時期臺灣文壇之文化生態、文學與意識形態的親近與疏離、文學社團、創作趨向、文藝論爭等重要的文學及文學周邊的文化現象。此時期根據日本統治當局的政策傾向，又可以分為兩個時段。第一時段為從國語（白話）在臺灣的正式發端一九二三年一月開始，至一九三七年六月報刊漢文欄被廢止為止；第二時段從一九三七年七月開始，到一九四五年八月日本投降、戰爭結束為止。

　　上篇第一編為「文學的外圍」部分，論述周邊文化中的邊緣書寫現象。其中包括第一章日據時期臺灣現代文學史背景，含日據時期的臺灣社會概況，社會團體、文學流派及與之關聯的報刊，多元並呈的文學周邊文化之中華文化民間薪傳等；第二章島外寫作與歸岸之響，含概述（島外寫作──「流散美學」現象、陸岸文化人的同聲相應），離臺內渡寫作，離臺赴日寫作，臺灣作家及民間藝人在其他國家、地區的寫作，島外文化人的臺灣題材寫作及對臺交流。通過述

---

49 有關「文學的周邊文化」一概念，參見汪毅夫：〈文學的周邊文化關係──談臺灣文學史研究的幾個問題〉，《福建師範大學學報》2004年第1期，頁71。

論，本編初步得出小結：日據時段的臺灣現代文學外圍書寫映攝了中華文化意涵。

　　上篇第二編為「文學的內部」部分，論述臺灣文學者在語言暴政下的痛苦言說。其中包括第三章日據時段的臺灣現代文言作品，含概述（文言詩歌發展脈絡，文言散文發展脈絡，文言小說、戲劇等的產生與發展，文言楹聯），賴和與陳虛谷、楊守愚等人的文言創作（之所以將他們列為一節，是因為他們均是文言、白話並用的作家。），吳濁流與葉榮鐘等人的文言創作（之所以將他們列為一節，是因為他們均是中日文並用的文學者），連橫等人的文言創作（其中，連橫、洪棄生、林幼春等均具有民族氣節，王松、施天鶴等均以遺民詩人自居，蔡惠如、謝星樓等則是用文言書寫的新文化者。），石中英、黃金川等女性文言詩人（這些女詩人可以說是邊緣文學中的邊緣詩人。）；第四章日據時段的國語（白話）文學，含概述（國語〔白話〕文學生長脈絡，國語〔白話〕新詩源流，國語〔白話〕小說創作，國語〔白話〕散文創作，戲劇、文學評論等其他國語〔白話〕文學形式），賴和、楊守愚、周定山等人的國語（白話）文學創作（之所以將他們列為一節，是因為他們均是堅持中文創作的文學者。），張我軍與楊雲萍等人的國語（白話）文學創作（之所以將他們列為一節，是因為他們均是中日文創作的自如轉換者。），吳漫沙等人的通俗國語（白話）文學創作；第五章日據時段的臺灣現代日語文學，含概述（日語詩歌創作發展脈絡，日語小說創作發展脈絡，日語散文、戲劇等其他文學形式發展脈絡），楊逵、呂赫若、龍瑛宗、張文環、翁鬧等人的日語作品（之所以將他們列為一節，是因為他們均是在日據時期始終運用日語創作的作家，而且均以創作小說為主。），楊熾昌、張彥勳、吳新榮、王白淵、陳奇雲等日語詩人（之所以將他們列為一節，是因為他們均是在日據時期始終運用日語創作的作家，而且均以創作詩歌為主。），吳濁流、葉榮鐘、楊雲萍等人的日語創作

（之所以將他們列為一節，是因為他們均是中日文創作的雙棲者。），女性作家及其日語通俗文學創作；第六章日據時段的臺灣現代方言文學，含概述（臺灣方言之源流及其分佈概況，方言歌詩、口傳民間故事、傳說、謎猜等民間文學形式發展脈絡，方言小說發展脈絡，方言戲曲、散文、戲劇及其他文學形式發展脈絡，閩南語流行歌），方言歌謠，閩南語流行歌、報告文學等通俗文學創作，臺灣民間方言戲曲文學（歌仔和歌仔冊，歌仔冊個案抽樣）；第七章日據時段的臺灣現代翻譯文學，含概述，張我軍的日文中譯，黃宗葵、劉頑椿、吳守禮等的中文日譯。通過述論，本編初步得出小結：語言轉換、文化隱喻與韌性抗爭是日據時段的臺灣現代文學的普遍現象。

　　上篇第三編為「文學內外的糾葛」部分，將第八章一章單列為第三編，目的在於使行文脈絡清楚，邏輯嚴密。第八章論述的是各種文藝思想的交鋒，含概述、新舊文學論戰沿革及意義、鄉土文學和臺灣話文論戰沿革及意義、大眾及左翼文藝論爭、臺灣作家與來臺日本人的文學論戰。

　　下篇論述的是臺灣現代文學史的光復初期時段（1945年8月16日-1949年5月20日）。該時段的下限為國民黨政府在臺灣實行戒嚴。前兩編從文化匯流、兩岸交流、回歸祖國的歡喜與執政者的惡政所造成的社會傷痕、語言轉換的困難及適應、文化隱喻、韌性抗爭等方面，析論光復初期臺灣文壇之文化生態、語言轉換與國族認同的關係、創作主體與創作文本、文藝論議等重要的文學及文學周邊的文化現象。

　　下篇第一編為「文學的外圍」部分，論述含混在文學及其周邊文化中的，反映光復之喜與惡政之怨的邊緣書寫現象。其中包括第九章光復初期臺灣現代文學史背景，含光復初期的臺灣社會概況、光復初期的臺灣文學社團與相關報刊、融匯於中華文化主流的光復初期臺灣文學周邊文化；第十章彼岸之念與此岸之思，含概述、光復初期兩岸文學者的跨岸交流（在大陸的臺灣文化人和在臺灣的大陸文化人，范

泉、《文藝春秋》與光復初期臺灣現代文學之關聯）。通過述論，本編
初步得出小結：在臺灣現代文學史光復初期時段，庶民寫作和官方意
識形態存在著融合（從推翻日本殖民統治、臺灣回歸祖國這一點上
說，兩者的意願是統一的，因而實現了情感與國族認同方面的統一、
融合）——分流（統治當局的惡政造成的階級矛盾，因而形成了庶民
寫作中對於統治階級的抗爭）——交織（主要表現在兩者在國族認同
方面是統一的，這與日據時期臺灣民眾對於日本統治當局的態度截然
不同。但是在這根本的國族觀念沒有偏離的同時，也出現了階級層面
的不諧和音）。

　　下篇第二編為「文學的內部」部分，論述臺灣文學者在臺灣回歸
祖國後的歡喜與他們在努力實現語言轉換時所遭遇的陣痛。其中包括
第十一章光復初期臺灣文言文學，含概述，光復初期臺灣現代文言詩
歌，光復初期臺灣現代文言散文；第十二章光復初期國語（白話）文
學，含概述（光復初期國語〔白話〕文學的復甦：創作用語由日文向
中文轉換的困難與適應、光復初期國語〔白話〕文學創作概況），光
復初期的國語運動，光復初期的國語（白話）小說家（鍾理和、呂赫
若、周青，歐坦生和楊夢周的小說創作）；第十三章光復初期臺灣日語
文學，含概述，光復初期的日語小說創作（吳濁流，楊逵等小說作
家），光復初期的日語詩歌創作（光復初期臺灣女性作家的日語詩歌，
陳千武及銀鈴會諸詩人的日語詩歌）；第十四章光復初期臺灣方言文
學，含概述，光復初期的閩南語流行歌；第十五章光復初期臺灣現代
翻譯文學，含概述，許壽裳、黎烈文等的翻譯文學活動。通過述論，
本編初步得出小結：在臺灣現代文學史光復初期時段，語言轉換的藝
術卻同時意味著國族認同的政治，臺灣文學者自覺自發地努力實現由
日文書寫向中文書寫的轉換，這本身即隱喻著一個中華文化趨向。

　　與上篇第三編相呼應，下篇第三編為「文學內部的論議與文學外
部的紛擾」部分。將第十六章一章單列為下篇第三編，亦出於布局謀

篇與邏輯嚴密性方面的考慮。第十六章論述的是光復初期的文學論議，含光復初期文學論議的起因及其範圍，關於臺灣新文學諸問題的討論（《新生報》「橋」副刊上關於臺灣文學方向的論議、《臺灣文化》對兩岸新文學傳統的兼容、論議的結果──促使兩岸文學匯流的進步現實主義）。

　　書的最後一部分是結論部分。本部分在論文主體部分詳細論述的基礎上，總結提煉出臺灣現代文學的最本質特徵，即：語言轉換中的中華文化脈搏。由此一本質特徵出發，還可以發現，臺灣現代文學還有兩個獨特的個性，即，這一中華文化流脈裡始終有「邊緣」與「轉換」兩個概念在變動不居地纏繞流動。

上篇
臺灣現代文學史的日據時段
（1923年1月1日-1945年8月15日）

第一編
文學的外圍：周邊文化中的邊緣書寫

第一章
日據時期臺灣現代文學史背景

第一節　日據時期的臺灣社會概況

　　日據時期臺灣的社會發展，從日本殖民當局的統治政策傾向而言，大致可以分為三個階段。第一階段為「武力鎮壓時期」，此階段從一八九五年到一九一五年。此時期為臺灣人民的武裝鬥爭時期。一九一五年西來庵事件[1]後，臺灣民眾開始機智靈活地開展文化與政治方面的韌性抗爭，日據當局的政策也隨之轉向了安撫與籠絡，從此時到一九三七年「盧溝橋事變」為第二階段「綏撫、籠絡政策」時期。第三階段從一九三七年七月到一九四五年日本戰敗投降，此階段，日據當局配合日本軍國主義本部所謂將臺灣建成南進基地的戰略，在臺灣施行高壓的皇民化政策。

一　第一時段（1923年1月-1937年7月）

　　日本據臺之初，即對陸臺兩岸交流設置了經濟壁壘，如限制臺灣民眾內渡大陸，不准大陸勞動者來臺務工，禁止臺灣民眾獨立設立公司等，由此壟斷臺灣的經濟命脈、掠奪臺灣的經濟文化資產，為其進一步的侵略擴張服務。在第一次世界大戰中，日本成為戰勝國，一九二三至一九二六年，日本進入大正民主時期，軍國主義分子尚未奪取

---

[1]　一九一五年七月六日至八月二日，余清芳、江定、羅俊謀劃於西來庵起義，但因事情洩漏，起義慘遭失敗。日據當局法院於臺南將二百餘人判為死刑。是為「西來庵」事件，亦稱「噍吧哖事件」。

政權，其國力得到加強。一九一八年後，世界民族解放運動蓬勃興起，中國大陸亦於一九一九年爆發了「五四」新文化運動。受「五四」運動的影響，在日本東京的臺灣留學生成立了「六三法案[2]撤廢期成同盟會」，開始嘗試以新文化新思想啟蒙臺灣民眾，反抗侵略，到一九二三年左右，臺灣的新文化運動已比較成熟。臺灣現代文學即開端於此一時期。在此時期，為了永久霸占臺灣並將其作為進一步侵略中國的基地，日本資本家變本加厲地搜刮臺灣的經濟資源。在文化方面，日本殖民當局開始實行並逐步加強了「同化政策」[3]。

　　日據當局的文化同化舉措主要有，一方面籠絡上層仕紳，舉辦「饗老典」、「揚文會」、獎勵詩社並舉辦詩人聯吟；另一方面施行同化教育。同化教育的重點是語言同化教育。他們實施日語教育政策，發布書房義塾規則，強令漢文私塾加教日語。推行日語普及運動，在各地設立日語講習所、日語公學校，成立日語夜學會、日語普及會。公學校作為最主要的初等教育機構，其主要目的是進行日語教育，「對本島人兒童教日語，施德育，以養成（日本）國民性格。」[4]公學校的修業年限為六年，入學年齡為七歲以上、十六歲以下，其課程以日語、日本禮儀、臺灣人必須遵守的重要制度為主。一九二二年，日據當局將公學校一至六年級的日語課程，分別增加為十二、十四、十四、十四、十、十小時，並將漢文課程由必修改為選修。日語公學

2　一八九六年，日本總督府公布了編號為第六十三號的法令〈關於施行臺灣之法律〉，規定臺灣總督享有行政、財政、軍事的權利。這個法令便是俗稱的「六三法」。一九〇五年，日本殖民政府為了進一步強化對於臺灣的統治，又進一步延長了「六三法」有效期。

3　一九一四年，板垣退助專程到臺灣提出了「同化」口號，提出「日本人應與中國提攜」，「臺灣最接近中國，適於親善融合」，「互相應該同化」，「造成真正之日本殖民地」。強調日本殖民政府要實行同化主義，使臺人與日人「渾然融合」，悅服「王化」以「貢獻東洋和平」。這是一種更為隱蔽的侵略政策。此後，與這種「同化政策」配合，臺灣總督改由文官擔任。

4　參見吳毓祺：《南社研究》（臺南市：臺南市立文化中心，1999年），頁21-24。

校向臺灣民眾灌輸日本文化，實質上是奴化臺灣民眾、塑造其日本國民性格的工具。這種語言暴政使得許多臺灣作家完全不懂國語（白話）、不會用中文寫作，只能用日語寫作。語言文字是族群的文化資產，是族群文化最基本的特徵，也是瞭解掌握族群文化的工具。臺灣作家不懂漢語漢文，就無法接收更多的來自祖國的漢文化信息。日據當局企圖借語言的同化，使臺灣民眾疏離中華文化，認同日本文化，成為日本的順從臣民。日據初期，伊澤修二的教育政策宣言就表明，殖民當局日語教育政策的本質目標是滅人之史、亡人之國。[5]語言是一個族群最重要的認同標誌，是凝聚族群意識的最大動力。殖民當局妄圖取消臺灣民眾獲取本族群語言的教育權利，其居心險惡，在施行過程中遭到了臺灣民眾的反抗。一九二〇年（民國九年，日本大正九年），全臺懂日語的人數僅占全島人數的百分之二點六八，[6]日語的推廣進程顯然並不順暢。一九二八年十一月，臺中師範學校日籍舍監發現臺灣學生私下用漢語方言交談，便惡語痛罵學生。此舉引起了社會公憤，許多民眾向學校當局提出強烈抗議。[7]但在殖民當局的推動下，一九三六年，臺灣各地的日語講習所仍達到了二一九七處，簡易日語講習所有一七三五處，學生總數有二十多萬人。[8]在日語普及政策下，臺灣「解日語文者」人數見下表：

5　參見邱敏捷：〈論日治時期臺灣語言政策〉，《臺灣風物》第48卷第3期（1998年），頁48-52。

6　參見臺灣省文獻委員會編：《重修臺灣省通志文教志社會教育篇》（臺北市：臺灣省文獻委員會，1993年），頁229。

7　參見張炎憲：〈臺灣文化協會的成立與分裂〉，載張炎憲編：《臺灣史論文精選》（下）（臺北市：玉山出版社，1996年），頁131-159。

8　該數據參見陳小沖：〈一九三七－一九四五年臺灣皇民化運動述論〉，廈門大學臺灣研究所《臺灣研究集刊》1987年第4期。

同化教育政策下臺胞「解日語文者」人數統計表[9]

時間			人數比率		
公元	中國紀年	日本紀年	解日語人數	臺灣總人口	解日語者比率
1931	民國20	昭和6	893,519	4,372,284	20%
1932	民國21	昭和7	1,022,371	4,496,870	23%
1933	民國22	昭和8	1,127,509	4,612,274	25%
1934	民國23	昭和9	1,287,174	4,759,197	27%
1935	民國24	昭和10	1,451,350	4,882,288	30%
1936	民國25	昭和11	1,641,003	4,990,138	33%

　　由上表可知，自一九三一年（民國二十年，日本昭和六年）起，臺胞「解日語文者」的人數逐步遞增，說明日據當局奴化教育的危害在逐步加深。一九三二年，日本人小川尚義又編成、出版了《臺日大辭典》上下兩冊，以利進一步推行日語。日據當局推行日語普及政策，限制漢文教育，甚至限制使用臺灣方言，引起了臺灣知識分子的強烈不滿，連橫在《臺灣語典》的序文中，悲憤地說：「今之學童，七歲受書，天真未漓，咿唔初誦，而鄉校已禁其臺語矣！今之青年，負笈東土（日本），期求學問，十載勤勞而歸來，已忘其臺語矣！今之縉紳上士乃至里胥小吏，遨遊官府，附勢趨權，趾高氣揚，自命時彥，而交際之間，已不屑復語臺語矣！」[10]日據當局訴諸政治力量的「同化」方針，引發了臺灣民眾的「反同化」意識和行動。一九二〇年代，臺灣文化人開始抨擊這種語言暴政，倡導漢文復興運動、臺灣話文運動，成為日本人所謂「思想界騷亂時代」[11]的民族解放運動的

9　本表根據臺灣省文獻委員會一九九三年編《重修臺灣省通志文教志社會教育篇》，
　　頁227-237資料整理編製而成。

10　參見連橫：《臺灣語典》（臺北市：臺灣省文獻委員會，1992年），頁3。

11　陳美如：《臺灣語言教育政策之回顧與展望》（高雄市：復文出版社，1998年），頁
　　41-42。

一環。臺灣民眾自己創立的漢文書房承擔起了傳承中華文化的重任。日據初期，殖民當局還沒有認識到漢文書房的抗日作用，於是，「傳統文化的維繫、民族意識的宣揚、社會精英的培育……都是書房功能所在。」[12]這些維護漢文母語的運動，顯示了臺灣民眾深切認同於傳統的漢語言文字，形成了抗拒日語中心主義的時代潮流。日據當局鼓吹的所謂「同化」和臺灣人與日本人的「共學制度」，其實是一種騙局。臺灣民眾和來臺日本人實際上享受的是不平等待遇。以一九三四年全島中等學校入學率為例，「內地人志願者六六〇一人而入學者二五三三人，本島人志願者七八六三人而入學者一二六二人，以百分比來表現，相對於志願者，內地人（按：日本人）入學率是三十八點四人，而本島人卻僅有十六點一人而已。」[13]葉榮鐘曾在光復初期著文深入剖析了日據時期臺灣的教育制度：「當日人占據本省，一向以愚民政策為政治之準備，對於同胞之教育本無熱意差別就學機會，抑制學課水準，五十年處心積慮，只在使學校教育如何配合其殖民政策之需要而已。……日人在本省造孽眾多，罪惡深重，就中最令識者痛心者，莫甚於歧視本省人之教育，雖有大學之設，而臺籍學生等於鳳毛麟趾寥寥無幾，究係聊予點綴以圖掩飾其欺騙政策。致同胞青年不能盡教育之能事，以發揮其天賦而展其鴻才之一事也。」[14]許多臺灣青年，為接受新文化新思想，分別赴祖國或日本留學。據統計，赴祖國留學的，一九二〇年不超過十九名，一九二二年增至二七三名；赴日本留學的，一九一六年三〇〇餘名，一九二二年則增至二四〇〇餘名。

12　見施懿琳：《從沈光文到賴和——臺灣古典文學的發展與特色》（高雄市：春輝出版社，2000年6月，初版1刷），頁185。

13　見葉榮鐘一九三四年十月手稿《教育問題》，原文為日文，葉笛中譯。葉榮鐘撰，葉芸芸、陳昭瑛主編：《葉榮鐘早年文集》（臺中市：晨星出版有限公司，2002年3月31日，《葉榮鐘文集7》），頁173。

14　見葉榮鐘：《招設臺灣基督教大學（假稱）緣起》，1946年7月，引自葉榮鐘撰，葉芸芸、陳昭瑛主編：《葉榮鐘早年文集》（臺中市：晨星出版有限公司，2002年3月31日，《葉榮鐘全集7》），頁355。

　　在新聞傳播方面，日本運銷來臺的日語報刊充斥市場，島內出版
書刊也以日本人的日語著作為主。殖民當局對漢文報刊及報刊漢文版
嚴厲檢查，禁止違背統治政策，宣傳漢民族意識。電臺廣播和日本人
編輯的官方報紙是傳達總督府訊息的主要媒體。臺灣文化人主辦的報
刊則大都站在臺灣民眾的立場。比如，「九一八」事變後的第三天，
總督府機關報《臺灣日日新報》的整版都是傾向於日本軍方的有關大
陸戰情的報導。而與其針鋒相對，《臺灣新民報》以傾向祖國大陸的
語詞的新聞版標題，如「張氏通電倡導和平，國家命脈一線僅存、披
髮攖冠拒容忽視」等，透露出民族主義立場，受到民眾的歡迎，《臺
灣新民報》在一九三〇年時，曾一度發刊五、六萬份，受眾極多。但
此類代表臺灣民眾心聲的言論，往往會遭到殖民當局禁止。此時期，
日本殖民當局大量輸入日本的歌曲、戲劇、電影，「對來自日本影片
則大加獎勵，……對我國產片則嚴厲。當我國產片輸入，影片一到，
百般留難」。[15]企圖隔斷大陸文化，注入日本文化質素，改變臺灣的中
華民族文化結構。

　　與此相對應，臺灣民眾的韌性文化抗爭運動此起彼伏。一九二〇
年，東京「應聲會」改組為「啟發會」，後又改組為「新民會」，以文
化啟蒙為宗旨。一九二〇年，《臺灣青年》在東京創刊，發行人為蔡
培火，這是一個中日文並用的綜合雜誌，發行目的是維護臺灣民眾的
中華民族意識。一九二一年，「臺灣文化協會」在臺北大稻埕成立，
林獻堂任總理，林幼春任協理，蔣渭水、蔡培火任專務理事，有一千
多個會員。該會發行機關刊物《臺灣文化協會會報》，後又發行《臺
灣民報》，並組織開展「臺灣議會期成運動」，進而建立「臺灣民眾
黨」，反對殖民統治。一九二二年十月，文化協會在臺北召開創立一
周年紀念大會時，選出了以石煥長為首的「新臺灣聯盟」。後來，臺

---

15 臺灣省文獻委員會編：《臺灣史》（臺北縣：眾文圖書公司，1984年），頁613。

灣進步知識分子組織了政治社團「臺灣議會期成同盟」，聯合簽名向
日本貴眾兩院要求設置臺灣議會、賦予對臺灣特別法和臺灣預算的審
議權，顯示了民族自決主義思想。在一九二一至一九三四年間，此類
議會設置請願運動共計有十五次，但均告失敗。日本官員如此回應：
「若是反對同化政策，須要退出臺灣。」「大家若嫌稅貴（高），盡可
退去臺灣吧！」蔣渭水在一九二四年發表的〈隨想錄〉一文中，對此
進行了辛辣的諷刺：

> 明治28年5月8日，日清媾和條約批准以後，……對臺灣人民給
> 與2年退去期限……30年5月9日以後，依舊住臺灣的人，自然
> 是願意做日本國民的意思了。不但自己這樣想，連日本政府也
> 是看做這樣的哩！所以現在日本籍的臺人，是已經做了30年的
> 日本百姓。而今臺灣人的政治運動，是要促使政府改善政治上
> 的弊端，可說是一種愛國的行動。這國民的政治運動，乃是國
> 民的權利，也是國民的義務啦！怎麼叫這政治運動的臺灣人，
> 宣告退出的壞話呢？這句話實在是「非同小可」的呀！以身食
> 國家之祿，對人民說這話，實在難免無責咧！……日本領臺至
> 今，已經有30年了，在這時候，還要對臺人宣告30年前的退去
> 命令，是有什麼必要呢？豈不表示這30年來的治臺政績，全沒
> 有進步嗎？

　　一九二三年，臺灣總督府實施治安警察法，同年發生了「治警事
件」[16]，賴和等四十九人被捕。一九二四年，臺灣文化協會舉行「全

---

16 日本貴眾兩院對請求設置臺灣省議會的請願案，均以「不採擇」或「審議未了」為
　由予以扼殺，臺灣總督府認為議會設置請願運動違犯了治安警察法，乃於一九二三
　年十二月十六日凌晨，命令各州同時開始搜查檢舉「臺灣議會期成同盟」會員，共
　拘押、搜查、傳訊一七○餘人。蔣渭水、林幼春、蔡培火、陳逢源、蔡惠如、林呈

島無力者大會」，對抗殖民當局御用士紳的「全島有力者大會」。一九二五年，彰化二林蔗農集體對抗製糖會社的運動發生，史稱「二林事件」[17]，三十九人被拘捕。賴和為此寫下長詩〈覺悟下的犧牲〉，抒發了悲憤之情。一九二〇年代初，留學東京的嘉義人范本梁[18]開始倡導臺灣的無政府主義運動。一九二六年十二月，臺灣左翼青年成立了島內最早的無政府主義團體「臺灣黑色青年聯盟」，後改稱「臺灣無產青年會」，成員有王詩琅、洪朝宗、高兩貴、王萬得、黃白成枝、郭克明、楊松茂（守愚）、陳金懋等。該組織在一九二六年十二月一日發表宣言，並散發題為《和平島》的有關無政府烏托邦的小冊子。「臺灣無產青年會」主張自由人權，反對殖民統治。一九二七年二月一日，「臺灣黑色青年聯盟」被殖民當局破壞，共四十四人被檢舉。[19]

　　第一次世界大戰後，受世界經濟危機的影響，日本工商業一片蕭條。失業人口激增，勞資關係緊張。經濟風暴也影響到了臺灣勞工，亦使許多知識分子失業。痛苦的親身經歷使得一九二〇年代末、一九三〇年代初的臺灣知識人往往能夠站在勞動者的立場，表達他們的心聲。為轉嫁經濟危機，日本政府積極地進行軍事擴張，一九三一年，「九一八事變」爆發。在臺灣，面對民眾日益強烈的抗爭意識，日據當局開始大力鎮壓社會政治運動，建立了嚴密的警察制度[20]，在臺灣總督府內設警務局，在各州設警務部，在各廳設警務課。一九二八年

祿、王敏川、賴和等精英知識分子被羅織罪名起訴。此案的審查一直持續至一九二五年，蔣渭水和林幼春等人遭判決入獄。是為「治警事件」。

17 「二林事件」為一九二五年發生於二林的蔗農集體對抗製糖會社的運動，參見葉榮鐘：《日據下臺灣政治社會運動史》下冊（臺中市：晨星出版有限公司，2000年），頁575-579。

18 范本梁在留日期間接受了無政府主義思想，一九二二年赴北京時又受到無政府組織「北京安社」的影響，於是更積極地將該信仰付諸實踐。

19 參見王乃信、林至潔等譯：《臺灣社會運動史》第四冊第四章〈無政府主義運動〉（臺北市：創造出版社，1999年12月，第2版），頁20-28。

20 參見黃昭堂：《臺灣總督府》（臺北市：前衛出版社，1994年4月），頁229-230。

七月七日，為加強對民眾的思想控制，又設立了高等警察。配合警察制度，日據當局又實行了保甲制度，嚴密控制民眾言行。在少數民族方面，一九三〇年代，臺灣總督府警務局對臺灣少數民族的經濟、社會狀況進行了調查，以為更好地統治他們提供參考。此調查共分為兩項：「蕃人」（按：殖民者對臺灣少數民族的歧視稱呼。）所要地調查及「蕃人」調查。蕃人所要地調查，即調查「蕃人」生活所必需的土地；「蕃人」調查，即調查「蕃人」的現有狀況。調查後，臺灣總督府編成了《蕃人所要地調查書》與《蕃人調查表》。警察、保正對臺灣人民極盡欺壓之能事，這在許多日據時期臺灣文學作品裡均有描述。不堪淩辱的民眾忍無可忍，奮起反抗。一九三〇年十月二十七日，臺中霧社高山族同胞群起襲擊日本警察、官吏，殺日本官吏人等一百多人。史稱「霧社事件」。[21]

　　此時期，日據當局還鼓勵日本人移民臺灣，建立「內地人」村。在此政策鼓勵下，來臺日本人在一九一八年曾一度達到一四八三一人。對日本移民和臺灣民眾，殖民政府實行區別對待政策，來臺日本人的社會地位、經濟收入都明顯高於臺灣民眾。在臺日人一般是公務人員及其家屬等社會中高層人群。日據時期來臺日人的文學作品包括漢文言詩歌（以下簡稱漢詩）、日語和歌、俳句、現代詩、散文、戲劇和小說。日據初期，在臺日人的詩作多為漢詩、俳句、短歌；一九二五年以後出現了日語現代詩。受中華文化影響，有許多來臺日本人會做漢詩，他們的漢詩活動開始於一八九五年，興盛於一九一一年後，一九二六年以後逐漸沒落，但他們均沒有真正扎根漢詩文。如田

21　一九三〇年十月二十七日，臺灣高山族同胞不堪日人的剝削與欺侮，群起反抗，乘日官民在埔里舉行運動會，衝進會場，搏殺日人四十餘人，日政府出動軍警圍攻高山族住所，出動飛機，撒放毒氣瓦斯。該部落同胞幾乎全族被殺，起義領導人莫耶・莫那魯道父子和花崗兄弟等，誓死不降，英勇自殺。此次反日武裝起義，被殘酷鎮壓，二千餘居民壯烈犧牲。是為「霧社事件」。

健治郎在其日記中有許多漢詩創作，但他僅將其視為消遣性情的工具。[22]他們的漢文言文學創作，「舉其最佳作品，亦不過可讀而無可傳、有佳句而無完篇之屬。」[23]或者只處於學習遣詞造句的階段，無法與臺灣文化人創作的文言詩歌同日而語。吳濁流曾經對日本社會對漢詩的崇敬進行了分析：「日本的詩詞不像漢詩那樣有氣魄，所以，他們（按：指日本人）在狂歌劍舞、悲憤、慷慨激昂時，所吟唱的都是漢詩……社會上對漢詩的喜愛不消說，連研究漢詩的學者、專家、漢詩人，也是被人崇拜的。」[24]因此，來臺日本人對漢詩的崇仰實出於本國文學形態的不完善。一九二五年後，日本本土的漢詩創作已經式微，受此影響，又加以政治目的已達到、已無需再重視漢文言文學形式，來臺日本人的漢文言文學創作也走向衰頹，雖有久保天隨倡設「南雅社」，日人參加人數已大不如前。簡言之，日本人既不能專注於漢文言文學創作，又受到日本本土文學趨勢的影響和自身漢文學素養水平的限制，其漢文言文學成就不高。

日據當局不敢輕視在臺灣民眾中有著舉足輕重的影響力的臺灣文人。他們發現，鼓吹臺灣文人所喜愛的「漢詩」，是消除臺灣文人恐懼，與其溝通情感，實現懷柔目標的最佳途徑。於是，來臺日本人開展了以日人為主、臺灣文人參加，或日人提倡，但以臺灣文人為主的文言詩歌活動，具體作法主要有「聯吟唱和」、「全島徵詩」、「報紙推動」等[25]。他們組織了有臺灣詩人參與的「玉山吟社」、「穆如吟社」、「淡社」與「南雅社」等詩社，邀集文士到官邸吟詩作對，並編輯了《南菜園唱和集》、《江瀨軒唱和集》、《鳥松閣唱和集》、《大雅唱和

22 參見《田健治郎日記》（臺北市：中央研究院臺灣史研究所，1999年）。

23 汪毅夫：《中國文化與閩臺社會》（福州市：海峽文藝出版社，1997年4月），頁60。

24 《濁流詩草·漢詩必須改革》（臺北市：臺灣文藝雜誌社，1973年），頁341。

25 參見謝崇耀：《試比較清、日政權於臺灣漢詩發展的成就與影響》，臺灣彰化師範大學國文系第九屆白沙文學獎論文組第三名，2003年。

集》、《東閣唱和集》等詩集，借此收攬人心。這些詩社由日本人所發起，臺灣文人多非主體。如「南雅社」（1931-1934），主持者為臺北帝大教授久保得二（天隨），出版詩合集《南雅集》。該詩社成員有：大埔清一（思齊）、伊藤賢道（壺溪）、西川鐵五郎（菜南）、小松吉久（天籟）、賀來倉太（成軒）、三屋大五郎（清陰）、柳田方吉（陸村）、尾崎秀真（吉村）、猪口安喜（鳳庵）、神田喜一郎、渡邊甚藏（直峰）、大西吉壽（笠峰），臺灣人魏清德（潤庵）。[26]這些來臺日本人與臺灣漢文言詩人的唱和，往往是別有用心。如曾任新竹廳知事的兒山櫻井勉有與「遺民詩人」王松的唱和詩作。兒山〈寄懷王隱者松〉[27]詩云：「榕樹成林青又青，綠陰農戶讀書亭。遙知夏暇有兒省，爺讀忠經兒孝經。」塑造了王松的隱者形象，讚揚王松的詩作及為人，又別有用心地形塑王松對殖民政府的「忠心」。王松則曾答作〈代柬寄櫻井兒山太守勉〉[28]。王松在乙未割臺後，以「滄海遺民」為號表明心跡，而臨終也以此題墓表達對日本侵略者的抗議。王松酬答兒山櫻井勉的媚日傾向，表明他的文化抗爭，竟也存有「鬆動的現象」[29]。有著濃烈的遺民忠義和守節思想的詩人王松尚且有此無奈的流動政治認同之舉[30]，可見日本殖民統治危害之大，其文化殖民政策、同化政策荒謬性與危害性並存。

　　除了日本殖民侵略的「人禍」以外，臺灣還於一九二七年遭遇了一次臺南大地震，一九三五年，又有臺灣中部大地震，傷亡較為嚴重，此兩次地震的情景，女詩人黃金川和張李德和曾分別做詩描述。

---

26 見郭千尺：〈臺灣日人文學概觀〉，《臺北文物》第3卷第3期（1954年9月）。

27 見王國璠編輯，王松著：《友竹詩集》（臺北市：龍文出版社，1992年），頁127。

28 王國璠編輯，王松著：《友竹詩集》（臺北市：龍文出版社，1992年），頁127。

29 參見黃美娥：〈日治時代臺灣遺民詩人的應世之道——以新竹王松為例〉，「加州大學聖塔芭芭拉校園2000年臺灣文學國際研討會」論文打印稿，頁10。

30 參見黃美娥：〈日治時代臺灣遺民詩人的應世之道——以新竹王松為例〉，「加州大學聖塔芭芭拉校園2000年臺灣文學國際研討會」論文打印稿，頁10。

二　第二時段（1937年7月-1945年8月）

一九三七年七月七日，大陸抗日戰爭爆發，臺灣則開始了所謂「皇民化時期」（1937-1945）。日軍臺灣司令部發表強硬聲明，警告臺灣民眾，禁止所謂「非國民之言動」。八月十一日，總督府公布「事變特別稅令」，橫徵暴斂。十五日，臺灣進入「戰時體制」。一九三八年十一月三日，日政府發表「建設東亞新秩序」的聲明，推展侵略戰爭的氣焰更加囂張。一九三九年五月，總督小林躋造發表以臺灣為據點南侵的皇民化、工業化的治臺政策。在皇民化政策的壓制下，到一九三九年，臺灣對大陸的貿易，輸出額從日據前的百分之六十三降到百分之一點三，輸入額從日據前的百分之三十七點四降到百分之一點四。

第二次世界大戰之前，臺灣人沒有服兵役的「權利」。黃呈聰曾揭露了此種現象的本質：「想是領臺當時對新附民（即臺灣人）抱懷疑的心，恐怕其對本國不能忠實奉公，所以不使新附民負擔兵役的義務。」[31]戰爭初期，日本當局也不敢徵調有中華血緣的臺灣人。但隨著戰場的擴大，日本兵力損耗巨大，臺灣總督府不得不訓練高山族民眾，投入戰場。一九三七年九月二十五日，開始強召臺灣青年加入日本軍隊。接著，一九四一年十二月七日，日軍偷襲珍珠港，太平洋戰爭爆發。日據當局開始普遍動員臺灣青年加入「聖戰」，許多臺灣青年被迫遠赴大陸及海外充當戰爭犧牲品。

為配合其侵略行動的全面展開，日本當局計劃把臺灣變成日本軍隊南進的基地，一九三七年八月開始推行的「皇民化運動」就是這個計劃的重要組成部分。「日本進入所謂戰時體制，繼而發動太平洋戰爭，人力物力羅掘俱窮，需要臺人全面協助，挹注人力與物資，可是

---

31 黃呈聰：〈對於臺灣人兵役義務的問題〉，《臺灣民報》第2卷第15號（1924年8月11日）。

要臺人真誠跟他們同心協力，非使臺人日本人化不可，因此比同化政策更進一步，全力推行皇民化運動。」[32]皇民化運動的內容包括：禁用漢語漢文、禁止漢文教育、廢除原有的寺廟神祇，強迫臺灣人民改用日式姓名和服飾衣著，強制使用日語日文、強制參拜日本寺廟神祇，強制加入皇民組織等。其目的是消滅臺灣人民的民族意識、抗日意識。臺灣總督府把一九四〇年二月十一日定為臺灣人改換日本式姓名的實施日，不肯改換姓名的公教人員要撤職，一般居民則不許登記戶籍，不發給戰時的生活配給品。他們還封閉傳統寺廟，毀除神像，勒令臺胞更改祖先的神主和墓碑，禁止在春節舉行慶祝活動，禁止中華民族音樂，在學校教唱日本軍歌，並禁止了與漢民族有關的言論、出版、集會、結社的自由。於是，在政治團體被迫解散後，臺灣知識分子只得轉而採取更為隱晦的文化抗爭方式。

　　日據當局為實施皇民化語言政策，進一步擴建公學校，推進日語教育。一九四〇年，當局設置的日語講習所有一一二〇六處，簡易講習所有四六二七處，學生總數達到了七六三二六三人。[33]在皇民化語言政策下，臺灣「解日語文者」人數見下表：

皇民化運動時期臺胞「解日語文者」人數統計表[34]

時間			人數比率		
公元	中國紀年	日本紀年	解日語人數	臺灣總人口	解日語者比率
1937	民國26	昭和12	1,934,000	5,108,914	38%
1938	民國27	昭和13	2,234,281	5,263,389	42%

---

32 王詩琅：《日本殖民地體制下的臺灣》（臺北縣：臺灣風物雜誌社，1978年），頁11。

33 該數據參見陳小沖：〈一九三七─一九四五年臺灣皇民化運動述論〉，廈門大學臺灣研究所《臺灣研究集刊》1987年第4期。

34 本表根據臺灣省文獻委員會，一九九三年編《重修臺灣省通志文教志社會教育篇》，頁227-237資料整理編製而成。

時間			人數比率		
公元	中國紀年	日本紀年	解日語人數	臺灣總人口	解日語者比率
1939	民國28	昭和14	2,458,480	5,392,806	46%
1940	民國29	昭和15	2,817,903	5,524,900	51%
1941	民國30	昭和16	3,239,962	5,682,233	57%
1942	民國31	昭和17	3,386,038	6,249,468	58%

臺灣人能操日語文人數及比率逐年遞增，到日據晚期，日語已幾乎成為使用不同方言的臺灣人彼此交談時的「共同語言」，而能操祖國國語（白話）者卻越來越少。這足以說明殖民當局推行作為文化殖民政策重要環節的「日語教育」的惡毒性。一九四三年，日據當局頒布「廢止私塾令」，全面禁止所有漢文書房義塾[35]。漢文書房被禁止後，眾多的漢文言詩社頑強生存，承擔起了延續漢語言文字香火的重任。

「傳播工具」是文學發展的重要據點，是發表文學主張的重要窗口。如殖民政府所直接控制的《臺灣日日新報》、《臺南新報》、《臺灣新聞報》與《臺灣時報》等傳播媒體鼓吹舊文學，成為反擊《臺灣民報》的新文學論點、維護舊文學的根據地。日本當局為了強化「皇民化」政策，限令全島報紙全面廢止中文，臺灣民眾被剝奪了新聞自由。收音機成為臺灣居民瞭解戰情的主要來源。富人家有收音機，窮人則只能收聽公共的「放送塔」（廣播塔）消息。當時由殖民當局掌控的媒體，如《臺灣日日新報》，經常以照片、漫畫、「前線記事」等誇耀日軍的英勇，有意縱容惡化中日關係的報導，極盡煽情之能事。與日本軍方的意識同步，《臺灣日日新報》成了軍方最得力的宣傳助手。日據當局還通過保正、街莊役場員（鄉鎮公所辦事員）等散播宣傳小冊，詆毀與醜化中國政府。在街坊、學校等處巡迴放映影片也是

---

35 參見丘敏捷：《論日治時期臺灣語言政策》，載《臺灣風物》第48卷第3期（1998年），頁43。

殖民當局歪曲歷史事實的重要宣傳渠道。如，反映「七七事變」的影片《膺懲（嚴懲）的聖戰》[36]即完全呈現了日本軍國主義的觀點。影片畫面中出現的日軍形象永遠是英勇、美好的，而中國兵則總是打敗仗、無能的。大部分臺灣民眾不相信這些宣傳內容，相反，有一些不願被日人統治、移居到大陸的臺灣子弟，後期還有從日軍中投誠的臺灣兵，組成「臺灣義勇隊」到大陸參加抗日，人數最多時達七百多人，以臺北人李友邦為隊長。他們會講用日語，時常協助抗日軍隊刺探敵情、審問日俘；還在大陸成立了四個臺灣醫院，開展醫療服務。

　　一九四一年四月，在日本當局支持下，「皇民奉公會」成立，創辦《新建設》雜誌，設立「臺灣文學獎」。一九四三年四月二十九日，「臺灣文學奉公會」成立；一九四三年五月，「日本文學報國會臺灣支部」成立。這兩個組織的目的都是樹立「皇民文學」。在成立於一九四二年五月二十六日的「日本文學報國會」推動下，一九四二年十一月三日至十日在東京舉行了第一次「大東亞文學者大會」，在臺作家參加者有西川滿、龍瑛宗、濱田隼雄、張文環等四人，張我軍以「華北」代表身分參加。這次大會以「大東亞精神之樹立與強化」和「共榮圈文學者如何協力完成大東亞戰爭」[37]為議題。實質是要迫使亞洲各國文化人認同日本帝國主義的侵略。臺灣代表返臺後，在「臺灣文藝家協會」和「皇民奉公會」的安排下，在全島展開了「大東亞文藝講演會」，開展皇民化的文藝運動。皇民化運動「使得部分文人不論是出於自願或被迫，都參與了這一場精神上的催眠，並創作出符合這一原則的文學作品再去催眠一般的人民」[38]。第二次「大東亞文

36 攝製於一九四〇年左右的宣傳影片。參見陳淑美：《臺灣人眼中的中日戰爭》，中國臺灣網特稿，http://news.sina.com.cn/c/2002-12-23/1127850165.shtml

37 楊若萍：《臺灣與大陸文學關係簡史（1652-1949）》（上海市：上海文藝出版社，2004年3月，初版1刷），頁173。

38 楊若萍：《臺灣與大陸文學關係簡史（1652-1949）》（上海市：上海文藝出版社，2004年3月），頁173。

學者大會」是於一九四三年八月在日本東京舉行的「大東亞文學者決戰會議」，臺灣代表有楊雲萍、長崎浩、齊藤勇、周金波。張我軍仍作為華北代表參加。第三次是在一九四四年十一月舉行的「南京大會」，與會者分別有來自日本、朝鮮、蒙古、偽滿洲國、華北、臺灣的代表。「大東亞文學者大會」體現了「戰時殖民體制權力對於文學的壓力」[39]，其本質目標是深化皇民化，由此所造成的畸形的、有皇民化傾向的文學，史稱「皇民文學」。

　　一九四四年一月二十日，臺灣總督府頒布「皇民練成所規則」，設立了五十處皇民練成所，繼續強制執行皇民化政策。八月二十日，開始實施臺籍民眾徵兵制度，臺灣全島進入戰爭狀態。十月，盟軍開始每日轟炸臺灣，臺灣成為戰場。面對日軍的宣傳伎倆，臺胞開始反方向解釋當局宣傳的戰情，還有人冒著犯間諜罪的危險偷聽短波廣播，或從來往於大陸、臺灣之間的大陸朋友或日本友人處，探聽真實訊息。

　　在皇民化運動期間，臺灣民眾大多能保持潛存的民族意識。民眾學習漢語文的心情非常迫切，稍富裕的家庭，多聘請漢語教師，而貧民子弟，渴求學習漢語文的願望，「更有超過富人」[40]。臺灣流行歌曲作詞家陳君玉早年去過大陸，說得一口國語（普通話）。戰時，陳君玉是臺北市僅有的三處「北京話講習所」的講師，他在大稻埕開設「燕京語同好會北京語講習所」。日據當局允許開班授課，是為侵略戰爭「培養翻譯人員」。他借此機會舉辦了「呢喃巢讀書會國語補習班」，偷偷向民眾傳授國語（普通話）。在一九三八年左右，還存在著「漢文於日常生活皆不可缺，若不識漢文，是和啞盲感一樣苦痛」[41]

---

39 黎湘萍：〈民族抗爭中的臺灣文學〉，楊匡漢主編：《中國文化中的臺灣文學》（武漢市：長江文藝出版社，2002年10月，初版1刷），頁76。

40 〈社說〉，《臺灣民報》1938年12月1日。

41 〈社說〉，《臺灣民報》1938年12月1日。

的情況，表明漢語文在當時臺灣社會尚具有較普遍的實用價值。一九四○年，日據當局公布了改姓名辦法，但臺灣民眾響應者不多，自一九四○年二月十一日至一九四三年底，全臺僅有一七五二六戶改為日本式姓名，人數計一二六二一一人，約只占總人口的百分之二。[42]臺灣民眾不願認同日本文化的堅定立場及他們強烈的反同化意識，可見一斑。雖然臺胞的反同化意識始終強韌，但在殖民統治的壓迫下，對於漢語文的持守，也難免漸受侵蝕。經過日據當局禁用漢語文、積極推展日語、倡導日本文化的摧殘，臺胞運用漢語文書寫的能力大為削弱。臺灣青少年不得不在公學校裡學習日語，成年人則不得不參加日語講習會、夜學會，以求得謀生所需的基本日語能力。學用日語，以利於提升到更高的社會階層，也成為部分臺灣人的要求。從社會語言學的角度看，一種語言的接受程度，和學習者的心理態度成正比。而學用日語的臺灣人的心理態度，則或為實用，或為歸附認同。由此心理態度所帶來的負面效應是臺胞漢語文的總體表達能力的削弱。戰爭結束前夕，臺灣社會使用日語的人數已居於多數（百分之五十八），這使許多受過公學校教育者，在光復初期必須借助日語詞彙，才能準確地表情達意。此時期日據當局在臺灣實行的「皇民化運動」使臺灣的漢語文受到摧殘，更可悲的是歌謠也被用作宣傳戰爭的工具。如稻田尹把七首煽動民眾參加戰爭的戰爭歌謠歸類為「銃後の歌」，放在《臺灣歌謠集》第一章[43]。東方孝義《臺灣習俗》（1938）則收有所謂「反動團體攻擊歌」、「肉彈三勇士」等戰爭宣傳歌。來臺日本人基於政治目的收錄的這種所謂「歌謠」沒有文學價值。大部分臺灣文化人中的歌謠學者基於美學觀點或基於民族主義的立場，都不屑一顧。

---

42 參見周婉窈：《從比較的觀點看臺灣與韓國的皇民化運動》，載張炎憲編：《臺灣史論文精選》下（臺北市：玉山出版社，1996年），頁178。

43 稻田尹《臺灣歌謠集》（1943）四，參見洪惟仁論文《臺北的民間歌謠》，2004年。http://www.uijin.idv.tw/TAIWANSONG/洪惟仁臺北歌謠/臺北的民間歌謠.doc

　　配合日本當局的殖民政策，此時期來臺日本人數量相對前一時期曾一度增多，到一九四三年來臺日本人一度達到了四十萬人，但此後又逐漸減少。這些日本人養尊處優，社會地位優越於一般臺灣民眾，因此對於臺灣文學造成了諸多的壓迫。如，一九四三年二月十一日，「皇民奉公會」舉行第一回臺灣文學賞，受獎的有三對作家作品，濱田隼雄和他的《南方移民村》、西川滿[44]和他的《赤嵌記》、張文環和他的《夜猿》。這其中僅有張文環一人是臺灣作家，另外兩人均為來臺日本人。一九四三年二月，這次皇民奉公會文學獎頒獎後，文學獎評審、臺北帝大教授工藤好美，對張文環的寫實主義手法大加讚揚，曾引發另兩位得獎者西川滿、濱田隼雄[45]的不滿。此時期，一些來臺日本人創作了臺灣民俗題材的文學作品，或者對臺灣民俗文學進行了整理記錄，但都是出於「他者」的視野與論點，基於「異國情調」完成的。臺灣文化人在繼承中國文學傳統的基礎上所進行的文學活動，

44　西川滿（1908-1999）兩歲時隨父母來到臺灣，在臺北讀完小學、中學，一九二六年六月任職基隆海關，擔任監視課監視官。一九二八年到日本早稻田大學第二高等學院學習，一九二九正式考入早稻田大學法文系，畢業後又回到臺灣。他在臺期間曾擔任《臺灣日日新報》社學藝部長、「臺灣愛書會」會報《愛書》編輯、主辦詩歌雜誌《媽祖》（1934年9月），創立「臺灣詩人協會」（1939年9月）、「臺灣文藝家協會」（1940年1月），擔任《文藝臺灣》主編，並在一九四一年二月擔任了臺灣文藝家協會事務總長。一九四二年十月，他曾和龍瑛宗、濱田隼雄、張文環等人，一起參加了在日本東京舉辦的「第一回大東亞文學者大會」。一九四三年四月，擔任「文學報國會」臺灣支部理事長。一九四四年被任命為「文學奉公會」本部戰時思想文化會委員。一九四六年被遣送回日本。西川滿在臺灣創作了大量的臺灣題材詩歌，如詩集《媽祖祭》、《亞片》、《採蓮花歌》，小說《赤嵌記》，以及《臺灣顯風錄》、他與池田敏雄共同編輯的《臺灣民話集》等有關臺灣民俗的散文作品。西川滿是日本在臺灣推行皇民化運動時，「皇民文學」的主要實施者之一，也是日本霸權文化對臺灣的施虐者之一。

45　濱田隼雄（1909-1973），曾獲大東亞文學賞。來臺日本人中的「殖民地小說」的代表作家之一。曾在《臺灣時報》發表〈行道〉（1941年3月）等協助皇民化政治的作品。小說《南方移民村》，一九四二年（日昭和十七年），由東京海洋文化社出版，立石鐵臣裝幀。

與由日本蔓延、侵蝕入臺灣的日本境外文學活動的抗爭與糾葛，構成了臺灣現代文學史日據階段的基本性格的一個方面。

　　一九四三年十二月一日，〈開羅宣言〉[46]發表。一九四五年七月二十六日，〈波茨坦公告〉[47]發表。世界反法西斯陣線的聯合，加速了日本帝國主義失敗的進程。一九四五年八月十五日，日本天皇下詔，宣布戰敗投降。臺灣歷經了五十年的磨難後，終於光復了。

第二節　文學社團、流派及與之關聯的報刊

一　概述

　　結社是一種社會行為，是一定數量的人，為了共同的目的結合而成的社會團體。文學結社是非營利性的文化團體，進步的文學社團可

---

46 隨著世界反法西斯戰爭形勢的根本轉變，一九四三年十一月二十二到二十六日，中、美、英三國政府首腦蔣介石、羅斯福、邱吉爾等在埃及首都開羅舉行會議，史稱「開羅會議」，商討聯合對日作戰問題。十二月一日發表了〈開羅宣言〉。主要內容為：一、強調三國對日作戰的目的在於制止和懲罰日本的侵略，決不為自身圖利，亦無擴張領土之意。二、三國的宗旨在於剝奪日本自一九一四年第一次世界大戰開始以後在太平洋上所奪取的或占領的一切島嶼，在使日本所竊取於中國的領土，如滿洲、臺灣、澎湖群島等，歸還中國。三、把日本從它用武力或貪欲所攫取的所有土地上驅逐出去。四、三國鑒於朝鮮人民所受之奴隸待遇，決定在相當時期內使朝鮮自由獨立。五、三國將堅持長期作戰，直至日本無條件投降。

47 一九四五年七月十七日，蘇、美、英三國首腦在柏林近郊波茨坦舉行會議，七月二十六日，中、美、英三國在會議期間發表對日最後通牒公告〈中美英三國促令日本投降之波茨坦公告〉，即〈波茨坦公告〉。由美國起草，英國同意。公告發表前徵得了中國的同意。蘇聯於八月八日對日宣戰後亦加入該公告。公告共十三條，主要內容有：盟國將予日本以最後打擊，直至其停止抵抗；日本政府應立即宣布無條件投降；重申〈開羅宣言〉的條件必須實施，日本投降後，其主權只限於本州、北海道、九州、四國及由盟國指定的島嶼；軍隊完全解除武裝；戰犯交付審判；日本政府必須尊重人權，保障宗教、言論和思想自由；不得保有可供重新武裝作戰的工業。八月十四日，日本天皇宣布接受〈波茨坦公告〉，向盟軍投降。

以起到凝聚民族精神、弘揚民族文化的作用。一六八五年，明末清初，自大陸來臺的沈光文與其他文人共結「東吟社」，發臺灣詩社之嚆矢，亦為臺灣文學結社之濫觴。一八一〇年，陳震曜等在府臺（臺南）創立「引心文社」，為臺灣最早的文社。

到了一九二四年，連橫在《臺灣詩社記》[48]中云：

顧念海桑以後，吟社之設，後先而出。今其存者六十有六。文運之延，賴此一線，是亦民俗盛衰之所繫也。具如左：瀛社　臺北市；星社　臺北市；鶴社　臺北市；鐘社　臺北市；天籟吟社　臺北市；淡北吟社　臺北市；萃英吟社　臺北市；劍樓吟社　臺北市；潛社　臺北市；聚奎吟社　臺北市；小鳴吟社　基隆街；平溪吟社　平溪莊；蘭社　宜蘭街；樸雅吟社　樸雅街；月津吟社　鹽水街；北門吟社　北門莊；白鷗吟社　北門莊；仰山吟社　宜蘭街；光文社　宜蘭街；桃社　桃園街；竹社　新竹街；青蓮吟社　新竹街；籜聲吟社；櫟社　臺中街；棲社　臺中街；中州吟社　臺中街；墩山吟社　臺中街；網山吟社　臺中街；沙鷗吟社　臺中街；豐原吟社　豐原街；蘆溪吟社　佳里莊；敦源吟社　歸仁莊；旗津吟社　高雄街；萍香吟社　高雄街；大雅吟社　大雅莊；霧峰吟社　霧峰莊；古月吟社　彰化街；白沙吟社　彰化街；麗澤會彰化街；梧津吟社　梧棲街；鰲西吟社　清水街；香草吟社　二林莊；螺溪吟社　北斗街；斗六吟社　斗六街；西螺吟社　西螺街；菱社　西螺街；大冶吟社　鹿港街；鳳港吟社　鳳山街；屏山吟社　舊城莊；礪社　屏東街；研社　東港街；南陔吟社　南投街；南社　臺南市；春鶯吟社　臺南市；酉山吟社　臺南市；桐侶吟社

　　臺南市；玉山吟社　　嘉義街；羅山吟社　　嘉義街；嘉社　　嘉義
街；鴻社　　嘉義街；尋鷗吟社　　嘉義街；鷇音吟社　　新巷街；
笨津吟社　　北港街；汾溪吟社　　北港街；西瀛吟社　　澎湖廳；
嘯洋吟社　　醫學校。[49]

文學結社的風氣之盛可窺一斑。

　　文學外部的文學出版機制與文學的關係也極其密切，對文學生產
和傳播的影響不容小覷。在臺灣現代文學發展過程中，報刊雜誌有著
重要的作用。它們為文學創作提供發表園地、鼓吹文化思潮、傳達政
治意識形態。臺灣的民主啟蒙文化運動即發軔於《臺灣青年》雜誌。
一九二〇年一月十一日，蔡惠如等留學東京的學生組織「新民會」，
林獻堂為會長，蔡惠如為副會長，創辦《臺灣青年》雜誌，開始尋求
喚醒民眾的民族意識之路。一九二一年，蔣渭水等創立「臺灣文化協
會」，創辦「會報」，其後又發行了《臺灣民報》，著力推動啟蒙運
動。媒體被進步文化人用來傳播民主理念、民主思想，成為臺灣民主
啟蒙運動的指針。臺灣的新文學運動是臺灣新文化運動的重要組成部
分。因此，臺灣新文學與報刊媒體也有著密不可分的關聯性。許多新
文學運動的理論文章是在《臺灣青年》（及其後身《臺灣》、《臺灣民
報》、《臺灣新民報》）上發表的，《臺灣民報》成為臺灣新文學運動的
代表刊物。與此相對，殖民統治者則箝制媒體的發行，限制自由言
論，以此蒙蔽民眾的思想。日據時期文化反殖民的歷程，在某種意義
上可以說是媒體抗爭史。

　　報刊是傳播媒介手段之一，「辦報館刊新聞是指導輿論開發民智
的智舉，本無可非議的。但是衛國護民的軍隊有時會變成殺人放火的
強盜去侵略別國。定神止痛的阿片往往會作人亡財散的禍根。啟導民

---

[49] 連橫著：《臺灣詩社記》（錄自《臺灣詩薈》），《雅堂先生文集・餘集一》，沈雲龍主
　　編：《近代中國史料叢刊續編》第十輯（臺北市：文海出版社，1973年），頁101-105。

意的言論機關自然也難保其不變成愚弄民眾、蹂躪公議的凶器。」[50]
日據當局正是利用官方主辦的報刊等傳播媒介，極力宣傳其文化殖民
政策。一九一七年十二月，臺灣總督府頒布律令第二號〈臺灣新聞紙
令〉，對於臺灣民眾自己創辦的報刊，實行嚴厲的新聞管制。〈臺灣新
聞紙令〉的前身為一九〇〇年一月律令第三號發布施行的〈臺灣新聞
紙條例〉。〈臺灣新聞紙令〉共有三十四條，對新聞紙的發行，採取許
可制，新聞紙在發行之前，須先獲得臺灣總督的許可，並繳納保證金
以為事業基金及抵充罰金之用。由此，在臺灣施行了嚴厲新聞管制，
限制臺灣民眾的新聞自由。一九一七年，又頒布〈臺灣新聞紙施行日
期〉及〈臺灣新聞紙施行規則〉，將報紙事業列入保安事項管理，由
警務機關負責管理，嚴密監視。〈臺灣總督府官房及各局事務分掌規
程〉第二十七條規定，警察掌管集會、結社、言論、新聞出版物、著
作事項等權力。為便於推行帝國主義政策，臺灣總督府對於一切言論
新聞，管制極為嚴厲，規定非得臺灣總督府的核准，不得在島內發刊
新聞，及帶有新聞性質的雜誌刊物。獲核准者，應將每期報紙或雜誌
兩份，送交當地主管機關，經檢閱許可後方可發行。臺灣島外發行的
新聞，分銷於島內者，也應在派銷前將每期報紙檢交兩份給主管機關
檢閱，經臺灣總督府認定許可，公告其刊物種類後，方可派銷。每期
新聞紙在發行前，事先由警務人員檢查。凡故意對各種統治政策作反
宣傳、打擊總督府威信等，均在禁止、懲罰之列。[51]在這種嚴厲管制
下，一九三六年，臺灣報紙有五十八家，其中純民營者僅二十九家，
其他則為半官方或官辦機關報。儘管殖民當局施行高壓的新聞出版管
制，但是臺灣進步的知識者仍然在夾縫中機智地求生存、發展，他們

---

50 葉榮鐘：〈談談《昭和新報》〉，葉芸芸、陳昭瑛主編：《葉榮鐘早年文集》（臺中
　　市：晨星出版有限公司，2002年3月31日，《葉榮鐘文集7》），頁69。

51 參見張圍東：〈日據時代臺灣報紙小史〉，臺灣《國立中央圖書館臺灣分館館刊》第
　　5卷第3期（1999年3月31日），頁49-58。

自己創辦的《伍人報》等報紙及其文藝欄，成為他們發表反帝反殖民反封建的喉舌。這些報紙不同程度地促進了新文學運動以至新文化運動的發展。一九三〇年初，臺灣又進入了「新文學運動的中心轉向雜誌的過渡時代。」[52] 一九三二年元旦創刊的《南音》半月刊，是文藝園地從報紙轉向文藝雜誌的轉捩點。有時，殖民當局為了搜集民俗事物、或者出於自身的漢學愛好，也允許印行一些以臺灣民間文學為內容的書籍報刊，比如《民俗臺灣》雜誌等。於是，機智的臺灣民眾也利用這種機會，在日本殖民同化政策的縫隙間獲取盡可能多的保存中華民族文化的空間。如，日據時期臺灣「歌仔冊」主要出版商就有「臺北黃塗」（黃塗活版所）[53]、「嘉義捷發」（捷發漢書部）[54]、「嘉義玉珍」（玉珍漢書部）[55]、「臺中瑞成」（瑞成書局）[56]，「臺北禮樂」（禮樂印刷所）[57] 等幾家。

二　文學社團及文學流派

（一）第一階段（1923年1月-1937年6月）的文學社團、流派

日據時期臺灣現代文學第一階段（1923年1月-1937年6月）的主要的社團流派如下：

櫟社為臺灣淪陷後，最早設立的臺灣文化人自己的詩社。由臺中詩人組創。一八九八年（清光緒二十四年，日明治三十一年）由林痴

---

52 黃得時語，轉引自葉榮鐘撰，葉芸芸、陳昭瑛主編：《葉榮鐘早年文集》（臺中市：晨星出版有限公司，2002年，《葉榮鐘文集7》），頁37。

53 發行人黃阿土，開業於一九一一至一九二五年間，店址位於當時的臺北市北門町三番地。

54 開設於日據時期的嘉義市西門町二町目49番地。

55 日據時期店址在嘉義市西門町一町目17番地，西市場內，發行人陳玉珍。

56 日據時期的店址位於臺中市綠川町四町目1番地。

57 位於日據時期的臺北市上奎府町1-7。

仙倡立，一九○二年重振。連橫記曰：

> 櫟社為臺中詩人薈萃之所，林痴仙之所倡也。先是戊、己之際
> （按：1898-1899年間），苑裡蔡啟運、鹿津陳槐庭合設鹿苑吟
> 社，時以郵筒相唱和。及痴仙歸自晉江，倡櫟社，賴紹堯、林
> 南強聞其志而贊之。啟運、槐庭與呂厚庵、傅鶴亭、陳滄玉複
> 和之，遂訂社章，立題名錄，為春秋之會。和者浸眾。己酉
> （按：1909年），余居大墩，痴仙邀入社，得與諸君子晉接，
> 以道義文章相切磋。顧自設社以來，二十有二載矣（按：約
> 1930年左右），痴仙、紹堯、厚庵、啟運、滄玉雖前後徂逝，
> 而林灌園繼起，鶴亭、南強、槐庭俱健在，建碑刊集，以紹痴
> 仙之志；櫟社之興，猶未艾也。[58]

　　臺中櫟社與臺北瀛社、臺南南社並稱為日據時期三大詩社，櫟社
是三大詩社中抗日傾向最明顯的一個。櫟社生命力頑強，其社友如葉
榮鐘等直到戰後仍堅持文言詩歌創作。

　　南社一九○六年三月在臺南成立，由當地文人連雅堂、趙雲石、
謝籟軒等人為重振臺南地區的傳統漢文化而創設。源於臺南文人組織
的「浪吟社」（一八九一年創設）。連橫有記云：

> 始丙午（按：1906年）冬，余以社友零落，複謀振起，乃與瘦
> 痕邀趙雲石、謝籟軒、鄒小奇、楊宜綠等改創南社，凡十餘
> 人。迫己酉（按：1909年，清宣統元年）間，入社者多至數
> 十，奉蔡玉屏先生為長。嗣玉屏逝，改奉雲石。辛亥春，開大

---

58 連橫著，沈雲龍主編：《雅堂先生文集・餘集一》，《近代中國史料從刊續編》第十
　　輯（臺北市：文海出版社，1973年），頁100。

會于兩廣會館，全臺之士至者百人。鯤身、鹿耳間，聞風而起者以百數。斐亭鐘聲，今繼響矣。[59]

　　南社創設之初，本無嚴謹的組織。一九〇九年社員漸增，才開始推舉蔡國琳為第一任社長，趙鐘麒為副社長，楊鵬搏、謝石秋為幹事，主要社員有連雅堂、胡南溟、陳逢源、楊宜綠、謝星樓、羅秀惠等數十人。繼蔡國琳之後，先後由趙雲石、黃欣（黃南鳴）、吳子宏擔任二、三、四任社長。南社第一代詩人如蔡國琳、趙鐘麒、胡南溟等多為前清遺儒，具有相當深厚的漢學素養，但思想比較保守；該社年輕一代的詩人如陳逢源、林秋梧、許丙丁等則思想較為新銳，雖然詩學功力可能不如老一輩，但是對時局的反映與批判有相當的深度。該社活動以擊鉢吟為主，一年固定有春秋兩次佳會，隨興所至，亦偶有課題或應酬之作。臺南當地的開元寺、固園、吳園等地是南社最常聚會的場所。除社內活動外，社員亦常參與社外聯吟，尤其與嘉義、高雄、屏東等地的詩社互動性頗高。一九二一至一九二四年為南社活動力最強的階段，一九三〇年代，由南社年輕一輩所組織的春鶯吟社及桐侶吟社興起之後，南社漸趨於岑寂，一九三七年以後，在報刊上就極少能看到關於南社活動的報導了。南社的主要貢獻在於，日本統治下，通過文藝結社，達到延續漢文化命脈的目標。南社一直到戰後一九五一年併入延平詩社，才結束其階段性的文化傳承任務。

　　一九〇九年春舊閏花朝日，時任《臺灣日日新報》記者的謝汝銓為「延續斯文，重振大雅遺音」，[60]和林馨蘭在臺北艋舺共創瀛社，臺北詩人入會者多達一百五十餘人。公推洪以南為社長，謝汝銓為副社

---

59 連橫著，沈雲龍主編：《雅堂先生文集・餘集一》，《近代中國史料叢刊續編》第十輯（臺北市：文海出版社，1973年），頁100。

60 施懿琳：《從沈光文到賴和》（高雄市：春輝出版社，2000年6月，初版1刷），頁200。

長。此後每月開一次吟會，並依託官方報紙《臺灣日日新報》漢文部
發表詩作。連橫記曰：

> 臺北為全臺首府，而瀛社為之主。改革後，陳淑程、黃植亭等
> 曾設玉山吟社，開會於龍山寺。未幾而息。迨丁未（按：1907
> 年）春，洪逸雅、謝雪漁、倪希昶等乃創瀛社，社員幾及百
> 人。復興新竹之竹社、桃園之桃社互相聯合，時開大會。多士
> 濟濟，集於一堂，可謂盛矣。余自己未（按：1919年）移家淡
> 北，納交於瀛社諸君子，文字之歡，有逾疇昔。[61]

瀛社因為有官方報紙為媒介，消息傳布快速，成員較多，且與日
當局關係密切，有較強的親日傾向。

一九二一年十月十七日，為創立一個統一的文化組織，以利推動
臺灣新文化運動的深入開展，蔣渭水等在臺北成立「臺灣文化協
會」，推舉林獻堂為總理，楊吉臣為協理，蔣渭水任專務理事。「文
協」是當時規模最大，影響最廣的文化政治組織。該組織有會員一〇
三二人，吸納了社會各界人士和當時臺灣的青年才俊，成為當時臺灣
政治社會運動的主幹。「文協」宗旨是改革臺灣社會，灌輸民族思
想，喚醒民族意識，進行文化抗日，擺脫殖民統治。為貫徹其宗旨，
該協會開展了一系列活動：發刊會報；在各地設立報刊雜誌閱覽室，
陳列臺灣和大陸的各地報紙雜誌；舉辦各種文化講習會、內容包括臺
灣歷史、中國文學等；組織文化劇團、美臺團（放影片）到各地演
映，激起民眾的批評和鬥爭意識。臺灣文化協會實際上成為推動全島
新文化運動的中心，號稱當時臺灣非武力抗日三大主力[62]之一，一九

---

61 連橫著，沈雲龍主編：《雅堂先生文集·餘集一》，《近代中國史料從刊續編》第十
　輯（臺北市：文海出版社，1973年），頁100-101。
62 另兩個主力為臺灣議會設置運動、《臺灣青年》雜誌。

二七年停止活動。

一九二四年，范本梁[63]與許地山[64]共組「新臺灣安社」，並於北京安社出版的刊物中設機關雜誌《新臺灣》，進行無政府思想的宣傳。一九二六年，臺灣安社隨著北京安社的被取締而解散，然而，臺灣本島的無政府思想卻在此時逐漸展開。

一九三〇年八月，謝阿女（雪紅）、郭德金、林萬振、張信義、王敏川、賴和、陳煥奎等人組織了臺灣戰線社，發行《臺灣戰線》雜誌，臺灣戰線社的主旨為倡導左翼文藝運動。後因刊物受查禁，臺灣戰線社停止活動。

一九三一年六月，別所孝二、中村熊雄、青木一良、林耕二、山本基、藤原千三郎、上青哉、王詩琅、張維賢、周合源、井手熏等，組織了臺灣文藝作家協會，推選井手熏為議長。其宗旨是倡導新文藝的探究及其在臺灣的確立和文藝的大眾化。因政治環境惡劣與內部意見分歧，一九三二年停止活動。

一九三一年底，莊垂勝、葉榮鐘、黃村城、郭秋生、賴和、張煥珪、張聘三、許文達、周定山、洪櫪、陳逢源、吳春霖等臺北、臺南的文學者十二人，於臺中組成「南音社」。一九三二年一月一日正式出版《南音》半月刊雜誌。雜誌社成員有葉榮鐘、黃春成、郭秋生（芥舟）、莊垂勝、賴和、黃石輝、周定山、楊華、陳虛谷等。「南音社」以推行文藝普遍化與群眾化為主要使命。一九三二年停止活動。

一九三二年三月二十日，臺灣藝術研究會於日本東京成立。成員有張文環、巫永福，施學習、蘇維熊、魏上春、吳坤煌、王白淵、劉捷，吳鴻秋，曾石火等。一九三二年七月十五日發刊《福爾摩沙》雜

---

63 范本梁，嘉義人，始於一九二〇年代臺灣的初期，最早倡導無政府主義運動的臺灣人士。他在留學東京時，接受了無政府主義思想，一九二二年赴北京時又受到當地無政府組織「北京安社」的影響，於是開始積極地付諸實踐。

64 時為燕京大學學生。

誌。他們積極整理研究鄉土文學，同時也主張能用西洋近代文學的方法，創作文學和推進文學運動，努力爭取臺灣人政治、經濟地位的平等與提升臺灣文化，與政治、文化運動相呼應。一九三三年六月十五日停止活動。

　　一九三三年十月，郭秋生、廖毓文（廖漢臣）、黃得時、林克夫、朱點人、蔡德音、陳君玉、徐瓊二、吳逸生、黃青萍、王詩琅（王錦江）、林月珠等人於臺北松江樓組成臺灣文藝協會，郭秋生任幹事長。該團體組織章程規定：「以有關心於臺灣文藝並能夠為臺灣文藝進展上努力的有志者而組織，以自由主義為會的存在精神」；「謀臺灣文藝的健全的發達為目的」。曾創辦了文藝雜誌《先發部隊》、《第一線》。該協會在殖民當局禁止漢文雜誌時解散。

　　一九三四年初，隨著新文學運動的不斷深入開展，一些臺灣作家深感有必要舉行一次全島性文藝大會，建立一個強有力的文學團體。於是，由賴明弘出面聯絡，並與張深切共同籌備，經過三個月的努力，得到全臺多數作家的熱烈響應。一九三四年五月六日，來自全臺各地的作家賴和、楊逵、呂赫若、張文環、王詩琅、朱點人、吳新榮等八十九人，在臺中舉行第一次臺灣全島文藝大會，儘管會場有大批警察人員監視和威迫，大會仍按預定程序進行。會議一致通過文藝團體組織案、發刊文藝雜誌案、文藝大眾化案及臺灣文藝聯盟章程，原則通過大會宣言，宣言提出要在大眾化旗幟下，把文藝推及到民間去，激勵群眾前進，獲得群眾支持。隨之，正式宣告臺灣文藝聯盟成立，其宗旨是致力於推行文藝大眾化，聯絡臺灣文藝同志，振興臺灣文藝、抗拒日本殖民文化。會後，選北部的黃純青、黃得時、林克夫、廖毓文、吳逸生、趙櫪馬、吳希聖、徐瓊二；中部的賴慶、賴明弘、賴和、何集璧、張深切；南部的郭水潭、蔡秋桐等為執行委員。由執委會推選賴和、賴慶、賴明弘、何集璧、張深切為常務委員。在彰化舉行的第一次常委會選張深切為常務委員長。臺灣文藝聯盟是具

有宏大目標和廣泛代表性的全島性文藝組織，其成立引起了臺灣作家的巨大反響，許多作家發表了表示支持的文章，如賴明弘的〈敬呈全島文藝同志書〉、林越峰的〈吾人對臺灣文藝大會的期望〉、雲霞的〈感謝臺灣文藝鬥士〉、浪萍的〈告臺灣作家諸君〉、賴慶的〈我對文藝大會之管見〉、張深切的〈若要建設臺灣文學須借群智群力〉。一九三四年十一月二十五日，該聯盟正式發行機關刊物《臺灣文藝》月刊。該聯盟成員分布廣泛，一九三四年十二月，在嘉義創立了支部；一九三五年，在埔里、佳里、東京等地成立支部。同時，該聯盟還在臺北、臺南、佳里舉行文藝座談會，對促進臺灣文藝界的團結進步和新文學的發展起到了重要作用。一九三六年，該聯盟停止活動。

　　一九三三年，吳新榮組織佳里青風會，一九三五年六月一日，又與吳新榮等發起成立臺灣文聯佳里支部，著名的「鹽分地帶」[65]詩人群逐步形成。日據時期鹽分地帶文學以詩歌創作為主，主要成員有郭水潭、吳新榮、徐清吉、王登山、莊培初、林精鏐等。鹽分地帶詩人注重以寫實的文學精神書寫平民情感，有左翼文學的傾向。面對殖民者的經濟、文化侵略，他們描畫被擾亂的鄉土生活，表達「去殖民」的訴求。運用日文進行隱忍地抗爭是鹽分詩人的書寫策略。

　　一九三五年秋，風車詩社在臺南成立，成員有楊熾昌（水蔭萍）、李張瑞（利野倉）、林永修、張良典及日人戶田房子、峰麗子、尚木尾鐵平等，郭水潭稱其為「薔薇詩人」[66]。出版了不定期刊物《風車詩刊》三輯，主張詩必須超越時間、空間，奉法國超現實主義為創作的圭臬。是日據時最早的有組織的現代日語詩社，作品少有政治色彩，一九三六年停止活動。

---

65 所謂「鹽分地帶」，是指日據時代的臺南州北門郡一帶，包括今佳里、學甲、北門、將軍、七股、西港等鄉鎮。這些鄉鎮大多位於海濱、溪浦，土壤多少含有鹽分，有些還以產鹽聞名；而當時以佳里為中心的幾位文學作者所發表的作品又帶有濃厚的鄉土色彩和鹽分氣息，因此被臺灣各地文友稱為「鹽分地帶派」。

66 此名得自楊熾昌創作的小說《薔薇色的皮膚》（1936）。

（二）第二階段（1937年7月-1945年8月）的文學社團、流派

在皇民化時期，臺灣作家的反抗精神受到了壓制。他們只能曲折隱晦地抵制殖民統治的高壓。

一九三九年九月九日，由來臺日本作家西川滿、北原正吉、中山侑等人所發起的臺灣詩人協會在臺北市成立，共有會員三十三人。臺灣作家有王育霖、郭水潭、丘淳洸，丘炳南（丘永漢）、黃得時、吳新榮、莊培初、水蔭萍（楊熾昌）、楊雲萍、龍瑛宗、林精鏐、林夢龍等人。該協會是由日據當局策動的，目的在於掌控臺灣詩人及文藝家，為殖民統治服務。

一九三九年，文言詩社應社在彰化成立，成員有賴和、陳虛谷、楊守愚、楊笑儂（楊樹德）、吳蘅秋、陳英芳、楊木、楊石華、楊雲鵬等九人。[67] 該社抗日傾向較明顯，在皇民化運動時期亦堅持活動。

一九四〇年一月，來臺日本人西川滿、矢野蜂人、濱田隼雄等人打著純文藝的旗號，於臺北成立了「臺灣文藝家協會」，會長是矢野峰人，會員有西川滿、濱田隼雄、松居桃樓、川竹猛、北原政吉、中山侑、長崎浩、赤松孝彥、川平朝申、中村哲、高橋比呂美等。並邀集了臺灣作家王育霖、王碧蕉、郭水潭、邱淳洸、丘永漢、黃得時、吳新榮、周金波、莊培初、張文環、水蔭萍、楊雲萍、藍蔭鼎、龍瑛宗、林精鏐、林夢龍等十六人參加。葉石濤、陳逢源等也曾經加入該組織。該協會發行《文藝臺灣》雜誌，以發表日人作品為主，全部以日文創作，還設立「臺灣文學賞」，名為鼓勵日文文學創作，實則是宣傳皇民化運動，「有助於促進在臺灣的日本南方文學之樹立」、「盡力於促進皇民文學之樹立」。[68] 因此，該會的目的是配合日本「皇民化運動」，把臺灣文學納入日本帝國主義侵略戰爭的軌道。一九四二年

---

67 參考《應社詩薈》（彰化：應社，1970年5月）。

68 譯自《文藝臺灣》第4卷第3號（1942年6月）；第6卷第4號（1943年8月）。

六月，該協會改組，制定了編纂臺灣文學史、舉辦文藝演講會及文藝座談會、派遣報告文學作家、刊行文藝年鑑、派遣大東亞文學者大會代表等工作計劃。一九四三年春，為配合日據當局對臺灣同胞的思想統制，該會自行解散，會員轉入「臺灣文學奉公會」。

一九四〇年，黃得時、張文環因不滿日人作家西川滿主辦的臺灣文藝家協會機關刊物《文藝臺灣》的皇民化政治傾向，退出該協會，於一九四一年五月，同呂赫若、張文環、張冬芳、吳新榮、王井泉、王碧蕉等人，在臺北組織啟文社，與臺灣文藝家協會對峙，並創辦季刊《臺灣文學》，同《文藝臺灣》抗衡。創作偏重於中華民族色彩及鄉土人情。一九四三年停止活動。參加啟文社的還有日本作家中村侑、名和榮一、阪口衿子等。

一九四三年，張彥勳、林亨泰、詹冰、錦連、蕭金堆等組成銀鈴會，發行油印日語刊物《邊緣草》，致力於開拓純文藝，繼承了風車詩社的現代詩風格，但又不乏現實書寫和鄉土特色。這個文學團體規模不大，但給當時文學界帶來一股新鮮的空氣。

厚生演劇研究會成立於一九四〇年代初，成員有呂赫若、張文環、林博秋等。以組織戲劇演出為主要活動內容。一九四三年九月二日至六日在臺北永樂座公演了林博秋根據張文環同名小說改編的閩南語話劇《閹雞》，是臺灣話劇史上一次重要的記錄。

文言詩社聲社於一九四〇年創設於彰化，社長為高泰山。一九四三年秋舉行成立三周年紀念會，廣邀中部詩人與會，有多位應社詩人參加，並留下多首作品。楊守愚等應社詩人與該社往來密切，並經常擔任詞宗。聲社成員作品多發表在《時報》上。

一九四三年四月二十九日，臺灣文學奉公會成立。會長山本真平，會員有西川滿、濱田隼雄、池田敏雄、松居桃樓、中山侑、矢野峰人等。目的是動員全臺灣的文學工作者，展開思想戰，建立「決戰文學體制」，宣揚「皇國文化」，鼓吹「皇民文學」，以配合日本帝國

主義的侵略戰爭。臺灣作家張文環、黃得時，楊逵、呂赫若、龍瑛宗、丘永漢、周金波等也為該會會員，但大多是被迫或是出於抗爭策略而與會。一九四四年，該會發行《臺灣文藝》雜誌，發表配合「聖戰」、宣傳「聖戰」的作品。直到一九四五年八月日本投降，「臺灣文學奉公會」才停止活動。

三　日據時段的報紙

　　報紙傳遞訊息快速，信息量大，現實感強，是重要的社會輿論工具，對社會經濟、文化、政治有著廣泛的影響。一八八五年，英國長老會牧師巴克萊（Thomas Barclay），以閩南語羅馬拼音，於臺灣發行《臺灣府城教會報》（月刊），以傳教為主旨，從歷時的角度來說，這是臺灣現代文學史階段的臺灣第一份報紙。[69]

　　一八九六年六月十七日，日人退職官吏田川在臺北發行《臺灣新報》。一八九八年，該報改稱為《臺灣日日新報》，章太炎曾來臺主編該報漢文欄。日本據臺五十年間，很長一段時期，全島僅容許三家報紙發行，分布臺北、臺中、臺南三地，多為日人主編，成為統治當局的傳聲筒。日本統治臺灣三十三年之後，才出現了臺胞創刊的報紙──《臺灣民報》。後經過若干更動，至一九三七年抗日戰爭爆發前，有《臺灣新民報》（後改名為《興南新聞》）、《臺灣日日新報》、《臺灣新聞》、《臺灣日報》、《東臺灣新報》、《高雄新報》等六家日報新聞，及其他各報計達四十餘種，戰爭發生後，才逐漸減少。各日報

69　一八八五年創刊的《臺灣府城教會報》，一八九二年改名為《臺南府城教會報》，一九〇六年改名為《臺南教會報》，一九一三年七月改名《臺灣教會報》，一九三二年合併臺灣長老會的各教會報紙而改名為《臺灣教會公報》。英國長老會傳教士巴克萊牧師創辦。該報傳遞教會消息，進行信仰教育。撰文者有英國傳教士、本地傳道師、信徒等，是臺灣發行最早、歷史最悠久的報紙。從創刊至一九六九年，都是羅馬拼音白話字版。

的篇幅與文字，各有不同，但均發行晨刊與晚刊。早晚消息迅速，以日文為主，略有中文。《興南新聞》的前身是《臺灣民報》，從創刊起，即全採用中文，其後因政治高壓，不得不敷衍採用日文，但日文僅占四分之一篇幅。一九三七年，臺灣總督府為加緊推進所謂皇民化運動，強迫廢止所有刊物中文欄，純用日文。一九四四年四月一日，臺灣總督強迫上述規模較大的六家日報，合為一家，名為《臺灣新報》（此即光復後《臺灣新生報》前身）。

（一）第一時段（1923年1月-1937年6月）的報紙發行

此時期的重要報紙如下：

《臺灣日日新報》（臺北）創刊於一八九八年五月一日，由《臺灣新報》（一八九六年六月十七日創刊）及《臺灣日報》（一八九七年五月八日創刊）合併而成。一九〇一年十二月一日成為臺灣總督府機關報，成為代表官方主導意識形態的報紙。該報是當時臺灣北部第一大報，一九二八年曾宣稱發行量達一萬份。該報歷代社長為山下秀實（《臺灣新報》時代）、木下新三郎（《臺灣新報》時代）、守屋善兵衛、今井周三郎、赤石定藏、井村大吉、河村澈。該報除臺北總社外，尚有東京、大阪、基隆、宜蘭、新竹、臺中、嘉義、臺南、高雄、屏東、花蓮等十一個分社，組織龐大。《臺灣日日新報》「發行者：臺灣日日新報社；……長寬：54公分×40公分；……張數：單張，報紙兩面均有印刷文字；……」[70]該報的形態大致如此。與該報有關聯的作家為數不少，如，黃贊鈞曾在臺灣日日新報社擔任編輯記者二十餘年。

《臺灣新聞》（臺中）創設於一九〇一年五月一日。該報前身為

---

70 據臺灣「國立中央圖書館臺灣分館」編輯楊時榮報告。見楊時榮：〈《臺灣日日新報》單張修復紀要〉，《國立中央圖書館臺灣分館館刊》第6卷第6期（2000年12月31日），頁53-57。

臺中《每日新聞》，一九〇三年三月一日改稱為《臺灣新聞》，為「日據時期御用報紙」。[71]臺中、新竹兩州廳及兩市役所公報均附刊於該報。

　　《臺灣青年》於一九二〇年七月十六日在東京創刊，蔡培火為發行人，是中日文併用的綜合雜誌，其發行目的是，推動新文學，擺脫舊傳統。《臺灣青年》共發行了十八期，一九二二年二月十五日停刊，改名為《臺灣》。《臺灣》雜誌創辦於一九二二年四月十日，林呈祿、王仲麟主編，為綜合性文化月刊，在東京發行，共發行十九期，一九二四年五月十日停刊。一九二三年四月十五日，留日學生在《臺灣》的基礎上增刊了《臺灣民報》，初為半月刊，以林呈祿為編輯人。同年十月改為旬刊，一九二四年六月再改為周刊。初在東京發行，一九二七年八月一日，遷回臺灣發行出版第一號，極受歡迎。此後，《臺灣民報》發行份數日多，內容日見充實，投稿者漸多，篇幅也不斷擴大，對新文學的發展起到了推動作用。但也因此引起總督府的警覺。此後每期均需經臺灣總督府警察局的審查通過，才能發行。一九二九年三月二十九日起，《臺灣民報》改稱《臺灣新民報》，仍為周刊。一九三二年四月十五日，改為日報，並附錄星期日兒童新聞及公報輯錄。林獻堂任社長，林呈祿任總編輯，發行人為黃呈聰。發行日報之後，為擴大文藝園地，設學藝部，部長由編輯總務黃周（醒民）兼任，林攀龍、賴和、陳虛谷、謝星樓為部員，分工負責學藝欄和文藝專頁。以國語（白話）文為主，但也設有日文版面。與《臺灣日日新報》等以日文為主有明顯的區別。其內容有評論、時事、雜錄、學術、科學、文藝等，致力於新文學運動，一九三三年「鄉土文學論爭」的相關論文即在該報上發表。該報多次發起小說有獎徵文活動，開臺灣報刊連載長篇小說之先河。還於一九三〇年八月增闢「曙光」欄目，刊登國語（白話）詩作。《臺灣新民報》為臺灣人自辦的

---

71 參見張光正編：《張我軍全集》（北京市：臺海出版社，2000年8月，初版1刷），頁74。

唯一日報，頗受民眾歡迎。其總社設在臺北，並有上海、廈門、東京、大阪、臺中、基隆、新竹、嘉義、彰化、臺南、高雄、屏東、花蓮等十三處分社。該報同仁不屈不撓，堅持辦報，發表島人輿論，弘揚民族精神。至一九三七年先後五年間，刊出了不少優秀國語（白話）文學作品，「無論小說、隨筆、評論、詩，均極一時之盛」[72]。《臺灣新民報》（及其前身《臺灣民報》、《臺灣青年》等）曾轉介了許多大陸新文學作家作品。《臺灣民報》一卷一、二號轉載了胡適的《終身大事》；《臺灣民報》一卷四號[73]轉載了胡適的《李超傳》，並刊登了署名「秀潮」[74]的《中國新文學運動的過去現在和將來》，文中介紹了胡適的《文學改良芻議》和陳獨秀的《文學革命論》，簡要介紹了魯迅及其作品；第三卷第一號[75]轉載魯迅的《鴨的喜劇》；三卷六號淦女士（馮沅君）《隔絕》；第三卷第十號、十一號轉載魯迅的《故鄉》；第三卷第十三號轉載魯迅的《犧牲謨》；第三卷第十五號、十六號轉載魯迅的《狂人日記》；第三卷第十七號轉載魯迅翻譯自愛羅先珂的作品《魚的悲哀》；一九二五年九月六日至十月四日第六十九號至七十三號轉載魯迅翻譯自愛羅先珂的作品《狹的籠》；一九二五年十一月二十九日至十二月二十七日第八十一號至八十五號、一九二六年一月十日第八十七號、一九二六年一月十七日第八十八號、二月七日第九十一號轉載魯迅《阿 Q 正傳》一至六章；一九二六年十二月二十二日第二九二號轉載魯迅《雜感》；二九六至三〇〇號劉大杰《支那女兒》，三〇五、三〇六號劉大杰《妹妹！你瞎了》，三〇〇號

72　黃得時：〈臺灣新文學運動概觀〉，見李南衡主編：《日據下臺灣新文學明集5・文獻資料選》，頁301。

73　一九二三年七月十五日。

74　據楊若萍云：「秀潮即許乃昌，現在許多資料都誤作許秀湖，秀湖亦爲許乃昌的筆名，但此文刊出時署名秀潮而非秀湖。」見楊若萍：《臺灣與大陸文學關係簡史（一六五二一一九四九）》，（上海市：上海文藝出版社，2004年3月，初版1刷），頁154注釋「若萍按」。

75　一九二五年一月一日。

郁達夫《故事》；《臺灣新民報》三〇七至三〇九號[76]轉載魯迅《高老夫子》；三一七至三二〇號轉載光赤（蔣光慈）《尋愛》；三二四至三二七號光慈（蔣光慈）《逃兵》；三三九至三四二號叔華（凌叔華）《女人》；三五一號劉大杰《櫻花海岸》；三九四號志摩（徐志摩）《秋蟲》。《臺灣民報》由此成為大陸與臺灣新文學的橋梁，被稱為「臺灣新文學的搖籃」。[77]《臺灣新民報》基本能够反映臺灣民眾的心聲，是臺灣文化人信任的報紙。日據當局對這份報紙則不僅施行新聞檢查，任意刪改內容，甚至對該報讀者，亦視為異端。

　　《昭和新報》（臺北）創刊於一九二八年十一月十日，周報，社長為鄭肇基，一九三〇年由徐乃庚繼任社長。也是一個日據當局的「御用報紙」。葉榮鐘曾說：「《昭和新報》的將來，由它的幹部、支持者，以及環繞著它的一切『有像無像』看來，誰也知道它是不能成個什麼——除起做『御用』而外。但是我們放大眼光仔細看下去，卻也不無多少意義的。／〔第一可以看看總督府對待臺灣人的言論的真意。許可《昭和新報》，是出於愛護言論的好心，抑或是別有用意欲利用它去遂他們以夷制夷的分裂政策，將這個蓄音機器拿來『魚目混珠』抵制臺灣人從肺腑吐出來的『叫聲』。〕」[78]

　　一九二八年，《大眾時報》創刊，為左翼言論的代表刊物。一九三〇年八月，另一個有左翼傾向的綜合性文化刊物《洪水報》創刊，由謝春木、黃白成枝、廖漢臣等主辦。發行十期左右，所刊文章多為政論文，也有小說、詩歌、散文等作品。

　　一九三〇年九月九日，文言詩社南社與春鶯吟社社友創辦了文藝

---

76 一九三〇年四月五日至四月十九日。

77 見陳少廷：《臺灣新文學運動簡史》（臺北市，聯經出版事業公司，1977年），頁18。

78 葉榮鐘：〈談談《昭和新報》〉，《臺灣民報》1928年12月9日。轉引自葉榮鐘撰，葉芸芸、陳昭瑛主編：《葉榮鐘早年文集》（臺中市：晨星出版有限公司，2002年3月31日，《葉榮鐘文集7》），頁71。〔　〕內文字在發表時被殖民當局刪去。

性報紙《三六九小報》，發行人趙雅福。因該報逢每月三、六、九日出刊，一個月共出九次，故命名為「三六九」；當時臺灣大報社林立，此報以「小」為特色，致力於以小見大，不以宏大敘事取勝，而側重於在嬉笑怒罵中，寄託針砭時弊的微意，所以稱為「小報」。該報遊戲色彩較明顯，然而卻成為日據時期文言作家的重要發表園地。該報內容豐富，包括：史遺、論壇、長篇小說、短篇小說、隨筆、徵詩、徵文、詩社課題、亂彈、山歌以及「古香雜拾」（選刊古今佳作）和「花叢小記」（品評名妓）等欄目。在種種困境下，該報於一九三三年八月十三日發行第三一五號後，宣布暫時停刊。一九三四年二月二十三日，在讀者的鼓勵、支持下，經過對促銷策略及經營方法進行調整之後，《三六九小報》再度出刊。參與《三六九小報》編輯、撰稿工作的人士，主要有：趙鐘麒、趙雅福、連橫、鄭坤五、蕭永東、羅秀惠、王開運、洪鐵濤、許丙丁等文言作家。《三六九小報》共發行了四七六號，一九三五年八月二十六日停刊。在日本殖民當局的管制下，臺南文言文人發行的這份頗具特色的報紙，表面看來，內容大多屬細枝末節的瑣屑書寫與日常敘事，但是深層裡卻是微言大義。

（二）第二階段（1937年7月-1945年8月）的報紙發行

此時期日據當局執行更為嚴厲的新聞統制政策，實施事前檢查制度，非官方供給，報刊不得自由採用新聞，強制廢止所有漢文報刊或報刊中文欄。一九四〇年由《臺灣日日新報》創刊發行所謂《國語新聞》（按：此處的「國語」乃由日據當局妄稱為日語。）。《臺灣新民報》受到嚴重摧殘，被迫於一九四一年二月十一日易名《興南新聞》。

一九四四年四月一日，在日據當局的干預下，《臺灣日日新報》與《高雄新報》、《東臺灣新報》、《臺灣新聞》、《臺灣日報》、《興南新

聞》等五家日報合併，改為《臺灣新報》，發行聯合版創刊號。社址
設於臺北《臺灣日日新報》社。

　　雖然日據時期殖民當局對報紙採取了嚴厲的管制政策，但是當時
遺存的報紙，仍有其史料價值，可以借其揭批日據時期殖民當局的殖
民政策，瞭解日據時期的文學發展與社會變遷。

四　文學期刊[79]

（一）第一階段（1923年1月-1937年6月）的文學雜誌

　　來臺日本人擁有較優越的言論自由權，所以他們在臺灣創辦的文
學雜誌，數量遠超出臺灣民眾自己主辦的報刊，但是，來臺日本人之
文學活動乃日本文學在日本域外的延伸，而非臺灣文學，故茲僅列舉
與臺灣文學有較大關係者，其他概不贅述。

　　《臺灣時報》創刊於一九一九年七月，一九四五年三月停刊。該
刊為臺灣總督府內部所發行的機關雜誌，刊登總督、長官的諭告訓
示、總督府或地方長官的會議記錄、重要政策條令、評論和文藝創作
等。該刊每期並行編制《臺灣日誌》，記錄該時期臺灣大事；同時編
印《支那及南洋情報》以為日本軍部推進日本大東亞共榮政策之參
考，可謂臭名昭著。

　　此時期由臺灣同胞發行的第一份雜誌，為《臺灣青年》月刊，由
臺灣留日同學會在東京發行，蔡培火為發行人。該刊於一九二二年改
名為《臺灣》。

　　一九二四年，連橫發行《臺灣詩薈》（1924-1925），搜集刊登古
人詩文，並選刊時人的文言作品。

---

79 有關此時期期刊傳播詳細情況，參見陳建忠、沈芳序合編：《臺灣記行——百年臺
　　灣文學雜誌特展（日據時代1895-1945）》，臺灣「國家圖書館」文訊雜誌。

　　一九二五年，楊雲萍和江夢筆創辦《人人》雜誌，這是臺灣第一本國語（白話）文學期刊。發行兩期後停刊。《人人》內容卻相當多樣，有散文、小說、新詩、古詩、短論，也有翻譯詩。《人人》雖只出了兩期，但它開啟了國語（白話）創作的先聲。一九二五年十月，《七音聯彈》在臺北創刊，張維賢主編，以文學評論為主，臺灣藝術研究會發行。一九二五年四月，《鯤洋文藝社報》於嘉義創刊，施良主編，內容以漢文言詩歌為主，亦有散文、小說、詩話等，作者有施梅樵、陳渭川、黃石輝等。

　　一九二九年二月，臺北碧莘館詩房創刊《風與壺》，編輯林炳耀，發行兩期後停刊。一九二九年十月，臺北南溟樂園創刊《南溟樂園》，編輯多田利郎，以發表詩歌為主，至一九三〇年五月第五期更名為《南溟藝園》。郭水潭一九三一至一九三四年曾加入《南溟藝園》，期間幾乎每期都有其作品發表。

　　一九三〇年六月，綜合性文化周刊《伍人報》創刊。王萬得、周合源、陳兩家、江森鈺、張朝基主辦。王萬得與周合源分別任中日文編輯。同年十二月第十五期更名為《工農先鋒線》，因資金困難，合併於《臺灣戰線》。刊名「伍人」的含義，一是由五人策劃辦刊，一是與閩南語「忤人」諧音。該刊著重抨擊時弊，宣揚民族反抗意識和左翼思想。該刊創刊號發行三千冊，影響廣泛。該刊創辦，「其間不滿六個月，……且循著黨的聯絡線，與日本無產者藝術聯盟、戰旗社、法律戰線社、農民戰線社、普羅列塔利亞科學同盟等及臺灣大眾時報社等都保持有密切聯絡，成為臺灣無產階級文藝運動的先驅。」[80]因為尖銳批評當局，思想激進，該刊屢遭查禁。蔡德音、廖漢臣、黃師樵、朱點人、王詩琅等人在該刊上發表過小說、詩歌、散文等。

　　一九三〇年八月，謝阿女（雪紅）、郭德金、林萬振、張信義、

---

80 王詩琅譯：《臺灣社會運動史‧文化運動》（臺北縣：稻香出版社，1988年5月），頁508。

王敏川、賴和、陳煥奎等人組織了臺灣戰線社，發行《臺灣戰線》雜誌，共發行五期，但全被禁止發行。該刊的主旨為倡導左翼文藝運動，作為左翼革命運動之一翼。一九三一年，「九一八事變」後，日總督府解散島內所有政治團體，該雜誌亦遭取締。

一九三〇年八月，綜合性文化雜誌《明日》創刊。林斐芳、黃天海等無政府主義者主辦。林斐芳任發行人兼編輯，全為國語（白話）文，發行至第六期後停刊，其中有三期被日人查禁，撰稿者有黃天海、王詩琅、廖漢臣等。所刊內容有文學作品、評論與政史論文等。如楊守愚的詩歌《我不忍》、王詩琅《新文學小論》、子野《中國文壇的介紹》、瘦鶴的小說《新郎的禮教》、黃天海的戲劇《蟲的生活》等。

一九三〇年十月，黃呈聰與賴和、許乃昌等人在彰化創辦了有左翼傾向的《現代生活》雜誌，但僅刊行一期。

一九三〇年十月，文藝旬刊《赤道》創刊於臺南，朱烽、林秋梧、盧丙丁、趙櫪馬、林占鰲等主辦。共發行六期，第三、五期被查禁。一九三一年停刊。中日文併用，以小說、隨筆為主，也刊登詩歌。作品多批評時弊，現實性強，其中較有影響的有朱烽的《女同志》、《到酒樓去》等。

一九三一年六月，臺灣文藝作家協會創辦了中日文綜合性雜誌《臺灣文學》。共發行六期，前三期僅有日文，後三期中日文併刊。辦刊宗旨是「從事文藝的探討及其確立」[81]和文藝的大眾化。這裡所說的「從事文藝的探討及其確立」，據井手熏在《「臺灣文藝作家協會」的歷史》一文中說明，就是「根據馬克思主義，建設獨有的文學」[82]。因各期均被查禁，加上環境惡劣與組織內部意見分歧，一九

81　王詩琅譯：《臺灣社會運動史‧文化運動》（臺北縣：稻香出版社，1988年5月），頁515。

82　王詩琅譯：《臺灣社會運動史‧文化運動》（臺北縣：稻香出版社，1988年5月），頁535。

三二年三月自行停刊。

　　這些左翼期刊的出現表明，一九三〇年代初期，在臺灣曾興起過一陣左翼文藝思潮。

　　一九三一年四月，文言雜誌《詩報》由桃園街吟稿合刊詩報社創刊，發行人周石輝，葉文樞任編輯，遷往基隆市後，改由張朝瑞任發行人。

　　一九三一年十二月，《曉鐘》創刊，虎尾郡曉鐘社創辦，吳仁義為編輯兼發行人，為國語（白話）文綜合雜誌。

　　一九三二年一月一日，《南音》（國語白話文）半月刊創刊，主編郭秋生，發行人先後為黃村城、張星建。辦刊宗旨是，開展文藝啟蒙運動，促使文藝大眾化，鼓勵作家創作。葉榮鐘、黃春成、郭秋生（芥舟）、莊垂勝、賴和、黃石輝、周定山、楊華、陳虛谷等曾在《南音》上發表作品。《南音》的內容有文學作品和政治、經濟等方面的文章。辦刊時間雖不達一年，但成績卻很顯著。曾刊登「懸賞創作募集」以重金公開徵求小說、戲曲、詩歌、春聯時聯等文藝作品。刊發了陳逢源的《對於臺灣新詩壇投下一巨大炸彈》、毓文的《最近蘇維埃文壇展望》、奇的《知識分配》、芥舟的《社會改造與文學青年》、明塘的《民歌由來的概論》等宣傳國語文學的評論文章，賴和的《歸家》、《惹事》，周定山的《老成黨》，赤子的《擦皮鞋》等具有強烈的現實性、批判性和鄉土色彩的小說，和一些詩歌、散文、劇作。該刊還開設了「臺灣話文嘗試欄」，刊載郭秋生、黃純青等提倡臺灣話文的論文，發表了郭秋生用臺灣話文寫作的隨筆和童話。《南音》的「發刊詞」由葉榮鐘用筆名「奇」寫作。此後除最後一期以外，每篇〈卷頭言〉也都出自葉榮鐘手筆。《南音》還經常向臺灣讀者介紹大陸作家作品，如，一九三二年三月十四日第一卷第五號轉載了魯迅翻譯的愛羅先珂作品《池邊》，一九三二年九月二十七日第一卷第十一號轉載了魯迅的《魯迅自敘傳略》。《南音》頭六期在臺北發

行，後六期則在臺中發行。共出版十二期，其中第九、十、十二期被查禁，一九三二年十一月八日第一卷第十二期出版後，因經濟困難宣告停刊。《南音》帶動了文藝園地從報紙轉向文藝雜誌的契機，其後出現了許多文藝雜誌。

一九三二年七月十五日，由臺灣藝術研究會主辦的《フォルモサ》（《福爾摩沙》）在日本東京創刊，共出三期，五百本，一九三三年六月十五日停刊，撰稿者主要有張文環、巫永福、王白淵、翁鬧、施學習等。《福爾摩沙》以日文為主，也發表中文作品，如曾在一九三三年（日昭和八年）十二月三十日轉載魯迅的詩作《無題》。《フォルモサ》（《福爾摩沙》）主編蘇維熊，編輯張文環，發行人施學習。該刊以改進和創造臺灣新文藝為目標。該刊發表了蘇維熊的《對於臺灣歌謠一試論》、楊行東的《臺灣文藝界的期望》、劉捷的《一九三三年的臺灣文藝》等評論，張文環的《落蕾》、《貞操》、巫永福的《首與體》、《黑龍》，吳天賞的《龍》，王白淵的《唐璜與加彭尼》、賴慶的《納妾風波》，吳希聖的《豚》，張碧華的《上弦月》等小說，施學習的《自殺行》，蘇維熊的《春夜恨》、《啞口詩人》、《不變之客》，王白淵的《行路難》、《可愛的 K 子》，楊基振的《詩》，陳傳纘的《朦朧的矛盾》，陳兆柏的《運命》，翁鬧的《淡水海邊》，王登山的《鹽田的風景》，托微的《紫金山下》等詩歌作品。一九三四年六月十五日發行至第三期之後，因經費困難停刊。該刊物對臺灣現代文學的發展做出了重要貢獻。

一九三四年七月十五日，臺灣文藝協會機關刊物、文藝雜誌《先發部隊》創刊，第一期以中文出刊，發表《宣言》，在論述文藝的任務及臺灣新文學「荒涼不堪」的狀況後明確提出，要以勇敢突進的精神，更有組織地採取實際化的行動，促使新文學的發展與繁榮；一九三五年一月六日出版第二期，因受殖民當局干涉，更名《第一線》，中日文併用。理論欄編輯郭秋生、廖毓文；小說戲劇欄編輯朱點人、

蔡德音；詩歌欄編輯林克夫、陳君玉；隨筆欄編輯黃得時。郭秋生、
黃得時、朱點人、王詩琅等曾在該刊發表文章。該刊編發了「臺灣新
文學出路的探究」特輯，發表了黃得時《「科學上的真」與「藝術上
的真」》、逸生的《文學的時代性》、芥舟的《臺灣新文學的出路》、安
田保譯的《蘇俄藝術的眺望》、HT 生的《傳說的取材及其描寫的諸問
題》、茉莉的《對民謠的管見》等評論，強調文學的現實意義與群眾
性；發表了朱點人的《紀念樹》、《蟬》，櫪馬的《私奔》，毓文的《創
痕》，克夫的《秋菊的告白》，芥舟的《王都鄉》，王錦江的《夜雨》，
越峰的《月下情話》等小說，突出現實主義，同時也嘗試了現代主
義；發表了蔡嵩林的《郭沫若訪問記》等隨筆。另外，該刊還編發了
《臺灣民間故事特輯》，發表了毓文的《頂下郊拼》，黃瓊華的《鶯歌
莊的傳說》，一騎的《新莊陳化成，下港許超英》，一吼的《鹿港憨光
義》，沫兒的《臺南丘懷舍》，李獻章的《過年的傳說》，一平的《領
臺軼事》，描文的《賊頭兒曾切》，陳錦榮的《水流觀音王四老》，蔡
德音的《碰舍龜》、《洞房花燭的故事》、《圓仔湯岑》、《離緣和崩崁仔
山》等十五篇民間傳說故事。黃得時在卷頭語和編輯後記中論述了收
集民間文學的緊迫性及保存臺灣民間文學的文學和民俗學意義。這個
「特輯」表明了該刊對民族文化遺產的關心和對文藝大眾化的重視。
這個刊物僅出版兩期，一九三五年停刊。

　　一九三四年十一月二十五日，臺灣文藝聯盟機關刊物《臺灣文
藝》月刊創刊，主編張深切。它是當時規模和影響力最大的一個文藝
雜誌，對臺灣新文學運動的發展起了重要的作用。該刊的宗旨是，領
導與團結臺灣文藝界，以民眾為服務對象，堅持為人生的創作道路。
該刊內容有評論、小說、詩歌、戲劇、隨筆、學術研究等。張深切、
黃得時、雷石榆、丘耿光、夢湘、堅如、劉捷、林克夫、蘇維熊、楊
逵、芥舟、謝萬安、曾石火、張星建、吳天賞、徐玉書、呂赫若、鐵
生、吳鴻爐等曾在該刊發表評論。其中張深切的《對臺灣新文學路線

的一提案》及其續篇，深入論述有關建設臺灣新文學路線的問題，提出要建立適應臺灣特點的真實的文藝路線，這在當時的歷史背景下，具有重要的現實意義；蔡嵩林的《中國文學的近況》、魏晉的《最近文壇上的大眾話》則報導了祖國大陸文壇的動態；還有洪耀勛的《悲劇哲學》、《藝術與哲學》，陳紹馨的《出現在西洋文獻上的臺灣》、《性格之魅力》，楊杏庭的《無限否定與創造性》，蘇維熊的《蒼蠅的文學》，郭一舟的《北京語》、《福佬話》、《北京雜話》，施學習的《中國語文之發達及變遷概觀》，李獻璋的《方言談屑》，黃得時的《孔子的文學觀及其影響》等學術論文。小說創作方面：中文作品主要有懶雲（賴和）的《善訟人的故事》，張深切的《鴨母》，楊華的《一個勞動者的死》、《薄命》，朱點人的《安息之日》，林越峰的《到城裡去》、《好年光》、《紅蘿蔔》，王錦江的《青春》、《沒落》，蔡秋桐的《興兄》、《理想鄉》、《媒婆》，毓文的《玉兒的悲哀》，蔡德音的《補運》，繪聲的《秋兒》，張慶堂的《鮮血》，徐青光的《謀生》，謝萬安的《五谷王》，李泰國的《分家》、《細雨霏霏的一天》等。日文作品主要有翁鬧的《戇伯仔》、《殘雪》、《音樂鐘》、《黎明前的戀愛故事》，張文環的《哭泣的女人》、《父親的要求》、《部落元老》，吳希聖的《乞食夫妻》、《人間楊兆嘉》，巫永福的《山茶花》等。詩歌創作內容與形式呈現多樣性，中日文兼有。主要作者有楊華、夢湘、陳遜仁、楊啟東、守愚、甫三（賴和）、浪鷗、郭水潭、浪石、陳君玉、楊少民、翁鬧、史民、林精鏐、巫永福、石榆、張慶堂等人。戲劇、隨筆作品僅有幾篇。該刊共出版十五期，至一九三六年八月二十八日發行第三卷七八期合刊後，因殖民當局的壓制和自身的經濟困難，被迫停刊。《臺灣文藝》是「臺灣人創辦的文藝雜誌中壽命最長、作家最多、對於文化的影響最大的雜誌。」[83]

---

83 陳少廷：《臺灣新文學運動簡史》（臺北市：聯經出版事業公司，1977年5月），頁120-121。

　　一九三五年十二月二十八日，楊逵退出臺灣文藝聯盟，別立臺灣新文學雜誌社，在臺中創辦了《臺灣新文學》月刊，楊逵、葉陶主辦，廖漢臣參與編輯。該刊的宗旨是期望文學創作能貼近現實生活，喚起人們內心深處的希望。該刊的內容有評論、小說、詩歌、戲劇、散文等。《臺灣新文學》積極地把握臺灣的現實，帶有較濃厚的寫實主義色彩。一九三七年六月停刊，共刊行十四期。楊逵還主編了《新文學月報》，一九三六年二月由臺中臺灣新文學社發行，共發行二期。

（二）第二階段（1937年7月-1945年8月）的文學雜誌

　　一九三七年九月，《風月報》半月刊在臺北創刊，發行人簡荷生，主編林荊南、吳漫沙，文言、國語（白話）併用。其前身是《風月》雜誌，創刊於一九三五年五月九日，創刊之初以文言出版，第四十五期起改名《風月報》，第五十期後改用國語（白話）文，但仍然保留「詩壇」等文言欄目。一九三七年四月一日總督府在臺實施禁用漢文政策，在戰爭期中，則不容許「反抗」議題出現，使原標榜吟風弄月的《風月報》亦未免於遭嚴格檢閱的命運。但《風月報》卻於一九三七年七月二十日以漢文綜合文藝雜誌面貌復刊，初期以刊載抒情文學及多樣雜文為主，少涉及政治性的議題。

　　復刊的《風月報》四十五期（1937）聲明：「若批評時事，議論政治，超越文藝範圍者，概不揭載，原稿廢棄。」從五十九期起，該刊聘請徐坤泉任主編，文言、國語（白話）並重。六十九期以後常明列編輯宗旨：「（一）因本島尚有許多老年之輩不解國文者，故以漢文提倡國民精神；（二）養成進出大陸活動之常識：研究北京語、白話文、對岸之風俗習慣；（三）風俗、習慣之改善；（四）研究文藝：詩、詞、歌、賦、新小說、舊小說；（五）提倡東洋固有之道德。」一一三期後主編由吳漫沙接任，增闢文藝創作欄，鼓勵聯繫現實的短

篇小說創作。但在官方嚴格的檢閱下，該刊後期曾為「皇民化運動」
作宣傳，有一些「順應國策」的言論和舉動，越到後期，有關促進臺
灣與南方各地緊密聯繫的政經論述越多，宣傳日據當局「國策」的意
味也越濃厚。《風月報》的辦刊宗旨逐漸被扭曲。這是它應受批評的
污點，但卻也恰恰是「它成為當時臺灣漢文被禁後碩果僅存的一份中
文綜合文藝雜誌的原因」[84]。同時，「無形中也為不願或無法放棄漢文
寫作的臺灣作家提供了一塊園地」[85]。從該刊上可以看到鷺洲吟社、
天籟吟社等詩社擊鉢聯吟的活動，林幼春、賴和等的詩作，以及詩
話、遊記、章回小說等文言文體；也可以看到長篇通俗小說、短篇小
說、散文隨筆、詩歌等國語（白話）作品；還可以看到翻譯文學作
品。當然也有少部分的宣揚軍國主義的作品，但大多只是敘事的策
略。所載通俗小說表現了日據末期女性的不幸遭遇，促進了國語（白
話）文學創作的發展。《風月報》還提倡發掘整理民間文學，如該刊
曾發表了林清月《歌謠拾遺》與《蓬萊春唱》等歌謠與俗諺的彙編。
《風月報》一三一期黃文虎發表《臺灣詩人的毛病》，曾引起新舊文
學的再次論爭，黃石輝、朱點人、林荊南、廖漢臣等曾參與論爭。一
九四一年七月一日，出至第一三三期後，日據當局為配合南進政策作
宣傳，又迫使《風月報》改題為《南方》。一九四四年二月下旬，第
一八九期改名為《南方詩集》月刊，只出兩期，一九四四年三月下
旬，第一九〇期後停刊。四種雜誌發行期數期號連貫，發行持續八年
多，是當時臺灣漢文被廢止後，唯一的一份中文綜合文藝雜誌。

　　一九三七年《每日新聞》創辦《南島文藝》，郭水潭曾任特約作
家。

84　參見朱雙一：〈日據末期《風月報》新舊文學論爭述評——關於「臺灣詩人七大毛
　　病」的論戰〉，《臺灣研究集刊》2004年第2期，頁89。
85　參見朱雙一：〈日據末期《風月報》新舊文學論爭述評——關於「臺灣詩人七大毛
　　病」的論戰〉，《臺灣研究集刊》2004年第2期，頁89。

　　一九三九年二月，臺北高等學校學生丘炳南創辦的詩歌雜誌《月來香》創刊。

　　一九三九年十二月一日，臺灣詩人協會的機關雜誌《華麗島》詩刊創刊，共收有六十三人的作品[86]，此刊雖為日人主導，但其中尚有郭水潭有反戰意味的《世紀之歌》，以及楊熾昌有超現實主義風格的《月之面型》。在該刊發表作品的還有楊雲萍、龍瑛宗、丘淳洸、丘炳南、黃得時等人。《華麗島》僅發行一期即與《文藝臺灣》雜誌合刊。

　　一九四〇年一月，《文藝臺灣》創刊於臺北，主編西川滿，以日人作家為主，風格唯美浪漫，是臺灣文藝家協會的機關雜誌。該刊提倡「外地文學」，是戰爭期與官方關係最密切的文藝雜誌。一九四四年一月，響應「戰時體制」而以七卷二期為終刊號停刊。

　　一九四〇年三月，臺灣藝術社創刊《臺灣藝術》，主編黃宗葵，後改名《新大眾》。一九四〇年四月，臺灣社創刊《臺灣》，編輯齊藤男，以短歌、詩創作為主。

　　一九四一年五月，臺北啟文社創刊《臺灣文學》，由張文環任主編兼發行人，至一九四三年十二月發行第四卷第一期後停刊，共出版十期，為日文季刊。該刊與西川滿主編的《文藝臺灣》相抗衡。發表作品以臺灣作家為主，有著寫實主義風格。

　　一九四一年七月，《民俗臺灣》創刊於臺北，發行人金關丈夫，編輯池田敏雄。該刊收錄臺灣風俗民情、俚諺、民謠尚有客觀價值的民間文學作品。

　　一九四四年五月，《臺灣文藝》創刊於臺北，臺灣文學奉公會發行，長崎浩與林秋興編輯，主張文學為政治服務，為日文月刊。一九四五年停刊。

---

86 陳建忠、沈芳序合編：《臺灣記行——百年臺灣文學雜誌特展（日據時代1939-
　　1943）》，臺灣「國家圖書館」文訊雜誌。

一九四四年九月，楊逵主編的《一陽周報》創刊於臺中市，每周六出版，發行九期，一九四四年十一月十七日停刊。

臺灣文學的現實主義精神遭到了日本殖民統治的壓制。在日據當局新聞出版檢查監督之下，很多發表在報刊上的文學作品被「腰斬」，有的文學報刊甚至被開了「天窗」，留下了空白。日據時代以臺灣為對象的現實書寫很長時間裡只能成為地下寫作。但是這種反抗性、批判性的文學精神以及在此一精神支撐下的隱性邊緣寫作，卻恰恰成為臺灣民眾集體無意識的中華民族精神的脊梁。

第三節　文學周邊的中華文化民間薪傳

一　概述

臺灣百分之九十八的人口是漢族，其中有百分之八十左右是從福建遷移而來。另外百分之二十左右來自廣東。先民們將有家鄉特色的文化帶到新的居住地，比如廟觀、宗祠、民間故事、民間信仰、宗教禮儀等異中有同的民俗事象，世代傳承下來，延續著傳統中華文化。

中國的傳統文化始終傳承於臺灣民間。中國古典詩文是日據時期臺灣私塾教育必修的課程。像《三字經》、《百家姓》、「二十四孝」、《水滸傳》等名著、名篇的內容或故事，臺灣民眾家喻戶曉。儒、釋、道三家的道德、思想，同樣深深植根於臺灣人民的心中。這種固有的文化基因和民族血脈是日據當局所無法阻斷的。文學周邊的民俗事物，如歌謠、諺語等口傳物件，雖然沒有文字的記載，但是它們靠民眾的世代口口相傳，始終保持著旺盛的生命力。正是因為它們不必通過印刷、刻版等消費比較高的流通媒介而流傳，反而可以避免外界強力暴權的戕害與污染甚至是滅絕，因為它們是跟隨著民族而存的，一個民族只要還存在，那麼，他們所利用記憶、口授的形式而保存下

來的祖先文化就會存在，有些甚至仍是原生態的，是祖先文明的活化石。因此，處於文學邊沿的眾多民間事象，就成為薪傳中華文化的重要工具。

臺灣民間戲劇、戲曲、雜技也是傳承中華文化的重要形式，而這些文藝形式多和民間宗教禮儀雜糅在一起。農村每逢春節、慶典或神明誕辰日，廟會活動總是頻繁而熱烈。為表示對神明的敬意，在祭典中常有道士主持祭儀，並有神輿巡遊、戲劇演出和藝陣（比如武陣。）等表演活動；在神輿出遊時，前導以旌旗鼓樂，後跟以陣頭、獅陣。比如，《芬園鄉志》中對其本鄉的民間文藝形式「金獅陣」[87]有詳細的記述：「本鄉在日治時代就有獅陣存在，當初設立的目的也是為了保護村莊的治安，每年農曆元月初九天公生，在寶藏寺前總要舉行一連串迎天公儀式，於是各村在『輸人不輸陣』的鼓動下，總是出動各堂館的獅陣來助陣……」[88]這些與民間信仰結合在一起的民間文藝，集娛樂功能、文化功能、教育功能、聯誼功能、心理撫慰功能、經濟功能於一身，弘揚了民族文化、凝聚了民族向心力。

臺灣同胞對中華文化身分的堅定認同和愛國主義傳統，是任何人也無法改變的。傳承民族文化有多種方式，使用本民族語言文字著書立說是一種顯在方式。除了文化者的文字創作以外，人們還用很多方式悼念先祖，追究血緣關係和家族根源。如清明節祭祖、在墓碑上題

---

87 「金獅陣」是武陣的一種，即表演舞獅。其由來說法不一，一說是目的在驅逐疫鬼；一說是掩護習武；另一說是因從前武術師傅教導村民合力擊敗獅子，其後乃仿獅子與武家搏鬥模樣演變而成。金獅陣的技藝多存於武術館中，武術館是學習各派武學拳法之處，平日村民在此習武練身；有事時，聯合村民保衛村莊；迎神賽會時，利用武術配合舞獅來助陣作樂。「金獅陣」屬民間社團組織，團員平日練拳習武，有慶典時便集體出動演出。舞者一人在前，握獅頭；一人緊隨其後，披獅尾。按鑼鼓節奏，踩七星步與八卦步，在面前丑角的調戲下，不斷跳躍，舞弄獅子。或臥或立、或滾或爬、搖頭擺尾。這種金獅獻技，是民間尚武風氣下的產物，有助於培養鄉民的鄉土情感、維護民族凝聚力。

88 參見蔡相輝主編：《芬園鄉志・文化篇》（彰化縣：彰化縣芬園鄉公所，1998年3月）。

寫祖籍地名、續寫族譜等。族譜作為中華文化的一個特色文化，在臺
灣民眾心目中的有著重要的地位。福佬人和客家人都非常注重族譜文
化，因為祖譜是他們保持原鄉記憶、維繫社會認同的重要綫索，是他
們追根溯源的根據。

在民間信仰方面，在臺灣，祭奉關公、城隍爺、呂仙、元蘇府三
王爺（威靈大將軍）、定光佛、張天師、釋迦牟尼、媽祖、朱熹、孔
子等的風俗都與大陸閩省相同，此類來自大陸的民間信仰對象不勝枚
舉。臺灣的民間信仰的中華文化取向，從一個側面反映了兩岸文化血
緣的不可斷隔性。日據時代臺灣各地，廟宇、佛壇、道壇都製有神佛
畫像、靈簽、咒符，以及各種祭拜用的紙錢等物件。在日據時期臺灣
作家的筆下，也有許多有關這些物件的情節。另外，宗教事務中有文
字活動的方面，如佛經、佛教音樂與說唱、道教的讖語、靈簽與符
咒、各種神佛故事，都有一定的文學色彩。宗教由此而與文學發生了
關係。

另外，臺灣電影主題歌的出現直接啟發自近代中國流行音樂的興
起。臺灣的許多電影，都配有通俗歌曲，這就使視覺藝術、音樂與文
學發生了關聯。

二　多種多樣的文藝事象

（一）傳統戲曲

戲曲是將文學與音樂和舞蹈結合起來，在舞臺上表演的綜合性藝
術，因此，戲曲雖主要表現為音樂形態，但它與文學結合緊密。民間
戲曲是民間文學的一個重要的方面，明清間臺灣已很盛行。宗教信仰
與民間習俗禮儀是臺灣傳統戲曲主要支撐。舉凡宗教儀式、信仰祭
典、節氣時令、婚喪嫁娶等，往往輔以傳統戲曲演出。這樣，演戲活

動兼具酬神、娛人雙重功能，逐漸發展成為臺灣民間儀禮形式之一，在傳播媒體尚不發達的日據時代，也成為民間最為普遍的共同娛樂。臺灣民間戲曲包含著深厚的中華文化意涵，世代相傳的演出活動，保存和發揚了傳統美術、音樂、文學，擔負起了藝術傳承的重任。

臺灣的漢人主要來自閩、粵兩省，而又以閩南的漳、泉兩地為多。伴隨移民來到臺灣的，是他們根深蒂固、習以為常的生活模式和由此蘊育的人文和藝術。因此，臺灣傳統戲曲情節既有才子佳人、忠臣孝子、英雄將相以及神狐鬼怪等傳奇故事，又有市井的日常生活敘事，戲曲中所闡揚的忠、孝、節、義觀念，起到了維繫民眾中華傳統倫理美德的作用，是加強民眾民族意識、維護歷史記憶的重要媒介。戲曲演出活動的理由有很多，比如，元宵、中元、中秋等節令的演戲；神佛聖誕（如農曆三月三日玄天上帝、三月十五日保生大帝、二十三日媽祖）的祭典演戲；廟宇慶典、作醮的演戲；謝平安的演戲；民間社團的祭祀演戲；婚喪喜慶的演戲；許願、還願的演戲；罰戒的演戲等。戲曲活動是一種較為開放的民間活動，往往充當了聯絡親朋鄉里情感的橋梁。臺灣民間戲曲演出的題材，取材於現實社會，民眾欣賞戲曲演出，往往能產生共鳴，從而彌補現實人生中的缺憾，獲得心理上的安慰與補償。戲曲演出時，觀眾雲集，商賈小販也趁機從事商業活動。

日據時期臺灣民間戲曲的發展，首先表現在民間戲曲活動的頻繁和興盛。鄉民自發組成的業餘戲曲組織，稱為「子弟團」，閒暇時良家子弟學習戲曲、技藝，自娛自樂，鄉里有廟會祭典活動時便舉辦戲曲演出。「子弟團」中以北管子弟社團為最盛。

十九世紀與二十世紀之交在臺灣流行的傳統戲曲有：大、小梨園，京劇，四平戲，亂彈戲，高甲戲，潮劇，藝妲戲，車鼓戲，採茶戲，傀儡戲，布袋戲，皮影戲等。當時，京劇也是相當時髦的劇種，稱正音。據臺灣徐亞湘《日治時期中國戲班在臺灣》一書提供的資

料，從一八九九到一九三七年，大陸入臺演出戲班共七十四班次，其中京班占四十四班次，徽班占六班次。一九一一年後去臺灣演出的主要是京班和閩劇班等，據統計，從一九二三到一九三七年，曾有八個閩劇班到臺灣演出。[89]呂訴上介紹：「民國十二年前後，大陸來臺公演的京劇班和閩劇班帶來了平面畫的軟布景，三國志及連臺戲的陳靖姑、狸貓換太子、濟公傳等劇」[90]。一九二〇年代，大陸來的京班、閩劇班、南管白字戲、潮州白字戲，以及臺灣歌仔戲班逐漸進入商業劇場。

從臺灣被日本割據到光復，臺灣民間戲曲在這一特殊的歷史階段不但充分展現了維繫兩岸文化流脈的獨特功能，而且還有傑出的創新發展，呈現出中華文化在异族統治下頑強抗爭與生存的不屈精神。

（二）視覺藝術

傳統視覺藝術對於文化傳承的作用也不可忽視。臺灣的傳統視覺藝術，多表現為中國詩歌藝術、文字書寫藝術與圖畫藝術的結合。雖然殖民政府大力引導日本畫，壓制傳統繪畫的發展，但許多臺灣文化人仍熱愛傳統的繪畫藝術，堅持自己的藝術風格。比如，許多作家都是詩書畫俱佳的，如女詩人李德和，就是著名的畫家。另外，此時期還有一些漫畫家將繪畫藝術與文學結合起來，受到歡迎，如雞籠生等。

電影藝術也是一種視覺藝術，與文學有著密切的關係。此時期，有一些臺灣青年到大陸從事電影事業，如劉吶鷗等。除此之外，另有其他島人電影事業的產生與發展。茲依年代先後列述於下[91]：

---

89 參見陳耕：《閩臺民間戲曲的傳承與變遷》（福州市：福建人民出版社，2003年9月，初版1刷），頁76-77。

90 呂訴上：《臺灣電影戲劇》（臺北市：銀華出版部，1961年），頁237。

91 詳見《臺灣電影史連載（1930-1941）》，「紀錄‧中國」網站http://www.chinadocu.com/shownews.asp?newsid=351

　　一九二〇年，臺灣拍攝第一部故事片《大佛的瞳孔》。一九二三年五月，臺南人郭炳森從南洋買回中國影片《古井重波記》放映，受到廣泛歡迎，啟發了島人自製影片的興趣。一九二四年，臺灣總督府公布《電影審查規則》。一九二五年五月二十一日，劉喜明等發起組織臺灣映畫（電影）研究會。一九二八年，原「臺灣電影研究會」成員張雲鶴、李松峰與陳天燍三人與江雲社劇團合作，在歌仔戲中插入電影場面，獲得成功。一九二九年，張雲鶴等人合組「百達影片公司」，拍製了以高山族生活為背景的武俠愛情片《血痕》（《戀界英雄》），由張雲鶴製作、編導，李松峰攝影，蔡旦、張如如、陳華階、陳水聲合演。一九三〇年三月，《血痕》於臺北永樂座首映三天，場場爆滿，打破票房紀錄。一九三二年五月一日，日人安藤太郎與臺灣人鄭錫明、蔡槐墀合組「日本合同通信社電影部臺灣電影製作所」，拍製影片《義人吳鳳》，演員多為日人，秋田伸一扮演吳鳳，安藤太郎與千葉泰樹合作導演。一九三四年六月十二日，臺中人何非光在上海聯華電影公司扮演《歧路》、《暴雨梨花》、《再會吧，上海》、《昏狂》等片的男主角[92]。一九三五年，日本政府改訂《電影輸入法》，禁止輸入與放映上海影片。抗戰爆發後，進一步禁止中國影片在臺灣上演。此前，已有三十五部中國影片被禁演。一九三七年五月三十一日，吳錫洋等人成立臺灣第一個電影製作所「第一映畫製作所」，拍攝電影《望春風》，講述了一個臺北藝妲的故事。李臨秋曾以臺灣民謠為腳本，創作同名歌詞，鄭得福則將其改為電影劇本。由陳寶珠主演，日人安藤太郎與臺灣演員黃粱夢導演。一九三八年一月十七日，《望春風》在臺北永樂座首映，獲得好評。一九三九年一月，臺灣映畫（電影）會社成立。董事長謝火爐，總經理徐坤泉，籌拍《可愛的仇人》。

---

92 與之配合的女主角多是由阮玲玉扮演。

（三）歌曲音樂

　　作為歌詞與曲調的結合體的歌曲，實際上就是文學與音樂的結合。歌詞的本質是詩，而作曲者作的曲則毫無疑問屬音樂範疇。如客家民歌即屬此種民間歌詩。客家人在農閒或工作間歇時唱歌，甚至在上山砍柴，下田插秧，茶山採茶時，都是邊勞動，邊唱歌。日據時期，客家山歌受到殖民當局的嚴重壓制，但現今可知的唱腔仍有七種[93]。客家民歌音樂豐富多彩，即使同一唱腔，也會有不同唱法。

　　許多臺灣作曲家與歌詞作家合作，創作出了眾多的膾炙人口的歌曲名作，由此成為文學史不可忽略的文學邊緣的重要組成部分。像王雲峰一九三二年曾經為閩南語流行歌〈桃花泣血記〉作曲；陳秋霖曾為〈路滑滑〉作曲；鄧雨賢曾為〈望春風〉作曲。此時期，有代表性的民歌民謠工作者及歌手如下：

　　張福興是臺灣第一個到日學習音樂的中國學生，自國語學校（師範學校）畢業後，因音樂才能突出，一九一六年以官費赴日本留學，在日本最著名的上野音樂學校學習管風琴和小提琴。畢業後回臺灣，先後任教於臺北師範、師範學院、第三高級女中。一九一三年前後，往日月潭採集民謠。一九二二年，出版《水社化番杵魯及歌謠》。他是臺灣第一位學習西洋音樂的人，也是臺灣新音樂的拓荒者。他還是臺灣第一位採集山地音樂的音樂家、第一個交響樂團的創辦者。他作為第一位國民小學音樂課本編審人，把祖國音樂編成五線譜介紹給臺灣同胞，是一位致力於弘揚中華文化的音樂家。張福興還曾寫過流行歌詞〈路滑滑〉（陳秋霖作曲）。

　　王雲峰（1896-1970）曾留學日本，回臺灣後擔任無聲電影的

93　詳見賴碧霞：《臺灣客家山歌——一個民間藝人的自述》（臺北市：百科文化事業公司，1983年），頁2。

「伴奏士」[94]和「辯士」[95]，後被臺灣哥倫比亞（Columbia）唱片公司聘為專屬作曲家。他的一生致力於民間音樂，並開導了閩南語流行歌曲的先河，是具有民謠風的第一首閩南語流行歌的曲作者，也培養了第一位歌星，光復初期的作品〈補破網〉是他的封筆之作。

　　江文也（1910-1983），臺北淡水人。男中音歌唱家兼作曲家，原在日本東京攻讀工業學校。退學後，師從日本著名作曲家山田耕作學習作曲，後來成為聞名世界的作曲家，音樂作品屢獲世界大獎。一九三六年以管弦樂曲〈臺灣舞曲〉獲柏林奧林匹克大會音樂大獎，是亞洲唯一得獎者。同年，以〈四個生蕃之歌〉參加巴黎萬國博覽會。為時人被譽為「臺灣蕭邦」，「亞洲最有才華的作曲家」。〈臺灣舞曲〉充滿臺灣風土色彩，在利用高山族民歌方面，尤有特色。其後，定居於北京。他也從事詩歌寫作，如他的詩歌〈秋〉：「草微動／月亮的彼方／我的體溫與思想／彷彿滲入了城壁。」江文也有《北京銘》、《大同石佛》等詩集傳世。

　　鄧雨賢（1906-1944），閩南語流行歌創作的先驅者之一。桃園龍潭客家人。曾發表〈望春風〉、〈雨夜花〉、〈四季紅〉、〈月夜愁〉等具有臺灣民謠風格的作品。

　　呂泉生（1916-），臺中人。中學畢業後，往日本入東洋音樂學校聲學本科攻讀，一九四五年回臺灣，任交響樂團合唱團指揮，主編教育會出版的《新選歌謠》。創作的民謠有〈採茶歌〉、〈顛倒歌〉等五首，改編民謠有〈丟丟銅仔〉、〈六月田水〉及山西民謠四首、客家民謠三首，歌仔調二首，車鼓調一首等。

　　郭芝苑（1921-），苗栗人。一九四○年畢業於東京錦城中學，一九四三年，東京的日本大學藝術科音樂系作曲組肄業，回臺灣。改編

---

94 即現場伴奏。

95 即劇情解說人。

了〈田邊情歌〉、〈草暝弄雞公〉、〈宜蘭調〉、〈牛犁歌〉、〈恆春調〉等十六首臺灣民謠和多種樂曲。

蘇桐（1910-）與陳秋霖、陳水柳（冠華）並稱日據時期臺北市歌仔戲班的三大後臺樂師。曾與陳達儒合作寫作〈農村曲〉、〈日日春〉、〈雙雁影〉等歌曲。

作曲家姚贊福同時也作詞，兼文學家與音樂家身分於一身。

陳水柳作曲的〈望鄉調〉係日據時期創作歌謠，作詞者不詳，但因曲調幽婉動聽而傳唱至今。歌詞如下：

> 離鄉過海三千里　　波浪的聲獨傷悲　　南國燕子飛有期　　可比牛郎織女星
> 深夜無伴獨怨天　　風霜受苦幾落年　　月娘圓圓叨無缺　　咱敢薄命桃花枝
> 夢中抵好看著伊　　恨無雙翼在身邊　　香花好酒若有意　　招月合唱斷腸詩

歌曲描繪了「過臺灣」的丈夫對海峽對岸的妻子的思念。

當時比較著名的流行歌曲作曲者及其作品有：鄧雨賢〈河邊春夢〉、〈望春風〉、〈滿面春風〉、〈雨夜花〉、〈春宵吟〉、〈四季紅〉、〈碎心花〉；蘇桐〈倡門賢母〉、〈懺悔〉、〈農村曲〉、〈日日春〉、〈雙雁影〉；王雲峰〈桃花泣血記〉、〈怪紳士〉；姚贊福〈心酸酸〉、〈悲戀的酒杯〉；陳秋霖〈海邊風〉、〈白牡丹〉、〈滿山春色〉；吳成家〈心茫茫〉、〈港邊惜別〉；邱再福〈人道〉、〈籠中鳥〉；林綿隆〈三線路〉、〈那無兄〉、〈心驚驚〉等。一九三二年，謝火爐的「同音會」在臺北市中山堂舉行了臺灣民謠演唱會，同年，呂玲朗搜集高山族民歌，配以樂譜，開啟了此後演唱臺灣民謠音樂的新途徑。一九四三年九月，呂泉生改編〈丟丟銅仔〉、〈六月田水〉，替張文環的話劇《閹雞》配

樂公開表演，得到公眾好評。一九四四年，柯明珠到勝利唱片公司演唱臺灣民謠。另外，參與閩南語歌曲創作的學院派音樂家李金土曾經作過一首社會運動歌曲〈農民謠〉。

第二章
島外寫作與歸岸之響

第一節　概述

一　島外寫作──「流散美學」（Diaspora aesthetic）現象

　　臺灣日據時期，有許多作家離鄉背井，在外地創作了為數可觀的文學作品。他們有的是因旅遊而離開臺灣，有的是為了求學而離開臺灣，有的則是因為從商而暫離臺灣，還有的是因為不堪淪為異族的臣民，而離臺內渡祖國大陸，即因政治原因而離島。諸如此類眾多的在臺灣之外創作的臺灣作家作品，即所謂之「島外寫作」或曰「離岸寫作」（Exodus Writings）。如：

　　一九二一年，洪棄生（洪月樵）遊歷大陸各地，飽覽祖國風光，寫作了文言散文集《八洲遊記》，另外還寫成了文言詩集《八洲遊草》，一九二四年，此詩集在連橫主編的《臺灣詩薈》上發表；一九二七年，林獻堂率其兩子及林茂生（林耕南）等遊歷歐美，其間著文言散文《環球遊記》。林獻堂是臺中霧峰望族，臺灣文化協會的領導人，他的《環球遊記》是臺灣文化者睜開眼睛看世界的較早的著作之一；林華光、楊浩然曾在大陸參加「秋野社」的文學活動，並曾經在一九二七年在《秋野》月刊上著文介紹日本的新感覺派文學；一九三五年，魏清德曾應邀往朝鮮（今韓國）及偽滿洲國，將途中觀感撰成詩集《滿鮮吟草》，於一九三五年九月在臺灣發表；吳濁流在一九四一年曾經來到大陸，先後到過南京與上海，曾在南京日本人「商工會議所」當翻譯，後改任南京《新大陸報》記者。周定山（一吼）則曾

經擔任過《漳州日報》的編輯⋯⋯。

在臺灣島外書寫的作品文本，都又或早或晚地回到臺灣，產生影響。這種因山河破碎和外族脅迫而流離異鄉的文學現象，國外常稱其為流散（Diaspora）寫作，而此種美學現象，西方理論則稱之為流散美學（Diaspora aesthetic）。所謂「歸岸之響」，則是一個具有雙向性的概念。一方面，臺灣的離岸作家的文學作品可以在島外產生反響，或者有時又會通過某種渠道再返回島內而傳播流傳；另一方面，臺灣島外的其他地區的有一些大陸或港澳作家卻又來到臺灣，留下他們的墨寶。這種特殊的處於臺灣文學的外圍的文學現象，謂之「歸岸文學」，此種「歸岸文學」之流播，則謂「歸岸之響」。

二　陸、島文化人的同聲相應

臺灣人民的生存狀態為大陸文化人所掛念。曾任北京大學校長、國民政府教育部長的蔡元培對《臺灣民報》寄予厚望，一九三〇年一月十八日，曾在該報第二九六號上題詞：「喚起民眾」。魯迅曾經會晤過張我軍。一九三六年魯迅逝世時，王詩琅在《臺灣新文學》月刊十一月號發表〈悼魯迅〉一文，把魯迅同高爾基並提為「兩位敬愛的作家」。郁達夫曾到臺灣訪問，並與眾多臺灣作家座談，為臺灣作家輸入了新文學思想。

臺灣作家也經常與大陸作家遙相呼應。如，黃得時一九三六年十二月二十日為歡迎郁達夫訪臺，開始在《臺灣新民報》撰寫題為〈達夫片片〉的日文隨筆，系統介紹郁達夫。另如楊逵在《文學首都》（東京，1937年9月）上發表〈《第三代》及其他〉一文指出，侵略者所稱作「土匪、共匪、什麼匪、什麼賊」的，「其實並不是我們常聽說的強盜，而是作為反抗施虐者的力量成長」的，勇敢地駁斥了侵略者的污蔑行徑，並嚴肅地聲明臺灣作家們也絕不是「奴才」，與大陸

魯迅、胡風等人的左翼文學評論相呼應。胡風曾批評日本文壇輕視中國現代文學，楊逵響應說：「我們殖民地的人們都抱有相同的感慨」[1]。

　　大陸學者范泉密切關注著臺灣文學的發展。他曾讀過《臺灣文學集》中楊雲萍的詩歌〈月光〉，並為其所感動，他在光復後追述說，「那詩裡蘊蓄著的靜謐的魅力，真使我感動得愛不釋卷」。「我們應該認識他，研究他，鼓勵他」[2]。一九四四年，范泉又翻譯了龍瑛宗的日語小說〈白色的山脈〉[3]。

　　一九四五年四月三十日，福建永安《龍鳳》創刊號[4]發表了朱劍芒的〈臺灣詩詞叢話〉。朱劍芒，大陸近代革命詩社南社[5]詩人，知名學者，一九四五年六月十五日端陽節在福建永安組織南社閩集並任社長，「當時社員多數在省政府各部門工作」[6]。〈臺灣詩詞叢話〉論述了鄭成功、梁啟超、許南英、譚嗣同、章太炎等人的詩詞作品。此外，朱劍芒在文中曾三次提及周召南：「吾友周子召南，熱於臺灣掌故，徵文考獻，亦至勤篤，最近有《臺灣詩歌》之選輯。」「召南既有《臺灣詩歌》選輯之計畫，深盼其搜得譚氏遺集，盡采其遊臺所作，當有慷慨激昂，睥睨一世之作品，以供我歌泣也。」「茲於召南處復得〈玉山吟社席上即事〉一首，亦章氏在臺所作。」由此可知，當時尚有周召南在大陸從事臺灣文學研究，選輯了《臺灣詩歌》一書。

1　橫地剛作，陳映真、吳魯鄂譯：〈范泉的臺灣認識——上一世紀40年代後期臺灣的文學狀況〉，《復旦學報》（社會科學版）2004年第3期，頁17。

2　范泉：〈楊雲萍——記一個臺灣作家〉，《文匯報》，1947年3月7日。

3　該譯文見一九四四年十二月一日出版的《星花》（上海市：上海永祥印書館刊，《文藝春秋叢刊之二》），頁12-18。該文未注明譯者，但范泉後來在《文藝春秋》上發表文章，說他曾經翻譯過龍瑛宗的《白色的山脈》，據此推斷，譯者應該為范泉。

4　見汪毅夫：〈1945-1948：福建文人與臺灣文學〉，《福建論壇》（人文社科版）2001年第6期，頁9。

5　按：此一南社乃柳亞子、蘇曼殊等所立詩社，非臺灣南社。

6　顧國華編：《文壇憶舊初編》（上海市：上海書店，1999年），頁211-213。

福建永安《龍鳳》創刊號還刊有〈丘逢甲談「贅」〉一文。文中稱「閩人丘煒萲於光緒二十二年曾著《菽園贅談》一書，逢甲為之序，自稱臺灣宗弟，就『贅』字特加發揮」。並節錄有丘逢甲的序文。丘煒萲，即丘菽園，臺灣光復前後的著名作家。

第二節　離臺內渡寫作

一　臺灣作家的內渡寫作

早在《馬關條約》簽訂後不久，就有許多富有民族氣節的臺灣文化人出於民族義憤而內渡大陸。這些內渡的臺灣文化人與遷居地民眾友好相處，有的還與在地人家結為美好姻緣，如廈門鼓浪嶼菽莊花園[7]園主夫人龔云環是清末泉州翰林龔詠樵（顯增）的女兒，龔家和林家由此成為親家。菽莊花園創設了菽莊吟社，經常舉辦壽菊酬唱、華誕賀詞、餞別放歌等文學活動。一九二四年，花園主人林爾嘉往臺灣、日本旅遊，並寄寓瑞士，一九三一年又返回鼓浪嶼。林爾嘉愛菊成癖，在園中種植數千盆各種菊花。每逢菊花盛開，便邀請菽莊吟社詩友作壽菊雅集。

相對於扎根於大陸的老一輩文化人，張我軍等是內渡求學、往返於陸臺之間的新一代臺灣文化人的代表。

張我軍（1902-1955），原名張清榮，筆名有一郎、憶、野馬、M.S.、劍華、大勝、雲逸、廢兵、迷生、小生、四光、小童生。臺北人，祖籍福建省南靖縣。[8]他在一九二○年曾在臺北劍樓書房，跟隨

7　菽莊花園創建於一九一三年。一八九五年，不甘忍受日本人統治的臺北富紳林維源舉家遷到廈門。一九一三年，林維源的長子林爾嘉（1875-1951）在鼓浪嶼比照臺北板橋林家花園，修築了菽莊花園。

8　參見〈張我軍年表〉，張光正編：《張我軍全集》（北京市：臺海出版社，2000年8月，

前清秀才趙一山學習文言詩歌。一九二一年到廈門協助林木土創設新
高銀行支店，並在廈門同文書院學習漢文，此時期接受了五四新文化
運動的影響，改名為張我軍。自一九二一年起，張我軍即往返於陸臺
之間，其作品也或發表於臺灣；或發表於大陸；也有的發表於日本，
而後又隨該報刊返回臺灣而發生影響。可以說，張我軍是「離岸寫
作」與「歸岸之響」的典型代表。一九二三年五月，他的第一首作
品、律詩〈寄懷臺灣議會請願諸公〉發表於《臺灣》雜誌。一九二三
年七月十日，其第一篇日文隨筆作品〈排華政策在華南〉在《臺灣》
雜誌發表。一九二三年十月，律詩〈詠時事〉發表於《臺灣》雜誌。
一九二四年一月十二日，他在上海「臺灣人大會」嚴詞譴責日本駐臺
灣的內田總督的暴政。一九二四年，他到北京師範大學學習，結識了
後成為其妻子的定居北京的湖北姑娘羅文淑。在北京讀書期間，他兼
任了《臺灣民報》社駐北京通訊員。其第一首國語（白話）詩歌〈沉
寂〉便發表在一九二四年三月二十五日《臺灣民報》。一九二四年十
月，張我軍返回臺灣任《臺灣民報》漢文欄編輯。一九二五年，再度
赴北京求學，考入中國大學文學系，後轉入北京師範大學。張我軍曾
與魯迅有過交往。他曾於一九二六年八月十一日到魯迅寓所拜訪，並
贈送魯迅《臺灣民報》四冊，得到魯迅的勉勵。魯迅在當天日記寫
道：「張我權（按：張我軍之筆誤）來並贈《臺灣民報》四本。」一
年後還追憶此事：「還記得去年夏天住在北京的時候，遇見張我權
君，……正在困苦中的臺灣的青年，卻並不將中國的事情暫且放下。
他們常希望中國革命的成功，贊助中國的改革，總想盡些力，於中國
的現在和將來有所裨益，即使是自己還在做學生。」[9]一九二九年張
我軍於北京師範大學畢業，先後在該校及北京大學法學院、中國大學

初版1刷），頁511。

9　《魯迅全集》（北京市：人民文學出版社，1987年），冊3，頁425。

擔任日語講師。抗戰期間，曾任北京大學工學院教授。任教時期轉而從事日語教材編寫及翻譯。一九二九年，張我軍還曾再次看望了回北京探望病母的魯迅。一九三八年，張我軍曾在北平擔任《中國文藝》主編。張我軍一九二一年到大陸，一九四六年臺灣光復後才回臺灣。

　　張我軍在「一九三四年十月記於北平」[10]的《中國人口問題研究》[11]譯者序中曾提及自己在翻譯此書時，與另一位臺灣作家洪炎秋的合作：「第一章與第五章系我軍所譯；第二第三第四第六章為炎秋所譯。」[12]洪炎秋（1902-1980），洪棄生之子，曾任北京大學教授、北平臺灣同鄉會會長。

　　張深切（1904-1965），號楚女，南投人。幼時受父母影響，極具抗日思想，小學四年級的時候，曾因為堅持使用臺灣方言，被勒令退學。退學後赴日留學，在日本就讀小學、中學、工業學校、青山學院，但均肄業，後返回祖國大陸，就讀於廣州中山大學。就學期間與林文程、張秀哲等組織廣東革命青年會。後因從大陸向臺灣傳播革命思想，被殖民當局逮捕入獄。出獄後，與賴明弘等人推進臺灣新文學運動，籌設臺灣文藝大學，創辦中日文文藝雜誌《臺灣文藝》。後又到淪陷中的華北，創辦《中國文藝》雜誌，與張我軍交好。一九三九年左右華北淪陷時期曾任《中國文藝》雜誌社長、主編。時在北平的張我軍在刊登於一九三九年十一月一日第一卷第三期《中國文藝》月刊的〈代庖者語〉中說：「《中國文藝》主編深切兄奔喪南旋，臨走時，托我代庖一期。」在《編後記》中亦言：「還有些尚未決定的，也暫留編輯室，以便深切兄回來再讀。」《中國文藝》雜誌後因宣傳

10　參見張光正編：《張我軍全集》（北京市：臺海出版社，2000年8月，初版1刷），頁411。

11　日本學者飯田茂三郎《中國人口問題研究》譯本一九三四年十月由北平人人書店出版。

12　參見張光正編：《張我軍全集》（北京市：臺海出版社，2000年8月，初版1刷），頁411。

民族思想遭到日軍的查禁。張深切於臺灣光復後返回臺灣。

　　鍾理和（1915-1960）在日據時期的創作主要完成於大陸。鍾理和，屏東人，祖籍廣東梅縣。一九三〇年長治公學高等科畢業，入村私塾學習漢文。開始寫作。一九三二年遷至高雄，在父親辦的笠山農場裡當助手，與女工鍾台妹戀愛。一九四〇年，因同姓結婚為鄉里、父親反對，偕台妹遠渡大陸，奔逃瀋陽。一九四一年遷居北平，寫〈泰東旅館〉（未完稿）。一九四四年寫成〈新生〉、〈薄芒〉、〈夾竹桃〉、〈生與死〉等。一九四五年寫成〈逝〉、〈門〉，並在北平馬德增書店出版其第一本創作集〈夾竹桃〉。一九四六年，他攜家眷回到臺灣。

　　許地山（1893-1941）名贊堃，字地山，筆名落華生。是無論在大陸還是在臺灣都享有盛譽的小說家、散文家、學者。祖籍廣東揭陽，生於臺南，其父為著名詩人許南英[13]。許地山隨父回大陸後落籍福建漳州龍溪。許地山幼時家境富裕，甲午戰後，四處漂泊，除在大陸生活外，還曾在緬甸停留了兩年的時間。一九一七年考入燕京大學，曾積極參加五四運動，參辦《新社會》旬刊。一九二〇年畢業，獲文學學士學位。五四新文化運動激起他的愛國民主思想和創作熱情，一九二一年他參與發起成立文學研究會，在《小說月報》上發表

13　許南英（1855-1917），字蘊白，一作允白、子蘊，號窺園主人，臺南府（今臺南市）安平縣人，祖籍廣東揭陽。一八九〇年（光緒十六年）庚寅恩科三甲第六十一名進士。一八九五年離臺，寄籍漳州，居漳州海滄墟，將其宅命名為「借滄海居」，常到廈門參加菽莊吟社的詩鐘吟會。清光緒年間撰有《窺園留草》。清咸豐五年出生，一八九〇年（清光緒十六年），由會魁，授兵部車駕司主事；不久請假回臺灣。一八九四年（清光緒二十年），應巡撫唐景崧之聘，協修《臺灣通志》；不久中日戰起，籌辦臺南團練局。一八九五年，事敗內渡，後曾遠渡南洋。一八九七年（清光緒二十三年）回國，歷任廣東徐聞、陽春、三水知縣，曾調署陽江同知。民國初，曾擔任福建龍溪知事。一九一六年（民國五年）返臺，停留數月後，又應邀赴蘇門答臘棉蘭為僑紳張鴻南編輯「事略」。一九一七年，因窮愁懷鄉抑鬱而死。因其臺南赤嵌城故居有地數畝，許南英名其為「窺園」，其詩集由此得名《窺園留草》。

其第一篇小說〈命命鳥〉。一九二二年又畢業於燕大宗教學院，獲神學學士學位。一九二三至一九二六年在美國哥倫比亞大學研究院和英國牛津大學研究宗教史、哲學、民俗學、佛學等。回國途中短期逗留印度，研究梵文及佛學。一九二七年起任燕京大學教授、《燕京學報》編委，並在北京大學、清華大學、北京師範大學等校兼課。一九三五年因與燕大校長司徒雷登不合，赴香港大學任教授。一九三八年任中華全國文藝界抗敵協會理事和香港文協主席，積極參與抗日救國運動，後因勞累過度而病逝。許地山前期代表作為小說《綴網勞蛛》和具有樸實淳厚風格的散文名篇〈落花生〉。他的早期小說受其佛教思想影響，取材獨特，想像豐富。短篇小說集《綴網勞蛛》，多以南洋生活為背景，富有濃郁的南國風味和異域情調，故事曲折離奇，充滿浪漫氣息。在批判現實的同時，往往表現出「生本不樂」的宿命論思想；在執著探索人生意義的同時，卻又表現出玄想與宗教成分。一九二八年以後，其小說創作風格發生了變化。雖仍保持著清新的格調，但已著力於對黑暗現實的描寫和批判，現實主義因素增強。短篇小說集《危巢墜簡》尖銳諷刺了腐惡官吏、冒牌博士、放浪小姐，同情被壓迫民眾。他後期的優秀作品《春桃》描寫動亂困厄中敢與難友、殘疾丈夫共居而不拘世俗禮法的女性，《鐵魚的鰓》描寫抗戰期間愛國志士的報國無門。他的創作並不豐碩，但在文壇上卻獨具特色。作品結集出版的有短篇小說集《綴網勞蛛》、《危巢墜簡》，散文集《空山靈雨》，小說、劇本集《解放者》、《雜感集》，小說集《無法投遞之郵件》、《解放者》，論著《印度文學》、《道教史》（上）等。許地山將儒家的自強不息精神、佛學的禪思玄想和基督教的博愛集於一身。其作品語言秀麗，文采斐然，充滿「靈異」[14]情調，他崇尚「蜘

---

14 宋益喬：〈序〉，《許地山靈異小說》，宋益喬選編：《許地山靈異小說》（上海市：上海文藝出版社，1994年5月，初版1刷），封面。

蛛哲學」[15]，喜歡以東南亞的異域風情入文，而且「更多地是從哲學意義上考慮問題，表現的是哲學家的求真和宗教家的向善意向」[16]。許地山還曾將其父許南英的遺詩共計一〇三九首，按年編次，略加補刪後，於一九三三年六月，在北平付梓刊行，前附「窺園先生自定年譜」及許地山所撰〈窺園先生詩傳〉二文，末附《窺園詞》五十首，書名《窺園留草》[17]。

　　劉吶鷗在二十世紀大陸文學史上曾掀起了一陣新感覺派熱潮。劉吶鷗（1905-1940），本名劉燦波，筆名洛生、吶吶鷗。臺南人，生於日本，長於臺灣。家境富裕，十六歲長榮中學畢業後，離臺赴日本東京青山學院學習日文文學。一九二六年日本應慶大學畢業後回中國大陸，在上海震旦大學插讀法文特別班，與杜衡、戴望舒、施蟄存是同學。一九二八年，他在上海創辦第一線書店，編輯發行雜誌《無軌列車》和《新文藝》，《無軌列車》刊載新感覺派小說，他也由此成為中國新感覺派的創始人之一。一九二九年他又經營水沫書店，出版了一些進步書刊，也翻譯過《藝術社會學》以及日本新感覺派小說集。他一九三〇年出版的《都市風景線》收入其八篇小說，是我國第一本較多地採用現代派手法的短篇小說集。他還曾與穆時英一起任職於國民黨「圖書雜誌審查委員會」。

　　劉吶鷗在日本學習多年，深受日本新感覺派的泛現代主義特徵的影響。他善於運用電影蒙太奇手法、意識流手法、心理分析方法、象徵諷喻手法以及兩男追一女的三角戀愛情節，並往往把故事場景定位

15　宋益喬：〈序〉，《許地山靈異小說》，宋益喬選編：《許地山靈異小說》（上海市：上海文藝出版社，1994年5月，初版1刷），頁5。

16　宋益喬：〈序〉，《許地山靈異小說》，宋益喬選編：《許地山靈異小說》（上海市：上海文藝出版社，1994年5月，初版1刷），頁5。

17　見臺灣省文獻委員會編，張炳南監修、李汝和主修、廖漢臣纂修：《臺灣省通志卷六》〈學藝志〉〈藝文篇〉（臺中縣：臺灣省政府印刷廠，1971年6月30日），全一冊，頁47。

在舞廳、咖啡室、汽車上，借此突顯都市文明象徵。其作品中既體現出表現主義的人的異化的主題，又具有存在主義的形上哲理。劉吶鷗表現了男女人物的情感危機和性與愛的困境，也展示了現代都市男女的性愛遊戲，他筆下的都市情欲氾濫，肉欲橫流。他被認為是上海「新感覺派」的核心人物，其小說描繪了現代都市的騷動不安和焦慮等情感體驗，表現不安、彷徨、消極、絕望的情緒，以及由這種陰暗心理帶來的遊戲人生哲學。其小說有一個突出的特點是「女性嫌惡症」[18]。《遊戲》、《風景》、〈流〉、《熱情之骨》、《兩個時間的不感症者》、《禮儀與衛生》、《殘留》以及《赤道下》都表現了大都會摩登女郎的放蕩，她們把愛情當「遊戲」，把男人當「風景」，玩弄男人並將男人當消遣品。她們隨心所欲，隨時隨地尋找性滿足。在劉吶鷗的作品中，都市女郎都失去了理智，毫無意識地做著無理性無規律的荒誕事情。劉吶鷗多用荒誕的語言和行動表現這種荒誕。如《熱情之骨》寫法國青年比也爾與花店女郎玲玉的「愛情」故事。比也爾在法國受過僧侶書院的禁錮，但來到東洋後，偶遇花店女郎便一見鍾情。「愛情」在兩三天內便突飛猛進，月夜泛舟激情時，玲玉突然向他要錢，「愛情」歸於幻滅。小說暴露了都市男女們的內心空虛和病態生活，「熱情之骨」只是為了金錢，所謂愛情，只不過逢場作戲。小說截取幾個生活片斷加以組接，情節有跳躍性。文中夾雜運用了歐式語言，渲染了小說的都市氛圍，加強了故事的真實性。同時運用了意識流手法來展示人物的潛意識，恰切地揭示了人物的心理。但小說也透露出不健康的主題傾向。《遊戲》中的女主人公也是一個荒誕的遊戲者，她一邊熱情地愛著步青・為步青獻出了「貞操」，一邊卻又去同她有錢的未婚夫結婚。《風景》、《禮儀與衛生》、〈流〉、《兩個時間的不感症

---

18 楊迎平：〈同一層面的不同言說──論新感覺派小說中的女性形象〉，《文藝理論研究》2000年第3期，頁93。

者》、《赤道下》等作品，都表現了女性的荒誕行為。《殘留》是劉吶鷗最具意識流特色的小說。如《殘留》對霞玲來到港口遇到幾個外國水手時的心理描寫：「啊，他抱著我了，……啊，他要我的嘴！……啊，他吻了，吻了。」[19]這種心理分析式的內心意識獨白，表現了霞玲對性的直白的渴望及其感覺意識的流動。

劉吶鷗還表現出對電影的特別興趣。一九三一年，他與人合編《現代電影》，並自編自導言情片《永遠的微笑》。一九三四年，他發表《現代表情美造型》，高度讚美了好萊塢影星瓊‧克勞馥和葛麗泰‧嘉寶。一九三六年，劉吶鷗曾為「藝華」製片廠編導《初戀》，為中央電影攝影場編劇《密電碼》。一九四〇年，他出任了汪精衛偽政權的「華影」製片部長。藝華影業公司一九三八年四月首映了由劉吶鷗編劇，徐蘇靈導演的電影《初戀》。這部影片被左翼電影運動稱為「軟性電影」愛情題材影片的代表作。影片的情節是，青年詩人和鄉下姑娘小玉相愛，但遭遇了詩人家庭方面的阻力，他被迫和表妹結婚。但卻因思念小玉而病倒。為搶救丈夫，妻子尋找到小玉，但當小玉來到時，詩人已經奄奄一息。

劉吶鷗一九四〇年遇刺身亡，遺體歸葬臺灣。他在文學上的主要成就便是把日本新感覺派介紹到了中國大陸。劉吶鷗的親日傾向，反映了未能把握住正確方向的文化人的遺憾。

雞籠生，本名陳炳煌，漫畫作家。曾就讀於上海，居住上海數十年，將上海的里弄生活、風土人情，細緻描繪成漫畫，並加文字說明，一九四三年在《興南新聞》日報（《臺灣新民報》改刊而成）副刊連載，後匯成《大上海》一書出版。

此外，還有一些臺灣文學青年曾經遊學大陸。比如，在《魯迅日

---

19 有關劉吶鷗小說中女性形象的分析，詳見楊迎平：〈同一層面的不同言說──論新感覺派小說中的女性形象〉，《文藝理論研究》2000年第3期，頁93-94。

記》中就曾經記述了一九二七年二月至三月間他與臺灣在大陸青年張
秀哲、張死光等的交往。張秀哲當時在廣州嶺南大學就讀，曾著有
《毋忘臺灣》（與楊成志合著。）等作。時任廣東大學（後改名中山
大學）文科學長的郭沫若曾經應張秀哲請求，為其所著《一個臺灣人
告訴中國同胞書》（後改名《毋忘臺灣》）作序。張死光即此後在臺灣
文壇頗為活躍的作家張深切，當時正在廣州中山大學就讀。一九二七
年，當時在廣州的臺灣文學青年如郭德金（剛軍）、林劍騰（赤劍）
等，也曾拜訪當時在廣州中山大學任教的魯迅，向他求教求文。

二　民間書寫的內渡

在此同時，有一些民間文學形式也是先回歸祖國，出版、印刷、
或者口頭承傳、獲得保存，再通過各種渠道返回臺灣，發生影響。比
如，上海開文書局就在臺灣日據時期印行臺灣歌仔冊，保存寶貴的中
華民族區域民間文化。有一些臺灣歌仔藝人則回到大陸，將臺灣歌仔
戲傳播到大陸[20]。如王銀河為閩南最早的歌仔戲傳人之一[21]。一九二
五年，廈門梨園戲班雙珠鳳聘請臺灣歌仔戲藝人矮仔寶（本名戴水
寶）傳授歌仔戲，改為閩南第一個歌仔戲班[22]。二十世紀三十年代曾
有四位臺灣歌仔戲藝人被廈門觀眾譽為「歌仔戲四大柱」，其中之一
賽月金一九一〇年出生在臺北新莊一個貧窮農家，據她所言，她最初
學習的劇目是師傅根據歌仔冊教授的《陳三五娘》、《山伯英臺》，七

---

20 有關歌仔戲在閩臺區域的流播，詳見陳耕：《閩臺民間戲曲的傳承與變遷》（福州
　　市：福建人民出版社，2003年9月，初版1刷）。
21 中國戲曲志編輯委員會：《中國戲曲志》《福建卷》（北京市：文化藝術出版社，
　　1993年，初版1刷），頁663。
22 顏梓和：〈歌仔戲班「雙珠鳳」的採訪資料〉，廈門市臺灣藝術研究所編：《歌仔戲
　　資料彙編》（北京市：光明日報出版社，1997年），頁126。

字一句，四句一首，唱詞基本定型[23]。

第三節　臺灣作家在日本等外國的寫作

一　離臺赴日寫作

　　王白淵（1902-1965），彰化人。十六歲進臺北師範，一九二五年赴日，進東京美專。在此期間，他完成了詩集《荊棘之道》。畢業後，他任教於岩手縣女子師範學校，一九三二年加入「臺灣人文化圈」，因成員中有人參加「反帝遊行」而受牽連入獄。被釋後，轉赴上海，任職於華聯通訊社，以無線電接聽日本消息，並翻譯成中文後交給大陸有關抗日部門。一九三五年，受聘於上海美術專科學校，生活安定後，和大夏大學的一位四川籍女生結婚。「八一三事變」爆發後，被日軍以抗日分子罪名逮捕，判刑八年，送回臺北服刑。一九三○年代，王白淵在東京的文化、文學界比較活躍，曾在僅出版三期的《福爾摩沙》上發表了三首詩和一篇小說。〈唐璜與加彭尼〉是一篇寓言小說，小說借「唐璜」和「加彭尼」[24]兩個風馬牛不相及的外國人物，演繹了一段新奇故事，隱喻了人生哲理，反諷了現實社會。「唐璜」自認是因為得不到真愛才浪跡天涯；「加彭尼」則認為當今社會「竊鉤者誅，竊國者為諸侯」，自己犯罪是替天行道。小說想像大膽，構思奇特，充滿了浪漫主義特色，是王白淵唯一的一篇小說。一九三一年，王白淵還在盛岡出版了詩集《荊棘之道》，並參加了東京「臺灣藝術研究會」。

　　臺灣藝術研究會為在日本東京的臺灣愛好文學青年創設的一個文

23　參見曾學文：〈賽月金訪談錄〉，廈門市臺灣藝術研究所編：《歌仔戲資料彙編》（北京市：光明日報出版社，1997年），頁168。

24　「加彭尼」是小說創作時家喻戶曉的美國黑社會首領。

藝社團，其成立經歷一番演化過程。一九三一年三月二十九日，由王白淵、林兌、葉秋木、吳坤煌、張麗旭等人，在東京成立一個文化聯盟，目的是「借文學形式，教育大眾以革命」。後經繼續討論，決定先發行時報，進行宣傳活動，以獲得更多支持者，並推吳坤煌負責發行。至八月十三日，時報發行七十份，因同仁被日本警察追究，團體解散而告夭折。經過這次事變之後，他們更注重鬥爭的策略性與組織的嚴密性。一九三二年三月二十日，由在東京的蘇維熊、魏上春、張文環、吳鴻秋、巫永福、黃波堂、王白淵、劉捷（1911-2004）、吳坤煌等人，重新組合，成立臺灣藝術研究會，制定會則，確定「以提高發展臺灣新文藝為目的」，推蘇維熊為負責人。一九三三年七月十五日，正式出版日文文藝雜誌《福爾摩沙》，主編蘇維熊，編輯張文環，發行人施學習。《福爾摩沙》以改進和創造臺灣新文藝為旗幟。該刊共發行三期，設立各種專欄。評論方面有：蘇維熊的〈對於臺灣歌謠一試論〉、楊行東的〈臺灣文藝界的期望〉、劉捷的〈一九三三年的臺灣文藝〉等。小說方面有：張文環的《落蕾》、《貞操》、巫永福的《首與體》、《黑龍》，吳天賞的《龍》，王白淵的〈唐璜與加彭尼〉、賴慶的〈納妾風波〉，吳希聖的《豚》，張碧華的〈上弦月〉等。詩歌方面有：施學習的《自殺行》，蘇維熊的《春夜恨》、《啞口詩人》、《不變之客》，王白淵的《行路難》、《可愛的 K 子》，楊基振的《詩》，陳傳纘的《朦朧的矛盾》，陳兆柏的《運命》，翁鬧的《淡水海邊》，王登山的《鹽田的風景》，托微的《紫金山下》等。一九三四年六月十五日發行至第三期之後，因經費難以為繼，遂告停刊。旋而同仁也匯合於臺灣文藝聯盟，研究會便自行解散。這個團體與刊物活躍的時間雖不太長，但對文學運動卻有重要的貢獻。

　　吳新榮與蘇新兩人早年同在東京留學，都曾在東京參加左翼的臺灣青年會「社會科學研究部」，後來蘇新未完成學業返臺從事工人運動，吳新榮則於日本東京醫專畢業後返回故鄉佳里行醫。吳新榮

（1906-1967）在留日期間，因受新文學影響，還曾與臺籍同學創辦文學雜誌《里門會志》及《南瀛》。

陳垂映（1916-），小說家，臺中人。原名陳瑞榮，光復後改名陳榮，另有筆名陳雪峰、陳狼石、垂映生等。一九三三年考入日本早稻田大學英文系，後轉入經濟系，一九三九年畢業。一九四○年返臺任職於大和拓殖公司。一九四二年赴新加坡，光復後先後任職於彰化銀行、中國信託公司。在中學時期開始寫作，一九三三年短篇小說〈「モンユユ」の女〉入選《臺灣新民報》徵文，從此踏上文壇。留日時參加過「南瀛會」和臺灣文藝聯盟東京支部。一九三五年短篇小說〈黑潮越えて〉入選《大阪每日新聞》徵文。一九三六年長篇小說〈暖流寒流〉由臺灣文藝聯盟東京支部發行，奠定了他小說家的地位。他以日文創作，作品以小說為主，另有新詩和隨筆。重要作品還有小說集《失蹤》（1936）、《月末の溜息》、《鳳凰花》、《麗秋の結婚》、《敗北》，詩歌《返回人的本色吧》（1935）、《致島上青年們》（1935）、《薔薇》、《遼東の家》、《雙曲線》、《從妹の贈物》，隨筆《をんたのにひ》等。

一九四○年，林獻堂、虛谷、蔡培火、楊肇嘉、陳茂源、高天成、謝溪秋、甘文芳、葉榮鐘、呂晚村、黃桂華、楊子培等新文化運動者皆在日本，他們時相往來，談時論文。後來因林獻堂跌折腿骨，臥病無聊之際，遂創「東京詩友會」，詩友們常於「雨聲庵」聚會吟詩。一九四○年林獻堂歸臺前，由虛谷編成《海上唱和集》，收錄當時吟詠之作近三百首。

吳景祺留日歸臺時，輯四國松山高等學校及東京帝國大學在學中發表的舊作，成《兩京剩稿》，文四篇，詩三百首，並附原臺大久保天隨及清舉人羅秀蕙二人序。吳景祺字考省，一字鳳起，別號鳴梟樵隱，雲林縣人。幼受家教長而負笈東渡，畢業於日本東京帝國大學，專攻中國文學。留學期間與同學創辦《雙葉》、《罄聲》、《哲文雜誌》

等文藝雜誌，為斯文會、藝文會、雅聲社、隨鷗吟社等社員，不斷發表詩文，而受日教授及同學所推重。歸臺後，悠遊隴畝，專事吟詠，至臺灣光復止，以布衣自處，此期間出詩集五種，馳名遠近，曾被推為雲峰吟社社長，一九四六年出任臺中縣斗六初級中學校校長，一九四八年卸任。

葉榮鐘曾經兩次到日本留學，在一九三○年夏天返臺之後即投入臺灣自治聯盟；然後與黃春成創辦《南音》。

留日臺灣青年蔡嵩林和賴明弘曾經訪問過郭沫若。蔡嵩林在一九三四年七月十五日《先發部隊》第一號發表了〈郭沫若先生的訪問記〉，賴明弘則在一九三五年二月號的《臺灣文藝》上發表了〈訪問郭沫若先生〉。

此外，有一些作家雖然身居臺灣，但其作品在日本發表。如楊逵的代表作〈送報伕〉（1932年，用日語書寫）就是在他從日本回到臺灣後，於一九三四年入選東京《文學評論》第二獎，全文在日本發表的。

二　臺灣作家在其他國家、地區的寫作

林獻堂一九二七年著有《環球遊記》。林獻堂（1881-1956），臺中霧峰望族。該遊記是他偕子與林耕南（茂生）等同遊歐美諸國後所作。他被尊稱為「臺灣議會之父」，也被稱為「臺灣第一公民，臺灣自治運動領袖及文化的保姆」，是臺灣抗日史上舉足輕重的人。該文所載為歐美見聞，對於當時尚屬封閉狀態的臺灣具有啟開民智的巨大作用。雖然它用文言文寫就，但文字淺白，描寫生動，特別是從其內容看，顯然屬新文學之列。作品在一九二七年間《臺灣民報》上連載一百五十二回，可見其廣受歡迎之盛況。林獻堂由此成為臺灣寫下第一本環球遊記的人。

　　一九三五年九月，魏清德撰《滿鮮吟草》刊。魏清德，字潤庵，新竹人。為瀛社第三任社長。曾任臺灣日日新報社漢文部編輯數十年，一九三五年，他應邀往朝鮮（今韓國）及偽滿洲國時，沿途以詩記事，而成此書。

第四節　島外文化人的臺灣題材寫作及對臺交流

　　在日據時期的臺灣，兩岸民間文化與兩岸知識分子之間的互動始終沒有停止過，即使在戰火紛飛、白色恐怖的皇民化運動時期也是如此。

　　清末名士、著名翻譯家辜鴻銘在一九二四年末來到臺灣，受到了臺灣文化界人士的歡迎。張我軍在他發表於一九二四年十二月十一日《臺灣民報》二卷二十六號的〈歡送辜博士〉文中說：「喧囂已久的辜鴻鳴博士，已踏入臺灣之地了。各界歡迎的熱烈，真是近來不常見的！特殊階級的歡迎不消說，就是官界也十分地表示歡迎之意，臺灣的三新聞也齊聲歡迎其來臺。啊！歡迎的人算不少了。不，寧可說太多了，太熱狂了。」辜鴻鳴（1856-1928）字湯生，福建同安人，曾在英、法、德等國留學，歸國後曾任湖廣總督張之洞的幕僚。辛亥革命後任北京大學教授，主張復古，反對革新，是中國近代著名的留著辮子說英文的博學怪才。由此受到過魯迅的著文批評。張我軍的文章雖是表達對辜鴻鳴的批評的，但是通過他的文章，也可以從側面看出當時臺灣知識界對辜鴻鳴的歡迎與崇拜。連橫在其所編一九二五年一月十五日《臺灣詩薈》第十三號的「餘墨」欄裡表示了讚賞與歡迎。而張我軍則在他的〈歡送辜博士〉一文中表示了對辜鴻鳴的反對。辜鴻銘來臺由此成為新舊文學一次論爭的引子。但從他到臺灣所引起的震撼看來，中國傳統的國學在臺灣的文化人心目中有著崇高的位置。

　　一九二四年，湖南人劉國定、江蘇人周綺湖等曾通過遊學上海的

臺灣作家施文杞在《臺灣民報》第二卷第一號上發表詩作。一九二五年十月十一日，《臺灣民報》第七十四號轉載了西諦（鄭振鐸）的〈牆角的創痕〉（原題為〈牆角的創傷〉）。張我軍在同期《臺灣民報》作〈〈牆角的創痕〉附記〉云：「為五卅大虐殺事件，中國文士做了不少悲憤的詩文，這篇是《小說月報》主筆西諦作的，載在該報七月號。」[25]一九二七年，王亞南撰《遊臺吟稿》。王亞南，江陰人，一九二七年十月由大陸來臺，一九三一年、一九三二年間曾第二次到臺灣，返家後一年逝世。黃強、江亢虎曾分別寫作了遊記《臺灣別府鴻雪錄》（1928）、《臺灣追記》（1935）。大陸文化人也對臺灣民歌民謠進行了搜集和研究，留下不少專集。如一九二八年，廈門謝雲聲把泉州綺文堂刻《臺灣採茶歌》的內容次序稍作改動，改名《臺灣情歌集》在廣州出版。一九三五年二月，《臺灣文藝》刊登了〈郭沫若先生的信〉，向臺灣讀者介紹郭沫若。一九三六年、一九三七年，林娜（司馬文森）則在《光明》[26]半月刊發表了描寫在廈門臺灣人的小說《呆狗》[27]和《入籍》。[28]

　　雷石榆（1911-1996）在東京留學時就與臺灣留學生有著密切聯繫。一九三五年，他在東京參加了「臺灣文藝聯盟」舉行的茶話會，與臺灣作家翁鬧、賴明弘、張文環等是朋友。其詩文（有日文，亦有中文作品）通過臺灣文聯東京支部的吳坤煌和賴明弘，經常在《臺灣文藝》上發表。他還娶了一個臺灣姑娘為妻（舞蹈家蔡瑞月）。

　　一九三六年十二月二十二日，郁達夫（1896-1945）來到臺灣，在臺灣停留一週。期間受到臺灣作家的歡迎。十二月二十三日，郁達夫與臺灣作家楊雲萍、郭秋生、葉榮鐘等座談。後，郁達夫又抵達臺

---

25 見張光正編：《張我軍全集》（北京市：臺海出版社，2000年8月），頁384。
26 由夏衍、沙汀等人主持的「左聯」機關刊物，一九三六年六月創刊。
27 林娜：〈呆狗〉，發表於一九三六年七月二十五日《光明》第一卷第四號。
28 林娜：〈入籍〉發表於一九三七年一月十日《光明》第二卷第三號。

南，鹽分地帶詩人群前往拜訪。友好的交誼顯示了臺灣詩人與祖國新文學作家的親密關係。尚未央（即康道樂、莊松林）在一九三七年二月號《臺灣新文學》上發表了〈會郁達夫記〉，文中反映了臺灣作家希望通過與郁達夫的交流瞭解大陸文壇近況的迫切心情。

在大陸最先開始介紹臺灣文學的是胡風。一九三五年，楊逵的日語小說〈送報伕〉由胡風譯為中文，刊於上海《世界知識》[29]第二卷第六號上，此為胡風從日本《文藝評論》上翻譯而來。一九三六年四月，胡風編譯了《朝鮮臺灣短篇小說集——山靈》，由上海文化生活出版社[30]刊行，共收入七篇小說，其中有三篇是臺灣小說：楊逵的〈送報伕〉、呂赫若的〈牛車〉和楊華的〈薄命〉[31]，另外還有張赫宙等朝鮮作家的小說。此書出版後曾在楊逵、葉陶夫婦主辦的《臺灣新文學》上刊登廣告。一九三六年五月，生活書店出版了世界知識社編的《弱小民族小說集》，再次收入了《送報伕》。該小說後來由葉籟士翻譯成拉丁化新文字，於一九三七年一月由新文學書店出版。[32]

楊逵發表於日本《文學案內》一九三六年六月號的另一短篇小說〈蕃仔雞〉也於四十年代初被胡明樹[33]譯成中文刊載於在桂林出版的

29　一九三四年九月，胡愈之創刊，畢雲程主編。

30　上海文化生活出版社系巴金所創。

31　《薄命》收錄於該書附錄，原發表於一九三五年三月號《臺灣文藝》。

32　胡風：〈介紹兩位臺灣作家——楊逵和呂赫若〉，《胡風晚年作品選》（桂林市：灕江出版社，1987年1月）。轉引自橫地剛作，陳映真、吳魯鄂譯：〈范泉的臺灣認識——上一世紀40年代後期臺灣的文學狀況〉，《復旦學報》（社會科學版）2004年第3期，頁17。

33　胡明樹（1914-1977）是中國現代作家、詩人兼文學翻譯家，原名徐善源，廣西桂平人，中學時就開始文藝創作。一九三四年在日本東京法政大學學文學，結識了日本左翼文藝理論家藏原惟人等，為《赤旗》等刊物寫詩。一九三七年八月回國，曾在國民革命軍陸軍第三十一軍政治部任日文幹事，創辦《詩月刊》。抗戰勝利後在香港從事寫作，作品發表於《華商報》等。一九五〇年以後則長期在廣西文聯工作，曾任廣西文聯副主席；參加「民主促進會」，曾為該會廣西副主委、中央候補委員。著有長篇小說、詩歌、散文、兒童文學等書籍多種。曾於一九三九年出版的一

《文學譯報》創刊號上。在日本留學的胡明樹在一九三七年三月六日
出版的《臺灣新文學》第二卷第三號上曾經發表過國語（白話）詩歌
〈笑〉：在少女的／圓圓的臉頰上／（那是新人類的臉頰呵）／一層
層地／堆上了青春的／歡樂的勝利的笑——／青春的歡樂的／勝利的
希望的笑呀！／／在少女的／圓圓的胸脯／（那是新人類的胸脯呵）
／怦怦地／怦怦地蠢動了——／依著那碩大的水雷廠的節拍／／看
哪！／那是新人類的笑／青春的歡樂的勝利的笑！／誰不愛這笑呢？
／有呵——那就是／歐洲的老太婆的／淫蕩的笑／在妒視著她……
詩歌歌頌了象徵著青春和希望的「新人類」，雖然思想和藝術方面都
還不夠成熟，但它作為大陸詩人在日據時期的臺灣文學刊物上發表的
作品，具有獨特的文化象徵價值，「說明了作者與臺灣文壇較密切的
聯繫」。[34]

　　此時期范泉與臺灣作家之間的互動較為頻繁。范泉（1919-2000），
本名徐煒，生於上海。祖父為舉人，擔任過金山縣縣官，父親為小學
教師。范泉四歲喪父，一九三九年畢業於復旦大學新聞系。一九四四
年九月到一九五二年十二月期間，擔任上海永祥印書館總編輯，從事
《文藝春秋》半月刊、月刊等十五本雜誌的編輯，香港《星島日報》
的《文藝》等三種報紙副刊以及《文匯報》等四種報紙的編輯。在此
期間，在翻譯、創作、散文、兒童文學、詩歌、評論等領域均有涉
及，發表了大量的著作。[35]一九三五年末，范泉以留學日本為目標遠
赴北平，一九三六年九月，進入「臺灣學者張仲實開設的日語專修學

部詩集《朝鮮婦》。參見朱雙一：〈早期海峽兩岸新文學交流的又一佳話——楊逵小
　說〈蕃仔雞〉的最早中文譯本〉，《文藝報》，2002年9月27日。

34 參見朱雙一：〈早期海峽兩岸新文學交流的又一佳話——楊逵小說〈蕃仔雞〉的最
　早中文譯本〉，《文藝報》，2002年9月27日。

35 參見橫地剛作，陳映真、吳魯鄂譯：〈范泉的臺灣認識——上一世紀40年代後期臺
　灣的文學狀況〉，發表於《復旦學報》（社會科學版）2004年第3期，頁16。

校」。[36]當時，在北平，日語教育非常火爆，臺灣出身的學者們非常活躍。如張仲實、張我軍，洪炎秋等人。范泉雖在一九三七年九月轉學到復旦大學新聞系，但仍繼續著他的日語學習，經過兩年學習，「居然很可以看一些日文書籍了」。[37]接下來，他翻譯了龍瑛宗的〈白色的山脈〉。范泉在此基礎上培養了對臺灣的認識。在〈記臺灣的憤怒〉裡他寫道：「我對臺灣文學發生興趣，我曾經搜集了五十種以上的論述臺灣以及臺灣文藝的日文期刊和書報。」據他在《日本文化界當前的工作》中介紹，他「利用工作的餘暇」，經常出入日本近代科學圖書館，「借閱了文藝讀物」。該圖書館中有關臺灣報紙雜誌的收藏堪稱完備，范泉在這裡認識了臺灣的「民族個性、以及臺灣民間的生活情況」。從范泉的著作來推斷，他閱讀過的臺灣書刊、文章有黃宗葵編的《臺灣藝術》、西川滿編的《文藝臺灣》、小笠原源編的《臺灣公論》、金關丈夫編的《民俗臺灣》、西川滿編的《臺灣文學集》劉頑椿譯的《水滸傳》、《岳飛》、黃宗葵譯的《木蘭從軍》、江文也的《上代支那正樂考》、陳逢源的《雨窗墨滴》、佐山融吉、大西吉壽編的《生蕃傳說集》、楊逵的《消滅天狗熱[38]》等[39]。他還寫了有關楊逵的《紳士們的話》，龍瑛宗的〈白色的山脈〉，周金波的〈志願兵〉的評論。

---

36 見范泉一九九九年七月二十一日致橫地剛信，轉引自橫地剛作，陳映真、吳魯鄂譯：〈范泉的臺灣認識——上一世紀40年代後期臺灣的文學狀況〉，《復旦學報》（社會科學版）2004年第3期，頁17。

37 范泉：〈日本文化界當前的工作〉，《文藝春秋》第3卷第1期，1946年7月15日。

38 指登革熱病。

39 見橫地剛作，陳映真、吳魯鄂譯：〈范泉的臺灣認識——上一世紀40年代後期臺灣的文學狀況〉，《復旦學報》（社會科學版）2004年第3期，頁16。

小結
映攝中華文化意涵的臺灣現代文學外圍書寫

　　本編著重論述與臺灣現代文學史實有密切關聯的外部制度及外圍書寫。

　　日據時期的臺灣現代文學，有著不同於臺灣古代文學、當代文學，以及大陸現代文學的複雜變貌。一方面，此時期在臺灣的執政者是外國殖民者，另一方面，在臺灣，占人口大多數的仍是炎黃子孫；一方面，利用國家機器占據官方政治意識形態主導權的，是日本殖民者，另一方面，依靠民間習俗、民間習慣法、口頭譽輿權而始終居於此時期臺灣民間社會中心文化地位的，仍然是炎黃文化。但與中國其他地區不同的是，炎黃文化在臺灣社會文化的中心地位，是一個隱性的存在。而且，這個隱性的存在，時刻有著遭受殖民當局意識形態的壓制與打擊的危險。由此，就有了看似矛盾、荒謬，實則合情合理的悖論──民間邊緣寫作的社會中心文化意涵。這裡涉及到了殖民現代性雙刃劍作用、語言轉換的政治意味，以及邊緣書寫的中心社會文化意涵等三個問題。

　　在殖民統治下，臺灣發生了在近代化、殖民化壓力之下的社會變遷，戰時的臺灣存在著工業化、南進基地化與皇民化等殖民政策。日據當局推行旨在文化同化的語言、教育、文化政策，看似與文學無關，但事關臺灣民眾的原鄉想像。與其相對抗，臺灣民間社會進行了柔性地抵制，堅持延續為施行鄉民漢文教育而設的社學，進而將其變為談文論藝的場所。社學成為臺灣詩文社的前身，其施行漢文教育的

功能後來為詩文社所繼承。

　　邊緣文體、文學外部的制度、文學圈外的事件等文學周邊的文化與臺灣現代文學息息相關。比如，楹聯、歌辭等文體常常被置於文學的邊緣，被視為文學的邊緣文體。但實際上，這些文體與文學的關係甚為密切，它們的盛行，甚至能夠反映日據時期臺灣文學的真實面貌。如臺灣民間歌曲，可略分為兩類，一為抒情類。如，陳水柳作曲的〈望鄉調〉；另一類為敘事類歌謠，如連橫〈雅言〉記臺灣有「採拾臺灣故事，編為歌辭者」。此類口承敘事、抒情文學，較真實地反映了社會情況，代表了廣大民眾的心聲。因此，民間歌曲也是重要的臺灣文學史料。在歌謠和歌仔冊基礎上產生的閩南語流行歌曲是文學與音樂結合的產物，是作詞家、作曲家、歌唱家合力的結晶，也是文學的周邊文化與文學的內部結構融混、纏繞的產兒，也大都同樣繼承了傳統民謠的健康道德觀念。

　　日據時期臺灣，與臺灣民眾的生活密切相關的警察制度、職官制度、教育制度和保甲制度等都是文學的外部制度。日據時期的臺灣人民生活在殖民政府警察、保甲制度的嚴密控制和文化同化政策的不斷侵蝕中，他們仰賴漢人儒家傳統文化中忠孝仁義的文化認同，與日本殖民文化相抗衡。另外，殖民當局的新聞管制是霸權體制的一種表現，在一定程度上造成了對文學的強姦。媒體在霸權專制的社會裡，同樣具有不可忽視的第四權的正面功能，臺灣日據時期的民主思潮與媒體有著密不可分的相互關係。因此，文學的外部制度同文學的關係，也是不容忽視的。

　　政治變動的重大事件及社會運動同文學也有著不可忽視的關聯。如乙未割臺在臺灣政治史上是驚天動地的改變，很多臺灣文人逃避到大陸。於是產生了離島寫作這種民間邊緣寫作行為，這是臺灣日據時期的獨特文化現象，由它所產生的「離散美學」（Diaspora aesthetic）效果鮮明映射出臺灣民間社會的中華文化主流。日據當局的「同化政

策」只不過是騙人的手段，日本人與臺灣人實際生活待遇上的不平等以及臺灣議會設置請願運動的屢屢失敗暴露了殖民者的真面目。新民會、臺灣文化協會等所開展的文化啟蒙運動在一定程度上促進了臺灣民眾的覺醒。「日人在臺灣的漢文學活動屬於日本漢文學的範疇」[1]，而來臺日本人在臺灣所從事的日語創作，也屬於日本的境外文學。是日本文學在境外的延伸。當然，因為日本殖民當局掌控著新聞報刊管制權，日本來臺作家，特別是與官方有著千絲萬縷的中上層人物，發表作品要比臺灣作家容易得多，所以，這些日人作品數量巨大，對臺灣現代文學的發展產生了威壓與競爭，臺灣現代文學與來臺日本人的文化糾葛，無疑是臺灣現代文學史的不能忽視的背景。

　　文學邊緣的文體、文學外圍的社會制度、文學圈外的事件等因素同文學發生關聯而構成的文學的周邊文化關係，成為了臺灣現代文學史不可或缺的有機組成部分，映攝著日據時段臺灣現代文學的中華文化意涵。當然，文學圈外的事件尤其是政治事件同臺灣現代文學發展的關係密切，但也不能決定一切，「政治史和文學史的進程，不是平行推進、互不交叉，也不是亦步亦趨、合而為一的。某些政治變動確實在文學史上劃下很深的痕跡，如鴉片戰爭劃出了整整一個近代文學的時期；某些政治變動則同文學的發展無甚干係」。[2]影響臺灣現代文學發展的還有文學自身發展的規律和語言轉換的規律。

1　汪毅夫：《中國文化與閩臺社會》（福州市：海峽文藝出版社，1997年4月，初版1刷），頁60。

2　汪毅夫：〈《臺灣詩史》辯誤舉隅〉，《福建論壇》（文史哲版）1994年第4期，頁79。

第二編

文學的內部：語言暴政下的痛苦言說

第三章
日據時段的臺灣現代文言創作

第一節　概述

　　許多臺灣作家的文言詩文，或表達臺灣回歸祖國的願望，或流露對日本侵略者的仇恨，或致力於中華文化的傳承，表現出崇高的民族氣節和愛國情懷。這些源出於中國古典文學的臺灣現代文言作品，同樣是珍貴的中華文化遺產。

　　教育是培育文學人才的重要基礎。日據初、中期，臺灣教育出現了二元對立的狀態。一方面是殖民當局強制推行日語教育的公學校，一方面則是臺灣人民竭力堅持的漢文書房與義塾教育。漢文書房教育在塾師住宅或借用廟宇祠堂進行，多是招收發蒙兒童，年限三、四年至七、八年，以教授中國傳統文言詩文為主，其中不乏面向貧寒子弟的不受束修的義塾。許多家長不肯讓子女進公學校接受日語教育，便選擇書房就讀。一八九七年，全臺共有一一二七所書房，就學兒童一點七萬人，到一八九八年，激增至一七○七所，就學兒童達到了二點九九萬餘人。（按：這些就學兒童年齡如果以十歲來計算，則剛好成為臺灣現代文學的中堅。）漢文書房於是成為此時期臺灣民眾接受漢文教育的重要場所。一九四三年，殖民當局下令禁止開設漢文書房私塾，尚能生存的漢文言詩社便承擔起了傳承漢文學傳統的任務。這是臺灣文化人「在面對時代困境與文化劫難時所採取的應變措施。」[1]因為日本殖民者「時時參與詩人活動，以『雅好文藝』、『禮賢下士』

1　施懿琳：《從沈光文到賴和──臺灣古典文學的發展與特色》（高雄市：春暉出版社，2000年6月，初版1刷），頁188。

之名，行拉攏、監督之實」[2]，所以對漢文言詩社持一種較為寬容的態度，漢文言詩社由此而能艱難卻堅韌地生存。有著中華文化意識的臺灣詩人們大多是表面上虛與敷衍日本官方，實質上是在弘揚華族精神，傳播中華文化。在這些文言詩人們的韌性抗爭下，漢文言詩社在日據時期，始終堅持活動，數目也持續增長。參見下表：

日據時期臺灣漢文言詩社與書房消長數量表[3]

增減數＼年	1895	1896	1897	1898	1899	1900	1901	1902	1903	1904
詩社		+1	+1		+1			+1		
書房				+580	-186	+52	+81	+69	-258	-285

1905	1906	1907	1908	1909	1910	1911	1912	1913	1914	1915
+1	+1				+1	+3	+2		+3	+3
-25	-141	-41	-243	+25	-88	-19	-7	+35	+62	-39

1916	1917	1918	1919	1920	1921	1922	1923	1924	1925	1926
+1	+4	+1	+3	+5	+9	+10	+10	+9	+3	+7
-15	-51	-148	-84	-76	-28	-103	+28	+4	+3	+7

1927	1928	1929	1930	1931	1932	1933	1934	1935	1936	1937
+8	+5	+8	+9	+13	+7	+10	+14	+6	+13	+11
+1	+2	+21	+4	-7	-15	-13	-19	-21	-27	-34

2　施懿琳：《從沈光文到賴和》（高雄市：春暉出版社，2000年6月，初版1刷），頁188。

3　參見施懿琳：《從沈光文到賴和》（高雄市：春暉出版社，2000年6月，初版1刷），頁188。表格中「＋」表示增加，「－」表示減少。「1938年」一項，施文中缺失，係筆者自加。

1938	1939	1940	1941	1942	1943	1944	1945	
+2	+5	+5	+8	+5	+3			
-9	-2							

　　除了漢文書房、文言詩社之外，許多以發表文言詩文為主的報刊也成為傳播中華傳統文化的重要渠道。其中主要有《臺灣詩薈》（1924-1925）、《臺灣詩報》（1924-1925）、《三六九小報》（1930-1935）、《詩報》（1931-1944）等。

　　漢文言文學之所以能夠在日本侵略者的語言暴政下生存，甚至還能夠獲得蓬勃發展，一方面是因為，殖民政府出於政治需要，利用漢文言文學來拉攏書寫文言詩文的臺灣上層社會士紳。另外一個最主要的原因，是臺灣民眾對中華傳統文化的自覺捍衛。日據臺灣不久，臺灣文化人為了維護民族文化，抵制殖民文化，讀漢書、寫漢字、作漢詩，掀起了一場保衛漢學運動。初由臺南發軔，後來擴展至臺中、嘉義、高雄、臺北、新竹、澎湖、臺東、花蓮等地。文言詩歌創作是這次漢學運動的主流，各地詩社由此開始紛紛組織起來。臺灣現代文學史階段的文言詩社數目眾多，僅據連橫的《臺灣詩社記》所錄，就有六十六個之多。其中著名的有：臺中的櫟社（1899），臺南的浪吟詩社（1897）和南社（1906），臺北的詠霓吟社（1905）、瀛社（1910）、星社（1924），新竹的竹社等。隨著詩社的蓬勃發展，文言詩人日益增多。據《臺寧擊缽吟集》前後二集（1933）載，能詩者達一千兩百餘人，《瀛海詩集》（1940）則列出當時稍有名氣的詩人四百六十九人。繼文言詩社之後，文言文社也開始建立，主要有彰化的崇文社（1917）、臺中臺灣文社（1918）等。配合各地文言詩文社的創立，以刊登文言詩文為主的雜誌也應運而生，如《臺灣文藝叢志》（1918）、《臺灣詩報》（1924）、《臺灣詩薈》（1925）、《鯤洋文藝》（1925）等。臺灣漢文言詩文社的精神支柱，是自明末以來就在臺灣民眾心目中擁

有崇高地位的「遺民忠義精神」[4]，而這種「遺民忠義精神」的哲學根源則在儒家所倡導的「仁」和「義」。臺灣漢文言詩文社在保存祖國文化傳統方面做出了歷史貢獻。

臺灣現代文學史日據階段的著名漢文言詩人有：林小眉（1893-1940）、張純甫、林鶴云（1846-1901）、林幼春、莊太岳、趙雲石（1863-1936）、連橫、林荊南（著有《芥子樓詩稿》）等。著名的文言詩歌集則有林小眉《東寧草》（1923）、顏雲年《陋園吟集》（1924）、鄭霽光《成趣園詩鈔》（1925）、施梅樵《卷籌閣詩草》（1926）、鄭霽光《山色夕陽樓吟草》（1927）、黃金川《金川詩草》（1930）。另外，林欽賜編纂的《瀛州詩集》（1933），曾笑雲編的《東寧擊缽吟前集》（1933）、《東寧擊缽吟後集》（1933）、賴子清編的《臺灣詩醇》（1935）、黃洪炎編的《瀛海詩集》（1940）等書，收錄了臺灣的早期詩作，也都頗堪注意。

張我軍等以創作國語（白話）作品而聞名的作家，以及吳濁流等以日語創作為主的作家，也寫作文言詩文。張我軍在一九二〇年曾在臺北的劍樓書房，跟隨前清秀才趙一山學習文言詩歌。他的第一首文學作品是文言律詩〈寄懷臺灣議會請願諸公〉[5]，詩曰：「鷺江春水悵橫流，故國河山夕照愁。為念成城朝右達，敢同築室道旁謀。陳書直欲聯三島，鑄錯何曾恨九州。從此民權能戰勝，誰云奢願竟難酬。」此後又作有文言律詩〈詠時事〉（1923）和〈席上呈南都（陳逢源）詞兄〉（1938）。均有憂國憂民的思想。吳濁流童年時代受到漢學修養很高的祖父的家庭教育，青年時代又潛心鑽研祖國的古典文言詩詞，文言詩歌的造詣頗深。他一九三八年參加「苗栗詩社」，開始寫作漢文言詩詞，一直到戰後，始終堅持文言詩歌創作，詩作數量達上千

4　參見朱雙一：《閩臺文學的文化親緣》（福州市：福建人民出版社，2003年7月，初版1刷），頁49。

5　〈寄懷臺灣議會請願諸公〉，《臺灣》第4卷第4號（1923年5月）。

首。其詩作的基本主題是詠唱中華民族的優秀傳統和對日本殖民統治的反抗。

當然，文言文學也有其言文不一、艱深難懂、脫離時代生活和底層人民的弊病，僅能成為少數人吟哦和交流的工具。由於文言文學與封建制度有千絲萬縷的關聯，日本殖民當局便對島內文言文人採用懷柔政策，企圖利用他們阻擋新思想的傳播，推行其愚民政策，這就容易導致文言文學的變質。一些文言文人便由此而墮落，以沽名釣譽、獻媚取寵為能事，寫出一些卑屈言詞。在「皇民化運動」時期，還有一些文言詩人為殖民當局進行「國策宣傳」。這些文言文學的弊病和異質，成為文學革命的誘因。

日據時段的臺灣現代文言創作，大體上經歷了反省、革新思想階段（1923年-1937年6月），堅韌生存、維一線斯文於不墜與無奈彷徨交織的階段（1937年7月-1945年8月）。

一　文言詩歌發展脈絡

臺灣日據時期的漢文言詩歌，上承清末同光體、擊壤派詩歌之餘緒，下接閩臺詩鐘之流風。是臺灣文學史，乃至中國文學史的重要組成部分。

（一）日據時段臺灣文言詩人的文學活動

臺灣文言詩歌的蓬勃發展期是在清代，當時的宦游官員來臺，進行結社、聯吟的活動，促進了文言詩歌的發展。臺灣淪陷後，文言詩人仍積極參與社會活動，利用一切機會維繫國學的生命力，他們「以詩社的名義派代表去弔喪、賀喜，……連袂去為他們視為「村夫俗

子」的田舍翁開「擊缽吟」祝新居落成」[6]，甚至「土地公生」和
「請媽祖」等農商人家祈神降福的俗事，也進入了文言詩人的視野。
當時，「舊詩彷彿在無聲無息間早已溶入了人們的生活中，無論是清
風明月、良辰美景的玩賞，或是日常間婚、喪、喜、慶等瑣事，總會
舉辦擊缽吟唱或徵詩的活動以資紀念，否則似乎覺得諸事都不夠圓
滿；而當時不僅男人參與詩社活動，屬於女人的詩社也出現了，即連
『女校書』也有多次徵詩的記錄。」[7]據統計，日據時期漢文學傳統
詩社的數目超過了三百七十個以上。[8]這些詩社相互之間也有吟詠唱
和與往來，如南社詩人趙雲石曾在一九二九年夏作詩〈題琳琅山閣唱
和集〉贈予鷗社女詩人張李德和：「神仙眷屬好樓居。讀畫賡詩樂有
餘。春暖青囊花靚筆。風流夫婿女相如。」「閣是琳琅人盡玉。風流
賓主萃群賢。羅山朗朗詩星炯。萬丈文光蔚海天。」

　　此時期，各地詩社紛出，舉不勝數。當時最為著名的四個詩社的
詩人活動基本情況如下：

1 **臺中櫟社**（1902）

　　一九二一年為臺中櫟社創立二十周年，林幼春撰〈櫟社二十年間
題名碑記〉（1921），記述櫟社的沿革。眾社友的詩作則合輯為《櫟社
第一集》，一九二四年刊。該詩集收三十二個詩人的六百一十七首各
體詩歌。一九三二年，該社創立三十周年，再刊《櫟社第二集》，除
錄前輩遺作之外，又錄入莊遂性，葉榮鐘，陳滿盈，莊幼岳等新一輩
的詩作，該詩集因林獻堂描寫日本婦女的詩作，與日據當局的文化殖

6　參見〈墮落的詩人〉，葉榮鐘寫於一九二八年十二月七日東京，本文以「葉天籟」
　　筆名發表，載於《臺灣民報》，1929年1月8日。

7　見黃美娥：〈日治時代臺灣詩社林立的社會考察〉，《「臺灣古典文學論文集」初
　　編》，臺灣政治大學副教授黃美娥打印稿，2002年7月，第二部分第1頁。

8　見黃美娥：〈日治時代臺灣詩社林立的社會考察〉注釋3，《「臺灣古典文學論文集」
　　初編》，臺灣政治大學副教授黃美娥打印稿，2002年7月，第二部分第1頁。

民政策相抵觸，被禁止發行。櫟社的主要成員及其作品有：賴紹堯及其《悔之詩草》。賴紹堯，字悔之，與林癡仙、林幼春三人，創設臺中櫟社，一九一二年，該社創立十年，改訂社則，正式就任社長，但不久病逝。一九二四年，連橫創辦《臺灣詩薈》，搜羅前人遺作，曾將其詩匯輯成集刊出，名為《悔之詩草》。連橫也曾經加入櫟社，他在一九二四年所作的《臺灣詩社記》中說：「櫟社為臺中詩人薈萃之所，林癡仙之所倡也。……己酉（清宣統元年），余居大墩，癡仙邀入社，得與諸君子晉接，以道義、文章相切劘。」一九二八年，諸社友為已逝的林朝崧（號癡仙，1875-1915）選輯《無悶草堂詩存》付梓。一九三四年，陳槐庭（陳懷澄）著《吉光集》刊。陳懷澄（1877-1940），鹿港人，櫟社社友，工詩詞。一九四一年，陳滿盈輯《海上唱和集》刊。陳滿盈即陳虛谷，為櫟社後起之秀。櫟社堅持民族氣節，具有「維繫故國文物，繼承文化傳統。」[9]的理想，與日據當局的文化殖民政策背道而馳。

2 臺南南社（1906）

　　活動以擊缽吟為主，一年固定有春秋兩次佳會，興之所至，亦偶有課題或應酬之作。臺南的開元寺、固園、吳園等地是南社最常聚會的場所。社友亦常參與社外聯吟，尤其與嘉義、高雄、屏東等地詩社的聯吟活動最多。一九二一年至一九二四年為南社最活躍的階段，一九三〇年代，南社年輕一輩所組春鶯吟社及桐侶吟社興起，南社逐漸式微。南社社友擊缽聯吟或課題之作，多刊載於當時的報紙，如《臺灣日日新報》、《臺南新報》等。南社主要成員連橫的《劍花室詩集》、謝星樓的《省廬遺稿》、陳逢源的《南都詩存》、謝籟軒的《謝籟軒詩集》等個人作品集，都頗富文學價值。另有林珠浦一九〇六年

9　見陳明台：《臺中市文學史初探》（臺中市：臺中市立文化中心，1999年），頁14。

參加南社，一九三〇年著《新撰仄韻聲律啟蒙》一書。許丙丁少時參加南社、春鶯吟社，並為《三六九小報》同人。楊宜綠（1877-1934）曾與陳瘦雲、連雅堂等重振吟詩社，著有《吸阿芙蓉》等針砭時弊的詩作。

3 臺北瀛社（1909）

臺北瀛社的核心人物謝汝銓、洪以南、魏清德等有極明顯的媚日傾向，其他瀛社詩人也與殖民當局有良好關係，往往接受官方饗老典、揚文會的封賞，並將獲賞的欣喜之情，抒寫於字裡行間，因此被稱為「御用文人」。當然，瀛社詩人中亦不乏悲憫百姓疾苦，憂傷家國淪落，具有批判精神的有識之士。謝汝銓於洪以南沒後，被推為該社第二任社長。瀛社的主要成員及其作品有：一九三五年九月，魏清德撰《滿鮮吟草》刊。魏清德為瀛社第三任社長。一九三五年賴子清輯《臺灣詩醇》刊。賴子清，號鶴洲，嘉義人。曾任臺灣日日新報社漢文編輯多年。本為嘉社成員，僑居臺北後，轉入瀛社。倪炳煌，字希昶，號巢睫居士，臺北龍山人。瀛社社員，素崇奉孔教，曾於一九五一年發表詩集《百勿吟集》。林欽賜，臺北人，亦為瀛社社友。

4 彰化應社（1939）

由彰化詩人於一九三九年九月二十八日創立，主要成員有九個，稱「應社九子」，指賴和、陳滿盈（虛谷）、楊守愚、楊笑儂（楊樹德）、吳蘅秋、陳英芳、楊木、楊石華、楊雲鵬。應社詩人志同道合，堅持寫實傳統，記錄社會眾生相，經常會吟酬唱，交流新思想、傳播新觀念。透過舊形式來傳達新思想，是應社的主要取向。

（二）詩鐘（擊缽吟）的作用

詩鐘又名詩畸、折枝和擊缽吟。「擊缽吟」詩歌（包括擊缽聯吟

活動中的詩鐘、七絕和七律）的創作是一種具有競技性和趣味性的集體文學活動，「有關於時、體、題、韻的嚴格規定和「拈題」、「宣唱聯句」之類具有遊戲趣味的項目。」[10]詩鐘的創作活動基本上屬於文字遊戲，但傳入臺灣後卻在臺灣文學史上一再發生重要的影響。臺中櫟社以擊缽吟號召，引導此風靡於全島，是一種為保存中華文化、韌性抗爭殖民當局的無奈之舉和明智選擇。「『擊缽吟』的遊戲形式在集結臺灣詩人、迷惑日據當局方面確有相當的優越性，日據前期臺灣文學詩社林立、詩人輩出、活動頻繁的現象正是在『擊缽吟』的旗幟和幌子下發生的。」[11]遊戲之中亦有石破天驚之語。臺灣詩人的「擊缽吟」在整個日據時期歷久不衰，創作中不乏抗日愛國的名句名篇。賴和抄錄的《小逸堂擊缽吟存稿》[12]記錄了一九二〇年代擊缽吟詩會的盛況。直到一九四一年，虛谷在〈寄遂性信〉裡還有莊遂性初試擊缽吟的記述，並有虛谷對莊遂性在此次擊缽吟會上所作詩作《歸燕》與〈送春〉詩的評點。[13]

（三）日本人的拉攏與干擾

　　日人為實現懷柔政策而提倡的，以臺灣人士為主的活動，其中有一種是將臺灣全島詩人集合起來，由日本官員加以獎勵。一九二一年，「瀛」、「桃」、「竹」三社合辦的全島詩人大會第一回大會在臺北孔子廟舉行，次日，總督田健次郎邀與會詩人茶敘。一九二四年四月二十五日，由瀛社邀請，全島擊缽聯吟會於臺北「江山樓」舉行，總

10　汪毅夫：《臺灣文學史》《近代文學編》，劉登翰、莊明萱、黃重添、林承璜主編：
　　《臺灣文學史》（福州市：海峽文藝出版社，1991年6月，初版1刷），上卷，頁246。

11　汪毅夫：《中國文化與閩臺社會》（福州市：海峽文藝出版社，1997年）。

12　參見施懿琳：《從沈光文到賴和》（高雄市：春暉出版社，2000年6月，初版1刷），
　　頁519。

13　參見一九四一年虛谷〈寄遂性信〉之九，陳逸雄編：《陳虛谷作品集》（彰化縣：彰
　　化縣立文化中心出版，1997年12月），頁596。

督內田嘉記邀詩人至官邸敘茶。此次會議議定全島詩人大會由五州輪流每年舉行一次。一九二七年花朝日後兩天,「全島詩人大會」在臺北「蓬萊閣」召開,總督上山滿之進在東門招待與會詩人,後因資金剩餘,謝汝銓(雪漁)在「江山樓」開聯吟會,不讓後輩詩人參加,造成詩人們的分裂,「淡北」、「聚奎」、「萃英」、「鷗」社另組五社聯吟會。而後,全島詩人大會分別於一九二八年在高雄,一九二九年在臺南,一九三〇年在臺中,一九三一年在新竹舉行。一九三二年三月,全島詩人二百多人再次大會於臺北。直到一九三五年以後《臺灣詩報》上仍有「全島詩人大會」的記錄。此活動由日人支持,臺灣人士組織,日本官員列席參加。「全島徵詩」也是日據當局收買人心的方法之一。這類活動中產生的作品有《壽星集》、《臺疆慶壽錄》、《新年言志》等。掌握媒體者擁有發言權,因而,「傳播媒體」也是文學發展的重要工具。日據時期,殖民政府控制的傳播媒體有《臺灣日日新報》、《臺南新報》、《臺灣新聞報》與《臺灣時報》等,「瀛社」、「星社」的詩作常發表於《臺灣日日新報》。《臺灣民報》等報刊推動新文學時,《臺南新報》等報便成為舊文人反對新文學的基地。

　　日人提倡漢文言詩歌只是一種統治的手段,是懷柔臺灣士紳的權宜之計。他們提倡徵詩、酬答、擊缽吟等思想相對淺薄的遊戲詩歌種類,目的在於實行愚民政策,漢文言詩歌的文學價值由此遭到扭曲。到了日據末期,殖民當局見其統治日益鞏固,便發動「皇民化運動」,強制推行日文、禁止漢文。因此,殖民政府提倡文言詩文,實質上目的在於摧毀、扭曲文言詩文的自然生態。

(四)文言詩人與文言詩作

　　一九二三年,林景仁著《東寧草》,一九二四年出版。林景仁,字健人,號小眉,臺北人,林爾嘉長子。一九二四年,顏雲年著《陋園吟集》刊。該詩集為日人久保田章在顏雲年(1873-1922)逝後為

之刊行，詩作多為五七言律詩絕句，格調清新。顏雲年號吟龍，臺北人，礦業企業家。一九二五年，鄭虛一著《成趣園詩抄》。書中收一八九五年至一九二五年的詩作。有邱菽園、王友竹等為之作序及跋。鄭虛一，名秋涵，號錦帆，又號霽光，新竹鄭藻亭之曾孫。一九二七年，鄭虛一還曾撰有《山色夕陽樓吟草》。一九一一至一九二五年間，許幼漁臺北醫學校畢業後，在和美從事醫務之餘，痛感傳統文化之式微，積極從事文言詩歌寫作，以吟詠為樂，期繫國學於不墜。許幼漁（1892-1953），許劍漁之子，一九五八年，父子二人詩作曾合為《鳴劍齋遺草》刊出。

　　陳錫如（1866-1928），澎湖人，名天賜，號紫髯翁，別號近市居士。自幼好學，胸有大志，是一位愛國志士。一九一三年，他赴大陸參與二次革命。回臺灣後，從事教育工作與文學活動，一生以傳播民族精神為己任，曾與蔡汝璧、陳梅峰等人在澎湖創設西瀛吟社。其才學在當時受到臺省藝文人士的認可，各地詩文社徵詩文時，常邀其擔任閱卷詞宗。他先後應高雄旗津及苓雅寮之聘，在當地講學數年，培養了許多人才。陳皆興、王天賞、徐坤泉等著名人士，蔡旨禪、蔡月華、蔡雲錦等女詩人均為其弟子。一九二〇年，他到旗津任教，發現當地沒有詩社，於是以其弟子為主要成員，組創了旗津吟社。一九二二年刊行《高雄旗津吟社徵詩集》，一九二三年又刊行《高雄旗津吟社徵詩續集》。一九二六年，他回到澎湖，將澎湖的男弟子組成小瀛吟社，將女弟子組成蓮社，同年他又應弟子陳皆興之邀，赴苓雅寮開設留鴻軒書房，並主持苓洲吟社。陳錫如的作品頗豐，本散而不集，後來在蔡旨禪等弟子的一再懇請下，於一九二七年結集出版了《留鴻軒詩文集》。

　　《留鴻軒詩文集》共分上下兩集，上集有陳錫如史論時務、論說議策、辯記檄序等文章一百一十五篇，下集為其詩作，有古風、近體、律絕兩百五十七題，四百一十六首。並附蔡旨禪等十二名女弟子

的詩作一百九十首。卷首除有其自序外，還有發行人陳考廷（陳皆興）、弟子蔡旨禪、蔡雲錦的序文，書末有蔡月華的跋文。陳錫如重視對女弟子的培養，他在旗津、澎湖、苓雅均有為數可觀的女弟子，據《留鴻軒詩文集》末「留鴻軒女弟子閨名列左」的名單，共有女弟子五十四人。其女弟子蔡旨禪、蔡月華等人後均成為詩壇名家。在臺灣文學史上，成規模從事女生詩學教育，而又卓有成就的，陳錫如應屬第一。王天賞曾有詩贊曰：「詩書最愛傳巾幗，經史還欣勉我曹」。一九二八年，陳錫如病逝於澎湖。

陳梅峰（1858-1937），名精華，澎湖人，一八八二年（光緒八年）壬午秀才。陳梅峰精通經史，尤善詩文，致力於漢文化的傳播，曾在故鄉沙港開設杏園堂私塾數十年，還曾在廈門及高雄旗後設館授徒，培養了大量人才，如吳爾聰、陳桂屏、陳文石、陳春林、陳月樵、陳皆興（前高雄縣長）等，《澎湖縣誌‧人物志》說他：「其教學方法，采啟發主義，因材施教，循循善誘，不遺餘力，且對於貧寒學子，均不計束修。」陳梅峰的著作未結集出版，作品大多散軼，留存不多。陳梅峰門下弟子數千人，在臺灣有著較高的知名度。

一九三〇年，胡南溟著《浩然集》。胡南溟名殿鵬，字子程，臺南人。一九三一年十一月，謝汝銓撰《奎府樓詩草》刊。謝汝銓（1871-1953）字雪漁，前清秀才，日據後，遷臺北，入日「國語」學校「國語」部，畢業後，歷任日警官練習所臺語講師及臺灣日日新報社漢文記者，《奎府樓詩草》輯錄其一八九五年前後詩作。一九三一年，曾笑雲編《東寧擊缽吟集》刊。曾笑雲名朝枝，臺北人，天籟吟社社友，擅長擊缽吟詩。該書為搜羅各地擊缽吟會的佳作而成，日據時期，擊缽吟之盛，由此可窺一斑。李康寧（1909-1968），字壽卿，福建南靖人，出身於詩書世家，幼時隨父遷居宜蘭，八歲入「仰南書房」，一九三一年起從秀才吳蔭培讀書四年，併入「仰山吟社」。一九三三年二月，林欽賜編《瀛洲詩集》刊。林欽賜，臺北人，瀛社

成員。此詩集輯錄了一九三三年臺北瀛社、桃園桃社，新竹竹社舉行三社聯吟會時的詩作。一九三三年，王友竹撰《友竹行窩遺稿》刊，此集為王友竹（王松）的後人收其生前未發表的詩作集成，集中有邱菽園序。該書中因透露了王松的對日本的抵制情緒，刊行後不久，遭日當局查禁。一九三五年九月，魏清德《滿鮮吟草》刊。魏清德，字潤庵，新竹人，為瀛社第三任社長，曾任臺灣日日新報社漢文部編輯。一九三五年，賴子清輯《臺灣詩醇》刊，詩集內含歷代名士遺篇及現代詩人佳作。賴子清，號鶴洲，嘉義人。曾任臺灣日日新報社漢文編輯，為嘉社成員，僑居臺北後，轉入瀛社。畢業於日本東京帝國大學的吳景祺，歸臺後，悠遊隴畝，專事吟詠，以布衣自處，一九二五年後出詩集五種，馳名遠近，被推為雲峰吟社社長，主要著作有《簾青集》、《舊窗吟草》、《啖藻賸》、《兩京剩稿》等。蘇東岳撰《太虛詩草》。蘇東岳（1902-1957），字雲峰，號太虛逸人，臺南人，另著有《灣裡遺洙》、《小茶根》等。曾學詩於林珠浦，一九三〇年，加入蘇友章倡設的浣溪吟社。一九三一年與陳壽南等創立淡如吟社。蘇東岳私淑明太僕少卿沈光文，一九三七年在沈光文歸宿地善化倡設「沈公祭」。

　　一九四〇年，黃洪炎編印《瀛海詩集》。黃洪炎，字可軒，南投人。曾任臺灣新民報社學藝部長。學詩於莊太岳，該詩集輯全臺詩人四百餘名之古近體詩三千餘首而成，由黃純青、黃水沛作序。一九四二年，黃拱五撰《拾零集》刊。黃拱五（1877-1949），名得眾，號瘦菊，又號多事老人，臺南人，自幼失怙，受教於兄，十六歲時，被聘為家塾教師，一九〇六年，加入南社。曾在臺南每日新聞社任職，後轉檀南新報社，與謝石秋等同事。黃拱五為《三六九小報》的積極撰稿者。擅作遊戲文章及豔體詩，作有《新町竹枝詞》、《古謠，詞》。他著作頗豐，但詩成即付之一炬，一九四二年，輯未焚詩文為一集，是為《拾零集》。此集刊印於皇民化運動時期，體現了作者的民族氣節。

一九四一至一九四五年間，還曾撰《寄廬集》，內附〈寄廬集自序〉一文。一九四四年，彭鏡泉等撰《海珠詩集》刊，書中收錄彭鏡泉《海珠詩集》，末附葉少青《橫山詩集》、劉石鶯《嘯谷詩集》。一九四五年，張善著《說園詩草》。張善，字希舜，號無逸，臺北人，醫務之餘雅好吟詠，並擅書法。該詩集輯錄其日據末期的各體詩篇而成。

　　另外還有：張純甫撰有《守墨樓詩存》。張純甫（1888-1941），名漢，號築客，又號寄民、老純，新竹人，少時即博覽群書，乙未之役，隨父避難福州；其寓與張息六比鄰。張息六亦為新竹人，雅好吟詠，張純甫乃從其學習詩學。張純甫返臺後居臺北，一九一五年，與林湘沅、黃春潮、吳夢周等，初立研社，後改星社，時開雅會，互相唱酬，並刊行《臺灣詩報》，弘揚國學。他後在松山、基隆等地任教，以其門生為基礎，設立松社、柏社，「北部擊鉢吟會之盛，純甫實有力與焉。」[14]《守墨樓詩存》共四冊，分為「竹馬草」、「壺中草」、「近遊草」、「浮萍草」、「湖海草」、「輪蹄草」、「鍛翮草」、「重來草」（一作遺憂草）、「鏡海草」（一作「思章歸」）、「松籟草」、「北游草」、「燕歸草」等十二集，計收古今體詩約二千首。張純甫另著有「擊鉢吟集詩」數冊，其詩各體俱佳，律詩尤工。黃春潮著有《黃樓詩抄》。黃春潮曾組織星社，並創辦《臺灣詩報》，鼓吹詩學，此書所輯詩篇，古體占多，不乏佳什。醫師詹作舟所作文言詩歌也頗能映射當時社會的諸影像。其詠屈原詩云：「非無機智將身衛，爭奈清醒志不降。一曲離騷亡國恨，流為湘水去淙淙。」愛國之情溢於言表。

　　總言之，臺灣現代文學史日據階段的文言詩人有四種類型：

　　一、堅決反抗文化殖民，拒與當局合作者。如洪棄生（1867-1929）和賴和。

---

14 見臺灣省文獻委員會編，張炳南監修、李汝和主修、廖漢臣纂修：《臺灣省通志卷六》〈學藝志〉〈藝文篇〉（臺中縣：臺灣省政府印刷廠，1971年6月30日），全一冊，頁73。

　　二、表面敷衍應對殖民政府，而本質卻是堅持抗日。如連橫、「臺灣文化協會」會員林獻堂、林幼春、蔡惠如、王敏川、陳逢源等，以及「櫟社」諸社友林癡仙、莊太岳、傅錫祺、林仲衡、賴悔之等。櫟社在舉行吟詩活動時，經常有日本官員前來參與，櫟社成員對他們保持著表面上的禮待。雖然有時也有社員不免吟出有媚日傾向的作品，但是櫟社詩集裡更多的卻是有著強烈抗日意識的詩作。他們善於保護自己，用與日本官吏的交往來為自己的抗日歌吟塗上保護色。「他們較少從事『平白如話』或『直賦無隱』的詩作，而比較喜歡使用委婉曲折的諷喻手法」。[15]借此來維繫詩社的生命。但是，即使這樣，一九四三年《櫟社第二集》也未免於被日本殖民當局全部沒收之禍。一九二三年「治警案件」中，文協中的很多詩人被逮捕入獄，這些詩人在獄中創作了許多「獄中詩」，表達了臺灣文化人撲殺不滅的反抗殖民意識。如：

　　　　獄官指點到監門，寢具安排日已昏。莫笑書生罹不測，民權振
　　　　起義堪尊。此地同來數十人，俱懷才略策維新。相逢轉恨無言
　　　　說，只把頭顱暗點頻。（王敏川《獄中雜詠》）

　　三、媚日傾向較強，但是其作品中亦有憂時傷懷、抒發家國之恨者。如臺北瀛社中的一些成員。「臺灣詩社中與日本官員關係最密切，往來最頻繁的，首推臺北瀛社。」[16]但收入《瀛州詩集》的鄭坤五的〈名利熱〉：「流行熱病歎頻頻，易染難醫是縉紳。腦中威風炎炎手，口噓銅臭氣熏人。當時毒發猶傷情，過度焚身便殺身。症狀究原虛火起，金瘡官癮有前因。」卻對趨炎附勢者進行了辛辣的諷刺。

15　施懿琳：《從沈光文到賴和》（高雄市：春暉出版社，2000年6月，初版1刷），頁197。
16　施懿琳：《從沈光文到賴和》（高雄市：春暉出版社，2000年6月，初版1刷），頁200。

　　四、喪失人格，媚日取寵，顛倒黑白者。這一類的詩人極少見，有極個別的存在，但是也不足以稱為真正的詩人，其影響亦不大。如劉翠岩在一九三二年臺北全島詩人聯吟大會上的詩作〈春寒〉：「……願乞東皇頻送暖，莫教凍損到芳叢」語，極盡阿諛奉承、搖尾乞憐之能事。又如皇民化運動時期栗社曾經舉辦題為「皇民奉公」的擊鉢吟會，此時，王石鵬擔任詞宗，而有徐永年作詩云：「大和魂耀日，勇士秉精忠。愛國英雄處，扶桑壯氣同。顯名看聖戰，拼命建奇功。盡在尊臣道，還將沐帝哀。」[17]民族氣節全拋於九霄雲外矣，為正義者所不齒。

　　當然，還有些詩人，在殖民當局的壓制逼迫下，曾經作過一兩首媚日的作品，但是總體上看，還是有民族氣節的。

二　文言散文發展脈絡

　　日據時期臺灣的文言散文創作與文言詩歌同時發軔，文言散文作家與大多數文言詩人一樣，具有民族氣節和愛國情懷，以傳播中華傳統文化為己任。傳統文社也與傳統詩社一樣勇於承擔漢文私塾被禁後的漢文教育的社學功能。

　　文言散文主要分為兩大類，即駢文與散文（按：指不押韻的狹義散文）。駢文源於漢魏，成於六朝。篇章以雙句（儷句，偶句）為主，講究對仗、聲調和韻律。因唐代以後駢文語句多為四字、六字句，故也被稱為「四六文」。臺灣現代作家所作駢文數量不多，但亦有佳作。如施士潔和羅秀蕙分別撰寫的兩篇〈祭江杏邨先生文〉，表達了憂國憂民、崇尚正義的思想，文詞優美、聲情並茂，可謂石破天

17　載於《詩報》第259號，1941年11月1日。

驚之作。[18]臺灣現代文學史階段，數量較多的文言文是不押韻的散文。主要作家作品有：

王則修一九二〇、一九二一年間撰《倚竹山房文集》。[19]王則修（1867-1952），名佛來，號旅中逸老、動化老生。臺南人。少學舉業，光緒十五年獲補廩食餼。一九一六年入臺灣新報社任漢文記者，不久辭職回大目降設帳授徒。一九二〇年，應聘到清水楊家任教職。一九二五年返鄉任教。一九二八年，集其門下，設立虎溪吟社。一九四〇年，因日據當局禁止私塾教育，隱居家中，直至光復後始復出。《倚竹山房文集》收錄當時應彰化崇文社徵文之作，有以己名及楊肇嘉兄弟之名應徵入選者，其題有：〈清水名勝勝記〉、〈彰化八卦山記〉、〈舊慣取捨論〉、〈師說〉、〈論同姓姓結婚之可否〉、〈同姓結婚利弊論〉、〈禮為經國之紀論〉、〈婦女服裝分別論〉、〈尊重社會制裁挽回風化論〉、〈倡建修孔廟議〉、〈中部鹿津開港議〉、〈筆孽說〉、〈憐孤恤寡議〉、〈現在臺灣經濟界救濟策〉、〈崇節儉以裕生計論〉、〈醜業婦束縛解放論〉、〈文學興用論〉、〈古蹟保存議〉、〈妬賢論〉、〈促進同化在精神不在形式論〉、〈謝玄淝水之戰論〉、〈班超使西域論〉、〈名利異同論〉、〈惡訐與直說〉、〈男女同學風紀宜肅服裝宜正論〉、〈旗津吟社續集序〉等。王則修的生平活動恰與此時期傳統詩文活動的興衰基本同步。

一九二三年，蔡青筠撰《戴案紀略》。蔡青筠（1868-1927），字耕雲，號耕耘，彰化人，生於鹿港，著有詩文、雜記、自傳等。《戴案紀略》記載清末戴潮春事變，係作者徵訪耆舊，增補林豪「東瀛紀事」及吳德功「戴案紀略」兩書而成，為編年體歷史散文。一九二四年，《寄鶴齋詩話》在《臺灣詩薈》雜誌上發表，該書本為洪棄生在

---

18 見汪毅夫：〈文學的周邊文化關係——談臺灣文學史研究的幾個問題〉，《福建師範大學學報》（哲學社會科學版）2004年第1期，頁73。

19 按：倚竹山房是王則修在清水楊家任教時的寓所。

清光緒年間著。一九二四年，傅錫祺撰《櫟社沿革志略》。傅錫祺
（1872-1946）字鶴亭，又字復澄，臺中人，一九〇六年加入櫟社，
一九一七年接任社長。林獻堂著《環球遊記》記述歐美見聞，對於當
時尚屬封閉狀態的臺灣具有啟開民智的巨大作用，雖以文言文寫就，
但文字淺白，描寫生動，內容新進。作品在一九二七年間《臺灣民
報》上連載一百五十二回，可見其廣受歡迎的盛況。一九三〇年，林
珠浦撰《新撰仄韻聲律啟蒙》由嘉義蘭記書局出版。林珠浦名逢春，
號蘭芳，又號養晦齋主人。一八六八年（清同治七年）生於臺灣府治
東轅門街（今臺南市永福路）。十七歲入泮，日據臺後，往岡山設帳
授徒。南社、酉山詩社成員。一九一八年任臺南長老教神學校漢文教
師，一九二六年遭日教育當局之忌離職。《臺灣日日新報》在一九三
三〇年七至八月間曾先後刊行張漢《非墨十說》，主要內容有〈非墨
十說非利說〉、〈非非命說〉、〈非非禮說〉、〈非非儒說〉、〈非非攻
說〉、〈非兼愛說〉等論點。張漢（純甫）晚年醉心於文史，曾著有
《是左十說》，考據精湛，見識高超，頗引人注目。一九三〇年，連
橫著〈臺灣俗語解〉發表於《三六九小報》。一九三一年，連橫撰
《雅言》，一九三三年，又撰《臺灣語典》。一九三四年，陳懷澄撰
《吉光集》刊。《吉光集》詳細介紹各種詩鐘體例，為初學詩鐘者的
入門書籍。陳懷澄，鹿港人，櫟社社友，工詩詞。一九三五年九月，
謝汝銓撰《詩海慈航》刊。一九三五年，黃文虎撰《評注燈謎大觀》。
黃文虎，名朝傳，字習之，晚署藝友齋主，臺北人，高山文社社友。
一九四〇年十二月七日，施學習著《白香山之研究》刊行。施學習，
號鳩堂，彰化鹿港人，日本早稻田大學畢業後，入臺灣新民報社，該
書以中文作於皇民化運動時期，僅其不畏強權的精神即彌足珍貴。

　　文言文編集方面，彰化崇文社選編有文集《崇文社文集》（一至
八卷，1927）、《彰化崇文社貳拾周年紀念詩文集》（1936）、《彰化崇
文社貳拾周年紀念詩文續集》（1937），較有文獻價值；一九四二年，

顏良昌輯顏笏山著《夢覺山莊古稀紀念集》[20]；霧峰臺灣文社編有
《臺灣文獻叢志》雜誌，收錄前人與當時的古文作品。

三　文言小說、戲劇等的產生與發展

（一）臺灣文言小說發展脈絡

　　臺灣文言小說的源頭在大陸。早在一九一六年，嘉義黃茂盛創設
的蘭記圖書部就引介了大批大陸文言通俗小說，[21]其中包括程瞻廬
《湖海英雄傳》、李涵秋《鏡中人影》、石函《品花寶鑒》、天虛我生
《淚珠緣》等。連橫等辦雅堂書局（1927）、張純甫設「興漢書局」
（1931）等也均在大陸購進大量書籍，其中也包括大陸的鴛鴦蝴蝶派
通俗小說。

　　臺灣作家的偵探小說創作，肇始於臺北文言文人李逸濤（1876-
1921）一九一〇年在《漢文臺灣日日新報》上發表的〈偵探記〉、〈殺
奸奇案〉。兩篇小說均以偵探辦案為主要情節，「間亦展示了現代生活
樣式、新式科學器具。」[22]其後，魏清德、許寶亭、謝雪漁等文言文
人也有偵探小說的創譯，如魏清德的《探偵犬》、《贗票》、《齒痕》、
《還珠記》、《是誰之過歟》等。其中有許多現代文明書寫。[23]此後，

---

20 顏笏山號覺叟，臺北人，曾創設高山文社。該文集為其子良昌所輯。

21 參見黃美娥：〈文學現代性的移植與傳播：日治時代臺灣傳統文人對世界文學的接
　　受、翻譯與摹寫〉，「正典的生成——臺灣文學國際學術研討會」（臺北市：中央研
　　究院中國文哲研究所、哥倫比亞大學蔣經國基金會中國文化及制度史研究中心主
　　辦，2004年7月15日-16日，打印稿），頁6。

22 參見黃美娥：〈二十世紀初臺灣通俗小說的女性形象——以李逸濤在《漢文臺灣日
　　日新報》的作品為對象〉，「二十世紀初期臺灣男性書寫的再閱讀——完全女性觀點
　　學術研討會」會議論文（臺北市：政治大學中文系，2003年10月18日-19日），頁10-
　　11。

23 黃美娥：〈文學現代性的移植與傳播：日治時代臺灣傳統文人對世界文學的接受、

多種類的通俗小說形式不斷湧現，有言情小說、歷史小說、武俠小
說、科幻小說等等。如李逸濤一九〇五至一九一一年間的《手足
仇》、《南荒奇遇》、《優人報恩》、《恩怨保鑒》、《離恨天》、《海國奇
緣》、《健兒殲仇記》等，其中不乏異國風情的描繪；巽軒《孝女白
菊》[24]；少潮（李漢如）《雙喜》[25]；天演《蓄連生之小影》[26]；一九
一四年十月《臺灣日日新報》刊出的〈聾啞獲賊〉，一九一五年《臺
灣日日新報》刊出的〈鐵血王后〉、〈愛國血〉、〈愛國之花〉、〈磨坊主
人〉等。此類文言小說在一九一五年以後數量逐漸增多，如〈寄生
樹〉、〈借馬難〉、〈雷那德〉、〈風送每人來〉、〈失畫〉等。到一九一〇
年代後期，文言小說語言已經產生了白話和歐化文的傾向，這「對於
一九二〇年代臺灣『新小說』的興起，應當具有催化／催生作用」。[27]

　　無知在一九二三年三月十日《臺灣》第四年第三號上發表的寓言
小說〈神秘的自制島〉，開始具有了現代文的色彩。「自制島」的神秘
處，是島民脖子上都「帶上一具像枷一樣的東西」，受到束縛卻沾沾
自喜，不但「毫無感覺什麼痛苦的樣子」，反而慶祝「自制有成」，視
枷如護身的「法物」，「是世界上獨一無二之寶」，其作用是「第一
呢，是使人饑了不想食飯，寒了不想穿衣。第二呢，是使人勞不知
疲，辱不知恥。第三呢，是使人不必需要什麼新學問，不得感受新思

翻譯與摹寫〉，「正典的生成——臺灣文學國際學術研討會」（臺北市：中央研究院
中國文哲研究所、哥倫比亞大學蔣經國基金會中國文化及制度史研究中心主辦，
2004年7月15日-16日，打印稿），頁15。

24 該小說以歌行體撰寫，《漢文臺灣日日新報》第2404號，載1906年（日本明治39年）
5月9日。

25 《漢文臺灣日日新報》第2414號，載1906年（日本明治39年）5月20日。

26 《漢文臺灣日日新報》第2752號，載1906年（日本明治40年）7月7日。

27 黃美娥：〈文學現代性的移植與傳播：日治時代臺灣傳統文人對世界文學的接受、
翻譯與摹寫〉，「正典的生成——臺灣文學國際學術研討會」（臺北市：中央研究院
中國文哲研究所、哥倫比亞大學蔣經國基金會中國文化及制度史研究中心主辦，
2004年7月15日-16日，打印稿），頁21。

潮。」枷是「祖師」賜的，原來的祖師賜的，「還是木製的，不甚堅
牢」，後來的祖師，「道力通天，才把木製的盡變成金屬的」。這裡的
深層隱喻意義是，原來的祖師（清朝），只教島民迷信、愚昧的封建
舊禮教。後來的祖師（日本）則「經過廿餘年的訓練」（隱喻日據臺
灣二十多年）把島民訓練成一群奴隸性，帶著枷鎖還向人炫耀。「自
制島」喻指臺灣島，「自制」則喻指迷信、愚昧及奴隸性。該小說以
隱喻、諷刺的手法，刻畫了日據統治下一些臺灣人的麻木不仁。

　　此後，又有柳裳君（謝星樓）發表了小說〈犬羊禍〉。謝星樓頗
具民族思想，曾參加臺灣議會請願運動，後因林獻堂退出，於一九二
三年作〈犬羊禍〉諷刺他。這雖是誤會[28]，但小說卻起到了客觀的社
會批判作用。小說刻畫了御用士紳的醜惡嘴臉，批判其如犬羊畜牲般
為虎作倀的奴隸性，以寓言的形式揭示了嚴肅的社會問題，結構上有

---

28 該小說創作背景如下：林獻堂等往來於臺灣、東京宣傳設置臺灣議會，頗受臺灣民
　眾擁戴。臺灣文化協會則成為議會請願運動的中心。但後來，臺灣總督府在請願運
　動最為強勁的臺中州施行所謂「具體取締方案」，以警察的強權干涉請願運動及文
　化協會在各地的宣傳活動，並利用街莊、保甲等阻撓一般民眾參加。於是，各地與
　會者逐漸減少，從前支持請願運動的街莊長也有不少退出者。臺中州知事常吉德壽
　在一九二二年秋創立了「向陽會」，利用楊吉臣慫恿林獻堂就任「向陽會」參事，
　想借此籠絡林獻堂等中止請願運動。楊吉臣是林獻堂的妹夫、前清五品武官，他曾
　因鎮壓武裝抗日有功，被總督府加獎勳六等瑞寶章，當時任彰化街長。楊吉臣曾由
　林獻堂推薦，擔任文化協會協理，但在臺中州廳的壓力之下，在一九二二年七月辭
　去了該會協理職務（參閱〈林獻堂先生年譜〉，葉榮鐘：《臺灣人物群像》〔臺中市：
　晨星出版有限公司，2000年8月初版〕，頁333。）常吉德壽進而勸使林獻堂、楊吉
　臣、林幼春、甘得中、李崇禮、洪元煌、林月汀、王學潛等八人前往臺北會晤總督
　田健治郎。他們被田健治郎告知「日本政府絕不容許設置臺灣議會、請願運動將必
　屬徒勞、若能及早中止方謂賢明」。另外，臺灣銀行也在背後向林獻堂施壓、逼他
　盡速償還借款。林獻堂只好於翌日再次訪問田健治郎、向其聲明即日起脫離臺灣議
　會請願運動（參見鷲巢敦哉編：《臺灣總督府警察沿革志》〔臺北市：臺灣總督府警
　務局，1939年〕，第二編，中卷，頁354。）聞聽林獻堂等退出請願運動的消息，臺
　灣、東京的同志們極為憤慨。他們把與總督會談的八人諷刺為「八駿馬」，諷刺林
　獻堂及楊吉臣的變節為「犬羊禍」（按：犬是獻字的犬旁、羊是楊的同音字。）。

「明清章回小說的餘緒」。[29]

　　創刊於一九三〇年九月九日的《三六九小報》，特色之一即為不斷地連載文言小說，而且往往是多篇長篇小說一起連載。發表的作品主要有：長篇章回小說〈蝶夢痕〉，署名恤紅生，自一九三〇年九月九日起，刊至一九三一年二月十六日；浚南生所寫社會小說《社會鏡》自一九三一年二月十九日至一九三二年七月二十六日止，共計連載一百四十九回；鄭坤五的小說《大陸英雌》與《社會鏡》同一天開始連載。

（二）鄭坤五──臺灣文言俠義小說、歷史小說的先驅

　　鄭坤五（1885-1959），字友鶴，文言詩人，並以淺近文言寫雜文、小說。生於楠梓，幼時到福建漳浦縣就學，畢業於漳浦中學。其父為清朝五品藍翎武官，其母文學涵養頗深，鄭坤五文學武藝皆得家庭薰陶。其後舉家返臺定居鳳山。一九二〇年，鄭坤五曾任首任大樹莊長（隸屬鳳山郡），後因寫詩批判日本政府欺壓臺灣百姓而遭革職。一九三〇年九月九日，他獲聘為《三六九小報》顧問，並在該報發表了不少文章。一九三〇年代，臺灣話文運動興起時，他曾提出「鄉土文學」的口號，是「臺灣話文運動」的主要支持者。一九三二年一月，他在《南音》第二期發表〈就鄉土文學說幾句話〉表示擁護「鄉土文學」寫作。該文顯示了他兼具國語（白話）和日語寫作能力。日據當局對臺灣士紳極盡籠絡之能事，但鄭坤五始終與其保持距離，拒寫為其歌功頌德的詩文。鄭坤五的作品，多詼諧有趣，具有深刻的人性透視力。

　　鄭坤五文言作品的成就，主要表現在小說創作方面，他曾以文言寫成多部長篇小說，據其後人回憶，其長篇小說，有〈鯤島逸史〉、

29　鍾肇政、葉石濤主編：《光復前臺灣文學1・一桿秤仔》（臺北市：遠景出版社，1979年7月），頁38。

〈活地獄〉、〈愛情的犧牲〉及未完成的〈大陸英雌〉[30]等。《活地獄》
描敘了參與日據時期非武裝抗日運動的知識分子，被日警逮捕後，遭
到嚴刑拷問的故事，為一篇具有抗日意識的作品。〈鯤島逸史〉是以
淺近的文言文寫成的章回體小說，一九四四年三月由「南方雜誌社」
出版。該小說寫清乾隆末年迄咸豐年間，山賊海盜在南臺灣欺壓良
民，民間俠客義士起而抗賊懲匪的故事。是集文以載道思想與普及教
化功能於一身，並追求引人入勝的戲劇效果的俠義小說。小說採錄了
豐富的地方史資料，再現了清代臺灣民眾的生活面貌，因此成為臺灣
文學史上第一篇以地方史為背景寫成的長篇歷史小說。〈鯤島逸史〉文
體模仿《水滸傳》，顯示了鄭坤五深厚的文言文學修養與扎實的傳統文
化傳承。就語言的運用、武俠情節的敘述、歷史故事的演繹等方面而
言，鄭坤五是臺灣具有鄉土風格的文言俠義小說、歷史小說的先驅。

　　在戲劇方面，張淑子（按：男，傳統詩文社崇文社成員。）一九
二九年在《臺灣新聞》發表了獨幕短劇《草索記》。同年四月五日，
江肖梅（按：男，戲劇家、民俗學家。）也在《臺灣新聞》連載了他
的獨幕劇《病魔》。但是遭到了葉榮鐘「對他那篇獨幕劇《病魔》抗
議一句，聲明它絕對不是『劇』來替『劇』申個冤枉。」[31]的批評文
字。張淑子、江肖梅二人為文反駁，從而形成了一場戲劇問題論戰。
黃茂笙（1885-1947）則著有《破滅的危機》，「語言介於文言與白話之
間，未完全口語化」[32]。

30　《大陸英雌》署名坤五，一九三一年二月十九日至一九三二年十月二十三日在《三
　　六九小報》連載一百七十六回。
31　葉榮鐘：〈為「劇」申冤——讀江肖梅氏的獨幕劇〉，《臺灣民報》，1929年5月5日。
　　轉引自葉芸芸、陳昭瑛主編：《葉榮鐘文集7》《葉榮鐘早年文集》（臺中市：晨星出
　　版有限公司，2002年3月31日初版），頁188。
32　吳毓琪：《南社研究》（臺南市：臺南市文化中心，1999年），頁196-198。

四　文言楹聯

　　楹聯也稱楹帖，是在建築中使用的對聯。對聯也稱聯語、對子等，是中國特有的民間文學形式，講究對仗，用於鞭惡揚善，弘揚中華民族優秀傳統文化，具有雅俗共賞、大眾化的特點。它源遠流長，萌芽於律詩之前，發展於律詩之後，有極強的生命力，鼎盛於詩、詞、曲日漸衰落的清代，在臺灣日據時期現實生活中仍有較廣泛的應用，如園林、廟宇、祠堂、會館、書院、戲樓等建築中題寫、鐫刻的楹聯，以及懸掛於室內的書畫條幅。但長久以來，楹聯被視為邊緣文體，處於文學的邊緣。

　　「同文學的關係相當緊密的『上等之對子』在文學史當有一席之地。」[33]楹聯集中地表現了漢語單音節多意涵的特點，它是古典詩、詞、曲的發展，與詩詞曲一樣具有高度文學性和美學意義，但具有更強的實用性和靈活性。對聯實際上與文言詩歌多有共通之處，比如，都講究傳統聲律規則（平仄、押韻）、都經常與書畫並行等。建築楹聯，作為楹聯的一大分支，具有意義深刻蘊藉、教化功能強烈的特點。其種類繁多，可分為勝跡聯、園林聯、寺廟聯、祠堂聯等，往往具有獨到的紀念意義和藝術效果和重要的史學價值。日據時期創作或者保存的臺灣各地著名楹聯[34]如：

　　指南宮呂祖殿[35]：「屈指神仙誰進士，終南山水屬先生。」（李逸濤作）呂祖，即呂洞賓，中國傳說中八仙之一，名喦（一作岩），號純陽子，相傳為唐代人。「進士」指呂洞賓六十四歲「進士科第」。

33　見汪毅夫：〈文學的周邊文化關係──談臺灣文學史研究的幾個問題〉，《福建師範大學學報》2004年第1期，頁72。

34　臺灣楹聯作品詳見常江、蘇民生編著：《臺灣名勝楹聯》（北京市：中國民間文藝出版社，1985年9月初版）。

35　指南宮在臺北市東南郊，為全臺著名大神祠，供呂洞賓等神。一八八七年（清光緒七年）建，本名肫風社，一八九七年（光緒十七年）年改建後改名指南宮。

「終南」為道教名山，在今西安市南。傳呂洞賓隨漢鍾離於此山中修道。此聯運用了褒揚手法。李逸濤，臺灣文社成員，《漢文臺灣日日新報》專欄《菊部陽秋》的主筆。

昭明寺[36]：「昭示三觀真妙諦，明宣一乘最玄機。」三觀，佛教名詞，指空觀、假觀、中觀。一乘，佛教中所說成佛的教法。

保安宮[37]：

> 公實生於宋代，其活民比富範之仁，救民秉岳韓之義，宜與宋代諸賢並垂不朽。
> 神固籍乎同安，然俎豆遍十閩之地，生靈週四海之天，自非同安一邑所得而私。（張書紳作）

此聯寫人物生平。聯中「公」，指保生大帝，即宋代道醫吳本[38]；富範，富弼，范仲淹。岳韓：岳飛，韓世忠。俎豆：祭祀。俎與豆為中國古代祭祀用物。張書紳，清同治年間舉人、臺灣詩人，曾作《端午竹枝詞》。

善導寺[39]：

> 專念念彌陀，感應道交，頓悟本無心外佛。
> 反聞聞自性，根塵迴脫，當陽徑取髻中珠。（見善導寺大殿）
> 了知自性，元明反聞自性。
> 應以何身，得度即現何身。（見善導寺觀音殿）

---

36 在臺北士林中山北路，建於一九三四年，祀釋迦、觀音等。
37 在大同區，建於一八○五年（清嘉慶十年），福建同安人來臺後，從故鄉分神祭祀保生大帝吳本。
38 本，音「濤」，同安縣志載其為文皇后夢治乳病而受封「保生大帝」的傳說。
39 在臺北，建於一九二五年，原名淨土別院，供祀釋迦、觀音等。

　　樟山寺[40]:「天道人道聖道,謂之大道。善緣結緣福緣,佛之妙緣。」此聯集句而成,以佛教術語入聯,對仗工整。

　　法華寺[41]:「法藏證法門,誰悟了無生滅。華嚴傳華夏,我知自有圓通。」(見大雄寶殿)「華嚴傳華夏」,表明此建築及其寺廟信仰的中華屬性。在經歷了世事變遷之後,聯文愈加凸顯出了其保存群眾中華根性記憶的功能。

　　崇榮堂[42]:「黃子炎孫,孝友一堂,赫赫矣紫雲百姓。宗功祖德,蒸嘗萬古,巍巍乎佳里宗祠。」此聯作者為黃朝琴,即臺灣新文學運動的發起人之一,光復後曾任臺灣省議會議長。聯中所謂「黃子炎孫」,意指黃姓為陸終的後代,而陸終則是黃帝之孫顓頊帝高陽的曾孫吳回的兒子,封於黃,以國為氏。聯文上下古今,包羅萬象,令人緬懷瞻仰。

　　龍泉寺[43]:「大肚能容,了卻人間多少事。滿腔歡喜,笑開天下古今愁。」(見大殿彌勒佛座)此聯寓含哲理意趣,但此前已在大陸流傳頗廣,故為仿製於祖國之作。

　　寶覺寺:

　　　寶山遍種菩提樹,覺苑常開智慧花。(見大雄寶殿)
　　　大肚包容,了卻人間多少事
　　　滿腔歡喜,笑開天下古今愁(見彌勒像)

---

40 位於臺北木柵區,張喜創建於一九二五年,原名慈航禪院,祀觀音、清水祖師等。

41 在臺南市法華街,本明末隨鄭成功到臺的李茂春夢蝶園故址,康熙年間改建,為臺南四大寺之一。

42 崇榮堂為臺南縣黃氏家廟,建於一七〇三年(清康熙四十二年)。

43 在高雄壽山東麓,初建於一七四四年(清乾隆九年),一九二三年重修,是高雄唯一的尼姑廟。

寶覺寺位於臺中市東北，一九二八年福建良達法師所建[44]，祀釋迦牟尼。由此可看出，大陸佛教對於日據時期臺灣的影響，並未斷絕。

薦公祠[45]：「薦及四時，春秋永富。祠原一本，祖考來臨。」此聯作者施士潔，為清末進士，臺灣著名近現代詩人。

萊園[46]：「自題五柳先生傳[47]，任指孤山處士[48]家。」（見園門，林幼春作）此聯為園林聯，自然天成，賞心悅目。

武功堂[49]：「文重八家，名標三傑。節持漢使，勳畫淩煙。」此聯上聯褒贊宋代「蘇門三學士」文學家蘇洵、蘇軾、蘇轍父子三人，他們均位居唐宋八大散文家行列。而下聯則標榜出使匈奴矢志不移的漢朝使臣蘇武。此聯寫於日據時期，寓意深遠。

宗聖公祠[50]：「宗傳內無雙學士，聖教中第一名賢。」宗聖公，即曾子（西元前505-西元前436），春秋末魯國人，名參，孔子的弟子。此聯頌孔子門生，旁及弘揚儒學。另有一聯：

　　遠近亦是宗親，須知忠恕同源，萬派懷恩如拱北。
　　今古俱蒙聖德，惟願云礽[51]一致，千秋俎豆耀屏東。

慈裕宮[52]：「帶水湄州，航原一葦。瓣香海國，浪息千層。」此聯

---

44 參見常江、蘇民生編著：《臺灣名勝楹聯》（北京市：中國民間文藝出版社，1985年9月，初版1刷），頁120。

45 在臺中縣潭子鄉，建於清代中葉，為潭子村林家祖厝。

46 位於臺中霧峰鄉火炎山麓，為林氏花園，建於一八九三年（清光緒十九年）。

47 《五柳先生傳》，東晉陶淵明文，陶淵明自號「五柳先生」。

48 孤山，指杭州西湖中心之島山。孤山處士，指「梅妻鶴子」的林逋（林和靖）。

49 在新竹竹東鎮，為蘇氏祠堂，建於一九二四年。

50 位於屏東，是臺灣最大的曾氏宗祠，建於一九二九年。

51 礽，福。

52 在苗栗縣竹南鎮，即中港媽祖廟，與北港、東港媽祖廟並稱「臺灣三媽祖」。清初建於中港監館前，一七八三年（乾隆四十八年）易地重建。

詠歷史變遷。「帶水」一詞，意為水道狹窄如帶，極言湄洲與臺灣之鄰近。「一葦」，比喻距離近。「瓣香」，形似瓜瓣的香，禮佛用，表示對於媽祖的敬仰。

泉郊會館[53]：「澤遠八郊，聲揚港深。術驅二豎，德惠孤貧。」此聯作者謝東閔，字術生，臺灣彰化縣人。泉郊會館另有一聯：「德澤濟民生，鹿水永通泉水。神靈鐘海國，瀛洲大類湄州。」此聯中「泉」，指福建泉州。「鹿水永通泉水」比喻鹿港人與泉州人的文化血緣之息息相通。並敘地理沿革。

孔廟[54]：「育正義，克三分，關懷漢室，聖靈配乾坤而不泯。化奸偽，圖一統，公功炎劉，帝範並日月以長存。」（見後殿化育堂）此聯一語雙關，為諧諷之作，有感而發，具有隱喻意涵。

林氏墓園[55]：「風雨一亭身後事，云山終古墓中人。」（見墓碑亭）此聯抒情寫景，超然世外。

克明宮[56]：「千古英名垂宇宙，一生忠義滿乾坤。」此聯顯示了源自大陸的關羽信仰。

臺灣楹聯的民俗性和歷史感較強。很多楹聯反映了臺灣民眾在日據時期仍然進行的各種傳統民間信仰活動，如祭祀媽祖等各種神祇。而許多寺廟宗祠祭祀的神位、祖先，多來自大陸，特別是從福建漳州、泉州以及廣東沿海「分神而來」者居多，諸如開漳聖王、三山國王等等，明顯地表現出臺灣和大陸的歷史淵源。這種不可分割的社會歷史文化血緣，為臺灣同胞尋根問祖、保存歷史記憶提供了有力的保障，成為為兩岸文化血脈的思想文化基礎和集體心理積澱。當然，臺灣名勝楹聯以寺廟聯居多，祠堂聯次之，名人紀念地的聯較少，這使

---

53 在彰化縣鹿港鎮，清道光年間築有泉郊公舍，一九三四年改建會館，祀媽祖。

54 在南投縣埔裡鎮，建於一九二六年，祀孔子、關羽、呂洞賓；抗日戰爭後，改建大成殿，祀孔子及其弟子七十二賢人。

55 在南投縣竹山鎮，林月汀家族建於日據臺灣時期。

56 在南投縣竹山鎮，建於一九三〇年代，祀關羽。

得臺灣楹聯「藝術性不能不受到影響」[57]。臺灣楹聯運用諧諷手法的相當多。這也是日據時期臺灣民眾為避統治者鋒芒，而採取的文化隱喻的韌性抗爭策略之一。但是，諧諷聯的普遍使用，雖能起到「隱義以藏用」[58]的技巧作用，有時也產生了為諧諷而害義的缺陷。

第二節　賴和與陳虛谷、楊守愚等人的文言創作

一　賴和

賴和（1894-1943），彰化人，原名賴河，筆名懶雲、甫三、走街先、安都生、灰等。十歲時入小逸堂從黃倬其學習文言詩文，接受了良好的傳統中華文化教育。一九○九年入臺北醫學校，一九一四年畢業後至嘉義實習，行醫間隙，從事文學創作。因不滿日人的差別待遇，憤而離開。一九一七年返彰化開設「賴和醫院」，逐步形成了民主、平等的理念。一九一八年二月前往廈門鼓浪嶼的博愛醫院任職，遊歷同安、泉州等閩南各地，訪問鄭成功的故鄉，在祖國新思潮的刺激下，產生了愛國憂民的思想。一九一九年七月返臺，繼續開業行醫。他不畏強權、關愛底層民眾，常為窮人免費看病，威望極高，甚至被百姓神化為扶危濟困的活神仙。一九二一年，受新文化運動影響，賴和加入臺灣文化協會，當選為理事，並逐漸認識到：「只有為大眾服務，才是正當的事業、光榮的事業」[59]，開始積極投入追求民主自由的社會政治運動。賴和的抗爭引起了殖民當局的不快，先後兩次將其逮捕入獄。一九二三年十二月十六日因「治警事件」第一次入

---

57 見常江、蘇民生編著：《臺灣名勝楹聯》（北京市：中國民間文藝出版社，1985年9月，初版1刷），頁245。

58 語見劉勰：《文心雕龍》。

59 《賴和先生全集》（臺北市：明潭出版社，1979年3月），頁334-335。

獄，次年一月出獄，此次遭遇益發堅定了他的抗日意識。一九二七年，臺灣文化協會分裂後，他參加了「民眾黨」。一九二九年二月，他與陳虛谷、楊笑儂等人成立「流連思索俱樂部」，此為「應社」的前身。一九四一年再度入獄約十五日，備受折磨，在獄中撰有《獄中日記》並有多首〈獄中詩〉，出獄就醫時，因心臟病過世。

賴和的國語（白話）文學成就眾所周知，被稱為「臺灣新文學之父」。但其文言文學成就也不可小覷。他一生創作了一千多首漢文言詩歌[60]，是應社的主要成員，其文言文學同其國語（白話）文學創作一樣，富有鬥爭精神和正義感。

（一）舊形式呈現的新思想

賴和的文言詩歌不乏新思想的表現，主要內容有對自由平等的追求、對日本帝國主義侵略的憤怒，以及對殖民統治政策的不滿。

賴和曾有詩云：「世間久已無公理，民眾焉能倡利權。自愧虛生已卅載，空隨牛馬受鞍鞭。」（〈元日小集各賦書懷一首不拘韻體〉，1923年）表達了自己對自由與平等的追求。一九二三年十二月賴和因「治警事件」入獄兩個月。但他沒有屈服，從臺中轉至臺北監獄時，有詩寫道：「功唯疑重罪為輕，欵法何曾喜得情？今日側身攖乳虎，模糊身世始分明。」（〈繫臺北監獄〉五之一，1923年）指出，由此事件，他真正了悟了自己的被殖民身分。日本所謂的「法」，根本缺乏其公正性。一九二三年，他的四首〈書憤〉詩，強烈地表達了心中的不滿，其中兩首云：

　　一身毀與謗相兼，且避瓜田自遠嫌。無識可憐民暗弱，恃權久失法尊嚴。非罪罪猶罹公冶，殺人人竟信曾參。料應此事難忘

---

60 該統計數據參見施懿琳：《從沈光文到賴和》（高雄市：春暉出版社，2000年6月），頁193。

了，留作他年酒後談。（四之二）

淤塞溝渠積水腐，人間何意唱尊古。利名一世喪貪夫，仁義千
秋誤尼父。老而不死是為賊，犢甫能行豈怕虎。縱然血膏橫暴
吻，勝似長年鞭策苦。（四之三）

一九二三年的〈戲作〉表達了社會主義思想：「社會原須共擔
負，個人食力最應該。四民雖說無差等，也覺為官頂不才。」一九二
四年〈人生〉表現了無政府主義色彩：「日作四小時，人類飽暖矣。
乃有怠惰者，強人以義務。豪奢不及物，取掠遂其富……欲遂生之
樂，必自無官始。」他在給陳虛谷詩裡說：「同是世間一分子，肯教
辜負有為身。生來職責居先覺，忍把艱難付後人？」（〈送虛谷之大
陸〉，1923年）因為不忍把艱難留給後人，所以必須通過實際參與政
治社會運動來實現理想。他在〈飲酒〉（1924）詩中寫道：

世間萬事皆縈心，悲哀歡樂遞相侵。生者勞勞死寂滅，豪門酒
肉貧民血。愚民處苦久遂忘，紛紛觸眼皆堪傷。仰視俯蓄兩不
足，淪作馬牛膺奇辱。我生不幸為俘囚，豈關種族他人優？弱
肉久已恣強食，致使兩間平等失。正義由來本可憑，乾坤旋轉
愧未能。眼前救死無長策，悲歌欲把頭顱擲。頭顱換得自由
身，始是人間一個人。平生此外無他願，且自添衣更加飯。天
道還形會有時，留取雙睛一看之。

詩中指出，面對殖民統治與階級壓迫的「兩間」不平等，必須不惜一
切代價，以生命、以行動追求失去的平等、正義和自由。因此，有良
知、有正義感的臺灣知識分子，必須全身心投入實際行動，展開現實
關懷和社會批判。

〈定寨〉詩就表現了作為被殖民者的痛苦和悲哀：「山河歷歷

新，世代悠悠易。先民流血處，千載土猶赤。蒼茫俯仰間，禾油漫阡陌。天地自閑曠，世間何破灭？欲作天地遊，共誰借羽翼。墜地生為人，悲傷多惶惑。前途障礙地，努力披荊棘。」（1924）揭示了殖民者的殘酷壓制所造成的民眾苦難。一九二四年所寫的〈吾民〉詩：「剝盡膏脂更摘心，身雖苦痛敢呻吟？忍饑糶米幹完稅，負病驚寒尚典衾。」控訴了日據當局苛捐雜稅、橫徵暴斂的罪惡行徑。日據時期施行的警察制度，使得臺灣民眾無時不處在殖民當局的嚴密監控之中。[61]一些由臺灣人所擔任的「巡查補」，也狐假虎威，欺壓自己同胞。[62]〈偶成〉詩（1924）便嘲諷批判了這類欺壓百姓、邀功請賞的「三腳仔」：「一自揚名後，非同草野身。用刑還及母，執法竟無親。時日亡及汝，威風代有人。清如風過袖，到底不憂貧。／飽飯閑尋事，貪功每陷人。心同鷹隼鷙，性比犬羊馴。以我同胞血，沽他異樣恩。不知民可貴，但畏長官尊。」此詩原題〈補大人〉，直接揭露了輕賤臺民、逢迎日吏者的嘴臉。一九二七年他更以小說的方式寫成同題的〈補大人〉，更深刻地刻畫了巡查補的形象。一九二五年三月，賴和驚悉孫中山先生逝世，為其寫輓聯道：「中華革命雖告成功，依然同室操戈，一統雄心傷未達；東亞聯盟不能實現，長使天驕跋扈，九泉遺恨定難消。」表達了對中華一統的渴望和對孫中山先生的敬仰與哀悼之情。一九三一年，日本軍國主義挑起了「九一八事變」，妄圖實現其擴張疆土的野心。賴和〈日本軍〉詩運用反諷手法對充當炮灰的日本青年表示了人道主義關懷。一九四一年十二月，賴和再次入獄，作「獄中詩」〈只因〉云：「只因不說話，又再被拘留。口舌生來短，心胸滿是愁。臨機無應變，貽誤欲誰尤。不耐為囚苦，何日得自

61　參見黃昭堂：《臺灣總督府》（臺北市：前衛出版社，1994年4月），頁229-230。

62　賴和曾於〈無聊的回憶〉（1928）一文中談到：「那時代的補大人，多是無賴，一旦得到法律的保障，便就橫行直撞，為大家所側目。說起大人，簡直就是橫逆罪惡的標本，少（稍）知自愛的人皆不願為。」

由？」表達了對自由的渴望和內心的悲憤。

綜觀賴和文言作品，他一方面歌頌自由、民主、平等；一方面則批判民族及階級壓迫、落後思想、墮落行為等黑暗面，抗爭精神和人道主義精神的思想貫串始終。

（二）賴和文言詩的藝術特色

賴和文言詩有如下寫作特色：

1 隱喻手法的運用

如一九二四年所作〈讀泰戈爾詩集竊其微意以成數首明火執仗之盜人固不奈他何〉四首中第三首：「被侮辱人勝利基，殷勤歷史等為書。群星曾被流螢笑，宇宙終生小犬疑。工作自知多野質，文章亦愧本空虛。宵來猶有明燈在，失落斜陽不用愁。」借泰戈爾的詩意抒發了殖民者必敗的信念。另如〈文天祥〉[63]：「江山半壁眼中亡，胡馬南來石莫當。不忍衣冠淪異族，散將聲妓事勤王。空坑軍敗心逾奮，柴市人來血尚香。天地至今留正氣，浩然千古見文章。」懷古思今，隱喻深刻，傳達了民眾追求平等人權的呼聲。

2 強烈的大眾化傾向和民間戰鬥精神

〈十日春霖〉詩云：「心情俗化久無詩，墜落雖深卻不悲。要向民間親走去，街頭日作走方醫。」表達了拋棄知識分子的傲氣，走向「大眾化」的意願。因此，他嘗試從民間歌謠吸收新經驗，以接近口語的方式傳達民眾心聲。其文言詩歌有的直接借用竹枝詞的形式，如〈新竹枝詞〉、〈北港竹枝〉、〈實習竹枝詞〉；有的則以俗語語調、民間方言入詩，如〈西北雨〉、〈我心惻〉、〈農民歎〉均標注以「土俗

---

63 見李南衡編：《賴和先生全集》（臺北市：明潭出版社，1979年3月15日），頁350。

音」念誦，希望通過民間原生態的文學樣式，說出民眾的真實感受。另外如〈新樂府〉（1930）、〈農民謠〉（1931）、〈相思歌〉（1932）、〈呆囝子〉（1935）等，均模仿民歌形式，採用以方言入詩的方式，生動逼真地反映了底層民眾的生活。如〈新樂府〉五首中的兩首：

> 米粟（米穀）糶無價，青采有歹賣價（難賣）。飼豬了（虧）本錢，雞鴨少人買。賺錢（謀生）非快活（容易），種作總艱計。官廳督促緊，納稅又借債。（之一）
> 街頭有小販，賺錢真可憐。一見警察官，奔走各紛然。行商如做賊，拿著（抓到）便要罰。小可講情理，手括再腳踏。（之二）

一九二三年〈哀聞賣油炸檜的〉亦為大眾化題材。「油炸檜」在臺灣是常見的早餐食物，清晨叫賣聲也每日可聞。詩歌以清晨賣油炸檜的小兒為關懷對象，揭露了日本警察濫施刑罰的罪惡。作於一九二四年一月「治警事件」出獄後的〈出獄歸家〉一詩，則表現了樂觀的戰鬥精神：「莽莽乾坤舉目非，此身拼與世相違。誰知到處人爭看，反似沙場戰勝歸。」

3 新思想觀念與舊文學形式的兼容並蓄

賴和「自如地遊走在新、舊文學兩個領域中」[64]，他常常會用新、舊不同的文體，表現同一個主題。如〈補大人〉分別用了文言詩與國語（白話）小說來表現；〈送盧谷之大陸〉也同樣有國語（白話）、文言詩歌兩種作品；此外還有題為〈哀聞賣油炸檜的〉的文言詩及〈不幸之賣油炸檜的〉的白話小說。他的詩歌有時題目是國語

64 施懿琳：《從沈光文到賴和》（高雄市：春暉出版社，2000年6月，初版1刷），頁451。

（白話），內容卻以文言寫作，如〈死了的志煜兒〉（1918）、〈月琴的走唱〉（1924）、〈月夜的街路〉（1924）。有時，詩歌全篇以文言寫成，序文卻為國語（白話）文。更為有趣的是，他一九二一年為文言詩社南社寫的十五周年賀詩，卻是國語（白話）詩。

二　陳虛谷

　　陳虛谷（1896-1965），原名陳滿盈，號一村，筆名依菊、醉芬，彰化人，櫟社社友。少年時代，曾就讀於漢書塾，接受文言文學的訓練，具有扎實的中文基礎。青年時代赴日留學，畢業於明治大學，其間，深受新思潮影響。一九二〇年後參加臺灣文化協會。一九二四年至一九二五年間，他曾到大陸考察學習半年，曾與謝清廉、許乃昌、甘文芳、張我軍等人，參加上海青年會組織的臺灣人大會，反對日本殖民當局拘禁臺灣議會請願者六十餘人的暴行，被推選為執行委員，寫成決議與旨趣書，向日本政府發出嚴正聲明。返臺後，積極參加新文化運動，與陳炘、林茂生、蔡式谷、蔡培火、陳逢源、林幼春等同為文協講習會講師，主講《孝》、《結婚問題》等專題。他是《臺灣民報》的重要撰稿人之一。一九三二年，《臺灣新民報》創刊，他與林攀龍、賴和、謝星樓為編輯局客員，負責文藝部。他與賴和志同道合，交往甚密，曾與其共創「流連思索俱樂部」與「應社」。陳虛谷認為文言詩歌是他最主要的文學成就，曾說：「我日後若能於生活史上留個小小的紀念的價值，便是詩。我平生罪得意的有二事：一是演說，一是詩。」[65]詩作包含批判當局、與文友酬酢、描寫田野生活、刻畫山水風光等題材。

65　見其一九四〇年六月二十日從東京寫給其女兒女婿的信，《陳虛谷選集》（臺北市：鴻蒙文學出版公司，1985年10月初版），頁402。

（一）遠追魏晉、師法唐宋的現實關懷

　　虛谷著有文言詩六百餘首，其中絕句占四百餘首，且頗獲好評。他做詩注重運用白描手法，以口語、俗語入詩，盡量使用通俗易懂的文字。他崇尚性靈，主張詩情的自然流淌，追求純真自由的意境。他學詩的原則為多讀前人詩。他曾說：「你多讀、精讀之道，不患無門徑可入。六一居士說：『多讀、多作、多商量』正是此意。王安石說，杜甫詩何以會那麼好呢？那就是他自述『讀書破萬卷，下筆如有神』。」[66]他學詩的根源，主要是魏晉唐宋朝的中國古典詩詞：「李、杜、韓、蘇斷不可不讀；王維、韋應物、陶淵明、謝朓亦不可不讀。」[67]他的審美標準是以寫實手法反映人生實況，且以「白描」、「明白如話」為訴求。所以他認為，「四靈、後山、清、明、元之詩，且不要讀，拋全力專攻李杜、陸蘇、王維、孟浩然最為得策。」[68]

　　由於對杜詩的推崇，陳虛谷作有多首仿杜詩風格的社會寫實詩，書寫百姓的傷痛。如日據當局以強制的手段沒收農民土地，又罔顧農事繁忙，強征壯丁興建鐵路，虛谷因此有〈縱貫鐵路〉兩首，直指殖民者施政之殘虐：

　　　　基隆直造到屏東，那管農家事正忙。土地沒收還不足，荷鋤更
　　　　作無錢工。（其一）
　　　　拋卻收冬造路來，農民個個哭聲哀。強權抵抗無能力，但願天
　　　　無風雨來。（其二）

---

66 見一九四一年虛谷〈寄遂性信〉之九，收於陳逸雄編：《陳虛谷作品集》（彰化縣：
　　彰化縣立文化中心出版，1997年12月），頁596-597。
67 見一九四一年虛谷〈寄遂性信〉之七，收於陳逸雄編：《陳虛谷作品集》（彰化縣：
　　彰化縣立文化中心出版，1997年12月），頁588。
68 見一九四一年虛谷〈寄遂性信〉之十，收於陳逸雄編：《陳虛谷作品集》（彰化縣：
　　彰化縣立文化中心出版，1997年12月），頁601。

　　此外如〈相命師〉一首，一九四〇年寫於東京，是虛谷較得意的
作品之一：

> 路有相命師，吉凶能先知。滔滔肆雄辯，少婦爭趨之。良人事
> 遠征，未知死與生。何時得凱旋，請為一說明。誰知相命師，
> 欲語又遲疑。相對但茫然，咨嗟無已時。少婦意慘傷，嗚咽斷
> 人腸。行矣長歎息，紛紛淚沾巾。來問觀世音，依然自默默。
> 求得一籤詩，詩意費解釋。欲從夫婿去，路遠不可得。仰首望
> 青天，青天碧一色。

　　對於那些因為執政者窮兵黷武，致使夫妻離散的無辜日本百姓，
陳虛谷基於人道主義的關懷，表達了他的不忍之情。

　　由於詩學根源於李、杜、王、孟、白、蘇、陸，因此陳虛谷的詩
作頗有唐宋風味。如一九三〇年有〈感懷〉十首發表於《臺灣新民
報》三三三號，並向林幼春求教，林幼春評曰：「君年來致力於新
詩，漢詩殊罕作，今復寄此十絕，如對床夜話，讀之可知其深於白陸
北也。」[69]

　　一九三九年至一九四一年，他再度寓居東京。期間創作水平有明
顯提高，詩歌數量也明顯增多。此時作〈偶成〉詩：「春來人歡樂，
春去人寂寞。來去無人知，但見花開落。」這是虛谷一生極得意的佳
作，在其過世後，曾由其家人將這首詩鐫刻於墓碑背面。此詩充分地
表現了其詩歌的美學特質，及其對生命的感知。

　　林幼春對虛谷的影響很大，他不僅是虛谷的詩作指導老師，其生
命人格更是虛谷乃至當時有志青年景仰的對象。一九三九年林幼春過
世後，虛谷在日本驚聽噩耗，先後作〈哭幼春先生〉八首、〈冒雨謁

---

69 施懿琳：《從沈光文到賴和》（高雄市：春暉出版社，2000年6月，初版1刷），頁
　465。

老秋先生墓〉、〈獻璋歸自日本謁老秋師墓順道過訪喜而有作〉等詩，表達對恩師的無限感念，備見師徒深情。

陳虛谷也擅長擊缽吟詩。如虛谷在〈寄遂性信〉裡有虛谷對莊遂性在一九四一年的一次擊缽吟會上所作詩作〈歸燕〉與〈送春〉詩的評點。[70]

（二）陳虛谷文言詩歌的特色

影響虛谷文言詩歌創作的有中國古代詩人陶淵明、謝靈運、謝朓、李白、杜甫、王維、韋應物、蘇軾、陸游等，同時他也接受了大陸新文學作家郭沫若、康白情、田漢、林語堂；日本的廚川白村、生田春月，以及西方的歌德、莫泊桑、海涅、拜倫、華茲華斯、惠特曼等的影響。[71]由此，虛谷的古典詩呈現以下幾種特色：

1　介入現實的鮮明批判性和革新精神

包括殖民統治者的殘暴統治、腐朽落後的封建思想觀念、趨炎附勢的醜行等社會黑暗現實都是陳虛谷文言詩歌的批判對象。如〈內田總督撤職有感〉兩首（按：諷刺一九二三年治警事件後被撤職的內田嘉吉。約寫於一九二四年初），是針對以高壓手段統治臺灣人的日本長官內山嘉吉去職時而寫，用字極淺白，諷刺意味強烈，充分表現出陳虛谷耿直剛正的性格。對苛酷虐民的執政者提出批評。在強調以白描手法，表達真摯情懷的陳虛谷筆下，於是出現這樣的作品同樣直接而激烈地批評執政者的作品，尚有陳虛谷最為人稱道的〈警察〉詩：「凌虐吾民此蠢材，寇仇相視合應該。兒童遙見皆驚走，高喊前頭日

70　參見一九四一年虛谷〈寄遂性信〉之九，陳逸雄編：《陳虛谷作品集》（彰化縣：彰化縣立文化中心出版，1997年12月），頁596。

71　見施懿琳：《從沈光文到賴和》（高雄市：春暉出版社，2000年6月，初版1刷），頁476。

本來。」對照虛谷的小說〈他發財了〉、〈無處申冤〉、〈放炮〉，他對日本警察的批判精神，其實是相一致的，充分表現出不畏強權的勇氣，在日治時期的臺灣文壇實屬難得。

虛谷還批評了封建禮教，如〈近感詩〉：「不知時世已推移，妄想功名繼聖賢。禮教已經流毒甚，文明猶詡四十年」。由於對封建禮教的反感，身為地主階層的陳虛谷不僅無驕矜習氣，反而能以細膩的心靈關懷農民的疾苦：「樓頭高坐看春耕，恰是霏霏雨乍晴。自覺心中增愧恨，毫無補益及蒼生。」（〈感懷〉之六）他同樣在詩作中推許爭取民權的革命鬥士：「猶記當年上演臺，滔滔雄辯雜詼諧。可憐數載拋心血，爭得民權幾許來。」（〈呈肇嘉〉）

2 我手寫我口

陳逸雄曾說：「父親舊詩的一個特色就是『白』……他的詩中處處可以看到日常用語，大都平明而易懂，[72]」這種特色不僅上承杜甫、元白，乃至與晚清黃遵憲所倡「我手寫我口，古豈能拘牽」以及民初胡適所提倡的白話文學精神是相一致的。虛谷詩在平白的語句中表現出獨特的風格和雋永的情趣。〈內田總督撤職有感〉、〈警察〉詩，以幾近口語的詩句針砭時弊。一九四〇年所寫的〈偶成〉詩：「葉落蕭蕭卷地來，北風吹過雁聲哀。太陽卻亦寒酸甚，無力支撐云霧開。」表達了對「太陽國」——日本的諷刺之意，與他小說〈榮歸〉最末的「落日」意象可遙相呼應，以平白語句和曲折筆法表達對執政者的批判者。〈春柳〉詩「楊柳垂絲萬萬條，含煙帶露不勝嬌。看他一識東風面，便失矜持自動搖。」對諂求權貴、媚日求榮者毫不保留地予以批評，與其小說〈榮歸〉中對王家父子的諷刺異曲同工。

---

72 見陳逸雄：《我對父親的回憶》，《陳虛谷選集》（臺北市：鴻蒙文學出版公司，1985年10月初版），頁501。

由此可見，虛谷的舊文學骨子裡其實貫串著新文學的抵抗與批判精神，只不過是以更精簡、含蓄的方式來表達而已。

除了諷刺時政，虛谷亦喜以「白描」手法表達內心世界。如〈觀日人祝戰勝有感〉詩，以棄地遺民的心情，寫殖民國戰勝自己祖國時的痛苦心情：「捷報頻傳奏凱歌，三呼萬歲震山河。前朝父老今猶在，不信無人掩涕過。」作品雖平白如話，卻能在平淡中表現雋永的韻味，在淺白中蘊含深刻的道理。不流於陳腔濫調，矯揉造作。

3 著重形式但不拘泥於形式

他的文言詩歌以內容為重，格律是為內容服務的。如〈送別〉：「三年滯異域，兩度見君來。此情良足慰，但恨不同回」；〈學書〉：「學書窗下興偏長，時有微風送午涼。片片飛花落硯上，寫入吟箋字亦香」均不受形式的拘束，可見虛谷已將新思想注入其文言詩歌。

三　楊守愚

楊守愚與賴和為文言詩社「應社」社友，相交至深。楊守愚的漢學老師郭克明是無政府主義者，受其影響，楊守愚亦有無政府主義的傾向。楊守愚創作數量極多，頗能夠表現他對社會現象的觀察和批判。據臺灣學者施懿琳統計，目前所能看到的楊守愚作品有：小說四十七篇、戲劇一篇、隨筆三篇、新詩五十二首、古典詩兩百一十多首[73]。

其文言詩作主要有：〈農村什詠〉（1935）、〈戲筆〉（約1931）、〈感事漫詠〉四首（1937）、〈應社創立小集賦呈在座諸公〉（1939）、〈祝櫟社四十週年紀念〉二首（1941）、〈東亞大戰中次笑儂偶成韻〉（1941）、〈秋懷〉（1941）、〈雪峰同社將移居和美賦此奉贈〉（約

---

73 該數字參見施懿琳：《從沈光文到賴和》（高雄市：春暉出版社，2000年6月，初版1刷），頁517。

1941）、〈應社三周年紀念感作次韻笑儂〉（1942）、〈輓懶雲社兄〉四首（1943）、〈大暑小集笑儂雙儂閣見壁間應社寫真追懷故友懶雲並以志慨〉（1943）、〈病中追憶亡友懶雲〉（1943）、〈無聊之餘追憶懶雲並懷云鵬石華〉（1943）、〈中秋觀月之會相繼十有二年今以懶雲逝世會亦中斷月圓人缺能無孤獨感因成是作〉（1943）、〈中秋前兩夜閒步偶作〉（約1943）、〈聲社創立三周年紀念賦祝〉（1943）、約一九四三年寫作〈追懷〉；〈暮秋遣興〉（1943）、〈萊園雅集〉（1943）、〈應社大暑雅集〉（1943）、〈大暑雅集吟興未盡續成一律〉（1943）等。

　　一九三七年四月，日本當局廢報章雜誌漢文欄，楊守愚只好停止了國語（白話）小說與詩歌的創作，再度轉回他原先稔熟的舊詩領域。楊守愚文言詩作品就目前所見有兩百一十餘首。由於文言詩歌形式對創作內容的制約，再加上日本統治當局在一九三七年的高壓，楊守愚文言詩的寫作對象範圍不及國語（白話）文學廣，較少涉及底層農工，而是較多著筆呈現知識階層的生活面相及內心世界。寫於一九三七年六月的〈感事漫詠〉四首，即從負面的角度批評當時未能堅持理想，反而忝顏媚日的御用文人：

　　　　誰說男兒熱血多，五分鐘後便消磨。美人關與黃金窟，幾個能
　　　　從此裡過。忍將大局殉私情，雙手瞞天信可驚。道是良心猶未
　　　　泯，竟拋正義供犧牲。莫道文章不值錢，世風今已異從前。欲
　　　　高身價原容易，學寫歌功頌德篇。如云變幻慨人心，往事思量
　　　　悔恨深。一自得來新教訓，聽言觀行始於今。

　　此外，楊守愚也有為數不少的作品，是從自己的生命經驗出發，深刻地反映了當時臺灣知識階層的內心感受，比如一九二三年至一九三七年擔任塾師時所寫的〈戲筆〉詩，內有「授徒只為消閒計，早課無多六七人。」句，蘊藏了一九三〇年代關懷漢文化的知識分子相當

深的無奈和感傷。日據晚期，楊守愚有詩刻畫物質生活的困窘：

> 日擁書城坐，渾如避世人。懶嫌酬應雜，病覺故交親。有酒難
> 成醉，無饁恰稱貧。春風期不遠，勉保歲寒深。(〈漫興〉)

日據晚期臺灣知識人所受的精神折磨，亦不亞於物質貧乏的痛苦。楊守愚有〈感懷〉詩，將中年失志的心情刻畫得相當深刻：

> 人到中年感慨多，雄圖壯志付消磨。生涯愧我終如蛙，坐聽蕭
> 蕭鬢漸皤。(之一)

從楊守愚的寫作成果來看，一九三七年四月日本禁漢文欄之前，他的國語（白話）文學創作數量一直相當多。創作中心轉移到文言文學之初，楊守愚其實還對文學充滿了期待，一九三九年與賴和、陳虛谷、楊笑儂等人組織文言詩社「應社」時，楊守愚有〈應社小集賦成在座諸公〉，寫出了與志同道合者談詩論文的快慰。但是，隨著一九四一年太平洋戰爭爆發，殖民當局加強了對作家寫作內容的干涉，乃至有「皇民文學」的產生。面對這樣的文化困境，楊守愚的心情極端壓抑，苦痛鬱悶顯露於字裡行間：「局處非常敢苟安，蒼生霖雨歎才難。更無射虎雄心在，空有憂時血淚殘。／／花事潛從杯裡老，山容愁向月中看。亂離此日交遊少，相對寧辭竟夕歡。」(〈東亞大戰中次笑儂偶成韻〉，1941年)

不做迎合時局的作品，將為執政者所不容。但是，「詩非得意吟何必，醒既無聊醉亦同」(《萊園雅集》，1943年)、「窮達之間能委命，性情之外諱言詩」(〈追懷〉，1943年)，表明他不願做這樣的妥協。他持守自己的文學創作理想，不為文造情、勉力而為，他追求表現出自內心的感受和真實的性情。

　　楊守愚也作了一些表達對女性地位的尊重和希望她們起而爭取女權的詩作。如〈告生女者〉詩云：

> 世事原來有變遷，休將弄瓦怨蒼天。不看歐美文明國，反薄男權重女權。

〈哭世妹碧云女士〉詩則是紀念一位進步女性的：

> 一燈淒絕雨餘天，紫玉無端忽化煙。應是女權蹂躪甚，不甘牛馬度花年……腸斷招魂莫返魂，一抔黃土淚痕新。從今女界求平等，提倡應怨少一人。

四　周定山

　　周定山（1898-1975），本名火樹，字克亞，號一吼，又號公望、鋙魂、化民、悔名生。鹿港人，積極參與日據時代中文新文學運動，多次赴大陸擔任報紙編輯、中學教員等職務。小說有〈老成黨〉、〈旋風〉、〈乳母〉等，隨筆有〈一吼居譚屑〉等，《南音》雜誌同仁。周定山赴臺祖先，世代務農，至祖父榮奎公（來臺第六代）時，始改習商，家境尚稱小康。後，其祖父於四十二歲時早逝，家道中落。[74]

　　周定山童年時候，家境十分貧寒。[75]這種早年的痛苦經驗，形塑了周定山疾惡如仇、關懷和同情底層人民的性格。一九○八年周定山入公學校就讀，課後則至私塾學習漢文。因思想獨特，別具見解，屢

---

74 參考周定山撰：《先父行述》（彰化縣：周定山手抄本，1938年）。

75 參考周定山：《三十年中之回顧》，收於周定山作品剪貼簿〈一吼敝帚集〉，轉引自施懿琳：《跨語、漂泊、釘根——臺灣新文學研究論集》（高雄市：春暉出版社，2000年6月初版1刷），頁12-13。

屢得罪塾師而遭怒斥，一九二四年周定山因廣博深厚的學問，被花壇李家聘為教師，從此棄商就儒，此舉成為生命重要轉捩點。一九二五年正月他首次前往中國大陸，擔任漳州中瀛協會兼《漳州日報》編輯等職務；五卅慘案後歸臺。一九三四年任《臺中新報》編輯，一九三五年任《東亞新報》漢文編輯。一九三八年五月到上海任職，是他第四次前往大陸。第二、三次事件及詳細活動內容不可考。周定山是臺灣文化協會成員[76]，與賴和、葉榮鐘、莊遂性等新文化者有深厚的交誼。

　　周定山將第一次及第四次前往大陸所寫的文言詩，分別集為《大陸吟草》及《倥傯吟草》，而又與其他日據時期的作品全部納入《一吼劫前集》。

　　《大陸吟草》是周定山於一九二五年，在中國內地半載所寫的詩稿。他在序文中說：「綜以舟發基隆至歸舟，都百六十二首，存七十一首，永志鴻爪也。」[77]一九二五年，周定山前往大陸擔任福建《漳州日報》編輯。臨行前，周定山作〈將之大陸感賦並留別諸親友〉：

　　　　鷦蚌堅持感喟深，中原人物久消沉。離家書每緘愁寄，作客詩
　　　　還帶淚吟。
　　　　短劍鋩侵銀炬影，繁霜寒襲鐵衣襟。世途艱險文章賤，盪氣迴
　　　　腸轉不禁。
　　　　熱腸和淚寫餘哀，護樹殘枝忍棄材。民正避兵官走賊，天方悔
　　　　禍國需材。
　　　　釣鰲自把竿磨鐵，種菜人疑箸擲雷。錦繡河山鋒鏑里，傷心紅
　　　　盡劫羊灰。

---

76 參見施懿琳：《從沈光文到賴和》（高雄市：春暉出版社，2000年6月，初版1刷），頁492。

77 見施懿琳：《從沈光文到賴和》（高雄市：春暉出版社，2000年6月，初版1刷），頁496。

　　周定山到漳州任職後，曾到過黃山、浦南、廈門、白鹿洞、潮州、汕頭、廣州，還前往廣西、雲南觀察當地瑤族的生活概況，而後到上海。到一九二五年「五卅慘案」後。他離開大陸，返回臺灣。周定山此次大陸之行，所作詩歌，內容有：

　　一、批判軍閥。如〈遊黃花崗歸寓感作〉，有「逐鹿中原皆鼠雀，殺人盈野是英雄」句。〈旅邸驚夢〉、〈兵燹之餘瘡痍遍地愴然有作〉等。廣東革命軍東伐陳炯明之役，有〈東江慘戰〉三首：

　　　難民填路哭聲號，血額村媼眼淚淘。大婦奔江兒被拉，殘軀夜
　　　負此孫逃。（其一）
　　　滿地瘡痍血濺沙，危樓傾圮夕陽斜。裂衣縈脅軍橫臥，奮臂猶
　　　能強奏笳。（其二）
　　　飛鵝嶺下血痕腥，巨壑吞屍半廢兵。聞道月薪才七兩，便將生
　　　命去犧牲。（其三）

　　二、憂心外患。如〈外患頻仍鬩牆弗息思及先烈悵然淚下卒成六章寄慨云爾〉、〈廣西述懷〉、〈閱報〉、〈詠樟腦〉、〈重遊粵東訪佩英女傑〉、〈羊城旅次〉、〈粵東沈奎閣志士惠詩依韻奉答〉、〈黃花崗弔七十二烈士〉、〈鼓浪嶼旅夜〉、〈五卅慘案書愴〉（十三首五絕詩）。其中〈五卅慘案書愴〉第十三首云：

　　　痛煞東倭種禍根，匹夫有責我何存？袖歸國辱玄黃血，訴向同
　　　胞未死魂。

其中國身分之認同立場鮮明。

　　三、諷刺權貴，同情弱者。如〈戲筆〉詩云：「吸盡民膏富，奚如乞丐榮。」〈邕寧驛〉一詩諷刺省督攜家眷乘車詩的排場。〈酒館書

見〉抨擊「香茗沾唇輕百兩，丐童號餓一文慳」的富豪。

四、同情、支持勞動者的政治觀點。如〈共朱女傑佩英坐語〉詩「自署頭銜勞動者，畏聞人竟喚先生」。而〈外患頻仍鬩牆弗息思及先烈悵然淚下卒成六章寄慨云爾〉中的兩首詩，立場更為鮮明：

> 日把槍彈血鑄錢，生無廉恥況人權；貧窮鐵索今猶昔，忍使工農跪富前？（其一）
> 剝盡勞農詡健兒，如狼軍閥更橫施；剷除世間強權者，方是生平痛快時。（其二）

一九三八年五月，周定山前往上海任職。此時上海部分地方已淪陷，其他成為「孤島」。同年七月返臺。此時期詩作收於《倥傯吟草》，共五十四首。其內容有以下幾個方面：

一、書寫自己的身分認同的尷尬、無奈與悲憤，以及緊張恐怖的心情。如《舟中度夜》：「臥吟風雨覺更長，水濺危欄夜莽蒼。巨吼波濤喧鐵馬，緊張心已在沙場。」另如〈寓次書愴〉「納涼恥傍無根草，耐冷欣開晚節花」的持守；〈生公石〉「莫信生公能說法，我來全不學低頭」的堅毅。

二、描寫戰爭的殘酷場面。如〈過吳淞〉「至今嗚咽吳淞水，猶有當年戰血腥。」〈滬寧道上〉：「驛站彈痕碎影移，車停檻褸擁孤兒；攀窗手共哀聲急，無力呼天也忍窺。」〈白骨墩〉描寫了日軍的殘忍與中國戰士的英勇：「為誰血肉委塵埃，萬里沙場擲俠身。如塔骷髏長枕藉，更無一骨肯隨人。」

三、抨擊醉生夢死的部分國人。如〈永安客邸偶成〉有「摩天樓閣填愁易，徹夜笙歌幻夢留。」句。有〈小藥攤〉由賣藥者言生發感想：「藥瓶堆滿攤，口沫飛仁義。萬病可回春，唯貪吾弗治。」〈永安舞場〉（其三）諷刺消耗時間、不問國事的紅男綠女：「聞道紅衣血漬

成，燈迷金醉未分明。一宵人斂千回舞，國步何愁萬里程。」因此而
有「大夢沉酣人未醒，一縷陰影獨支頭」的憂國心態。

四、對外國人欺凌國人的悲憤。〈軍農園〉詩描寫了日軍強征中
國青壯年充當炮灰的場面：「脫卻寒衣套軍裝，荷鋤姿勢迫提槍。綠
苗移影舐焦土，千畝蔬畦是斷腸。」〈兆豐公園〉詩題下有注：「（兆
豐公園）英人經營，門限懸牌尋丈。大書『中國人與犬不可入』。辱
國辱族，莫此為甚！」詩中難抑悲憤之情：「我疆我土闢洋場，小巧
經營數畝中。毒辣居然標假面，一園先兆國興亡。」

除了上述內容外，周定山還有一些詩作標明了自身的堅貞操守與
不忘民族的命運，個人存在的尊嚴。如〈冬日漫興〉這首七言絕句，
即道盡了出身貧寒的周定山感慨之情：「沖煙慷慨心逾壯，蹈火從容
膽詎寒。界人士仍對漢文保有一點偏好。明知弄了這玩藝拼把微軀輕
一擲，恥從末俗共偷安。」

第三節　吳濁流與葉榮鐘等人的文言創作

一　吳濁流

吳濁流（1900-1976），本名吳健田，號饒畊。新竹人。少年時受
日語教育，一九一六年就讀臺北師範學校，一九二○年畢業後從事小
學教育達二十年之久。曾任職臺灣公學校教諭。一九二七年入苗栗詩
社，一九三二年入大新吟社。「七七事變」發生後，他被日政府徵往
大陸為通譯，一九四一年赴南京，任《大陸新報》記者。一九四二年
三月返臺灣，擔任米穀納入協會苗栗出張所主任，兩年後重操記者行
業，一九四四年擔任臺灣日日新報記者。從一九四四年到一九四五
年，先後擔任《臺灣日日新報》、《臺灣新報》等幾家報紙的記者。文

學創作始於文言詩歌，一生作詩超過二千首。[78]是一位具有強烈使命感和寫實主義精神的愛國作家。吳濁流一生以詩人自詡，希望在墓碑上題上「詩人吳濁流先生葬此佳城」。[79]

在從事教職期間，他因不滿殖民當局的橫行霸道和日籍教師與臺籍教師的不平等待遇，曾多次調動轉移工作，表達他對殖民當局和殖民教育的極端不滿。一九四一年，吳濁流作〈留別栗社同仁〉[80]詩：

> 栗里文明地，難忘舊侶情。身雖千里外，夢向故園生。
> 家園拋卻去，為復舊山河。雖乏匡時計，都因熱血多。

表達了對於祖國山河的熱愛和嚮往。不久，他又帶著「為復舊山河」的願望來到了大陸。然而，他在大陸看到的卻是廣大民眾流離失所，深感「原來大陸也是日本人的天下」而大失所望。

（一）創作歷程

1 成長期

據吳濁流自述，他從四歲起便和祖父同住，直到十三歲都和祖父一同生活。[81]因此，祖父深刻影響了吳濁流，成為他童年期人格養成的典範。他自己認為，「在我的性格上，也就自然地出現祖父薰陶的結果了。」[82]

吳濁流的祖父是一位漢學修養較高的文化人[83]，他稱讚謙讓的美

---

78 參見黃美娥：〈鐵血與鐵血之外：閱讀「詩人吳濁流」〉，《「臺灣古典文學論文集」初編》（臺北市：臺灣政治大學中文系，2002年7月），頁8。

79 見鍾肇政：《鐵血詩人吳濁流》，《臺灣春秋》第2卷第4期（1990年），頁333。

80 見《文季》1983年8月號，頁4。

81 參見吳濁流：〈無花果〉（臺北市：前衛出版社，1996年），頁41-42。

82 見吳濁流：《臺灣連翹》（臺北市：前衛出版社，1995年），頁36。

83 見吳濁流：《臺灣連翹》（臺北市：前衛出版社，1995年），頁18。

德，明哲保身，與日本人保持一定的距離；平日喜歡親近自然，種花吟詩；其房間裡，貼有「退一步自然幽雅，讓三分何等清閒」的對聯。[84]謙讓的性格、漢學家修養及氣質都深深影響了少年吳濁流。祖父的朋友、鄰近書房的先生與祖父「否極泰來。總有一日，復中興」的交談話語也被幼年吳濁流牢記在心。[85]漢民族意識潛移默化地進入吳濁流的腦海。之後，吳濁流的一年級級任老師林文喚及漢文科教師詹際清也悉心培養吳濁流的漢學素養。總之，祖父、鄰近的書房先生、林老師、詹秀才等人都在潛移默化中影響了吳濁流，使吳濁流自幼便與漢詩文結下了不解之緣，他雖然從未在書房讀書，卻在其日語小說〈胡太明〉中設計了主人公進入雲梯書院就讀的情節，且小說中另一人物形象——私塾教席彭秀才，顯然是由吳濁流祖父、詹際清秀才和鄰近書房先生的原型融合而成。

2 成熟階段

吳濁流真正開始寫作漢文言詩歌，是在就讀國語學校師範部時。吳濁流在學校恰與南社社長趙雲石之子趙雅祐為同桌，跟其學得了一些做詩的規則，開始了初步的習作。[86]

一九二〇年，吳濁流自國語學校師範部畢業後，返回故鄉，任臺灣公學校教諭（照門分教場主任），教學風評甚佳，但一年半後，卻因為撰寫一篇名為〈學校和自治〉的論文及閱讀《臺灣青年》、《改造》等進步刊物，被殖民當局視為過於偏激，而遭遷調至偏僻的苗栗四湖公學校。此地有漢學素養的人不少，吳濁流因為能吟詠漢詩，特別受到地方士紳的看重。吳濁流的漢詩創作活動伴隨著與當地詩人的

---

84 吳濁流：《臺灣連翹》（臺北市：前衛出版社，1995年），頁36。

85 見吳濁流：《無花果》（臺北市：前衛出版社，1995年），頁42。

86 參見張良澤編，吳濁流著：《吳濁流作品集》《臺灣文藝與我》《我設文學獎的動機和期望》（臺北市：遠行出版社，1977年），頁10。

交遊正式展開。從一九二七年加入栗社到他三十八歲離開的七、八年間，是吳濁流從事漢文言詩歌創作的關鍵時期，在參加栗社吟會的多年間，他除了從事課題詩作外，還參與了擊缽吟會，甚至在全島詩人大會中，也有過不俗表現。參與栗社詩會的活動，使其詩歌創作技巧日趨純熟。栗社詩集史料[87]中，有他的許多早期詩作。如參加一九二九年六月栗社第二十二回詩會所寫的作品〈萬里長城〉。當時的左詞宗王石鵬（字箴盤，號了庵主人，新竹人，後遷居臺中），評為「腹聯詞意自佳，結亦比擬得體」；又如一九三○年，栗社舉辦第二十八回詩會，此次有詩鐘之作，題為「古硯、南極仙翁」，吳濁流詩云：

名顯勿忘往日硯，耆來愈仰老人星。

右詞宗王石鵬曾指出此作平仄不合處，認為「首句第三字既夾仄，第五字切不可再夾。」另外，曾任栗社書記的吳頌賢（雅齋）也曾指點其要多讀唐詩，可謂亦師亦友。[88]有一回連橫來任詞宗，在以〈落花〉為題的幾百首詩中，選吳濁流作品為冠：

連宵風雨自東來，姹紫嫣紅一抹催。無語自憐還自然，強將香艱繡蒼苔。

吳濁流受到點撥之後，對詩歌的意境，深有感悟。在這段時間，他學習到了很多的詩歌格律，也深刻體會到了漢詩寄寓幽深的妙處。

---

87 據臺灣學者黃美娥報告，栗社詩集史料，共十二冊，乃影印本，內容謄錄了日昭和四年至十一年間（1929-1936）栗社詩會第二十一回至一○三回的作品，是研究栗社創作及其活動的重要資料。見臺灣政治大學中文系副教授黃美娥：〈鐵血與鐵血之外：閱讀「詩人吳濁流」〉，《「臺灣古典文學論文集」初編》，2002年7月，頁6。

88 參見吳濁流：〈復鍾肇政君一封信〉，原載《臺灣文藝》第1卷第3期（1964年），收錄吳濁流：《吳濁流選集》（臺北市：廣鴻文出版社，1967年），頁431。

一九三四年，吳濁流因身體原因休職返家靜養。休職期間，因為路途遠隔，不便繼續參加栗社活動，但他在同年加入新埔地區的大新吟社，從而又認識了更多的吟友。〈大新吟社詩選〉中存有一首吳濁流擊缽之作，題為〈祝大新吟社〉：

> 扶輪大雅喜翻新，重見文人結契親。寄語詞壇諸健將，同將熱血振彝倫。

可見他對於文言詩歌期望很高，認為它們可以有助友情、發展文化。

一九三三年，他因復職而重返苗栗，旋即再入栗社，開始參與栗社的大小詩會活動，一九三六年左右，因故退社，並撰有〈退社感〉一詩，云：

> 淡泊生涯慣嗜詩，敢言大雅共扶持。爭魁莅苒繁華夢，退社驚題別恨詞。只待上林花似錦，誰知麗藻日披離。心忙不識文章貴，愧我難醫俗滯思。

從一九二七年入社至一九三六年退社的栗社活動階段正是吳濁流漢詩品格的養成時期。

（二）以文言詩歌作為抵抗異族文化的工具

吳濁流對於漢詩創作，不僅僅侷限於吟詠愉悅的樂趣，而且深刻體認到了漢詩本身所具有的中華文化品格。吳濁流的小說固然是「批判社會，反映現實的利器」，但文言詩歌更是其「與異族文化相抗衡

的手段」。[89]

　　吳濁流誕生之際臺灣已被日人統治。隨著年歲增長，他被殖民的痛苦與日俱增，逐漸產生了反抗的念頭與行為，這種思想歷程，在其戰後所著帶有自傳色彩的《無花果》與《臺灣連翹》的兩部作品中多有提及。他與堅守中華文化傳統的漢詩社的密切關係，表明了他的民族氣節和韌性抗爭意識。考察其心路歷程，固然與其年少時和漢學相親的種種人生經驗有關，但更具影響力的，應該是其在加入漢詩社後的耳濡目染。根據吳濁流的回憶，在當初加入栗社後，他逐漸注意到詩社成員表面上雖不敢流露出對日人統治的不服。但其實骨子裡另有氣節；因此，在入社不久，他也寫下了〈綠鸚鵡〉一詩：

　　　　性慧多機振綠衣，能言識主羽禽稀。舉頭宮闕重重鎖，回首隴山事事非。

　　此詩借詠物來自遣其「不能忍受的寂寞，以及對於心理深處的日本殖民政策的憤慨」。[90]顯然，在吳濁流心目中，詩社隱然已與民族氣節緊密相連，而漢詩也可以成為其發洩被殖民統治時不滿情緒的工具。比如，他在日據時期創作的日文小說〈胡志明〉（按：後改名為〈亞細亞的孤兒〉），小說結尾部分採取了在日語中夾雜漢詩的創作形式，巧妙地表達了對殖民統治的不滿與反抗。

二　葉榮鐘

　　葉榮鐘（1900-1978），字少奇，彰化鹿港人，後居臺中市。進日

---

89 黃美娥：〈鐵血與鐵血之外：閱讀「詩人吳濁流」〉，《「臺灣古典文學論文集」初編》（臺北市：臺灣政治大學中文系，2002年7月），頁4。
90 參見吳濁流：〈無花果〉（臺北市：前衛出版社，1996年），頁88。

本體制的公學校前，曾受漢文書房的古典文學教育。一九〇八年春入鹿港公學校。九歲喪父，家道中落。一九一七年，與鹿港好友莊垂勝、洪炎秋、施玉斗、丁瑞魚等人共創《晨鐘》。一九一八年春，由恩師施家本引薦，受知於林獻堂、林幼春、林癡仙等，一九一八年八月，受林獻堂資助赴日留學。一九二〇年，在林獻堂的鼓舞下，正式參加臺灣民族運動。一九二一年返臺擔任林獻堂私人秘書兼通譯，追隨林獻堂奔走議會設置請願運動，成為臺灣文化協會重要幹部，並隨林獻堂、林幼春等以社友身分參加櫟社活動。一九二七年初，文化協會分裂，林獻堂遠遊歐美，他也受林獻堂資助，再度赴日留學。葉榮鐘從一九二一年留日返臺到一九二七年再度赴日留學，這段時間裡，基本上是一個社會運動者。

　　一九二九年十一月底，葉榮鐘寫完《中國新文學概觀》。一九三〇年自日本中央大學政治經濟科畢業，返臺籌組「臺灣地方自治聯盟」，並任書記長。一九三一年與莊遂性、郭秋生、黃春成、賴和等創辦文藝雜誌《南音》，以提升臺灣文化水準與生活質量為目標。一九三一年秋，經於從大陸游學回來的黃春成商討，由黃春成出資於一九三二年元旦發行《南音》半月刊創刊號，提倡新文學、新文化。該雜誌的同仁有賴和、莊遂性、陳逢源、周定山、郭秋生等十二人。《南音》總共出了十二期，歷史雖短，卻在文藝界產生特殊的影響。一九三三年十月，葉榮鐘與楊肇嘉、葉清耀赴朝鮮考察地方自治制度。一九三五年入《臺灣新民報》擔任通信部長兼論說委員，撰寫社論，開始報人生涯。從此以新聞工作者的身分活躍在殖民地的臺灣直到日本戰敗投降。

　　一九四〇年，葉榮鐘被派赴任《臺灣新民報》東京支社長。一九四二年，正式成為櫟社社員。一九四三年二月，受日本軍部強制徵召赴馬尼拉任《大阪每日新聞》特派員及馬尼拉新聞社《華僑日報》編輯次長，並兼《華僑日報》編輯。一九四四年四月卸任返臺任《臺灣

新報》文化部長兼經濟部長。一九四五年春，因盟軍轟炸轉劇，攜眷
疏散，回臺中鄉下軍工寮。

　　光復之初，葉榮鐘任「歡迎國民政府籌備委員會」總幹事，策劃
臺中圖書館的文化活動，參加「光復致敬團」。二二八事件中，參與
「臺中地區時局處理委員會」等工作。二二八事件後，任職彰化銀
行，基本退出政治活動。晚年專心撰述，著有《臺灣民族運動史》、
《臺灣人物群像》等書，現有《葉榮鐘全集》行世。

　　葉榮鐘的事蹟可記者甚多，他的「跨越」[91]與「轉換」性格是他
人生的最大特色：他一生橫跨日據與國民黨統治兩個時代，在日據時
期，他幾乎參與了所有以林獻堂為中心的反抗運動；光復後，他對這
些運動作了總結，給臺灣社會留下極珍貴的紀錄。他的另一個「跨
越」性格是他跨越了新舊兩種知識分子的界限：日據時代的臺灣舊型
知識分子多以遺民自居，他們大多具有中國古代士大夫的儒家思想，
而葉榮鐘有著深厚的舊文化涵養，也接受了這種「士人」品格與傳
統，有著鮮明的「化人」思想；日據時代的新型知識分子善於吸收世
界新思潮，透過日文與日式教育瞭解新事物，他們與傳統士大夫在思
考、行動和知識結構上都有較大差異，而葉榮鐘恰恰能夠較快地吸收
新知識，就此看來，他也是一位新型知識分子。葉榮鐘第三個特殊的
跨越性格是他跨越了中日兩種語言的邊界：他不但能夠熟練運用日
文，還能以優雅的中文生動地刻畫臺灣的眾生相，在中日兩種語言間
轉換自如。此外，葉榮鐘也跨越了新舊文學的鴻溝，更跨越了臺灣新
文學與大陸新文學的界限。因此，「跨越」、「轉換」是葉榮鐘最突出
的人生特色，顯示了他性格中寬廣強韌的面相。

　　葉榮鐘學貫中、日，兼擅文言和國語（白話）文學。他更是日據

91　參見洪銘水：〈葉榮鐘論「五四」新文學與「第三文學」的提出〉，葉芸芸、陳昭瑛
　　主編：《葉榮鐘早年文集》（臺中市：晨星出版有限公司，2002年3月31日，《葉榮鐘
　　全集7》），頁19。

時期政治、社會、文化運動中的重要啟蒙者。一九三〇年代臺灣新舊
文學論戰中，他著有引起爭論的〈墮落的詩人〉、〈為劇伸冤〉等文，
曾與賴和等創辦《南音》雜誌，撰寫該刊每期的卷頭語並提出「第三
文學」的觀點。葉榮鐘的漢文學淵源，如前所述，來自文風鼎盛的鹿
港。早在少年時期就曾與洪炎秋、莊垂勝等好友刊行《晨鐘》而享詩
名；後來又加入標榜民族氣節的「櫟社」。他雖然寫舊體詩，但與吟
風弄月專事應酬的舊詩人不同，他抱定「不有真情不做詩」的態度。
從十八歲到七十八歲去世之間，六十年來做詩不斷。按理，他屬於傳
統詩人群體，但他受過現代思想的洗禮，在思想上傾向自由主義；因
此，在一九二〇至一九三〇年代的新舊文學論戰中，他曾批評舊詩人
的陳腔濫調與墮落，並催生了《南音》純文藝雜誌的創辦。然而他開
明而不極端。他雖然支持新思想、新文學，但也不完全否定文言詩。
他認為，肯定文言詩的精華，才能創造出新的有生命的國語詩。從這
種詩觀出發，他賦詩著文均注重以舊形式包裝新內容。如：

〈雨夜懷人〉（1924年2月）一詩表現了一個強者內心的細膩愛情：

蕭蕭春雨夜，脈脈寸心馳。滿腹相思苦，伊人知不知。

〈哭幼春先生〉一詩則表達了對恩師益友的真摯情感：

看天忍淚更何言，碩果於今並不存。病骨卅年肩眾望，詩才一
代仰彌尊。
常將倒屨迎寒士，曾見昂頭入獄門。近許傳箋稱弟子，傷心豈
獨為私恩。

十八歲時作所〈望月〉，表現了一個臺灣青年憂國憂民的胸懷：

傷心莫問舊山河，奴隸生涯涕淚多。惆悵同胞三百萬，幾人望
月起悲歌。

　　他的文言文作品如：雜文〈臺灣地方自治聯盟趣旨書〉發表於
《臺灣新民報》一九三〇年七月五日。也是「酒瓶裝新酒」的典範，
以舊文體形式表達新思想，言簡意賅，振聾發聵。雜文〈關於臺灣地
方自治聯盟〉，一九三〇年七月十日發表於《臺灣新民報》，本文為代
楊肇嘉執筆。[92]以淺白的文言文寫成。政論文〈臺灣地方自治聯盟宣
言〉，發表於一九三〇年八月二十三日《臺灣新民報》。

　　陳逢源（1893-1982），字南都，一字芳園。臺南市人。祖籍福建
南安縣。臺灣總督府國語學校畢業。曾加入臺灣南社，組織春鶯吟社
等漢詩社。二〇年代後成為臺灣民族運動和新文化運動的重要骨幹。
他曾任臺灣文化協會理事、《臺灣》雜誌社股份公司監督、臺灣議會
期成同盟理事。一九二三年「治警事件」中曾被捕入獄四個月。在獄
中作〈贈同獄林南強幼春〉一首：

　　　稜稜俠骨與儒香，後起誰能抗雁行。生不逢時仇黨錮，身因歷
　　　劫富詞章，才名自昔推公瑾，狀貌何人似子房。今日相逢余涕
　　　淚，楚囚無處話淒涼。

　　陳逢源在出獄後仍然堅持鬥爭，在臺南、嘉義、高雄、臺中等地
召開文化演講會。一九二五年先後任《臺灣民報》記者、《臺灣新民
報》、《興南新聞》經濟部長兼論說委員等職。一九三二年應邀參加
《南音》社，一九四二年任臺灣文藝家協會理事。主要作品有文言詩
集《南都詩存》、《溪山煙雨樓詩存》。

---

92 見葉榮鐘：《葉榮鐘早年文集》，葉芸芸、陳昭瑛主編：《葉榮鐘全集》（臺中市：晨
　星出版有限公司，2002年3月31日），頁70-71。

第四節　連橫等人的文言創作

一　連橫、洪棄生、林幼春

（一）連橫

　　連橫（1878-1936），字武公，號雅堂，別作雅棠，又號劍花，臺南人。臺灣淪日後，置身報界，加入南社、櫟社，提倡詩學，以維國粹。並立志撰寫《臺灣通志》，遍歷大陸，搜羅資料，以充實內容。歸臺後，開辦雅堂書局發行《臺灣詩薈》，保存前人遺作，厥功其偉。連橫晚年於「九一八事變」發生後，遷居大陸，後病逝於上海。著有《臺灣通史》（1918）、《臺灣詩乘》（1921），享譽全國。其詩輯為《劍花室詩集》，其文則集為《雅堂文集》。

　　此時期主要著作有：

　　一九三〇年著《臺灣俗語解》，刊於《三六九小報》，揭櫫了臺灣俗語與中國傳統語言的血緣關係。

　　日據時期，連橫還著力於搜羅文言詩文，並卓有成果。作為一位史學家，連橫在從事撰述或編纂工作時，往往以保留、廣搜文獻史料為最重要的考量。文言詩方面，較重要的有一九一七年編撰的《臺灣詩乘》和一九二四至一九二五年主編的《臺灣詩薈》。一九二四年連橫發行《臺灣詩薈》，在發刊序言裡說明了出版該刊物的目的：一是為了「追懷先德」，刊登舊詩文集，以保存舊時遺書；二是為了「念我友朋」，選刊時人的文言作品。他積極訪求前人遺稿，一九二五年編纂了《臺灣叢刊》，其中有沈光文《沉斯庵詩鈔》、孫元衡《赤崁集》、范咸《婆娑洋記》、六十七《番社采風圖考》等三十八種著作，是日據時期最重要的古籍整理成果。

（二）洪棄生

　　洪棄生（1866-1928），彰化縣人，原名攀桂，學名一枝，字月樵。日本侵占臺灣後改名繻，字葉生，號棄生。清末秀才，一八九一年（光緒十七年），以第一名考入臺灣府學。一八九五年，洪棄生曾參加抗日義軍，與丘逢甲、蔡壽星、許肇清等人，起而抵抗日軍侵略，擔任中路籌餉局委員。戰敗後，返歸故鄉，潛心著述。終生不剪辮髮，不與日本朝野權貴名人交往，「身居棄地，危言危行，於揚風雅，鼓舞民氣，不為威屈，不為利誘，以遺民終其身」[93]，後來，日吏逼迫，強行剪去其辮，洪棄生從此經常披長髮、著長袍，招搖過市，以示亡國遺民之悲鳴。表現了崇高的民族氣節。所作詩文，記述臺灣人民抗擊日寇的史實，抒發至死不渝的愛國情操。一生著作頗豐。有《寄鶴齋詩集》、《寄鶴齋古文集》、《寄鶴齋駢文集》均未刊。生前出版的有《寄鶴齋詩矕》（1917）、《臺灣戰記（瀛海偕亡記）》（1922）等，《寄鶴齋詩話》曾載於《臺灣詩薈》。此外還有《中東戰記》等。一九二一年，洪棄生遊歷大陸各地，飽覽祖國風光，期間吟詩作文，收穫頗豐，返臺後，集所作詩歌為《八洲詩草》，為文記遊則名為《八洲遊記》，一九二四年，曾在《臺灣詩薈》志上發表。《寄鶴齋詩矕》四卷，其中詩作多寫臺灣掌故，日本作家佐藤春夫大為讚賞，將洪棄生與法國大詩人印倍利亞（Charles Bouberacre）並舉。其著作共百餘卷，後人輯為《洪棄生先生遺書》（1970）出版。其詩文對臺灣的漢詩運動發生過積極的影響。楊雲萍評論說：「近代臺灣的學人之中，博聞篤學，抱樸守貞，儼然有古大詩之風的……當首推洪繻。」[94]其作品「時文駢詞，皆有獨到之處，古文亦通乎古法，於詩

93　見臺灣省文獻委員會編，張炳楠監修、李汝和主修、廖漢臣纂修：《臺灣省通志卷六》〈學藝志〉〈藝文篇〉（臺中縣：臺灣省政府印刷廠，1971年6月30日），全一冊，頁58。

94　見楊雲萍：《臺灣史上的人物》（臺北市：成文出版社，1981年5月）。

則重風格，不務奇矯。劫後借詩達志，傑作尤多」。[95]

洪棄生具有濃厚的漢民族意識，而且不懼日本殖民者的淫威，敢於針砭時政，揭露日本官吏的暴政、反映下層百姓的悲慘生活。如他的〈洋關行〉：「官吏獰獰如鬼號，背上火槍腰鐵刀；下水挽筏牽上岸，充作公貨饒爾曹」等。日本殖民當局視其為異端，必欲除之而後快。後來假借事端，將其逮捕入獄，監禁一年之久，洪棄生身心俱受摧殘，出獄後又加以憤懣抑鬱，病卒於一九二九年。

（三）林幼春

（1879-1939），字幼春，名資修，號南強，晚年又號老秋。臺中縣人。其祖父在福建為官，其父林朝選則曾任廣東候補知縣。光緒五年（1879）正月二十九日，林幼春生於福州衙前街。林幼春四歲時隨父母回臺灣。從小聰明好學，博覽群書，學貫中西，尤工詩賦，曾師從廣東三水梁鈍庵，詩境大進，在臺灣詩壇被奉為泰斗，與胡殿鵬（南溟）、連橫（雅堂）並譽為日據時期的三大詩人。曾與從父林癡仙倡設櫟社，以維國學。

一九一一年三月，梁啟超訪臺期間，寓於霧峰，在林幼春的族叔林獻堂的萊園下榻，林幼春曾與梁啟超唱酬，梁啟超贈林幼春七律一首，高度評價林幼春，將其比作中國古代有魏晉風骨的詩人庾信。

林幼春曾被選為「臺灣議會期成同盟」專務理事，在一九二三年二月第三次請願委員啟程時，有〈送蔡培火蔣渭水陳逢源三君之京〉七律一首：「一往情深是此行，中流擊楫意難平。風吹易水衝冠髮，人唱陽關勸酒聲。意外鯤鵬多變化，眼中人獸漫縱橫。臨歧一掬男兒淚，願為同胞倒海傾。」以荊軻刺秦行前之「風蕭蕭兮易水寒」作

---

95 見臺灣省文獻委員會編，張炳南監修、李汝和主修、廖漢臣纂修：《臺灣省通志卷六》〈學藝志〉〈藝文篇〉（臺中縣：臺灣省政府印刷廠，1971年6月30日），全一冊，頁59。

典，表現了愛國氣節與勇往直前的氣概，同時也表明中華傳統文化仍深植於臺灣文化人的內心。

　　一九二三年十二月十六日「治警案件」時，林幼春與其他一百七十餘人同時被捕。在獄中，他賦成〈獄中感春賦落花詩以自遣〉一首：

> 繫久懸知景物非，強開病眼吊斜暉。九旬化碧將為屬，舉國招魂未忍飛。歷劫尚當甘墮落，幾生修得到芳菲。因風寄謝枝頭鳥，極口催歸何處歸。

表現了不屈的鬥志與悲憤的心情。

　　林幼春經當局偵訊後被暫予保釋。期間林幼春有詩〈十二月十八夜〉云：

> 不知今夕是何年，聽雨懷人倍黯然。駝坐倦禪腰漸曲，蜇居風漢鬢成氈。偶尋短夢成追憶，起視寒燈照獨眠。根觸小園無限感，柳枝長恐不禁煙。

　　林幼春於一九二四年二月二十九日被當局解送臺北地方法院公判。時林幼春因病住臺中醫院，有〈二月二十八夜病院漫題〉詩四首，其中有「一擊俄張鷙鳥威，鐵山蛇犬邊成圍。」句，表示對殖民當局的憤慨與抗爭。

　　有關林幼春的人格氣節，描述得最詳盡的當屬張深切的〈里程碑〉：「林幼春……可謂臺灣近代傑出的詩人。他的詩有性靈、有氣魄……他有堅強的意志，進步的思想，雖是讀舊書的漢學者，卻跟得上時代的激流，能夠領導臺灣的文化。」[96]

---

96 見陳逸雄編：《陳虛谷選集》（臺北市：鴻蒙文學出版公司，1985年10月初版），頁183-184。

二　王松、施天鶴

（一）王松

　　王松（1866-1930），譜名國載，字友竹，號寄生，又號滄海遺民。新竹人。祖籍福建晉江，為唐末王潮的後裔。其祖父以儒學授徒，方遷居臺灣新竹。王松資質甚高，博覽古今，素以賦詩飲酒自娛，平日抱志自重，雖與權貴交往，但不失人格，由此獲得包括日本人在內的吏民的尊敬。他著作甚豐，有《內渡日記》一卷，《余憂記聞》一卷，《草草草堂隨筆》三卷，〈臺陽詩話〉四卷及《續臺灣詩話》一卷、《滄海遺民剩稿》等。

　　王松為保節操，不出仕異族，他認為「長壽無氣節，不若夭為宜」[97]，他曾作〈偶遇〉一詩云：「學書學劍廿餘年，不意瘖瘂滿眼前。報國豈宜論在位，當途更少力回天。隱憂恰為梁甌缺，守節應如趙璧全。從此癡聾無一事，免叫洗耳累清泉。」[98]詩中道出自己裝聾作啞以避日人招撫，守節如璧的處世之道。其〈山居遣興〉詩有謂「身為清節衣冠後開閩祖云不做閉門天子，自愛風流水石間。」[99]王松的人生態度，顯然有先人遺風。他誓作「清節衣冠」，至死不變，並且抱有「聞見兩朝慚逸士，滄桑百劫感孤臣」、「海濱鄒魯布衣尊，

97　〈醉吟並引〉，王國璠輯，王松著：《友竹詩集》（臺北市：龍文出版社，1992年6月），頁40。

98　王國璠輯，王松著：《友竹詩集》（臺北市：龍文出版社，1992年6月），頁41。

99　王松為唐末王潮之後裔，而王潮家中世代本務農，唐末黃巢舉事，群雄紛起，王潮乃與其弟王審知、王審邽投靠壽州王緒，迭立戰功，王緒亡後，士兵擁戴王潮為統帥，攻入福州。後各地事靖，紛紛附唐，朝廷乃任命王潮為福建觀察使，昭宗乾寧三年（896）再以王潮為節度使，加檢校尚書左僕射；次年，王潮病卒，臨終遺命其弟審知繼任統帥。王審知繼任後，朝廷隨後授其威武軍節度使、福建觀察使，累遷同中書門下平章事，封琅琊王，後或勸其稱帝，王審知力排眾議，有言「吾寧為開門節度使，不作閉門天子」。有關王潮及王審知事蹟，參見黃啟權編：《福州史話》（廈門市：鷺江出版社，1998年），頁35-38。

出處依然古道存」[100]的遺民情懷；臨終，還要其子在墓碑題上「滄海遺民王松之墓」，碑上文字也已預請「中華」名人書寫[101]，其不願成為日本子民之心昭然若揭。此外，王松對於富有中國文化色彩的道教的理想仙境和佛教的理蘊在詩歌中以大膽的藝術想像予以彰顯，增強了詩歌的民族色彩，豐富了詩歌的意象內涵，而且其詩作「愈老而彌堅，道教的比重逐漸超越了佛教。」[102]王松在割臺之初便自號「滄海遺民」以表明心跡，後又隱居「如此江山樓」，詩酒自娛，不問世事。因而被世人視為與洪棄生齊名的日據時代臺灣隱士之一。但弔詭的是，抗爭不屈的洪棄生後遭日人拘捕，鬱悶身亡，王松卻能同時獲致日本、臺灣、中國三方民吏的普遍好評。[103]

一九○五年，王松發表了〈臺陽詩話〉。此後，又有詩作出版。一九二五年，王松將其二十一歲至五十歲間所作詩篇，包括〈四香樓餘力草〉及〈如此江山樓詩存〉匯集成冊，送至上海由劉承干代為出版，名為《滄海遺民賸稿》，該書內容憂世憤俗，表現了鮮明的民族意識，運臺時被日本當局禁止發行。而《友竹行窩遺稿》一書，則是他去世之後，由其哲嗣奎光委託王石鵬編輯出版，匯羅了他少時及乙未後作品，其中主要是他五十歲至去世前的詩作。[104]

〈臺陽詩話〉由王松自費在臺灣日日新報社出版。書前有日本漢學家紿山衣洲的序文，出版後深獲日本高官讚譽，此後在官方《臺灣日日新報》上，便逐漸出現王松的相關訊息，王松的詩名大噪。劉承

---

100 〈五十初度〉，王國璠輯，王松著：《友竹詩集》（臺北市：龍文出版社，1992年6月），頁78、79。

101 參見王松之子王奎光、王承祖所撰訃文，文見王國璠輯，王松著：《友竹詩集》（臺北市：龍文出版社，1992年6月），頁159。

102 楊淑玲：〈王松詩歌與道教〉，（www.ncku.edu.tw/~chinese/journal/JRCS/avant）。

103 參見黃美娥：〈日治時代臺灣遺民詩人的應世之道——以新竹王松為例〉，「加州大學聖塔芭芭拉校園2000年臺灣文學國際研討會」論文打印稿。

104 按：以上二詩稿，龍文出版社又於一九九二年六月將二者合印出版，總名為《友竹詩集》。

干、吳曾祺、施士潔、邱菽園、鄭家珍、陳槐庭、連橫、林紓、丘逢甲、永井甃石、籾山衣洲等中國大陸、臺灣、日本的名人，均曾為文讚賞；尤其王松的上述動作，不僅表示其進入了日本殖民政府的出版文化體制，也使其原本傾向孤處自絕的遺民生活態度有了不同，其間的轉變，實屬遺憾。由於好名之心作祟，再加上雄心壯志難滅的心情間或作怪，所以王松面對日本政權的邀聘雖然還能理智婉拒以守節，但日復一日，在日本政權統治益趨穩固下，王松對日人情不自禁示好的情形也就發生了。

在王松眼中，日本原是蠻夷之族，為了抗拒日本殖民，他選擇以遺民的身分終了一生，堅守中國士子應有的氣節。不過睽諸王松詩作，其詩集內容大多抒發個人身處異族統治的無奈情緒，未見正面批判日人治臺暴政或施政缺失的寫實之作；更特別的是，王松若干刊登於當時報刊而後未收入集內的佚作，甚至出現不少歌詠日本政權或官員的聲音，有異「遺民」的行為典範。例如一九二三年（日大正十二年）昭和皇太子視察臺灣時，王松有詩云：「天風吹下朵雲紅，鶴駕飛來若木東。千里婆娑開博望，五州民物繫深衷。隨車且慰為霖願（時方早啟行日大雨），補袞咸思贊日功。不獨覃思歌少海，宸遊樂事眾心同。」[105]他筆下的日皇太子體察民情，又能輔佐日皇，由此塑造了一個德才兼備的形象。

考察王松的生存狀態，可以發現，他雖有親日動作，但卻抱持「遺民」身分終老；雖寫有歌頌日本政權或文化的詩文，但在實際生活中卻又能拒日之聘；日據初期雖曾為日據當局做過「招安緝匪」的工作，但事成之後便過起隱士生活；與權貴有較深的交誼，但又能抱道自重，吏民敬之。由此看來，王松有其獨特的應世之道。

王松〈乙丑元日試筆〉云：「閱歷浮生六十春，屠蘇又醉履端

---

105 參見《臺灣日日新報》第8234號，大正12年（1923年）4月26日。

辰。保家明哲遵先訓，處世賢愚任後人。景物幾回今昔異，河山無恙
歲時新。衰頹萬事拋身外，守我生平一味真。」[106]道出自己的進退之
道。閱歷六十年的滄桑歲月，他歸納出「保家明哲遵先訓」、「守我生
平一味真」，便是其在滄桑世變下，為人處世的最高原則。作為王松
知交的連橫，評價他說：「……王君友竹先生，……其出而與世接
也，縱懷自任。適可而止，不以利害中於中，而貧富易其節。蓋士之
所處雖不同，而樂天任性無往而不自得也。」[107]認為王松行事大抵能
「縱懷自任，適可而止」，且其心中有一最大判准即一「節」字，凡
事恪守於「節」，其他雖樂天任性為之，也會無入而不自得。

　　時人對於這位自知進退之道的「遺民」有著截然不同的評價。日
人的看法可以豬口鳳菴賀王松六秩生辰的祝壽文字為例。豬口鳳菴的
賀文，對於王松超然塵表的隱士風範，表達了強烈的景仰之意，並且
強調王松雖在割臺之後自稱「遺老」以應世，但卻是「勝朝遺老異頑
異」。

　　在日人的體會下，王松是一位「迥異殷頑」的遺老，在中國大陸
與臺灣人士的眼中則恰恰相反。大陸文化人劉承干[108]和臺灣文化人陳
梅峰[109]都認為，王松是不慕名利、自甘隱逸，謝絕徵聘、具有氣節的
遺民，而給予極高的讚揚。

　　王松相較洪棄生、許夢青、林幼春、林癡仙顯得獨善其身，而其
個人創作如〈臺陽詩話〉雖有保存臺灣文獻史料的歷史意義，但其詩
歌創作的內容，大抵欠缺對社會時局的積極關懷或批判；不過究其一

---

106 王國璠輯，王松著：《友竹詩集》（臺北市：龍文出版社，1992年6月），頁140。

107 〈王處士友竹先生五旬壽序〉，王國璠輯，王松著：《友竹詩集》（臺北市：龍文出
　　版社，1992年6月），頁103。

108 見劉承干：〈滄海遺民剩稿序〉，王國璠輯，王松著：《友竹詩集》（臺北市：龍文
　　出版社，1992年6月），頁1。

109 陳梅峰：〈壽王友竹先生六十〉，《臺灣日日新報》第9213號，大正14年（1925年）
　　12月30日。

生的行誼，相較吳德功、蔡啟運，則又較具遺民文人的反同化的守節精神。

　　王松作為遺民隱士，就其個人的自我身分表白，或兩岸三方的評價，皆許其具高節，但觀察其畢生心境，在「認同出現流動狀態」[110]時，仍能自知進退，一生大抵尚能守節，且題墓明志，是一位「大德不踰閑，小德出入可也」[111]的遺民詩人。

（二）施天鶴

　　施天鶴[112]（1870-1949），字梅樵，又字茂才，彰化人。祖籍泉州晉江。少時學於溫陵（按：今泉州），縣府諸試，皆受各主司特達之知。乙未之亂時，曾避亂晉江，事後回歸故里，遂以詩酒自娛。其詩古今體、五七言俱備，舊體詩無體不工，詩名聞於遐邇。後轉徙臺中等地設帳授徒。著有《卷讀閣詩草》。其父施家珍，字貽儒，號聘廷，誥授奉政大夫儒學正堂。施天鶴和他的父親一樣，「聰明天授，豪放天生」。清光緒癸未科進士、欽點戶部主政的臺灣詩人蔡壽星，把他比為阮籍、李賀：「……操文章之月旦，擅裙履之風流。李賀嘔心之句，與日月而長明；阮籍泣血之歌，並江山而不朽。」王竹修在〈鹿江話集序〉中，也極讚施天鶴，說他「天稟高超，學力純粹，兼精書法，尤長檢討。古風遒勁峭拔，恍似白香山；近體則藻麗英華，直追杜甫」。施天鶴在臺灣名噪一時，他主持「碧山吟社」講席，集合許多詩壇吟友，還幫助過中國詩文之友總編輯林荊南在光復初創立「臺灣詩學研究會」。在此之前，他對日本殖民者在臺灣施行的奴化

---

110 參見黃美娥：〈日治時代臺灣遺民詩人的應世之道——以新竹王松為例〉，「加州大學聖塔芭芭拉校園2000年臺灣文學國際研討會」論文打印稿。

111 參見黃美娥：〈日治時代臺灣遺民詩人的應世之道——以新竹王松為例〉，「加州大學聖塔芭芭拉校園2000年臺灣文學國際研討會」論文打印稿。

112 有關施天鶴生平，詳見曾閱：〈施天鶴〉，《泉州晚報》（海外版），2001年11月13日。

教育政策，感到非常氣憤，曾寫了一篇絕句給日本詩人施之東部郎：
「奇才甘自老蓬蒿，刻畫文章一代豪。眼底滿填滄海淚，相逢何日話
牢騷。」施天鶴出生在臺灣，卻曾為一個素未謀面的大陸八十二老翁
作贊致詩，說這是「佳境分明啖蔗中！」表現了他根深蒂固的宗親觀
念和對祖籍地水源木本的深情。施梅樵的著作主要有：第一部詩集
《卷籜閣詩草》；第二部詩集《鹿江詩集》（王竹修作序）輯《卷籜閣
詩草》未收詩篇。另外，施梅樵還選輯、刊印了《丘、黃二先生遺稿
合刊》（一九二五年後），集丘逢甲，黃遵憲詩。此集中有《臺灣行》
等抗日詩歌。施梅樵不顧日人忌諱，將丘、黃二先生遺稿並為刊出，
可謂氣節超群。

　　施天鶴詩作善用典，如〈秋懷，次丘仙根韻〉（八首錄二）：

　　　掀天揭地志難酬，人海身藏四十秋；落魄懶彈馮子鋏，遣懷思
　　　上庾公樓。
　　　舞衫臺榭成春夢，煙雨湖山入釣舟；袖手棋枰看結局，蓬壺水
　　　淺約同遊。

　　又富民族氣節。如〈六十放歌述懷〉：

　　　我欲乘舟西向入黃河，河流九曲生層波；有時蛟龍或起立，聽
　　　我橫槳高嘯而狂歌。我欲一入商山採紫芝，四皓物化已多時；
　　　琴書幾席空陳述，室邇人遠徒奔馳！我欲依傍浣花一結屋，草
　　　堂之外千章木；及今家世幾遷移，何處覓得遺書讀？我欲杖頭
　　　掛錢沽美酒，新豐市上尋屠狗；委巷壯士氣激昂，欲談時事為
　　　掩口。我欲月下橫琴歌樂府，一時眠鶴齊起舞；盛世元音久不
　　　聞，一彈再鼓淚如雨！我生記在同治庚午年，今年又逢昭和之
　　　己巳；酸辛世味已備嘗，滄海種桑經熟視。未成功業已白頭，

徒博虛名雕蟲技；甲子干支曆已周，不富不貴俗兒鄙。生成傲
骨自嶙峋，未敢徇人以枉己。螟蛉蜾蠃半人間，傾家沽名驕鄉
里；旁人爭笑沐猴冠，□然面目不知恥！妒忌還多婦女心，只
好大言欺孺子。我與若輩久割席，防卻穢氣汙杖履。老夫嫉惡
本如仇，詎以乞憐日搖尾；懲一儆百其本懷，斧鉞還須資野史。

施景琛[113]非常仰慕施天鶴的風範，曾經兩度到臺灣造訪不遇，施
天鶴聽到這個消息，深為感慨，即詩寄之：「雞郡爭說翩翩鶴，可惜
緣偏一面慳。一席布帆歸去後，相思惆悵隔江天。」短短四句，既寫
人，又敘事，傾吐不盡海峽兩岸詩人情懷。施天鶴不但為人正直，學
問淵博，還喜歡輔導後學。他曾收授光復後曾被胡適讚揚過的黃金川
為女弟子。施天鶴深受時人敬重。其女弟子黃金川在〈壽施梅樵老夫
子六秩令曰〉（之四）中云：「閑云野鶴任婆娑，滄海珊瑚盡網羅。靜
墨放懷忘歲月，海邊得句嘯山河。銀鉤鐵畫毫尖健，玉粹金精妙諸
多。桃李成行來獻祝，筵前賡唱百年歌。」洪月樵在〈施梅樵詩序〉
中，對施天鶴的評價也很高，說：「君詩既豔，君字尤佳。右軍書
法，換山陰道上之鶴；僧虔筆鋒，跳魏闕天門之虎。」

三　蔡惠如、謝星樓、莊嵩、張漢、黃贊鈞、黃水沛

蔡惠如（1881-1929），字鐵生。臺中人。出身於清水鎮望族。一
九〇六年參加櫟社。一九一八年與林幼春首倡設立臺灣文社，計畫出
版《臺灣文藝叢志》，以圖普及中文，對抗殖民同化政策。三十多歲
時帶著兩個兒子到東京同去留學，成為留學青年中的「大家長」、堅
定的「祖國派」代表。一九一九年在「五四」運動影響下，於同年秋

---

113 施景琛，前清二品封典賞戴花翎，民國時歷任船政局長、市政局長、省參議員，
　　曾為教育盡力，獲獎「三等嘉禾章」。

在東京與林呈祿、蔡培火等發起留日臺灣學生的第一個民族運動團體聲應會，同年末又組織啟發會。一九二○年後參與發起成立新民會、臺灣文化協會、上海臺灣青年會、臺灣議會期成同盟等新文化和民族運動團體，歷任新民會副會長、臺灣文協理事等重要領導職務。《臺灣青年》籌建期資金嚴重短缺，他不顧所營實業困難，毅然出資一千五百元，囑託同仁：「雖是發刊一兩期也要實行。」[114]使這份「臺灣的《新青年》」得以問世。一九二四年因「治警事件」被捕入獄，出獄後堅持鬥爭。他不僅是臺灣新文化運動和民族運動的優秀領導人，而且與林獻堂、林幼春被合稱為「既具舊學修養、又具現代思想」的三人。詩詞均為舊體，卻能表達愛國民主的新思想、新感情。作品輯為《鐵生詩抄》。代表作《獄中詞》三首原載一九二五年《臺灣民報》第三卷第十七號，描寫了臺中清水父老青年不顧殖民統治淫威伴送蔡赴獄的動人場景和同案志士間在獄中互憐互勵的戰友感情，表現了作者「松筠堅節操，鐵石鑄心腸」的崇高民族精神。

謝星樓（1887-1938），名國文，號醒廬，字星樓，晚年又號稻門老漢，臺南人。工吟詠，尤擅燈謎。滄桑後，與趙雲石、謝籟軒、陳瘦雲等，組南社詩會，拾揚民族思想，後參加臺灣議會請願運動。因林獻堂一時退出陣線，而作〈犬羊禍〉以諷之。光復後其子謝汝川，集其遺詩三百首，為《省廬遺稿》。梓行於世。《省廬遺稿》詩多弔古傷時之作，如「西安事變」發生後，一九三六年末所詠「時局」絕句四首，表達了愛國情懷。

莊嵩（1880-1938），字太岳，號伊若。曾在霧峰創設革新青年會及一新義塾，專授國學，曾入櫟社，後創設鹿江大冶吟社。著有《太嶽詩草》四卷，《文存》一卷。

張漢（1888-1941），字純甫，號築客，又號寄民，新竹人。日據

114 參見張超主編：《臺港澳及海外華人作家詞典》（南京市：南京大學出版社，1994年12月，初版1刷），頁20。

時，在稻江從商，並活躍於詩壇，曾創立了傳統詩社星社、松社、柏社。著有《守墨樓詩稿》四冊，未刊稿《擊缽吟集》數冊。

　　黃贊鈞（1874-1952），字石衡，號立三居士；臺北人。日據時，曾任教師；後入臺灣日日新報社，任編輯記者二十餘年。晚年時熱心公益，倡建臺北聖廟，主刊《崇聖道德報》，闡揚儒學，不遺餘力。著有《海鶴樓詩抄》等。

　　黃水沛（1883-1959），號春潮、春星。臺北人。日據時期，畢業於「國語學校」，執教數年，轉任臺北州米穀同業公會常務理事。光復後，黃水沛被聘為臺灣省文獻委員會編纂。平素喜愛吟詠，曾與林湘沅等創立傳統詩社星社，創刊《臺灣詩報》，鼓吹詩學，對維繫祖國文化，多所貢獻。著有《黃樓詩抄》二卷。其詩多具寫實風格，以反映民生問題為主。

第五節　石中英、黃金川等女性文言詩人

　　日據時期臺灣現代文學史階段，從事文言詩歌創作的女性詩人，有黃金川、李德和、蔡旨禪、王香禪、蔡碧吟、杜淑雅等。這些詩人大致可分為三類：其一為出身書香家庭的名門淑媛；其二為與文人士子過從甚密的青樓女子（如大稻埕名妓王香禪）；其三為一般家庭出身的女性，因當地漢文先生教授女子而前往受學（如鹿港王養源創設的「芸香室吟社」諸女弟子）。在名門淑媛裡，值得注意的有：出身鹽水地區的黃金川、臺南府城的石中英、高雪芬、嘉義的李德和、臺中的吳燕生等。澎湖詩人陳錫如（男），在旗津、澎湖、苓雅各有所謂十二女弟子，而依詩文集後面那份「留鴻軒女弟子閨名列左」的名單，共有女弟子五十四人。一九二六年，他將澎湖的男弟子組成一個小瀛吟社，女弟子則成立了蓮社，陳錫如傳授給女弟子的乃以詩學為主，故其弟子蔡旨禪、蔡月華等人後來均成為著名詩人。

一　石中英

　　石中英（1889-1980），字儷玉，號如玉，生於臺南一個富戶人家。自幼受到良好的家庭教育，工於詩詞，著有《芸香閣儷玉吟草》、《韞睿軒詞草》（按：「韞睿軒」為其讀書處名）。十六歲時父親過世，母女相依為命。石中英最早[115]的詩作《有感》云：「二八椿萎愴不禁，堂前萱草幸森森。稚齡小妹猶知苦，九轉回腸萬慮侵。」[116]（1915）一九二〇年代，石中英設「芸香閣書房」教授女弟子習讀漢文，並成立「芸香吟社」教導女弟子學詩。後又立志學醫。授學學醫，一方面是為了家計，另一方面則是出於救世理想的考慮。參與詩歌吟會也是其早期重要的生活內容。她曾與施梅樵、臺中吳子瑜有較好的交往，曾參與臺南留青吟社、酉山吟社、曾北吟社、善化詩社、高雄吟社等詩社的活動，還曾參與全臺吟詩、徵詩活動。

　　一九二九年夏，石中英前往江南。其〈將之吳越書懷〉詩透露了她借此開拓視野的期望。石中英在一九二九年除夕前六日趕回臺南。一九三一年秋，又前往廈門。當時日本當局已開始壓制臺人的漢文化教學，以教授漢文為生，已不可能，於是，她離開臺灣，前往祖國內地，在閩南一帶行醫。一九三四年秋，因母病，她再度返臺。料理完母親喪事後，她於一九三五年春返回廈門，此後直到臺灣光復始返臺。

　　石中英詩歌的內容及特色主要有以下幾種：

（一）真摯的家國關懷

　　石中英的丈夫是抗戰英雄呂伯雄。呂伯雄，字冠英，臺北人。一

115　此種說法參見施懿琳：〈南都女詩人石中英及其《芸香閣儷玉吟草》作品初探〉。吳三連史料基金會：《臺灣史料研究》2000年第5期，頁15。

116　參見石中英撰，呂伯雄編：《芸香閣儷玉吟草》（臺北市：龍文出版社，1992年），卷3，頁1。

九二八年冬，在大陸組臺灣革命黨，致力抗戰。[117]一九三二年石中英所作《和冠英先生見贈原韻》、《和冠英先生再贈原玉》是兩人初識的記錄。一九三四年秋，石中英在臺灣作有〈和伯雄先生悵別原韻〉道出兩人隔海思念的深厚情誼：「隔水依然共一天，夢魂囈語枕函邊。蓬萊遍植相思樹，豈獨江南種萬千？」[118]石中英一九三一年左右與呂伯雄結婚。一九四二年石中英有〈送外子赴贛〉[119]詩，此處的「外子」即指婚後的呂伯雄。原本即具中華民族精神的石中英，在婚後更積極地投入抗日工作。

　　一九三六年之後，石中英在福州、漳州一帶，跟隨呂伯雄從事革命工作。這個階段，除了寫作與當地詩友吟詠酬唱的作品外，還更多的是關懷時局，刻寫社會實況的詩作。如寫於一九四一年的〈福州竹枝詞〉，詩題下注云：「民國廿九年福州因鬧米荒，以致自殺而投水者日有數起，人多面有菜色，情極慘痛，爰將所見寫之」。[120]如其中：

　　　倉前橋礎漪瀾多，無庫空倉奈米何？誤盡青衫紅袖客，幾將白
　　　骨斷流波。（八首之二）

　　石中英詳實地記錄了民眾在這次饑荒中的境遇，這些詩作有著鮮明的現實主義風格。此外，石中英也有許多洋溢著愛國思想與革命情操、鼓舞民心士氣的作品，如〈贈臺灣革命同志〉：

　　　悲歌慷慨日，誓死決仇時。不遂平生志，雄心總不移。
　　　光復腸如鐵，訇然風雷烈。櫻花三月紅，志士心頭血。

117　參見石中英撰：《芸香閣儷玉吟草》（臺北市：龍文出版社，1992年），卷4，頁6。
118　參見石中英撰：《芸香閣儷玉吟草》（臺北市：龍文出版社，1992年），卷2，頁17。
119　參見石中英撰：《芸香閣儷玉吟草》（臺北市：龍文出版社，1992年），卷2，頁36。
120　參見石中英撰：《芸香閣儷玉吟草》（臺北市：龍文出版社，1992年），卷2，頁32。

　　作者自注云：民國卅年辛巳秋，臺灣革命同盟會南方執行部設立
於福建漳州，並集革命志士同盟宣示。[121]

　　〈老馬〉詩以馬的出生入死、久經沙場，來反襯有些人的貪生怕
死：「逐鹿中原千里騎，破關斬將不為奇。屍山血海蹂蹄踐，愧煞而
今一老羸。」[122]筆墨酣暢，揮灑淋漓，有雄者之風，滿溢著作者的憂
國憂民情懷。

　　少女時代的石中英即胸懷大志。此時期的詩作也時有家國感懷。
如她與女伴同游安平時的詩作〈次嫩玉妹游安平原韻〉之二云：「海
色山光眼底收，人間始信有丹丘。草雞啼罷英雄逝，望斷東寧百結
愁」[123]。此後，到了一九二〇年代，石中英已有詩對當時文化抗日者
的活動進行記錄與批判，〈演說〉詩云：「大陸思潮已變風，滔滔碩士
各爭雄。可憐捫舌人猶在，苦口未能到始終。」[124]詩題下有注：「臺
灣在日據時代演說不得自由，時被臨監警示中止」。記錄了傳佈新思
想的演講活動在日據時期被嚴加限制的情況。一九三一年，石中英在
廈門觀覽鄭成功史蹟時，曾作〈觀笑石有感口占〉，詩云：「笑石無言
口自開，當年占畢有餘哀。騎鯨人去牛皮地，鯤島頻頻易主來。」[125]
充滿了歷史的悲情。這種以家國天下為念的「宏大敘述」，表現在石
中英對時事與歷史事件的關注上。此外，一九一五年的「西來庵事
件」十周年後，石中英有詩追懷，〈感懷〉[126]詩追懷、悼念了因武裝
抗日而壯烈犧牲的勇士們，揭露了殖民者「動即殺人頭」的凶惡面
目，痛斥日本軍國主義，心憂中國百姓。一九三三年，石中英作〈感

121 參見石中英撰：《芸香閣儷玉吟草》（臺北市：龍文出版社，1992年），卷2，頁35。
122 參見石中英撰：《芸香閣儷玉吟草》（臺北市：龍文出版社，1992年），卷3，頁34。
123 參見《芸香閣儷玉吟草》（臺北市：龍文出版社，1992年），卷3，頁1。
124 參見《芸香閣儷玉吟草》（臺北市：龍文出版社，1992年），卷3，頁19。
125 參見《芸香閣儷玉吟草》（臺北市：龍文出版社，1992年），卷2，頁4。
126 參見《芸香閣儷玉吟草》（臺北市：龍文出版社，1992年），卷3，頁19，以及《芸
　　香閣儷玉吟草》，卷3，頁3。

慨〉詩批評國人未能團結一致抵抗外侮，反而軍閥混戰、骨肉相殘。詩云：「竟將外患付東流，鬥狠牆中遜一籌。已未臨崖能勒馬，又無肉坦認前羞」。[127]此外，一九三五年寫於泉州的〈臺灣淪陷四十周年有感〉、〈追懷臺灣革命先烈〉，都表達了對抗戰先烈的懷念和作者本人的反殖民反侵略的戰鬥精神。上海淪陷時所寫〈詠八百健兒殿後〉，歌頌了八百壯士的捨生取義的愛國精神：「為國捐軀出至誠，同仇敵愾豈偷生？裹屍馬革真無愧，誓滅倭奴天下平」[128]。

（二）女性情感的真實書寫

石中英的詩歌寫作亦有女性所獨具的筆調，描寫女性細膩的內心世界，婉轉幽微，頗見纏綿細緻。如〈情絲〉：「儂心非是春蠶繭，底事絲絲斷複連？莫怪並刀終不利，只緣百結未甘殲。」[129]〈無題〉寫女子的剪不斷、理還亂的纏綿相思：「欲結同心矢靡佗，無端連理不交柯。相思從此云天杳，默默牽來血淚多」[130]〈春慵〉寫望斷秋水的女子的內心苦悶與寂寞：「鏡裡慵妝照鬢斜，懶將蟬翼貼梅花。畫眉頻喚人何在？蕭瑟窗前只自嗟」。[131]〈閨思〉[132]則深刻傳神地刻畫了女子幽微的心境。

這些描摹女性特有情思的閨秀詩，其柔豔細密的筆觸，為女性詩人所獨具。另如〈春妝〉詩：「料峭春風喚畫眉，怕它啼破綠楊枝。

---

127 參見《芸香閣儷玉吟草》（臺北市：龍文出版社，1992年），卷2，頁12。

128 參見《芸香閣儷玉吟草》（臺北市：龍文出版社，1992年），卷2，頁16。

129 參見石中英撰，呂伯雄編：《芸香閣儷玉吟草》（臺北市：龍文出版社，1992年），卷3，頁19。

130 參見石中英撰，呂伯雄編：《芸香閣儷玉吟草》（臺北市：龍文出版社，1992年），卷3，頁2。

131 參見石中英撰，呂伯雄編：《芸香閣儷玉吟草》（臺北市：龍文出版社，1992年），卷3，頁4。

132 參見石中英撰，呂伯雄編：《芸香閣儷玉吟草》（臺北市：龍文出版社，1992年），卷2，頁5。

啟奩細把篦痕抹，雲鬢輕梳不染塵。」[133]充分表現了細膩婉約的女兒風貌。詩中的「畫眉」是「一語雙關，一為實指的畫眉鳥；一則影射能共享畫眉之樂的理想郎君」。[134]此「畫眉」意象另見於石中英的〈畫眉逐貧〉，詩云：「鎮日憑軒喚畫眉，九嶷潑墨黛生悲。春山半甲剛行運，一筆青螺代補之。」[135]借女子描眉畫妝此一日常細節，抒寫女子內心真實的情愁閨怨。追根溯源，石中英引「畫眉」入詩，當借鏡於唐代張籍「妝罷低眉問夫婿，畫眉深淺入時無？」詩句。

　　石中英還有諸多詩作書寫了她與閨中好友的姊妹友情。如寫於一九一六年左右的〈次嫩玉妹游安平〉，寫與友人同游之樂。寫於一九二七年左右的〈次碧香詞妹將之申江留別原韻〉為其與同性詞友的酬答詩，屬於贈別性質的作品，字裡行間充滿依依惜別之情。

　　一九二九年，石中英驚聞母病，匆匆自江南趕回臺灣時所作的〈留別玉衡妹〉，也屬於此類贈別詩。詩中寫出了詩人無奈地告別事業、告別友人時的濃厚的淒傷。

　　石中英最推崇的女性友人，是她一九三七年在福州認識的才女黃桂香。從一九三七年四月二十八日到五月九日，石中英共寫了二十六首詩給黃桂香的贈詩。其中〈贈黃桂香女士〉「久慕芳名貫耳聽，雞窗讀盡五車零。三元才學君能紹，不愧先賢作典型。」[136]當為初識之時的恭維之詞。一九三七年五月一日，石中英作有六首〈再贈黃桂香

---

133 參見石中英撰，呂伯雄編：《芸香閣儷玉吟草》（臺北市：龍文出版社，1992年），卷3，頁4。

134 見施懿琳：〈南都女詩人石中英及其《芸香閣儷玉吟草》作品初探〉，（http://140.116.14.95/teacher%27s-papers/t001.doc）。

135 參見石中英撰，呂伯雄編：《芸香閣儷玉吟草》（臺北市：龍文出版社，1992年），卷2，頁22。

136 參見石中英撰，呂伯雄編：《芸香閣儷玉吟草》（臺北市：龍文出版社，1992年），卷2，頁23。

女士〉，其中有「驚心詞賦過南華」[137]詩句，對黃桂香已非應酬的恭維，而是發自內心的欽佩。第三首云：「異想天開豈不癡？胸無滴墨伴吟詩。推敲自愧枯腸澀，鴉唱真同彩鳳隨。」更是自愧弗如的感歎。石中英在大陸期間與黃桂香結下了深厚的情誼，寫下了許多情深意重的詩歌，石中英即通過此類傾訴心事的賦詩酬唱，與其她女性詩人建立起了知心情誼。

（三）不讓鬚眉的巾幗氣概及自我價值的肯定

石中英出身府城世家，而又自幼喪父，因此必須負擔起家庭重擔。但她不是以傳統女性的針黹女紅等手藝，而是通過教學、行醫來安身立命。婚後，她又協助丈夫呂伯雄，投身於抗日工作。可以說，石中英是一位不讓鬚眉的巾幗英雄。而石中英對自己的能力與才華也有一定程度的自信。一九二〇年代，她倡立的芸香吟社成立時，作〈和挺齋君祝敝吟社成立原韻〉云：「詠絮何能枉負名，賡詩敢比玉壺清？狂瀾欲挽羞才拙，草創騷壇樹崁城。」[138]以古代才女謝道韞自比。石中英早年曾有〈舌戰〉詩，盛讚才學遠超男兒的謝道韞：「小郎辭屈意難伸，局促何堪揮汗頻。嫂氏才雄能辯眾，粲花妙語解圍人。」[139]其中當有石中英對自我的期許。

這種自信與自我期許，不只表現在她對於漢文化的傳承上，更表現於其精忠報國的志向抱負。如〈和沙侖君感懷原韻〉云：「漫說深閨都弱質，裙釵輩出志眠薪。」[140]〈和冠英先生再贈原玉〉云：「漫

---

137 參見石中英撰，呂伯雄編：《芸香閣儷玉吟草》（臺北市：龍文出版社，1992年），卷2，頁23。

138 參見石中英撰，呂伯雄編：《芸香閣儷玉吟草》（臺北市：龍文出版社，1992年），卷3，頁16。

139 參見石中英撰，呂伯雄編：《芸香閣儷玉吟草》（臺北市：龍文出版社，1992年），卷3，頁7。

140 參見石中英撰，呂伯雄編：《芸香閣儷玉吟草》（臺北市：龍文出版社，1992年），卷3，頁18。

說弱閨難展驥，鬚眉比比亦皆同。」[141]〈五十書懷〉（1939）云：「癡魂九死終天恨，烽火中原遍地驚。何日心平歌大衍，弱閨猶願作干城。」[142]〈奉和呂民魂先生五十壽辰自敘瑤韻〉：「豈獨男兒能報國？弱閨亦曾讀春秋。自慚禿筆難飛舞，徒抱盈盈戚女憂。」[143]在在申訴了自己不讓鬚眉的能力與抱負。

在臺灣日據時期，石中英能夠用漢語書寫詩作，已屬少見，但她還能夠憂時諷世，振聾發聵，更是難得。

二　黃金川

黃金川（1907-1990），臺南人，出身名門望族，周歲喪父，由母親撫養成人。其母雅好詩詞，金川深受影響。年幼即隨母負笈日本留學，受才貌雙全、品味卓絕的母親蔡寅[144]影響。一九二四年歸臺後積極參與詩社聯吟活動，聞名文言詩壇，有「三臺才女」、「不櫛秀士」之稱，著有《金川詩草》、《正續合編金川詩草》等書。

黃金川是陳啟清的繼室，由此而稱陳黃金川。她還是政壇名人黃朝琴之妹，以閨閣詩人聞名於世。其詩作風格清新淡雅，內容上呈現出迥異於男性文人的性別觀照，在「憶母」、「孝親」、「女子思歸」等傳遞女性生活經驗與情思的題材上，多有極其細緻的表現。在乙未割臺後，臺灣漢文言詩壇崇尚抵抗意識和民族精神的「宏大敘事」，而

---

141 參見石中英撰，呂伯雄編：《芸香閣儷玉吟草》（臺北市：龍文出版社，1992年），卷2，頁11。

142 參見石中英撰，呂伯雄編：《芸香閣儷玉吟草》（臺北市：龍文出版社，1992年），卷2，頁30。

143 參見石中英撰，呂伯雄編：《芸香閣儷玉吟草》（臺北市：龍文出版社，1992年），卷1，頁10。

144 按：蔡寅來自布袋地區，是地方上公認的美女，十七歲嫁到鹽水黃家為媳，十八歲生長男黃朝琴，二十歲生次男黃朝碧，二十八歲生一女黃金川後，丈夫去世，孤兒寡母接掌了龐大的家業。

黃金川的詩作卻具有空靈剔透、輕靈爽朗的清新風格。同時，在她以歌行體書寫的長篇〈震災行〉中，她也以悲天憫人的胸襟情懷，全方位描寫刻畫了一九二七年的臺南大地震，呈現出她超越個人境界的寫實觀照。黃金川少時隨家赴日，就讀於精華高等女校。十八歲返臺後，師從施梅樵研習漢學。其女陳秋蟾在「《金川詩草》重新問世——母親周年忌紀念文」中說：「母親……拜師當時最負盛名的『卷濤閣』主人施天鶴專攻漢學、詩文……施天鶴老師……逢人便津津稱讚：『金川初學作文便清晰可喜，不數月，詩思泉湧，壇坫蜚聲，人謂巾幗中之錚錚者』……」[145]施天鶴在〈黃金川女士詩草序〉中云：「……金川閩南望族，江夏世家，先人僑居臺灣，故長於斯土。幼失酖怙，惟母氏是依，髫齡隨兄朝琴、朝碧奉母遊日，負笈東都，年十八歸臺，是年游於吾門，初學作文，便明晰可喜，老宿見之，爭相嘉許，時島內詩學盛行，金川輒以詩請於余，余曰善。不數月，詩思泉湧……去冬，余六十初度，金川不憚長途跋涉，登堂祝壽，並袖其詩草乞餘序言……近今女子中有如金川之學問者匪難，如金川之品行者實難也……」

　　黃金川的作品《金川詩草》曾由上海中華書局於一九三〇年出版。其詩歌感情細膩、情感真摯，但也不乏「對社會現實的深切關懷」。[146]其代表詩作主要體現出她的「家國關懷」。[147]其中尤以女兒情思、家庭生活的抒情描寫為勝。如〈夜思親〉：「夜夜思親兮，指暗彈。／不成寐兮，漏聲殘。／曾幾何時兮，春欲闌。／月明如水兮，不忍看。／路程遠遙兮，魂飛難。／思親淚兮，永難乾。」時人由

---

145 參見曾閱：〈施天鶴〉，《泉州晚報》（海外版），2001年11月13日。

146 見黃俊傑：〈黃金川的感情世界與現實關懷〉，《第一屆臺灣經驗研討會》（嘉義縣：國立中正大學。1992年4月）會議論文。

147 見朱嘉雯：〈日據時期臺籍女詩人眼中的家國——以三臺才女黃金川為論述焦點〉，淡江大學「中國女性書寫研討會」，1999年5月。

此以「閨秀才女」稱謂黃金川。現代人更稱其為「臺灣第一位閨秀詩人」[148]而黃金川後來又嫁入高雄大家族陳家，這個姻緣對其詩中的情思亦有影響。如她寫天真可愛的小姑的〈嬉春詞〉：「夕陽一抹射屏窗，戲把金針繡佛幢。卻笑小姑多稚氣，鴛鴦交頸刺雙雙。」呈現了女詩人纖細入微、溫柔敦厚的風格。該詩取上平聲，押三江韻，雅潔剔透，趣味盎然。黃金川後有詩三百餘首傳世，集為《金川詩草》。其詩清新細膩，夙有「鹽水三臺才女」[149]之稱，而《金川詩草》不但反映了她個人的生活世界，在日據時代惡劣的政治環境中，更成為保存傳統詩學的一線命脈，因此《金川詩草》不但具有詩學的藝術價值，也兼有不凡的時代意義。後來，陳黃金川還曾因其詩歌成就，受到過胡適的讚揚。

三　李德和

　　李德和[150]（1893-1972）女詩人、書畫家，雲林縣人。其祖上在清道咸年間出過三位武官，因此是望族。其父名李昭元，母親名廖又。

　　一九一二年李德和與嘉義張錦燦結婚，婚後，以中國傳統習俗，名張李德和，其舅翁又贈名連玉。此年任教崇文國小。同年入傳統詩社西螺茭社。一九一四年，張錦燦在嘉義開設諸峰醫院，李德和辭職在家。一九二一年設琳琅山閣。一九二六年成立琳琅山閣詩仔會於嘉義市。林臥雲、吳百樓、賴尚遜時來與會，號「三山國王」。不久，

---

148 見廖一瑾：〈臺灣第一位閨秀詩人黃金川和她的金川詩草〉，《中國文化大學中文學報》第1期（1993年2月）。

149 見許俊雅：〈三臺才女黃金川及其詩〉，「第二屆高雄市文化發展史學術研討會」會議論文，收入陳中和翁慈善基金會：《高雄歷史與文化論集》（高雄市：陳中和翁慈善基金會，1994年4月），第1輯。

150 有關李德和的作品生平，詳見江寶釵彙編：《張李德和詩文集》（臺北市：巨流圖書公司，2000年12月，初版1刷）。

蘇朗晨參加，號「四大金剛」。一九二八年，王亞南自大陸來臺時曾
造訪琳琅山閣。一九三〇年，創立連玉詩鐘會。一九三一年任鳳鳴吟
社顧問，與林玉書、黃文陶、吳文龍（百樓）講論詩文。一九四三年
成立小題吟會，以作詞為主。

　　李德和的作品種類繁多，既有抒情、寫景、記遊、品物的詩作，
又有傳統的文言散文〈嘉義交趾陶〉、風趣的日文散文〈鸚鵡善言〉。
日文寫成的追憶負笈學都士林的散文，有六朝遺風。她還致力於臺灣
歌謠的匯集整理。「她以幼小扎實的漢學根底，個人穎異的才情與興
趣，卓越的地方族望，特殊的活動能力，在漢詩領域從事耕耘，不僅
僅個別創作，也廣結朋儔，組織社團，編輯出版詩集，可以說，她一
個人在日治時期與戰後時期的經歷，就足以勾勒當時古典文學的發展
樣貌與生態，以此說她是大戰前後具十足代表性的女性漢詩人，絕非
過譽。」[151]

　　其文言詩歌主要有以下幾個方面的內容：

　　一、友情酬酢之作。如〈即和瑤韻酬聯柱先生〉、〈祝無涯大國手
太保莊擊缽占雙元〉等。一九二八年，大陸畫家王亞南訪琳琅山閣
時，她作有〈敬和亞南畫伯原玉〉、〈和王亞南畫伯蝴蝶蘭寫照原
玉〉、〈次亞南先生瑤韻〉、〈送春之日陪亞南畫伯令夫人女公子及諸先
生游公園〉、〈琳琅閣上同亞南畫伯及諸同人分韻聯吟二首〉、〈琳琅閣
上同亞南畫伯及諸同人分韻聯吟　柏梁體〉、〈琳琅閣上同亞南畫伯及
諸同人分韻聯吟　五言排律〉、〈送亞南先生歸國　二律〉（以上均為
一九二八年作）、〈亞社同人追悼王亞南畫伯秋日於琳琅山閣〉
（1932）。〈謝浩然先生題琳琅山閣題襟集〉一詩「孤山聲價重儒林，
錦繡文章惠我深。漫擬劉公知道韞，雪泥鴻爪燦題襟。」則以謝道韞
典故入詩，表示對宿儒的尊敬。

151　見江寶釵：〈編輯序〉，《耽思愛美度長年》，江寶釵彙編：《張李德和詩文集》（臺
　　北市：巨流圖書公司，2000年12月，初版1刷），Ⅱ。

　　二、遊戲之作，主要是擊缽吟詩的詩鐘形式。如她參加外地詩社活動時的詩作〈歡迎德和女士擊缽吟會（基隆書道會、大同吟社主催）〉：

　　　　生花筆（左　張李德和　　右　尾崎古村　氏選）

　　　　右三左避　德和

　　　　一枝彤管燦騷壇，意蕊曾從夢裡看。自笑彈冠非我事，塗鴉遣興日為歡。

　　她曾與詩友作了為數可觀的擊缽聯吟詩作，如，〈茶味聯吟〉：「龍泉喉潤話方長（百樓）／沁入詩脾勝菊香（連玉）／好伴知音閑領略（臥雲）／淡中幽趣當傾觴（俶縣）」；〈中秋夜逸園賞月〉：「淡亭亭畔水粼粼（百樓）／月賞秋中笑語親（臥雲）／幾朵蘆花增皎潔（連玉）／竟忘人世有紅塵（臥雲）」；〈月下追信〉（二律，嘉社課題）：「逃亡真國士。漢相最傷神。乘月求賢急。連宵策馬頻。去留爭一發。興廢感千鈞。肯並蕭君返。淮陰亦可人。國士無雙品。相君心早知。聞風人已杳。踏月馬忘疲。勝敗憑斯舉。去留決此時。登壇堪一拜。不負夜驅馳。」

　　所作詩鐘作品中，有情趣盎然的遊戲之作，如〈送錦燦君赴試口占〉：人人作詩送老張（百樓），我亦作詩送老張（俶縣）。汽笛一聲人去也（連玉），老童生真個排場（臥雲）。有弘揚民族正氣、究察歷史真相的詩鐘作品，如：

　　　　題目：岳飛　筆　　分詠格　　　詞宗　蘇櫻村、林臥雲先生

　　　　漫把愚忠汗上將　　右元／寧憑幻夢認生花　　左十五／人笑

　　　　中書無肉相　　左眼／獄誣上將有權臣　　右十一／秦檜冤罹

　　　　三字獄　　右十三／江淹才煥一枝花　　左十五／兩字精忠爭

　　　　祀像，一書褒貶仰尖峰　　右十五

　　當然也有一些價值不高的平俗遊戲之作，如擊缽聯吟〈狗頭羊肉〉：狗吠聲中人賣肉，羊吹角裡歸搖頭。（尚遜）狗輩心貪橋下肉，羊群膽怯隴西頭。（同）狗彘與人爭食肉，羊牛向我競搖頭。（連玉）狗智歲星能割肉，羊須仙客不搖頭。（百樓）狗黨狐群爭食肉，羊聲馬叫獨昂頭。（臥雲）

　　又如〈竹夫人及牛屎〉（籠紗格）：甘同清夢消長夏，得插名畫作好春。（櫻村）虛心又續三更夢，靈藥猶傳百草膏。（臥雲）百草膏粘龜鎮路，三更夢冷女橫床。（百樓）臭等羊牢堪作糞，情同執扇怕逢秋。（連玉）其中連玉（石中英）所作「臭等羊牢堪作糞」句純屬遊戲之作，格調不高，意境平俗。

　　三、關愛家庭，思念父母、關懷兒女、表達母愛的詩歌。如〈戊辰（按：1928年）暮春整理父之手澤有感〉：

　　　　黃金難買爹娘命，枕上頻揮眼淚漣。鏡月水花空幻夢，朦騰起欲把衣牽。（一）
　　　　無愁無病女兒身，反作多愁善病人。都為此書常觸眼，傷心累得減精神。（二）

〈戊午（按：1918年）履瑞謹次家翁六旬榮壽瑤韻〉：

　　　　懸弧舞彩報深恩，春滿乾坤快莫論。受訓趨庭爭繞膝，含飴點頭喜添孫。評經閱史詩多詠，煮菊餐松酒幾樽。龜鶴遐齡歡矍鑠，兒曹預卜祝金婚。

　　〈己巳孟冬初二日本院落成兼開業滿十五周年之喜筵上適蘭開並蒂之花，詠以志不朽〉：

問世懸壺十六年，鶺鴒才獲一枝遷。幽蘭也解人雙慶。並蒂花開燦綺筵。

〈長女留學臨別賦示〉（〈長女留學日本女子大學臨別賦示〉一律）：

歡愁惹我兩心交，負笈東都萬里拋。宛似新鶯初出穀，幾同雛燕遠離巢。乘風不讓男兒志，破浪偏誇姹女胞。無限前途須自重，學成歸顯故山坳。

四、參與政治和民間信仰活動的詩歌。如〈吳鳳[152]廟參詣〉：

丙子春日與黃三朋、王甘棠等數位先生同道。（按：丙子，1936年）
驅車社口踏芳塵，兒女同參拜義人。馬上威風猶凜冽，英靈千載護斯民。

五、少量的媚日之作。以文化交流為主。如〈訪小林督憲暨夫人（庚辰十月二十五日）〉（按：查，庚辰年為一九四〇年。）。再如〈府展特選蒙小林總督特賞之賜及御買上之榮謹賦志感奉呈〉：「勤修美術息機心，末技叨蒙寵賜深。特賞足為家慶寶，竭誠恭獻國防金。雄謀遠大千軍儡，德政光明萬姓欽。尤願制臺長蒞此，五州民草被甘

---

152 吳鳳（1699-1769），字元輝，福建省平和縣人。近年來有臺灣學者和臺灣少數民族民眾認為，吳鳳是日本殖民當局為便於統治所人為誇大、神化的人物。對吳鳳傳說的運用是殖民當局的一種政治策略。一九一〇年，嘉義廳長津田毅編纂《吳鳳傳》，日本臺灣總督府以建碑、編入小學教科書、改編歌舞劇等方式，把吳鳳定位為捨生取義的英雄。其目的在於安撫臺灣少數民族。

霖。」雖為領獎之謝詞，但有此媚日姿態，確為美中一憾。類似的詩作還有〈歡迎兒玉友雄臺灣軍司令官適有蘭花開放喜甚十一月朔日感賦〉等。

六、對大自然的喜愛、對自然災害的描寫。前者有〈采石歌〉、〈荷風〉、〈嘉義新八景（八首）〉，後者則有描寫一九四一年地震災害的長詩〈震災吟〉。如〈己卯新春遊關仔嶺口占〉（1940）：約伴游關嶺。攜孫上翠微。山花紅欲笑。潤石潤生輝。放眼收千景。開懷盼四圍。悠然消俗慮。夕日詠而歸。

七、閨秀詩：如〈閨中十趣〉，有〈一、吟詠〉、〈二、練字〉、〈三、作畫〉、〈四、刺繡〉、〈五、裁縫〉、〈六、彈箏〉、〈七、讀書〉、〈八、作翰〉、〈九、教子〉、〈十、圍棋〉十首。

李德和的文言散文作品有〈祝張元榮舅翁古稀壽詞〉（作於一九二六年春）等。

李德和還進行民間歌謠的搜集與整理，她整理的日據時期歌謠，內有諸多中國歷史人物及典故、故事，證明了中華文化在臺灣日據時期的民間社會裡的連續承傳。

四　蔡罔甘（蔡旨禪）

蔡旨禪（1900-1958），名罔甘，道號明慧。澎湖人，天資聰穎，自幼超拔不群，九歲即長齋繡佛。她曾隻身赴廈門美術學校深造，所以她不但詩文俱佳，而且還擅長書畫。每逢擊缽吟會或徵詩活動，或有書畫展覽徵集作品，其作品均曾入選。

蔡旨禪悟性極高，很早就學業有成，並開始設帳授徒。日據時期的臺灣閨秀詩人的主要人生目標往往不是事業有成，而是將來做個賢妻良母、專心相夫教子。而蔡旨禪有著獨特的個性，她與一般日據時期女詩人的迥異之處在於她矢志守貞不嫁。而她的家庭財經狀況，又

不允許她終生賦閒居家，因此，她必須工作，以便經濟獨立。一九二四年，她開始一面在澎湖澄源堂教授漢文，一面在陳錫如的留鴻軒學習。一九二四年底她轉赴彰化，一九二五年執教於彰化平權軒，聲名遠播，後又受霧峰望族林獻堂之聘，成為林家的家庭教師，晚年遷居新竹，先於樹林頭福吉堂設帳，後到靈隱寺修禪煉道。晚年，她回到家鄉澄源堂，病逝於澎湖。蔡旨禪在那個重男輕女的年代，靠自己的才能撫養雙親，證明女性一樣有能力與男性競爭，她曾有詩〈誓志〉曰：「厭聽志弱是釵裙，發憤攻書期出群。不怕養親惟白手，終身計也舌耕耘。」展現了巾幗不讓鬚眉的氣魄。蔡旨禪多才多藝，贏得藝文界的尊敬，被人稱為「澎湖第一才女」。其著作有〈旨禪詩畫集〉。

　　蔡旨禪的詩無論詠物、寫景、詠史，均頗具禪意，風格皆清新自然且具靈氣，與當時一般比較古板晦澀的文言詩歌相比，自出高格。如〈畫梅〉：

　　　　疏影橫斜黑色勻，如何白雪尚爭春。
　　　　自從許作林家婦，鎮日圖形索解人。

　　該詩作，用上平聲，押「十一真」韻，風格清新，高逸恬淡，跟同時期男詩人比較起來，有過之而無不及。

第四章
日據時段的國語（白話）文學

第一節　概述

一　國語（白話）文學生長脈絡

　　日據時期國語（白話）臺灣文學的發展與五四運動有著密不可分的關聯，祖國大陸的新文學運動是臺灣國語（白話）文學剪不斷的「文化臍帶」。「臺灣的文學乃中國文學的一支流。本流發生了什麼影響、變遷，則支流也自然而然的隨之而影響、變遷，這是必然的道理。」[1]一九一九年，反帝反封建的五四運動為臺灣同胞指明了方向，臺灣新文化人響應祖國「五四」新文化運動，開始了宣傳新思想的文化啟蒙運動。臺灣新文學運動也受大陸新文學運動的影響而產生，國語（白話）臺灣文學則成為大陸新文學的現代意識與中華文化傳統的結合體。國語臺灣文學從一九二〇年《臺灣青年》創刊起開始醞釀，一九二三年起基本成型，至一九四九年已相當成熟。

　　一九二〇年，留日臺灣學生組織「臺灣青年會」，創辦《臺灣青年》雜誌（後改名為《臺灣》、《臺灣民報》），指出文言文有三種弊害，主張使用國語（白話）文，並且開始刊登國語（白話）文學作品。

　　一九二〇年，《臺灣青年》創刊號刊登了陳炘的《文學與職務》一文，探討文學對弘揚民族精神的作用，饒有趣味的是，該文以文言

1　張我軍：〈請合力拆下這座敗草叢中的破舊殿堂〉，《臺灣民報》第3卷第1號，1925年1月1日。

文寫成，是舊文學形式融合新文學思想的典範。一九二一年十二月，陳端明的〈日用文的鼓吹〉在《臺灣青年》發表，這是首次主張使用國語（白話）的文章。但發表後即被查禁，於一九二三年一月重刊。一九二一年《臺灣青年》刊出甘文芳的〈實社會と文學〉（按：用日文寫作，意為〈文學與社會現實〉），文章中抨擊文言舊文學，主張具有時代性的國語（白話）文學。

國語（白話）文學作品在臺灣最早出現於一九二二年。這一年發表的國語（白話）小說有施文杞的〈臺娘悲史〉、楊雲萍的〈月下〉等。這些作品在語言運用和藝術技巧上處於嘗試階段，但具有鮮明的反帝反封建傾向和現實主義風格。

一九二〇至一九二二年為國語（白話）文學醞釀時期，國語（白話）文學作品數量較少，且多為模仿性的習作。

一九二三年一月，《臺灣》雜誌刊登黃呈聰〈論普及白話文的新使命〉及黃朝琴的〈漢文改革論〉，鼓吹國語（白話）新文學運動。《臺灣》雜誌社決定增刊全部採用國語（白話）文的《臺灣民報》。一九二三年四月十五日，《臺灣民報》在日本東京創刊。該刊的辦刊宗旨是用平易的漢文，或是通俗白話，評介時事，提倡文藝，指導社會，啟發臺灣的文化。《臺灣民報》積極介紹大陸新文學作家作品與理論，指導臺灣新文學的發展方向。曾全文轉載了陳獨秀的〈文學革命論〉、胡適的〈文學改良芻議〉。該報輸入了國語（白話）文，後來則完全取代了日文、文言文並用的《臺灣》，成為提倡、推動和普及國語（白話）文的陣地、連接臺灣與大陸國語文學的橋樑。

國語（白話）文學萌生時期（1923-1929）反對文言舊文學者逐漸增多。一九二四年施文杞〈對於臺灣人做的白話文的我見〉、前非〈臺灣民報怎樣不用文言文〉、張我軍〈致臺灣青年的一封信〉、一郎〈糟糕的臺灣文學界〉、一郎〈為臺灣的文學界一哭〉、張我軍〈請合力拆下這座敗草叢中的破舊殿堂〉、張我軍〈絕無僅有的擊缽吟的意

義〉、一九二五年張我軍〈新文學運動的意義〉等文，抨擊文言舊文
學，倡導國語（白話）新文學。大陸新文學者的文學理論也成為臺灣
新文學運動的理論基礎。張我軍曾專文介紹胡適的「八不主義」，即
言之有物；不摹仿古人；須講求文法；不做無病之呻吟；務去濫調套
語；不用典；不講對仗；不避俗字俗語。並進而提出兩項重要主張：
建設現代白話文的臺灣文學；改造臺灣方言為現代白話文所用。[2]

　　國語（白話）文學萌生時期的代表作品有張我軍詩集〈亂都之
戀〉和小說〈買彩票〉，賴和小說《鬥鬧熱》、《一桿秤仔》等。報刊
方面則有張紹賢在一九二五年十月十五日創辦了國語（白話）文綜合
雜誌《七音聯彈》。

　　隨著臺灣鄉土文學運動的開展，國語（白話）文學進入了發展期
（1930-1937）。鄉土文學是臺灣新文學的一環，體現了反抗強權、批
判不合理制度的社會關懷。日據時期它曾隨著白話文運動而萌芽。鄉
土文學作品往往將人生際遇、鄉野風情，寄寓於鄉土小人物，表達對
底層民眾的關懷。臺灣鄉土文學因為與臺灣方言關係密切，由此使臺
灣方言也受到了來自於大陸的新文化運動的浸染。

　　一九三三至一九三七年六月間，國語（白話）文學作品大量出
現，優秀作品舉不勝數，國語（白話）文學進入蓬勃發展期。一九三
五年，張深切發表了〈「臺灣文藝」的使命〉；一九三六年王錦江發表
了〈一個試評──以「臺灣新文學」為中心〉等理論文章。此時期文
藝刊物數量的增多，也促進了國語（白話）文學的發展。如臺灣文藝
聯盟機關刊物《臺灣文藝》月刊（一九三四年創辦，主編張深切），
是當時規模和影響力最大的文藝雜誌，對國語（白話）文學的發展起
了重要的作用。

　　一九三七年七月，殖民當局開始強制推行皇民化運動，禁用漢

2　參見張我軍：〈請合力拆下這座敗草叢中的破舊殿堂〉，《臺灣民報》第3卷第1號，
　1925年1月1日。

字、漢語，廢止臺灣報刊雜誌的漢文欄，強迫臺灣作家以日文寫作，使正在邁向成熟的國語（白話）文學蒙受重挫而進入戰亂低潮期（1937年7月-1945）。雖有一份中文報刊《風月報》（後改名《南方》）勉強維持，發表了一些國語（白話）文學作品，如吳漫沙〈韭菜花〉、《沙鴦之鐘》等通俗言情小說，但是受到政治環境的影響，有「皇民化」傾向。

二　國語（白話）新詩源流

臺灣國語（白話）詩歌，根源於對文言詩歌的反撥。當時有些文言詩歌無病呻吟，沒有真實情感，脫離大眾，更有以文言詩歌向統治階層獻媚者。國語（白話）詩歌主張語言形式的解放與題材內容的真實，受到民眾的歡迎。

日據下臺灣國語（白話）詩歌大致有三個發展階段：

（一）奠基期（從一九二三年十二月第一首國語（白話）詩歌寫成至一九三一年四月十五日《臺灣新民報》週刊改為月刊）：第一首國語（白話）詩是施文杞一九二三年十二月發表於《臺灣民報》的〈送林耕余君隨江校長渡南洋〉。從一九二三年起，便逐漸有更多的國語（白話）詩歌發表。此時期的國語（白話）詩歌作者主要有張我軍、賴和、林克夫、毓文等。

一九二四年三月二十五日，張我軍在《臺灣民報》上發表其第一首國語（白話）詩歌〈沉寂〉。一九二五年十二月二十五日，張我軍輯當時發表在《民報》上的白話文詩出版了臺灣的第一本新詩集〈亂都之戀〉。

奠基期國語（白話）詩歌作品大多反映了被壓迫者的反抗心聲，普遍呈現出抗爭特質，例如一九二七年《臺灣民報》白話詩徵選第一名作品〈誤認〉（崇五作）：

公園裡的躑躅花，／不論看了誰都是笑。／狂蝶兒誤認了，／──誤認做對他有深長的意思。／每日只在她的頭上飛繞，／躑躅花更是笑，／狂蝶兒呵！我說給你吧──／她的笑是冷笑──嘲笑。

該詩作中的「狂蝶兒」和「躑躅花」的意象都富有深層的隱喻意涵，字裡行間所隱藏的反諷意味使詩歌具有了獨特的韌性抗爭精神。

早期的國語（白話）詩人如張我軍、楊雲萍、賴和等的詩作都深受五四詩人，尤其是郭沫若以及胡適的影響，無論是詩作中吶喊的口吻，或是如「呀、喔、哎、喲」等情感助詞以及注音符號的運用，都可見到影響的痕跡。

（二）生長期（1931年4月-1937年6月）：此時期發表園地增多，國語（白話）詩歌延續社會寫實的路線，更傾向於抒發悲憤的詩情，傾吐精神的苦悶，進行客觀的社會批判。

一九三二年，陳逢源（1893-1982）發表評論〈對於臺灣舊詩壇投下一巨大的炸彈〉[3]，痛斥有些舊文人不但有失民族氣節，還阻撓年輕一代追求進步的國語（白話）文學的步伐。提倡創作通俗易懂、具有時代性與社會性的詩，反對寫作運用晦澀典故的貴族詩。為國語詩歌的進一步發展提供了理論支持。

一九三三年，吳坤成[4]在《臺灣文藝》上發表了處女作〈睡覺的青草〉。吳坤成的詩作主要有〈黃昏〉、〈採樟腦的園丁〉、〈奔向東方〉等，具有鮮明的現實主義風格。其中，〈奔向東方〉描寫了一個農村青年來到城市，面對城市文明衝擊所造成的目眩與心理矛盾，是「臺灣新文學中較早接觸城市文明弊端的詩作」[5]。

3　見《南音》第2、3期。
4　詩人吳坤煌之弟。
5　劉登翰、莊明萱、黃重添、林承璜主編：《臺灣文學史》（福州市：海峽文藝出版社，1991年6月，初版1刷），上卷，頁525。

　　林克夫的詩歌對社會不平等及階級壓迫現象進行了尖銳的批判。其詩作有〈失業的時代〉、〈爆竹的爆發〉、〈日光下的旗幟〉等。其詩歌著重描寫社會事件和情境，極具抗爭意識與戰鬥精神，筆鋒犀利、感情充沛，但也有「錘煉不夠，過於淺白直露」[6]的缺點。

　　毓文（1912-1970）的詩歌側重於人物形象的塑造和內部心理情感的刻畫與傾訴。其詩作〈賣花的少女〉描寫了一個不顧富人的歧視，勇於把握自己的命運的賣花少女。〈孤苦〉則傾訴了內心的孤苦。毓文，原名廖漢臣，筆名文瀾，臺灣文藝協會、臺灣文藝聯盟成員。

　　一九三四至一九三五年，國語（白話）詩歌創作內容與形式呈現多樣性。主要詩人有楊華、夢湘、楊啟東、守愚、甫三、浪鷗、浪石、陳君玉[7]、楊少民、翁鬧、史民、石榆、張慶堂等人。一九三五至一九三七年六月的國語（白話）詩歌創作則以賴和、葉榮鐘、楊守愚、楊華等人為代表。

　　（三）戰爭期：從一九三七至一九四五年，日本統治當局全面廢止報刊漢文欄，中文刊物被迫停刊，國語（白話）詩歌步入低谷。

三　國語（白話）小說創作

　　現實主義是國語（白話）臺灣文學持續性的傳統。日據時段國語（白話）小說書寫的主流筆法，是反映臺灣民眾生活、表現強烈抗爭意識的批判現實主義。其題材多為揭露殖民統治的罪惡，暴露民族敗類的醜行，反對封建婚姻，反映女性的不幸生活。

　　一九二二年四月，署名為鷗的〈可怕的沉默〉在《臺灣文化叢

6　劉登翰、莊明萱、黃重添、林承璜主編：《臺灣文學史》（福州市：海峽文藝出版社，1991年6月，初版1刷），上卷，頁524。

7　曾發表新詩〈黎明的青春〉（1935）。

書》[8]第一號發表，是為臺灣的第一篇國語（白話）小說。無知的〈神秘的自制島〉於同年發表，該小說以寓言手法揭示了造成民族悲劇的原因。

一九二四年九月十一日至十一月十一日，《臺灣民報》發表了張梗〈討論舊小說改革問題〉，開始強調創作現代小說。

文言詩人謝星樓也兼用國語（白話）寫作。一九二三年七月，他在《臺灣》發表被譽為「相當優秀的小說」[9]和「現代小說的萌芽」[10]的國語（白話）小說〈犬羊禍〉（同年八月，〈犬羊禍〉又在《臺灣民報》重刊）。

一九三一年，夢華發表了小說〈鬥！〉[11]，小說以全知全覺的敘事視角刻畫了一個賣油條謀生的孩子的不屈反抗精神。「揭露出一種奮鬥與希望的訊息」[12]並分析了其家境沒落的社會因素。所取用的國語（白話），已較為成熟，較少夾雜方言。但仍有人物語言與其身分年齡不符的缺陷。夢華，原名劉夢華，彰化人。著有小說《鬥！》、《她》、《荊棘的路上》、《美人像活了》等，另有詩作〈阿片煙歌〉。

一九三一年十月，林克夫發表了短篇小說〈阿枝的故事〉[13]，反映了日據時期勞工的悲慘生活和新一代工人的覺醒。小說將前輩工人阿枝、阿九的懦弱、麻木與阿生的覺悟相對照，並借阿生之口呼出「我們唯一的武器，就是同盟罷工，在這偌大的團結之下，那喊聲、那氣力，是超越一切的，你看五一勞動節，是多末偉大的一日喲！這

8　臺灣文化協會刊物。

9　葉石濤：《臺灣文學史綱》（臺北縣：臺灣遠景出版社，1987年），頁33。

10　劉登翰、莊明萱、黃重添、林承璜主編：《臺灣文學史》（福州市：海峽文藝出版社，1991年6月，初版1刷），上卷，頁373。

11　〈鬥！〉載《臺灣新民報》第357-360號，1931年3月28、4月4、11、18日出版。

12　鍾肇政、葉石濤主編：《一群失業的人》（臺北市：遠景出版社，1979年7月初版，《光復前臺灣文學全集2》），頁250。

13　發表於1931年10月3、10、17日出版的《臺灣新民報》第384-386期。

啟示了我們未來的勝利底趨勢。」[14]表達了鮮明的抗爭精神。林克夫（1907-），原名林金田，又名徐金田[15]，臺北人。筆名 HT 生、孔乙己，曾加入臺灣文藝協會、臺灣文藝聯盟。另著有小說《秋菊的告白》。

蔡秋桐則著有短篇小說〈保正伯〉（1931）、〈奪錦標〉（1931）、〈新興的悲哀〉（1931）。

奠基期（1922-1934）的國語（白話）臺灣小說反殖民反封建的意識相當強烈，形成了以賴和為代表的國語（白話）作家群體，為國語（白話）臺灣小說創作的進一步發展打下了堅實基礎。但也存在著「思想大於藝術、題材較多雷同」[16]的缺陷。

一九三四年起國語（白話）小說進入了發展期。如在一九三四年十一月二十五日至一九三六年八月二十八日發表於《臺灣文藝》月刊上的作品就有：懶雲（賴和）的〈善訟人的故事〉，張深切的〈鴨母〉，楊華的〈一個勞動者的死〉、〈薄命〉，朱點人的〈安息之日〉，林越峰的〈到城裡去〉、〈好年光〉、〈紅蘿蔔〉，王錦江的〈青春〉、〈沒落〉，蔡秋桐的〈興兒〉、〈理想鄉〉、〈媒婆〉，毓文的〈玉兒的悲哀〉，蔡德音的〈補運〉，繪聲的〈秋兒〉，張慶堂的〈鮮血〉，徐青光的〈謀生〉，謝萬安的〈五谷王〉，李泰國的〈分家〉、〈細雨霏霏的一天〉等。小說的藝術技巧也趨於多樣化。如繪聲[17]的〈秋兒〉[18]就運用了散文筆法來書寫小說。

林越峰，本名林海成，臺中人。十五歲公學校畢業後，又入德育

---

14 鍾肇政、葉石濤主編：《豚》（臺北市：遠景出版社，1979年7月初版，《光復前臺灣文學全集3》），頁27。

15 從母親姓徐。

16 參見古繼堂：《臺灣小說發展史》（瀋陽市：春風文藝出版社、遼寧教育出版社出版，1989年11，初版1刷），頁54。

17 繪聲，原名吳慶堂（1911-）。

18 一九三五年二月一日發表於《臺灣文藝》第2卷第2號。

軒書房學習漢文。他曾擔任電影辯士，任「臺灣文化協會」委員，並加入「臺灣藝術研究會」。一九三四年任「臺灣文藝聯盟」籌備委員。林越峰的中篇小說有〈最後的喊聲〉、〈油瓶的媽媽〉，短篇小說有〈到城市去〉、〈好年光〉、〈紅蘿蔔〉、〈月下情歌〉、〈無題〉等。林越峰的創作目的是傳承中華文化，反抗殖民侵略。他說：「我根本不知道什麼是小說，只是人家寫，我也跟著寫而已。但是當時卻抱著一個希望——就是對抗日本人，不讓異族統治，更不願漢文被日本當局禁誡，因此多寫一篇小說，就多一篇白話文，多寫一日的白話文，漢文就能多保存一天。」[19]林越峰的國語（白話）小說著力描寫在日本殘暴統治下臺灣農民的悲慘命運。〈好年光〉敘述了一個臺灣農民的生活並不隨著豐收而改善的故事，反映了在日本經濟侵略、資本入侵下農民的悲慘遭遇。〈到城市去〉則描寫農民忘八羨慕城市人的優裕生活，賣掉田產進了城，但進城後生活卻每況愈下，被迫淪為小偷。最後在偷錢時被人發現，逃跑時墜河而死。作品表明了條件優越的現代城市在殖民侵略者的掌控之下，卻成為農民們的人間地獄。

　　張慶堂，臺南新化人，筆名唐得慶。著有小說〈鮮血〉、〈年關〉、〈老與死〉、〈他是流眼淚了〉等。他的小說也以農村題材為主。〈鮮血〉寫一位農民，為躲避地主的盤剝，到城裡去拉車謀生，卻仍然難以生存。〈老與死〉則寫一位農民與女兒相依為命，雖遭警察的非人折磨，仍堅韌抗爭並生存。張慶堂小說側重於現實批判，但「洋溢著散文美」，其語言有詩化傾向。[20]

　　蔡德音（1912-1994），臺南人。興趣廣泛，對小說、戲劇、音樂、舞蹈、民間文學都有研究。《伍人報》（1930）重要撰稿人之一。一九

---

19 參見古繼堂著：《臺灣小說發展史》（瀋陽市：春風文藝出版社、遼寧教育出版社，1989年11月，初版1刷），頁77。

20 參見古繼堂：《臺灣小說發展史》（瀋陽市：春風文藝出版社、遼寧教育出版社，1989年11月，初版1刷），頁77。

三三年，他在臺北參與創立臺灣文藝協會，任〈先發部隊〉和〈第一線〉的小說、戲劇編輯。一九三四年加入臺灣文藝聯盟。主要作品有短篇小說〈補運〉（1935）、民間故事〈圓仔湯岑〉（1935）和劇本〈天鵝肉〉等。其中〈補運〉[21]諷刺了求神「補運」的迷信活動，提出了反迷信的主題。

　　一九三五年，臺灣文學運動走上新的高潮，這年的十二月二十八日，楊逵、葉陶創辦了《臺灣新文學》月刊，呼籲創作貼近現實生活的文學作品。一九三六年十二月，《臺灣新文學》雜誌刊出「漢文創作特輯」，發表了八篇國語（白話）小說：〈稻熱病〉（賴賢穎）、〈老雞母〉（尚未央，即康道樂）、〈西北雨〉（馬木櫪）、〈脫穎〉（朱點人）、〈鴛鴦〉（洋，即楊守愚）、〈三更半暝〉（廢人）、〈十字路〉（王錦江，即王詩琅）、〈旋風〉（一吼）。因為極具現實批判精神，該期雜誌被殖民政府以「內容不妥，全體空氣不好」為理由，禁止發行。在該雜誌發表的國語（白話）小說還有：賴和的〈一個同志的批信〉，洋的〈赤土與鮮血〉，一明的〈牛話〉，匪人也的〈王爺豬〉，朱點人的〈秋信〉、〈長壽會〉，徐青光的〈榮生〉，張慶堂的〈年關〉、〈老與死〉，一吼的〈乳母〉，黃得時的〈橄欖〉，曙人的〈商人〉，李泰國的〈可憐的朋友〉，柳塘的〈有一天〉、〈轉途〉，馬木櫪的〈西北雨〉，廢人的〈三更半暝〉，賴玄影（按：賴賢穎。）的〈女鬼〉、〈姊妹〉，康道樂的〈失業〉等。《臺灣新文學》的國語（白話）稿件是由賴和、楊守愚負責的，這些小說普遍帶有濃厚的寫實主義色彩。

　　發展期的國語（白話）臺灣小說主題主要有：反映臺灣青年追求個性解放的自主自覺；揭示臺灣民眾反對封建禮教，反對階級壓迫、反殖民反侵略，追求民族解放的自發要求。創作藝術方面，語言運用和寫作技巧比奠基期有了很大提高和發展。作品中方言詞彙逐漸減

21　載《臺灣文藝》第2卷第8、9期（1935年）合刊。

少，語言表現力進一步增強，有作家已開始利用日語來傳神表達人物語言。小說的容量也逐步增大，已不再侷限於短篇。

　　進入戰爭期後，因殖民當局禁止中文寫作，國語（白話）小說創作日漸式微。雖仍有吳漫沙的言情通俗小說流行，但其格調不高，且作品受皇民化運動影響較大，頗受非議。

四　國語（白話）散文創作

　　日據時段的國語（白話）散文由賴和、蔣渭水等開風氣之先。日據時期臺灣的國語（白話）散文作家大都關注現實，體察民情，反映民生，具有民間戰鬥精神，其作品描述了臺灣文化人的心路歷程，真實感人。

　　從發展過程看，日據時段國語（白話）散文的發展經歷了萌生期、發展期和成熟期三個階段。

　　臺灣著名社會活動家蔣渭水在一九二四年四月即連續發表了國語（白話）散文〈入獄日記〉。賴和的國語（白話）文學創作，是從散文開始的，他的第一篇國語（白話）作品、隨筆〈無題〉發表在一九二五年八月《臺灣民報》六十七號。張我軍的最初創作，是理論、新詩、散文並重，他在日據時期的散文創作種類繁多，有時評、雜感、讀書隨筆，有一般文學散文，也有遊記。其中隨筆雜感和遊記數量較多。

　　萌生期重要的散文作品有張我軍的〈隨感錄〉、〈南遊印象記〉，賴和的〈無題〉、〈忘不了的過年〉，蔣渭水的〈入獄日記〉等。張我軍發表於一九二六年的遊記〈南遊印象記〉記述了臺南旅途中的所見所聞，揭露了階級、民族壓迫的社會現實，批評了墮落的舊文學，文章形散而神聚。賴和的兩篇散文則承繼了五四新文化運動民主和科學的精神，體現了作者啟蒙民眾的責任擔當。蔣渭水的〈入獄日記〉和

〈北署遊記〉（1927）敘述了獄中生活，文章以小見大，在瑣細平淡的敘事中，隱藏著堅韌抗爭的鬥志，「無論在臺灣或整個中國新文學陣營，都可說是『監獄文學』的濫觴。」[22]林茂生將宗教與文學有機結合，寫作了哲理散文。他的散文〈迎接新年〉[23]大膽而幽默地指出：「多過一年，就多接近墳墓一步。」散文〈真正的恭喜〉[24]則不乏睿智之語。兩篇文章在當時具有除舊佈新的意義。

　　一九二八年至一九三七年的散文創作，數量不多，但創作藝術卻有所發展。主要表現在突破了早期以雜感、隨筆為主的格局，出現了「具有美文意義的抒情性散文。」[25]賴和的〈前進〉（1928）即這一發展的代表作品。以〈前進〉為開端，散文創作進入發展期，湧現出了多種類的散文樣式。

　　葉榮鐘以「掃雲」為筆名發表於一九三〇年十月十一日《昭和新報》上的〈掃雲精舍隨筆〉是類似於散文詩的隨筆片言。其中不乏人生哲理的深層認知和針砭時弊的正義聲音。

　　此時期出現的雞籠生的三部繪圖本散文作品也頗堪注意。一九三五年，雞籠生著〈百貨店〉，該書收錄雜文、遊記，可視為通俗文學樣類；《雞籠漫畫集》，為臺灣的第一部通俗繪圖本文學集；《海外見聞錄》，曾在《新民報》上連載，記敘歐美見聞，幽默風趣，通俗易懂，頗受讀者歡迎，後編輯成書出版。

　　這時期的散文創作較重要的還有一吼的〈一吼居譚屑〉。一吼的散文多是日常生活敘事。

　　一九三七年以後步入成熟期的散文創作，藝術技巧趨於成熟，但

---

22 劉登翰、莊明萱、黃重添、林承璜主編：《臺灣文學史》（福州市：海峽文藝出版社，1991年6月，初版1刷），上卷，頁605。

23 《臺灣教會報》第456卷（1924年1月），頁1-2。

24 《臺灣教會報》第490卷（1926年1月），頁2。

25 劉登翰、莊明萱、黃重添、林承璜主編：《臺灣文學史（上卷）》（福州市：海峽文藝出版社，1991年6月，初版1刷），上卷，頁603。

作家們在皇民化運動的高壓下大部分被迫放棄了國語（白話）寫作，
有的則選擇了韌性抗爭的方式，避免與日據當局正面衝突，開始著重
於對中華文化、哲理和民俗風情的觀察和探究。如一九四三年二月陳
逢源著〈雨窗墨滴〉[26]的內容有：「北京風物」、「秦淮情調」、對梁啟
超、周作人、林語堂、落華生等人的評論及民俗、傳說，文化，小
品、漢詩等。

　　總起來看，日據時段國語（白話）散文無論在形式和內容上，都
受到了大陸五四新文學的較大影響。

五　戲劇、文學評論等其他國語（白話）文學形式

（一）戲劇

　　戲劇是臺灣新文學史中不可忽視的文學樣式。戲劇創作是由臺灣
新戲劇運動催化起來的，隨著歷史的發展，數量逐漸增多，成為臺灣
新文學的組成部分。臺灣戲劇的發展，主要經歷了改良戲、文明新
戲、話劇三個階段。

　　與臺灣新文學運動的崛起一樣，臺灣新戲劇運動發軔於一九二〇
年代初期。其主要原因有二：一是來自中國大陸的影響。當時，「中
國大陸經「五四」新文化運動之後，新戲劇運動蓬勃興起，對臺灣新
文壇產生了啟示和激發作用。」[27]一九二三年《臺灣民報》創刊號轉
載了胡適的劇作〈終身大事〉和〈李超傳〉。臺灣戲劇活動家張維賢
說：「我對新劇發生興趣是因為看過了中國新文學運動後胡適的劇
作。」[28]另一方面是來自日本的影響。一九二三年，日本人神山主持

---

26 該書集著者發表在各雜誌的雜著而成。
27 劉登翰、莊明萱、黃重添、林承璜主編：《臺灣文學史》（福州市：海峽文藝出版社，
　　1991年6月，初版1刷），上卷，頁612。
28 〈北部的新文學〉〈新戲劇座談會〉，《臺北文物》第3卷第2期（1954年8月20日）。

的「蠟人座」劇團，曾到臺灣巡迴演出〈狗〉、〈熊〉等劇目，為臺灣國語（白話）戲劇的發展提供了形式上的範本。

臺灣國語（白話）戲劇創作的發展大致經歷了三個時期。

二十年代為第一個時期，即由戲劇運動催發的萌芽期。二十年代初期，臺灣出現了一種改良戲，它是由廈門去臺灣的人招募組織的，成員多屬無職業者，也被時人稱為「鱸鰻戲」。他們陸續演出了由臺灣民間故事改編的劇目，如〈廖添丁〉、〈洪禮模〉等。一九二三至一九二四年間，臺灣出現了兩個演出文明戲的劇社。一個是臺北的「星光社」，該劇社的主要成員陳�來自廈門教育社，曾參加廈門話劇演出。一個是彰化的「鼎新社」，由到過廈門學習的學生組建的。這兩個劇社曾分別演出《金色夜叉》、《可憐閨月裡》、《復活的玫瑰》等劇目。不久，臺灣文化協會也組織了劇團到各地巡迴演出，劇目有薛玉龍創作的《清海濤》。這種文明戲的演出，一般不用劇本，不用幕表，演員也未受嚴格訓練。但形式活潑，便於迅速反映現實生活。正是在這種新戲劇運動催化之下，戲劇創作開始出現了。《臺灣民報》於一九二四年八月，刊載了張梗的歷史劇《屈原》，該劇取材於《史記》屈原傳，全篇以屈原與漁父對話為始終。同年九月，發表了逃堯的獨幕劇《絕裾》，內容是描寫一名青年不顧父親反對，毅然參加新文化運動的經過。這兩個劇作雖情節簡單，但標誌著臺灣新戲劇創作的萌芽。

陳崁、周天啟、謝塗、楊松茂（守愚）等，為改善原有的本島劇，宣傳無政府主義，曾於一九二五年在彰化成立「鼎新社」劇團，社名由郭克明命名。此團成員曾因意見不合而分裂，一九二六年，陳崁予以協調，並重新整頓後，另組「彰化新劇社」，該組織以改良風俗、打破迷信、諷刺勞資關係為主要訴求，在臺北、新竹、苑裡、宜蘭、彰化、員林、臺中、北港、大林等地公演。一九二八年夏，因經費困難解散。一九二八年，彰化新劇社給《大眾時報》的發刊賀詞，

表明了他們的立場與主張：「我們希望、我們深深的希望，我所最敬愛的，為大眾為正義的記者先生們，能夠大公無私地，很勇敢地用那很嚴正謹的鐵筆，××一切強權，一切惡制度；一面用著生花之筆，以拯救我們這些被掠奪、被愚弄的全無產大眾於水深火熱的苦海裡。」[29]

　　葉榮鐘曾經對一九二九年左右的戲劇發展狀況有一番描述：「年來島內各地的『同人劇團』如雨後春筍接踵而生，這是證明一般民眾厭惡了從來的舊劇，而希求一種新形式、新內容的演劇。」[30]

　　一九三〇至一九三七年為戲劇創作的繁榮階段。繼《臺灣民報》文藝欄發表劇作之後，新創辦的文藝雜誌，如《福爾摩沙》、《第一線》、《臺灣文藝》、《臺灣新文學》等，都闢有戲劇欄，鼓勵戲劇創作。一九三四年五月，臺灣文藝聯盟成立大會，把發展戲劇運動提到議事日程。在新文學界的努力下，戲劇創作進入繁榮時期。出現的重要劇作有：青釗的多幕劇《巾幗英雄》和獨幕劇《蕙蘭殘了》；吳江冷的獨幕劇《平民的天使》；朱鋒的獨幕劇《誰之過》；逢秋的獨幕劇《反動》；廖毓文的獨幕劇《逃亡》；守愚的歌劇《兩對摩登夫婦》；張榮宗的《外交部事務官》；德音的《天鵝肉》；邱春榮的《結婚的理想》；鄭明的《鎖在雲圍的月亮》等。此階段，張深切是最活躍、最有成就的劇作家。他先後創作了〈遍地紅〉、〈邱岡舍〉、《生死門》、《人間與地獄》、《婚變》、《荔鏡傳》、《落蔭》等劇作，在文壇產生了較大的影響。

　　一九三四年七月十五日，楊守愚發表隨筆〈小說有點可觀，閒卻了戲劇，宜多促進發表機關〉並於一九三五年一月一日發表戲劇《兩對摩登夫婦》。

---

29 見《大眾時報》創刊號（臺北市：大眾時報社編輯，1928年），頁7。

30 〈為「劇」申冤──讀江肖梅氏的獨幕劇〉，葉芸芸、陳昭瑛主編：《葉榮鐘早年文集》（臺中市：晨星出版有限公司，2002年3月31日，《葉榮鐘全集7》），頁187。

　　一九三五年，董佑峰[31]的獨幕詩劇〈森林的彼方〉發表於《臺灣文藝》第二卷第五號，這是臺灣文學史上的第一部詩劇。作品描寫一位父親帶著孩子長途跋涉，尋求自由世界。劇本運用象徵主義手法，隱喻了臺灣民眾不畏艱難尋求自由解放的理想。

　　廢人以張資平的小說《愛力圈外》為底本，改編了五幕劇本《鎖在云圍的月亮》，發表於一九三六年二月——七月號《臺灣新文學》上。

　　文言作家黃茂笙也兼用國語（白話）寫作，他創作的國語（白話）劇作有《誰之錯》、《暗明夜燈》、《復活的玫瑰》、《人格問題》等。

（二）文學評論

　　一九二三年，黃朝琴[32]長篇論文〈漢文改革論〉發表於《臺灣》雜誌四年一號、二號上。全文共十八節，一萬兩千餘言。文章從社會改革、文化革命、民眾啟蒙的高度論述了推廣白話文運動的緊要性並提出開設白話文講習會、在日常生活中寫白話信、發表白話文文章等一系列普及白話文的具體方法。此文與黃呈聰的〈論普及白話文的新使命〉發表以後，臺灣白話文運動才真正開展起來，並為新文學運動的開展鋪平了道路，故被稱譽為「臺灣新文學運動的一響先聲」。[33]

---

31 臺南人，風車詩社詩人。一九三五年，他與趙啟明、張慶堂等人共同組建了臺南市藝術俱樂部。作品散見於《臺灣新民報》、《臺灣文藝》、《臺灣新聞》等報刊。是光復前新詩成熟期中的重要詩人。

32 黃朝琴（1897-1972年7月5日），字蘭亭，筆名超今。臺南人，祖籍福建南安。一九二三年畢業於日本早稻田大學，後又入美國伊利諾伊大學深造。二十年代後期回祖國大陸。一九二八年入外交部工作，先後任舊金山、仰光總領事等職。是二十年代前期《臺灣》雜誌和《臺灣民報》的重要撰稿人和編輯者，臺灣白話文運動的倡導者。一九二三年，他與黃呈聰倡議並籌建了臺灣第一份全部使用白話文的報紙——《臺灣民報》，主持報紙的《應接室》專欄，專門研討普及白話文問題。前期著作散見於《臺灣》、《臺灣民報》等報刊。

33 楊雲萍：〈序〉，《臺灣小說選》，李獻璋編：《臺灣小說選》，1940年1月12日。轉引自李南衡編：《日據下臺灣新文學文獻資料選集・明集5》（臺北市：明潭出版社，1979年3月）。

　　黃呈聰[34]〈論普及白話文的新使命〉原載於一九二三年《臺灣》雜誌四年一號。文章先介紹了作者一九二二年遊歷大陸時目睹的「五四」新文化運動後白話文廣泛運用的情況，然後論述了「白話文之歷史的考察」、「白話文和古文研究的難易」、「白話文與臺灣文化和日常生活的關係」、「文化普及與白話文的新使命」等問題，雄辯地論證了必須「以白話文作為文化普及的急先鋒」。此文與同時發表的黃朝琴的〈漢文改革論〉引起巨大反響，使臺灣白話文的倡導由少數人的吶喊進入社會的行動。此文也奠定了黃呈聰在臺灣新文學史上白話文運動倡導者的地位。

　　一九三三年十月，臺灣文藝協會成立，先後出版文藝雜誌《先發部隊》、《第一線》，為促使新文學的發展與繁榮，刊發了「臺灣新文學出路的探究」特輯。黃石輝、周定山、賴慶、守愚、點人、君玉、毓文、秋生等著文，認為必須加強新文學的推動工作。該特輯發表了黃得時〈「科學上的真」與「藝術上的真」〉、逸生的〈文學的時代性〉、芥舟的〈臺灣新文學的出路〉、HT 生的〈傳說的取材及其描寫的諸問題〉、茉莉的〈對民謠的管見〉等，強調文學的時代性、創造性與群眾性。該刊還刊發了《臺灣民間故事特輯》，收錄了十五篇民間傳說故事。黃得時在卷頭語發表〈民間文學的認識〉一文，論述收

---

34 黃呈聰（1886-1963），臺灣文學評論家。彰化縣人，出身於具有民族思想的地主家庭。一九○三年考入總督府國語學校，畢業後從事實業獲得成功。嗣後赴日本考入早稻田大學政治經濟科，並投入留日臺灣學生的民族運動，成為臺灣新文化運動的領導人之一。一九二○年，他參與創建新民會並出任幹事。一九二一年底任臺灣青年總會總務幹事，一九二二年任《臺灣》雜誌社股份公司董事。一九二三年畢業。同年與黃朝琴倡議並籌建《臺灣民報》，先後任發行人、幹事、編輯兼庶務主任。一九三○年與賴和、許乃昌等人創辦《現代生活》雜誌。一九三二年任《臺灣新民報》論說委員兼社會部長。抗戰勝利後曾任淡江英專董事、淡江文理學院名譽董事等職。後專事耶穌會佈道，教名黃以利沙。黃呈聰的作品多為評論，重要的文學評論有〈論普及白話文的新使命〉（1923）、《應該著重創設臺灣特種的文化》（1925）等。作品均散見於《臺灣民報》等報刊。

集民間文學的緊迫性。又在編輯後記中強調:「我們祖先的遺產,只
有臺灣的民間文學算得是最為純粹,我們不但在文學上有保存它的義
務,在民俗學上也有整理它的必要。」這個「特輯」的設立,表現了
臺灣作家對民族文化遺產的關心和對文藝群眾化的重視。

　　葉榮鐘的《中國新文學概觀》是臺灣作家研究大陸新文學的最早
的專著。該書有三萬多字,以國語(白話)文寫成,作者自跋:「一
九二九年十一月七日夜半脫稿於冷雨淒迷的:高圓寺精舍。」當時是
他第二次赴日留學,就讀於東京中央大學經濟科的最後一學年。一九
三〇年六月八日,該書在東京「新民會」出版,列為「新民會文存第
三輯」。目的在於為臺灣文化界介紹中國大陸「五四運動」十年來的
狀況,以作為臺灣文壇的借鏡。他對大陸文壇的評介,有褒有貶,有
獨到的見解。此前在臺灣對於大陸新文學的介紹,僅有從一九二三年
到一九二五年間,留學大陸的秀潮(許乃昌)、蘇惟霖(薌雨)、蔡孝
乾等人發表在《臺灣民報》上的零星文章。[35]但葉榮鐘此書,是一九
三〇年代的臺灣新舊文學論戰進入第二階段時所寫,有特殊的歷史意
義。《中國新文學概觀》對魯迅、周作人、胡適、陳西瀅等作家及語
絲派、文學研究會等文學流派進行了評介,同時援用了胡適《五十年
來中國之文學》的材料,加以引申評論。長文最後的結語,借展望大
陸新文學的未來,表示了對臺灣新文學運動蓬勃發展的期待。葉榮鐘
在臺灣日據時期對同時期大陸新文學的介紹與檢討,表現了他與大陸
文壇近乎同步的國語(白話)文學素養。他刻意在留學東京的最後一
年總結大陸新文學運動的經驗,用心良苦,反映了他對中華文化的堅
韌持守。

　　一九三四年至一九三六年發表評論者主要有:張深切、黃得時、

---

35 秀潮:〈中國新文學運動的過去現在和將來〉,《臺灣民報》,1923年7月15日;蘇惟
　　霖:〈二十年來的中國文學及文學革命的累述〉,《臺灣民報》,1924年2月11日;蔡
　　孝乾:〈中國新文學概觀〉,《臺灣民報》,1925年5月1日-21日。

雷石榆、邱耿光、夢湘、堅如、劉捷、林克夫、蘇維熊、芥舟、謝萬安、曾石火、張星建、吳天賞、徐玉書、鐵生、吳鴻爐等。其中張深切的〈對臺灣新文學路線的一提案〉及其續篇，最具份量，他深入論述了有關建設臺灣新文學路線的重要問題，提出要建立適應臺灣特點的真實的文藝路線。學術論文數量較多，主要有洪耀勳的〈悲劇哲學〉、〈藝術與哲學〉，陳紹馨的〈出現在西洋文獻上的臺灣〉、〈性格之魅力〉，楊杏庭的〈無限否定與創造性〉，蘇維熊的〈蒼蠅的文學〉，郭一舟的〈北京語〉、〈福佬話〉、〈北京雜話〉，施學習的〈中國語文之發達及變遷概觀〉，李獻璋的〈方言談屑〉，黃得時的〈孔子的文學觀及其影響〉等。此外，尚有蔡嵩林的〈中國文學的近況〉，魏晉的〈最近文壇上的大眾話〉等報導祖國文壇動態的文章。

第二節　賴和、楊守愚、周定山等人的國語（白話）文學創作

一　賴和

　　賴和是國語（白話）臺灣文學的開創者之一，被稱為「臺灣新文學之父」。他將其對於政治、文藝與人性的思想，熔鑄到文學創作中。賴和有一個較具系統性的思想體系，雖然他並沒有嚴謹的理論基礎，但他對日據時期的社會問題給予特別的關注，像他對警察、殖民暴政的批判，他的啟蒙思想與民族意識，無一不與臺灣知識分子的精神史發生重大關聯。賴和在社會上至少存在著如下幾種身分的不斷轉換：文言詩人與國語（白話）文學者；醫生與詩人；臺灣在地與原鄉行旅；文學家與民族鬥士。他的國語（白話）小說，反映了日據時代政治上的不平等、社會上的陋習、人性的懦弱，可以說是日據下的小民悲歌，樹立了國語（白話）臺灣白話文學的典範。其國語（白話）

文學的成就，主要體現在寫實的手法和韌性的抗爭、鄉土的色彩、人道的關懷。

寫實的手法和韌性的抗爭。如小說《一桿秤仔》中秦得參的遭遇，呈顯了被殖民者的悲苦與殖民者的醜陋嘴臉。如小說《歸家》，忠於當時的生活習慣、信仰與社會狀況，使作品本身帶有幾分歷史意味，他的批判比較冷靜理性，文字簡潔準確，顯示了韌性的抗爭。

鄉土色彩。如詩歌〈流離曲〉充滿著對土地的眷戀和對鄉土的熱愛：

> 不可知的前途，／暗黑得路痕不見，／眼前此世界，／破壞得石荒沙亂，／這一片砂石荒埔，／就是命之父母，／──這片砂石荒埔，／就是生之源泉。

人道的關懷。賴和對底層民眾流露出深切的關懷。其作品中有不少寫作對象是處於弱勢社會地位的少數民族。如〈善訟人的故事〉裡的林先生、長詩〈南國哀歌〉[36]裡的高山族同胞。

一九二五年，賴和發表〈讀臺日紙的《新舊文學之比較》〉、〈答覆臺灣民報設問〉等文章，闡述了新文學運動的必要性，認為新文學運動是適應時代的要求、以民眾為對象，把文學作為社會的縮影，力主反映現實社會問題，堅決站在新文學陣營一邊，聲援張我軍的文學主張。他一九二五年，他發表了散文〈無題〉、詩歌〈覺悟下的犧牲〉；一九二六年一至二月間，又發表短篇小說〈鬥鬧熱〉、〈一桿「秤仔」〉。一九三○年，發表〈希望我們的喇叭手吹奏民眾的進行曲〉一文，傾心推動文藝群眾化。其作品注重群眾性與鄉土性。他曾經主持《臺灣民報》（後改名為《臺灣新民報》）文藝欄，擔任《南

---

36 一九三一年四月發表於《臺灣民報》。

音》、《臺灣新文學》等雜誌的編輯，扶持文學新人。一九三七年，殖民當局禁閉所有的中文報刊雜誌，賴和被迫停止創作。

其國語（白話）作品有小說、詩歌、散文隨筆等。

（一）小說創作

賴和的主要小說有〈鬥鬧熱〉（1926年1月）、〈一桿秤仔〉（1926年2月）〈不如意的過年〉（1928年1月）、〈蛇先生〉（1930年1月）、〈雕骨董〉（1931年5月）、〈歸家〉（1932年1月）、〈豐作〉（1932年1月）、〈惹事〉（1932年1月）、〈善訟人的故事〉（1934年12月）、〈一個同志的批信〉（1935年12月）、〈赴了春宴回來〉（1936年1月）等，其小說創作，致力於現實主義與時代精神、鄉土風格的統一，揭示殖民統治下的社會現實，構成了民族精神與鄉土情調相融合的風貌。

賴和小說首先反映了殖民統治下「法律」的虛偽與警察的殘暴。短篇小說〈一桿「秤仔」〉[37]以「秤仔」命名，具有深層的隱喻意義，隱喻著殖民統治者的「法制」、「平等」的口號只不過是一種欺騙，臺灣民眾的尊嚴和生存權利隨時都可能被其剝奪。秦得參等臺灣下層民眾才代表著真正的公正和道義，從而揭露了日據當局的壓迫掠奪本質。〈不如意的過年〉寫警察因過年時未收到更多的年禮而「不如意」，諷刺了警察的醜惡行徑。〈蛇先生〉寫無辜而善良的蛇先生卻被拘受刑，反諷了日據當局的「法」的虛偽與殘酷。

反映殖民統治下臺灣民眾遭受的多重經濟剝削與掠奪是賴和小說的另一個主題。〈豐作〉寫一個勤苦農民添福，以向製糖會社租地種蔗為生。甘蔗豐收了，但製糖會社在磅秤上做手腳，甘蔗重量，被壓低了五分之二。辛苦勞作一年的添福改善生活的希望成為泡影。〈可憐她死了〉寫阿金的父母親，因交不起統治者徵繳的戶頭稅，被迫將

---

37 原載於《臺灣民報》第92、93號，1926年2月4日、21日。

阿金賣為童養媳。阿金後又被轉賣，歷盡摧殘，最後溺水身亡。

賴和的另一部分創作，讚揚了為正義而勇於鬥爭的精神。〈阿四〉[38]寫阿四畢業後到嘉義醫院實習，火車上與日本人的對比，引發了阿四「我是本島人，我是臺灣人，不是日本人」的想法。醫院裡日本醫生和臺灣醫生的懸殊待遇，進一步促使阿四去從事爭取民族平等權利的社會運動。〈惹事〉中的青年知識分子「我」，看到日本警察誣賴一個窮苦寡婦偷衙門裡的雞，並濫施刑罰，挺身而出，公開揭露警察的罪惡。〈善訟人的故事〉則寫了知識分子林先生看到農民「生人無路，死人無土，牧羊無埔，耕牛無草」的悲慘遭遇，毅然渡海到福州為民伸冤，並打贏官司。小說以歷史故事隱喻現實生活，歌頌了民間戰鬥精神。

賴和還尖銳批判了一些知識分子的腐化與墮落。〈棋盤邊〉寫一些舊文人的飽食終日、無所用心，無所事事。〈赴了春宴回來〉批判了一些舊文人奢靡淫亂的生活態度。〈一個同志的批信〉則寫一個新知識者的變質。主人公施灰，由積極參加社會改革運動的新式知識分子，墮落成了沒有同情心、追求個人享受、消極頹唐的時代落伍者。

總之，賴和小說，充滿了對被壓迫者和被損害者的人道關懷，反對殖民統治，具有強烈的民族意識和現實主義精神。

在藝術表現方面，賴和小說注重鄉土風格。小說題材大都是臺灣人民的生活與感受。賴和小說注重故事的完整性和情節的複雜性，善於運用反諷手法和戲劇性場面。這無疑是受到了中國傳統敘事藝術的影響，也使得其小說表現形式近似民間的「講古」說唱與戲曲，帶有鮮明的鄉土色彩。

在語言運用上，他嘗試書面語與口頭語的融合。「每寫一篇作品，他總是先用文言文寫好，然後按照文言稿寫成白話文、再改成接

---

38 這一篇小說是賴和未發表的手稿，類似於賴和的自敘傳。

近臺灣話的文章」。[39]賴和的小說創作過程實際上是一個從文言到國語
（白話）再到臺灣方言的轉換過程。

（二）詩歌創作

賴和的國語（白話）詩歌有〈飼狗頷下的銅牌〉、〈覺悟下的犧
牲〉、〈流離曲〉、〈南國哀歌〉、〈種田人〉、〈可憐的乞婦〉、〈新樂
府〉、〈農民謠〉、〈月光〉、〈農民歎〉、〈冬到新穀收〉、〈溪水漲〉、〈生
與死〉等。

〈飼狗頷下的銅牌〉運用擬人手法，借戴在狗脖子上的銅牌之口
諷刺了一九二三年日本皇太子來臺時十一名被授予勳章的御用紳士的
奴躬婢膝醜態：

> 下賤的東西　勿狂妄／珍璫珍璫珍璫／那麼樣──自誇自大／
> 可不識人世間　珍璫／有了多少人們　珍璫／因為我　珍璫珍
> 璫珍璫／得到的榮譽光彩／那拖牛做馬的人們／始終不能得到
> 我　珍璫／眼角一睞　珍璫珍璫珍璫／看得到聽得著　珍璫／
> 被虐殺的無辜　珍璫／刑訊場的死屍　珍璫／草原上的殘骸
> 珍璫／雖說是死得應該／珍璫珍璫珍璫／亦為著他的衣襟上／
> 沒有我許他佩帶　珍璫／

〈覺悟下的犧牲──寄二林事件的戰友〉[40]是臺灣第一首以現實
政治事件為背景反映農民奮起反抗殖民統治的國語（白話）詩歌作品：

---

39 王錦江：《賴懶雲論》，收李南衡主編：《賴和先生全集》（臺北市：明潭出版社，
　1979年），頁405。

40 此為賴和一九二五年十二月二十三日以懶雲為筆名在《臺灣民報》上發表的他的第
　一首新詩。

哭聲與眼淚，比不得／激動的空氣、瀉澗的流泉／究竟亦終於
無用。／風亦會靜、泉亦會乾，／雖說最後的生命，／算來亦
不值錢。／／可是覺悟的牲犧，／本無須什麼報酬，／失掉了
不值錢的生命，／還有什麼憂愁？／／⋯⋯／唉，覺悟的犧
牲！／覺悟地提供了牲犧，／我的弱者的鬥士們，／這是多麼
的難能，／這是多麼的光榮！

詩歌直抒胸臆，揭露日據當局的罪惡，歌頌覺悟的犧牲者的抗爭
精神。

〈流離曲〉（1930）是以殖民當局廉價將三千八百八十六甲土地
批售給三百七十名退職官員，迫使大批農民流離失所的事件為背景所
作的長詩。敘述農民悲慘生活，痛責日人，具有強烈的現實針對性和
尖銳的政治抗爭意識，如：

天的一邊，地的一角，／隱隱約約，有旗飄揚，／被壓迫的大
眾，／被榨取的工農，／趨趨！集集！／聚攏到旗下去，／想
活動於理想之鄉。

詩歌顯示了可貴的現實主義傳統。也由於這個原因，在發表時被
日據當局新聞檢察官刪去後半部分最富有抗爭性的八十八行，開了
天窗。

〈南國哀歌〉（1931）是為悼念「霧社事件」抗日山胞而作，反
映了臺灣人的悲慘歷史與鬥爭的悲壯，〈南國哀歌〉開篇運用冷靜的
白描和敘述刻畫了殘酷鎮壓之後的慘狀，類似於傳統民族史詩：

所有的戰士已都死去，／只殘存些婦女小兒，／這天大的奇
變，／誰敢說是起於一時？／／人們最珍重的莫如生命，／未

嘗有人敢自看輕，／這一舉會使種族滅亡，／在他們當然早就看明，／但終於覺悟地走向死亡，／這原因就不容妄測。／／誰敢說他們野蠻無知？／看見鮮紅的鮮血／便忘卻一切歡欣狂喜，／但是這一番啊！／明明和往日出草有異。

接著，詩歌將歷史事件凝聚在主觀抒情之中，揭示了起義的原因和意義，做到了現實題材與浪漫主義的藝術手法的有機結合。〈南國哀歌〉全詩分上下二段，刊於《臺灣新民報》，但下段結尾處的三十四行被日本新聞檢查人員刪除，僅刊六行，在報上留下一塊空白。原詩下段如下：

恍惚有這呼聲，這呼聲，／在無限空間發生響應，／一絲絲涼爽秋風，／忽又急疾地為它傳播，／好久已無聲響的雷，／也自隆隆地替它號令。／兄弟們！來！來！／來和他們一拼！／憑我們有這一身，／我們有這雙腕，／休怕他的毒氣、機關槍！／休怕他飛機、爆裂彈！／來！和他們一拼！／兄弟們！／憑這一身！／憑這雙腕！／兄弟們到這樣時候，／還有我們生的樂趣？／生的糧食儘管豐富，／容得我們自由獵取？／已闢農場以築家室，／容得我們耕種居住？／刀槍是生活上必需的器具，／現在我們有取得的自由無？／勞動總說是神聖之事，／就是牛也只能這樣驅使，／任打任踢也只自忍痛，／看我們現在，比狗還輸！／我們婦女竟是消遣品，／隨他們任意侮辱蹂躪，／哪一個兒童不天真可愛，／凶惡的他們忍相虐待，／數一數我們所受痛苦，／誰都會感到無限悲哀！／兄弟們來！來／捨此一身來他一拼！／我們處在這樣環境，／只是偷生有什麼路用，／眼前的幸福雖享不到，／也需為著子孫鬥爭。／誰都會感到無限悲哀！／兄弟們來！來！／捨此一身來

他一拚！／我們處在這樣環境，／只是偷生有什麼路用，／眼
前的幸福雖享不到，／也需為著子孫鬥爭。

詩歌富有戰鬥精神與鼓動力，有著直抒胸臆的藝術特色，與郭沫
若詩歌極為相仿，表現了賴和大無畏的鬥爭精神和充滿信心的理想
追求。

同內容的大眾化一致，賴和詩歌的藝術形式亦力求通俗化。〈新
樂府〉採用五言舊體詩形式，語言卻是國語（白話）和方言，如通俗
的說唱，表現社會底層生活的艱辛，表達對殖民當局的憤慨和不滿。
〈農民謠〉則如民歌小調，並附有曲譜，表現農民饑寒交迫的痛苦生
活，充溢著悲憤情緒。賴和還寫過歌謠形式的情歌和兒歌，如〈相思
歌〉和〈呆囝仔〉。

賴和詩歌有著關懷底層人民疾苦的民族意識和人道主義精神，以
及反抗殖民統治與封建壓迫的抗爭精神。其詩作多反映了重大社會事
件，此類「史詩」般的詩歌奠立了他在國語（白話）臺灣詩歌奠基期
的地位。

（三）賴和的散文創作

賴和的國語（白話）散文有〈忘不了的過年〉、〈前進〉、〈城〉、
〈隨筆〉、〈無聊的回憶〉等。〈忘不了的過年〉[41]由對童年過年時的心
情的回憶，生發出「愈要追尋快樂，愈會碰著痛苦」的哲理思考。
〈前進〉發表於一九二八年五月，此時正當臺灣文化協會發生分裂。
作者希望兩派力量能夠重新團結起來。面對政治環境的險惡和內訌的
遺憾，賴和大聲疾呼「趕快！光明已在前頭，跟來！趕快！」、「向著
面前不知終極的路上，不停地前進」。這種義無反顧的「前進」意

---

41 署名懶雲，《臺灣民報》第138號，1927年1月2日。

識，正是日據時期臺灣民眾不屈不撓的抗爭精神的一種變體。文章採用了象徵和隱喻手法，文首和文尾所描繪的「雖在幾百層的地底，也是經驗不到」的「駭人的黑暗」，象徵著日據當局的黑暗統治；以「兩個被時代母親所遺棄的孩童」隱喻文協兩派。文章的語言具有詩化特點，同時注重意境的構造，達到了「美文創作的較高水平」[42]。〈城〉繼續了作者小說中的反迷信主題。〈隨筆〉[43]則由掃墓一事生發開去，回顧了自己七年來與「善人」、「強盜」、「貴人」的鬥爭歷程。〈無聊的回憶〉中對漢文書房的落後教育方式提出了善意的批評，對日語公學校的同化教育表示了抗議。另外，賴和還著有隨筆〈無題〉（1925年8月）、〈讀臺日紙的新舊文學之比較〉（1926年1月）、〈謹復某老先生〉（1926年3月）、〈希望我們的喇叭手吹奏激勵民眾的進行曲〉（1931年1月）等。

　　賴和散文受魯迅影響較大，主要體現在對於象徵、隱喻和反語、諷刺等藝術手法的運用上。賴和以他作品所蘊涵的人道主義思想與不屈抗爭精神，奠定了他在臺灣文學史上的重要地位。

二　楊守愚

　　楊守愚（1905-1959），原名楊松茂，筆名村老、翔、洋、ｙ生、靜香軒主人等，彰化人。彰化第一公學校畢業。其作品受賴和影響，堅持寫實傳統。其文學作品在日據時期作家中最多。曾參加「彰化新劇社」、臺灣文藝聯盟等文藝社團。其國語（白話）作品有小說、詩歌、隨筆等。

42　劉登翰、莊明萱、黃重添、林承璜主編：《臺灣文學史》（福州市：海峽文藝出版社，1991年6月，初版1刷），上卷，頁606。

43　《臺灣新民報》第345號，1931年1月1日。

（一）小說

　　楊守愚的短篇小說作品有〈慈母心〉（後改名〈冬夜〉，1927）、〈出走的前一夜〉（1927）、〈罰〉（1928）、〈升租〉（1928）、〈捧了你的香爐〉（1928）、〈生命的價值〉（1928）、〈新郎的禮數〉（1928）、〈獵兔〉（1928）、〈自絕〉（後改題〈醉〉，1928）、〈女丐〉（1928）、〈十字街頭〉（1929）、〈凶年不免於死亡〉（1929）、〈誰害了她？〉（1929）、〈瘋女〉（1929）、〈顛倒死？〉（1930）、〈小學時代的回憶〉（1930）、〈侖辨〉（1930）、〈一個晚上〉（1930）、〈過年〉（1930）、〈出走的前一夜〉（1930）、〈比特先生〉（1930）、〈一群失業的人〉（1931）、〈元宵〉（1931）、〈嫌疑〉（1931）、〈沒有兒子的爸爸〉（1931）、〈升租〉（1931）、〈開學的頭一天〉（1931）、〈就試試文學家的味道吧！〉（1931）、〈夢〉（1931）、〈啊！稿費〉（1931）、〈爸爸！她在使您老人家生氣嗎？〉（1931）、〈瑞生〉（1931）、〈盜伐〉（1931）、〈斷水之後〉（1931）、〈退學的狂潮〉（1931）、〈決裂〉（1932）、〈彰化＝臺中〉（1933）、〈鴛鴦〉（1934）、〈難兄難弟〉（1934）、〈赤土與鮮血〉（1935）、〈戲班長〉（1936）、〈移溪〉（1936）、〈十二錢又回來〉（1936）、〈壽至公堂〉（1936）、〈美人照鏡〉（1936）等。

　　楊守愚的小說，取材相當廣泛，主要有如下幾個主題：

1 殖民統治者與地主階級對工農的壓迫

　　如，〈十字街頭〉[44]以白描手法表現日本警察飛揚跋扈，不顧勞動者的死活，抓捕攤販，破壞民眾的經濟命脈的惡行。小說簡筆勾勒，但節奏緊促，扣人心弦。〈移溪〉[45]通過水災題材，反映了警察、地

---

44 署名靜香軒主人，據廖漢臣（毓文）言，靜香軒主人即楊松茂（守愚）。參見鍾肇政、葉石濤主編：《一群失業的人》（臺北市：遠景出版社，1979年7月，《光復前臺灣文學全集2》），頁85。

45 署名村老。

主、封建迷信等對農民的危害，展現了日據時期臺灣農村社會的各層面。〈斷水之後〉[46]的題材與〈移溪〉類似，該小說的突出特點是運用了符合鄉村人物性格特徵的方言對白。〈罰〉[47]寫一個拉車的老車夫，因為撞車將乘車的巡警和偵探摔倒，受到的威嚇和侮辱，從而刻畫了走狗們的醜惡嘴臉，在平白寫實中流露出悲憤與抗議。〈升租〉[48]、〈鴛鴦〉[49]寫異族統治下的底層勞苦民眾，如〈升租〉的老農、〈鴛鴦〉的丈夫，在殖民壓迫下受盡屈辱，為了維持作為人的起碼的尊嚴，被迫走向死亡的悲劇。小說將正義的批判隱藏在冷靜客觀的描述之中，悲劇的結局有著震撼人心的力量。

2 失業者的悲苦

如，〈瑞生〉[50]寫失業者瑞生在生活重壓下的痛苦與辛酸。反映了日據時期失業工人被鄙視、被侮辱的遭遇。小說心理描寫深刻細緻。

3 小民的窮困和封建禮教束縛下的愛情悲劇及女性悲劇

楊守愚的小說作品，給人感覺最深刻的，就是「貧窮」的氣氛。〈啊！稿費？〉[51]主人公王先生想通過教書寫作養家糊口，但這個基本的要求在日據時期仍無法實現。小說借王先生的不幸遭遇，以小見大，反映了日據時期知識分子的困苦生活，從一個側面反映了世界經

---

46 署名村老。

47 署名「翔」。

48 署名「洋」，據守愚的〈報顏開話十年前〉（載於《臺北文物》第3卷第2期），洋即楊松茂（守愚）。參見鍾肇政、葉石濤主編：《一群失業的人》（臺北市：遠景出版社，1979年7月，《光復前臺灣文學全集2》），頁195。

49 署名「洋」。

50 署名靜香軒主人。

51 署名Y，據廖漢臣（毓文）言，即楊松茂（守愚）。參見鍾肇政、葉石濤主編：《一群失業的人》（臺北市：遠景出版社，1979年7月，《光復前臺灣文學全集2》），頁73。

濟危機影響下的日據時期臺灣社會。〈一個晚上〉[52]寫逃脫封建大家庭
束縛的年輕夫婦，卻又因資本主義的壓榨而致妻子自殺。小說充滿了
現實批判精神。〈女丐〉[53]則寫一個女子受到後母的虐待而淪落風塵，
最後身患梅毒遭到拋棄的悲劇。

　　楊守愚是個寫實主義者。他以淒苦窮困的感情基調、平實的敘事
策略、戲劇性的情節反映了臺灣民眾生活的悲苦掙扎，揭露了日據社
會的黑暗，傳述了臺灣底層民眾的心聲。他是日據時期中文作家中最
多產的一位，僅以楊守愚為筆名發表的小說即有十三篇之多。他的題
材繁富多樣，所關注的主題均具有反帝反封建精神。但其小說也有悲
苦有餘而亮色不足的不足之處。

（二）國語（白話）詩歌

　　楊守愚的國語（白話）詩歌作品主要有〈我不忍〉（1930）、〈蕩
盪中的一個農村〉（1930）、〈人力車夫的吶喊〉（1930）、〈時代的巨
輪〉（1930）、〈不眠之夜〉（1930）、〈孤苦的孩子〉（1930）、〈長工歌〉
（1931）、〈詩〉（1931）、〈貧婦吟〉（1931）、〈除夕戲作〉（1931）、
〈哭姊〉（1931）、〈困苦和快樂〉（1931）、〈輓歌〉（1931）、〈頑強的
皮球〉（1931）、〈車夫〉（1931）、〈一個夏天的晚上〉（1931）、〈中秋
之夜〉（1931）、〈三秋到了〉（1931）、〈無題〉（1931）、〈愛〉（1931）、
〈元宵的街市〉（1931）、〈我做夢〉（1932）、〈洗衣婦〉（1932）、〈清
明〉（1932）、〈雨中田舍〉（1932）、〈拜月娘〉（1935）、〈一對情侶〉
（1935）、〈賣花之歌〉（1935）、〈女性悲曲〉（1935）、〈癡人之愛〉

---

52 署名村老，據守愚的〈報顏閒話十年前〉（《臺北文物》第3卷第2期，1954年）一
　　文，村老即楊松茂（守愚）。參見鍾肇政、葉石濤主編：《一群失業的人》（臺北
　　市：遠景出版社，1979年7月，《光復前臺灣文學全集2》），頁115。
53 署名「翔」，據守愚的〈報顏閒話十年前〉（載於《臺北文物》第3卷第2期）一文，
　　翔即楊松茂（守愚）。參見鍾肇政、葉石濤主編：《一群失業的人》（臺北市：遠景
　　出版社，1979年7月，《光復前臺灣文學全集2》），頁163。

（1935）、〈農忙〉（1935）、〈暴風警報〉（1935）、〈光榮〉（1935）、
〈冬夜〉（1935）、〈人是應該勞動的〉（1935）、〈一個恐怖的早晨〉
（1936）等。

　　楊守愚的國語（白話）詩歌與其小說在取材上有著一脈相承的
關係。

　　楊守愚的國語（白話）詩歌同樣表達了對社會邊緣弱勢群體的關
懷及對壓迫者的不滿。他一九三〇年發表在《明日》雜誌的第一首國
語（白話）詩歌〈我不忍〉，就表現了他這種人道主義思想：

> 我不忍聞／我不忍聞你微弱的歌聲／因為那是一根根的針兒／
> 能把我的心靈穿透／／我不忍看／我不忍看你紅腫的眼睛／因
> 為那是一團團的烈火／能把我的全身燃燒／／你說你的心裡／
> 一天煩悶一天／你的形容／一年消瘦一年／如果常此以往／不
> 是死亡便成瘋癲／／你說你的運命乖舛／你的環境惡劣／故此
> 對於人生／不是仇視，便成自暴／／你別咒詛人生／你別怨歎
> 薄命／要知現社會下的青年／誰不知你同病／／悲有何用／哭
> 尤無益／唯願向萬惡的社會／準備著猛烈的攻擊

　　詩歌鼓勵弱者們奮起抗爭，表現出了左翼傾向。

　　一九三〇年七月，彰化農村遭受了暴風雨災害，以耕作為生的農
民受到致命的傷害。〈蕩盪中的一個農村〉細緻描繪了災後的淒慘景
象，反映了農民的苦難。此外，楊守愚還有〈農忙〉、〈暴風警報〉、
〈冬夜〉等有關農民問題的詩作。

　　〈人力車夫的吶喊〉和〈車夫〉寫自動車逼壓下人力車夫的艱
辛；〈長工歌〉寫終年勞動卻仍不能養家糊口的長工；〈冬夜〉寫掙扎
在死亡線的小販；〈我做夢〉寫被近代工業機械壓榨的工人，反映了
勞資矛盾。

　　楊守愚也對婦女和幼童所受到的不公平待遇表示同情。〈貧婦吟〉寫貧家婦女終日辛勞，卻仍缺衣少食。甚至還要在官廳徵調徭役時替代重病的丈夫去修路。詩歌表達了對殖民者暴政的不滿和對貧女的關懷。詩中夾雜了閩南方言，有民歌風味。採用第一人稱的敘事角度，增強了詩歌的真實感。

　　〈洗衣婦〉寫洗衣婦的丈夫不務正業，為養活年老的婆婆，多病的幼兒，她必須不顧嚴寒，用龜裂的手去洗那些洗不完的汙衣。詩歌採取了聞一多詩歌極為類似的題材，同情女子的不幸命運。〈女性的悲曲〉同樣以閩南方言入詩，用被拋棄女子的口吻，控訴男權社會對女性的壓迫，詩末的「我的心／是怎樣的憤恨悲哀／我的悲哀是無法排解／男權擁護的社會／雖然是悲鳴有誰來瞅睬」，引人深思，餘味無窮。〈孤苦的孩子〉一詩，則借貧兒的衣食難繼反襯了富人的為富不仁。

　　〈元宵的街市〉以熱鬧的元宵節為敘事背景，將賞燈的千金小姐、公子少爺、富家老爺與奔波勞碌的「路邊小販」的生存狀態進行了對比。〈詩〉同樣對社會上貧富懸殊的現象表示了不滿。

　　〈人是應該勞動的〉反映了在資本壟斷的社會，勞動者無論如何勤苦勞作，也得不到相應的報償：「社會是不給與我勞動的機會／勞動也得不到一半的報償／直到我的生命力枯竭了的現在／同樣免不了在饑餓線上彷徨」。

　　〈假如我〉表現了強烈的戰鬥精神和抗爭意識。散文詩〈頑強的皮球〉寫道：「越是用力的拍，越是強烈地反抗。越是起勁地蹴，越是活躍地暴動。」以隱喻手法，曲筆表達了被殖民者的反抗精神。皮球隱喻了壓迫越強烈，反抗就會越強烈的昂揚鬥志。

　　〈除夕戲作〉以戲謔筆調寫自己教書為文卻仍無法維持家計的苦況。〈輓歌──為可憐的陳鴻祥君〉（1931）寫一個知識分子，因不肯屈服於殖民當局，在人生路上到處碰壁，最終由上層社會淪落於貧苦

以終的死亡之路。

　　楊守愚的國語（白話）詩歌表現了他同情弱小、不畏強權、反抗壓迫的左翼思想。另外，楊守愚還著有隨筆和戲劇作品。一九三四年七月十五日，發表隨筆〈小說有點可觀，閒卻了戲劇，宜多促進發表機關〉，一九三五年一月一日發表戲劇《兩對摩登夫婦》。

三　周定山

　　一九二五年開始至一九三六年止，是周定山創作新文學的階段。周定山的國語（白話）作品有小說、詩歌、散文隨筆等。其中詩歌多已散逸。一九三七年，他終止國語（白話）文學創作。

（一）散文創作

　　周定山的散文隨筆（包括評論）多是表述他的創作觀及對社會人生的批評。主要作品有：

　　一九二五年撰寫散文〈也是隨筆〉[54]、時評〈我對建醮的幾句話〉[55]；一九二七年撰寫自傳性的文、白夾雜散文〈三十年中之回顧〉[56]和時評〈婚姻制度之考察〉[57]；一九三一年二月七日在《臺灣

---

54 此文剪貼於〈一吼敝帚集〉中，只記下刊載時間，未說明載在何刊物。轉引自施懿琳：《跨語、漂泊、釘根──臺灣新文學研究論集》（高雄市：春暉出版社，2000年6月，初版第1刷），頁3。

55 此文剪貼於〈一吼敝帚集〉中，只記下刊載時間，未說明載在何刊物。轉引自施懿琳：《跨語、漂泊、釘根──臺灣新文學研究論集》（高雄市：春暉出版社，2000年6月，初版第1刷），頁3。

56 此文剪貼於〈一吼敝帚集〉中，只記下刊載時間，未說明載在何刊物。轉引自施懿琳：《跨語、漂泊、釘根──臺灣新文學研究論集》（高雄市：春暉出版社，2000年6月，初版第1刷），頁3。

57 此文剪貼於〈一吼敝帚集〉中，只記下刊載時間，未說明載在何刊物。轉引自施懿琳：《跨語、漂泊、釘根──臺灣新文學研究論集》（高雄市：春暉出版社，2000年6月，初版第1刷），頁3。

民報》三五〇號發表〈一吼居譚屑〉（一）；四月四日發表〈一吼居譚屑〉（二）於《臺灣民報》三五七號；四月二十五日發表〈一吼居譚屑〉（三）於《臺灣民報》三六一號；五月九日發表〈一吼居譚屑〉（四）於《臺灣民報》三六三號；五月二十三日發表〈一吼居譚屑〉（五）於《臺灣民報》三六五號；五月三十日發表〈一吼居譚屑〉（六）於《臺灣民報》三六六號；六月六日發表〈一吼居譚屑〉（七）於《臺灣民報》三六七號；六月十三日發表〈一吼居譚屑〉（八）於《臺灣民報》三六八號；六月二十七日發表〈一吼居譚屑〉（九）於《臺灣民報》三七〇號；七月十一日發表〈一吼居譚屑〉（十）於《臺灣民報》三七二號；七月十八日發表〈一吼居譚屑〉（十一）於《臺灣民報》三七三號；八月一日發表〈一吼居譚屑〉（十二）於《臺灣民報》三七五號；八月二十二日發表〈一吼居譚屑〉（十三）於《臺灣民報》三七六號；九月七日發表〈一吼居譚屑〉（十四）於《臺灣民報》三八〇號；九月十二日發表〈一吼居譚屑〉（十五）於《臺灣民報》三八一號；一九三二年一月一日發表〈老成黨〉（上）於《南音》創刊號；一月十五日發表〈老成黨〉（中）於《南音》；二月一日發表〈老成黨〉（下）於《南音》；一九三三年一月一日發表〈草包 ABC〉（一）於《南音》創刊號；一月十五日發表〈草包 ABC〉（二）於《南音》；二月一日發表〈草包 ABC〉（三）於《南音》；二月二十二日發表〈草包 ABC〉（四）於《南音》；四月二日發表〈草包 ABC〉（五）於《南音》。一九三三年二月二十二日發表〈儒是什麼〉（上）於《南音》；三月十四日發表〈儒是什麼〉（中）於《南音》；四月二日發表〈儒是什麼〉（下）於《南音》。一九三三年四月二日發表〈拍賣民眾〉於《南音》；六月十三日發表〈摧毀了的嫩芽〉（上）於《南音》；七月二十五日發表〈摧毀了的嫩芽〉（下）於《南音》；九月二十七日發表〈刺激文學的研究——讀書竊沫之一〉於《南音》；一九三四年七月十五日發表〈還是烏煙瘴氣

蒙蔽文壇當待此後〉於《先發部隊》創刊號。十一月五日發表〈真不愧為萬物之靈〉於《臺灣文藝》創刊號。十二月十八日發表〈幾齣破布班〉（一）於《臺灣文藝》。一九三五年一月六日發表〈鹿港憨光義〉於《先發部隊》第二期（後改名為〈第一線〉）；二月一日發表〈幾齣破布班〉（二）於《臺灣文藝》；三月五日發表〈幾齣破布班〉（三）於《臺灣文藝》；發表〈幾齣破布班〉（四）於《臺灣文藝》；十二月二十八日發表〈無聊春秋〉（一）於《臺灣新文學》；一九三六年三月三日發表〈無聊春秋〉（二）於《臺灣新文學》。另外，據周定山在《倥傯吟草》的序文，從一九二五到一九三八年間，他曾四次西渡大陸。中間的兩次多以國語（白話）詩歌和散文的形式記述所見所感。但這些作品在周定山生前便已散佚。

　　周定山的散文主要闡述他的創作觀。如他在發表於《南音》一卷二期的〈草包 ABC〉中認為文學創作是內心世界的反映，是作家心聲的自然吐露。在〈刺激文學的研究──讀書毳沫之一〉中，他說：「《詩經》之所以能成為歷史的價值，就是他會握住社會的背景、人心的隱痛，從靈魂的深處，盡量的表現出來。赤裸裸地活現在眼前，使你自己去借鏡、領悟、警飭，就是他能把握時代心靈的寫照。」[58]因此，他認為文學必須著眼於大眾，用心觀察大眾生活，把握時代脈搏，傾聽百姓心聲，真實反映他們的生活實況和他們內心深處的傷痛。在〈一吼居譚屑〉（二）裡，周定山抨擊了當時臺灣文壇某些墮落文人：

> 想到我們貴臺灣的所謂詩人，想那歌功頌德的獻媚詩人！想那竊吃古渣的行屍詩人！想那沾花惹草的酒肉詩人！想那無病呻吟的頹廢詩人！……假如臺灣有真的詩人，社會的瘡和痛這麼

---

[58] 《南音》第1卷第11期，1932年9月27日。

多，豈但搜不到癢處，恐怕連瘡也不知？遑論痛哉！[59]

　　還是烏煙瘴氣蒙蔽文壇當待此後〉一文則提出：「如果人類社會是前進的，那麼，就不該有這退嬰的毒菌來蠶食人心，自掘墓穴。」[60] 對這些墮落詩人進行了更為尖銳的批評。

（二）小說

　　周定山的小說作品及其思想特色如下：

1 書寫弱勢民眾的苦痛，批判封建禮教和舊勢力

　　如〈老成黨〉、〈摧毀了的嫩芽〉、〈乳母〉、〈旋風〉四篇。

　　〈老成黨〉描寫當時表面上仁義道德，暗地裡攜妓冶游的傳統舊文人之醜劣面貌。周定山一方面以嬉笑怒罵的筆觸來勾勒舊文人虛矯的嘴臉，一方面借著保守分子對前衛人士的批評，呈現了當時新舊文人論戰的實況。

　　〈摧毀了的嫩芽〉是周氏一篇自傳色彩相當濃厚的作品。借著這篇作品，周定山追憶了他那因為家貧送給農家當養女的早夭的女兒彬彬。除了以淡淡的筆觸來抒發內在的鬱結外，亦借此作，對當時父權至上的社會價值觀進行批判。

　　〈乳母〉[61] 反映了失業者奔走無告的痛苦和無奈。由於農村經濟的凋敝，使得投資肥料買賣的鄭正凱血本無歸。為了維持家計，妻子素雲只好前去富戶人家擔任乳母的工作。而自己的女兒卻因高燒無人照料而夭折了。後又有次子腹痛昏睡，長子又跌落樹下而致右腕折斷的不幸。素雲最後決定辭去工作回家，但是今後的生計如何，只能聽

59　《臺灣民報》第357號，1931年4月4日。

60　《先發部隊》創刊號，1934年7月15日。

61　1936年4月1日發表於《臺灣新文學》。

任命運的安排了。全作在悲鬱的氣氛中收束。該小說的題材與大陸
三十年代的鄉土小說題材一致。特別是與柔石的〈為奴隸的母親〉極
其相似，由此可看出周定山小說與大陸新文學現實主義風格的一脈
相承。

〈旋風〉[62]直接描寫了被欺騙壓榨的農工的坎坷命運。臭萬靠拾
番薯葉維持飯食。為了討回贌田，在狡猾的洪成的慫恿和威嚇下，喪
失了原有的幾分園，最後甚至必須賣女兒，才能還債。在失去土地和
愛女的雙重打擊下，臭萬的妻子瘋了。臭萬的氣喘病也復發了。兒子
阿宋小小年紀，就失去了同齡夥伴所能擁有的快樂。而彼此勾結、串
通，以致造成這個悲劇的洪成、黃應來、矮仔強，卻在保正間裡玩笑。

2 以民間文學素材隱喻現實生活

如一九三五年一月六日發表於《先發部隊》的〈鹿港憨光義〉和
一九三六年九月十九日發表於《臺灣新文學》一卷八號的〈王仔
英〉。

〈鹿港憨光義〉以嘉慶、道光年間的民間傳說先賢人物憨光義的
故事為底本，頌揚了濟弱扶貧、蔑視權貴的正義精神。〈王仔英〉則
取材於清同治年間農民起義領袖王仔英的民間故事。小說以較多筆墨
敘寫土豪地主對貧苦農民的橫暴欺壓，形象地刻畫了他們勾結官府、
魚肉民眾的醜惡嘴臉。揭示了百姓走投無路、忍無可忍，必將奮起反
抗的主題。這兩則取材民間故事的小說，借「古事」酒杯澆底層民眾
當前內心鬱結的塊壘，有其現實意義，吻合於當時文藝大眾化的時代
潮流。

周定山國語（白話）文學作品具有強烈的現實批判意識和民間戰
鬥精神，但也有「文字不夠淺白，主題不夠鮮明，探討的範圍稍嫌狹

---

62 1936年12月發表於《臺灣新文學》。

窄。」[63]的缺陷。

四　陳虛谷

　　陳虛谷的國語（白話）文學作品主要是小說和詩歌。其小說作品主題均為批判日據當局的黑暗統治，詩歌則文辭淺白，素樸恬淡，意境高遠。

　　其小說作品主要有：〈他發財了〉（1928）、〈無處申冤〉（1928）、〈放炮〉（1930）年、〈榮歸〉（1930）等。前三篇小說揭露了日本警察的惡行，反映了臺胞的苦難與不屈精神。例如〈他發財了〉描寫日本巡查大人為在任內榨取更多的錢財，除了利用法規公開敲詐外，還巧立名目，如慶賀新年、生男喜慶、滿月恭賀等，進行貪得無厭的勒索，激起窮苦人極大的憤恨。〈無處申冤〉是一篇更具代表性的作品。小說寫日本警察岡平利用職權，常以查戶口為名，逐家物色好看的女性。他屢屢公開調戲年輕村女不碟，並要施行強暴，但遭到不碟及其母親的拼死抵抗。後，岡平又尋機報復，迫使不碟一家遠走他鄉。岡平又看中了地保的弟媳，在一個深夜，將其強姦。在這裡，極具反諷意味的是，作為日本警察威嚴與神聖權利象徵的佩劍竟成了岡平用來行兇的輔助物。翌日，地保兄弟持岡平留下的公服，向郡衙控訴。但郡衙反而對被害人施加酷刑，強迫她否定事實。但她剛烈不屈，冤屈而死。地保被免職，地保的弟弟也被以誣告及侮辱官吏的罪名，判懲役五個月。小說以此說明，日據時期臺灣是一個「無處伸冤」的社會，只有奮起反抗，推翻殖民統治，臺灣民眾才有出頭之日。〈榮歸〉則刻畫了一個從日本留學回來便覺高人一等的青年及其淪為日據當局御用紳士的父親的醜陋形象。

---

63 施懿琳：《跨語、漂泊、釘根──臺灣新文學研究論集》（高雄市：春暉出版社，2000年6月，初版1刷），頁28。

　　虛谷的小說具有鮮明的現實主義風格，立意深刻，文筆犀利，針砭時弊。主題鮮明，鞭撻醜惡，同情弱者，鼓勵反抗，富有民族意識和抗爭精神。他善於運用白描和反諷的藝術手法。人物性格都通過其自身的語言、動作來體現。對統治者的所謂神聖莊嚴則以其自身的矛盾反差加以解構和顛覆。如作為「法律」執行者的日本警察，卻幹著不法勾當。神聖的佩劍卻成為他們作惡的兇器。小說以這種反諷手法，透露了文本深藏的審醜意識與隱喻效果。另外，虛谷小說也具有濃厚的鄉土色彩。

　　虛谷的詩歌作品主要有〈小汽車中〉、〈草山四首〉、〈敵人〉等。其詩歌創作，取材於通常的人物、景象與事象，同時富有高潔的情操和遠大的志向。在藝術上，往往借助可感可觸的具象，通過平易曉暢的語言文字，托物抒懷。其詩作，注重於對美好崇高境界的揭示與讚美。如〈小汽車中〉寫抒情主人公在車上與一位少女相對而坐，低頭讀詩時，抬頭看到「她那醉人的眼睛也看定我不移」，彷彿感受到了女子聖潔的心靈。於是將其與世上「蠢豚」、「野獸」般的男性對比，讚美純真高潔的美麗女性。

　　〈草山四首〉借物抒懷，歌頌永不歇止的奮發進取精神。如詩中的群山與白鴿：

　　　　像那樣很沉靜不動的群山，／也自互相競爭著，／你看！／它那鬱勃雄渾的氣勢，／一峰高似一峰，／高到人們看不見的雲霄裡去了。（〈草山四首〉之三）
　　　　深山中的白鴿子，／被亂峰圍繞著，／他似感覺著不舒適，／想飛到山外去，／盡力地，／鼓起他的雙翼，／一直向高處飛，／終竟飛上山峰的盡頭了。（〈草山四首〉之四）

群山因有競爭意識，才有鬱勃雄渾的氣勢；白鴿因有不屈精神，才能

突破「亂峰」的重圍。詩歌表現出對崇高志趣的讚美和追求，內蘊性靈，體現了人與自然的圓融和諧。

〈敵人〉[64]表現了詩人不畏強權、在逆境下仍堅持戰鬥的精神：

> 止！止！止！／止住我們的哭聲，／敵人來了！／不要使他們聽見，／他們要誤會我們是在求憐憫同情，／他們就要加倍冷笑驕橫。／我們的事是全仗著我們自己的本領，／用不著他們來給我們助成，／我們便是滅亡在頃刻，／也不願在敵人面前表示苦情，／表示苦情，／是我們比死以上的可憎。／止吧！止吧！／止住我們的哭聲。

詩中充溢著飽滿的戰鬥精神，激勵臺灣民眾，自力更生，絕不向日本侵略者屈服。

虛谷的國語（白話）創作大都具有堅韌的反殖民反封建的抗爭精神，意旨高遠、淳樸厚重。

五　其他作家

楊華、王詩琅、朱點人等作家是國語（白話）文學的堅持者。

（一）楊華

楊華（1900-1936），原名楊顯達（一說楊建），筆名楊華、楊花、楊器人。屏東人。終生用中文創作，主要寫作國語（白話）詩歌。家境窘困，體弱多病，但頗具文學天賦，知識多來自勤學苦修，曾以在書塾從事漢文教學為生。新文學運動初期，曾認真研讀祖國新

64　一九三一年一月在《臺灣新民報》刊載時無題，題目是收入《虛谷詩集》後所加。

文學作品。一九二四年開始習作，一九二六年十一月，應《臺灣民報》白話詩徵稿，其〈小詩〉、〈燈光〉分別獲第二、第七名，從此步入臺灣詩壇。他被殖民當局視為「不穩分子」，屢受傳訊，一九二七年二月被捕入獄，在獄中寫作〈黑潮集〉組詩五十三首，後發表於一九三七年一月三十一日、三月六日《臺灣新文學》二卷二號、三號。因貧病交加、時局困迫，懸樑自盡，時人稱其為薄命詩人。楊華被楊逵譽為「島上優秀的白話詩人」[65]。

　　楊華一九三二年起大量發表詩作，表達憂患意識，反映社會問題，其〈女工悲曲〉詩以及小說〈一個勞動者之死〉和〈薄命〉，顯示了他的左翼立場。他的作品多是小詩，如〈黑潮集〉、〈心弦集〉、〈晨光集〉都是以小詩控訴生命的悲哀，揭露了異族的殘酷統治，表達了人生感悟。他曾創作了〈心弦集〉、〈晨光集〉、〈女工悲曲〉等國語（白話）詩作和〈一個勞動者的死〉與〈薄命〉兩篇國語（白話）小說。

　　楊華的詩作數量較多，主要作品有〈小詩〉、〈黑潮集〉（五十三首）、〈女性悲曲〉、〈秋贈給我的〉、〈春愁〉、〈夢醒〉、〈褐色的草舍〉、〈心弦〉（五十二首）、〈小詩十二首〉、〈褪色的紙窗〉、〈西子灣〉、〈愁緒〉、〈蕭蕭雨〉、〈春來了〉、〈溫柔的春陽〉、〈淡薄的哀愁〉、〈燕子去了的秋光〉、〈晨光集〉（五十九首）等。以上詩篇表現了幾個重要主題，筆調清新委婉。

　　楊華詩作經常出現的一個重要主題是對人生的思考。如：

　　　　我要從悲哀裡逃出我的靈魂，去哭醒那人們的甜蜜的戀夢。我
　　　　要從憂傷裡擠出我的心兒，去填補失了心的青年的胸膛！
　　　　（〈黑潮〉五一）

65　見《臺灣新文學》第1卷第4號「啟事」，1936年5月。

莽原太廣闊了，夕陽又不待人的斜下去了；唉！走不盡的長途
呵！（〈黑潮〉五二）

詩歌表現了對人生過程的一種哲思與傷感。詩人遠瞻人生的前途：

遠瞻前方，／山斷水回了，／盡頭溟茫，／這是人生前途的象
徵？／──人生只是向虛無輾轉前進呀！（〈星光集〉二十三）

詩歌雖然寫自然景觀，實際是托物取興，將主題隱藏在字裡行間，以
自然景物隱喻詩人對時代、社會感到失望的悲觀情緒和對統治者的控
訴。借景生情、托物寓意成為楊華詩歌的重要藝術特色。如詩人由弱
勢的秋雨、瘦菊、秋蟲聯想到自己，生出同病相憐的情意：

一絲一絲的秋雨，／擁著蕭疏的瘦菊，／輕輕舞，／慢慢搖，
／這片刻的溫存，／秋贈給我們。／／一跡一跡的衰草，／抱
著低鳴的秋蟲，／細細語、／低低訴、／這半晌的纏綿，／秋
贈給我的。（〈秋贈給我的〉）

　　楊華詩歌有時也傳達出憤怒的呼號與剛強的反抗精神。如他在身
系囹圄時悲憤地寫下〈黑潮集〉，開頭寫道：

黑潮！／掀起浪濤，顛簸氾濫，搖撼著宇宙。（〈黑潮集〉一）
洶湧的黑潮有時把長堤沖潰。／點滴的流泉有時把磐石滴穿。
（〈黑潮集〉二）

這裡所說的「黑潮」，隱喻著日據下臺灣民眾蓄勢待發的抗爭力量，
一旦這種力量爆發，將會衝破一切壓迫、拘束與障礙。對於殖民者殘

酷的迫害，詩人以隱喻手法表達自己的悲憤：

> 平原的嫩草，／慢慢地露出綠色。／餓過了秋冬的羊兒，／像
> 匪兵一般地搜索。／唉！／春草的生命，／又被摧殘了！
> （〈黑潮集〉十八）

　　這裡的「嫩草」無疑是隱喻著遭受壓迫的民眾，而匪兵一般的
「羊」則隱喻著日本統治者等黑暗勢力。對於這種壓迫摧殘，詩人發
出憤怒的呼喊：

> 池魚逃不回大海，／魚呀！你盼望著洪水嗎？／籠鳥逃不回森
> 林，／鳥呀！你盼望著大火嗎？（〈黑潮集〉四十六）

但詩歌中未能找出走向光明的道路，顯示出沒有出路的悲哀與茫然。
　　楊華詩作深入揭示了臺灣人民在殖民統治下遭受到的壓迫與創
傷，用血與淚彈奏出人生悲歌。他常運用悲憤傷感的語言、灰色蒼涼
的意象，反映深刻沉重的主題，營造動人心魄的意境。他還運用了類
似泰戈爾的哲理小詩形式，其詩歌以短小精幹見長，多為三、五行的
小詩，語言精煉，意象清新，頗有當時盛行的印度詩聖泰戈爾的詩
風。即使在獄中，其詩作仍充滿樂觀和希望。如：「人們看不見葉底
的花，已被一雙蝴蝶先知道了」（〈小詩〉）楊華詩歌深受郭沫若的
〈星空〉、冰心的〈繁星〉影響。其小詩跟兩位詩人的遣詞用字、語
法以及詩中的哲理都有類似之處。發表於一九三五年六月七日《臺灣
新民報》文藝欄的署名「少岳」的〈最近的新詩與我的希望〉一文中
指出：「〈星空〉的雨後裡一節，及〈繁星〉的（第八）都和〈晨光
集〉的（十一、十五）很相似，除起一兩字的差異，與字句的排法不

同外，內容並無歧異。」楊華甚至由此而遭致「暗合」、「剽竊」[66]的非議。另外他的詩作在國語（白話）中還夾雜有閩南語詞彙，如，親像（像）、未食（未吃飯）、攏總（都）、青驚（驚慌）、日頭（太陽光）、沃濕（淋濕）、按怎（怎麼）、也是（或是）、一蕊（一朵）、譽老（誇獎）、佳哉（幸虧）等，表明了其創作思維由閩南方言向國語（白話）的轉換，也表明了他國語（白話）寫作因受客觀環境限制，還不成熟。

　　楊華的小說創作數量雖少，但卻都反映了黑暗的社會現象，頗有震撼力。一九二四年寫就，一九三五年正式發表的〈一個勞動者的死〉是他的處女作。小說寫一個工人的悲劇命運。主人公施君，原在農村種菜度生，為家計所迫，到城裡一家鐵工廠當工人。因勞動條件惡劣，勞動強度太大，加之營養不良，收入低微，得了病又無錢醫治，終於含恨死去。另一篇小說〈薄命〉（1935）則寫一個薄命女性的慘劇。主人公愛娥，六、七歲時，被父親賣給人做「童養媳」，常受酷打，只好投靠外婆收留。十六歲又被父親強制嫁給另一家人做媳婦。剛嫁過去的第五天，夫家的生意被官廳命令停業一個月。不久，家中又遭火災。為此，她被公婆咒罵為「白虎星」、「掃帚星」，並慘遭毒打，最後被逼瘋致死。小說人物描寫細緻，題材挖掘深入，藝術成就較高，一九三六年曾被胡風選入《山靈》短篇小說集，在大陸流行。楊華小說，同情被損害者，控訴資本主義、封建主義的罪惡，但也流露出消極悲觀情緒。

（二）王詩琅

　　王詩琅（1908-1984），又名王錦江，筆名王一剛、嗣郎、榮峰。臺北人。幼時入私塾讀漢文，喜讀稗史小說。入公學校就讀後，受大

---

66 見毓文（廖漢臣）〈就暗合和剽竊說幾句〉一文，《臺灣文藝》1935年7月號，頁199、頁200。

陸一九三〇年代新思潮和魯迅、郭沫若的作品影響很深。對張資平、
許地山、冰心、林語堂、胡適、陳獨秀的作品也很感興趣，因此從小
就培養起了中華民族意識和反抗殖民精神。他在青年階段開始參加各
種抗日活動，一九二七年參加「臺灣黑色青年聯盟」，一九二九年參
加了「臺灣勞動互助組」，曾兩次被捕入獄。一九三三年參與組織
「臺灣文藝協會」，創辦《先發部隊》。後又參加臺灣文藝聯盟。一九
三五年再度被捕。一九三七年赴上海，不久回臺灣。一九三八年再赴
廣州，在廣東迅報社擔任編輯。日據時期，王詩琅一直堅持用中文創
作，著有小說《夜雨》、〈青春〉、〈沒落〉、〈老婊頭〉、《十字路》等。
他說：「我不是不會日文，而我大多數的作品選用中文來寫，是基於
民族感情，一份對於國家民族的熱愛。」[67]

　　王詩琅小說的題材主要反映處於社會底層的社會邊緣人物的掙扎
與反抗。

　　〈夜雨〉一九三五年發表於《第一線》。小說寫工人有德在罷工
失敗後所遭受的迫害和面臨的困境，從側面反映了臺灣工人的覺醒、
鬥爭和統治者的凶惡面目，揭示了罷工失敗的真正原因是統治者的破
壞。小說從小角度落筆，以邊緣化的人物和邊緣化的瑣細事件透視宏
大社會問題，立意深刻獨到。

　　〈沒落〉[68]寫青年知識分子李耀源參加罷工運動，在罷工失敗
後，仍奔波於大陸、臺灣之間繼續從事社會活動，不幸被捕入獄。受
到打擊後，李耀源一度沉淪頹廢，但他內心仍湧動著「一股咆哮踴躍
的血潮」，小說結尾讓他呼出了「鏟解這頹廢」的心聲。小說對造成
主人公頹廢的主客觀原因進行了深刻的剖析。揭示出使他喪失了鬥爭

---

67 黃武忠：〈熱愛國家民族的——王詩琅〉，轉引自劉登翰、莊明萱、黃重添、林承璜
　　主編：《臺灣文學史》（福州市：海峽文藝出版社，1991年6月，初版1刷），上卷，頁
　　501。

68 發表於1935年《臺灣文藝》第2卷第8號。

的熱情和對理想的追求的是社會的黑暗、殘酷的現實壓迫及其個人的
軟弱動搖。李耀源這一形象代表了日本殖民統治下知識分子在時代激
流與現實重壓下的痛苦、抗爭與掙扎，以及他們失落又不甘墮落的複
雜心態。

　　王詩琅的小說還表現了女性的不幸遭遇。如小說〈青春〉[69]，寫
一個才華出眾的女學生月雲本來希望在男權社會中創出一片女性的天
空，但不幸患上了肺病，重病住院，在淒涼、孤獨和絕望中死去。小
說通過女主人公的理想的難以實現，反映了殖民統治、封建習俗等對
女性的壓迫與摧殘。〈老婊頭〉[70]寫鴇母「老婊頭」守財如命，家財萬
貫，但待人冷酷自私，對妓女百般欺凌榨取，對有病者也不給予醫
治，毫不憐憫。作品揭示了社會不公平現象，對處在社會最邊緣的妓
女的悲慘命運表示了深切的同情與關注。

　　王詩琅善於把人物放在社會政治背景裡進行描繪，其小說有著鮮
明的現實書寫風格。其小說以挖掘人物心理見長，常能通過人物的心
靈軌跡展示其性格發展。如〈沒落〉通過對李耀源心理起伏變化的描
寫，將李耀源由先進而落伍，由落伍又不甘墮落，竭力掙扎的性格特
點生動地展現出來。另外，王詩琅還善於通過對人物行動語言的細節
描寫表現其性格特徵，其小說語言在注意精煉暢達之外，還運用了一
些適合表現人物性格的活潑生動的方言口語，如〈老婊頭〉中有一段
老婊頭拒絕借錢給阿樹嫂的描繪，就運用了一些俚俗語言，從而使其
小說具有了濃郁的鄉土色彩。

（三）愁洞

　　愁洞（1900-1984），原名蔡秋桐，雲林人。筆名有愁洞、愁桐、
元寮、匡人也、秋洞、秋闊、蔡落葉等。童年曾入書房接受漢文教

---

69 發表於1935年《臺灣文藝》第2卷第4號。
70 發表在1936年《臺灣新文學》第1卷6號。

育，十六歲時進元長公學校。畢業後任保正和製糖會社原料委員。在公學校時開始用日文創作。畢業後在《新高新報》上用臺灣方言發表小說。他的詩歌和小說均用中文寫成。從一九三一年開始發表國語（白話）文作品。一九三一年冬，他曾創辦《曉鐘》雜誌。一九三四年出席第一次臺灣全島文藝大會，當選為臺灣文藝聯盟南部委員。他還參加過文言詩社「褒忠吟社」。其國語（文學）作品主要是小說。代表作品有〈保正伯〉、〈放屎百姓〉、〈奪錦標〉、〈新興的悲哀〉、〈興兄〉、〈理想鄉〉、〈王爺豬〉、〈媒婆〉、〈四兩仔土〉等（其中〈放屎百姓〉，僅刊出上半篇，下半篇被日方新聞檢查人員腰斬），另有國語（白話）詩歌〈牛車夫〉。其作品多以日本巡警、會社長、鄉保甲長中的民族敗類為描寫對象。一九三七年，臺灣總督府強制廢除漢書房，禁止報刊、雜誌刊用漢文作品，即停止漢文創作。光復後曾任光復後曾任元長鄉鄉長、臺南縣議員等職，並加入元長詩學研究社。

　　愁洞小說深刻揭露了日本統治階層的醜惡嘴臉，諷刺批判了地方保正，拓殖會社社長一類灰色小人物。〈保正伯〉（《臺灣新民報》第353號，1931年）寫一個地方流氓，未當保正之前「亭仔腳是他的宿舍，豬砧是他的眠床，賭博是他的正業，打架是他的消遣，無惡不作」，但後來靠拍馬屁當上了保正。這個李保長為了徹底改寫自己在賭場上失敗的記錄，他寧願充當日本人的走狗。小說人物的典型性較強，通過這樣一個荒謬的鬧劇，反諷了整個毫無公理可言的殖民社會。

　　〈奪錦標〉（《臺灣新民報》第374-376號，1931年）通過一個撲滅瘧疾成果的表揚大會，正話反說，表面上歌頌百姓在殖民統治下享有的所謂「德政」，實則揭露了日據當局的剝削壓迫，臺胞的敢怒不敢言，無處申冤。

　　〈理想鄉〉（《臺灣文藝》第2卷第6號，1935年）也是運用了反語的修辭手法，表面上稱讚由於中村「大人」的指導，吾鄉才被譽為「理想鄉」，實際上是說，拜中村「大人」所賜，吾鄉才弄得勞民傷

財、怨聲載道。

〈新興的悲哀〉（《臺灣新民報》第387-389號，1931年）寫農民林大老幻想日本 S 會社第四工場改置在 T 鄉後，自己的收入會很可觀，但是，有關日本官員與拓殖會社社長暗地勾結，做不正當生意，農民租來的田地則無法耕種，小說讓林大老覺悟地說出：「哎！上當了，無一不是資本家的騙局」。從而揭露了殖民政府所謂「德政」的虛偽性與欺騙性。

〈興兄〉（《臺灣文藝》第2卷第4號，1935年）寫主人公興兄為了讓兒子到日本留學，不惜以土地擔保向銀行借錢。但兒子學成歸國，娶回了一個日本媳婦，由於中日習俗的不同，發生了一場風波。小說由此揭示了所謂「文化同化」的虛假性。

〈四兩仔土〉（《臺灣新文學》第1卷第8號，1936年）寫誠實、憨厚、勤勉的蔗園勞工四兩仔土做工兼做田，但在蔗糖會社欺詐下，仍然由有產者淪落為貧困的「羅漢腳」。小說由此表達了被殖民下底層臺灣百姓生活的悲情。

愁洞的小說，「筆尖是指向異族與走狗，心靈則是屬於所有被壓迫的放屎百姓的」。[71]他那嘲諷的戲劇性手法，使得人物凸顯，情節緊湊，結構完整；以今日的眼光看來，雖不免有些用語過於囉嗦和粗陋，但瑕不掩瑜，其嬉笑怒罵的技法，可說是另闢蹊徑。他以最詼諧、最輕鬆的形式，來暗藏最無奈，最嚴肅的主題，而表現得惟妙惟肖，無跡可尋。他不像賴和，守愚的「正面寫實」，而是自成「反面寫實」一格，因此，其小說在日據時期臺灣國語（白話）文學中可說是個異數，是此時期的重要作家之一。愁洞曾經在日據時期擔任保正前後有二十五年之久，對保正這種角色把握得深刻入微，因此，其小說在某種程度上說，也有自我批判的功能，也正因為他的真實人生與

---

71 鍾肇政、葉石濤主編：《一群失業的人》（臺北市：遠景出版社，1979年7月初版，《光復前臺灣文學全集2》，頁289。

其小說文本之間的互文性轉換，才更加凸顯了其小說作品的真實性和隱喻性，而愁洞在日據當局外圍組織內部的反戈一擊也使其小說更具有說服力和震撼力。由於他保正的身分和製糖會社兼職的原因，對警察及壓榨蔗園工人、蔗農的現象，無法做出強有力的抗議，但從他的每一篇作品中，都可以讀出他是站在同情農工大眾的立場而創作的。他對警察貪財、施暴的行為，進行了尖銳的諷刺與批判，具有抗議精神。他的作品裡的臺灣方言，從語言的角度，展現了鄉土特色。其小說有較高的藝術水平，對於國語（白話）臺灣文學的發展，有著卓越的貢獻。

（四）朱點人

朱點人（1903-1949），原名朱石頭，後改名朱石峰，臺北人，先後參加臺灣文藝協會、臺灣文藝聯盟，參與「臺灣話文論戰」，支持國語（白話）文運動。筆名有朱點人、點人、描文、文苗等。小說作品有〈島都〉、〈失戀者日記〉、〈紀念樹〉、〈無花果〉、〈蟬〉、〈安息之日〉、〈秋信〉、〈長壽會〉、〈脫穎〉、〈血櫻〉等。他還曾編寫了〈媽祖的廢話〉、〈邱罔舍〉等民間故事，筆法靈巧，頗具趣味性。楚女（張深切）在〈評先發部隊〉一文中，謂其為「臺灣新文學創作界的麒麟兒」。[72]一九四九年冬，被懷疑參加共產黨地下組織，在臺北被國民黨反動政府殺害。

朱點人的小說善於心理刻畫，但又具有強烈的現實主義風格。如〈無花果〉、〈紀念樹〉、〈安息之日〉主要側重於深入挖掘人物心理。而〈島都〉、〈秋信〉、〈脫穎〉等小說則批判了殖民統治下的黑暗社會現實。

〈無花果〉（《臺灣文藝》創刊號，1934年）描寫一個少年暗戀的

---

72 轉引自鍾肇政、葉石濤主編：《薄命》（臺北市：遠景出版社，1979年7月初版，《光復前臺灣文學全集4》），頁31。

少女，出嫁後變得平庸醜陋，少年心中的美好偶像於是幻滅。〈紀念樹〉（發表於《先發部隊》創刊號，1934年）借少婦的懺悔，揭露了人性的陰暗角落。〈安息之日〉（《臺灣文藝》第2卷第7號，1935年）寫屠戶李大粒守財如命，死後出葬的場面描寫極具戲劇性與諷刺性：「在八人扛的棺木，薄板仔裡有二雙（只）手向左右分著倒垂下來」，有一對輓聯則寫著「生不帶來」、「死不帶去」。

　　朱點人的小說具有犀利的批判力量和強烈的抗爭意識。〈島都〉（《臺灣新民報》第400-403號，1932年）主人公史明認識到了工人「愈勤苦愈困窮」的原因，奮起反抗日本殖民統治，雖然失敗被捕了，仍鬥志不減、堅持抗爭。〈蟬〉（《第一線》，1935年）借防空演習，譴責戰爭，以天真無邪的孩子隱喻和平美好的未來，以蟬的叫聲隱喻戰爭的喧鬧。小說末尾寫道：「珍兒的體溫已恢復到平熱了。當珍兒要退院那天的早上，純真在病棟的相思樹下踱步，偶然發現了一個蟬蛻釘在一株的樹幹上。」這裡的「蟬蛻」隱喻著「日本帝國主義如秋蟬般落地死亡，也象徵著患病的孩子經過一番周折，終於『金蟬脫殼』恢復健康，從而說明和平一定勝利！日本的侵華政策一定失敗！」[73]小說由此具有了深層的隱喻意涵。〈秋信〉（《臺灣新文學》3月號，1936年）表現了臺灣文化人對殖民文化的抵制。寫一個深具漢民族意識的老秀才陳斗文去看日據當局所謂「始政四十周年紀念」博覽會。斗文先生平時便在鄉下創辦詩社，振興漢文。這個具有進步意識的老人看到會場裡「產業臺灣的躍進」的標語時，怒火中燒，不顧日本統治者的監視，破口大罵：「倭寇！東洋鬼子！」「清朝雖然滅亡了，但中國的民族未必……什麼『產業臺灣的躍進……』這也不過是你們你們東洋鬼才能躍進，若是臺灣人的子弟，恐怕連寸都不能呢，還說什麼教育來！」表現了堅強的抗爭精神和大無畏的犧牲精神。小

---

73 周青：〈臺灣鄉土文學與愛國主義〉，《周青文藝論集》（北京市：臺海出版社，2004年1月，初版1刷），頁146。

說末尾寫斗文先生到撫臺衙故址憑弔，並拿出侄兒寄給他的信，讓印有「蓬萊面影」的信箋「飄到地面的一葉梧桐的落葉上去」，這一細節隱喻著臺灣文化人胸懷祖國、「落葉歸根」的情結。

〈脫穎〉（《臺灣新文學》第1卷第10號，1936年）寫臺灣人陳三貴以優等成績從公學校畢業，他的工作仍只是給仕（工友），在受盡輕視之後，「他想他要是內地人，做過五年給仕（工友），也要升作事務員了，月給至少也有五十圓，還有宿料費（宿舍費），要是任官，到了一定年間，就有恩給（退休金）可領……啊！內地人！生作日本人才得豐衣足食的……若是可能的話，他想要投胎轉世作內地人了。」而這時，一個兒子死於滿洲的事變的日本人，為了避免後代再服兵役，勸女兒嫁給自己平時看不起的臺灣人。陳三貴為了高攀，終於拋棄自己的姓氏與父母，變成了犬養三貴，成了衣食都是日本式的「三腳仔」。全文充滿了諷刺的意味，文末陳三貴用日本話反覆向老友聲明，「我是犬養，不姓陳！」而老友回答說：「唔，犬養的……」小說一語雙關，構成絕妙的痛罵與諷刺，揭示了無恥的奴才與走狗嘴臉。

綜言之，朱點人的小說充滿了正義和良知，具有強烈的批判現實主義風格，同時又不乏現代派小說的藝術技巧。

（五）鍾理和

一九二二年，鍾理和入鹽埔公學校就讀，接受日式教育。其父鍾鎮榮（又名鍾蕃薯）要求他利用空暇向「原鄉」來的先生學習漢文，此為鍾理和漢文教育之起端，對鍾理和有很深的影響。一九二八年，他進入長治公校高等科就讀，一九三〇年畢業後進入村裡的私塾學習漢文，並開始嘗試創作。雖然處於日人統治之下，但他選擇了漢語書寫。由此可見，他的民族意識和文學啟蒙之間，存在著密不可分的關係。一九三二年，他隨父親從屏東遷入旗山郡經營農場，結識了農場女工鍾台妹，並與她相戀；但當時，封建習俗反對同姓聯姻。一九三

八年，鍾理和離家遠赴瀋陽，學習駕駛汽車謀生，一九四〇年，回臺
將鍾台妹接到瀋陽結為伴侶。一九四一年遷居北平，並開始學習創作。

　　鍾理和出身在一個農民家庭，但其父曾赴大陸投資經商，這使鍾
理和培養起了較為寬廣的視野。他在私塾學習漢文時，正值大陸五四
運動之後，產生了對祖國的嚮往。鍾理和在一九五七年十月寫給廖清
秀的信中曾說，他在村塾讀書時，閱讀了魯迅、巴金、老舍、茅盾、
郁達夫等人的文學作品[74]，受到了大陸新文學的影響，此時，他開始嘗
試寫作，作有短文〈由一個叫化子得到的啟示〉與小說〈雨夜花〉。

　　其主要作品有：一九三〇年入私塾後，曾撰《臺灣歷史故事》、
《考證鴨母王朱一貴事蹟》等，並試作短文〈由一個叫化子得到的啟
示〉和未完成長篇小說〈雨夜花〉，原稿均不存。一九三七年一月二
十九日，寫成〈理髮匠的戀愛〉，後改題為〈理髮記〉，這是現存最早
的作品；一九三八年寫〈友情〉，未完成；一九三九年一月十四日，
寫〈都市的黃昏〉，後改寫為〈柳陰〉。一九四一年，他遷居北平。在
這段時間裡，他得不到家庭的支援，又不肯為日人機構做事，因而窮
困潦倒。但他此時加強了要做作家的願望，雖然他的工作是煤炭零
售，可他在寫作上花費了絕大部分的精力。一九四一年，他寫作了
〈泰東旅館〉，未完成。一九四三年，因生活所迫，他開始翻譯日本
小說、散文投稿。一九四三年八月，寫成〈游絲〉；一九四四年寫成
〈新生〉、〈薄芒〉、〈夾竹桃〉、〈生與死〉，寫〈地球之黴〉未完成。
一九四五年四月，在北平馬德增書店出版生平第一本小說集〈夾竹
桃〉，內含〈夾竹桃〉、〈新生〉、〈游絲〉、〈薄芒〉四篇。一九四五年
又寫成〈逝〉、〈門〉、〈秋〉、〈第四日〉。

　　其散文主要寫其旅居大陸的見聞。此時期主要作品有〈柳陰〉。
〈柳陰〉一文批判了朝鮮族的早婚及包辦婚姻現象。

---

74 參見：《鍾理和書簡》（臺北市：臺灣遠行出版社，1976年，《鍾理和全集》），卷7。

其短篇小說〈泰東旅館〉寫與妻子投宿於泰東旅館的所見所聞。
〈游絲〉和〈新生〉以北平為故事背景。〈游絲〉寫朱伯川強勸女兒
錦芝嫁給縣府秘書的兒子，但錦芝愛上了一個娶了童養媳的高中生。
文本的命名「游絲」隱喻著封建禮教下女性宛若游絲般的無力無奈無
助，但錦芝勇敢地向舊勢力進行抗爭，成為新女性的象徵。〈新生〉
寫主人公因與上司的親信發生衝突而失業，重新尋找工作的艱辛歷
程。〈生與死〉寫小市民張伯和的灰色人生與坎坷經歷，情節均在主
人公在亡妻靈前的回憶裡展現，小說採取了時空交錯、生死交叉的方
法敘事。〈秋〉寫男主人公徐光祖與王蕙文相戀，但在呂靜宜的追求
之下，與呂結婚。婚後，呂生活奢侈，徐被迫貪污公款滿足其欲望，
因此被捕入獄。出獄後，發現呂已搬家將其拋棄，而王蕙文也已逝
去。小說以秋天作為故事背景，烘托了人物悲涼的情緒。

〈薄芒〉是以臺灣為背景的愛情悲劇故事。寫患有肺病的阿龍到
表姐家養病，因而與表姐英妹相戀。但當阿龍請人到英妹家求親時，
為英妹的父親拒絕，阿龍因而精神失常。

中篇小說〈夾竹桃〉寫北平一所大雜院裡七家人的故事，刻畫了
人性貪婪、自私的陰暗面。故事背景是已成為淪陷區的北平。小說以
變質的北京人生活為開端，原本代表北平院落生活風景的天棚、魚
缸、石榴樹，因為魚缸經常養不活金魚，而改種菖蒲。石榴枝葉稀
疏，被主人拋在牆角，代之以夾竹桃。小說借此隱喻了已成為淪陷區
的北平的不幸與民眾生活的變質。小說將當時北平的社會人生濃縮在
一所大雜院裡，由一個來自南方的住戶曾思勉，以旁觀者的視角，來
觀察院落裡人們的性格缺陷。好逸惡勞，偷盜搶騙，弱肉強食。二房
東愛漲房租；莊太太吝嗇、自私、貪小便宜、好事、喜歡幸災樂禍；
寡婦的兒子不務正業遊手好閒；林太太常虐待前妻小孩。小說通過大
雜院裡的各色人等的灰色生活，批判了國民的劣根性，對黑暗的社會
現象和人性中灰暗的面向，進行了直接的揭批。〈夾竹桃〉由此表達

了對淪陷區民眾生活的整體觀感。鍾理和的作品大多是以探討人性為主體，較少以族群作為觀察的對象，雖然在〈柳蔭〉、〈泰東旅館〉中對大陸有一些描述，但所敘述的也只是對周圍的個體人事的觀察與體驗，少有對整個族群的宏觀考察與思考。而〈夾竹桃〉裡所描寫的大雜院，卻是以抽樣調查的視角來描繪，內含有以文學改革社會的目標，與一九三〇年代以文學介入社會革新的大陸新文學作家相似。〈夾竹桃〉客觀描繪了社會現實病態，希望喚醒墮落沉迷的民眾，引起療救的注意。

民族意識、對日本統治及封建道德觀念的抗爭意識、是鍾理和文學創作的原動力。鍾理和作品的最大特點是平實的語言和強烈的現實批判精神。如〈新生〉借描寫一個失業青年在家中遭受親人的冷嘲熱諷，批判了傳統大家庭制度。此外，其小說觀察細緻、刻畫真實。〈夾竹桃〉四篇作品顯示了鍾理和敏銳的觀察力。其作品都是以自己的親身經歷為取材的主要來源，故事情節和其親身經歷非常相似或相同。鍾理和因肺病關係，留下許多未完成的作品，令人惋惜。鍾理和從事的是默默無聞的邊緣私寫作，在他生前，除了小說集〈夾竹桃〉之外，不但沒有任何作品出版，甚至連發表作品的機會都很少。他的才華是在死後才受到肯定的。〈夾竹桃〉中的創作手法雖然還不成熟，但它的出版是鍾理和走向作家之路的開始。

（六）賴賢穎

賴賢穎（1910-1981），原名賴滄洧，筆名有賴堂郎、玄影等，彰化人，賴和的五弟。一九二二年，小學畢業後，赴廈門投考集美中學，惜因國文程度欠佳落榜。[75]後經上海轉北平，入北平大中中學，一九二八年入北京大學預科，一九三〇年入北京大學西洋文學系英文

---

75 見賴和紀念館「賴賢穎文學手稿《賴賢穎自傳》」。

組。大學本科第二學年輟學，到泉州培元學校小學部任教，後又北返天津經營水果生意。一九三五年任職於臺灣青果會社天津支店。臺灣光復後返臺，任教於省立彰化高工，一九七五年退休。賴賢穎的文學創作，有小說、隨筆、文學評論等，小說有〈女鬼〉、〈姊妹〉、〈稻熱病〉等，始終堅持中文創作。其小說大多反映農民疾苦，描繪鄉村生活。

〈女鬼〉（《臺灣新文學》第一卷第二號，1936年3月3日）寫林乞食為地主向佃農催收租款，在城市與鄉村間奔波，每到進城前，他就住在一位寡婦家裡，但礙於封建禮教並沒有和她結婚。後來這個寡婦為他生了兒子後死去。兒子長大後，婚姻問題困擾了他們父子兩人，有一天，林乞食夢見死去的寡婦，醒後，開始干涉兒子的自由婚姻，要讓兒子跟一個不愛的已經訂婚的「草地人」女孩結婚。於是，他的兒子仍然要受到禮教、舊道德的限制，繼續父母輩所遭受的舊道德的摧殘。小說由此探討了農民問題及婚姻問題。

〈姊妹〉（《臺灣新文學》第一卷第五號，1936年6月5日）寫兩個姊妹為爭奪家產而吵鬧的故事，文中在人物對話中運用了大量符合人物性格特徵的閩南語方言，生動傳神地描寫了臺灣鄉村人物和生活。而文末，寫當局修路要無償徵用她們所爭奪的宅基地的消息，令兩人的希望都落了空，這一神來之筆隱喻了來自殖民壓迫的破壞力遠大於民族內部兄弟姊妹間的爭鬥。

〈稻熱病〉（《臺灣新文學》第一卷第十號，1936年12月5日）分別探討了肥料、田租的問題，並通過鄉居生活的細部描繪，反映了日據下農民生活的疾苦，「非常深切地反映了農業社會的面貌，觸痛了農民苦難的心靈。」[76]小說以處於社會底層的鄉間邊緣人物反映了佃農與業主之間的衝突、地主欺壓農民的方法、農民面對的沉重經濟壓

---

76 鍾肇政、葉石濤主編：〈植有木瓜樹的小鎮〉（臺北市：遠景出版社，1979年7月初，《光復前臺灣文學全集7》），頁201。

力，從而揭示了，臺灣農民除了遭受日本殖民壓迫外，還遭受著來自封建地主的壓迫。小說在塑造農民形象時，也使用了閩南語的人物語言，如，在黃旺與王海討論化學肥料的問題時，王金插嘴說：「捏，驚死；放，驚飛」[77]，諷刺他的兄弟優柔寡斷、舉棋不定。增添了小說的在地性和現實主義風格。

第三節　張我軍與楊雲萍等人的國語（白話）文學創作

一　張我軍

張我軍（1902-1955）本名張清榮，筆名張我軍、一郎、迷生、MS、野馬、以齋、劍華、憶、四光、大勝、老童生等。出身貧寒，父親早逝。小學畢業後，到一家日資鞋店當學徒。後入新高銀行任雇員，一九二一年到該行廈門支行工作，在廈門期間，接受了「五四」新文化運動的影響。一九二二年，他到北京求學，一九二三年就讀北京高等師範學校升學補習班。在京期間，他與同班女同學羅心鄉相戀，但遭到女方家庭的阻撓，「傾了無數的血和淚」。[78]由此深刻認識到反對封建思想的重要性。一九二四年十月，返臺任《臺灣民報》漢文欄編輯。此後一年間，撰寫了二十餘篇評論，提倡新道德、新文學，抨擊舊道德、舊文學，引發了新舊文學論爭。一九二五年考入北平中國大學文學系，一九二六年轉入北京師範大學，畢業後曾任北京師大、北京大學、中國大學教師。一九二五年十二月，出版國語（白話）詩集〈亂都之戀〉，一九二六年起又發表了〈買彩票〉等小說。一九四六年返回臺灣。張我軍主要國語（白話）作品有詩歌、小說、

---

77 臺灣的俗諺，比喻人做事優柔寡斷，舉棋不定。

78 張我軍：〈序〉〈亂都之戀〉，《臺灣民報》第85號，1925年12月17日。

散文、文學評論等多種作品，對國語（白話）文學在臺灣的發展，在理論與創作上都做出了重要貢獻。

（一）詩歌創作

〈亂都之戀〉（一九二五年十二月在臺北出版，一九二六年正式發行。）是臺灣第一部國語（白話）詩集。共收入十一篇五十五首抒情詩，其中三十三首寫於北京，十五首寫於返臺途中，七首寫於臺北。另外還有〈序〉和附文〈弱者的悲鳴〉。一九二四年三月至一九二五年春間寫作。

詩集以當時軍閥混戰中的「亂都」北京為背景，以詩人自身的愛情經歷為主體，抒發了戀愛中的種種情思，表達對純潔愛情的執著，對人生的熱愛，對黑暗現實的批判，對美好未來的嚮往。抒寫爭取自由戀愛與自主婚姻的歷程是詩集的主要內容。〈沉寂〉、〈對月狂歌〉描寫渴望愛情的心情。〈無情的雨〉（十首），抒寫了與羅心鄉[79]約會為大雨所阻的焦慮。〈遊中央公園雜詩〉（六首）描繪了戀人的柔情蜜意和愛情的純真。〈沈寂〉（〈沈寂〉曾發表於一九二四年《臺灣民報》第二卷第八號）則書寫了思鄉與相思交織的複雜感情：

> 在這十丈風塵的京華，／當這大好的春光裡，／一個 T 島的青年／在戀他的故鄉！／在想他的愛人！／他的故鄉在千里之外，／他常在更深夜靜之後，／對著月亮兒興歎！／他的愛人又不知道在哪裡，／他常在寂寞無聊之時，／詛咒那司愛的神！

一九二四年十月，他因生活困難離京返臺，此時他所作詩作多為

---

79 羅心鄉原名文淑，一九○七年生於湖北黃陂。一九一一年隨父母遷居北平，畢業於北京第一女子小學、尚義女師及國立女子師範大學，與張我軍同班。一九二五年九月一日與張我軍在臺北市結婚。

抒發離情與懷念。〈亂都之戀〉（十五首），就是抒寫她返臺途中那種
對情人無限依戀與惋惜的內心波瀾。《哥德又來勾引我苦惱》（六首）
反映了遠隔萬里的刻骨銘心的思念。〈春意〉則寫衝破封建家庭藩
籬、締結良緣後的幸福心情。

　　表現對黑暗現實的憎惡和對美好未來的嚮往是詩集另一方面的內
容。〈秋風又起了〉由愛情的憂傷而聯想到一個流浪在人生旅程之中
的「海外孤兒」前程無著的悲痛。〈前途〉直接地傾吐了對現實絕望
的痛苦，詛咒黑暗殘酷的社會現實。〈弱者的悲鳴〉正是抒發了對美
好未來的嚮往和信心：

> 樹枝上的黃鶯兒呵，／唱吧！盡量地唱你們的曲！／趁那隆冬
> 的嚴威，／還未凍你們的舌，壅塞你們的嘴。／唱呀！唱呀！
> 唱破你們的聲帶，／吐盡你們的積憤。／青空中的白雲呵！／
> 飛吧！盡量地飛向你們的前程！／趁那惡熱的毒氣，／還未凝
> 壅你們的去路。／飛呀！飛呀！無論東西、無論南北，／任意
> 飛向你們的前程。

　　〈亂都之戀〉喚起青年一代的覺醒，啟示他們與封建思想進行鬥
爭，具有重要的現實意義。同時，描寫上多採取情景交融的技法，語
言鮮明活潑，格調清新流暢，因此又含有浪漫主義色彩。在表現技巧
方面，詩人實踐了自己提出的理論主張。詩中的節奏或韻律與內容同
步。〈亂都之戀〉借熱戀中多感善感的情緒與思考，以國語（白話）
文的語言結構，生成詩歌文本，表面上看這些詩作只關注於個人生活
的幸福，但作者身分與其處身大陸的處境，卻形成一種祖國認同的隱
喻，〈亂都之戀〉以自由戀愛激發青年的個性解放與民主科學精神的
覺醒，謳歌新文化與新思想，其反封建婚姻制度的思想源自五四運
動，因此，〈亂都之戀〉實際上隱含著詩人的中華文化認同。

　　張我軍的詩作開創了國語（白話）臺灣詩歌創作的現實主義和反映內心情感的浪漫主義相結合的路向。

（二）小說創作

　　張我軍的小說創作，具有鮮明的現實主義風格和純熟的國語（白話）寫作技巧，而且多以臺灣島外的北京生活為題材，拓寬了萌芽期臺灣小說創作視野與領域。

　　其小說創作有短篇小說〈買彩票〉（1926）、〈白太太的哀史〉（1927）、〈誘惑〉（1929）等篇。其小說多以北京的社會生活為題材，通過愛情故事、學生故事反映軟弱女性、貧困學生的苦痛，揭露不公平的社會制度。〈買彩票〉為其處女作，以其在北京的求學經驗為腳本，寫臺灣學生陳哲生在北京勤奮攻讀，但卻因囊中羞澀無法續交學費，面臨輟學回家、和女友分別的厄運。值此困境，他去買彩票撞運氣，希望同樣落空，最後只得在失落中返鄉。小說觸及到了貧富不均的社會問題。〈誘惑〉寫一個家庭貧困的失業青年靠寫稿維持生計。在殘酷的現實生活面前，他無法實現理想，為養家糊口，只能做出自我犧牲，放棄自己的前途。小說借這個被黑暗現實磨滅了理想的青年的口喊出「萬惡的家庭制度！」的呼聲。〈白太太的哀史〉則寫一個被升官後變質的大陸政客始亂終棄的日本女子白太太的悲劇命運。〈白太太的哀史〉寫一個日本女子的感情悲劇，指斥男人的欺騙、背信和始亂終棄。小說揭開了人性的黑暗角落，揭露了文人官僚的腐化墮落和不良惡習。

　　張我軍的小說在作家與文本之間往往有著強烈的互文性意涵，其小說故事多以他個人的大陸生活經驗為腳本。長於從偶發事件中揭示本質性的社會問題。另外，還側重於採用對比手法，如〈買彩票〉中，主人公陳哲生的窮困、勤奮，與另兩個臺灣留學生林天財、李萬斤的富有、浪蕩形成鮮明對比；〈白太太的哀史〉中白太太的熱情單

純與白先生的虛偽殘忍，白太太年輕時的美麗與死前的憔悴，均構成了震撼人心的對比。張我軍的小說語言，採用純粹的國語，不用臺灣方言，「與賴和、楊守愚的臺灣式國語系統不同，也與楊雲萍諸人的日本式國語系統截然有別，是搖籃期中小說語言的一大支流。」[80]其小說根據內容需要鑄詞造句，語言活潑流暢。其小說創作，雖屬寫實，但側重表現愛情婚姻題材和人物的內在感情，因此同時具有清新活潑與浪漫主義的特色。

（三）散文創作

一九二五至一九二六年，張我軍在《臺灣民報》發表了〈隨感錄〉系列，成為國語（白話）臺灣文學「雜感創作的開端」[81]，是散文創作萌生期的代表作之一。這些作品，受「五四」新文學運動的影響，如〈賽先生也訪到臺灣了〉弘揚科學精神；〈笑《臺日報》中文部記者的愚劣〉、〈狂犬病的流行〉、〈忠實的讀者〉崇尚個性解放；〈糟糕的臺灣文人〉則批評了那些泥古不化的舊文人，反擊了他們對新文學的攻擊。這些雜文類散文短小精悍，能夠有針對性地快速對現實社會問題做出反應，而且常常能夠擊中要害，這一點頗似魯迅的雜文，如〈獄中的蔣渭水會在東薈芳演說〉、〈德國康德以大詩人名〉等都是像魯迅一樣從論敵文章中找出破綻，以對方自身文字方面的錯誤反駁對方的觀點。張我軍還擅長運用反諷手法，如〈狂犬病的流行〉等文，因而使文章更具戰鬥力。

在戰爭期，從一九三九年九月至一九四五年一月，張我軍在北京發表了〈秋在古都〉、〈病房雜記〉、〈元旦的一場小風波〉、〈《黎明之

---

80 鍾肇政、葉石濤主編：《一桿秤仔》（臺北市：遠景出版社，1979年7月初版，《光復前臺灣文學全集1》），頁134。

81 劉登翰、莊明萱、黃重添、林承璜主編：《臺灣文學史》（福州市：海峽文藝出版社，1991年6月，初版1刷），上卷，頁604。

前》尚在黎明之前〉、〈元旦的一場小風波〉等，將注意力轉向文化、哲理和親情。〈秋在古都〉運用對比手法讚美了美麗的北京之秋；〈病房雜記〉思考了人生存與發展的價值問題；〈元旦的一場小風波〉回憶了童年時與祖母共處的美好時光；〈《黎明之前》尚在黎明之前〉寫自己經濟的拮据情況，反映北京淪陷時期物價飛漲、民不聊生的黑暗社會現實。此時期張我軍的散文開始具有了文化散文的特徵，藝術水平和國語（白話）水準均有了較大提高。

（四）文學評論

　　張我軍最主要的文學成就是他的文學理論和文學評論。他提倡文學革命，批評一些舊文人甘於墮落，向日人獻媚取寵，並且進而將大陸胡適的文學革命論，引介到臺灣。其第一篇評論〈致臺灣青年的一封信〉（發表於《臺灣民報》的2卷第7號，1924年4月21日）批評臺灣的文言詩社不讀有用的書實際應用於社會，「只知道作些似是而非的詩，來作詩韻合解的奴隸，或講什麼八股文章替先人保存臭味。」〈糟糕的臺灣文學界〉（發表於《臺灣民報》第2卷第24號，1924年11月21日）批評舊文人不知道為什麼要作詩、詩是什麼，「不是拿文學來作遊戲，便是作器具用。如一班大有遺老之概的老師人，慣在那裡發脾氣，謅幾句有形無股的詩玩，及至總督閣下對他們稱送秋波，便愈發高興起來了。」全面批評了臺灣的舊文人。〈請合力拆下這座敗草叢中的破舊殿堂〉（《臺灣民報》第3卷第1號，1924年12月5日）明確了臺灣文學的中華屬性：「臺灣的文學乃中國文學的一支流。本流發生了什麼影響、變遷，則支流也自然而然的隨之而影響、變遷，這是必然的道理。」他系統地向臺灣文界介紹祖國新文學運動的情況，評介了胡適、陳獨秀、魯迅、郭沫若、胡適、西諦、徐志摩、焦菊隱等作家的主張。

　　一九二五年間，他發表了〈文學革命運動以來〉、〈詩體的解

放〉、〈新文學運動的意義〉、〈文藝上的諸主義〉等篇論文，深入論述了臺灣文學與大陸文學的關係、文學內容與文學形式的關係、國語（白話）與臺灣方言的關係等問題。

〈絕無僅有的擊缽吟的意義〉（《臺灣民報》第3卷第2號，1925年1月11日）指出文學的好壞在於有無「徹底的人生觀」和「真摯的感情」，臺灣的舊文人過於看重字詞聲調等技巧功夫，不注重內容和情感，寫出來的詩文「有形無骨」。〈詩體的解放〉（《臺灣民報》第3卷第7、8、9號，1925年3月1日-3月21日）論述了國語（白話）詩歌創作應把握的重要問題，提出了詩體解放的主張。他引用章太炎《國學概論》關於古詩流變的觀點，重申舊詩「矯揉做作，不顧自然」，以整齊劃一的形式吞沒了思想。他認為，詩的本質是「高潮的感情+醇直的表現=緊迫的節奏=詩」，因此必須做到形式與內容的緊密結合，詩體解放是一種歷史進化的要求。新詩必然要代替舊體詩。他還進一步提出，新詩必須採取適合於詩歌內容的節奏、形式來體現詩歌的內在律（內容律）。〈新文學運動的意義〉（《臺灣民報》第67號，1925年8月26日）提出了建設臺灣新文學語言的根本原則。認為，臺灣新文學的語言建設，必須與祖國大陸新文學同步，用中國普通話（現代漢語）作文學的器具。用臺灣方言代替白話的做法，不合理，也行不通。認為「我們日常所用的話，十分差不多占九分沒有相當的文字。那是因為我們的話是土話，是沒有文字的下級話，是大多數占了不合理的話啦。所以沒有文學的價值。」所以要「依傍中國的國語來改造臺灣的土語。換句話說，我們欲把臺灣人的話統一於中國語。再換句話說，是用我們現在所用的話改成與中國語合致」[82]，這樣，「我們的文化就得以不與中國文化分斷，白話文學的基礎又能確立，臺灣的語言又能改造成合理的」。其主張雖然對臺灣方言在文學中的作用估計

---

82 見其〈新文學運動的意義〉一文，《臺灣民報》第67號，1925年8月26日。

過低，但其所提出的臺灣文學語言發展的方向及其根本文化屬性在臺灣文學史上具有振聾發聵的作用。一九二五年十月二十五日，張我軍在《臺灣民報》發表〈中國國語文做法・導言〉[83]，一九二六年，《中國國語文做法》一書在臺灣出版。該著作是用國語（白話）講國語（白話）的嘗試。

　　在國語（白話）臺灣文學的萌生期，張我軍的文學評論，主張以文學改革取代因襲守舊，高張中華民族意識以抵制異民族文化的侵蝕。指明了臺灣現代文學語言變革的根本方向與主要途徑。這在臺灣起到了開風氣之先的作用，為國語（白話）文學在臺灣的發展奠定了堅實的理論基礎。但他也存在自相矛盾的地方，如他視一切格律詩為矯揉做作，腐朽衰敗，有過於絕對化之嫌。大多數文言詩文在日據時期的延續中華文化命脈的作用應予肯定。而且張我軍自身即做過〈寄懷臺灣議會請願諸公〉、〈詠事詩〉等憂時憂國的文言詩歌。因此，他未能分辨清楚「文言文學」與他所批判的「舊文學」之間的異同。

二　楊雲萍

　　楊雲萍（1906-2000），本名楊友濂，以字行，筆名雲萍、雲萍生，臺北士林人。是文言、國語（白話）、日文皆擅的作家。作品有文言詩、國語（白話）詩歌、散文等。祖父為宿儒，父親為醫生，楊雲萍自幼即受到良好的漢文教育，為人處世深受其父祖影響。一九二一年，他入學臺北一中。後曾到廈門、廣東等地旅行。他喜讀大陸新文學作品，少年時代即深受五四新文學運動的影響。他回憶說：「我則初是受舊文學影響，後來是受五・四的刺激的。」[84]一九二四年開

83　載《臺灣民報》第76號，1925年10月25日。

84　李南衡主編：《日據下臺灣新文學》《明集》《文獻資料選》（臺北市：明潭出版社，1979年3月），頁256。

始國語（白話）文學創作。一九二五年三月與江夢筆創辦臺灣第一本白話文學雜誌《人人》。後來，他改用日文寫新詩，出版過日文詩集《山河集》。一九二六年，楊雲萍赴日留學，入東京日本大學進修文學，專攻文學，先習英文，後轉入日文，師承菊池寬、川端康成等人。赴日留學前後，是他創作的高峰期。一九三六年，在《臺灣新民報》連載小說〈春雷譜〉，但被迫中止。後又在《新建設》連載小說〈部落日記〉，以日記體小說的形式，批評時局，連載數萬字，也未續完。一九四三年，他被「日本文學報國會臺灣支部」推派，參加「第二回東亞文學者大會」。會上，他與會議組織者進行了針鋒相對的鬥爭。楊雲萍是國語（白話）臺灣小說奠基期的重要作家，與賴和、張我軍被稱為新文學開拓期的「三傑」[85]。留學後，主要興趣轉向了歷史研究。後曾任臺灣大學文學院歷史系教授，教授明史、臺灣史及歷史哲學。

　　《人人》雜誌創辦之前，楊雲萍曾在《臺灣民報》上發表了隨筆、短論、小說和新詩等多篇中文作品。創作用語為文言、國語（白話）、閩南方言口語等各各不一，由此顯示了他的嘗試探索的創作歷程。楊雲萍的國語（白話）小說主題深刻、國語（白話）純熟練達。其小說作品有〈罪與罪〉、〈一陳人手記〉、〈月下〉、〈光臨〉、〈弟兄〉、〈黃昏的蔗園〉、〈咖哩飯〉、〈秋菊的半生〉、〈青年〉等，均為短篇小說。

　　一九二六年，《光臨》發表於臺灣新民報八十六號，是具有奠基意義的國語（白話）小說。〈光臨〉寫保正林通靈宴請日本警察，期待他「光臨」，但希望落空備感失落，從而刻畫了趨炎附勢者的醜態；〈弟兄〉反映兩個在日本留學的親兄弟相依為命的困頓生活與思鄉之情，有散文化的風格；〈黃昏的蔗園〉通過青年農民夫妻桂蕊與

85 參見劉登翰、莊明萱、黃重添、林承璜主編：《臺灣文學史》（福州市：海峽文藝出版社，1991年6月，初版1刷），上卷，頁407。

文能的不幸遭遇，反映日本製糖會社在經濟上與政治上對蔗農的欺壓。小說借覺悟的青年農民文能之口呼出了「豈有此理，豈有此理！難道我們永遠應該著（得）做牛做馬嗎？不，不，絕不！看他們能夠耀武揚威到什麼時候啊！」的抗爭聲音；〈秋菊的半生〉描寫了被賣給他人做童養媳的貧弱女子秋菊被蹂躪、摧殘的悲慘命運，表現了附庸於殖民勢力的封建勢力的荒淫生活，揭示了封建制度的吃人本質。文中對秋菊夢境的描寫已初步顯露了現代派意識流手法的運用。

　　楊雲萍小說，側重於對日據時期臺灣帶有普遍性的黑暗社會現象，進行深入的挖掘與揭露。其小說善於將某個事件進行濃縮處理，注意人物、題材的典型化。如，〈光臨〉只選擇了一個傍晚、保正家裡的時空來寫，突出主題。另外，其小說的心理描寫與場景刻畫較為突出。如〈秋菊的半生〉裡，用秋菊夢境中油鍋炸人吃的牛頭青鬼，象徵著吃人的封建制度；秋菊的悲慘半生，則隱喻著日據下臺灣女性，乃至臺灣的處境，而之所以是「半生」，則隱喻著作者留出的些許亮色，或許「秋菊」的後半生過上幸福生活也未可知。因此，楊雲萍小說思想深刻，藝術水平高超。他的小說具有詩化傾向，同時又具有精煉的散文筆調。他善於以歷史眼光審視日據時期臺灣的諸如警察問題、農民問題、童養媳問題等社會問題，以人道主義的精神塑造了處於社會底層與邊緣的農民和女性形象，對其不幸命運給以深切的同情。

　　楊雲萍的詩歌創作，分為前後兩個時期。其前期的詩歌，主要是國語（白話）作品，後期詩作則主要為日語創作。楊雲萍是國語（白話）詩歌奠基期的詩人之一。作品有〈桔子花開〉、〈這是什麼聲〉等。如發表於一九二四年四月的〈桔子花開〉：

　　　徘徊——／清香和月撲面來，／心懷！／／真耶夢？／桔子花
　　　又開，／明月團圓十二回，／人何在？／樓臺？／花如舊，／
　　　月似昔，／杜牧尋春無分！／孤燈黯黯彼樓臺。

　　詩歌表達對故人的懷念，有著中國傳統文言詩詞的古典美，表明其國語（白話）詩歌尚處於嘗試階段，在國語（白話）中還有著文言詩歌的韻律節奏。一九二四年八月發表的〈這是什麼聲〉雖然夾雜有文言與臺灣方言語彙，但在現實內容的表現和自由韻律的運用上，均已具有了國語（白話）新詩的面貌：

> 哦！這是什麼聲？唉！這是什麼聲？／矛盾！變則！虛偽！醜惡！和膏汗！血淚！所釀成的這是什麼聲？／這樣和平！自由！平等！光明的月下何以有這聲？／唉！我的腦袋已將要破裂了！／那洋式樓臺下賣粿小兒的「粿呀粿呀。」好可憐的聲，和著那樓臺中喝唱歌舞的聲合奏！／何調？何曳？唉！這是什麼聲？

詩歌將洋式樓臺上歌舞昇平的聲音與樓下賣粿小兒的叫賣聲進行對比，揭示了與杜甫詩歌「朱門酒肉臭，路有凍死骨」共同的主題，批判了不平等社會制度。該詩作以其強烈的現實批判精神，在國語（白話）臺灣詩歌奠基期占有重要位置，但也有不夠精煉含蓄、過於散文化的缺陷。

三　葉榮鐘

　　葉榮鐘曾在發表於《南音》的文章裡提出了對文學的基本看法和對臺灣文學發展方向的思考。他在〈做詩的態度〉中強調「詩是生出來的，是要有『情動於中』的內容。」這是繼承〈詩大序〉以來的儒家的「詩歌發生學」的傳統，即主張詩應該是詩人真實的感情流露。葉榮鐘反對陳腔濫調沒有生命力的舊文學。在一九二八年的名篇〈墮落的詩人〉裡，他批評舊詩沒有「生命」，缺乏「個性」，強調做詩要

有「真的靈感」，要「情動於中而行於言」。[86]他在詩作〈歸到她的懷抱裡去！〉中實踐了自己的文藝觀：

> 一陣口渴催醒了蒙無頭緒的亂夢，／一陣陣的酒臭觸動了記憶的車輪，／昨夜的狂態帶著悔恨的苦味；／意識的過程染著慘淡的顏色，／一切的經過像電影般映寫著。／／愛情在萌動！／良心在苛責！／我雖沒有犯罪的事實，／可是有過犯罪的意識。／／我憶起她的淚容，／我一起她的愁傷，／她的央求；她的規諫，／又似借了無線電波，／重又放送到我的耳中。／／那是惡魔的蠱惑，／那是肉欲的引誘，／雖然是一剎那間，／我已離開她的所有。／／這是心的裂痕，／這是愛的波紋，／雖然是一剎那間，／也覺得有無窮遺恨。／／一陣陣酒臭帶著受傷的心的氣息，／怪難過的口渴比不上愛情的欲求，／推掉客枕，結束旅裝，／歸到她的懷抱裡去！／赴著這狂吼的西北風。[87]

葉榮鐘的雜文文筆犀利，往往直言批評，富有戰鬥力。如一九二八年十二月九日發表於《臺灣民報》的雜文〈談談《昭和新報》〉：「第一可以看看總督府對待臺灣人的言論的真意。許可《昭和新報》，是出於愛護言論的好心，抑或是別有用心利用它去遂他們以夷制夷的分裂政策，將這個蓄音機器拿來『魚目混珠』抵制臺灣人從肺

---

86 參見陳昭瑛：〈誰召同胞未死魂：葉榮鐘《早年文集》的志業與思想〉，葉芸芸、陳昭瑛主編：《葉榮鐘早年文集》（臺中市：晨星出版有限公司，2002年3月31日，《葉榮鐘全集7》），頁59。

87 葉榮鐘寫於一九三一年十二月二十五日，以筆名「凡夫」發表，載於《南音》第一卷第三號（1932年2月1日），見葉芸芸、陳昭瑛主編：《葉榮鐘早年文集》（臺中市：晨星出版有限公司，2002年3月31日，《葉榮鐘全集7》），頁277-278。

腑吐出來的『叫聲』。」[88]一針見血地指明了《昭和新報》的御用本質，因此在發表時，有許多文字被當局刪掉。其國語（白話）文學作品以散文為主，主要有：文學評論〈墮落的詩人〉以「葉天籟」筆名發表於《臺灣民報》一九二九年一月八日；文學評論〈為「劇」申冤──讀江肖梅氏的獨幕劇〉發表於《臺灣民報》一九二九年五月五日；隨筆〈關於羅馬字運動〉發表於《臺灣民報》一九二九年五月十二日、五月十九日、五月二十六日；雜文〈敬復淑子〉發表於《臺灣民報》一九二九年六月二日；文學評論〈戲曲成立的諸條件──評江肖梅氏的《病魔》〉發表於《臺灣民報》一九二九年七月二十八日至八月二十五日；文學評論〈戲曲與觀眾──答紫鵑女士〉發表於《臺灣民報》一九二九年十一月十日、十一月十七日；一九三〇年六月八日，長篇論文〈中國新文學概觀〉由新民會（東京）發行；隨筆〈掃雲精舍隨筆〉以「掃雲」筆名發表於《昭和新報》一九三〇年十月十一日；隨筆〈自治運動的進展〉發表於一九三一年一月十日《臺灣新民報》，代楊肇嘉作[89]；政論文〈臺灣地方自治制改革案〉發表於一九三一年一月三十一日《臺灣新民報》，本文代「臺灣地方自治聯盟」作[90]；隨筆〈臺北支部設立問題與舊民眾黨的解散〉發表於一九三一年二月二十八日《臺灣新民報》；〈《南音》發刊詞〉以「奇」筆名發表於一九三二年一月一日《南音》創刊號；隨筆〈「大眾文藝」待望〉以「奇」筆名發表於一九三二年一月十五日《南音》第一卷第二號；隨筆〈文藝時評〉以「擎雲」筆名發表於一九三二年一月十五日《南音》第一卷第二號；隨筆〈獻堂先生亦會錯誤〉以「奇」筆名發

---

88 見葉榮鐘：《葉榮鐘早年文集》，葉芸芸、陳昭瑛主編：《葉榮鐘全集》（臺中市：晨星出版有限公司，2002年3月31日初），頁70-71。

89 見葉榮鐘：《葉榮鐘早年文集》，葉芸芸、陳昭瑛主編：《葉榮鐘全集》（臺中市：晨星出版有限公司，2002年3月31日初），頁87。

90 見葉榮鐘：《葉榮鐘早年文集》，葉芸芸、陳昭瑛主編，《葉榮鐘全集》（臺中市：晨星出版有限公司，2002年3月31日初），頁91。

表於一九三二年一月十五日《南音》第一卷第二號；隨筆〈前輩的使命〉以「奇」筆名發表於一九三二年二月一日《南音》第一卷第三號；隨筆〈Ｃ判事的疑問〉以「奇」筆名發表於一九三二年二月一日《南音》第一卷第三號；隨筆〈文藝時評〉以「擎雲」筆名發表於一九三二年二月一日《南音》第一卷第三號；新詩〈歸到她的懷抱裡去！〉以「凡夫」筆名發表於一九三二年二月一日《南音》第一卷第三號；隨筆〈勿講假話〉以「奇」筆名發表於一九三二年二月二十二日《南音》第一卷第四號；隨筆〈人類的呼聲〉以「奇」筆名發表於一九三二年三月十四《南音》第一卷第五號；文學評論〈作詩的態度〉以「奇」筆名發表於一九三二年四月二日《南音》第一卷第六號；隨筆〈智識分配〉以「奇」筆名發表於一九三二年五月二十五日《南音》第一卷第七號；隨筆〈文藝時評〉以「掃雲」筆名發表於一九三二年五月二十五日《南音》第一卷第七號；文學評論〈「第三文學」提倡〉以「奇」筆名發表於一九三二年六月十三日《南音》第一卷第八號；文學評論〈再論「第三文學」〉以「奇」筆名發表於一九三二年七月二十五日《南音》第一卷第九、十號合刊；隨筆〈文藝時評——論斷發〉以「掃雲」筆名發表於一九三二年六月十三日《南音》第一卷第八號；雜文〈「會面」結婚論〉以「一葉」筆名發表於一九三二年七月二十五日《南音》第一卷第九、十號合刊；隨筆〈文藝時評〉以「掃雲」筆名發表在一九三二年七月二十五日《南音》第一卷第九、十號合刊；文學評論〈「藝」的練達是先決問題〉發表於一九三四年一月元旦《臺灣新民報》；雜文〈殘喘——從「祈雨」談到「祭政一致」〉以「蒲牢」為筆名發表於《臺灣新民報》一九三七年五月十八日；雜文〈殘喘——「神風」號與「雷震子」〉以「蒲牢」筆名發表於《臺灣新民報》一九三七年五月二十二日。

第四節　吳漫沙等人的通俗國語（白話）文學創作

被日本殖民統治之下的臺灣也存在有言情小說、科幻小說、武俠小說、漫畫文學等流行文學形態。其中就有一些作家，以中文白話為語言載體進行此類通俗文學的創作。

一　吳漫沙

一九三九年三月，吳漫沙撰〈韭菜花〉，由臺灣新民報社刊出。吳漫沙（1912-2005），原名吳丙丁，又名吳彥西，福建晉江（今石獅市）人，一九三五年隨經商臺灣的父親遷居臺北後，常在《臺灣新民報》上發表小說。黃宗葵創辦臺灣文藝社，被聘為編輯。〈韭菜花〉為吳漫沙第一篇長篇創作，初版於一九三九年臺灣新民報社。在臺灣新民報文藝欄上連載後，再出單行本。吳漫沙〈繁華夢〉載《臺灣藝術》，〈桃花江〉、〈黎明之歌〉、〈大地之春〉載《風月報》，吳漫沙還曾在楊逵、葉陶夫婦主辦的《臺灣新文學》上發表國語（白話）詩歌。

吳漫沙作品中經常出現主人公吟誦中國古詩詞、閱讀《紅樓夢》的情節，說明了中國傳統文學對他的影響。另外從其小說情節安排也可以明顯看出鴛鴦蝴蝶派小說及張資平「三角戀愛」模式小說對他的影響。

其第一部小說〈韭菜花〉脫稿於一九三七年五月二日，寫一群青年男女擺脫封建禮教的束縛，追求個性解放與自由戀愛的歷程。全書主題鮮明，語言通俗流暢，從情節安排可看出〈可愛的仇人〉影響的痕跡。第二部〈大地之春〉於一九三九年十二月二十二日脫稿，一九四三年九月出版。第三部〈黎明之歌〉則寫於一九三九年秋至一九四○年夏，出版於一九四二年七月。此書以女主人公林氏與其女素芬兩位女性坎坷的命運作為主線，描寫臺灣舊社會下女性受到的不平等待

遇，最後素芬為了擺脫舊社會婚姻的束縛，在偶然看到報紙徵召女性青年上戰場，竟然參與了為日本皇軍傷兵醫護的行列，全書以女主人公前往應召結束。

吳漫沙寫有十餘種小說，以這三部加以評斷，也已可看出他的作品色彩：既有徐坤泉作品般反映當時臺灣舊社會弊端的如〈韭菜花〉；也有迎合時局的歌功頌德作品如〈大地之春〉、〈黎明之歌〉，這些作品明顯具有「皇民化」色彩，這是受當局政治意識形態干擾的表現。但在皇民化運動極端猖獗、日據當局禁止使用中文的當時，堅持中文寫作的行動本身即已有著持守中華文化的意涵，特別是吳漫沙還用國語（白話）進行寫作，更是難能可貴。

二　徐坤泉

徐坤泉（1907-1954），號阿 Q 之弟，澎湖人。十二歲時遷居到高雄旗津。曾在宿儒陳錫如所創設的私塾「留鴻軒」及「旗津吟社」中研讀漢學詩文多年，〈可愛的仇人〉男主人公的原型即為在高雄時的同窗好友王天賞。一九二七年，二十一歲遷居臺北，之後並赴廈門、香港等地，並在上海聖約翰大學完成學業，與陳炳煌（雞籠生）為同窗好友。上海聖約翰大學畢業後，一九三五年任職《臺灣新民報》通信記者，後調臺北本社負責學藝欄（副刊）。皇民化運動期間，臺灣的中文報紙全部被禁止，徐坤泉的作品也未能倖免。他於是棄文從商，潛往大陸，一九四〇至一九四五年間，往來香港、上海、華南等地經商，頗有成就。後回臺灣，在北投經營文士閣旅館。

他曾在《臺灣新民報》文藝欄上，連續發表〈暗礁〉、〈可愛的仇人〉等長篇小說，描述愛情故事，以白話文作成，間雜閩南方言，通俗易懂，是日據時期國語（白話）通俗文學的佼佼者。其國語（白話）通俗小說當時家傳戶誦，為底層民眾所喜愛。其主

要作品有：一九三六年二月，〈可愛的仇人〉刊，一九三八年八月，由張文環譯成日文，再由臺灣大成映畫公司（按：即電影公司）出版。一九三七年，〈暗礁〉由臺灣新民報社出版。此書為其第二篇社會愛情長篇小說，初在臺灣新民報文藝欄上連載數日。一九三七年六月，〈靈肉之道〉由臺灣新民報社出版。此書為其第三部社會愛情小說，在臺灣新民報文藝欄連載後，再出單行本。一九三七年，寫《新孟母》一書，但未完成。徐坤泉曾經擔任過《風月報》主筆兼主幹，〈新孟母〉一文即先在《風月報》連載，其後轉為在《南方》雜誌連載。一九三八年，完成《中國藝人阮玲玉哀史》。

在阿 Q 之弟（徐坤泉）國語（白話）通俗小說中，最受讀者歡迎的是〈可愛的仇人〉。該篇在《臺灣新民報》連載時，受到熱烈歡迎。小說運用適合大眾口味的筆法，刻畫純真、美好的愛情，巧妙地描述臺灣民眾的生活境況，塑造俊男淑女形象。小說中男女主人公志中、秋琴的戀情有如柏拉圖式的純精神戀愛，贏得了大眾讀者的憧憬與喜愛。小說連載期間，徐坤泉曾接到許多讀者的來信，要求不讓書中男主人公死掉，可見該小說的吸引力。〈可愛的仇人〉轟動一時，成為暢銷書，其中文版在當時兩個月內，曾連續印刷三版，這在臺灣現代文學史上極為罕見。至今各種不同的版本仍在書籍市場長銷不斷。〈可愛的仇人〉的敘事手法得益於中國文學的影響。小說善於運用古典詩詞來刻畫描摹人物內心的情感，或者鋪陳景物，或者渲染氣氛，如女主人公秋琴回憶青春時代在吟社讀漢文的情景，想起她的老師曾教給她「棄婦詞」，並用曹丕〈出婦賦〉、顧況〈棄婦詞〉等來烘托秋琴的不幸遭遇。「燈下埋頭」一節，秋琴面對志中的兒子所提的問題，想起了在吟社讀書時的往事和她與志中戀愛時的詩作：「夕陽西墜海波紅，獨坐青山對晚風。如此襟懷誰解得，萬千愁緒付流東。」這種借詩詞來反映人物內心情感世界的寫法，是中國古典小說常見的技法。「愁緒飛飛」一節，以細膩婉轉的筆觸描繪秋琴思緒起

伏、慵懶悲哀的情態，則是受「才子佳人」小說的影響。〈可愛的仇人〉也包含有有諷時喻世的深層隱喻，「充滿作者對當時臺灣社會的批評與期許」[91]。但在當時皇民化運動的逼迫下，書中有些章節中有讚美東京的繁華和日本民族文化精神優越的媚日文字。

　　徐坤泉的通俗小說，大多取法當時中國創造社作家張資平的愛情小說中的三角戀愛模式。徐坤泉在出版了〈可愛的仇人〉之後，又按照該作寫作模式，寫了該小說的姊妹篇〈暗礁〉，主題仍然是歌頌美好愛情、弘揚良好道德，批判拜金主義，同時對於臺灣女性的不幸命運表示了同情。另一部小說〈靈肉之道〉的主題和寫作技巧也與前兩篇近似，沒有實現更高的藝術超越。

三　雞籠生（陳炳煌）等的繪圖本（漫畫）通俗文學

　　雞籠生，本名陳炳煌（1903-2000）。臺灣第一位漫畫作家。基隆人，因出生於舊稱雞籠的基隆，故取筆名「雞籠生」。上海復旦大學畢業後，渡美研究商業美術，能文能畫，性好遊，其足跡遍及全球，光復前入臺灣新民報社，光復後入農復會主編《半年》雜誌，後歷任榮星保齡球場兼臺灣旅行社總經理。其著作主要有：

　　一九三五年著《百貨店》。此書計出三集，第一集刊於一九三五年，第二集刊於一九五四年，第三集刊於一九五九年，收錄雜文、遊記，均屬通俗文學。

　　一九三五年著《雞籠漫畫集》。《雞籠生漫畫集》為繪圖本通俗文學，是臺灣第一部漫畫集。於一九三五年出版，是陳炳煌四、五年來傑作的綜合本，是臺灣的第一本漫畫作品集，內容有「大都會」、「古

---

91 參見花蓮師範學院語教系李進益：〈日據時期長篇通俗小說的創作及主題探究——以徐坤泉、吳漫沙作品為主〉，（http：//www.nchu.edu.tw/~chinese/eo04.html）。

詩今畫」、「四季畫」、「俗語漫畫」、「時事漫畫」、「異地風光」、「社會漫畫」、「漫畫漫談」、「雜錦漫畫」。形式表現簡潔、樸拙。

　　一九三五年著《海外見聞錄》。繪圖本通俗文學。此書曾在《新民報》上連載，追述歐美見聞，文章平易，而饒興趣，故獲廣大讀者愛讀，後匯集成書，公諸於世。所錄漫畫，對於臺灣社會生活習俗，頗多諷喻，線條清秀，具有我國繡像畫特色。

　　一九四三年著《大上海》。著者因曾在上海就讀、居住數十年，對於上海市街，表裡生活，風俗人情，諳熟於心，乃訴諸畫文。《臺灣新民報》改刊日報《興南新聞》後，先在副刊陸續發表，後匯成一書出版。

　　陳炳煌的漫畫和文章，皆有較高水準。

　　另外，還有一些約於一九三〇年代初期出現的臺灣漫畫家，曾經從事漫畫文學創作。如陳定國、王朝基、陳光熙、許丙丁、葉宏甲等。他們的創作，具有強烈的民族意識和鮮明的地域特色，以漫畫隱喻自己對於日本統治的抗議。葉宏甲（1923-1990），新竹人。一九四〇年高校就讀期間就和陳家鵬、王花、洪朝明等人共組新高漫畫集團，從事漫畫文學創作。

第五章
日據時段的臺灣現代日語文學

第一節　概述

　　臺灣作家以日語書寫的表達正義理念、反對殖民壓迫、歌頌美好事物的優秀作品同樣具有不可忽視的文學價值與歷史價值。「我們大可不必為了痛恨日本帝國主義而視日文為異端；語云『以子之矛攻子之盾』，要在內容如何而已。」[1]因此，臺灣作家創作的日語文學作品也是臺灣文學、中國文學的組成部分。臺灣現代文學日據階段的日語文學的發展，大致可分成兩個時期，第一個時期是新文化、新思想與媚日取寵傾向並存的日語創作時期（1923年1月-1937年6月），下限為日據當局命令廢止各報刊漢文欄；第二個時期是文化隱喻、韌性鬥爭的日文文學與迎合日本「國策」的文學雜糅時期（1937年7月-1945年8月），下限為抗日戰爭結束，日本失敗，臺灣回歸祖國。

　　語言是一種文化載體，與歷史詮釋權密切相關，因此，對於語言的控制便成為「統治者給被統治者的緊箍咒」[2]。為了從根本上剷除臺灣人民的漢族意識，使臺灣徹底地淪為日本的殖民地，日據當局逐步剝奪了臺灣人民使用自己語言的權利，強制推行日語教育，妄圖借此實現其文化殖民神話。在這種歷史背景下，一些臺灣作家被迫接受了日語教育，日語表現思維由此影響到了很多作家的寫作，而有留學日本經驗的作家，更是可以做到熟練地運用日語表達。許多臺灣作家只

1　參見張我軍：〈《在廣東發動的臺灣革命史略》序〉，張光正編：《張我軍全集》（北京市：臺海出版社，2000年8月，初版1刷），頁436。

2　見江文瑜：〈臺灣母語教育現況之探討〉，《華文世界》1995年第75期，頁59。

能用日語寫作，體現了一種無奈和歷史悲情。一九三〇年代，楊逵、
呂赫若和龍瑛宗三位作家進軍日本文壇並且獲獎時的那種難言又難堪
的心情，可想而知。臺灣作家用日語創作的反殖民、反侵略、追求民
族解放的作品，堪稱「血淚的文學，掙扎的文學」。[3]一些臺灣新文化
人被迫選擇了迂迴曲折的道路，在文化管制相對寬鬆的日本本土從事
著以救亡圖存為根本目的的新文化運動（當然也包括文學革命運
動）。臺灣的許多新文化活動在日本東京發軔，而這些新文化、新思
想又大多不得不以日語為語言載體。如一九二一年九月，《臺灣青
年》刊出了甘文芳以日語寫作的〈實社會と文學〉（〈社會現實與文
學〉）一文，指出：「在這樣迫切的時勢要求和現實生活的重圍下，已
不需要再有往昔的那種有閒的文學了。僅僅以為是風流韻事、茶前飯
後的玩物，可以預想不久到來的將成為空虛的社會。」[4]認為文學家
不能只為了文學而文學，文學作品應該表現社會現實問題。此文是臺
灣新文學運動上「抨擊舊文人最早的論文」[5]。諸如此類的新思想最
終傳播到臺灣，進而引發了臺灣島內的文學革命。

　　但是，日據時段的臺灣現代日語文學籠罩著殖民現代性的陰影。
「日本統治下的近代臺灣，移植了日本近代的方式，語言也被迫使用
日語。因此從表面上看，與日本擁有著相似的近代與價值觀。但是實
際上，被殖民統治的臺灣人的近代，與日本的近代完全不同，確切地
說是以臺灣人的悲哀和抵抗意識為根底的近代。」[6]在這種特殊歷史

3　參見李詮林、倪金華：〈福建省十五規劃課題「日本的臺灣文學研究」及其衍題述
　　要〉，《華文文學》2002年第5期，頁71。

4　《臺灣青年》第3卷第3號，和文之部，頁35。林瑞明譯：《臺灣文學的歷史考察》
　　（臺北市：允晨文化實業公司，1996年），頁6。

5　黃得時：〈臺灣新文學運動概觀〉，《臺北文物》第3卷第2期，1954年8月，頁15。

6　塚本照和：〈日本時代の「臺灣文學」について──中、臺、日刊《臺灣文學史》
　　を題材として〉，臺灣文學論集刊行委員會編：《臺灣文學研究の現在》（東京都：
　　綠蔭書房，1999年3月），頁18。轉引自倪金華：〈日本、中國大陸與臺灣的臺灣文
　　學研究比較觀〉，《臺灣研究集刊》2002年第4期，頁87。

境遇裡，一九二三年出現了臺灣作家運用日語創作的反映新文化新思想的文學作品。詩歌方面最早出現的是追風用日語創作的組詩〈模仿的詩〉，這是臺灣作家日語書寫的最早嘗試。追風的〈她要往何處去——給苦惱的姐妹們〉是臺灣文學史上的第一篇日語小說。一九三〇年代，臺灣文化人中已經有較多數量能夠使用日語書寫者，日據當局以漢文言詩文為媒介拉攏臺灣士紳的文化政策有所轉變。在殖民當局的強制或扶持之下，越來越多的日語文學雜誌開始在臺灣出現。一九三七年六月，殖民當局開始禁止臺灣民眾使用中文。在皇民化運動的壓制下，很多臺灣作家的作品用日語寫成，多刊於《文藝臺灣》、《臺灣文學》、《臺灣文藝》等日語刊物上。但其中仍不乏弘揚中華文化、具有中華民族精神者。

一　日語詩歌創作發展脈絡

（一）奠基期[7]

　　追風（謝春木）於一九二三年五月寫作，一九二四年四月發表於《臺灣》雜誌五年一號的組詩〈模仿的詩〉，是臺灣作家最早的日語詩歌，包括〈讚美蕃王〉、〈煤炭頌〉、〈戀愛將茁壯〉和〈花開之前〉等四首小詩，詩中表達了詩人對美好生活的嚮往。追風，原名謝春木（1902-1969），彰化二林人，「追風」為其筆名。畢業於日本東京高等師範學校，一九二一年十月十七日參加臺灣文化協會，是該會主要成員之一。一九二七年在臺灣與蔣渭水、蔡培火等人組織臺灣民眾黨，曾任《臺灣民報》主筆。《臺灣民報》改名為《臺灣新民報》後，任該報社日文主席，致力於民族運動和資產階級啟蒙運動。後渡

7　從一九二〇年《臺灣青年》創刊至《臺灣新民報》改為日刊的一段時期。

大陸，參加抗戰，光復後曾在駐日使團任職，一九四九年後又回到大陸，改名謝南光。

　　此後，陳奇雲也開始以日語寫作，其詩作大多反映被壓迫者的反抗心聲，傳播進步文化。陳奇雲（1905-1938），澎湖人。在澎湖公學校任教時，與同校女教師自由戀愛，遭到女方家庭反對和日本督學的打擊，於是一起離家出走，定居高雄。他初攻日語俳句、短歌，後轉向日語新詩創作，並參編《南溟藝園》詩刊。其作品散見於《臺灣新聞》、《南溟藝園》等報刊。一九三〇年，他出版日語詩集〈熱流〉，這是臺灣詩人最早結集出版的日語詩集之一，其中收集了他的大部分作品，其中的詩歌注重毫不虛偽的真情流露，陳奇雲由此而被稱為「熱流詩人」。如詩集中〈秋天去了〉一詩，以頑強生存的秋草和老而彌堅的壯士的意象，寄託詩人對於社會黑暗和人生不幸的憤慨和不屈鬥志。全詩動靜結合，立意高遠，格調悲壯蒼涼。陳奇雲是最早用日語創作成名的臺灣詩人之一。羊子喬在《光復前臺灣新詩論》中將他與楊華並列為「從熱情走向冷酷，由雄心壯志步入悲觀失望」[8]的代表詩人。他一生顛沛流離，貧病交加，於一九三八年英年早逝。

（二）成熟期[9]

　　此時期發表園地增多，其中以一九三四年臺灣文藝聯盟創辦的《臺灣文藝》影響較大。日文報刊經常轉載外國優秀詩人作品，並引介西方文學理論，為臺灣日語詩歌提供了借鑑。此時期重要詩人有：王白淵、吳坤煌、翁鬧、水蔭萍、李張瑞、林修二、吳新榮、嵐吼、夢湘等。其中夢湘、吳坤煌、王登山等人著重於社會寫實；楊熾昌、

8　羊子喬、陳千武：《亂都之戀》（臺北市：遠景出版社，1982年5月初版，《光復前臺灣文學全集9》），頁14。

9　從一九三一年至一九三七年，即一九三一年四月十五日《臺灣新民報》週刊改為日刊，至一九三七年四月一日本政府禁止使用中文為止。前後約有六年。

李張瑞、林修二、林精鏐、董佑峰等則注重超現實主義的個人抒情，引進了法國超現實主義，組成「風車詩社」，發行同人詩刊。

一九三一年，王白淵的詩集《荊棘之道》出版。其詩歌側重於對臺灣社會現實環境的關注。吳坤煌（1909-1989），南投人，一九二九年臺中師範畢業後，先後進入日本大學和明治大學攻讀藝術和文學，在東京積極籌組和參與左翼文化團體。曾參加了左翼團體「臺灣人文化圈」，後成為臺灣藝術研究會的重要成員。一九三四年，他參加了「臺灣文藝聯盟」，為該聯盟東京支部的負責人，同年結識了在日本的中國大陸詩人雷石榆，兩人交往甚密，相互切磋詩藝，這對於吳坤煌的詩歌創作產生很大影響。其詩歌往往有著熾熱的情感和對於社會現實的透視，主要詩作有〈母親〉、〈悼陳在葵君〉、〈飄流曠野的人們〉等。〈母親〉寫地震後民眾的悲慘遭遇，並犀利地指出，造成民眾的苦難的根本原因是殖民統治，「將自然災害產生的悲痛情感轉化為對日本統治者的憤怒控訴。」[10]除了寫詩外，吳坤煌還積極參加了新話劇工作，成績顯著。

鹽分地帶詩人群於此時期形成，主要人物有郭水潭、吳新榮、徐清吉、王登山、莊培初等。吳新榮（1906-1967）的詩作，著重揭露階級剝削和民族壓迫的事實，充滿反抗強音。作為一名廣泛接觸下層民眾的醫生，他具有貧苦階級意識，這使得他的作品具有左翼文學的特點，能較好地做到寫實主義和浪漫主義的結合。王登山（1913-1982）則是鹽分地帶詩人中鄉土色彩最為濃厚的一位。

一九三四年十一月二十五日至一九三六年八月二十八日，夢湘、陳遜仁、楊啟東、浪鷗、郭水潭、浪石、陳君玉、楊少民、史民、林精鏐、巫永福等人在《臺灣文藝》月刊發表了大量詩歌，內容與形式均呈現了多樣化的面貌。

---

10 參見劉登翰、莊明萱、黃重添、林承璜主編：《臺灣文學史》（福州市：海峽文藝出版社，1991年6月，初版1刷），上卷，頁521。

一九三五年秋，楊熾昌（水蔭萍）與林永修、李張瑞（利野
倉）、張良典，及日人戶田房子、峰麗子、尚木尾鐵平等組成「風車
詩社」，發行《風車詩刊》，提倡主知的現代詩，主張詩必須超越時
間、空間，並奉法國超現實主義的宣言為創作圭臬。郭水潭稱「風車
詩社」詩人為「薔薇詩人」。《風車詩刊》所倡導的詩歌風格因在當時
不能得到一般讀者的理解而告廢刊。

一九三五年，臺灣文學運動走上新的高潮，這年的十二月二十八
日，《臺灣新文學》月刊創刊，中日文合刊，由楊逵、葉陶主辦。該
刊創刊詞主張文學創作能貼近現實生活，喚起人們內心深處的希望。
一九三七年六月十五日，因殖民當局下令廢止中文雜誌，該刊被迫終
刊，歷時一年半多。楊逵曾回顧說：「《臺灣新文學》在選稿上較為客
觀，……日文詩由『鹽分地帶』（臺灣佳里）的吳新榮、郭水潭負
責」。《臺灣新文學》上的日語作品積極把握臺灣現實，帶有較濃厚的
寫實主義色彩。

巫永福一九三七年前的早期作品有《春天和夏天之間》、《道
士》、《在橋上》、《水仙花》、《蠹蟲》等，或詠物，或寫景，抒發個人
的感觸和幻想。

此時期的日語詩歌寫作接收了現代主義、超現實主義手法，靈活
運用語言形式與意象。並且為避免殖民當局的迫害，開始巧妙地運用
隱喻象徵方式審視現實人生。

（三）戰爭期[11]

戰爭期的日文詩人在皇民化的高壓下，為避免無謂的犧牲，創作
漸由宏大敘事轉為個人抒情，抵抗意識則深藏於語言組織中，或以停
筆堅執理想。決戰期的作品有兩大特色：其一為浪漫的個人抒情，以

11　從一九三七年六月日本政府全面禁止使用中文開始，至一九四五年八月十五日臺灣
　　光復為止。

邱炳南、吳瀛濤、陳遜仁為代表；其二為理性的大我抒情，以楊雲萍、張冬芳為代表。此外，一九四二年，張彥勳創辦了「銀鈴會」，主編《邊緣草》季刊，聚合了以日文寫作的年輕同仁，追求純文學創作。

邱淳洸、邱炳南、陳遜仁等側重於個人情感的私語化書寫，有著「小我的個人抒情」[12]的創作風格。

邱淳洸（1908-1989）出版了《化石之戀》（1938年）和《悲哀的邂逅》（1939）兩部詩集。其詩歌多為個人化書寫，富有浪漫色彩，注意抒情與描寫的融合，而其中的景物、人物描寫往往又具有獨特的烘托作用與象徵意涵。如〈白手帕〉寫抒情主人公在離別的火車上，對以往愛情生活場面的回憶，詩中的柔風綠樹等窗外景色烘托了幻美的情思。〈南端風情畫〉中，孤獨的遊子臉上卻有著明朗的微笑，則象徵了「詩人在令人窒息的壓抑環境裡，仍保持著樂觀和信念。」[13]

邱炳南（1924-2012），又名邱永漢，其父丘清海幼時從福建遷移到臺灣，母親堤八重是九州久留米市出生的日本人。邱炳南小學就讀於臺南南門小學，畢業後考取臺北高等學校普通科，後進入高等科文學系。進入高等學校不久，十五歲的邱永漢開始在西川滿主編的《文藝臺灣》上發表詩作。此後他還曾創辦了《月來香》詩刊。高等學校畢業後，他離開臺灣到日本，一九四二年十月，考取東京帝大經濟學部，與該校文學部的王育德成為朋友，從而進一步引起了文學創作的興趣。他的詩多抒寫少年多愁善感的情懷，表露充滿幻想的心靈。他認為詩歌寫作必須是詩人內心真實感情的溢出。〈鳳凰木〉一詩中，詩人望落花而生情，將美豔的花比喻為「歌唱著隱沒於雲層裡」的少女。達到了物我偕忘的幻想境界。〈米街〉、〈戎克〉、〈廢港〉等詩，則或寫印刷神像的長衫女子，或寫虛無飄渺的琴聲，或寫廢港景色，

---

12 見羊子喬：〈光復前臺灣新詩論〉，《臺灣文藝》第71期（1981年3月），頁241-268。

13 參見劉登翰、莊明萱、黃重添、林承璜主編：《臺灣文學史》（福州市：海峽文藝出版社，1991年6月，初版1刷），上卷，頁591。

充溢著絢美色彩和輕淡的憂傷情懷。邱炳南詩歌的主要特徵是繁麗、交雜的意象和略帶青春期憂愁的感情基調，有著濃厚的浪漫氣息和唯美色彩。如〈鳳凰木〉[14]：

> 農曆六月的天還沒亮／尚無人來往的路邊木旁／冒起淨白的雲層／等著天空來的人／升天去的是誰？／獨自走在路上／眼界所及，遠遠的花瓣落了／美豔底花的少女／歌唱著隱沒於雲層裡。

　　邱炳南曾以「世外民」的筆名，參與「糞現實主義」論爭。

　　陳遜仁詩歌的特徵是常以一個抒情主人公的身分進行情感告白，常將鄉愁與戀情結合在一起來表現。他的詩作有〈橫笛〉、〈在吃茶店〉、〈望鄉〉等。

　　張冬芳、巫永福、王昶雄、龍瑛宗等的詩作有著宏大的氣魄，力圖對現實進行歷史的和理性的觀照，賦予個人抒情以社會、民族、時代等宏大意義。在極端惡劣的政治環境下，仍傳達了民族抗爭意識和民眾心聲。

　　張冬芳（1917-1968），臺中人，其詩歌具有較濃厚的理性色彩。〈旅人〉勸告旅人們保持理智認清前途。〈腳印〉、〈姜太公的夢〉等詩哲理意味濃厚，以極端的靜止隱喻著「隨時都可噴薄而出的內心沉重鬱積」[15]。散文詩〈美麗的世界〉於理性中注入了火熱的情感，虛擬了一位母親與剛出生嬰兒對話：「……你的父親和祖父都曾渴望著這美麗的世界來臨　且在美麗的世界奮鬥而死　吾兒啊　不要害怕　不要膽怯　你必須奮鬥　消滅這個美麗世界的暴風雨　使蝴蝶和蜜蜂都

---

14 原載於《臺灣文藝》第1卷第2期，1940年3月1日。陳千武譯。

15 參見劉登翰、莊明萱、黃重添、林承璜主編：《臺灣文學史》（福州市：海峽文藝出版社，1991年6月，初版1刷），上卷，頁593。

能安逸地在美麗的花園　飛來飛去　變成像夢裡的花園　不要讓不講道理的多毛的腿踏進來　要守護這塊祖父的土地啊　在不久的那天吾兒啊　不要害怕　這就是誕生在美麗的世界的你要負起的唯一的使命　安靜地睡吧等考驗的日子來臨。」全詩充溢著抗爭精神。

王昶雄和龍瑛宗除了小說外，還從事詩歌創作。王昶雄（1915-2000）〈我的歌〉、〈樹風回答〉、〈海的回憶〉。〈當心吧！老友〉是酬和日本詩人三好達治的。通過個人內心鬱悶的吐露對黑暗現實提出了深沉的控訴，將詩人的創作辛酸和心路歷程表露無遺。一種「世紀末日的灰暗氣氛籠罩著作家的心靈，扭曲了他們的創作意識」[16]，但不屈的詩魂仍飛翔在詩歌中。

龍瑛宗曾擔任《臺灣藝術》詩欄主選。詩作〈圖南的翅膀〉、〈歡鬧河邊的女子們〉、〈花與痰盂〉。〈印度之歌〉氣勢磅礴、感情充沛，熱情謳歌外國人民的革命浪潮，借他人之酒杯，以澆自己心中之塊壘，或以此避免作品遭到扼殺，詩中所描寫的苦難，正與臺灣人民的苦難極為相似，詩中所謳歌的自由、解放精神，正是日據時代臺灣人民隱藏著的強烈心聲。

巫永福（1913-2008），號中州，筆名田子浩，南投人。日本明治大學文藝科畢業，一九三二年在東京與蘇維熊、王白淵、張文環等組織「臺灣藝術研究會」，創辦文藝雜誌《福爾摩沙》，返臺後，加入「臺灣文藝聯盟」和「臺灣文學社」。著有詩集〈愛——永州詩集〉，〈地平線的失落〉。巫永福的〈祖國〉一詩，最集中體現了宏大敘事的特徵。〈遺忘語言的鳥〉以鳥為喻，諷刺和批判喪失民族立場、投靠日本統治者的某些人。〈祖國〉從正面具體、深刻、理性地表達了作者內心堅定的祖國之愛。詩人首先從民族血緣、文化淵源上認同祖國。接著從歷史和現實的角度加以分析，指出祖國具有燦爛的歷史、

---

16 陳少廷：《臺灣新文學運動簡史》（臺北市：聯經出版事業公司，1977年5月），頁149。

優異的文化。接著詩人筆鋒一轉，譴責清政府割讓臺灣。緊接著詩人揭露在異族統治、風俗習慣語言都不同的情況下，所謂「一視同仁」只不過一種「虛偽的語言」，而「虛偽多了便會有苦悶」，這是臺灣人民壓抑心境的根源。這首詩既有歷史的審視，也有現實的考察，又有理智的光照，飽含著濃烈的情感，是臺灣同胞對於祖國割不斷的深厚情感的昇華，代表了日本殖民統治下臺灣同胞對於祖國最深沉、熱烈的呼喚。

吳瀛濤（1916-1971），臺北人。中學時開始投入文學活動，家族經營江山樓，得與出入的文人交往。一九三六年參加臺灣文藝聯盟，一九四二年即以〈藝妲〉獲《臺灣藝術》小說徵文獎。一九四四年旅居香港時與中國詩人戴望舒等交往。其詩作風格介於浪漫感性和寫實理性之間，如〈空白〉、〈小巷〉憶舊懷人；〈鴿子〉描寫放鴿少年飛越海洋的渴望。〈黃昏〉表達黃昏後的寂寞感。〈夕暮〉展現每況愈下的生活情景。〈墾荒〉：「有陽光和水／空氣和土壤／然後始有這一棵這一朵花」，則寓有哲理冥思特質，精煉蘊藉，實踐了他所提倡的原子詩論，意猶未盡時，則另起章節。

周伯陽（1917-1984），新竹人，早期詩歌，如〈季節的使者〉、〈遙寄皓月〉等多為描景抒懷之作，而詩人追求溫馨和諧，充滿愛心和同情的風格特徵已初步形成。如〈在籬笆開花的絲瓜〉、〈馬車轔轔〉等為強力摧殘下的弱小者感傷悲哀。

陳千武（1922-2012）本名陳武雄。筆名桓夫、陳千武。南投人。一九三九至一九四三年間以日文創作，從小接受日文教育，一九三九年八月首次發表新詩〈夏夜的一刻〉。

林亨泰（1924-），筆名亨人，桓太，彰化人。一九四七年加入「銀鈴會」。著有詩集〈靈魂の產聲〉、《長的咽喉》、《爪痕集》及詩論集《現代詩的基本精神》等多種。

陳金連（1928-2013），筆名錦連。彰化人。鐵道講習所中等科及

電信科畢業。曾服務於鐵路局彰化火車站。日據末期，他加入張彥勳等主持的「銀鈴會」，在〈邊緣草〉、〈潮流〉同仁刊物上發表日文詩歌。光復後改用中文創作。

郭啟賢（1922-），桃園人。日本早稻田大學文學講座旁聽生結業，返臺後從事教育工作。一九四一年任《臺灣藝術》編輯。他用日文創作，詩作散見於《臺灣文學》、《臺灣藝術》、《興南新聞》等戰爭期的報刊。重要作品有〈生活的詩〉（1941）、〈疲乏〉（1941）、〈十月的天空〉（1941）、〈獨語〉（1941）、〈馬戲詩抄〉（1941）等。光復後任職於臺灣鐵路局。

鹽分地帶作家群有著寫實文學的顯著風格，他們注重以寫實的文學精神書寫平民情感，有左翼文學的傾向。面對殖民者的經濟、文化侵略，他們描畫被擾亂的鄉土生活，表達「去殖民」的訴求。運用日文進行隱忍地抗爭是鹽分詩人的書寫策略。

楊雲萍除寫作中文白話小說以外，也創作了大量的日文詩歌，是一個靈活應用語言、機智處理語言轉換的典型代表作家。一九四三年十一月，楊雲萍著《山河》由臺北清水書店刊出。《山河》收載日文新體昭二十四首，其中詩作，描寫臺灣風物，表達對殖民統治的反抗精神。臺灣光復時林曙光曾於上海《文藝春秋》第七卷第四期為文介紹：「詩集山河，不僅使得楊雲萍先生奠定下詩人的地位，且使得臺灣的人民，獲得了值得紀念的文學遺產。」其中作品曾被選載於日本《昭和詩選》，有的則被改編為歌曲問世。楊雲萍的日語詩歌曾經由上海的范泉編譯選載於《文藝春秋》。

決戰期（一九三七至一九四五年，從日本政府全面禁止使用中文開始至臺灣終戰止。）的詩歌創作雖然較為低落，但在臺灣文學史上，仍有其重要價值。它們真實記錄了特定歷史條件下臺灣人民的心聲，具有某種承前啟後的作用。

臺灣日語詩歌在早期發展時，就有著明顯的批判殖民、封建的色彩，即使在楊熾昌與「風車詩社」以及後期的「銀鈴會」以追求詩的

純粹性為主的詩人作品中，也隱藏著對殖民社會的強烈批判。總體說來，日據下臺灣日語詩歌，強烈地表露了鄉土意識與民族認同，現實關懷與藝術追求兼重，傑出之作並不遜於熟用漢文的三十年代詩家。同時，臺灣日語詩歌在詩表現的技巧上，一方面受中國新詩運動的影響，另一方面受日本及西方詩潮的影響，融合了西方的現代派藝術技巧，比較追求詩歌的藝術性。但是當時民眾要求現實主義的呼聲，導致了臺灣日文詩歌的受眾範圍不廣的局面。

二　日語小說創作發展脈絡

（一）萌生期

　　一九二二年四月十七日《臺灣》發表追風（謝春木）〈她要往何處去──給苦惱的姊妹們〉。這是臺灣現代文學史上的第一篇日文小說。該作講述了這樣一個故事：十八歲的臺灣女中學生桂花，由家長做主，與素未謀面的留日學生清風訂下婚約，她滿懷憧憬，以為找到了如意郎君。誰知清風已有心愛的戀人，清風要求同桂花解除婚約。桂花遭遇了痛苦的婚變，卻諒解清風的無辜，認識到「社會在迫使我們養成奴隸根性」，決心要「為被虐待的臺灣婦女，努力讀書」，她東渡日本留學，要做一個「先知先覺」的新女性，要「為臺灣的婦女點燃起改革的火焰」。[17]〈她要往何處去〉借身在東京、臺灣兩地的兩位青年男女反抗不合理的舊式婚姻的故事，積極倡導自由戀愛的社會改革。小說反映的問題，在當時臺灣具有普遍性，小說運用了大故事套小故事的情節結構，有力批判了封建專制婚姻制度給青年心靈造成的莫大傷害。

---

17 該譯文見追風作、鍾肇政譯：〈她要往何處去──給苦惱的姊妹們〉，鍾肇政、葉石濤主編：《一桿秤仔》（臺北市：遠景出版社，1979年7月初版，《光復前臺灣文學全集1》），頁34。

（二）蓬勃發展期（1933-1937年6月）

　　一九三三年四月，林輝焜撰〈不可抗拒的命運〉（按：或譯為《不可爭的命運》、《命運難違》）出版。這是臺灣第一部日文長篇小說。林輝焜，淡水人。《不可爭的命運》，於《臺灣新民報》連載年餘，獲得佳評。一九三三年四月作者自費刊出單行本。此後，又有徐坤泉用日文寫作的愛情長篇小說〈暖流寒流〉、〈靈肉之愛〉連載於《臺灣新民報》。

　　〈不可抗拒的命運〉開啟了日據時期臺灣文壇出版長篇小說的風氣。故事人物與背景都是設定在臺北都會。全書語言敘述流暢，情節進度乾淨利落，條理清晰。內容情節的安排沒有一般通俗小說常見的俗腔濫套，諸如煽情的場面，或者賺人熱淚的生離死別。但少了通俗小說刻意製造的諸多偶然巧合的戲劇性和一波三折的高潮場景。在主題方面，作者關注家庭制度對青年男女的限制，尤其是對女性的影響。女主人公陳鳳鶯一想到沒有自由戀愛的婚姻便「心情驀地蒙上一片陰霾」[18]：結婚影響著人的命運，決定著人的幸福。另一方面，男主人公李金他希望能夠通過自由戀愛尋找伴侶，經由約會雖然找到了豪門閨秀，最後卻因個性不合造成家庭婚姻破裂，以致想以投河自盡了斷。陳鳳鶯奉父母之命結婚，婚姻生活不幸福，也想以死亡擺脫束縛，兩人在求死之際，偶然相逢，最後互相鼓舞而死裡逃生。小說雖然在當時未能引起讀者共鳴，但它是第一部以臺灣社會為背景探討婚姻問題的長篇小說，甚至對後來徐坤泉、吳漫沙等人的中文長篇小說創作也具有啟迪作用。

　　之後，陸續有張文環（1909-1978）、辜顏碧霞（1914-2000）等人創作長篇小說。賴慶發表於一九三三年十二月三十日，《福爾摩

---

18 林輝焜著，邱振瑞譯：《命運難違》（臺北市：前衛出版社，1998年8月），上冊，頁62。

沙》第二期的短篇小說〈納妾風波〉則有「大眾文學傾向」。[19]一九三
四年十一月二十五日至一九三六年八月二十八日《臺灣文藝》月刊發
表了數量不菲的日文，主要有翁鬧的《戀伯仔》、《殘雪》、《音樂
鐘》、《黎明前的戀愛故事》，張文環的《哭泣的女人》、《父親的要
求》、《部落元老》，吳希聖的《乞食夫妻》、《人間楊兆嘉》，巫永福的
《山茶花》等。

　　一九三五年，臺灣文學運動走上新的高潮，這年的十二月二十八
日，文學雜誌《臺灣新文學》月刊由楊逵、葉陶主辦編輯發行。其上
發表的重要日文小說有翁鬧的〈羅漢腳〉，楊逵的〈水牛〉，〈頑童伐
鬼記〉，賴明弘的〈結婚男人的悲哀〉，陳華培的〈王萬之妻〉、〈豚
記〉，陳瑞榮的〈泥沼〉，徐瓊二的〈婚事〉，邱福的〈大姊婆〉，吳濁
流的〈水月〉、〈泥沼中的金鯉魚〉等。楊逵曾回顧說：「《臺灣新文
學》在選稿上較為客觀，……日文詩由『鹽分地帶』（臺灣佳里）的
吳新榮、郭水潭負責」。

　　一九三六年，陳垂映寫於臺灣的長篇小說〈暖流寒流〉在東京印
刷，由臺中的張星建代為發行。小說塑造了尋求自我、反抗封建禮教
的青年男女形象。

　　另外，巫永福著有《黑龍》（1934）、《山茶花》（1935）；楊熾昌
（1908-1994）則著有小說集《貿易風》（1936）、《薔薇色的皮膚》
（1936）。

　　發展期的臺灣日文小說創作[20]，以楊逵為代表形成了現實主義風
格的主潮，同時也出現了現代派小說的萌芽。但由於日據當局的殖民
暴政，臺灣的抗日民族運動產生了分化。臺灣知識分子也明顯出現了

---

19 鍾肇政、葉石濤主編：《豚》（臺北市：遠景出版社，1979年7月初版，《光復前臺灣
　文學全集3》），頁345。
20 發展期的臺灣日文小說創作的特點，可參見古繼堂：《臺灣小說發展史》（瀋陽市：
　春風文藝出版社、遼寧教育出版社出版，1989年11月，初版1刷），頁84。

分化傾向。小說的發展也受到政治的直接影響。皇民化運動時期，小說創作受到嚴重摧殘，作家隊伍出現分化。有的停筆不寫，有的向右靠攏，有的不得不採用較隱蔽的表現手法與敵人周旋。這時出現了具有各種進步思想的小說。如楊逵〈送報伕〉，有著鮮明的抗日思想；郭水潭的得獎作品〈某男人的日記〉，富有反封建意識；呂赫若〈石榴〉則描繪民間習俗、頌揚傳統文化。從表現形式上看，小說家們已經開始熟練地運用中篇小說的形式，並開始嘗試長篇小說創作。陳垂映、林輝焜的長篇小說，是這方面的代表。小說萌生期思想大於藝術的某些狀況已經改變，不少作家開始注意並努力實現自己藝術上的創造和追求。如楊逵大量而成功的運用象徵手法，呂赫若作品中情景交融的描繪，翁鬧對人物內心世界的集中挖掘等。

（三）扭曲變形與掙扎反抗交織的戰爭期臺灣日語小說

陳火泉（1908-1999），鹿港人，筆名耿沛、安岵林。臺北工專應用化學科畢業後，歷任臺灣製腦株式會社技術員、臺灣總督府專賣局技手、腦務主任。自幼生活在日據時代，日文水平較高，其中篇小說〈道〉一九四三年七月一日發表於《文藝臺灣》六卷三號。作品問世即得西川滿和濱田隼雄的賞識，被標榜為「皇民文學」的代表作，被推薦為日本最高文學獎「芥川獎」最後決選的五篇候補作品之一。

一九四三年底，〈道〉被作為皇民叢書的第一卷，首頁署名「高山凡石」（按：陳火泉的日本名字），由皇民文學塾出版單行本，大澤貞吉[21]為之撰寫序文，題為〈感淚的一作〉[22]。小說也受到芥川賞評審委員岸田國士、火野葦平兩人的注目。值得注意的是，火野葦平是徹底的主戰分子。曾在中國大陸寫作大量詩歌，為軍國主義歌功頌

---

21 大澤貞吉為當時的皇民奉公會中央本部宣傳部長、戰時生活部長。
22 《臺灣文學評論》第2卷第1期，2002年1月1日，張良澤譯。

德。[23]由此人擔任評委，也是〈道〉此類有皇民化傾向的作品，可以
獲取日本文學賞的一個不可輕視的原因。陳火泉自己卻痛苦地表示：
「若想要把真實傳達給人們的話，除了私生活之外還有什麼嗎？然而
在描寫樸實無華的生活者時，也需要相當細心用心。我們的生活感情
無論在任何場合，都由各種思想或未成為思想的念頭，還有無數的心
理上的幻影所組成的。所以要描寫它，非費相當苦工夫不可。不過，
我會用塞滿的感情來彌補表現力之不足。如是，聰明的讀者可以從我
的話語中，發現無法表現的無數真實吧。」[24]可見他在寫作此類皇民
文學作品時的無奈與受到的自我良心譴責。西川滿也曾稱讚〈道〉為
驚人之作。[25]而西川滿是殖民當局文藝政策的主要推行者之一，從他
的態度，可以從反面看出〈道〉的皇民化傾向。

　　〈道〉帶有陳火泉的鮮明的自傳色彩，也體現著作者的創作動
機。寫一個臺灣人「皇民煉成」的「道路」。出身臺北工專的陳君，
俳號青楠，是臺灣總督府專賣局直轄的「製腦試驗所」的雇員，他一
直努力改造灶腦提高產能，渴望升為正式職員，以改善貧寒清苦的家
庭境遇，但提職的機會怎麼也輪不到臺灣人。作為一個傾心於日本精
神、深受日本文化薰陶的人物，陳君相信自己是一個卓越的日本人；
而在現實生活中，他不僅受到日本同事武田的欺侮，還常常感到在日
本人眼裡「本島人不是人」的民族歧視。他狂熱地學習做日本人，卻

---

23 參見王向遠：《二十世紀中國的日本翻譯文學史》（北京市：北京師範大學出版社，
　　2001年3月初版），頁172。

24 見〈吾友〉一文，陳火泉〈吾友〉原稿共一百六十頁，每頁四百字，共計六萬四千
　　字（日文）。首頁署陳火泉的日本名字「高山凡石」。《臺灣文學評論》第2卷第1
　　期，2002年1月1日，張良澤譯。

25 西川滿之記述：〈關於小說《道》〉，《文藝臺灣》第6卷第3號，1943年7月，頁142，
　　轉引自樊洛平：〈倒行逆施的「皇民文學」〉，古繼堂主編：《簡明臺灣文學史》（北
　　京市：時事出版社，2002年6月，初版1刷），頁161。

苦惱於「為什麼本島人不是人」？[26]陳君決定寫一篇〈步向皇民之道〉的文章，來闡述自己希望得到「皇民化」的信念。不料，廣田股長一句「不要忘了血緣的問題」，又使他陷入做不成日本人的苦悶。太平洋戰爭爆發後，陳君終於悟出，只有經過「皇民煉成」之道，才能真正成為「皇民」。陳君就自告奮勇參加志願兵，去創造「血的歷史」。小說對通往「皇民」之道的美化與渲染，對中華民族文化的背離，達到了無以復加的地步。如此「喪失民族氣節的媚日樣板」[27]，自然深得殖民統治者和御用文人的讚賞。有的日本評論家明確地指出這篇小說的拙劣：「這裡有一條強而有力的生存之道。這是很難得的。但作者寫道，不管誰怎麼說，我都要一個人——獨我夫——活下去，強烈地活下去。然而做為皇國民的主人公最大自覺的視野透過這樣的言辭，到底能否擴大到同為本島人的全體？實令人懷疑。」[28]此後，陳火泉又在《文藝臺灣》六卷五號上發表〈張先生〉。他還以「高山凡石」的日本名字，在《文藝臺灣》七卷二號上發表〈關於皇民文學〉；在《臺灣文藝》一卷二號發表〈臺灣開眼〉，一卷六號上發表〈峰太郎的戰果〉等歌頌附和「皇民化運動」。

　　另一位「皇民文學」作家周金波（1920-1996），發表有小說〈水癌〉（《文藝臺灣》，1940年）、〈志願兵〉（《文藝臺灣》，1941年）。周金波，基隆人。是日據時期臺灣第一位得到日本文學獎的頗有非議的臺灣作家。曾到日本讀書，學齒科。一九四○年在東京時，周金波於《文藝臺灣》二卷一號發表處女作〈水癌〉；一九四一年春返臺後，又在二卷六號發表〈志願兵〉。作者因此獲得第一屆臺灣文學賞，一

26　參見樊洛平：〈倒行逆施的「皇民文學」〉，古繼堂主編：《簡明臺灣文學史》（北京市：時事出版社，2002年6月，初版1刷），頁163。

27　參見樊洛平：〈倒行逆施的「皇民文學」〉，古繼堂主編：《簡明臺灣文學史》（北京市：時事出版社，2002年6月，初版1刷），頁164。

28　文藝評論家窪川鶴次郎評語，見〈吾友〉一文，陳火泉〈吾友〉原稿共一百六十頁，每頁四百字，共計六萬四千字（日文）。

九四三年還以臺灣代表的身分，出席「大東亞文學者大會」。周金波發表的作品還有：〈尺子的誕生〉（1942）、〈狂慕者的信〉（1942）、〈氣候和信仰和宿疾〉（1943）、〈鄉愁〉（1943）、〈助教〉（1944）等。[29]他發表於《文藝臺灣》第二卷第六號的小說〈志願兵〉敘述一個窮苦人家的孩子高進六，公學校畢業後在日本人經營的食品店當學徒，拚命學習日語，後來加入報國青年會，血書志願去當志願兵，這種行為讓留日歸來的文化人張明貴覺得慚愧。這是「惟一一篇不折不扣的皇民文學」[30]。

〈水癌〉描寫一個東京留學返臺的牙科醫生，一心嚮往並且十分認同日本式的生活，於是積極參加當時殖民當局正在推動的「皇民煉成」工作。有一天，一個充滿銅臭而沒有受過教育的婦女，帶著她患了水癌[31]的八歲女兒來看病，由於病情嚴重，醫生轉介她們要趕快到臺北大醫院就診。誰知母親不但吝於花錢坐視女兒病死，而且還貪賭享樂，面無愧色地再來牙科診所要給自己鑲金牙。氣悶中的牙醫趕走了這個婦女，從此更加堅定了他改造臺灣人心靈的決心。〈水癌〉把那個沒有教養、自私吝嗇的婦女當作臺灣人民的代表，以「水癌」來象徵臺灣社會愚昧、迷信、陋俗的病態，而主人公要做同胞心理醫生的寓意，就是要用「皇民化」的理想來教化民眾，實現「皇民煉成」的目標。小說表現主題與日本殖民當局「國策」的傾心呼應，使它成為不折不扣的「皇民文學」。

〈志願兵〉是在西川滿的指示下寫出來的，它直接配合了「志願兵制度」，成為「戰時體制」下的「皇民文學」。小說中的張明貴和高

---

29 參見樊洛平：〈倒行逆施的「皇民文學」〉，古繼堂主編：《簡明臺灣文學史》（北京市：時事出版社，2002年6月，初版1刷），頁164。

30 黎湘萍：〈民族抗爭中的臺灣文學〉，楊匡漢主編：《中國文化中的臺灣文學》（武漢市：長江文藝出版社，2002年10月，初版1刷），頁77。

31 指口腔壞疽病。

進六是小學同學，在「皇民化運動」中，他們都想做日本人，可是「在「皇民煉成」的道路與方法上卻有不同見解」。[32]留學東京的張明貴利用暑假回到闊別三年的臺灣，他發現臺灣變化並不大，就以接受日本教育的知識分子的眼光，認為臺灣人只有經過「皇民煉成」的教育，才能變成「有教養」、「有訓練」的日本人。而在一家日本人店裡工作的高進六，早就以一口流利的日語，讓別人視他為日本人；還在殖民當局強令臺灣人改姓名前，他就自稱「高峰進六」了。雖然只有小學文化程度，高進六對「皇民化」的理解，卻比張明貴更直接，更「深刻」，後以血書明志，應徵為「特別志願兵」。

　　周金波歪曲歷史事實地製造〈志願兵〉的目的，是要在那些為日本軍國主義實際效力的臺灣青年和「志願兵制度」之間，尋找一條所謂的「皇民煉成」道路，改變那些所謂想做日本人卻不能完全成為日本人的臺灣人境遇。〈志願兵〉所表現出來的，正是「漢奸性的『皇民文學』品格」[33]。而皇民文學則是「日本軍國殖民體制在臺灣施行的戰爭總動員體制的一環」[34]。周金波的〈志願兵〉是充滿荒謬性的附和時局的「戰爭協力」畸形怪胎。

　　王昶雄（1915-2000），原名王榮生，淡水人。淡水公學校畢業後負笈東瀛，進入日本大學文學系，後改讀日本大學齒學系。在學時，曾與同仁雜誌、報紙發表作品，以寫詩為主。一九四二年齒學系畢業後回淡水開牙科診所。為《臺灣文學》雜誌同仁，作品散見於《臺灣文學》、《文藝臺灣》、《臺灣日日新報》等刊物，重要的作品，有小說

---

32 參見樊洛平：〈倒行逆施的「皇民文學」〉，古繼堂主編：《簡明臺灣文學史》（北京市：時事出版社，2002年6月，初版1刷），頁165。

33 參見樊洛平：〈倒行逆施的「皇民文學」〉，古繼堂主編：《簡明臺灣文學史》（北京市：時事出版社，2002年6月，初版1刷），頁166。

34 曾健民：〈臺灣「皇民文學」的總清算〉，《清理與批判》（臺北市：人間出版社，1998年12月），頁36。

〈淡水河之漣〉、〈奔流〉等。光復後，停止一切文學活動。[35]重要的
作品有中篇小說：〈淡水河的漣漪〉、〈奔流〉、〈梨園之歌〉、〈鏡子〉。
短篇小說：〈回頭姑娘〉、〈流浪記〉、〈小丑的歎氣〉、〈兩個女郎〉等
多篇。中篇小說〈奔流〉原載一九四三年七月三十一日出版的《臺灣
文學》第三卷第二號。後曾被選入一九四三年的《臺灣小說選》。[36]其
小說帶有社會寫實及反思批判風格，尤其是他的〈奔流〉，曾引起戰
前戰後的各方學者的熱烈討論。

　　這是一篇隱喻意味極濃的小說，透析了被殖民者受迫害的心靈，
反映了臺灣人的認同危機與掙扎。作者塑造了一個「主觀的」、實際
上是「作者的化身」的人物形象「我」[37]，以及伊東春生、林柏年等
「客觀的，現實裡的代表人物」。[38]伊東春生（原名朱春生）是林柏年
的老師，他代表的是一個為求安逸，一心夢想著做日本人，想徹底接
受皇民化，而數典忘祖，不顧父母死活，要把鄉土的土臭完全去掉的
臺灣人；而林柏年代表的是新生代的，憤怒的、有正義感的、流著故
鄉人血液的臺灣青年。如，林柏年曾說，「在打垮那些身為本島人，
卻又鄙夷本島人的傢伙的意義上，我也要拼命。」[39]表現了一定的民
族情感。作者透過他們師生之間不同理念的衝突，以一個醫生的靈
眼，檢省了「我」的心靈鬱結，而揭露了一個臺灣人在皇民化過程中
的苦悶、彷徨、掙扎的一面，其語調是嚴肅的、冷靜的、理性的。他

---

35 參見鍾肇政、葉石濤主編：《閹雞》（臺北市：遠景出版社，1979年7月初版，《光復
　前臺灣文學全集8》），頁257。

36 同時尚匯有龍瑛宗的〈不為人知的幸福〉、楊逵的〈泥娃娃〉、呂赫若的〈風水〉、
　張文環的〈迷兒〉、〈媳婦〉。

37 見鍾肇政、葉石濤主編：《閹雞》（臺北市：遠景出版社，1979年7月初版，《光復前
　臺灣文學全集8》），頁257。

38 見鍾肇政、葉石濤主編：《閹雞》（臺北市：遠景出版社，1979年7月初版，《光復前
　臺灣文學全集8》），頁257-258。

39 王昶雄著，林鐘隆譯：〈奔流〉，鍾肇政、葉石濤主編：《閹雞》（臺北市：遠景出版
　社，1979年7月初版，《光復前臺灣文學全集8》），頁284。

透過年輕人的口吻，間接地批判了朱春生的「身為本島人卻又鄙夷本島人」，肯定了林柏年的道德勇氣凜然正義，展現了他由夢想做一個大和子民而回歸到愛護鄉土、要扎根於邦家的覺醒歷程。林柏年在日本寫給洪醫生的信中說：「我若是堂堂的日本人，就更非是堂堂的臺灣人不可。……不論母親是怎樣不體面的土著人民，對我仍然無限的依戀。即使母親以那不好看的面目，到這裡來，我也不會有絲毫畏縮的表現。被母親擁抱，就像幼兒一般，任其自然。」[40]其中的「母親」，實則具有極強的隱喻意義，即喻指著中國這個祖國母親。

〈奔流〉文中的線索人物洪醫生是留日返臺的醫生。小說通過他的活動與視角，以具有三種不同的人生觀的代表人物的關係來展開情節：被日本同化的伊東春生、旁觀者洪醫生、伊東的年輕表弟（按：林柏年母親喊伊東母親姊姊，所以，伊東和林柏年是表兄弟關係。）林柏年則代表雖然是到日本求學，但仍具有中國身分認同的有識青年。小說的結局寫到伊東的滿頭白髮，突顯出伊東雖然過著令人羨慕、皇民化的生活，但內心卻充滿憂慮、衝突、不安。這一篇小說反映了皇民化運動下的臺灣知識分子的處境。小說寫於一九四三年，當時臺灣正處於「皇民化運動」的甚囂塵上的時期。作者要傾訴這種反「皇民化」的心聲，就只得採取正話反說的方式。最後，作者透過朱春生受到皇民化迫害後那種苦難憔悴的形象，而大罵此一謬舉「狗屁！狗屁！」呼喊出了沉痛的心聲。在形式上，作者以括弧來表示敘事觀點「我」的內心獨白，通篇瀰漫著凝肅的氣氛，「呈現出客觀寫實的形式控制」。[41]該小說因其隱喻的曖昧性而歷來引讀者爭議。

一九四二年，臺灣文學奉公會在總督府情報課、日本文學報國會

---

40 王昶雄著，林鐘隆譯：〈奔流〉，鍾肇政、葉石濤主編：《閹雞》（臺北市：遠景出版社，1979年7月初版，《光復前臺灣文學全集8》），頁295。

41 鍾肇政、葉石濤主編：《閹雞》（臺北市：遠景出版社，1979年7月初版，《光復前臺灣文學全集8》），頁258。

的支持下，於同年十一月十三日在臺北公會堂舉行「臺灣決戰文學會議」，此次會議的中心議題為「本島文學決戰態勢的確立」及「文學者的戰爭協力」，並擬定實踐這些理念的實際方針，鼓動全臺的文藝工作者，展開思想戰，建立所謂「決戰文學體制」。在「臺灣決戰文學會議」的提議下，臺灣文學奉公會便應總督府情報課的指令，要求創作煽動戰爭情緒的文學作品。派遣臺、日作家共十三人，由矢野峰人擔任總編輯，號召了包括呂赫若、張文環、龍瑛宗、楊雲萍、楊逵、陳火泉（高山凡石）、周金波、濱田隼雄、西川滿、新垣宏一、吉村敏、長崎浩、河野慶彥等人到各工廠及礦場與國民道場，寫作實地採訪的報導文學作品。並於一九四四年七月十七日舉辦「派遣作家座談會」。並集中發表了大量讚美「奉公協力」的文章，呼應「皇民文學」。在此基礎上，臺灣總督府情報課編輯了短篇小說與詩合集《決戰臺灣小說集》，由臺灣出版文化株式會社先於一九四四年十二月出版乾卷，又於一九四五年一月出版坤卷，共兩本。收錄短篇小說十篇，詩作五首，初版共印一萬套。《決戰臺灣小說集》可視為決戰時期殖民當局所謂「奠定決戰文學體制」的代表作品。

　　吳濁流此時期冒著生命危險，在殖民者眼皮底下偷偷寫作長篇小說〈胡志明〉（光復後出版時改名為〈亞細亞的孤兒〉）。小說刻畫了臺灣知識分子的精神歷程，反映了臺灣民眾在異族統治下的鬱悶和苦難，透露出被壓迫者的滿腔憤怒和辛酸。另外，他還創作了短篇小說〈水月〉、〈泥沼中的金鯉魚〉、〈陳大人〉。

　　一九四二年，吳瀛濤寫作了〈藝妲〉，並獲《臺灣藝術》小說徵文獎。

　　葉石濤（1925-2008）出生於臺南一個地主家庭，生活優渥。一九三〇年入臺南私塾跟一個老秀才學習漢文。一九四二年，中學三年級時應《臺灣文學》舉辦的「小說徵獎」創作一篇兩萬字的小說〈媽祖祭〉，這是他的第一篇小說。投稿《臺灣文學》，未獲刊出。同年，

以鄭成功治臺的事蹟為背景寫了一篇獨白體小說〈征臺譚〉，投稿
《文藝臺灣》，又遭失敗，但卻因此結識了在臺日人西川滿，一九四
三年，從臺南二中畢業後擔任了《文藝臺灣》的助理編輯，同年於
《文藝臺灣》發表小說〈林君寄來的信〉和〈春怨〉。一九四四年，
葉石濤辭去編輯職務，回臺南任公學校教師。一九四五年，被徵召參
加日本軍隊。光復後，仍回臺南當教師。其文學成就主要是短篇小說
和評論，他在日據時期的小說主要寫歷史題材，如〈正臺譚〉、〈採硫
記〉。但也有以愛情為主題者，如〈林君寄來的信〉[42]及〈春怨〉[43]兩
篇小說，描寫男女之間微妙的情愫，顯示了觀察細緻的特點。〈林君
寄來的信〉（1943），為葉石濤發表的第一篇作品。敘述柳村在收到好
友林君寄來的信後，與林君美貌的妹妹春娘的愛情奇遇。〈春怨〉
（1943）的主題仍是愛情，描述青梅竹馬的「我」與表姐春英之間的
誤會，在隨詩人西村先生前往雲林散心後歸於煙消雲散。小說注重心
理刻畫，通篇瀰漫著浪漫溫馨。葉石濤是「日據時期的最後一位日文
作家」[44]。但他在此時期的小說缺少現實關懷，寫作時沉浸於唯美的
愛情主題。

　　綜言之，戰爭時期臺灣日語小說作品的特色為：

一、尖銳的抗議精神：楊逵等。除尖銳的抗議精神外，還具有鮮明
　　的左翼傾向。

二、呈現出人道的關懷與深層人性的剖析：如呂赫若的小說《財子
　　壽》，反映了當時女人的悲劇，也反映了當時地主剝削農長工的
　　情景，而張文環寫《閹雞》，則揭露了人性自私自利的弱點。

三、藝術手法多採取反諷與隱喻，如王昶雄所寫〈奔流〉。

---

42 鍾肇政譯，發表於《文藝臺灣》第5卷第6號，1943年4月出版。

43 鍾肇政譯，發表於《文藝臺灣》第6卷第3號，1943年7月出版。

44 鍾肇政、葉石濤主編：《閹雞》（臺北市：遠景出版社，1979年7月初版，《光復前臺
灣文學全集8》），頁301。

四、精神的扭曲與附和時局的「戰爭協力」，如陳火泉的中篇小說
　　〈道〉、周金波的〈志願兵〉。

三　日語散文、戲劇等其他文學形式發展脈絡

(一) 散文隨筆

此時期的日語散文創作，經歷了萌芽期、發展期和成熟期。

一九二三年七月十日，張我軍的第一篇日文隨筆作品〈排華政策在華南〉在《臺灣》雜誌發表。張我軍成為日語散文創作萌芽期的代表，但其創作尚處於嘗試階段。

到了一九三○年代，日語散文創作進入發展期，雖在量上仍沒有大的增長，但在質上卻明顯地趨向成熟。主要表現在突破了早期以雜感、隨筆為主的格局，出現了具有真正美文意義的抒情性散文作品，散文創作躍上一個新的臺階。劉克明即這一轉變的開端和標誌。

一九三○年，劉克明以日文著成《臺灣今古談》。內容多為臺灣掌故。一九三一年，謝春木著《臺灣人之要求》刊，此書收錄新民報上的言論，以日文寫成。水陰萍（原名楊熾昌）的〈茉莉花〉是日據下的臺灣文壇為數不多的散文詩：

> 被竹林環抱的園中有涼亭玉碗、素英、皇炎、錢菊、白武君，
> 這些菊花將園中空氣濃暖馥郁從枇杷葉抓出跳蟲，金色的絲垂
> 著皎皎月色，躊躇十三日的夜晚丈夫亡故之後，扶拉烏傑就剪
> 了髮在白色喪服期間，太太磨著指甲，嘴唇用口紅裝飾，畫著
> 柳眉。這麼美麗夫人對亡夫並不哭泣，她只在夜裡踏著月光與
> 亡夫的花園。由房間洩出的是普羅密修斯的彈奏，抑或拿波麗
> 式歌曲在白色鍵盤抖動圭拉烏傑把。杜步西掛上電唱機，涼亭

裡白色剪髮的夫人懸著鑽石耳墜，拿著指揮棒。菊花蕊有著精
靈在呼吸，慘兮兮地夫人獨自黯然哭泣，短髮蕩漾，沒人知道
扔在丈夫棺中的黑髮，不哭泣的夫人備受誤會。要與丈夫亡故
的悲痛巨變搏鬥，畫了眉紅唇豔麗，那種痛若無人知曉。夫人
抬頭了，修長睫毛泛著淡影，蒼白嘴唇沒有塗紅，結在鬢角的
茉莉花於夜裡曳引著白色清香。[45]

　　〈茉莉花〉一文寫貴夫人在丈夫亡故後內心深沉的悲痛，全文聲
色兼備，以月光與電唱機歌聲反襯「不哭的未亡人」的寂寞和深沉的
悼念。這段文字符合散文詩的美學特質，屬於臺灣最早出現的散文詩
作品之一，但楊熾昌原文以日語寫成，受眾不多，因此未能立即帶動
此後的臺灣散文詩創作。

　　這時期的日文散文創作較重要的還有：張深切的雜感類小品文
〈鐵窗感想錄〉、賴慶的〈鬥爭意識〉、雨村的〈善良的鄰居〉、江錫
金的〈獄中通信〉等。楊逵一九三七年作〈首陽園雜紀〉。這篇散文
雖然不長，但積蘊著濃厚的情感和豐富的內容。它除了披露耕作於農
園的情況和抒發憤慨外，同時將作家的思想人格、人道情懷、階級立
場和民族氣節也都表露無遺。

　　以黃得時為標誌，日語散文創作進入成熟期，作家們開始了對文
化、哲理、社會現象和民俗風情等多方面的觀察和探究。

　　一九三六年十二月二十日，黃得時為歡迎中國作家郁達夫訪臺，
開始在《臺灣新民報》撰寫日文隨筆〈達夫片片〉，系統介紹郁達
夫，共十九回。一九三八年，曾景來《臺灣宗教と迷信陋習》由臺灣
宗教研究會發行。一九四〇年九月七日，龍瑛宗散文〈陳奇雲先生〉
發表於《あらたま》第十九卷第九期。

---

45 水蔭萍〈茉莉花〉，一九三四年十二月作，原載《臺南新報》文藝欄。所引譯文為
　月中泉所作。

　　與臺灣新文學總的發展趨勢相一致，一九三七年以後的散文創作，一方面顯得更為成熟，另一方面也因客觀環境的惡化，作家被迫採取較為隱蔽的策略，更注重於文化的透視、哲理的思索、民俗風情的反映和人性的挖掘。這一點，在吳濁流、吳新榮等人身上，有極為明顯的體現。吳濁流一九四一年的〈南京雜感〉這篇記載這段南京見聞的遊記涉及了對於祖國歷史和文化多方面的深刻透視。吳新榮一九四二年發表於《臺灣文學》的散文代表作〈亡妻記〉將筆觸指向了對人性、親情的頌揚。

　　總言之，日據時期臺灣日文散文創作，隨筆、遊記的數量多於純文學性的散文；散文作家仍繼承了中國傳統的文以載道精神，關心現實社會，檢視歷史、文化；也有許多散文有明清小品文的遺風，書寫兒女情長，傾吐悲情和苦悶。體現了多面向的思考。

（二）戲劇

　　一九二三年，日本人神山主持的「蠟人座」劇團，曾到臺灣巡迴演出《狗》、《熊》等劇目，對臺灣日語戲劇的創作起到了一定的啟發作用。此後，《臺灣民報》、《福爾摩沙》、《第一線》、《臺灣文藝》、《臺灣新文學》等雜誌，都闢有戲劇欄，鼓勵戲劇創作，日語劇作由此發端，但數量不多。

　　一九二八年，張維賢赴日本東京筑地小劇場學習戲劇，返臺後，創辦了「民烽劇團」講習所，講授話劇創作理論，培訓演員，不久，日本劇作家新原等來臺，組織演劇研究會，舉辦「演劇祭」[46]。日據時期詩人吳坤煌還積極參加新話劇工作，成績顯著。林清文（1919-1987）則著有劇本《廖添丁》。林清文，臺南人，是臺灣「跨越語言一代」的戲劇家。

---

46 參見劉登翰、莊明萱、黃重添、林承璜主編：《臺灣文學史》（福州市：海峽文藝出版社，1991年6月，初版1刷），上卷，頁612。

　　一九三四年五月，臺灣文藝聯盟成立大會進一步把發展戲劇運動提到議事的重要方面。但是此時期臺灣作家的日語劇作不多。出現的重要劇作是巫永福的《紅綠賊》。

　　一九三七年至一九四五年，殖民當局為全面強化皇民化運動，下令禁止排演帶有中國色彩的戲劇。歌仔戲只能穿著和服上演。後來殖民當局還利用傀儡戲、皮猿戲等，演出皇民化的戲目，如《城主之蛙》、《猿蟹合戰》等。太平洋戰爭爆發後，又把臺灣新戲劇納入「東亞聖戰」的軌道，從日本聘來松居桃樓、瀧澤（女）等人，與臺灣總督府情報課在一起，主持指導排演《一死報國》之類鼓吹侵略戰爭的劇目。同時對原有的劇團加以整頓、合併，且在此基礎上成立了所謂「戲劇協會」，藉以統制臺灣新戲劇運動。面對文化壓迫，臺灣劇作家沒有屈服，他們創作了具有現實意義和反抗精神的劇作，通過日語這一外民族語言迂迴地弘揚中華文化與民族精神。楊逵創作《父與子》、《豬哥仔伯》、《撲滅天狗》等劇本，並編譯演出飽含強烈愛國主義精神的劇目《怒吼吧，中國》，在臺灣新戲劇史上寫下了重要的一頁。

第二節　楊逵、呂赫若、龍瑛宗、張文環、翁鬧等人的日語作品

一　楊逵

　　楊逵（1905-1985），本名楊貴，筆名楊逵、楊建文。[47]臺南人。少年時代的楊逵熟讀西方文學名著和中國白話小說，逐漸養成了人道主義精神。其後，親眼目睹「噍吧哖事件」時日軍大肆鎮壓臺胞武裝抗日的情景，使他的民族意識愈加明確強韌。後就讀臺南二中。一九

---

47 參見鍾肇政、葉石濤主編：《送報伕》（臺北市：遠景出版社，1979年7月，《光復前臺灣文學全集6》），頁1。

二四年東渡日本，勞動之餘在日本大學學習文學，並接觸了馬克思主
義與無政府主義著作。一九二七年因參加朝鮮人的抗日演講會第一次
被捕。後返臺投入臺灣農民運動和文化運動。一九二七年左翼力量整
合為臺灣農民組合，楊逵於一九二八年加入，並加入「臺灣文藝聯
盟」，開始傾向於將文學與社會運動緊密結合的左翼文學。一九三二
年用日文寫作處女作〈送報伕〉，一九三四年發表於日本東京的《文
學評論》，首開臺灣作家進軍日本中央文壇的先例，不久被胡風譯成
中文，發表於《世界知識》。他曾於一九三五年創辦《臺灣新文學》
月刊。他還是臺灣文化協會會員、臺灣農民組合部長。前後共十次遭
日警逮捕。一九三七年赴日，同年二度離日返臺後，租得兩百坪土
地，經營「首陽農場」，取伯夷、叔齊餓死首陽山之意，以示對日堅
決反抗，開始過著貧苦的耕讀寫作生活。楊逵為長子取名為「資
崩」，寓有「資本主義崩潰」的意思。[48]楊逵的左翼思想可窺一斑。

　　楊逵在日據時期以日文寫作，發表了許多重要作品，如〈無醫
村〉、〈泥娃娃〉、〈鵝媽媽出嫁〉等。其代表作〈送報伕〉，一九三二
年發表於《臺灣民報》，這篇小說融合了他在日本當送報伕的生活經
驗，以及反殖民、反封建的社會主義思想。小說表現了資本家對農戶
的壓榨與剝削、農民的痛苦與窘困，嘗試尋找農民自救的方法。一九
三四年〈送報伕〉入選東京《文學評論》徵文第二獎（第一獎從
缺），中譯文則流傳於大陸、南洋等地。其他重要小說有《靈籤》、
《難產》（未刊完）、《水牛》、《田園小景》（後改題《模範村》，後半
部在當時遭禁）、《頑童伐鬼計》、〈蕃仔雞〉、〈無醫村〉、〈泥娃娃〉、
《萌芽》、《紳士連中》、《增產的背後──老丑角的故事》（收進《臺
灣決戰小說集》）等，劇作有《父與子》、《豬哥仔伯》、《剿天狗》，另
有散文與評論多篇，均以日文寫作。

48　參見河原功編，楊鏡汀譯：〈楊逵生平寫作年表〉，見《臺灣作家全集──楊逵集》
　　（臺北市：前衛出版社，1992年2月），頁367。

（一）小說創作

〈送報伕〉是楊逵的成名作和代表作。敘述了一個留學東京的臺灣青年，在經濟危機時期，辛苦謀得送報伕工作，卻遭派報所老闆剝削，故鄉賴以生存的田地又被日本財閥侵奪，以致家破人亡的故事。小說以東京為背景，通過臺灣留日學生楊君的悲慘遭遇，深刻揭露了日本殖民者對臺灣人民的殘酷剝削，並提出世界被壓迫者聯合起來共同奮鬥的主張。楊逵以冷靜的筆觸、質樸的寫實風格，解剖現狀，精巧安排串連情節，在悲憤的血淚中控訴了階級壓迫和剝削。前半部發表後，引起了廣泛共鳴。因為小說的現實真實性，後半部中「掠奪土地」的高潮情節，被日本當局禁止刊行。

小說成功地塑造了一個在日本殖民統治下，立志尋求解放，終於走上集體鬥爭道路的臺灣知識青年的典型形象。最初他是懷著解救在異族統治下的鄉親的理想而闖蕩東京的。遇到困難時，他得到了日本革命青年田中、左藤的幫助，從而認識到，殖民地人民與殖民國家的人民只有聯合起來，共同反對侵略者、剝削者，才是正確的革命道路。〈送報伕〉在藝術上具有濃郁的現實主義特色。作者始終把楊君放在社會生活實踐中加以刻畫，按照主人公對生活從不理解到理解以致採取積極行動的發展變化過程來表現其性格，具有強烈的感人力量。小說文筆樸實，沒有曲折離奇的情節和驚險緊張的故事，而是按照客觀事物的發展規律和人物的思想發展轉變以及採取的積極行動來組織安排情節。尤其結尾處，小說主人公楊君的思想由狹隘的民族主義轉換為國際共產主義，這種視野和遠景，給人以積極進取的力量。

楊逵作品中的人物生活於社會的底層，是弱勢群體，處於社會邊緣。而楊君也是離開日本遠渡東京，同樣也屬於臺灣社會的邊緣。但正是楊君一樣的底層民眾，卻成為反帝反殖民的社會中堅力量，這無疑隱含著邊緣向中心轉換的含義。而田中、佐藤等這些人物的出現，

則是作者將具象轉化為富有文化隱喻功能的隱象。

〈送報伕〉曾被譯成中文，收錄在《山靈——朝鮮臺灣短篇小說集》，流傳於抗日時期的中國內地及南洋諸地，對於抗日運動頗有影響。

〈無醫村〉反映的是日據下醫療制度的改革問題，一方面揭露了臺胞無錢就醫的悲苦，另方面則批評了民間愚昧的醫療方法，濫用草藥而草菅人命現實問題。通篇語調憂憫激憤。最後強烈質問日帝統治階層：「這政府雖有衛生機構，但到底是在替誰做事呢？」

〈泥娃娃〉暴露了日本政府發動侵略戰爭的瘋狂意圖，對日據當局的臺民志願兵制度提出抗議，並對於夢想到中國大陸發戰爭財的富崗之流，加以筆伐，充分表現了正義精神。小說有著自敘傳的性質，以家居生活為素材，太太兒女都上場了，連次女素娟的名字都完全一樣。全文有情節、有衝突、有象徵，但經過作者妙手剪裁，毫無流水帳或者說教的感覺。結尾採用隱喻手法，通過當晚一場雷電交加的傾盆大雨，把孩子的泥塑飛機、坦克、軍艦和戴日本「戰鬥帽」的不倒翁打成一堆爛泥，「別開生面地象徵著窮兵黷武的東洋魔王必將潰滅的命運」[49]。

〈鵝媽媽出嫁〉，亦以首陽農場的生活為題材，寫一個醫院院長前來花園買龍柏，強要孩子心愛的母鵝。因為先前沒送鵝給他，於是便被多方刁難，小說結尾點明主題，譴責了日本虛偽的「大東亞共榮圈」所高唱的「共存共榮」。

楊逵對日據下臺胞共同的苦難命運持有悲憫情懷，他繼承了賴和堅強的抗爭性格，以樸實的寫作風格，歌頌了被壓迫者不屈不撓的民族精神。其小說充滿了亮色與希望，其中的正義品格與道德力量，使其成為臺灣日語文學「成熟期」與「戰爭期」的最重要作家之一。

---

49 楊義：《中國現代小說史》（北京市：人民文學出版社，1988年），卷2，頁727。

　　楊逵發表於日本《文學案內》一九三六年六月號的另一短篇小說〈蕃仔雞〉，描寫一鐵工廠工人明達，其妻素珠受僱於一日本人開的餅店，即所謂「蕃仔雞」（意指日本人的下女、傭人），長期受日本老闆欺凌侮辱，所懷孩子其實是老闆的孽種，丈夫卻對此一無所知。為此，妻子與丈夫定下一個月後即辭去女傭工作的協定，期盼著早日脫離苦海。然而就在協定期滿的前三天，丈夫所在工廠宣佈進入半停工狀態，家庭收入銳減，妻子仍得繼續工作，忍受老闆的欺凌。妻子在前景陰暗渺茫的情況下含恨自殺。小說不僅揭示了民族壓迫問題，也觸及了階級剝削的問題，呈現出楊逵作品左翼文學的特色。

（二）散文創作

　　在《臺灣新文學》遭禁後，楊逵滿腹憤恨，決意歸農，取伯夷、叔齊餓死首陽山之意，將自己經營的農園取名「首陽農園」，一九三七年作《首陽園雜紀》。

　　《首陽園雜紀》表達了絕不屈服於統治者的決心。作者拒絕飛黃騰達之路，不願與統治者同流合污，而要將敵人像滅蟲除草一樣全部除掉。表現出崇高的民族氣節。文章還表達了對生活的信心。對於伯夷和叔齊，楊逵主要吸取他們的精神，卻不願像他們那樣活活餓死，因為那樣就意味著統治者摧殘人民的目的得逞。楊逵悲悼著英年早逝的楊華、黃朝棟等朋友，決心加緊鍛鍊身體。作家以氣候的循環變化寄寓源自老莊的禍福轉化辯證觀思想，隱藏著對侵略者的韌性抗爭的信念。另外，作者通過鋤頭被偷事件，表達了人道主義理想。《首陽園雜紀》記載了楊逵的親身經歷和真實感受，讀來感人至深，剖露了作者高尚的思想人格和道德情操，「代表著30年代散文創作的一個高峰。」[50]

---

50 參見劉登翰、莊明萱、黃重添、林承璜主編：《臺灣文學史》（福州市：海峽文藝出版社，1991年6月，初版1刷），上卷，頁607。

二　呂赫若

　　呂赫若（1914-1951），本名呂石堆，豐原人，臺中師範畢業，赴東京學習聲樂，是一名出眾的男中音歌手，返臺後，擔任公學校老師、聲樂家和興南新聞編輯，並參與「厚生演劇研究社」，是臺灣文化界的風流人物。一九三四年開始從事小說創作，小說〈牛車〉發表於一九三五年一月號日本《文學評論》雜誌，聲名大噪。一九四三年以《財子壽》得到臺灣文學賞。一九四四年三月出版小說集〈清秋〉，共收入小說〈鄰居〉、〈石榴〉、〈財子壽〉、〈合家平安〉、〈廟庭〉、〈月夜〉、〈清秋〉等七篇作品。呂赫若的小說素材，往往取之於家庭的生活層面。從〈牛車〉開始，呂赫若開始描寫貧苦農民的家庭經濟問題及其悲慘遭遇。老婆忍辱賣身，男人駕著牛車去兜繞，但卻處處遭到警察的刁難和欺凌，為了繳納罰款，不得不鋌險去偷人家的鵝，但不幸又被警察逮捕，這種在異族統治下血淚交織的悲劇下場，令人悲憤；作者的取材以及寫作技巧，可說是日據時期臺灣日語文學的典範。

　　呂赫若是一位強烈反對日本殖民統治、熱烈追求臺灣重返光明、回歸祖國的臺灣現代作家。他的小說作品共有二十六篇，其中二十二篇是日文作品，四篇是中文作品。其小說大部分創作於日據臺灣時期，是被迫用日文創作的作品。

　　呂赫若發表於日據臺灣時期的日文小說反映了臺灣民眾在日本殖民統治下的掙扎和反抗。作者寫作時處於殘暴的高壓政策之下，因此，他不可能採用直抒胸臆、明白直露的文筆，而只能借用反諷、借喻、象徵等隱晦曲折的言說方式，以獲得公開發表的機會。他正是通過這種形式來表達自己內心深處的激憤與抗爭，陳述自己的社會理想。這種書寫策略使其小說文本具有了獨特的文化隱喻功能。

　　隱喻的語源是希臘語的 *metaphora*，是「超越」與「傳送」的意

思，指一個對象的意義借助於比喻性語言程序被轉換到另一個對象，使第二個對象似乎可以被說成第一個。「日常語言通常是『字面的』，而比喻性的語言認為，在字面上與一個對象相關的詞語，可以被轉換到另一個對象上，這樣，比喻性語言就同語言的一般使用造成衝突。這種衝突採取了『轉換』或者『傳送』的形式，從而獲得了更廣泛、『特殊』的，或者更為精確的新的意義。」[51]

最早談論隱喻概念的是亞里士多德。在《詩學》和《修辭學》裡，亞里士多德認為，隱喻是以此物命名彼物，是一種修辭手段，用於文學作品之中。亞里士多德代表了西方詩學史上對隱喻的古典理解。

代表對隱喻的現代理解的是柯勒律治。他認為，想像的最終實現要通過語言，而實現藝術想像的過程，就是隱喻的過程。通過隱喻，詞語建構了一個來自它們自身的現實。一個隱喻本身就是一種思想，人們生活在隱喻的世界裡。柯勒律治把隱喻置於人類思想的中心位置，是對古典隱喻觀的超越。

到了二十世紀，理查茲等人進一步發展了柯勒律治的隱喻觀。在《修辭哲學》中，理查茲認為，隱喻不是一種裝飾，它由現實構成，同時，它也構成了現實。現實的「對立的與不和諧的性質被隱喻的相互作用功能賦予了一個形式和整合。一個統一的角色和秩序。在這一意義上說，人類的現實是由隱喻過程鑄成的，而這些過程的信息見之於人的語言」。[52]

由此可見，隱喻不僅僅是修辭手段或語言現象，它還具有哲學意蘊，是人類的重要思維方式，是人類的認知過程的一個環節。運用隱喻，有助於表達人的深層心理與思想。

呂赫若在創作時，就使用了文化隱喻這種最適於韌性鬥爭的寫作機制，擴展語言，並進而擴展現實、擴展思想，充分顯示了隱性處理

---

51 張目：〈隱喻：現代主義詩歌的詩性功能〉，《文藝爭鳴》，1997年第2期，頁58。
52 特倫斯‧霍克斯：《論隱喻》（北京市：崑崙出版社，1992年2月），頁89。

社會現實題材的高度技巧。無愧於人們所給他的「臺灣第一大才子」[53]
的稱譽。比如，在皇民化運動最猖獗的一九四二年至一九四三年，呂
赫若在日本殖民當局的所謂「戰時體制」下寫作的幾篇小說，不但沒
有露骨的軍國主義話語，反而都刻畫了殖民統治下臺灣的不合理社會
現象，在冷靜客觀的敘事中潛藏著的是對日本殖民侵略行徑及其罪惡
的強烈對抗的隱喻文化符碼。

　　因此，在呂赫若小說語言文字的技法之外，還有一種獨特的言說
策略，即小說文本複雜精緻的文化隱喻機制與機智。

（一）文化隱喻與呂赫若小說文本的命名

　　在日據時期，呂赫若的小說有：《暴風雨的故事》（1935）、《婚約
奇談》（1935）、《前途手記——某一個小小的記錄》（1936）、《女人的
命運》（1936）、《逃跑的男人》（1937）、《藍衣少女》（1940）、《春的
呢喃》（1940）、《田園與女人》（1940）、《財子壽》（1942）、《廟庭》
（1942）、《鄰居》（1942）、《風水》（1942）、〈月夜〉（1943）、《合家
平安》（1943）、〈玉蘭花〉（1943）、〈清秋〉（1944）、《山川草木》
（1944）、《百姓》（1944年12月）、《風頭水尾》（1945年8月）、等。這
些小說題目，除了與小說情節發展密切相關的以外，還有一些題目彷
彿脫離於故事之外，往往會讓讀者不知所云，有跑題的感覺，如〈石
榴〉（1943）一篇，小說主體部分沒有一絲與「石榴」有關的情節，
就連自然環境描寫裡也沒有。那麼，這是不是就真的是敗筆呢？聯繫
作者所處的惡劣的社會政治環境，這種看似敗筆的文本命名方式，實
質上是他煞費苦心的文化隱喻寫作機制之一。〈石榴〉寫的是傳統農
家重視傳宗接代的美德。呂赫若以「石榴」為題，實際上是用石榴這
一有著中國傳統民族文化象徵色彩的花卉，來與當時西川滿等來臺日

---

53 呂赫若著，林至潔譯：《呂赫若小說全集：臺灣第一才子》（臺北市：聯合文學出版
　　社，1995年7月初版，1996年9月第三次印刷），封面。

本殖民作家所喜愛的日本國花——櫻花相對抗；用中華民族的「石榴精神」與日本文化殖民者的「櫻花情結」[54]相抗衡。

　　除了像〈石榴〉這樣「文不對題」的文本命名以外，呂赫若其他的普通文本命名也往往包蘊著深刻的文化內涵。

　　〈牛車〉（1935）中的牛車，隱喻著臺灣農村的傳統生產關係，而牛車的日漸無用與楊添丁的失業，就隱喻著臺灣封建的自給自足經濟在日本殖民經濟侵略下的破產。

　　〈玉蘭花〉（1943）中的主人公鈴木善兵衛是一位照相師，屬於當時日本下層的知識青年，而非統治階層。作品描寫了臺灣農村兒童們與他的純真友誼。題中的「玉蘭花」隱喻著純潔、無等級觀念的中日人民的民間友情，兩國人民是友好的，殖民統治與戰爭是帝國主義、軍國主義者的罪惡。

　　一九四三年十月二十三日完稿的〈清秋〉是呂赫若為應對日本殖民當局的「戰時政策」構思而成的作品。呂赫若在《日記》中曾兩次提到這篇小說的構思理路：「想到《路》（按即〈清秋〉）的主題，想描寫一個醫生徘徊在開業還是研究學問之間，以指引本島知識分子的方向。／重新構思，開始寫〈清秋〉，想描寫現今的新氣息，以指引本島知識分子的動向。（8月7日）」[55]該小說文本的命名因此具有了深層的隱喻。秋天是冷清蕭殺的，秋天的夜空又是明澈的，「清秋」一方面喻指日據時期臺灣社會的蕭條局面，另一方面又喻指文章末尾主人公的心境。

---

54 有關日本來臺殖民作家的櫻花情結，可參見李詮林：〈西川滿臺灣民俗題材文學：「文化殖民」神話的潛在證偽〉，《中國現代、當代文學研究》（北京市：中國人民大學，複印報刊資料）2004年第2期，頁181。

55 呂赫若的該則日記轉引自呂正惠：〈呂赫若與戰爭末期臺灣的「歷史現實」——《清秋》析論〉，《文藝理論與批評》1998年第3期，頁67。

（二）呂赫若小說文本敘事結構的隱喻功能

一、敘述視角的隱喻。呂赫若小說文本敘事時一般不把作者帶入，或者僅僅在故事頭尾述及故事來源、述者點評，這和中國傳統的敘事方式完全一致。比如，〈牛車〉就是純粹的第三者敘述，故事中講故事的「我」，文中的環境描寫、人物之間的對話等，都不帶感情色彩。以這樣的旁觀者身分和冷靜的態度講故事，隱喻了臺灣日據時期民眾心態中對殖民當局殘酷壓榨的沉默的反抗，正是這種恰似冷淡和超脫的韌性抗爭，使得他們在被無情抹殺個性的所謂「皇民化運動」中，尚能保持個人的中華文化血脈。而呂赫若的「大音希聲，大象無形」[56]的敘事視角，恰恰符合了老莊的審美理想，同樣保持了文本自身的中華文化特徵。

二、事件隱喻。這主要表現為呂赫若小說受虐母題對政治的隱喻。呂赫若以極大的憤怒和反抗的心情敘述了日本殖民政治和國民黨腐敗統治是對臺灣百姓的施虐暴行。其小說文本中有著難以計數的被虐待的下層百姓，如〈牛車〉中的楊添丁夫妻、〈暴風雨的故事〉中的老松和罔市……這些無數的受虐者構成了黑暗統治下臺灣底層人民的生活群像。對這些弱者的施虐，毋寧說是對飽受蹂躪之苦的臺灣的施虐。

三、情節的隱喻。在呂赫若的小說裡，情節與作者意圖往往構成一種互文性，而這種互文性恰恰成為呂赫若小說文本隱喻機制中的一個環節。如呂赫若在〈清秋〉裡處理「去南方」[57]這一社會現實問題時，既表達了有正義感的臺灣民眾的反戰呼聲，又做到了不讓日本殖民當局有所警覺，表現了呂赫若隱性處理社會現實題材的技巧。〈藍

---

56 語出《道德經》：「大方無隅，大器晚成。大音希聲，大象無形。」

57 呂赫若著，林至潔譯：《呂赫若小說全集：臺灣第一才子》（臺北市：聯合文學出版社，1995年7月初版，1996年9月第三次印刷），頁454。

衣少女〉末尾充滿焦灼和悲劇感，則隱喻了思想不成熟的知識分子對俗世陳腐、愚昧的假道學的妥協。

四、語言轉換的隱喻。林至潔翻譯的、呂赫若的日語小說《財子壽》的中文譯文有「室內打掃的一塵不染，而且擺放了幾張待客用的『猿椅』」之語。[58]「猿椅」其實應譯為「交椅」，是一種有靠背和環行扶手的座椅，亦稱「太師椅」。在閩南方言裡，「猴」與「交」近音，而猴的日語對應詞是「猿」。呂赫若在創作時用方言思考，他生造了「猿椅」一詞來對應閩南方言裡的「交椅」。這種修辭透露著漢文化信息，也是一種巧妙的隱喻。

（三）呂赫若小說人物形象的隱喻

1 知識分子形象的隱喻

呂赫若小說中的知識分子形象往往有著空談、軟弱、無用、缺乏遠見、優柔寡斷的性格特徵。從一九三五年末一直到一九四三年，本身即出身於小地主階級家庭的知識分子呂赫若卻不斷地刻畫、反省著殖民體制下臺灣知識分子的軟弱與妥協性。

在〈清秋〉裡，呂赫若對日據末期臺灣知識分子的處境，作了認真的思考。主人公耀勳是一位從日本學醫回來的醫生。開始，他在留學生活與臺灣本地的生活現實之間彷徨，這無疑是「皇民化運動」的惡果。日本長期的殖民教育讓部分臺灣知識分子產生了身分上的迷惑，面臨著生活道路怎樣走的苦悶。最後，主人公意識到，必須接受自己的中國臺灣身分，並且要去學習自己的民族文化。因此，在〈清秋〉裡，耀勳有一位具有深厚漢學修養的祖父，小說還描寫了一段耀勳和祖父有關漢學的談話。耀勳喜愛祖父親近自然、種菊為樂的心

---

58 呂赫若著，林至潔譯：《呂赫若小說全集：臺灣第一才子》（臺北市：聯合文學出版社，1995年7月初版，1996年9月第三次印刷），頁228。

境，喜愛讀祖父愛讀的〈支那詩人傳記〉，喜愛在疏懶倦怠時，讀李白詩歌自遣──這些都隱喻著臺灣知識分子對漢民族文化傳統的回歸。

〈月夜〉、《廟庭》中的知識分子──「我」，低三下四地向施虐者乞求，一步步地將翠竹推回火坑重新遭受虐待，最終使她走上輕生之路。《婚約奇談》裡的左翼知識分子輕易地被李明和這個偽君子欺騙，僅憑他的幾句背熟了的左翼理論就斷定他是一個進步青年。這些知識分子形象都隱喻著當時的臺灣還缺少思想成熟、目標遠大的責任擔當者。

2 女性形象的隱喻

呂赫若小說對臺灣女性投注了較多的關心，也投注了多於他人的讚美與期望。

在《前途手記》和《女人的命運》裡，呂赫若以新思想為立足點，深刻剖析了臺灣女性在舊社會中所受到的不公平待遇。〈冬夜〉則敘述了日本投降後國民黨赴臺接管一年多以來臺灣姑娘彩鳳的悲慘遭遇。作為〈冬夜〉中的主要人物，彩鳳在戰後初期臺灣的艱難生活掙扎中，從一個平凡的小家碧玉，淪落於風塵。呂赫若立體地塑造了一個受苦、受淩辱的女性形象。呂赫若透過彩鳳與富豪郭欽明的矛盾，隱喻了臺灣光復初期社會的主要矛盾──階段矛盾。

呂赫若筆下的女性往往比男性更早覺醒，這些女性勇於抗爭的精神震撼著讀者的心靈。如罔市（《暴風雨的故事》）以死向封建地主的壓迫表示抗議；琴琴（《婚約奇談》）離家出走，擺脫封建專制家庭和虛偽的布爾喬亞未婚夫，尋求真正屬於自己的幸福生活。其文本中眾多顛覆男尊女卑的文化隱喻揭櫫了不公平的社會秩序的荒謬。

3 農民形象的隱喻

呂赫若小說中的農民形象有一個非常有意思的共同特徵，那就是

他們在文本中都面目模糊、沒有清晰的面貌特徵。呂赫若對他一向密切關注的農民形象相貌描寫如此吝惜筆墨，表明他是把他筆下的農民作為一個集體形象，而非個體形象進行思考的。因此，這些農民形象的性格是臺灣日據時期及光復初期農民的集體性格。呂赫若相當深刻地把握了臺灣日據時期階級壓迫與民族壓迫交織的社會本質，在他的作品裡，農民形象成為表現這一主題的主要人物群體。

如，《暴風雨的故事》和〈牛車〉，描寫了農民在地主壓迫和時代衝擊之下的悲慘命運，而作者有時也禁不住偶爾用零星的筆墨含混隱晦地點明自己的內心思想，如小說〈牛車〉中主人公楊添丁的一段心理活動：

> いくら愚図の楊添丁だって、近年だんへと貧乏のどん底に突き落されてゆく自家を感知していた。親ゆづりの牛車をとろへと黄牛の尻叩いて、危なかしい狭苦しい保甲道を歩いた時分は、ポケットには何時も金があった。家の中でぽかんとしてゐても、米を運んでくれ、甘藷を運んでくれで四五日前から争って頼みに来るのだった。それが保甲道が六間幅の道路になり交通が便利になると、このやうにこちらから頼みに出かけても見向きもせずうまく行かなくなったのである。果ては女房までが子供を家に置き去りにして、甘蔗畑へ鳳梨缶詰工場へ出掛けないと、明日の飯に困るやうになってしまった。真面目さが足りなっかただらうか——と楊添丁は自問自答した。いや、昔よりは百倍の真面目さを出してやってゐるのだ、一日として怠けたことがない。（中略）あくまで生活の上に何か自分たちとかけ離れたある目に見えない圧迫と戦っていかなければならないことに心が焦れた。

該段譯文如下：

> 再怎麼遲鈍的楊添丁，也能感覺到自己的家近年來已逐漸跌落
> 到貧窮的穀底。在雙親遺留下來的牛車上迷迷糊糊拍打黃牛的
> 屁股，走在危險、狹窄的保甲道時，口袋裡隨時都有錢。即使
> 在家中發呆，從四、五天前，就有人爭著拜託請他運米、運甘
> 蔗。等到保甲道變成六個榻榻米寬的道路，交通便利時，即使
> 親自登門拜訪，也無功而返。結果，連老婆都得把小孩放在家
> 裡，不是去甘蔗園，就是去鳳梨工廠，否則明天的飯就無著落。
> 是因為自己不夠認真嗎……楊添丁自問自答。不！自己還比以
> 前更認真，一天也不曾懈怠。（中略部分：想到老婆每天衝口
> 說他懶惰、窩囊，脾氣暴躁的他越想越氣，恨不得想把老婆殺
> 掉。）等到事後靜靜思考，那也是因為擔心生活的緣故，於是
> 憎恨之心立刻煙消雲散，這種情形屢見不鮮。他心焦如焚。總
> 之，在生活上，必須與我們眼睛所看不到的壓迫作戰。[59]

　　最後一句說是小說人物的想法，倒毋寧說是作者自己的想法。

　　《故鄉的戰事二──一個獎》裡的臺灣農民唐炎上繳啞彈，本來
應該受到表揚，卻招來了日本警察的一頓毒打。這個「獎品」，昭示
了在殖民者的強權壓制下，被殖民者即使有理也變成無理的畸形社會
現象。

　　當然，呂赫若小說文本中也有著許多「四不像」的敗筆農民形
象。《風頭水尾》中的徐華是作為一個農民形象出現的，但他又不像
是農民，倒像一個知識分子；洪天福也是作為農民身分出現的，但他
還有一個身分是「師傅」，占有著大量的土地，所以毋寧說他是一個

---

59 參見呂赫若著，林至潔譯：《呂赫若小說全集：臺灣第一才子》（臺北市：聯合文學
　　出版社；1995年7月初版，1996年9月初版3刷），頁31。

地主更為合適。這樣的人物塑造，顯然是拙劣之筆，由此可知，這篇小說是呂赫若煞費苦心的應付之作，這兩個人物隱喻著在日本殖民統治下人的異化。而這篇極明顯的不成功作品的文本本身即隱喻著，文學的極端政治化只能生產出類似上文的畸形作品。

4 富豪形象的隱喻

　　日據時期及光復初期臺灣的地主、資本家等各種有錢人過著腐敗、落後的生活。在《財子壽》、《合家平安》裡，呂赫若刻畫和描寫了虛偽、殘酷的舊式地主形象，顯示了他們被歷史所淘汰的必然性。

5 日本人形象的隱喻

　　一種是色厲內荏、紙老虎的隱喻。《故鄉的戰事二──一個獎》裡的炸彈事件讓唐炎清清楚楚的看見「日本人不是不怕死的」[60]，原來日本人池田也是膽小鬼。呂赫若在這篇作品中所要揭示的是：「『日本人說他們是「神」的子孫，勇敢而不怕死』是不真實的」[61]。

　　另一種日本人形象則隱喻著，統治者是統治者，人民是人民，要分開對待，不能一概而論。如〈玉蘭花〉中的日本人鈴木善兵衛與中國農村兒童的友誼，就是兩國底層平民之間的友誼。

（四）呂赫若小說文本中臺灣風土的隱喻功能

　　日本占據臺灣時期，由於殖民當局長時期促進文學創作意識形態化，造成了文學為政治服務的主流態勢，使臺灣作家觀照真實社會生活的要求難以實現。而周金波等一些「皇民作家」，把文學創作發展到極端的政治化模式，創作出一些「皇民文學」。與之相反，對臺灣鄉土風物與生俱來的感情，讓呂赫若借助臺灣風土素材對此做出針鋒相

60　周青：〈呂赫若晚年的中文作品評析〉，《臺灣研究》1998年第3期，頁88。
61　周青：〈呂赫若晚年的中文作品評析〉，《臺灣研究》1998年第3期，頁88。

對的文化抗爭，這種抗爭體現於其小說文本中臺灣風土的隱喻功能。

1 文本中臺灣民俗的隱喻功能

　　民俗是民族、民眾的民間世俗生命傳承的符碼。它見證了民族的歷史，在對民族文化基因承傳的過程中，成為凝聚民族意識的文化隱喻。「隱喻，作為語言學手段，可以用來引導對事物的深層理解；而面對流傳廣泛、年代久遠的兒歌、民謠、傳說，我們確信其中顯現了它們所產生的民族的古老品格、已然凝固的形象內涵，一切意義都是相對的，僅僅在於它們存身的文化語境中才恰當且有效，」[62]典型的中華民族民間童謠有著對應中華傳統文化的隱喻意義。《月光光──光復以前》中主人公莊玉秋就以領唱臺灣兒歌「月光光，秀才郎，騎白馬，過南塘，南塘繪得過、掠貓來接貨……」[63]的方式表示了對臺灣「皇民化運動」的反抗。兒歌和童謠，是臺灣民間的文化隱喻，這類民俗事物，完全是與時代沒有必然聯繫的社會和文化現象，但它們都是中華民族的歷史現象，而歷史則是民族的記憶。「這些風俗習慣，是中華民族傳統文化的有機組成部分，使臺灣同胞有著較強的向心力和凝聚力，發揮著積極的社會作用，因而得以沿襲和傳承。」[64]

2 文本中自然景物的隱喻功能──背景隱喻

　　中國古人主張順其自然。基於自然經濟的生產生活方式，他們仰仗自然的賜予，認同於對萬物的無為而治。

---

62 王如晨：〈《從前有座山》中的文化隱喻〉見新浪中文論壇（http://www.bbs2.sina.com.cn）。

63 呂赫若著，林至潔譯：《呂赫若小說全集：臺灣第一才子》（臺北市：聯合文學出版社，1995年7月初版，1996年9月第三次印刷），頁531。

64 李詮林：〈西川滿臺灣民俗題材文學：「文化殖民」神話的潛在證偽〉，《國際關係學院學報》2003年第6期，頁58。

〈清秋〉的結尾有這樣一段話：「昨夜變天，今天早晨天氣又變得晴朗。耀勳以微腫的眼睛看著院子裡的菊棚。菊花一起綻放出美麗的花朵。正因為自己費盡心思栽培它們，心靈雀躍不已。連忙用手去觸摸，微微傳來清香。……許久不曾有過這麼清澄的青空是那麼高聳，薄薄的綿雲描繪出石階的形狀。」[65]菊、雲都是中國傳統士大夫吟詩作賦經常選用的意象，也是隱居生活不可或缺的伴侶，耀勳經過長期的彷徨以後，終於找到自己的路——綿雲所描繪出的石階無疑是路的隱喻。所以他的心情像「清秋」天氣一般的澄明、靜定。那麼，他的路是什麼呢？只能是以隱忍的態度對待殖民戰時體制，修身養性、不去為虎作倀——這在當時的高壓政策下，已是難能可貴的了。「隱喻在人類的精神存在中，牢牢地保留著人與自然的原始關聯，隱喻以此種方式包藏著詩、美與真理。」[66]菊、雲這些自然背景意象實際上隱喻了中國知識分子不與當局者同流合污的傳統出世思想、士人品格及他們所抱持的詩、美與真理。

〈月夜〉中的「月夜」隱喻了在陰屬從於陽的順從式傳統規定下，黑暗的封建社會體制與思想。臺灣眾多不幸的女性正是在「月夜」中遵循所謂理性範式而行動的。這個隱喻閃爍於我們的面前，用它沉默無為的智慧，散發著濃濃的寂寞與悲哀。

3 文本中人文建築、設施等的隱喻功能——物象隱喻

民間的世俗生活現象往往能夠反映社會的真實本質，從一些物象隱喻中可以看出華夏民族傳統的文化特質及其文化指示意義。而一些屬於非主流文化的隱性表現，則代表著歷史的實質。

比如，呂赫若小說文本中，電燈只有在地主、日本人、資本家的

---

65 呂赫若著，林至潔譯：《呂赫若小說全集：臺灣第一才子》（臺北市：聯合文學出版社，1995年7月初版，1996年9月第三次印刷），頁469。
66 張瑞德：〈《隱喻》：詩學新論〉，《鄭州大學學報》（哲社版）1995年第5期，頁113。

家裡或辦公地點才有，農民家裡照明的往往只是煤油燈。在這裡，電燈、煤油燈就隱喻著兩個不同的等級和貧富的懸殊。〈牛車〉中的汽車、運輸兩輪車隱喻著現代工業文明；牛車被汽車所取代，則隱喻著外國資本對臺灣傳統的封建小農經濟生產關係的壓迫與破壞，或者說，隱喻著「現代性」這一雙刃劍的那個陰暗面。

《廟庭》故事發生的背景是中國傳統建築——「廟庭」。「廟」給整個故事制定了準則，故事主人公，即翠竹，是受制於廟這個「社會環境」的。「建築物的造型、種類通常能清晰標誌某一時期普遍的文化性格。……廟，則有著更多的人工氣息，隱喻了理性的規範。這層規範，既來自儒家的理學，又來自佛家的隱忍之學。」[67]呂赫若通過「廟」的隱喻，暗示了儒家溫柔敦厚和務求持平的理學觀念，以及佛家忍辱負重，以求來生解脫的生命準則給臺灣民眾心理的深刻影響。「廟」所隱喻的儒家理性規範、佛家修行勸說，約束了翠竹及其家人、以及「我」的行為，阻止了翠竹逃離苦海理想的實現。從這個層面上說，翠竹的悲劇也是舊時代所有底層臺灣女性、乃至整個漢民族的悲劇。進一步講，「廟」實際上隱喻了保守、落後的傳統理性規範對人的個性的扼殺。

隱喻是一種修辭、一種比喻語言。但它也是一種功能，具有詩性的特點，可以「『讓關於不同事物的兩種觀念一同活動，』』並且用一個詞或詞組加以支撐」，使兩者『互相作用』而產生『合力』。」[68]

隱喻從語言出發，結合意象和象徵，使敘事話語具有遠超出其字面意思的深廣含義，使文本與讀者形成一個有機的互動機制。「隱喻是人類認知的重要手段。無論在我們的思維中還是言語行為中，隱喻

---

67 王如晨：〈《從前有座山》中的文化隱喻〉見新浪中文論壇，（http://www.bbs2.sina.com.cn）。

68 泰倫斯‧霍克斯：《隱喻》（太原市：北嶽文藝出版社），轉引自張目：〈隱喻：現代主義詩歌的詩性功能〉，《文藝爭鳴》1997年第2期，頁60。

（作為概念和語言形式）都起了重要的作用，能夠幫助我們理解和認識那些不易通過直觀手段直接理解和認識的事物以及事物之間的內在聯繫。」[69]文本通過隱喻構成了一個功能系統，借助於這一系統，文本可以在與受眾的對話中昇華出潛在的隱性意蘊。

　　作為文化形態的隱喻機制，文化隱喻適用於以情感、心理上可為敵對者接受的形式掩飾言說者的原始意圖。這種機制恰好契合了呂赫若韌性戰鬥、曲筆反諷的表述方式的要求。一篇成功的小說要反映時代的本質，更要具有歷史的厚重感。臺灣日據時期與光復初期都僅僅是臺灣歷史的一個階段，而在臺灣，不可磨滅的中華文化和臺灣人民追求正義與進步的不撓精神則與臺灣歷史共存始終。呂赫若在文化隱喻機制下創作的小說在在顯示了這一點，表現了他的歷史責任感。

　　呂赫若是臺灣現代文學史上一個富有思想的優秀作家。其小說隱喻著中華文化中儒家理學、釋家輪迴、道家超脫思想，展示著中國民間文化傳統的雜糅和積澱。研究其小說文本的深層隱喻意義，有助於對在充滿民族、階級、社會和生活矛盾的日據時期的臺灣，作家們中華民族文化心態的考察。當然，呂赫若的有些小說，因在高壓政策的壓制下，有時有不得不為之的迎合「國策文學」的傾向，如《百姓》和《風頭水尾》。另外，由於他自己的思想也有一個由迷惘、彷徨到逐漸成熟的過程，其小說中也存在著他自身的軟弱性與妥協性的弱點。但是，呂赫若的大部分小說仍以其獨特的隱喻功能而深具較強的戰鬥精神和藝術魅力，由此奠定了呂赫若在臺灣現代文學史上的重要地位。

　　呂赫若還是一個出色的詩人。陳遜仁去世時，呂赫若曾書寫了一首悼念摯友〈謹呈陳遜仁君靈前〉的詩歌：「左手拿著手術刀，右手拿著鋼筆／你的聽診器在耳朵，你的詩在嘴裡／你的眼睛為愛心的流露而發亮／你的笑臉是廢園裡的一朵花蕊嘛／／其實，你穿梭在黑暗

---

69 朱小安：〈試論隱喻概念〉，《解放軍外國語學院學報》1994年第3期，頁17。

的美妙旋律／那兒沒有黃金舞臺卻能感覺溫暖／有喝采聲，有微笑靈魂的聽眾／你熱愛世上天才，愛得不得了／你可知道你也是一個天才／啊，天才薄命，說的絲毫不差」。[70]

三　龍瑛宗

　　龍瑛宗（1911-1999），本名劉榮宗，新竹人，一九三○年畢業於臺灣商工學校，服務於臺灣銀行，後來擔任臺灣日日新報編輯。他借助日本文字接觸到世界文學，熟讀莫泊桑、左拉、福樓拜、契訶夫、陀思妥也夫斯基、屠格涅夫等名家作品。一九三七年以處女作〈植有木瓜樹的小鎮〉，入選日本《改造》雜誌懸賞小說的「佳作推薦」。一九四○年加盟「臺灣文藝家協會」，並任該會雜誌《文藝臺灣》的編輯委員，同年加盟日本《文藝首都》雜誌。一九四二年十一月，與張文環、西川滿、濱田隼雄四人作為臺灣地區代表參加第一回大東亞文學大會。一九四三年結集小說作品十篇為一冊，三校後遭日本政府查禁而未能出版。另外作品結集出版的有：《孤獨的蠹魚》（日文文學批評集，1944年）、《女性素描》（日文隨筆，1947年）。光復前，他的小說創作共完成二十四篇，計有：〈植有木瓜樹的小鎮〉、〈夕影〉、〈黑少女〉、〈白鬼〉、〈趙夫人的戲畫〉、〈村故逝矣〉、〈朝霞〉、〈黃家〉、〈黃昏月〉、〈邂逅〉、〈午前的懸崖〉、〈白色的山脈〉、〈獏〉、〈死在南方〉、〈一個女人的記錄〉、〈不為人知的幸福〉、〈青雲〉、〈龍舌蘭與月亮〉、〈造煙草〉、〈蓮霧的庭院〉、〈年輕的海洋〉、〈歌〉、〈哄笑的清風館〉、〈結婚奇談〉等，其中〈趙夫人的戲畫〉（發表於一九三九年《臺灣新民報》）為中篇小說。是日據時期最多產的臺灣日文作家。

70　《臺灣文學》創刊號1941年5月，月中泉譯。

　　龍瑛宗的小說，有一種無可奈何的惆悵，字裡行間流露著日據時期知識人心靈的苦悶。〈植有木瓜樹的小鎮〉是龍瑛宗的處女作，也是他的成名作，作者描寫在日據時代，一位剛從高校畢業考進街役場（現今的鎮公所）當雇員的青年陳有三，從事助理會計工作，起初對於未來充滿憧憬，業餘勤奮讀書，準備考普通文官和律師，然而現實的生活環境和充滿困境與失望的人際關係，漸漸磨滅了他的雄心壯志。小說描寫現實生活的殘酷，揭發當時社會中女性的悲劇，並刻畫現實理想之間的衝突，傳達了人類心靈的苦難。

　　〈白色的山脈〉描述一個命運坎坷的臺灣青年女性。十四歲時，她被一個男人誘拐到上海，男人為了賭博，竟把她出賣到妓院，之後上海戰亂，她又回到臺灣，不久接到男人的信，要她再回到上海去，而她卻情願再回到他的身邊。小說由此塑造了一個被侮辱卻又麻木可悲的女性形象。

　　〈一個女人的記錄〉以自然主義的寫作方法，從純客觀的角度，敘述了一個女人一生的生命歷程和悲慘命運：「吃飯一定要等到最後，吃殘飯，和貓一起吃。」二十四歲男人上工廠，女人替人洗衣服，兒子小學畢業沒錢升學，只好當工友。三十五歲時男人喝農藥了結一生。四十歲時兒子過世。五十四歲走完了自己可悲的一生。小說主人公的遭遇是大部分日據下的臺灣女性悲慘命運的投影。

　　〈不為人知的幸福〉以寫實主義的手法，刻畫了一個女人為追求幸福生活所遭遇的困境。為了實現自己的理想，她付出了整個青春，最後她滿足於自己的抉擇，心中充滿了欣慰和滿足。就整個故事的而言，〈不為人知的幸福〉與〈一個女人的記錄〉在情節方面有類似之處，主人公都是臺灣女性，所試圖解決的也都是婚姻問題，但兩者結局不同，感情基調亦有較大差別。

　　龍瑛宗的作品，如〈黃家〉、〈黃昏月〉、〈獏〉等，有一個共同點，即運用小說人物來揭發社會的黑暗面，緊密聯繫社會現實，闡述

人性的真諦，往往以買賣婚姻的問題，來反映女性的悲劇命運。小說
中的人物，可說都是思維複雜，內心衝突激烈的典型，充分表現出日
據時期臺人的憂傷、壓抑與頹喪。此外，其小說善於從一個橫切面觀
照當時社會，反映整個時代知識分子的困境。范泉在〈楊雲萍——記
一個臺灣作家〉中評價其作品「帶有了濃重的憂鬱感」，他雖然生長
在那樣惡劣的環境裡，卻不像周金波那樣，寫下屈辱求榮的〈志願
兵〉一類的小說而不感到自慚。龍瑛宗是「一個樸素的，純粹帶著臺
灣色彩而描繪了臺灣的真切的悲喜的」[71]作家。

四　張文環

　　張文環（1909-1978），嘉義人，一九三一年入日本東洋大學文學
部，一九三二年三月曾在東京參與組織「臺灣藝術研究會」和創辦
《福爾摩沙》雜誌。一九三三年畢業於東洋大學。一九三五年，以
《父親的顏面》入選日本《中央公論》小說徵文佳作。因不滿西川滿
的作風，一九四一年與黃得時、張星建、徐瓊二、吳新榮、陳紹馨、
王井泉、巫永福等人創辦《臺灣文學》雜誌，與《文藝臺灣》分庭抗
禮。一九四二年，赴東京參加「大東亞文學者大會」，一九四三年，
以短篇小說〈夜猿〉與日人西川滿同獲「皇民奉公會」第一回臺灣文
學賞。張文環作品以小說居多，此時期共有二十三篇小說，除了長篇
小說〈山茶花〉（於《臺灣新民報》連載）之外，餘者皆為中、短篇
小說，較著名的有：〈父親的顏面〉、〈閹雞〉、〈藝妲之家〉、〈夜猿〉、
〈論語與雞〉、〈迷兒〉、〈辣韭罐〉、〈地方生活〉、〈云之中〉等作。
《閹雞》曾由林博秋改編為閩南語話劇，由厚生演劇研究會於一九四
三年九月二日至六日在臺北永樂座公演，並獲得成功。

---

71 范泉〈楊雲萍——記一個臺灣作家〉，《文匯報》，1947年3月7日。

　　張文環的文學作品，具有濃厚的鄉土意識、民族精神和人道主義的思想。他關懷具有頑強生命力的農民，以及被欺辱凌虐的百姓生活狀況。他「以呈現這些卑微的人物，來闡述人類心靈的苦難。」[72]在〈辣韭罐〉文中，作者描寫小市民的生活情況，表露當時的人際關係，刻畫一個畏縮男人與一個風頭畢露的阿婆之間的內心衝突。於〈論語與雞〉文中，作者透過一個讀私塾的學生眼光，來觀看村民斬雞頭賭咒以示清白的舉動，運用諷刺的手法，來刻畫身為神聖的私塾先生，卻為了搶死雞而自貶人格，充分表現出人性的荒謬，以及師道尊嚴破滅之後的窩囊感。

　　此外，《藝旦之家》描寫了一個藝旦的坎坷生活及其對愛情的幻想，反映了當時的社會問題。《夜猿》呈現了一個獨立山中門戶的農家生活，傳達出生命的悲劇，並以當時的傳統觀點來探討人性的衝突。

五　翁鬧

　　翁鬧（1910-1940），彰化人，畢業於臺中師範，曾擔任教師，後赴日本，就讀日本大學。翁鬧生活浪漫，「不修邊幅，無拘小節」。[73]其小說《戇伯仔》曾入選日本「改造社」文藝佳作。他在日本與張文環、吳坤煌、蘇維熊、施學習、巫永福、王白淵、劉捷等人組織「臺灣藝術研究會」，並創辦「福爾摩沙」雜誌。一九三九年，病逝於日本。

　　翁鬧的文學創作，以小說為主，兼寫評論，偶爾亦寫新詩。翁鬧的小說作品，大約計有：《戇伯仔》、《音樂鐘》、《羅漢腳》、《殘雪》、

72　參見鍾肇政、葉石濤主編：《閹雞》（臺北市：遠景出版社，1979年7月，《光復前臺灣文學全集8》），頁1-2。

73　參見鍾肇政、葉石濤主編：《送報伕》（臺北市：遠景出版社，1979年7月，《光復前臺灣文學全集6》），頁287。

《天亮前的戀愛故事》等，其中以《戇伯仔》最為人所稱道。

　　翁鬧的小說善於描寫心理活動。在《音樂鐘》中，作者借「音樂鐘」的樂音來表現對異性的憧憬；《殘雪》（1935）揭發人類心靈的矛盾，把一個男人處於兩女之間微妙的感情，發揮得淋漓盡致；《天亮前的戀愛故事》（1937）同樣描寫如夢似詩的戀愛故事，訴說「我」追求異性而失望的心態。《戇伯仔》刻畫一個貧困老人的微妙心理，反映當時農村的窮苦，描寫「路有凍死骨」的悲慘命運；《羅漢腳》中鮮明的人物形象、對於農村生活情趣和貧困的煎熬的描寫，都給人留下深刻的印象。其中鄉下小男孩的形象栩栩如生，表現了高超的敘事技巧。整體看來，翁鬧小說雖然借內心獨白來表現意識活動，主觀敘述較多，但他筆下的人物，卻是真實生活的寫照。

第三節　楊熾昌、張彥勳、郭水潭、王白淵、陳奇雲等日語詩人

一　楊熾昌等風車詩社詩人

　　風車詩社創辦於一九三五年，成員有林永修、李張瑞、張良典和日本人戶田房子、岸麗子、島元鐵平等，編印了《風車》詩刊前後四期。《風車詩刊》為臺灣最早引進超現實主義的詩刊。風車詩社倡導超現實主義詩風，主張詩要超越時空，思想要能在大地飛躍，奉法國超現實主義宣言為創作圭臬。追根溯源，風車詩社與大陸李金髮、戴望舒等詩人所倡導的現代派詩其實都是同一個來源——法國超現實主義。

　　楊熾昌（1908-1994），筆名水蔭萍、南潤、島亞夫等，臺南人，臺灣近代詩人楊宜綠之子。一九三一年，由日本新興藝術派作家岩藤雪夫、龍膽寺雄等介紹進入東京日本文化學院攻讀日本文學，曾加入

「詩學」、「神戶詩人」、「椎の木」等詩社。[74]此時，楊熾昌受到了源自法國的超現實主義影響。喜讀春山行夫、安西冬衛、西脅順三郎、村野四郎、三好達治等人的作品，也喜歡法國詩人高多克及超現實主義作家阿拉貢的作品。一九三三年楊熾昌因父病輟學回臺，一九三四年主編《臺南新報》文藝欄，並組成「風車詩社」，發行詩刊，著有詩集《熱帶魚》（1934）、《樹蘭》（1938）等。楊熾昌的詩作體現了超現實主義的特點，如注重意象的經營、文化隱喻的運用等。楊熾昌認為文學應該捨棄政治立場，追求純正的表現。他追求詩的形式變化，被當時的評論家認為因用字隱諱、無法達到批判社會的目標。如水蔭萍的〈青色鐘樓〉[75]：

> 發亮的柏油路上一點蔭影在動／他的耳膜裡漩流著鐘聲青色的音波／無蓬的卡車的爆音／真忙吶／這南方的森林裡／譏諷的天使不斷地在舞蹈／笑我鏽的無知……／有人站在朦朧的鐘樓……／賣春婦因寒冷死去……／清脆得發紫的音波……／鋼骨演奏的光和疲勞的響聲／冷峭的晨早的響聲／心靈的聲響

該詩語言與意象運用靈活，頗具現代感，透過隱喻象徵方式透視現實人生，而精神內涵則被壓抑到潛意識裡。

李張瑞（1911-1952），筆名利野倉，曾留學東京農業大學。讀中學時即開始詩歌創作。對於西脅順三郎的詩作頗感興趣。一九三五年六月在《臺灣新聞》上撰文，針對日本人黑木謳子的現實主義文學觀點提出異議。得到楊熾昌的響應，形成「風車詩社」一次重要的對外文學論戰。論戰中李、楊都強調詩歌的意象經營，反對停留於表面現

---

74 參見劉登翰、莊明萱、黃重添、林承璜主編：《臺灣文學史》（福州市：海峽文藝出版社，1991年6月，初版1刷），上卷，頁540。

75 片段，葉笛譯。

象的描寫。李張瑞詩作注重意象的經營、潛意識的意識流描寫。前者
如《輓歌》，後者如《女王的夢》、《肉體喪失》。同時也不乏現實題材
之作，如《黃昏》描寫船民家人對遠航者的牽掛；《天空的婚禮》則
將月亮和太陽比作新娘和新郎，迎娶送嫁的工具卻是戰鬥機，戰鬥機
螺旋槳的轟鳴則充當了爆竹，隱含了對殖民統治者的嘲諷和對戰爭的
厭惡、對和平的渴望。《這個家》則將異族統治下的民眾的痛苦與悲
憤、對殖民現代性的黑暗面做了反諷：「長衫的姑娘就連／明朗的額
也黯淡下來／（那種事、不知道麼）／馬上說祖先不懂的語言／泛在
塗上口紅的嘴唇」[76]。

　　林永修（1914-1944）筆名林修二、南山修等，就讀日本慶應大
學英文科時，即常在該校校刊上發表詩作，喜讀日本詩人三好達治、
北川冬彥等的作品。林永修喜歡以大海為題材，也注重意象經營，注
重感覺和色彩詞語的運用，如小詩〈海邊〉、〈航行〉、〈出航〉等；還
較多地表現對理想的憧憬和追求，如〈黃昏〉以象徵手法表現對理想
的追求，以黑潮象徵環境的惡劣，以珍珠貝象徵理想。一九八○年，
其家屬出版了他的作品集《蒼い星》。

　　張良典（1915-2014），筆名丘英二，臺北醫專畢業，後留學日
本。擅長寫散文詩。多寫孤獨、寂寥、憂鬱等感受。善於以意象渲染
氣氛，表達內心感受，如《鄉愁之冬》、《孤獨》、《沒有星星的夜晚》
等，反映殖民統治下的抑鬱心情。

二　張彥勳等銀鈴會詩人

　　一九四二年，臺中一中學生組成了銀鈴會。當時的成員有張彥勳
（紅夢）、朱實以及許清世（曉星）。發起人為朱實。創辦刊物《邊緣

76　參見劉登翰、莊明萱、黃重添、林承璜主編：《臺灣文學史》（福州市：海峽文藝出
　　版社，1991年6月，初版1刷），上卷，頁544。

草》，以日文為寫作工具，研究文學，相互切磋，編輯為張彥勳，負責將每個人的原稿裝訂成冊後傳閱流行。雜誌作品內容包括了童謠、短歌、俳句、新詩、隨筆之類的文章。雖然銀鈴會規模很小，但是對於喜愛文學的年輕人而言，無疑是一種溫暖和鼓舞。

張彥勳（1925-1995），臺中人。其父張信義為日據時期十分活躍的社會文化運動者，與楊逵是志同道合的同志，張彥勳日後在文壇上亦與楊逵關係密切。年輕的張彥勳創作熱情澎湃激湧，一九四三年即出版日文詩集《幻》，一九四五年再出版《桐葉落》，當時他未滿二十，懷抱著純摯的文學理想，想要以詩追尋生命的真諦。

陳金連，彰化人。筆名錦連。鐵道講習所中等科及電信科畢業、曾任鐵路局彰化站電報管理員。日據末期加入「銀鈴會」詩社，在《邊緣草》、《潮流》等同仁刊物上發表日文作品。其詩歌表現了一種明知不可為而為之的悲劇命運，張揚了一種世世代代不畏艱險、不屈不撓，朝著既定目標勇往直前的精神。

臺灣嘉義詩人蕭金堆（1927-1998）的詩歌常表達一種極為特殊的個人感受和對自我的探尋、審視，從而構成了其詩歌的知性品格。〈山的誘惑〉「羊齒化做手指／樹皮兒吐著紅舌頭／血從樹上淋淋的流下來」。通過奇特的感受，將自己對大自然的巨大、崇高、偉力既嚮往又恐懼的矛盾心理表達出來。〈鳳凰木的花〉比喻年輕詩人的心緒，正如鳳凰花一樣，也是搖盪不定、猶豫躊躇的。他既嚮往成熟，同時也留戀青春。這種矛盾複雜的自我，顯然具有現代性格。蕭金堆表現出的探尋自我、批判自我的傾向，是銀鈴會現代詩的特徵之一，也是他們創作現代詩的目的。

注重意象的經營，善於用形象的語言表現抽象的事物或情感，是銀鈴會在藝術技巧方面的顯著特徵。具有濃厚的鄉土色彩和現實內容是銀鈴會創作的又一突出特徵。它與該時期詩人們在惡劣的環境中轉向鄉土風情習俗的描寫以求生存和寄託民族情感的趨向是相吻合的。

如《邊緣草》主編張彥勳（1925-1995）。〈葬列〉一詩描寫閩南、臺灣一帶民間送葬的傳統習俗，對送葬場面和人物動作、內心世界都作了有聲有色、栩栩如生的描繪。〈蟋蟀〉一詩寫因蟋蟀的叫聲勾起的對童年母愛的回憶和對故鄉的山河、親人們的懷念。整首詩配以蟋蟀的叫聲，流轉反復，富有音樂的節奏感和鄉土氣息。

詹冰（1921-2004），本名詹益川，苗栗人。就讀臺中一中時，即以俳句獲得臺中圖書館徵稿首獎。留學日本期間開始從事詩創作。一九四三年以〈五月〉等詩連續受到日本詩人崛口大學推薦，發表於《若草》雜誌。其視覺詩的創作，講求形意相乘的效果。其成名作〈五月〉將「五月」擬為生物，加以動態的刻畫，運用新穎精巧、充滿想像力的獨創性意象，將仲春時節生機蓬勃、晶瑩剔透、清純活跳的景象展現出來，堪稱典型的視覺性詩歌。這時期詹冰尚有〈思慕〉、〈有一天的日記〉等詩作，同樣表現出以知性抑制濫情，注重意象經營和情趣營造的典型知性詩人的特徵。以理科訓練的邏輯思考，寫詩著重計算，表現了理路明晰、語言精純、結構嚴謹的特點，擅長在詩中展現知性的科學精神。對十字詩的提倡和力行，則顯示了他的實驗精神和活力。如〈足音〉：「沒有盡頭而寂寞的小徑──／儘管如此，我要放開腳步／勇往邁進走這一條小徑／為了不要使足音中斷！」詹冰參加銀鈴會是在光復初期。

「銀鈴會」是最具有承前啟後意義的一個詩人團體。他們的現代詩，注重對生活本質的概括、人生情懷的提煉和形上哲理的詮釋，但也注意對現實生活的反映和內心感情的抒發。藝術上既努力經營意象和語言，又注意減少意識流的跳躍。「在日本統治最為殘酷、黑暗的時刻，前一時期湧現的文學社團早已漸趨停頓或消失，唯獨銀鈴會的出現填補了詩壇的一段空白。」[77]

---

77 參見劉登翰、莊明萱、黃重添、林承璜主編：《臺灣文學史》（福州市：海峽文藝出版社，1991年6月，初版1刷），上卷，頁599。

三　吳新榮等鹽分地帶詩人

　　一九三四年臺灣文藝聯盟結成時，成立佳里支部，常在文藝雜誌或新聞副刊發表文藝作品的，計有郭水潭、吳新榮（筆名兆行、史民）、王登山、王碧蕉、林精鏐、莊培初（筆名青陽哲）等，他們有著共同的普羅文學傾向，被合稱為「鹽分地帶」派。鹽分地帶文學主張文學植根生活、結合民眾。

　　吳新榮（1907-1967），號震瀛，字史民。文言詩人吳萱草之子。吳新榮稟承家學淵源，從文言文學出發，後轉為臺灣日文文學創作，著作頗豐，在臺灣文壇上有其特定地位。吳新榮是「鹽分地帶」作家群的領航員。一九三三年與郭水潭、徐清吉、王登山、莊培初、林精鏐等十五人組織「佳里青風會」，後來擴展成為「臺灣文藝聯盟佳里支部」，在臺灣社會運動漸告衰退之際，推動寫實主義文學，主張文學須走向民眾，並且植根鄉土。吳新榮的詩多以揭示強權者（政府、會社）壓迫、剝削弱勢的農工，表現出知識分子大無畏的道德勇氣，如〈煙囪〉採取對比的手法，道出資本家令人髮指的嘴臉，同時對於被剝削的蔗農寄予無限的憐憫和同情，很容易引起讀者的共鳴。〈農民之歌〉則是道出臺灣先民唐山過臺灣，生生不息、薪火相傳的開拓精神：

　　　　我們的祖先持有一種偉大的東西／他們相信那東西是一種火／那火——發自五體，則會大敵而奮戰到底／為生活而勞動不息／最後不忘把那火傳給子孫　我們正是那薪火的繼承者／通過所有世紀與制度／這火種永不消失……啊，想起我們祖先的往昔吧／當他們初臨大地／雙手空空什麼也沒有／有的只是一葉

扁舟與一把鋤頭[78]

　　吳新榮擅長以「辯證性書寫」來詮釋其左翼思想。其詩作著重揭露階級剝削和民族壓迫的事實，充滿反抗強音。身為一名廣泛接觸下層民眾的醫生，其詩最富貧苦階級意識，具有左翼文學的特點，能較好地結合寫實主義和浪漫主義。吳新榮善於從生活中最尋常的人和事物中尋找題材，這些寫實詩書寫與讀者緊密相關的生活化題材，詩裡飽和的真感情能夠感動讀者，正是在於，吳新榮早期詩作〈故鄉的輓歌〉、〈故鄉〉直接描述實景，比較缺乏想像的空間，到了〈獻給鹽分地帶的同志〉才捨棄了僵化的意識型態，故鄉的形象思維至此才有飛躍的發展。吳新榮還著有民謠體詩歌〈故鄉的輓歌〉等。

　　吳新榮散文也值得一提。一九四二年發表於《臺灣文學》的〈亡妻記〉為吳新榮悼念亡妻毛雪芬之作，深受當時文壇矚目，被黃得時稱為「臺灣的浮生六記」。全文洋洋三萬言，第一部分《逝去之春》為日記體，逐日記下了從妻子去世以來作者每天的情感波濤。第二部分《回憶當年》則憶寫與妻子從相識、相戀到結婚的經過。該文的最大特點，是在第一部分中採用向亡妻直接傾訴衷腸的第二人稱寫法，並將敘事和抒情加以有機的結合，藉以抒發與愛妻生死離別後難於抑制的悲痛。作者詳細敘述親友收斂、追悼的經過，將兩人日常生活中鮮為人知的細節一一呈露，還描寫自己因悲痛至極而出現的一些反常心理狀態，並善於運用側面烘托的手法，如描寫親屬和鄰人對於此事的激烈反應。經過這些一波三折的描寫，作品顯得更為情真意切，哀婉動人。在作品第一部分初步刻畫了妻子形象的基礎上，經過第二部分對往事的補充描寫，妻子的性格特徵得到更為完整的凸現。雪芬是一個既溫順、純真、多情又具有個性解放思想的現代新女性。作者致

---

78 參見陳朝松：〈日治時期臺灣人新詩社團間的板塊運動〉，臺北師範學院「日據時期
　　臺灣文學」期末報告，翁聖峰指導，2004年5月18日。

力於描寫日常生活中的情情事事，以呈現主人公多方面的性情，如節儉、體貼、不耐病苦、達觀等，凸現了一個活生生的人物形象。親情描寫是日據時期臺灣新文學的一個重要主題。〈亡妻記〉是該主題的代表作之一，也是吳新榮創作的一個新高峰。

郭水潭（1908-1994），筆名郭千尺。臺南人。畢業於日據時高等科學校。在校時便開始創作「和歌」，一九三〇年加入新珠短歌社，後來受新文學影響，改寫日語新詩。一九三一至一九三四年加入《南溟藝園》，幾乎每期都有作品發表。一九三三年加入同鄉吳新榮組織的佳里青風會，此後與吳新榮、莊培初、徐清吉等人形成了著名的「鹽分地帶」詩人群。一九三四年出席第一次臺灣全島文藝大會，任臺灣文藝聯盟南部委員。一九三五年六月一日與吳新榮等發起成立臺灣文聯佳里支部，同年以短篇小說〈某男人的手記〉獲大阪《每日新聞》社新人創作獎，從此聞名臺日文壇；年底又加盟《臺灣新文學》，任詩歌編輯。一九三七年被薦為《每日新聞》創辦的《南島文藝》特約作家。一九三九年加入《華麗島》詩刊，同年底參加臺灣文藝家協會，任《文藝臺灣》隨筆部員，但堅持不寫「皇民文學」。臺灣光復後曾任臺北市市長秘書室事務股長、臺北市文獻委員會委員、《臺南縣誌》編撰人、臺灣區蔬菜公會總幹事等職。此間因各種因素長期停止文藝創作，直至一九七二年六月才於《笠》詩刊上發表中文短詩〈無聊的星期六〉。郭水潭深受進步的社會思想和文學思想影響，反抗日本殖民壓迫，揭發社會黑暗面，歌頌鄉土的可愛，抒寫對親友的真摯感情是其作品中常見的主題。其創作以詩歌為主，有〈衝破陋習〉（1930）、〈故鄉的書簡——致獄中的 S 君〉（1934）、〈斑鳩與廟祝〉（1936）、〈蓮霧之花〉（1937）、〈廣闊的海〉（1937）、〈向棺木慟苦〉（1939）、〈世紀之歌〉（1939）等六十餘首。另有短篇小說〈某男人的手記〉（1935），長篇小說〈福爾摩沙〉（只登序文，正文為家人焚毀），評論〈斷片的私見〉（1933）和〈臺灣知識階級的傾向〉、〈臺灣

日人文學觀〉、〈臺灣舞蹈運動史〉等。〈向棺木慟哭——給建南的墓〉
原載一九三九年《臺灣新民報》，詩歌真切地抒發了作者亡兒的哀
痛，被龍瑛宗譽為一九三九年臺灣詩壇最使人感動的傑作。〈世紀之
歌〉原載於一九三九年《華麗島》詩刊創刊號。作品大膽地痛斥日本
全面侵華戰爭是「人類相克的不幸的事實」，描寫了戰爭來的恐怖和
災難。作者堅定地相信總有一天「休戰的喇叭的美音令人雀躍／在大
地愛和親情蘇醒了／……太陽會永恆地飽和人類的善惡呢」，這兩首
詩可視作詩人愛憎兩種主題的代表作。郭水潭被譽為「鹽分地帶詩人
中最負盛名的一人」、「日文詩人的一高峰」。他擅長以寫實的筆法描
寫鄉土，表達個人理念，抒發愛情憧憬，同時更以強烈的民族意識和
正義感，揭發社會黑暗，反抗日帝壓迫。他不執著於意識形態的緊張
表達，相較於吳新榮，他側重於美學層面的探討，在詩藝的表現上，
尤其是有關親情的書寫，超越了吳新榮。

　　徐清吉（1907-1982）的詩作〈魔掌〉揭露了偽善的壓迫者的真
面目；〈桅上的旗〉表示要為受欺壓的人鳴冤；〈鄉愁〉、〈流浪者〉則
寫彷徨於黑暗中的流浪者。

　　莊培初（1916-）有唯美主義的傾向，但是其題材仍是來源於現
實鄉土。詩作有〈冬月〉、〈冬晴〉、〈一片傷感〉、〈想著〉、〈一天早晨
的感情〉、〈一個女性的畫像〉、〈鄙地世俗事〉等。

　　林精鏐（1914-1989），號芳年，臺南人，出生於書香門第，國學
根基踏實，應用漢文能力熟練，注重現實主義創作。其詩作有對親情
的描寫，如〈掃墓〉、〈憶慈母〉、〈爸爸垂老〉、〈父親〉、〈乳兒〉等，
也有對貧苦鄉親的關懷，如〈牽牛囝仔〉、〈三月新娘〉、〈季節和牧羊
小女〉等。其詩作常有灰色的基調，內容也較隱晦曲折。林芳年詩
作多半採用寫實手法，有的接近白描，如〈爸爸垂老〉、〈掃墓〉、〈乳
兒〉、〈父親〉幾首，但也有超現實之作，如〈月夜的墓丘與石獅

子〉。[79]

林清文（1919-1987）一九四〇年代開始發表詩作。他一九四二年二月發表了一組親情詩，包括〈疼愛生命之日〉、〈新生之歌〉、〈給規矩男、不二男兩兄弟〉等，賦予小角度詩歌以開拓進取的宏大視野。林清文是光復後著名作家林佛兒的父親。

王登山（1913-1982）的許多詩作從家鄉鹽村風物景色取材，由此獲得「鹽村詩人」的稱號。代表作有〈海邊的村〉、〈沉澱的風景〉、〈童心〉等。也有一些詩歌對當時的社會進行了無情的揭露和批判。

「鹽分地帶」作家群雖然是地域意識下的文學團隊，然而成員們在擁抱鄉土的同時，視野卻沒有受限於地域，一九三五年六月，他們成立了「臺灣文藝聯盟佳里支部」，主動參與當時臺灣的新文學運動，匯入時代的大動脈之中。「鹽分地帶」確立的詩歌路線是鄉土寫實，而根植鄉土的寫實詩，正是當時現實主義思潮的創作實踐。

四　王白淵

王白淵（1902-1965），彰化人。臺北師範學校畢業。一九二三年赴日留學，入東京美術學校，後興趣由美術轉向文學，政治及社會科學。曾任教於溪湖、二水兩座公學校、日本岩手縣盛岡女子師範學校、中國上海美術專科學校以及臺北大同工學院。作為詩人、美術評論家與政治運動家的王白淵，豐富的田園生活經驗，造就了他詩人的浪漫氣質與自然主義精神。幼時父親講述林爽文事蹟的影響，使王白淵產生了反抗強權的基本性格，在看到當時受到殖民統治的不公與不義後，便毅然投入社會運動。一九三一年於東京出版詩文集《荊棘之道》，在日本左翼文壇引起極大反響。他善寫詩歌及文化藝術評論，

---

79 參見徐志平、蔡忠道：〈光復前的新詩〉，（http://adm.ncyu.edu.tw/~hatcs/new_page_30.htm）。

作有《荊棘之道》、《臺灣美術運動史》等。王白淵的詩歌「充滿進步向上的蓬勃生氣，彈奏著積極進取的昂揚音符」[80]。歌頌青春、美、純潔、自由是其大多數詩歌的主題。如〈鼴鼠〉中對鼴鼠自由健康生活的羨慕與嚮往；〈蓮花〉中對蓮花高尚情操的歌頌。〈水邊吟〉描寫造化神工、英俊挺拔的花朵，〈島上小姐〉則塑造了一位溫柔含蓄、婀娜多姿的青春少女形象。有些詩著重於哲理的闡釋，如〈零〉、〈未完的畫像〉、〈詩人〉等。由於他的畫家身分，善於以畫入詩，注重美的構圖，是其詩歌藝術的又一個顯著特點。一九三七年王白淵旅居上海時，被日軍以「抗日分子」罪名逮捕，被判八年懲役，被送回臺灣，入臺北監獄，入獄六年後被釋放，後入《臺灣日日新報》社。

　　詩文集《荊棘的道路》包括六十六首日語現代詩、兩篇短篇小說以及富涵政治意味的論說文。[81]發行不久即慘遭查扣的命運，被日本總督府當局列為禁書。

　　王白淵的詩作，如〈佇立揚子江〉、〈獻給印度人〉等，均富含政治隱喻。如他在〈遐想什麼〉中以鳥來隱喻強權帶給人民的桎梏：

> 飼養在籠中的小鳥／仍有思慕穹蒼的遐想／遐想什麼？／喔！小鳥啊！／我明白——你的願望／雖不欲歌唱／尚有唱歌的力量／遐想什麼？／喔！生命呀！／我知道——你崇高的志向。[82]

在殖民當局高壓的統治下，王白淵被迫以隱晦的比賦手法寫作，但卻

---

80 參見劉登翰、莊明萱、黃重添、林承璜主編：《臺灣文學史》（福州市：海峽文藝出版社，1991年6月，初版1刷），上卷，頁518。

81 《王白淵‧荊棘的道路》導讀，王白淵著，陳才昆譯：《荊棘的道路》（彰化縣：彰化縣立文化中心，1995年6月初版）。

82 《王白淵‧荊棘的道路》導讀，王白淵著，陳才昆譯：《荊棘的道路》（彰化縣：彰化縣立文化中心出版。1995年6月初版）。

清晰表達出了當時大多數臺灣知識者的真實心聲。

　　而所謂〈荊棘之道〉，即「知其不可而為之」的人生道路，由此主題出發，詩人特別強調「無」及「黑暗」主題。如〈生命之道〉：

> 右邊聳立如劍般的愛之森林／左邊一片廣袤的荒漠／中間一條無盡的小路／雲端如劍般的冰山／射出永劫的銀色光芒／你想像過這場面嗎？／我正處在生命的十字路／向右通往快樂的山谷／向左通往悲哀的原野／放眼前方慢慢可達永恆之鄉／我正靜靜地在凝視／人生巡禮的自我容姿[83]

　　詩中愛之森林與廣袤荒漠並置，快樂的山谷與悲哀的原野有待抉擇，在生命的十字口上，詩人面對著思想的糾葛。

　　〈打破沉默〉一詩塑造了一個民族意識覺醒，直面現實、奮而抗爭的抒情主人公的形象，其中的「黑暗」隱喻著現實世界與理想的矛盾。

　　王白淵的詩作運用抽象、隱喻等表現手法表現深刻的思想內容，做到了現代主義的表現手法與現實主義精神的有機結合以及詩歌藝術與自然世界的結合、抒情與說理的結合。

五　陳奇雲

　　陳奇雲（1905-1938），澎湖人。曾在澎湖公學校任教。因與同校女教師自由戀愛，遭女方家庭激烈反對和日本督學的打擊，雙雙離鄉走出，定居高雄。一生顛沛流離，貧病交困，於一九三八年病逝，年

83　王白淵著，陳才昆譯：《荊棘的道路》（彰化縣：彰化縣立文化中心出版，1995年6月初），頁14。

僅三十三歲。年輕時曾學過俳句、短歌，後轉向新詩創作，並加盟
《南溟藝園》詩刊。作品散見於《臺灣新聞》、《南溟藝園》等報刊。
一九三〇年結集出版日文詩集〈熱流〉，這是臺灣詩人最早結集出版
的日文詩集之一。《南溟藝園》主編多田利郎在為〈熱流〉作的《卷
頭私語》中說：「你的詩忠實地由你的真情流露出來，代表臺灣人毫
無虛偽的心聲……」收入詩集〈熱流〉的〈秋天去了〉一詩借衰而不
死的秋草和垂老猶戰的老壯士的形象，抒發了詩人與黑暗社會和殘酷
命運抗爭的悲慨。全詩以靜寫動，形象鮮明，格調悲壯蒼涼。陳奇雲
是臺灣新文學中最早用日文創作成名的詩人之一。羊子喬在《光復前
臺灣新詩論》中將他與楊華並列為「從熱情走向冷酷，由雄心壯志步
入悲觀失望」的代表詩人，並稱他是臺灣新詩奠基期中的「大家」。
陳奇雲詩歌有浪漫色彩，多寫對生活的不滿、悲觀和失望，基調壓
抑、悲傷。其數十首詩作，可分為兩部分。一部分較為寫實，主要揭
露統治階級的猙獰面目，反映被壓迫者的辛酸和反抗。自敘傳性質的
敘事詩〈學校勞動者的心聲〉揭露當時教育界黑暗的內幕。〈什麼都
不要想〉譴責校長與督學、〈逃避現實的日子〉傾訴離鄉愁緒、〈六月
的蘆葦〉以黯淡色調的自然景觀寄託憂愁孤獨的心懷，〈偎依著五月
的雨〉描寫少年失戀的惆悵、〈月夜牧歌〉寫詩人夜晚的生活，有淒
涼情調，〈赤嵌樓的足音〉懷古傷情。有的也有反抗意識，如〈秋天
去了〉，寫一個征戰四方的老壯士「明知無從反抗／暴君的寒風／山
丘的荒草／依然纏著苟延殘喘的根」[84]。

---

84 參見劉登翰、莊明萱、黃重添、林承璜主編：《臺灣文學史》（福州市：海峽文藝出
　　版社，1991年6月，初版1刷），上卷，頁524。

第四節　吳濁流、葉榮鐘、楊雲萍等人的日語創作

一　吳濁流

　　吳濁流在苗栗因為抗議郡督學欺負臺籍教師，發憤辭職後，先到南京做記者，後回到臺灣，發表了〈南京雜感〉。辭職抗議事件及中國經驗、記者生涯，是影響吳濁流文學發展最重要的因素。

（一）小說

　　吳濁流目睹了日本侵略者對臺灣人民和祖國大陸的種種暴行，激發了對侵略者的仇恨與反抗精神，被臺灣文壇稱為「鐵和血鑄成的男兒」[85]。其小說均以日語寫作，但與他的漢文言詩作一樣，頗具韌性戰鬥精神，刻畫臺灣知識者的精神歷程，反映臺灣民眾在異族統治下的壓抑、苦難和抗爭，透露出被壓迫者的悲憤和辛酸。直接控訴日本殖民者對臺灣同胞的不平等待遇，是其早期小說創作的主要題材。此階段吳濁流的短篇小說，主要有〈水月〉、〈泥沼中的金鯉魚〉、〈陳大人〉、〈糖扦仔〉。

　　吳濁流的第一篇小說〈水月〉[86]發表於《臺灣新文學》第二卷第三號，一九三六年三月六日出版。〈水月〉描寫了製糖會社農場雇員的悲慘生活。仁吉希望憑自己的奮鬥，提高社會地位。但是儘管經過十五年的艱苦奮鬥，仁吉對「會社」貢獻不少，但「會社」卻從未改

---

85 見劉登翰、莊明萱、黃重添、林承璜主編：《臺灣文學史》（福州市：海峽文藝出版社，1991年6月，初版1刷），上卷，頁577。

86 吳濁流開始小說創作似乎有點偶然。據說他在五湖公學校教書時，一位剛從學校畢業的日籍女教師，經常到他宿舍聊天。有一次談到小說時，他無意中說「小說是人做的，大凡人都會做」，受到這位女教師的奚落。他很不服氣，於是「苦心三日」，寫成了他的第一篇小說〈水月〉。這位日籍女教師「讚歎不已」，便代他投寄給《臺灣新文學》雜誌，果然「僥倖刊出」，決定了他的文學道路。

善過他的待遇，他反而被生活的重擔壓垮。妻子蘭英每天默默地勤苦勞動，受監工的欺凌和壓榨，才到三十歲，就像四、五十歲的老太婆。仁吉奮鬥、掙扎，但他的理想卻如同「水中撈月一場空」。小說由此表現了日本殖民者對臺灣民眾的政治壓迫與經濟掠奪。

〈泥沼中的金鯉魚〉發表於《臺灣新文學》第二卷第六號，一九三六年六月出版，並入選該雜誌小說徵文佳作候補。小說關注了臺灣女性的人生問題。主人公月桂有知識，有理想，有自己的追求，鄙視世俗的等級觀點，把金錢視做廢物，有錢人求親，都予以拒絕。但她父親死後，她的命運掌握在叔叔手裡。叔叔強迫她嫁給有錢人當姨太太，她憤而離家出走，任職臺北《展臺新聞》社，但不久被社長誘姦。她想自殺，但最終醒悟，轉而投身「文化協會」的社會運動，爭取女權。月桂在新思潮影響下，在不幸遭遇中覺醒，終於擺脫了封建家庭的羈絆。吳濁流借這個具有現實意義與普遍意義的人物的人生道路表明，女性要得以覺醒，就必須將個人的幸福與婦女的社會解放聯繫起來，由此顯示了他深刻的思想。

吳濁流早期小說的另一重要內容是無情地揭露和鞭撻那些欺壓同胞的殖民統治者走狗。〈先生媽〉（1944）、〈陳大人〉（1944）、〈糖扦仔〉（1944年4月）等，都是鞭撻這種民族敗類的作品。後兩篇因為諷刺力量極強，雖然寫於日據時期，但是只能發表於光復之後。

〈先生媽〉是吳濁流早期的「政治諷刺小說」[87]之一。作者把臺灣人民的愛國民族意識與洋奴思想的鬥爭這一宏大題材，通過一個小家庭的日常敘事來反映。小說深刻揭示出「皇民化運動」中，具有民族氣節的臺灣同胞與一些民族敗類之間的鬥爭。小說主人公是一位秉持民族氣節，反對「皇民化」，正直、善良、剛強的先生媽；對立面人物則是先生媽的兒子錢新發。先生媽處處與兒子的「皇民化」作

---

87 見劉登翰、莊明萱、黃重添、林承璜主編：《臺灣文學史》（福州市：海峽文藝出版社，1991年6月，初版1刷），上卷，頁582。

對，最終含恨而死。作品歌頌、讚美了先生媽的美好品格，無情地揭露和批判了錢新發之流的民族敗類。〈先生媽〉突出的藝術特點是在尖銳的矛盾對立中刻畫人物性格，以及文化隱喻手法的運用。兩個人物始終處於對立狀態。先生媽的美好品格在與兒子的鬥爭中得以展現。她同情並施捨老乞丐，不學日本話，不穿和服，不住日本式的房子，甚至遺囑中還提出「不可用日本和尚」，表現了她的善良和民族氣節。而錢新發則奴性十足、喪盡人格、毫無民族尊嚴、偽善貪婪、甘心附逆、為富不仁。他假仁假義騙取病人家屬的信任發財；他詐騙名譽和地位成為有力士紳。他積極配合「皇民化運動」，追求日本人的生活方式。因此母子發生了尖銳的矛盾，形成了兩種思想意識的尖銳對立。這一情節恰與楊逵的〈送報伕〉類似。〈送報伕〉中楊君的母親與楊君的哥哥的矛盾也是出於兩種思想意識的衝突。而這種對立實際上是日據時代臺灣人民反對殖民統治的生動體現。先生媽的形象隱喻著不屈的中華民族靈魂。她的不妥協精神反映了臺灣人民對殖民統治者的堅強反抗性格。因此，先生媽固守的傳統意識是一種愛國主義的民族意識；而錢新發的自私貪婪和洋奴行徑則是一種賣國意識、奴隸意識的表現。

〈陳大人〉辛辣諷刺了淩辱百姓的殖民統治者走狗，在悲憤申訴與冷靜鞭撻交織中敘事。該作寫於一九四四年，而發表於光復後的一九四六年，可說是「日閥『皇民化運動』之後，代表文學主流的地下文學的典型作品之一。」[88]

如果說，上述三篇作品是揭露和鞭撻民族敗類，弘揚民族精神，那麼〈功狗〉則主要揭示「奴隸」的不幸遭遇。小說主人公洪宏東為殖民教育貢獻了半生的心血，最後卻落得悲慘的結局。雖然，這時的洪宏東已朦朧意識到社會的不公平，但他缺少反抗的勇氣。這正是這

---

88 見鍾肇政、葉石濤主編：《閹雞》（臺北市：遠景出版社，1979年7月初版，《光復前臺灣文學全集8》），頁200。

個人物「奴性」的基本特徵，也是造成他人生悲劇的根本原因。小說
題名「功狗」，所具有的諷刺意蘊正在於此。更可悲的是，他在生活
十分困頓、無計可施時，仍以殖民者「獎賞」給他的幾張「獎狀」為
榮。小說深刻剖析、尖銳諷刺了洪宏東的「奴性」，希望喚起民眾的
民族意識和抗爭精神。陳英慶、錢新發和洪宏東都是殖民統治的奴
才。吳濁流塑造的這些典型藝術形象，象徵著「皇民化」政策下的奴
才與走狗性格，具有深刻的歷史性與現實感。

　　吳濁流小說具有強烈的社會批判力量。他關心人民的苦難，反映
理想與現實的尖銳矛盾，映襯出在殖民統治下的惡劣環境。他無情地
揭露和鞭撻被壓迫者自身的人性弱點，以期喚醒民眾。因此，他的小
說具有深厚的現實意義。他運用諷刺和隱喻手法，描寫了不同類型的
民族敗類形象。他善於通過對比和細節描寫，深入刻畫人物心理，表
現人物性格。如〈先生媽〉中先生媽與兒子錢新發的對比、〈陳大
人〉中喜劇性的細節描寫。吳濁流小說還具有構思巧妙、鄉土氣息
濃郁等特點。

　　長篇小說〈亞細亞的孤兒〉起稿於一九四三年，一九四五年完
稿。光復後先以〈胡志明〉書名在日本出版，後以〈孤帆〉、〈孤帆小
影〉、〈亞細亞的孤兒〉等書名在臺灣發行。因為小說主題是抨擊日本
對臺灣人民的欺壓，吳濁流冒著生命危險進行創作，〈胡太明〉（〈亞
細亞的孤兒〉）完稿於一九四五年五月。

（二）吳濁流散文

　　吳濁流一九四一年隻身來到南京，懷著對中華歷史文化的崇仰，
遊覽了南京的名勝古蹟，體會了大陸民俗風情，也看到了汪偽政權下
的大陸同胞的苦難，於是書寫了散文〈南京雜感〉。文章近三萬言，
是作家本人和這時期臺灣散文創作的代表作。文章向臺灣同胞介紹了
祖國的情況，既注目於歷史文化，也描繪了現實社會圖景，重點考察

了底層民眾的生存狀態，展現了當時大陸淪陷區貧窮落後的面貌。作者透過南京的社會圖譜，對「中國的性格」進行了深入剖析，揭示了改造國民性的重要前提是變革社會。文中可看到魯迅探討中國國民性問題的影子。對於「中國的性格」的挖掘，表現出吳濁流對祖國前途的關心。其目的在於揭開瘡疤，引起療救的注意。

〈南京雜感〉做到了藝術形式與內容的緊密配合。文章面向廣泛，但作者緊緊圍繞反映社會現實和「中國的性格」的中心有機組合材料，因此形散而神聚。真摯的情感、反諷和夾敘夾議手法，以及傳神生動的描寫，也是該散文的藝術特色。

二　葉榮鐘

葉榮鐘的日語作品多是政論、社論及其他隨筆文體。主要作品如下：

隨筆〈求之於己〉[89]發表於一九二一年《臺灣青年》第二卷第一號。雜文〈地方自治和知識階級的任務〉[90]以「蒲牢生」筆名發表於《臺灣新民報》一九三○年六月七日。政論文〈自治聯盟之聲明書──對改選協議員〉[91]發表於《臺灣新民報》一九三○年十月四日。政論文〈關於新黨組織問題〉[92]以「大江」筆名發表於一九三一年四月七日《臺灣新聞》早報。書信體雜文〈給反對地方自治諸君的公開

---

89 題目為葉笛翻譯，見葉榮鐘，葉芸芸、陳昭瑛主編：《葉榮鐘早年文集》（臺中市：晨星出版有限公司，2002年3月31日，《葉榮鐘全集7》），頁67。

90 題目為葉笛翻譯，見葉榮鐘，葉芸芸、陳昭瑛主編：《葉榮鐘早年文集》（臺中市：晨星出版有限公司，2002年3月31日，《葉榮鐘全集7》），頁73。

91 題目為葉笛翻譯，見葉榮鐘，葉芸芸、陳昭瑛主編：《葉榮鐘早年文集》（臺中市：晨星出版有限公司，2002年3月31日，《葉榮鐘全集7》），頁83。

92 題目為葉笛翻譯，見葉榮鐘，葉芸芸、陳昭瑛主編：《葉榮鐘早年文集》（臺中市：晨星出版有限公司，2002年3月31日，《葉榮鐘全集7》），頁107。

狀〉[93]，以「臺灣地方自治聯盟」書記長身分作，發表於《臺灣新民報》一九三三年六月十五日。雜文〈駁斥地方自治改革反對論〉[94]一九三三年六月二十九日發表於《臺灣新民報》。隨筆〈教育問題〉[95]，一九三四年十月手稿。隨筆〈對本島人社會待遇的改善〉[96]一九三四年十月手稿。隨筆〈關於嘉南大圳的各種問題〉[97]揭示了嘉南大圳這一殖民當局建設的水利設施名為有利於臺灣民眾，實則榨取民脂民膏的本質，如，文中記敘了這樣一個血淚事實：「昭和五年，北門郡山子腳有叫陳力者，將三歲之兒子以一百二十元鬻予鄰村許盤並以其鬻子之錢繳納水租。」該文寫作時間不詳，為日文手稿，但作於日據時期乃毫無疑問。隨筆〈《臺灣民間文學集》可以給予高評價〉[98]發表於《大阪每日新聞》一九三七年二月二十八日。隨筆〈好榜樣，強烈的刺激——觀看文學座的《陳夫人》〉[99]寫於東京，以「蒲牢生」筆名發表於《興南新聞》一九四一年五月十四日。

　　葉榮鐘的散文作品勇於揭露社會醜惡、為底層民眾伸張正義。由於他的社會政治身分和良好的教育背景及語言基礎，其作品視野開闊、涉及面廣，具有批判現實主義風格。

---

93 題目為葉笛翻譯，見葉榮鐘撰，葉芸芸、陳昭瑛主編：《葉榮鐘早年文集》（臺中市：晨星出版有限公司，2002年3月31日，《葉榮鐘全集7》），頁127。

94 葉笛翻譯，見葉榮鐘撰，葉芸芸、陳昭瑛主編：《葉榮鐘早年文集》（臺中市：晨星出版有限公司，2002年3月31日，《葉榮鐘全集7》），頁129。

95 葉笛翻譯，見葉榮鐘撰，葉芸芸、陳昭瑛主編：《葉榮鐘早年文集》（臺中市：晨星出版有限公司，2002年3月31日，《葉榮鐘全集7》），頁174。

96 葉笛翻譯，見葉榮鐘撰，葉芸芸、陳昭瑛主編：《葉榮鐘早年文集》（臺中市：晨星出版有限公司，2002年3月31日，《葉榮鐘全集7》），頁175。

97 葉笛翻譯，見葉榮鐘撰，葉芸芸、陳昭瑛主編：《葉榮鐘早年文集》（臺中市：晨星出版有限公司，2002年3月31日，《葉榮鐘全集7》），頁178。

98 葉笛翻譯，見葉榮鐘撰，葉芸芸、陳昭瑛主編：《葉榮鐘早年文集》（臺中市：晨星出版有限公司，2002年3月31日，《葉榮鐘全集7》），頁311。

99 葉笛翻譯，見葉榮鐘撰，葉芸芸、陳昭瑛主編：《葉榮鐘早年文集》（臺中市：晨星出版有限公司，2002年3月31日，《葉榮鐘全集7》），頁313。

三　楊雲萍

　　楊雲萍精通漢文言、國語（白話）和日語。其日語創作以詩集《山河》為代表。《山河》於一九四三年出版，其中一部分後由范泉譯成中文。《山河》中的詩篇，均寫於抗日戰爭期間。日本帝國主義加緊對臺灣實行嚴酷的思想鉗制，使不甘殖民統治的詩人不能再直切地宣洩自己的感情，這就使得這部詩集具有了婉轉含蓄和隱喻象徵的藝術風格。

　　詩人在看似日常生活（諸如月夜、盛夏、黃昏等等）的場景抒寫中，常有著深長的蘊寄。作者在〈序詩〉[100]中確信：

> 　　我的詩篇散在世界上，／那文字的生命就和先哲一樣久長。／從奔濤駭浪裡，觀望碧色的天空，／唯有正義，是千古不滅，無始無終。／／如今，在癸未陽曆的元旦，／初升的太陽發射出美麗的光輝，／臘梅槎枒，古枝新幹，／那上面增添了更多的花卉。

　　在詩人看來，中華民族文化，早已在人民的心中扎下根來，即使經歷磨難，仍會「古枝新幹」，「增添更多的花卉」。因此面對殖民當局的「文化殖民」政策，〈月夜〉[101]表達了對於祖國傳統文化的緬懷：

> 　　是一個好月夜。／為什麼朋友們不到這裡來呢？／為什麼我的手頭沒有一瓶酒？／把傍晚掘出來的筍，做了菜吧。／那昨天帶來的小魚，還剩下了一點兒。／於是，開講嫦娥的故事。／然後再講荊軻的故事。／講著那樣的故事，驀然間，也許嫦娥

100　〈楊雲萍詩抄〔二十首〕〉，《文藝春秋》第6卷第4期4月號（1948年4月15日），頁43。
101　〈楊雲萍詩抄〔二十首〕〉，《文藝春秋》第6卷第4期4月號（1948年4月15日），頁48。

　　真的從月裡出來，／奏起了霓裳羽衣曲。／而那荊軻，也許真
　　的來到了大地上，／舞動寶劍，笑聲頻傳。／／啊，真是一個
　　好月夜，／那樣的時候，死去的老樹復活，也許不會真；／但
　　走下了天井，／就在這月光裡，／啊，像魚樣地遊行吧。
　　我想伸出手來了，／我想用月光來洗滌我的手。(〈月夜之
　　二〉[102])

詩中嫦娥奔月、荊軻刺秦的故事顯然隱喻了悠久的中國歷史文化，雖
然詩人在嚴酷的現實中不免有了「死去的老樹復活，也許不會真」的
消極情緒和壓抑的痛苦心情，但他將憤慨之情訴諸月亮，借傳統文化
的光輝蕩滌自己痛苦的心情，驅遣自己的憤怒、不平與抗爭。詩人有
時也借助象徵的手段，表達自己的抗爭。如〈鱷魚〉詩中，寒冷的環
境象徵當時的時代氛圍，永遠鋒利的劍則代表著臺灣人民堅韌不拔的
鬥爭氣概。全詩借鱷魚「永遠鋒利，絕不黯黷」的「劍」的意象隱喻
了抵抗殖民統治的意志。在楊雲萍的詩篇裡，雖然充滿悲憤，但是從
字裡行間也可以看出充滿新的希望的反抗的吶喊與呼號。

　　楊雲萍注意從歷史中尋找象徵意象，同時注重在抒情的過程中寄
寓哲思，詩句含蓄凝練，明白暢達。

第五節　女性作家及其日語通俗文學創作

　　日據時期臺灣女作家以日語創作者不多，在當時的臺灣文壇，是
被邊緣化的群體。但這些有限的女性創作，有著不同於同時期男作家
的創作個性，有時甚至可以發出勝出男作家的顛覆男權、霸權社會的
勇敢呼號。

102　〈楊雲萍詩抄〔二十首〕〉，《文藝春秋》第6卷第4期4月號（1948年4月15日），頁48。

一　葉陶

　　葉陶（1904-1970），生於旗津，楊逵的妻子。幼時曾入書房學漢文，後進入公學校接受日式教育。後來加入臺灣農運團體「臺灣農民組合」。是著名的女性社會運動家。葉陶生活艱苦，因此瞭解下層平民生活，對當時的社會制度和女性命運有深入的認識。她的代表作小說《愛的結晶》發表於一九三六年《臺灣新文學月報》（《臺灣新文學》的附屬刊物）。小說敘述了兩個昔日女同學的不同但卻殊途同歸的遭遇。素英是公學校教師，並追隨丈夫參加社會運動，但因生活條件的艱難，丈夫患上了肺癆，兒子則因營養不良而患了夜盲症。寶珠是漁業資本家的女兒，但卻成為金錢和政治婚姻的犧牲品，婚後被丈夫傳染上了梅毒而不能生育。她們兩個雖然生活經歷不同，卻同樣無法擁有健康的愛的結晶。葉陶在篇幅不長的作品裡，「蘊含著濃稠的時代感、深沉的問題意識與銳利的批判精神」。[103]《愛的結晶》頗具自敘傳的性質，文中的素英的遭遇與現實中葉陶十分相似。葉陶通過對自己親身經歷的描繪，揭露了現實社會對女性的戕害。「愛的結晶」有著深層的文化隱喻內涵。一方面，是黑暗的社會制度剝奪了她們孕育健康子女的正當權利，另一方面，葉陶用「子宮孕生能力的挫敗」[104]控訴了「日據下臺灣資本主義與封建勢力加上殖民統治的共謀對於孕育新生的反抗力量的摧毀，使進步人士構建起來的理想社會成為幻影。」[105]除小說《愛的結晶》外，葉陶還發表過詩歌〈病兒〉。

103　見楊翠：〈《愛的結晶》導讀〉，邱貴芬編著：《日據以來臺灣女作家小說選讀》（臺北市：女書文化事業有限公司，2001年7月），頁60。

104　見楊翠：〈《愛的結晶》導讀〉，邱貴芬編著：《日據以來臺灣女作家小說選讀》（臺北市：女書文化事業有限公司，2001年7月），頁61。

105　吳笛：〈日據時期臺灣女性作家自覺意識管窺〉，《世界華文文學論壇》2004年第3期，頁16。

二　楊千鶴

　　楊千鶴（1921-2011），臺北人。一九四〇年於臺北女子高等學校畢業後，在一個日本人的研究室當助理，因無法忍受待遇差別的民族歧視，憤而辭職。一九四一年六月進入《臺灣日日新報》社，成為臺灣第一個女記者。楊千鶴站在臺灣民眾的立場，主要寫臺灣食、衣、住、行各方面的散文隨筆和報導，其中包括藝術家郭雪湖、楊仲佐[106]、作家賴和、李騰嶽等。在楊千鶴的努力下，《臺灣日日新報》「婦女版」辦得朝氣蓬勃。一九四二年四月，太平洋戰爭爆發，新聞社進入戰爭體制，楊千鶴憤而辭職，結束了報社記者生涯。楊千鶴光復後，曾任民選第一屆縣議員。

　　一九四一年，楊千鶴在《文藝臺灣》上看到一篇題為〈芳蘭〉的文章，描寫臺灣人送葬場面。文中稱在出殯時大哭的人為「哭婆」，是僱來專為哭泣的人。楊千鶴認為，這是日本人以嘲諷的眼光看待臺灣風俗，歧視臺灣民眾。同時，她又回憶起自己的喪母之痛，便寫了一篇題為〈哭婆〉的隨筆刊於《文藝臺灣》，文中寄寓良深，頗富抗爭精神。此後又在《文藝臺灣》、《民俗臺灣》發表多篇隨筆，並從事日本古典文藝短歌創作。

　　《花開時節》是楊千鶴唯一的小說，一九四二年發表於《臺灣文學》，塑造了一群剛步入社會的女學生形象。她們無法擺脫父母之命、媒妁之言的擺佈。反映了當時受高等教育的女性的婚姻觀和婚姻生活。文中描寫少女的情懷，生動傳神，文筆細膩，可說是「散文式的小說」[107]。相較於男作家多以臺灣女性的悲慘命運來隱喻臺灣的遭遇的「宏大敘事」而言，楊千鶴的小說側重於日常生活敘事和個人關

106　畫家楊三郎的父親。

107　見鍾肇政、葉石濤主編：《閹雞》（臺北市：遠景出版社，1979年，《光復前臺灣文學全集8》），頁173。

懷。一九九九年十二月二十日，楊千鶴在淡江大學女性文學研究室演講時，曾對其創作心理有所闡釋，她認為，「男性作家把女性寫得特別悲慘，因為他們想把女性比喻為臺灣的處境。但我覺得即使是沙漠中也有短暫的花開，我不同意把女人都寫成那樣。」[108]

楊千鶴後移民美國，二〇一一年於美國去世。

三　張碧華

張碧華，女作家。生平不詳。其小說〈上弦月〉發表於《福爾摩沙》第三期，一九三四年六月十五日出版，用日文寫作。小說敘述一對相愛的男女青年，因封建門第觀念而遭受的阻力。女主角玉惠是一位大家閨秀，她和家中的下人進原相愛，並和他私訂終身。父親不同意這樁門第不相當的婚姻，甚至責罵和毆打玉惠。但玉惠仍堅定地追求自主婚姻。作者以全知全覺的視點，闡釋了愛的真諦，反映了「新生代強調愛情和階級、地位無關」[109]的新思想。小說還運用了對比、反襯的手法。玉惠的母親也是舊婚姻制度的受害者，但她只能逆來順受，而玉惠在新文化、新思想的影響下，已經懂得起而抗爭，主動積極地爭取屬於自己的幸福人生。作者由此塑造了一個新女性的形象，在當時的社會環境裡，具有十分積極的意義。雖然作者的寫作技巧還略顯稚嫩，人物的語言還有流於說教之嫌，但是在當時殖民地半封建社會之下，有如此的新思想與新觀念，而且還要運用異族語言來反映臺灣社會生活，對於一個女作家來說，已是難能可貴了。

---

108 該記錄參見臺灣淡江大學：《中國女性文學研究室學刊》創刊號，頁16。

109 參見鍾肇政、葉石濤主編：《豚》（臺北市：遠景出版社，1979年，《光復前臺灣文學全集3》），頁329。

四　黃鳳姿

　　黃鳳姿，臺北人，畢業於臺北第三女子高等學校。黃鳳姿尚為臺北龍山公學校四年級學生時，即在《民俗臺灣》上發表有關臺灣民俗的散文隨筆。一九四〇年二月，她匯集在《民俗臺灣》上發表的〈七娘媽生〉等文章，由臺北日孝山房印行了她的第一本通俗散文集《七娘媽生》。黃鳳姿的文筆秀麗，文中涉及的民間掌故，材料翔實、饒有趣味，頗受歡迎，被人們稱為「艋舺少女」。[110]

　　一九四〇年十一月，黃鳳姿撰《七爺八爺》由臺北東都書籍株式會社臺北支店刊行。書中內容亦為作者發表在《民俗臺灣》雜誌上的民俗隨筆。

　　黃鳳姿後又有《臺灣の少女》由東京東都書籍株式會社一九四三年出版。《臺灣の少女》包括以下內容：一、艋舺の生活：私の家；二、艋舺の生活：拜床母；三、艋舺の生活：七爺八爺；四、幼い頃：廟のお祭り；五、幼い頃：上元の夜。

五　黃寶桃

　　黃寶桃的代表作小說《感情》塑造了一位渴望保有女性主體意識與民族意識的母親形象。

　　小說的主要人物是母親和太郎。其他人物，如太郎的父親，母親的叔叔，及欲娶母親的臺灣人，形象、性格則相對較為模糊。小說表面上反映了性別歧視問題。文中母親是被拋棄者，逆來順受、忍辱負重。而太郎在文中處於強勢，對母親頤指氣使。小說由此充分顯示了

---

110 見臺灣省文獻委員會編，張炳南監修、李汝和主修、廖漢臣纂修：《臺灣省通志卷六》〈學藝志〉〈藝文篇〉（臺中縣：臺灣省政府印刷廠，1971年6月30日），全一冊，頁81。

臺灣女性遭受的不公平待遇。另外，小說不但突顯了性別論述，還進一步深化到了身分認同的議題。結合小說的寫作背景，文中太郎隱喻著日本，而母親則象徵在日本殖民體制下的臺灣，以及接受殖民教育的臺灣民眾和文化人——他們在文化上、意識上受到殖民侵略者的凌辱。而情感上、血緣上的歸依，又使他們念念不忘祖國母親。小說文筆細膩，架構簡單明瞭，以小見大。但語言因夾雜方言詞彙而略嫌生硬拗口。

六　傅綠桑

女詩人傅綠桑（1920-）是詩人陳遜仁的妻子。傅綠桑與陳遜仁結婚，夫妻伉儷，同為詩人，在當時臺灣詩壇傳為美談。可是美景不長，一九四〇年九月六日，陳遜仁二十六歲英年早逝，構成愛情悲劇。傅綠桑在陳遜仁去世之後，曾在一九四三年的《臺灣文學》中發表了一篇詩作〈寧靜的下午〉。詩云：

> 沉默的炎熱的樹梢／躲藏葉下的白光／佇立天空的影子／不搖晃的光唷／影子唷／拒絕所有愛情／逆行生活奔流／迷失於思索之路／孱弱的動物的呼吸唷／緘默吧／夢想吧／思維吧／在濃郁南風／打轉的砂群／轉瞬間／染成灰色世界[111]

傅綠桑這一首抒情詩作，是將自己的喪夫之痛，凝聚於夏日沉默的樹梢。詩中「光」與「影」的意象，隱喻著生與死的睽隔以及愛情在死亡面前的無奈。光與影是一對矛盾的存在，影沒有光就無法形

---

111 原載於《臺灣文學》第2卷第2號，1943年7月出版，月中泉譯，轉引自林亨泰作，林巾力譯：《從我的第一本詩集說起——日文詩集《靈魂の産声》的出版經緯》，2001年5月19日，日文完稿；2001年8月5日，中文翻譯。

成，而光照射到影的時候，影就會消失。光是影的依賴，本是強者，但生命卻那麼脆弱，轉瞬間便被狂風染成灰色的世界。這是發自受傷的心靈的悲歌。傅綠桑在戰後曾擔任淡水純德女中舍監。

七　辜顏碧霞

　　辜顏碧霞（1913-2000）出生於臺北三峽的書香世家，後來嫁到鹿港辜家，成為辜顯榮的大兒媳婦，辜岳甫的夫人。其長篇小說〈Nagare〉[112]以日文寫成於一九四二年，一九四四年（昭和19年）由臺北原生林出版社發行。

　　〈Nagare〉（以下譯為〈流〉）屬於自敘傳性質的小說。〈流〉敘述了女主人公與父權搏鬥的故事，描述了一個大戶人家門第盛衰的滄桑過程。戶主王醫師性情懦弱沒有主見，盲從母命娶了三妻四妾，各房因分家產爭得焦頭爛額，終於分崩離析。女主人公美鳳性格堅貞而剛強，其丈夫為王醫師的長子敬敏，新婚不久，丈夫早逝，寡母孤女艱苦支撐。王醫師的三個太太、伯叔母、兄嫂、小姑等人卻對她極盡歧視、欺凌之能事。但她堅守自己的人格尊嚴，與命運作鬥爭，顯示了臺灣女性潛在的堅韌品格。該小說曾引起了同時代女性讀者群的普遍共鳴。小說運用日語書寫，語言平易自然，通篇運用白描手法，不虛矯不誇飾，但字裡行間的深情與追思頗具感染力。小說採用散文架構和隱喻機制，以「Nagare」隱喻各種時代「潊流」對人們的日常生活的制約。〈流〉是臺灣一九四〇年代日語通俗文學的代表作之一，勾勒出日據末期的臺灣社會風情和世情冷暖。辜顏碧霞冒著被大家族長輩責罰的風險，自費出版〈流〉，目的在於「從寡居女性自身出發

---

112 Nagare意為「激流、潮流」，〈Nagare〉現一般譯為〈流〉。

來反映真切的體驗和感受」,「具有反叛精神和堅韌性格」。[113]

　　〈流〉也有著明顯的缺陷。許多人物出現時,沒有交代身分,面目模糊,沒有鮮明的個性。小說中許多人物倉促出場,有時只在一句對白或一個場景中一筆帶過,與情節發展沒有多大關聯,實際上可有可無。在八章的短小篇幅裡,王家的四房夫人及她們的子孫、美鳳娘家的親戚、美鳳的同學、朋友等眾多人物輪番登場,混雜的人物和不甚清楚的背景敘述,徒增受眾閱讀的困難。這些缺點也恰恰說明了辜顏碧霞小說的自敘傳性質。因為小說中的人物,在現實生活中均有其對應的原型。一些未及加工處理的原型材料堆積在小說中,降低了作品的藝術性的同時,卻又同時增添了故事的真實性和通俗性,形成了辜顏碧霞自傳式小說的內部悖論的獨特張力。

---

113 吳笛:〈日據時期臺灣女性作家自覺意識管窺〉,《世界華文文學論壇》2004年第3期,頁17。

第六章
日據時段的臺灣現代方言文學

第一節　概述

　　臺灣方言包括閩南語、客家語和少數民族用語，其中閩南語和客家語因源自中原晉唐古語，其音多可以文言漢語標音並能基本達意。臺灣少數民族（南島語系群族）用語尚處於原始階段，也屬於整個中華文明圈裡的一種方言。到了明鄭、清末，因為漢族與平埔族等少數民族不斷融合，許多少數民族已開始使用閩南語或客家語表情達意。長久以來，臺灣民眾運用這些方言創作的文學，多是可用漢字標記的口承文學，毫無疑問，這種文學中的優秀作品，也是中國文學百花園裡的瑰麗花朵。而在臺灣現代文學史階段創作的臺灣方言文學，是人們情感與生活的真實記錄，數量眾多，有一定的價值意義，是臺灣現代文學的重要組成部分。

一　臺灣方言之源流及其分佈概況

　　臺灣是移民社會，高山族占臺灣人口的百分之二弱，其餘百分之九十八以上是在近三百多年來陸續遷移到臺灣的漢人，其中又以閩南人占絕大多數，客家人次之。

　　閩南語是漢語主要方言之一，是中華文化中重要的語言資產，主要分布於福建南部、臺灣與東南亞。臺灣的閩南語源自福建南部，與廈門音最為接近。臺灣史家連橫曾論述過臺灣方言與大陸語言的關係，以及臺灣方言與臺灣文學的關係：「臺灣文學傳自中國，而語言

則多沿漳、泉。顧其中既多古義，又有古音、有正音、有變音、有轉音。昧者不察，以為臺灣語有音無字，此則淺薄之見。夫所謂有音無字者，或為轉接語、或為外來語，不過百分之一、二耳。……臺灣之語，無一語無字，則無一字無來歷；其有用之不同，不與諸夏共通者，則方言也。……同一諸夏而言語各殊。……方言之有繫於文學也大矣。」[1]因此，日據時期的臺灣閩南語文獻往往以廈門音作為標準音，其他口音也被轉換成廈門音。但是，僅僅把臺語視為閩南語，實際上是一種極不科學的概念定位。因為在臺灣，客家人[2]也占有不少的數量。客家語是區別於閩南語的另一種方言。客家人聽不懂閩南話，正像操閩南語者聽不懂客家語一樣。因此，只將閩南語定義為「臺語」或者「臺灣話」，是不準確的。[3]

　　一九二五年，以蔡培火一九二五年由臺南新樓書房出版的〈十項管見〉為標誌，第一次臺灣話文運動開始。此運動有蔡培火、賴仁聲、林茂生、林燕臣、柯思維、偕叡廉、柯設偕、賴江、鄭溪泮等作家參加。第二次臺灣話文運動開始於一九三〇年。鄭坤五首先提出鄉土文學的口號，他在《三六九小報》上輯錄了臺灣山歌，並在若干小品文中主張閩南語寫作，由於他缺少系統的理論，未能引起人們的普遍注意。一九三〇年，黃石輝在《伍人報》發表的〈怎樣不提倡鄉土文學〉提出「用臺灣話做文，用臺灣話做詩，用臺灣話做小說，用臺

1　連橫：《雅言》（臺北市：臺灣銀行經濟研究室編印，1963年2月，《臺灣文獻叢刊》第一六六種），頁2。

2　遠在中國古代宋朝，在製作戶籍時，原居者被稱為「主」，而較晚移入者被稱作「客」，「客家人」的名稱由此而來，這個名稱至今仍被沿用。一七九六年，兩百多名粵籍客家人移民由吳沙率領，入墾蘭陽平原，他們多定居在礁溪、員山及冬山等近山區域。

3　但因閩南人在臺灣人口中占大多數，歷來有關臺灣方言的著作，幾乎約定俗成地將「臺語」視同於閩南語，因此，為行文方便，下文中凡不專門說明所指，而在所提及著作中出現的「臺語」、「臺灣話」等詞者，該詞即指閩南語而言，不再另加注明。

灣話做歌曲，描寫臺灣的事物」[4]。引起「臺灣話文論爭」，第一次鄉
土文學論戰亦由此展開。一九三一年八月十五日，林克夫在《臺灣新
民報》發表〈「鄉土文學」的檢討——讀黃石輝君的高論〉。接著，一
九三一年，黃石輝發表〈再談鄉土文學〉；朱點人發表〈檢一檢「鄉
土文學」〉；郭秋生則發表了〈建設「臺灣話文」一提案〉，提出「以
現行的漢字為工具來創造臺灣話文」的主張。在此期間，賴和、黃石
輝、楊華、吳新榮、蘇維熊、許丙丁等作家曾經試用臺灣方言書寫文
學作品，他們往往以漢字以及漢字的偏旁甚至錯別字、生造字來撰寫
閩南語。

　　「臺灣話文運動」要求言文一致，主張保存臺灣語，把它文學
化。目的在消除文盲，擴大臺灣新文學運動的社會基礎。葉榮鐘在
〈關於羅馬字運動〉[5]一文中認為：「現在的臺灣話非經一番大大的補
充是不足以寫成文章來表現的，勿論從來的臺灣話就已經有很多不能
寫成文章的了，因為是如此一發有補充的必要。」而要創成一種標準
語，「須要經由文學的作品來滋培方能收效。……若要它來滋培，非
多多移入中國的作品不可，要移入中國的作品自然要採用中國所通行
的成語為便。」[6]國語（白話）在日據之初即遭到摧殘。一九二〇年
代初，臺灣會講用國語（白話）的人已經極為稀少。但是，在「皇民
化」運動之前，日據當局認為「就臺灣之內部言之，土匪（指抗日軍
民）之擾亂，尚未鎮定，生番之治理，尚未確立，惡疫瘴癘尚未除
去，民間方言有數種，蓋政策需要隨時隨地，講求妥善方法耳。」[7]
不得不對臺灣方言採取了相對較為寬鬆的政策。胸懷祖國的臺灣民眾

4　《伍人報》，第9號，1930年。

5　一九二九年四月十八日寫於東京，載於一九二九年五月十二日、五月十九日、五月
　二十六日《臺灣民報》。

6　葉榮鐘：〈關於羅馬字運動〉，葉芸芸、陳昭瑛主編：《葉榮鐘早年文集》（臺中市：
　晨星出版有限公司，2002年3月31日，《葉榮鐘文集7》），頁192。

7　郭輝編譯：《日據下之臺政》（臺中縣：臺灣省文獻委員會，1956年），頁321。

借此以漢文化的子文化閩南文化、客家文化來抵制文化殖民政策。閩南語成為臺灣民間較為普遍的語言，私塾裡的文言古詩文教學也借助閩南語進行。以文言漢語替代字為基礎的閩南語書寫成為「新舊文學論戰後，臺灣舊文人企圖找出一條貼近民眾與土地而開發出的新書寫語言。」[8]因此，現代國語（白話）臺灣小說往往夾雜臺灣方言俚語。例如，廢人（鄭明）的國語（白話）小說《三更半暝》[9]在短小的篇幅裡，採用方言俚語竟達七十餘處，如：半暝（半夜）、傢伙（家當）、落車（下車）等。在日據當局文化政策的重壓下，堅守傳統的民俗和語言習慣成為臺灣人民的主要韌性抗爭方式。臺灣民俗和方言，自然也為臺灣作家所看重。而民俗和方言有著不可分割的關係。「民俗學家顧頡剛曾經說：『以風俗解釋方言，即以方言表現風俗，這是民俗學中新創的風格，我深信其必有偉大的發展。』顧頡剛肯定的是人類文化語言學（ethnolinguistics）的研究方向，也是民俗和方言之間的密切關係。臺灣民俗和臺灣方言共同介入臺灣文學，主要是由這層關係約定的。」[10]這是對於臺灣現代文學作品採用方言俚語的現象的一種合理解釋。

　　在臺灣民眾的堅持下，閩南民俗得到完整的傳承，來自閩南的神佛擁有絕對多數的信眾，各種廟宇香火鼎盛。閩南故事、傳說、諺語廣泛流傳於民間。但到了一九三七年，日據當局推動皇民化運動，提倡日語家庭，各種中文圖書報刊和中文學校均遭禁止，作為漢文學一支的方言文學也在被禁之列。中華文化流脈再次遭到摧殘。

8　吳毓琪：《南社研究》（臺南市：臺南市立文化中心，1999年6月），頁211-212。

9　原載《臺灣新文學》第1卷第10號，1936年12月，收鍾肇政、葉石濤主編：《送報伕》（臺北市：遠景出版社，1979年7月初版，《光復前臺灣文學全集6》），頁391-416。

10　汪毅夫：〈臺灣文學：民俗、方言的介入〉，汪毅夫：《臺灣社會與文化》（福州市：海峽文藝出版社，1994年），頁143。

二　方言歌詩、口傳民間故事、傳說、謎猜等民間文學　形式發展脈絡

臺灣方言民間文學主要有神話傳說、民間故事、講古說唱（七字仔）、歌謠、戲曲、閩南語流行歌、俚諺俗語等形式。這些民間文學形式富有趣味，具有教化作用。

（一）臺灣口傳民間故事、傳說

臺灣口傳民間故事、傳說是一種廣泛流傳民間的口傳文學作品，它來自自然環境及社會生活的歷煉，保存了民俗和民間的傳統慣習。

口承敘事的民間故事與傳說是此時期臺灣少數民族的主要文學形態。這些故事、傳說，有的講述美麗的愛情故事，有的講述先祖時代承傳下來的神話，有的則講述抗擊外國侵略的英雄故事。如講述花蓮港以北山區的高山族部落頭目科戈斯英勇抗擊入侵日軍的《花蓮烽火》[11]、講述臺東阿美族巴朗下部落的頭目瑪亨亨抗擊日本侵略者的《瑪亨亨》[12]、講述臺東阿美人部落的都蘭村武力抵抗日本侵略的《地窖裡的獵槍》[13]等故事。其中值得注意的是《花蓮烽火》，它敘述了一個高山族與漢族團結抗敵的場面：「科戈斯是高山族一個部落的頭目，他聯合了幾個部落的頭目，和一些漢族的兄弟，共同抵抗日本侵略者。……科戈斯也三處受傷，可是，他仍然堅持指揮戰鬥，鼓舞堅守在各個山頭上的高山族與漢族兄弟奮勇抗擊……」[14]顯示了臺灣

11　見陳煒平、劉清河、汪梅田搜集整理：《臺灣高山族傳說與風情》（福州市：福建人民出版社，1983年3月，初版1刷），下冊，頁86。

12　見陳煒平、劉清河、汪梅田搜集整理：《臺灣高山族傳說與風情》（福州市：福建人民出版社，1983年3月，初版1刷），下冊，頁93。

13　見陳煒平、劉清河、汪梅田搜集整理：《臺灣高山族傳說與風情》（福州市：福建人民出版社，1983年3月，初版1刷），下冊，頁97。

14　見陳煒平、劉清河、汪梅田搜集整理：《臺灣高山族傳說與風情》（福州市：福建人民出版社，1983年3月，初版1刷），下冊，頁86-87。

少數民族與漢族同胞的戰友情誼。福佬系的民間故事很多都來自大陸。如范將軍、謝將軍的故事，故事的發生地點和故事主人公的原型均在福州。因此，臺灣口傳民間故事、傳說是一種孕藏中華文化的重要載體，是中華文化特色的重要表徵。

臺灣新文學運動，對於整理口傳民間故事、傳說格外重視。《臺灣新文學》雜誌曾對李獻璋編寫的《臺灣民間文學集》大加讚賞：「《臺灣民間文學集》可謂臺灣人全體的詩的想像力的總和，是應占有文藝園頭一頁美麗的花朵，是先民的思想所結晶的金字塔，其中有臺灣人應該知道的初民的宇宙觀、宗教思想、道德標準、重要史料及對於自然界的認識等等……」[15]。

（二）臺灣口傳諺語、燈謎、謎猜

臺灣諺語，反映了臺灣的風俗民情和民間社會的本真形態。諺語具有寓人生哲理於幽默，含叮嚀嘲諷於隻言片語的特點。理解臺灣諺語往往需要相關的社會歷史、生活等背景知識。如諺語「日本銅鼎」。「銅鼎」是日據時期的一種「輕銀鼎」。這種「鼎」（鍋）都沒有「鼎臍」，而「臍」又與「才」字同音。因此這個諺語就用來隱喻日據統治者無才。臺灣諺語因其十分隱蔽的隱喻功能，被一些臺灣作家用做寫作的素材，如賴和的小說裡就曾出現過俚俗諺語。

燈謎從宋朝起即盛行於中國民間，是將謎面貼於燈面上，供人猜想的一種文字遊戲。謎面主要是有關傳統文化的內容，如經史子集、文學作品等。在臺灣，早在日據前，唐景崧就著有《謎拾》。一九三五年，黃文虎又撰寫了《評注燈謎大觀》。黃文虎，名朝傳，字習之，晚號藝友齋主，臺北人，文言文社高山文社社友。

在包括臺灣在內的閩南方言區域裡，謎語有「燈猜」與「謎猜」

15　李獻璋編：《臺灣民間文學集》（臺北市：牧童出版社，1978年），頁138-139。

之分。寫在燈面上，在元宵節等節慶日時玩賞的叫「燈猜」；還有一種是童謎，叫「謎猜」。童謎一般要求押韻，以娛教兒童。如下面幾首[16]：

> 兩個甕仔貯烏棗，日時開，暝時鎖。（〈目睭〉）
> 一欉樹仔兩片葉，越來越去看袂著。（〈耳仔〉）
> 頂石合下石，會生根，袂發葉。（〈喙齒〉）
> 半壁吊豬肚，通欶毋通哺。（〈奶〉）

臺灣學者洪惟仁認為，「臺北的同安腔有兩種，一種是淡水的老同安，『豬』念成 tir[1]，『豬』念成 tu[1]的分佈在大稻埕、三重埔、蘆洲」。[17]所謂「同安腔」，乃指語源在廈門同安的閩南語腔調。由此可見兩岸方言民間文學的血緣。

（三）方言歌詩

閩南語歌謠的著名曲目有〈丟丟銅仔〉、〈農村曲〉等。一九二五年至一九三七年，是閩南語歌謠的興盛時期。一九三七年到一九四五年，是閩南語歌謠發展的低谷時期。

閩南語歌謠大都反映了社會事件和臺灣底層民眾的心聲。如〈丟丟銅仔〉，關於這首歌謠的產生，有許多傳說，但普遍的說法是一九二四年，隧道修成，臺北至宜蘭的鐵路竣工試車，人們高興地聽著火車的開動和山縫滴水「滴滴嗒嗒」混合的聲音，歡快的〈丟丟銅仔〉由此產生，並傳唱開來。

再如陳達儒寫作的歌謠〈農村曲〉（1937），反映了臺灣農民的艱

16　見江肖梅：《童謎》（1944年），頁44-46。
17　參見洪惟仁論文：《臺北的民間歌謠》，2004年，（http://www.uijin.idv.tw/TAIWANSO
　　NG/洪惟仁臺北歌謠/臺北的民間歌謠.doc）。

苦生活，對這些勤勞辛苦卻難得溫飽的弱者表示了同情：

> 透早就出門，天色漸漸光，受苦無人問，行到田中央，行到田
> 中央，為著顧三當，顧三當，不驚田水冷霜霜。
> 炎天赤日頭，淒淒日中罩，有時踏水車，有時著搔草（按：有
> 時著「搔」草：除草），希望好日後，苦工用透透，用透透，
> 曝日不知汗那流。
> 日頭若落山，功課才有煞，不管風抑雨，不管寒抑熱，一家的
> 頭嘴，靠著稻仔大，稻仔大，阮的過日就快活。

　　歌謠往往能夠反映社會的現實，傾訴時代聲音。如〈油炸粿〉是
一首描述市井小民艱難生活的念謠：

> 油炸粿（按：油條），杏仁茶，見著警察磕磕爬。
> 碗公弄破四五個，警察掠去警察衙。
> 叫阮雙腳？（Khia）齊齊，哎唷喂
> 大人啊喂！阮後擺不敢賣，阮後擺不敢賣。

　　日據時期，賣東西是違法的，而為了生活，一些民眾不得不沿街
偷賣油炸粿和杏仁茶。這首童謠反映了當時臺灣底層民眾的悲慘生活。
　　由於客家人來臺灣的時間比漳、泉兩籍移民晚，他們居住的地
方，都是些較為貧瘠的丘陵或山地。艱難的生活環境，使客家人養成
了刻苦耐勞與勤儉進取的美德。客家族群在漫長的遷移過程中，將其
耳聞目睹的事物，用歌聲表達出來，就形成了風格獨具的山歌、情歌
等客家民謠，這些歌謠真摯誠樸、豪放自然，滿溢著鄉土情懷。客家
民謠有「九腔十八調」之稱，「九腔」指居住在九個不同區域的客家
人的九種略具差異的方言。而「十八調」則指客家民歌種類多。客家

民歌的歌詞，均以四句七言構成，主要有獨唱與對唱兩種演唱方式，即興演唱。

「歌仔」是一種說唱文學，是閩南語說唱在臺灣早期的稱呼，臺灣民間把說唱敘事歌謠稱為「念歌仔」。廣義的「歌仔」指民間歌謠，狹義的「歌仔」則指以說唱結合作為曲藝基礎的敘事性閩南語唱本。歌謠歌仔冊起源於閩南地區，在清道光年間已有刊本出現，初在閩南流行，一九二〇年代末到三〇年代前期才在臺灣風行；一九三七年後，殖民政府禁止漢文，「歌仔冊」也未逃厄運。閩南語流行歌則是臺灣歌仔與現代音樂的結合物。另外，在澎湖一帶還流傳著相當數量的褒歌[18]，其成就也不容小覷。

三　方言小說發展脈絡

連橫曾談論「以臺灣語而為小說」的問題[19]。他舉出方言俚語中的「灶下八語」來證明「臺灣語」即閩南方言之「高尚典雅」。基於這一判斷，他反對在使用方言俚語時用同音替代字或生造僻字，要求採用規範的古漢語對應詞。顯然，連橫強調的是臺灣方言與古漢語的密切關係，主張的是從方言到文言的轉換。在作品裡採用方言俚語曾是臺灣現代作家的一種創作風氣，但嘗試用方言寫作小說的臺灣現代作家終未有較大成就。連橫也只看重許丙丁的〈小封神〉一篇。

臺灣方言小說的重要作家主要有郭秋生、許丙丁、蕭永東、鄭坤五、賴鐵羊（仁聲）、鄭溪泮等。賴鐵羊（賴仁聲）的長篇小說《阿娘的目屎》，一九二五年由高雄州屏東郡醒世社刊行。鄭溪泮的長篇小說《出死線》一九二六年由高雄州屏東郡醒世社刊行。

---

18 指男女對唱、有鬥句、有調情的四句聯、七字仔山歌。

19 連橫：《雅言》（臺北市：臺灣銀行經濟研究室編印，1963年2月，《臺灣文獻叢刊》第一六六種），頁20-21。

　　一九三〇年，許丙丁著小說〈小封神〉在《三六九小報》連載。許丙丁（1900-1977），臺南人，字鏡汀，號綠珊盦主人，簡署綠珊盦、錄善庵主、肉禪庵主人、默禪庵主等筆名。為人詼諧豪爽，詩文並佳，雅好京劇，能唱能演，少時參加南社、春鶯吟社，並為《三六九小報》同人。許丙丁一九〇六年曾從朱定理、石偉雲學習漢學。課餘聽「講古潭仔」講古說書，內容主要是《三國演義》、《水滸傳》、《說嶽》、《七俠五義》、《濟公傳》、《彭公案》、《施公案》等歷史小說、俠義小說、公案小說，為日後文學創作奠下良好基礎。[20]一九二〇年許丙丁考入臺北警察官練習所特別科，畢業後以總督府巡查身分任臺南州巡查。許丙丁的創作涉及多種體裁，如漢文言詩歌、小說、散文、歌謠、論文等，均以臺南的文化歷史為題材。一九二一年十二月十三日，他曾在《臺南新報》漢文欄發表文言詩《冬日固園捕魚即事》。一九三一年二月二十六日開始在《三六九小報》第五十號連載閩南語小說〈小封神〉。〈小封神〉是章回體小說，以淺近文言為主，間雜臺灣方言，小說以幽默的筆觸，以臺南各廟觀的正神及偏神為題材，敘述有關神祇間各種是非的傳說故事，間以貫穿始終的情節，將破除迷信的深意蘊含於遊戲筆墨之中，借由「以神制神」、「以夢攻夢」的佈局謀篇，希望喚醒民眾於迷夢沉醉之中，構成一部趣味橫生的佳作，嬉笑怒罵，餘味無窮。連橫在《雅言》中給予好評：「比年以來，臺人士亦有作者；惜取材未豐，用筆尚澀。唯臺南《三六九小報》有〈小封神〉，為許丙丁所作；雖遊戲筆墨，而能將臺南零碎故事，貫串其中，以寓諷刺，亦佳構也。」[21]

　　另外，身為客家人的賴和，寫小說時往往是先用閩南方言思考，打好腹稿，再用國語（白話）文形式寫作，因此，其小說語言有著濃厚的鄉土氣息，夾雜有不少的臺灣方言。呂赫若也有類似的傾向，他

20　參見吳毓琪：《南社研究》（臺南市：臺南市立文化中心，1999年6月），頁210。

21　《三六九小報》第159號，1932年3月3日。

先用方言思考，然後用日語寫作，因此他的日語小說也有著臺灣方言的痕跡。

在臺灣現代文學的進程中，方言小說始終未能發展成熟。所謂「方言作品」往往是通篇方言，給通篇方言加注，注文當然多於本文。讀此注文多於本文的作品，對此「犢多於珠」的情形[22]，讀者往往不堪卒讀。如，柳塘（楊朝枝）的小說《有一天》[23]裡有「阿母」和「阿媽」的稱謂。在閩南方言裡，「阿母」指母親，「阿媽」指祖母。小說如不加注釋，不懂閩南語的讀者就會困惑不解。連橫曾經說過，「以臺灣語而為小說，臺灣人諒亦能知，但恐行之不遠耳」[24]，方言小說是不能脫離開文言或國語（白話）而取得較高的藝術成就的。

四　方言戲曲、散文、戲劇及其他文學形式發展脈絡

臺灣現代方言文學主要通過歌仔戲、布袋戲、新劇團、臺灣電影劇本、唱片、電臺廣播等載體進行傳播。而歌仔冊則往往是運用現成漢字來書寫臺灣方言的通俗而數量眾多的俗文學作品。

一五六六年（明嘉靖四十五年），閩南語劇本《荔鏡記》出現。這個劇本屬於南音戲文，內容描寫陳三、五娘的愛情故事。同時，有一些閩南語布袋戲戲文、七字仔褒歌、皮影戲戲文等開始出現。到了清道光年間，「在閩南地區的鄉鎮裡，流行著一種以通俗漢字記敘閩南民間歌謠的小冊子，其內容多為敘述歷史故事的長篇敘事詩，或與當時社會風俗有關的世歌文。就其印版來分，從最早的木刻版，再演

---

22 參見汪毅夫：〈語言的轉換與文學的進程——關於臺灣文學的一種解說〉，《中國現代文學研究叢刊》2004年第1期，頁215。

23 收《牛車》，鍾肇政、葉石濤主編：《光復前臺灣文學全集》（臺北市：遠景出版社，1979年7月初版，《光復前臺灣文學全集5》），頁301-314。

24 連橫：《雅言》（臺北市：臺灣銀行經濟研究室編印，1963年2月，《臺灣文獻叢刊》第一六六種），頁20-21。

進成石印版，更有後來鉛印版的大量發行。從其具有商業價值，和存世書目的數量上看來，在當時必定風行一時。這些以閩南方言文字所寫下的彈詞系統俗曲唱本，就是所謂的『歌仔冊』（koa-a-chheh）。（亦有稱之為『歌仔簿』，或『歌簿仔』者，……）」[25]這些民間文學形式是臺灣戲劇、臺灣歌詩的源頭，是臺灣現代方言文學的濫觴。

　　大陸發行的歌仔冊，清末時被商人引進臺灣。「而當時的臺灣人，在思鄉情懷下，也欣然地接受了來自故鄉的事物。再加上歌仔冊的價格低廉，內容通俗，就更加助長了歌仔冊在臺灣的風潮。初期臺灣市場充斥著閩南地區發行的歌仔冊，直到日本大正年間，臺北市北門町的『黃塗活版所』才以鉛字活版大量的發行臺灣版的歌仔冊；同時，本地人的作品也才漸漸地出現。」[26]一九二五年，臺北的黃塗出版第一本「臺灣歌仔冊」。除大陸版的歌仔冊外，到一九二九年停止出版時止，黃塗活版所的歌仔冊，幾乎獨占了臺灣歌仔冊市場。一九三二年，黃塗活版所的歌仔冊又被各地的印刷所翻印盜印。[27]此外，嘉義捷發漢書部、玉珍書局、臺中瑞成書局、臺北周協隆書局等也發行了大量的歌仔冊。還有一些零星出版歌仔冊的印刷所，如臺北禮樂活版所、光明社、臺中秀明堂、嘉義村子活版所、臺南雲龍堂、高雄三成堂等。臺灣出版的歌仔冊，受廈門歌仔冊的影響極大，比如以「金花女」和「落陰相褒」為題材的歌仔冊，大都是受廈門博文齋、廈門文德堂和廈門會文堂的原腳本影響而改編。

　　一九三〇年前後，有一些臺灣歌仔冊作者，開始嘗試遵照鄉下通行的俗語字音的漢字文寫法，不過分重視字義，只要發音相同或相似，即盡量使用淺易的漢字替代字來作文。歌仔冊創作者及改編者輩出，新歌仔也不斷地產生。除重新改編家喻戶曉的歷史故事、民間傳

25　見王順隆：〈談臺閩「歌仔冊」的出版概況〉，《臺灣風物》1993年9月，頁109。

26　見王順隆：〈談臺閩「歌仔冊」的出版概況〉，《臺灣風物》1993年9月，頁115。

27　見稻田尹：〈臺灣の歌謠たついて〉，原載於《臺灣時報》，1941年1月。

奇者外，還有記敘當時社會事件，或是以勸化社會為宗旨的勸世歌謠。如：〈嘉義行進相褒歌〉、〈基隆七號房慘案歌〉、〈黑貓黑狗歌〉、〈中部地震勸世歌〉、〈過去日本戰敗歌〉、〈臺南運河奇案歌〉、〈花花世界勸善歌〉、〈最新花柳纏身歌〉等，數量眾多。這些通俗歌謠，「忠實地反映了當時臺灣社會的風俗民情及臺灣民眾的內心世界，……無異是研究臺灣社會學、民俗學的最新途徑。」[28]一九三○年代是歌仔冊的黃金時期，據當時任職「臺北帝國大學」，從事臺灣歌謠研究的稻田尹估計，當時在臺灣印行的歌仔冊超過了五百種。

　　除傳統的四句聯歌詞外，一些閩南語流行歌詞也被印成歌仔冊。如〈日暮山歌〉、〈一剪梅〉、〈新娘的感情〉、〈琵琶春怨〉、〈漁光曲〉、〈一脫淡衣〉、〈嫁娶〉、〈戀慕哀歌〉、〈想思怨〉、〈蝴蝶夢〉、〈紅花淚〉、〈人道〉、〈老青春〉、〈一夜差錯〉、〈四季相思〉、〈黃昏約〉、〈望郎早歸〉等。歌仔文也隨之出現，如一九三三年，許金波發表了「勸改阿片」，文中有一些閩南語方言，作者選用了某個現成的漢字或生造字作為替代字。但在其他歌仔文裡卻選用了其他字。因此，這篇歌仔文裡的不符現代人習慣的用字，是個人隨意取用的。由此可知，歌仔冊中的生造字、不合規範漢語語法的語彙，並未形成獨立的語法系統，這些方言語彙，實際上是依賴於傳統漢語語彙而存在的。

　　一九三七年，臺灣總督府下令自四月一日起，禁止所有的漢文報紙及漢文欄。歌仔冊也成為犧牲品，幾乎銷聲匿跡。有些日本人曾利用臺灣歌謠填入新詞，來宣傳皇民化運動，但「為政令宣傳而作的歌謠，雖有行政體系的強力支援，但因無法引起民眾內心的共鳴，以致難以流傳。如今除了仍得一見的〈日臺會話新歌〉、〈國語學習歌〉一類的日語學習用歌仔冊之外，並未曾見過有其他與日文有關的歌仔冊。」[29]

---

28 見王順隆：〈談臺閩「歌仔冊」的出版概況〉，《臺灣風物》1993年9月，頁117。
29 王順隆：〈談臺閩「歌仔冊」的出版概況〉，《臺灣風物》1993年9月，頁126。

　　以方言創作的散文數量不多。一九二三年一月，林茂生的散文〈真的換新〉發表於《臺灣教會報》[30]，文中表達了基督徒對年節的看法。他認為：「普通人賀新春說：『新年賀喜！吃個甜，讓你賺大錢』！」基督徒則會說：「新年恭喜！吃個甜，讓我們都重頭生！」語言幽默，類似於小品文。從一九三三年底起《臺灣教會公報》開始刊登一個每期一頁的新專欄《新臺灣話陳列館》，主要搜集整理一些臺灣社會上新產生的的語彙，林茂生負責撰寫該專欄。《新臺灣話陳列館》專欄從一九三三年十二月到一九三五年三月，共連載十五期（第595卷至第600卷），每期收錄數個語詞加以解析，並附注漢字原典、英文和日文，以及相關的引申詞彙。一個語詞的說明必須使用到漢字、英文、日文，加上教會報用以刊行的羅馬拼音白話字，共四種文字。從一九三四年十一月起連續三期（第596卷至第598卷），林茂生又另闢《英臺俗語對照》的附錄，主要收集文意相同的臺語和英文俗語互相對照。如：Every dog has his day.（按：直譯為，不論什麼狗都有它的日子，意思是，再倒黴也會遇到好運。）有時星光，有時月光。[31] Out of debt out of danger.（按：意思是，若是脫離欠債，就脫離危險。）還了債，起了枷。[32]比較而言，《新臺灣話陳列館》較精細地查考語源、語意及相關的應用例句，側重於研究性和教育性的意涵。《英臺俗語》的解說則比較簡略，只有大意說明，屬於「通俗性的趣味小品」。[33]另外，芥舟（郭秋生）曾發表了報告文學〈社會寫

30　《臺灣教會報》第454卷（1923年1月），頁1-2。

31　林茂生：〈附錄：英臺俗語對照〉，《臺灣教會公報》第596卷（1934年11月），頁10，轉引自張妙娟：〈《臺灣教會公報》──林茂生作品介紹〉，《臺灣風物》第54卷第2期（2004年6月），頁64。

32　林茂生：《英臺俗語》，《臺灣教會公報》第597卷（1934年12月），頁10，轉引自張妙娟：〈《臺灣教會公報》──林茂生作品介紹〉，《臺灣風物》第54卷第2期（2004年6月），頁64。

33　參見張妙娟：〈《臺灣教會公報》──林茂生作品介紹〉，《臺灣風物》第54卷第2期（2004年6月），頁64。

真〉，其散文主要是根據大稻埕街頭所見所聞的瑣屑事件寫成的隨筆，文章貼近大眾生活，屬於通俗文學。一九二五年，蔡培火的散文〈十項管見〉由臺南新樓書房刊行。一九三二年一月一日開始出版的《南音》雜誌闢有「臺灣話文嘗試欄」，刊載郭秋生、黃純青等提倡臺灣話文的論文，發表了郭秋生用臺灣話文寫作的隨筆和童話，實踐與推行其文藝主張。其目的在於進行文藝啟蒙運動，促使文藝普遍化與大眾化。一九三三年連橫著成了《臺灣語典》，作者一九二七年自杭州返臺後，發現日本殖民當局的文化同化政策日漸猖獗，憤而從事於臺灣方言研究，以保存華夏方言精粹為標的。一九二九年開始撰著，一九三三年完成。收一千一百餘條臺灣方言語彙，旁徵博引，窮源溯流。該書初名《臺語考釋》。「在當年異族侵陵之下，此書保存「臺語」之價值，遠高於語言學本身。」[34]

在戲劇方面，與教會關係密切的林茂生[35]成就較為突出。

林茂生編寫的劇本《戲齣：路德改教》自一九二四年十一月起至一九二五年二月在《臺灣教會報》連續刊載四期（第476卷至479卷），單行本《路得改教歷史戲》一九二五年由臺南新樓書房刊行。該劇本以宗教改革的中心人物馬丁路德為題材。主要內容是馬丁路德抗議羅馬教會不顧教義，販賣贖罪券斂財的荒謬，以及其提出〈九十五條綱論〉遭受審判，並與政教權威辯論的經過。全劇共分兩幕，第一幕主題是「賣贖罪券」，第二幕主題是「穆倫議會」，又分為三個場景，第一場「出發」、第二場「審判」、第三場「瓦特堡」。劇本首先

---

34 見臺灣省文獻委員會編，張炳南監修、李汝和主修、廖漢臣纂修：《臺灣省通志卷六》〈學藝志〉〈藝文篇〉（臺中縣：臺灣省政府印刷廠，1971年6月30日），全一冊，頁80。

35 林茂生（1887-1947），臺南人，臺灣第一位文學士，哲學博士。日據時期曾任臺南高等工業學校英語、德語科主任及圖書館館長，批判當時教育制度，堅持臺灣本土精神，提倡現代教育。戰後遷居臺北，曾擔任臺灣大學第一任文學院長，《民報》社長，不幸於二二八事件遇難。

說明場景、時間、人物角色、動作，接著是對白。在人物對話的過程
中適時加注表情、聲調、動作的說明。

　　《戲齣：路德改教》表面看是探討基督教義爭論的宗教歷史劇，
但卻具有隱喻意義。作者將近四年半時間的賣贖罪券的爭議、教義辯
論、政教審判等事件濃縮在兩幕劇裡，選取其中的幾個關鍵歷史事實
作重點渲染。第一幕借由羅馬教士臺徹爾（Tetzel）勸誘信徒購買贖
罪券的對話來刻畫罔顧教義的荒謬，第二幕則是表達路德及其支持者
為堅持教義的勇氣與議會審判時路德的回應。前後兩幕分別是「荒誕
背義」與「堅定信仰」的鮮明對比，構思巧妙。其次，劇本的場景說
明和臺詞敘述，均幽默生動。例如第一幕的場景其舞臺佈置如下：

　　禮拜堂門口樹立兩杆大旗，其中一面旗畫著紅色十字架，另一面
旗則寫著「天來萬應膏，一服罪皆赦，趕緊來！趕緊來！」禮拜堂內
擺著一張錢櫃桌，桌上有一大疊的赦罪符。臺徹爾坐在桌子後面，樣
子很像掛招牌在走江湖的人。[36]

　　再如一位老婦人與臺徹爾的對白：

　　一張符就可以赦免人的罪，真有那麼靈驗嗎？
　　你豈沒聽見大監督講，人若買這封有法王親自蓋印的符，就完
全可以赦罪，脫離煉獄的艱苦。不只這樣，甚至現在煉獄內的
死人也可以得到赦罪。別的可以懷疑，法王的印、大監督的話
豈可懷疑？……這豈不是很像祖傳的萬應膏嗎？
　　一張符要多少銀？
　　照你心所甘願，錢越多，罪赦得越輕。……功德做越多，福氣

36　林茂生：《戲齣：路德改教》，《臺灣教會報》第476卷，1924年11月，頁10，轉引自
　　張妙娟：〈《臺灣教會公報》──林茂生作品介紹〉，《臺灣風物》第54卷第2期
　　（2004年6月），頁59。

越得越多。[37]

　　這些舞臺場景，與臺灣鄉村廟埕前江湖郎中擺攤賣膏藥的架勢類似。而且劇中又將贖罪券與道教裡「法王」的「符」、毒品萬應膏（即鴉片）相提並論，具有鄉土氣息和影射批判現實社會的隱喻意義，而且比較大眾化，容易為文化水平較低的普通信眾所理解。《戲齣：路德改教》雖是小型劇本，但情節內容豐富有趣，臺詞則介乎國語（白話）與閩南語彙之間，通俗易懂、言簡意賅。

　　自清代起，白話字成為長老教會內部通用的語文工具，教會報是信徒吸收現代新知識的途徑之一，林茂生通過教會報闡述學識及思想也兼具了傳播現代新知和宗教信仰的雙重意義。從一九〇八年九月到一九三五年三月，林茂生共在《臺南教會報》、《臺灣教會報》、《臺灣教會公報》上發表了五十一篇文章，包括報導、悼文、劇本、隨筆和論文，內容涵蓋日本見聞、時事、人物感懷、宗教改革、語文教育，以及基督教文明史觀等，他精通漢文、日文、英文、德文，是臺灣「知識精英」[38]。

　　面對皇民化運動嚴重的壓迫與摧殘，臺灣作家並未屈服，他們創作了一批具有現實意義和反抗精神的劇作，推動臺灣新戲劇運動迂迴地向前發展。一九四三年，與興南新聞社創辦「藝能文化研究會」籌演加強戰爭色彩的皇民化話劇相對抗，《臺灣文學》同仁組織了「厚生演劇研究會」。一九四三年九月，張文環的日語小說《閹雞》由林博秋改編為二幕六場的閩南語話劇，由厚生演劇演出會在臺北永樂座

37　林茂生：《戲齣：路德改教》，《臺灣教會報》第476卷，1924年11月，頁11，轉引自轉引自張妙娟：〈《臺灣教會公報》——林茂生作品介紹〉，《臺灣風物》第54卷第2期（2004年6月），頁59-60。

38　張妙娟：〈《臺灣教會公報》——林茂生作品介紹〉，《臺灣風物》第54卷第2期（2004年6月），頁68。

公演數天。該話劇從舞臺設計到服裝都具有濃郁的臺灣鄉土色彩，頗
獲民眾好評。此外，鹽分地帶作家王登山，曾跟隨歌仔戲團流浪各
地，從事腳本創作。

五　閩南語流行歌

　　閩南語創作歌謠發軔於一九二〇年代，臺灣非武裝抗日運動方興
未艾的時候。作品有〈臺灣自治歌〉、〈咱臺灣〉及〈農民謠〉等。早
在一九二〇年代初，臺灣文化協會的外圍組織電影放映隊「美臺團」
就曾創作了「團歌」。一九二四年，蔡培火在獄中寫了一首〈臺灣自
治歌〉，表達了抗日思想。一九二四年七月，蔡培火在「新竹臺中震
災義捐音樂會」演唱了自己作詞作曲的〈賑災慰問歌〉。一九三一
年，留日音樂家李金土根據賴和的詞，創作了〈農民謠〉。這些歌曲
雖然影響不大，但是卻引導了臺灣歌仔與現代音樂的結合，以及知識
分子歌詞創作的新潮流，是閩南語流行歌的萌芽。

　　日據時期閩南語流行歌的發展，應歸功於一九三〇年代電影和唱
片等娛樂工業的興起。當時的電影尚為默片，每部電影都需要專門人
員在一旁解說，是為「辯士」。一九三二年，上海聯華影片公司出品
的《桃花泣血記》到臺灣放映，片商為了加強宣傳，招徠觀眾，邀請
臺北著名「辯士」詹天馬作詞，由王雲峰作曲，製作一首宣傳歌曲，
在樂隊遊行宣傳時吹奏。宣傳單上還印上該曲的歌詞。作為宣傳歌曲
的《桃花泣血記》，出乎意料地大受歡迎而流傳開來，由此也提升了
電影的賣座率。當時臺灣「哥倫比亞」唱片公司將《桃花泣血記》灌
錄成唱片發行，並廣納詞曲創作人才，掀起閩南語流行歌曲創作熱潮
的序幕。而《桃花泣血記》也成為臺灣第一首閩南語流行歌。受《桃
花泣血記》啟發，嗣後來臺放映的《懺悔》等電影，也都先製作宣傳
歌曲，再灌錄唱片發行，同樣引起轟動。此後，該唱片公司每月都有

新歌問世。閩南語流行歌變成了一種時尚、潮流。當時有 Columbia（譯為「古倫美亞」或「哥倫比亞」）、Victory（勝利）、POLYDOR（寶利多）、TaiHei（太平）、Techibu（帝蓄）等五大唱片公司出版流行歌曲，形成了一股流行歌潮流。接著，文聲、博友樂、臺灣、日本、東亞及 OK 等唱片公司相繼成立。眾多公司的激烈競爭，進一步刺激了閩南語流行歌的發展。一九三七年，日據當局全面禁用漢文，唱片業遭此打擊，紛紛停業，閩南語流行歌進入了低谷。一九三九年，在「亞洲」唱片公司發行〈港邊惜別〉等歌曲後，閩南語流行歌被禁止發行。在一九三二至一九三九年前後不到八年的時間裡，共有五百首以上的閩南語流行歌灌製成唱片。其中重要的作品及其詞作者有：

詹天馬〈桃花泣血記〉；李臨秋〈人道〉、〈懺悔〉、〈望春風〉、〈四季紅〉、〈一個紅蛋〉、〈對花〉；陳達儒〈農村曲〉、〈三線路〉、〈白牡丹〉、〈心酸酸〉、〈青春嶺〉、〈滿山春色〉、〈港邊惜別〉、〈阮不知啦〉；陳君玉〈戀愛列車〉、〈南風謠〉、〈月月紅〉；周添旺〈春宵夢〉、〈春宵吟〉、〈月夜愁〉、〈雨夜花〉、〈碎心花〉、〈河邊春夢〉；林清月〈老青春〉；廖漢臣〈琴韻〉；黃得時〈美麗島〉、〈田家樂〉。

在日據時期，有的國語（白話）文學作家也寫作過方言歌詞，從而為方言文學灌注了新文學與新文化的血液。也同時說明了臺灣方言的發展與整個臺灣現代文學的發展進程是一致的，與國語（白話）文學和文言文學是互相促進、共同發展的，並沒有游離於新文化運動的潮流之外。臺灣方言文學也是中華文化的一支流脈，臺灣現代方言文學是中華區域方言文學中的不可或缺一類。如，黃得時作詞、朱火生作曲的閩南語流行歌〈美麗島〉：「你看咧　一二三　水牛吃草過田岸／鳥秋娘啊來做伴　胛脊頂騎咧看高山　／美麗島　美麗島　咱臺灣」便是國語新文學內容、文言文學形式、方言民間文學的韻律三者完美的結合。

第二節　閩南語流行歌、報告文學等通俗文學創作

一　閩南語流行歌[39]

　　一九三二年，第一首閩南語流行歌〈桃花泣血記〉由詹天馬作詞、王雲峰作曲，接續「歌仔冊」的傳統，用「四句聯」寫成。一九三二年，大陸影片〈桃花泣血記〉[40]來臺上映，為招徠觀眾，電影公司決定製作廣告歌曲進行宣傳。於是，請臺北大稻埕的著名「辯士」[41]詹天馬、王雲峰，根據電影故事，寫成了閩南語歌曲〈桃花泣血記〉。〈桃花泣血記〉歌詞共十二段，但現僅存十一段：

人生就像桃花枝　有時開花有時死／花有春天再開期　人若死去無活時

戀愛無分階級性　第一要緊是真情／琳姑出世歹環境　親像桃花彼薄命

禮教束縛非現代　最好自由的世界／德恩老母無理解　雖然有錢也真害

德恩無想是富戶　專心實意愛琳姑／免驚日後來相誤　我是男子無胡塗

琳姑本正也愛伊　信用德恩無懷疑／每日作陣真歡喜　望要作伊的妻兒

愛情愈好事愈濟　頑固老母真囉嗦／富男貧女蓋不好　強制平地起風波

39　有關閩南語流行歌歌詞，可參見臺灣「咁仔店」網路資源，（http://www.taiwan123.com.tw/musicdata）。

40　卜萬蒼導演，阮玲玉、金焰主演：《桃花泣血記》（上海市：聯華公司出品，1931年）。

41　即無聲電影的劇情解說人。

| 紅顏自本多薄命 | 拆散兩人的真情／運命作孽真僥倖 | 失意斷 |
| 送過一生 |
| 離別愛人蓋艱苦 | 親像鈍刀割腸肚／傷心啼哭病倒鋪 | 淒慘生 |
| 意行無路 |
| 壓迫子兒過無理 | 家庭革命隨時起／德恩走去欲見伊 | 可憐見 |
| 面已經死 |
| 文明社會新時代 | 戀愛自由才應該／階級約束是有害 | 婚姻制 |
| 度著大改 |
| 做人父母愛注意 | 舊式禮教著拋棄／結果發生啥代志 | 請看桃 |
| 花泣血記 |

　　歌中描述出身富豪的男主人公，愛上了家境貧困的牧羊女，可是卻因為家人的門第觀念和傳統禮教的束縛而歷盡艱辛。歌曲引起了當時青年們的共鳴，被廣泛傳唱。哥倫比亞（Columbia）唱片公司受此啟發，決定錄製閩南語歌曲。當時只有較富裕的人家才能購買曲盤（唱片），因此雖然第一年每月都有新唱片發行，但銷售量不高。為了提高銷售額，哥倫比亞唱片公司聘請陳君玉，負責文藝部，聘請鄧雨賢、姚讚福作曲並培訓歌手，揭開了閩南語歌曲創作的序幕。哥倫比亞（Columbia）唱片公司的著名詞曲作者主要有：李臨秋、陳君玉、林清月、周添旺、廖漢臣、蘇桐及鄧雨賢、姚讚福等人，在唱片公司的資金支持及詞曲作者的努力下，閩南語歌曲很快便流傳開來。一九三五年，勝利唱片公司（臺北），也開始發行閩南語唱片，初期由張福興負責文藝部，負責挑選樂曲；歌詞則由林清月負責篩選。出版的作品有〈路滑滑〉（顏龍光作詞，張福興作曲）、〈海邊風〉（趙怪仙作詞，陳秋霖作曲）、〈半夜調〉（陳君玉作詞，蘇桐作曲）、〈春風〉（顏龍光作詞，王雲峰作曲）等。

　　此時期的主要閩南語流行歌，依年代排序如下：一九三二年：

〈桃花泣血記〉、〈倡門賢母〉、〈懺悔〉；一九三三年：〈月夜愁〉、〈河邊春夢〉、〈怪紳士〉、〈望春風〉、〈老青春〉；一九三四年：〈人道〉、〈一心兩岸〉、〈雨夜花〉、〈春宵吟〉；一九三五年：〈路滑滑〉、〈海邊風〉、〈河邊春夢〉、〈碎心花〉、〈滿面春風〉；一九三六年：〈雙雁影〉、〈青春嶺〉、〈日日春〉、〈白牡丹〉、〈心酸酸〉、〈三線路〉、〈心驚驚〉、〈悲戀的酒杯〉、〈欲怎樣〉、〈戀愛風〉；一九三七年：〈農村曲〉、〈一翦梅〉；一九三八年：〈心懵懵〉、〈可憐的青春〉。

閩南語流行歌具有濃厚的鄉土色彩，歌詞多反映社會現實，曲調則多採五聲音階宮調式，同時融入歌仔戲的「哭調仔」，加上殖民統治下民眾的悲憤與壓抑情緒，因此有著沉鬱幽婉的獨特風格。

（一）陳達儒

陳達儒（1917-1992），原名陳發生。一九三五年加入勝利唱片公司。陳達儒的詞，幾乎占了日據時代名曲的半數以上，其主要歌詞作品有：〈白牡丹》、〈雙雁影〉、〈青春嶺〉、〈滿山春色〉、〈農村曲〉、〈心酸酸〉、〈三線路〉、〈青春城〉、〈港邊惜別〉、〈阮不知啦〉、〈安平追想曲〉、〈南都夜曲〉、〈青春悲喜曲〉、〈煙酒歌〉、〈賣菜姑娘〉等。

〈白牡丹〉發表於一九三六年，描述少女對愛情的執著與堅定，以純潔自重的白牡丹比喻少女的嬌羞與堅貞，深刻蘊藉。歌詞以「單守花園一枝春」、「不願旋枝出牆圍」來描繪少女的心理，典雅含蓄：

> 白牡丹笑吱吱　妖嬌含蕊等親君　無憂愁無怨恨／單守花園一
> 枝春　啊～單守花園一枝春
> 白牡丹白花蕊　春風無來花無開　無亂開無亂美／不願旋枝出
> 牆圍　啊～不願旋枝出牆圍
> 白牡丹等君挽　希望惜花頭一層　無嫌早無嫌慢／甘願給君插
> 花瓶　啊～甘願乎君插花瓶

　　歌詞將少女天真爛漫、期待愛情的心境，表達得貼切入微。陳達儒與陳秋霖（1911-1992，作曲者）的成功合作為勝利唱片公司打下良好基礎，從此勝利唱片公司即與哥倫比亞唱片公司不相上下。

　　〈滿山春色〉，一九三〇年傳唱；陳達儒作詞，陳秋霖作曲。歌詞：

> 滿山春色　美麗好遊賞　第一相好水邊的鴛鴦／你咱可比彼款的模樣　青春快樂這時上自由
> 滿山春色　逍遙好自在　半山鳥只自由排歸排／阮的心肝永遠為你愛　萬紫千紅祝賀咱將來
> 滿山春色　歡迎咱逍遙　沿路相牽爽快唱山歌／心心相印青春上界好　咱的親密實在世間無

　　〈滿山春色〉旋律輕鬆歡快。歌詞借用「鴛鴦」這一中國古典詩詞中常用的意象，隱喻了抒情主人公與愛人之間的親密關係，同時也透露了歌詞的中華文化意涵。

　　〈青春嶺〉一九三六年傳唱，陳達儒作詞；蘇桐作曲。歌詞：

> 雙人行到青春嶺　鳥只念歌送人行／溪水清清流未定　天然合奏音樂聲／啊～青春嶺　青春嶺頂自由行
> 嶺頂春花紅白蕊　歡喜春天放心開／蝴蝶賞花成雙對　花腳自由亂亂飛／啊～青春嶺　青春嶺頂自由行
> 春風微微吹嶺頂　四邊無云天清清／青春歡喜青春景　春色加添咱熱情／啊～青春嶺　青春嶺頂自由行

　　〈青春嶺〉以歌仔戲「遊賞調」為基礎，歡快奔放，表現了不受拘束的自由戀愛歡樂場景，在當時包辦婚姻盛行的社會，道出了年輕

人的心聲。作曲者蘇桐（1910-1976），原是歌仔戲班樂師，是當時操彈揚琴的最佳後臺樂師。

〈南都夜曲〉一九三八年傳唱，陳達儒作詞，郭玉蘭作曲。歌詞：

南都更深　歌聲滿街頂　冬天風搖　酒館繡中燈／姑娘溫酒
等君驚打冷　無疑君心　先冷變絕情／啊～啊～薄命薄命，為
君哭不停。
甜言蜜語　完全是相騙　站在路頭　酒醉亂亂顛／顛來倒去
君送金腳煉　玲玲瓏瓏　叫醒初結緣／啊～啊～愛情愛情　可
比紙云煙
安平港水　沖走愛情散　月也薄情　避在東邊山／酒館五更
悲慘哭無伴　手彈琵琶　哀調鑽心肝／啊～啊～孤單孤單　無
伴風愈寒

這首歌的原名是〈南京夜曲〉，詞中「南都更深歌聲滿街頂」原為「南京更深」；「安平港水沖走愛情散」原是「秦淮江水」；「月也薄情避在東平山」原為「避在紫金山」。歌詞淒惻纏綿。此歌見於陳達儒早年自費出版的歌仔簿。[42]閩南語流行歌曲作者，女性不多，郭玉蘭流傳的作品也僅有二、三首，但〈南都夜曲〉讓她聞名臺灣歌壇。

〈港邊惜別〉，一九三九年傳唱，陳達儒作詞，吳成家作曲。歌詞：

戀愛夢　被人來拆破　送君離別啊　港風對面寒／真情真愛
父母無開化　毋知少年啊　熱情的心肝
自由夢　被人來所害　快樂未透啊　隨時變悲哀／港邊惜別

---

42 參見臺灣咁仔店網站，（http：//www.taiwan123.com.tw/musicdata）。

　　天星像目屎　傷心今暝啊　要來分東西

　　青春夢　被人來打醒　美滿春色啊　變成烏陰天／港邊海鳥

　　不知阮分離　聲聲句句啊　吟出斷腸詩

　　「離別」是閩南語歌曲中很重要的主題。這首歌發表於一九三八年，當時臺灣的封建包辦婚姻讓許多有情人難成眷屬。歌詞以現代詩手法，表現了一個愛情悲劇，把離恨情愁，通過三個夢來喻指，而港口則隱喻著「離別」，港邊的寒風、港邊的飛鳥、港邊幽暗的天空渲染了歌曲的憂傷情調。這首歌由陳秋霖成立的「東亞唱片公司」發行。

　　〈三線路〉一九三七年傳唱，陳達儒作詞，林綿隆作曲。歌詞：

　　三線路　草青青　想著彼時月光暝／和君相會分昧離　雙人賞

　　月算天星／啊　賞月算天星

　　三線路　月圓圓　情甜月圓初戀時／戀花當開當歡喜　無疑愛

　　情半酸甜／啊　愛情半酸甜

　　三線路　風微微　今夜無君路稀微／孤單傷心目屎滴　樹腳哀

　　怨坐歸暝／啊　哀怨坐歸暝

　　「三線路」指的是有安全島的寬廣馬路，在一九三〇年代的臺灣，是情人約會的地方，歌詞描寫了一個失戀者對從前「雙人賞月算天星」的浪漫情景的回憶。

　　〈雙雁影〉，一九三六年傳唱，陳達儒作詞，蘇桐作曲。歌詞：

　　秋風吹來落葉聲　單身賞月出大埕／看見倒返雙雁影　傷心欲

　　哮驚人聽

　　鴻雁哪會這自由　雙雙迎春又送秋／因和人生昧親像　秋天若

　　到阮憂愁

秋天月夜怨單身　歸暝思君昧安眠／恨君到今未見面　不知為
著啥原因

雁不單飛。以雁寄情，是千古歌詠的題目，陳達儒以「七言四句
聯」所寫的〈雙雁影〉，是以秋天淒涼的景物來比喻內心的寂寞和孤
單，遣字用詞，十分口語化，但也充滿著古雅的詩意。〈雙雁影〉屬於
「流行小曲」類型，曲由善於彈奏揚琴的樂師蘇桐以大調譜就，巧妙
地運用三度音，完美地表現了傳統五聲音階的音樂特質。歌手秀鑾演
唱時，以漢樂團伴奏，亦是祖國文化傳承的一段佳話。〈雙雁影〉的歌
詞用字典雅優美，是日據時期閩南語流行歌詞創作的經典作品之一。

〈桃花鄉〉（改編自〈桃花江〉），陳達儒作詞，王福作曲。歌詞：

桃花鄉　桃花鄉是戀愛地／我比蝴蝶　妹妹來比桃花／雙腳行
齊齊　我的心肝　你的心肝／愛在心底　愛在心底／愛是寶貝
我的希望　只有妹妹／啊～桃花鄉是戀愛地我比蝴蝶　妹妹來
比桃花
桃花鄉　桃花鄉是戀愛城／滿面春風　雙雙合唱歌聲／春風吹
入城　我的心肝　你的心肝／心肝夯定　心肝夯定／相愛相疼
永遠甘蜜　有妹有兄／啊～桃花鄉是戀愛城／滿面春風　雙雙
合唱歌聲

一九三六年，該歌曲和〈白牡丹〉在同張唱片中由勝利唱片公司
（Victory Company）發行，銷量很大。由作曲者王福和女歌手秀鑾演
唱。歌詞由國語歌《桃花江》改編，詞句歡快暢達。此前，男女對唱
歌曲較少，該歌曲引領了流行新潮流，此後便出現了〈戀愛快車〉、
〈春帆〉、〈青春嶺〉、〈天清清〉、〈港邊惜別〉等男女對唱歌曲。

〈月夜嘆〉（一九三〇年傳唱，陳秋霖作曲）歌詞：

　　月色光光照紗窗　思念舊情目眶紅　想彼時／情意重　無疑花
蕊離花叢　良宵怨歎為君伊一人
　　月色光光照花枝　見景傷心想彼時　君有情／阮有意　無疑今
日拆分離　孤單冷淡吟出斷腸詩
　　月色光光斜落西　怨歎青春不再來　孤單人／空房內　紅顏薄
命天摧排　光陰快過又是空悲哀

　　情愛題材在閩南語流行歌曲中最為普遍。而「月夜」正是營造談
情說愛氣氛的時分，因而以「月夜」為素材的閩南語流行歌數量較
多，並借「月夜」表達失戀後的愁歎。〈月夜嘆〉感情描述逼真，旋
律哀怨，詞意悲戚，類似傳統詩詞中的閨秀詩詞。〈月夜嘆〉的三段
歌詞，均依靠閩南語讀音的韻腳押韻，如第一段：窗、紅、重、叢、
人；第二段：枝、時、意、離、詩；第三段：西、來、內、排、哀。
　　陳達儒創作的閩南語流行歌詞作品還有〈悲戀的酒杯〉（姚贊福
作曲，1936年）、〈海邊月〉（吳成家作曲）、〈窗邊雨〉（姚贊福作
曲）、〈那無兄〉（林綿隆作曲）、〈南國小調〉（蘇桐作曲）、〈青春城〉
（陳秋霖作曲）、〈情書淚〉（姚贊福作曲）、〈日日春〉（蘇桐作曲）、
〈阮不知啦〉（一九三九年傳唱，吳成家作曲）、〈什麼號做愛〉（吳成
家作曲）、〈送出帆〉（林禮涵作曲）、〈天清清〉（姚贊福作曲）、〈我的
青春〉（姚贊福作曲）、〈向日葵〉（陳秋霖作曲）、〈心懵懵〉（陳秋霖
作曲）、〈心驚驚〉（林綿隆作曲）、〈心茫茫〉（一九三八年傳唱，吳成
家作曲）、〈一剪梅〉（蘇桐作曲）、〈雨中鳥〉（林綿隆作曲）、〈欲怎
樣〉（姚贊福作曲）、〈鴛鴦夢〉（王福作曲）、〈黃昏城〉（姚贊福作
曲）等。陳達儒創作了三百多首閩南語流行歌詞，是臺灣現代流行歌
壇創作量最多的作詞家。

（二）李臨秋

　　李臨秋（1909-1979），日據時代曾在臺灣同胞創辦的電影院「第一劇場」及「永樂座」服務。主要歌詞作品有：〈望春風〉、〈人道〉、〈四季紅〉、〈一個紅蛋〉、〈對花〉等。

　　〈望春風〉一九三三年傳唱，李臨秋作詞，鄧雨賢作曲。歌詞：

> 獨夜無伴守燈下　冷風對面吹／十七八歲未出嫁　當著[43]少年家／果然標緻面肉白　誰家人子弟／想要問伊驚呆勢　心內彈琵琶
>
> 想要郎君作尪婿　意愛在心裡／等待何時君來采　青春花當開／聽見外面有人來　開門該看覓／月娘笑阮憨大呆　被風騙不知

　　〈望春風〉是李臨秋與鄧雨賢第一次合作的作品。李臨秋寫〈望春風〉時的靈感來自〈西廂記〉裡的一首詩：「隔牆花影動，疑似玉人來。」李臨秋對祖國古典文學情有獨鍾，所以將詩中牆移花動的意象與現代社會少女情竇初開、既靦腆又期待的形象融會貫通，描寫現代少女們的情懷，再加上「月娘笑阮憨大呆，被風騙不知」的俚俗語辭，更是畫龍點睛地表現了臺灣少女對意中人的癡情。又加以鄧雨賢以傳統五聲音階譜曲，旋律婉約優美典雅，使這首歌成為閩南語流行歌的代表作，在臺灣廣為流行，使臺灣流行歌曲步入了新境界。在日據時期，能創作出如此富有中華文化意涵的作品，難能可貴。一九四一年太平洋戰爭爆發，日據當局將〈望春風〉改填了日語歌詞，題為〈大地在召喚〉，煽動臺灣青年加入戰場，詞作原貌由此而被扭曲。

　　〈人道〉，李臨秋作詞，邱再福作曲。歌詞：

---

43 注：「當（ㄅㄥ）著」，無意邂逅、不期而遇的意思。

家內全望君榮歸　　艱難勤儉送學費　　那知踏著好地位　　無想家
中一枝梅
中途變心起莽蕩　　人面獸心薄情郎　　柴空米盡實難當　　幼兒哭
楞雙親亡
梅花葉落流目屎　　千辛萬苦為肮婿　　節孝完全離世界　　香名流
傳在後代

　　此歌為一九三四年上海聯華影片公司攝製的電影《人道》的宣傳
歌。歌手「青春美」原唱，博友樂西樂團伴奏，一九三四年博友樂唱
片公司發行。電影內容是，一位已有妻室的農村子弟到大城市讀書，
後來竟愛上富家千金而忘了原配妻子的悲劇故事。歌詞以劇本為基礎
而創作，但構思也因此受到了電影主題的侷限。
　　〈四季紅〉，一九三八年傳唱，李臨秋作詞，鄧雨賢作曲。歌詞：

　　（一）春天花，吐清香，雙人心頭齊震動，／（男）有話想欲
對你講，不知通抑不通。／（女）叨一項，（男）敢也有別
項，／（女）肉脒笑，目睭降[44]，／（合）你我戀花朱朱紅。
　　（二）夏天風，正輕鬆，雙人坐船塊游江，／（男）有話想欲
對你講，不知通抑不通。／（女）叨一項，（男）敢也有別
項，／（女）肉脒笑，目睭降／（合）水底日頭朱朱紅。
　　（三）秋天月，照紗窗，雙人相好有所望，／（男）有話想欲
對你講，不知通抑不通。／（女）叨一項，（男）敢也有別
項，／（女）肉脒笑，目睭降／（合）嘴唇胭脂朱朱紅。
　　（四）冬天風，真難當，雙人相好不驚凍，／（男）有話想欲
對你講，不知通抑不通。／（女）叨一項，（男）敢也有別
項，／（女）肉脒笑，目睭降／（合）愛情熱度朱朱紅。

---

44 注：肉「脒」笑：眼神；目睭「降」：凝視。

　　〈四季紅〉是鄧雨賢與李臨秋兩人，繼〈望春風〉後再度合作的
作品，由「日東唱片公司」灌錄，是一首輕快活潑的歌曲，表達出戀
愛的歡愉，脫離了歌仔戲〈哭仔調〉的哀怨悲戚風格，有其不容忽視
的價值。創作筆法源於男女對唱、敘述男女戀愛情懷的臺灣「七字
仔」褒歌。以四季的變化來描述男女熱戀的情境，男女互訴情意，眉
目傳情，輕鬆愉快，趣味橫生。李臨秋以兩人攜手在郊外遊賞的意境
來襯托相愛的感覺，隨著春夏秋冬的時序推進，以春花、夏風、秋
月、冬風等景物入詞，加以色彩的烘托，呈現男女相愛時的濃情蜜
意，但又避免了露骨的俗豔詞句。這種對愛情不著一字的雋雅，更顯
得含蓄動人、深刻傳神。〈四季紅〉在臺灣光復之初曾因「紅」字容
易與大陸的「紅軍」引起相關聯想，而被國民黨當局要求更名為〈四
季謠〉，在解嚴後（1987）才恢復原有歌名。

　　〈一個紅蛋（一粒紅蛋）〉一九三二年傳唱，李臨秋作詞，鄧雨
賢作曲。歌詞：

思欲結髮傳子孫	無疑明月遇烏雲	尪婿耽誤阮青春	哎唷！
一個紅蛋動心悶			
慕想享福成雙對	那知洞房空富貴	含蕊牡丹無露水	哎唷！
一個紅蛋引珠淚			
春野鴛鴦同一衾	傷情目屎難得禁	掛名夫妻對獨枕	哎唷！
一個紅蛋擾亂心			
愛情今生全無望	較慘水龜墜落甕	堅守活寡十外冬	哎唷！
一個紅蛋催苦痛			

　　「一個紅蛋」本為大陸一部影片名，李臨秋為電影製作了同名的
宣傳歌曲，而沒有用閩南語名字（發音為「一粒紅卵」）描述一位婦
女因為嫁給性無能的丈夫，每每為著別人贈送「滿月卵」（滿月紅

蛋）而觸景生情，而「動心悶」、「引珠淚」、「擾亂心」、「催苦痛」的故事。歌曲具有鮮明的故事性。另外，親朋好友的小孩滿月，要送給該小孩家裡「紅蛋」（係特別醃製的蛋殼為紅色、仍能食用的雞蛋。）以圖吉利，這是閩南一帶的普遍風俗，大陸北方中原地區亦有此風俗，但不一定是醃製的雞蛋，只要是紅皮的雞蛋（本地雞所生）即可。由此一歌曲亦能看出，電影〈一個紅蛋〉故事發生地為閩南地區或臺灣地區，而大陸風俗傳播臺灣，此亦為一旁證。

李臨秋創作的閩南語流行歌詞作品還有〈不願煞〉（鄧雨賢作曲）、〈懺悔〉（蘇桐作曲）、〈倡門賢母〉（蘇桐作曲）、〈對花〉（鄧雨賢作曲）、〈怪紳士〉（王雲峰作曲）、〈自由船〉（王雲峰作曲）等。

（三）周添旺

周添旺（1910-1988），臺北人，六歲習漢文，熟讀中國古代詩詞。後入「日新公學校」及成淵中學。一九三三年五月一日入哥倫比亞唱片公司。當年以〈月夜愁〉歌詞，受公司倚重。一九三四年升任哥倫比亞唱片公司文藝部主任，後曾任旅日華僑林來創辦的歌樂唱片公司文藝部主任。其主要歌詞作品有：〈月夜愁〉、〈雨夜花〉、〈碎心花〉、〈河邊春夢〉等，在臺灣現代流行歌壇有著重要的地位。

〈河邊春夢〉，一九三五年傳唱，周添旺作詞，黎明作曲。歌詞：

> 河邊春風寒　怎麼阮孤單　抬頭一下看　幸福人作伴／想你伊
> 對我　實在是相瞞　到底是按怎　不知阮心肝
> 昔日在河邊　遊賞彼當時　時情俗實意　可比月當圓／想伊做
> 一時　將阮來放離　乎阮若想起　恨伊薄情義
> 四邊又寂靜　聽見鳥悲聲　目睭看橋頂　目屎滴胸前／自恨歹
> 環境　自歎我薄命　雖然春風冷　難得冷實情

　　一九三四年，周添旺在淡水河畔，偶遇一爭取婚姻自由失敗而寂寞哀怨的青年，有感而發，填寫了這首〈河邊春夢〉。歌詞以流水嗚咽、鳥聲悲鳴烘托悲劇氛圍，不同段落分用不同的韻腳，描述不同場景的戀情。歌曲音樂以流暢的四分之三節拍代表淡水河的流水，更增添了幾許幽涼氣氛。這首歌曲曾引起眾多遭受感情挫折的臺灣青年的共鳴。作曲者黎明（本名楊樹木），後被日本人抓去作軍夫，後來戰死在南洋。

　　〈雨夜花〉[45]一九三三年創作，周添旺作詞，鄧雨賢作曲。歌詞：

雨夜花　雨夜花　受風雨吹落地／無人看見　每日怨嗟　花謝
落土不再回
花落土　花落土　有誰人倘看顧／無情風雨　誤阮前途　花蕊
哪落欲如何
雨無情　雨無情　無想阮的前程／並無看顧　軟弱心性　乎阮
前途失光明
雨水滴　雨水滴　引阮入受難池／怎樣乎阮　離葉離枝　永遠
無人倘看見

　　歌詞由花及人，層層遞進，環環相扣，以「雨夜花」隱喻軟弱、不幸的女性，意境幽深，感人至深，詞語通俗但富有中國傳統詩詞意蘊，至今仍深受喜愛。

　　一九三一年，「醒民」（黃周）在《臺灣新民報》發表了〈整理歌謠的一個建議〉，提及臺灣兒童都在唱日本兒歌，引以為憂。黃周的呼籲使一些臺灣作家開始嘗試創作臺灣兒歌，廖漢臣寫了一首〈春天〉：「春天到，百花開，紅薔薇，白茉莉，這平幾叢，彼平幾枝，開

---

45 歌星「純純」（本名劉清香）主唱，七十八轉黑膠唱片（臺北市：〔日本〕哥倫比亞
　　（Columbia）唱片公司錄製，1934年）。

得真齊，真正美。」鄧雨賢為這首童謠譜曲，即〈雨夜花〉的旋律。一九三三年，周添旺將〈春天〉歌詞改填為上引悲戚的〈雨夜花〉歌詞。〈雨夜花〉隱含著一個真實的愛情悲劇，一位鄉下純情少女，被城裡的公子哥玩弄後拋棄，如同雨夜中備受摧殘的柔弱無助的花朵。「雨夜花」由此隱喻了男權社會裡臺灣女性的悲慘命運。悽愴哀怨的雨夜花，也與臺灣民眾遭日本人壓迫的心境相類似，因此，該歌詞反映了現實社會與民眾心聲，歌曲引起了眾多臺灣民眾的共鳴。「雨」、「夜」、「花」甚至成為閩南語流行歌普遍的主題意象，並進一步影響了後來閩南語歌曲以哀怨淒婉為感情基調的創作方向。但是，不幸的是，一九四〇年，日據當局為了更有效地動員臺灣青年投入戰場，把〈雨夜花〉改填了歌詞，題目也改為〈榮譽的軍夫〉，使之變成了一首日語軍歌，充斥著戰爭狂癮語的歌詞，使「雨夜花」再次蒙受了戰爭風雨的褻瀆。〈雨夜花〉在日據時期被改寫過四次：一九三四年首度出版，一九三八年被日本當局改為時局歌，名為〈榮譽的軍夫〉；一九四〇年流傳到大陸，改成〈夜雨花〉；一九四二年西條八十填日語詞。

〈月夜愁〉，周添旺作詞，鄧雨賢作曲。歌詞：

> 月色照在三線路[46]　風吹微微　等待的人那未來／心內真可疑
> 想昧出彼個人　啊～怨歎月暝
> 更深無伴獨相思　秋蟬哀啼　月光所照的樹影／加添阮傷悲
> 心頭酸目屎滴　啊～無聊月暝
> 敢是注定緣份　所愛的伊　因和乎阮放昧離／夢中來相見　斷
> 腸詩唱昧止　啊～憂愁月暝

---

46 注：三線路指的是當時新建的道路，中間是快車道，兩側是慢車道，在路樹及安全島的區隔下，馬路即成了三線的道路。在一九三〇年代的臺北，人少車稀、幽靜的三線路是情人約會的好地方。

〈月夜愁〉是周添旺奠定他在閩南語流行歌壇重要地位的第一首歌曲，一九三三年由哥倫比亞公司灌錄唱片發行。歌詞運用了源自《詩經》的比興手法，以「月暝」反覆興歎，表現了失戀者傷心痛苦的心情，體現了一種淡淡的哀愁，因為極易引起青年人的共鳴，所以至今傳唱不衰[47]。但是，在「皇民化運動」中，日本人竟將〈月夜愁〉改為「時局」歌曲〈軍夫之妻〉，作為鼓動臺灣青年上戰場的宣傳歌，這是閩南語流行歌的又一次不幸遭遇。

周添旺創作的閩南語流行歌詞作品還有〈滿面春風〉（一九三五年傳唱；鄧雨賢作曲）、〈春宵吟〉（鄧雨賢作曲）、〈風中煙〉（鄧雨賢作曲）、〈黃昏愁〉（鄧雨賢作曲）、〈黃昏嶺〉[48]（借用日本歌曲曲調，作曲者不詳）、〈江上月影〉（鄧雨賢作曲）、〈落花吟〉（陳秋霖作曲）、〈梅前小曲〉（鄧雨賢作曲）、〈春宵夢〉（周添旺作詞作曲）等。

（四）陳君玉

〈南風謠〉陳君玉作詞，鄧雨賢作曲。歌詞：

> 南風吹來三月天　　草啊青青咧隨風生
> 雖然露水暗暗滴　　阮厝全無滴半絲

一九三四年由鄧雨賢譜曲、陳君玉填詞的〈南風謠〉，歌曲旋律溫和柔暢，是一首情感表達含蓄保守、饒富人生意境的淒婉曲韻。歷經冬季的嚴寒，南風帶來了春天，青草又隨風而生。不管外力如何摧殘，青草仍會死而復生，茁壯生長，如同臺灣人民的生命力。〈南風謠〉七言四句的歌詞，配以四句型曲式，表達了悠遠的意境。一九五〇年代，許丙丁為〈南風謠〉重新填下了歌詞，題目改為〈菅芒花〉。

---

47 一九六〇年代，臺灣歌星鄧麗君所主唱的〈情人再見〉，用的就是月夜愁的旋律。
48 紀露霞主唱唱片，歌樂唱片公司（今麗歌唱片公司）錄製，一九五六年。

陳君玉還作有〈終身恨〉（陳秋霖作曲）、〈戀愛列車〉（姚贊福作曲）、〈一心兩岸〉（邱再福作曲）、〈想欲彈同調〉（鄧雨賢作曲）等歌詞。

（五）姚贊福

〈秋夜曲〉（姚贊福作詞、作曲）。歌詞：

> 桂花開透秋風寒　離別情人恨孤單／暝日憂愁思念同心伴　天光想到日落山
>
> 冷風吹著刘心腸　幾粒孤星伴月亮／滿腹心情無人通慰問　秋天冷淡引心酸
>
> 三更過了雞聲啼　陣陣東風吹柳枝／不知何時會得君相見　傷心怨歎空相思

歌詞借秋夜的淒冷映襯相思的情愁，意境與古典閨怨詩極為類似。

（六）許丙丁

臺南作家許丙丁曾為〈丟丟銅仔〉填入歌詞，經他改寫的歌詞反映了日據時期初到臺北的農民，面對陌生的都市，直接感受到殖民現代化的壓迫的場景。歌詞如下：

> 火車行到伊都，阿末伊都丟，唉唷磅空內。／磅空的水伊都，丟丟銅仔伊都，阿末伊都，丟仔伊都滴落來／／雙腳踏到伊都，阿末伊都丟，唉唷臺北市。／看見電燈伊都，丟丟銅仔伊都，阿末伊都，丟仔伊都寫紅字。／／人地生疏伊都，阿末伊都丟，唉唷來擱去。／險給黑頭伊都，丟丟銅仔伊都，阿末伊都，丟仔伊都撞半死。／／借問公園伊都，阿末伊都丟，唉唷

對都去。／問著客人伊都，丟丟銅仔伊都，阿末伊都，丟仔伊都我不知。／／拖車走到伊都，阿末伊都丟，唉唷拖我去。／去到公園伊都，丟丟銅仔伊都，阿末伊都，丟仔伊都摸無錢。／／拖車大哥伊都，阿末伊都丟，唉唷免生氣。／明年還你伊都，丟丟銅仔伊都，阿末伊都，丟仔伊都有甲利。

此外，許丙丁還作有歌詞〈思想起〉，曲譜由恒春民謠改編。

（七）江中清

〈春花夢（望）露〉，一九三九年傳唱，江中清作詞、作曲。歌詞：

今夜風微微　窗外月當圓／雙人相愛要相見　思君在床邊／要見君　親像野鳥啼　噯唷／引阮心傷悲　害阮等規暝
明夜月光光　照在紗窗門／空思夢想規暝恨　未得倒落床／要見君　親像割心腸　噯唷／引阮心頭酸　面肉帶青黃
深夜白茫茫　冷風吹入窗／思思念念君一人　孤單守空房／要見君　怨歎目眶紅　噯唷／引阮病這重　情意害死人

江中清還創作頗具幽默詼諧特色的閩南語歌曲，如反映江湖藝人生活的〈打拳賣膏藥〉（江中清作詞、作曲）。

（八）吳晉淮（1916-1991）

〈薄情郎〉，吳晉淮作詞作曲。歌詞：

花花世界自由戀愛　花言巧語呼伊騙不知／失了身後才知害
誰人替阮來安排／啊～啊薄情郎　迎新棄舊不應該
花花世界自由戀愛　花言巧語呼伊騙不知／失了身後才知害

誰人替阮來安排／啊～啊薄情郎　迎新棄舊不應該／
失了身後才知害　誰人替阮來安排／啊～啊薄情郎　　迎新棄舊
不應該

此外，葉俊麟曾填〈運河悲喜曲〉，歌詞如下：

（男）運河見面心悲哀，怨恨命運來摧排，阻礙著好情愛，無
啊無自在，伸手拭著妹目屎。
（女）運河水流聲悲哀，怨恨父母昧瞭解，破害著鴛鴦夢，不
啊不應該，無想女兒的將來。
（男）愛情害妹受拖累，生死猶原無分開，手解著褲帶，縛妹
仔的腳腿，跳落運河永遠來做堆。
（女）看君珠淚流滿面，阮的目屎也流盡，好緣份昧透流，無
啊無要緊，來去黃泉再做陣。

如果將這首歌所描繪的故事場景與歌仔冊〈臺南運河奇案〉相比
照，可以發現，兩者基本是相同的，由此可以看出發生於一九二九年
的此段殉情悲劇對於當時臺灣社會的觸動，閩南語流行歌與歌仔冊的
近親關係亦可一窺。

日據時期臺灣閩南語流行歌，適時地反映了政治、社會和生活現
象，起到了抒發民眾思想感情，滋潤撫慰民眾心靈，借助方言傳承中
華文化，向社會黑暗現象進行韌性抗爭的重要作用。儘管這些閩南語
歌曲，哀婉、悲傷怨嗟，乃至鄙俗者為數眾多，但在異族統治的年
代，以漢語方言傳達底層民眾的不平心聲，已屬難能可貴。一九三七
年，日據當局展開「皇民化運動」，下令禁用中文，唱片公司紛紛歇
業，閩南語流行歌的發展進入低谷。

二　報告文學作家郭秋生

郭秋生（1904-1980），臺北人，筆名有秋生、芥舟、芥舟生、街頭寫真師、TP 生、KS 生等。一九一二年進公學校接受日文教育，此間曾隨張德修學習漢文，中文寫作能力較強。畢業後赴廈門集美中學就讀，受到了「五四」新思潮的影響。畢業後返回臺北，任江山樓酒店經理，廣交文藝界人士。一九三一年秋與賴和、葉榮鐘等共建南音社，並任《南音》半月刊編輯。一九三三年十月參與發起組織臺灣文藝協會，任幹事長和《先發部隊》、《第一線》編輯。光復後棄文從商。

在三十年代初關於臺灣話文和鄉土文學的論戰中，郭秋生出於對抗殖民同化政策、保存漢字、普及文化的目的，力倡臺灣話文和鄉土文學，發表了〈建設臺灣白話文一提案〉等一系列文章，提出「屈文就話」、「創字就話」、「臺灣話文、鄉土文學、民間文學一體化」等主張，並在《南音》雜誌上特闢《臺灣話文嘗試專欄》，通過發表用臺灣話文書寫的散文〈糞屑船〉和童話等作品來實踐自己的理論。

郭秋生是臺灣報告文學的創始人。一九三一年他在《臺灣新民報》上開設「社會寫真」專欄，以後又在《臺灣新文學》上開設「街頭寫真」專欄，發表快速傳達社會真象的短篇報告文學。主要報告文學作品有〈一個被收容過的火雞的告白〉、〈誘惑〉、〈深夜的怪劇〉、〈一幕有趣的場面〉、〈這樣也算做新聞人的生活〉、〈中秋夜的行腳記〉、〈一個養雞人的妙計〉等。

郭秋生的主要作品有短篇小說〈死麼？〉（1929）、〈鬼〉（1930）、〈貓兒〉（1932）、〈王都鄉〉（1935）和〈農村的回顧〉、〈跳加冠〉等，評論〈建設臺灣白話文一提案〉（1931）、〈讀黃純青先生的臺灣話改造論〉（1931）、〈社會改造的武器〉（1932）、〈社會改造與文學青年〉（1932）、〈繼承臺灣話文的論戰〉（與黃純青合作，1932年）、〈臺灣新文學的出路〉（1934）和詩歌〈開荒〉（1932）、〈《先發部隊》序

詩〉（1934）等。郭秋生的小說，具有突出的寫實主義風格。小說
《鬼》[49]通過玩具商李四在行夜路時自驚得病致死以及此後發生的一
連串愈演愈烈的鬧劇，暴露了日據時期臺灣社會普遍而嚴重的迷信愚
昧狀態。作品採用層層遞進和結尾時的突轉結構，國語（白話）中夾
雜使用閩南方言詞彙，文筆犀利，氣氛渲染也比較成功，是一篇表達
反迷信主題的優秀諷刺小說。〈死麼？〉描寫一個十二歲即淪落風塵
並多次被轉賣的弱女子，飽受摧殘，過著「四邊都是黑暗的地獄」的
悲慘生活。作品揭露了日據下女性弱勢群體所遭受的壓迫與摧殘，對
她們的遭遇表示同情。〈王都鄉〉則賦予了弱勢群體成員的主人公以
反抗精神，為弱小者展現了生活的希望和生命的亮色。

第三節　臺灣民間方言戲曲文學[50]

一　歌仔和歌仔冊

　　歌仔是一個模糊寬泛的概念。從文學的範疇講，歌仔指閩南方言
口傳文學中的各種民謠，包括民歌和童謠；從音樂的範疇講，歌仔則
泛指閩南音樂中比較通俗的歌曲。歌仔是底層民眾所念唱的歌謠，有
時又用來泛指除南音之外的所有其他閩南方言歌曲。

　　因為歌仔的內容具有故事性，同時能和歌而唱，廣受歡迎，於是
有一些唱片公司將歌仔的內容改寫成流行歌曲，請知名歌星演唱，於
是便有如〈山伯英臺〉、〈乞食調〉、〈陳三五娘〉、〈安童哥賣菜〉、〈勸
世歌〉、〈歹歹尫吃襪空〉、〈十一歌〉、〈一個女工的故事〉、〈雪梅思
君〉、〈懷胎十月歌〉等歌曲。同時受到歌仔的影響，一些閩南語流行

---

49 載於《臺灣新民報》第332-339號，1930年。
50 有關臺灣方言戲曲的發展，可詳見陳耕：《閩臺民間戲曲的傳承與變遷》（福州市：
　　福建人民出版社，2003年9月，初版1刷）。

歌往往含有完整的故事情節，如〈孤女的願望〉歌詞中便隱含了一個少女從鄉村到都市闖蕩的故事，這種敘事性歌詞及其相同數目的字句形式，無疑是受到歌仔冊的影響。

歌仔除了具有娛樂效果外，還具有教化的意義及功能，如〈勸善歌〉、〈勸世遊臺灣〉、〈二十殿閻君〉等，對臺灣民間社會具有倫理道德方面的普及教化功能。

臺灣音樂家許常惠曾分析閩南歌仔的特點：「臺灣民歌，押韻都很自由。如：『罩句』就是『協韻』或『叶韻』的意思。無論『平韻』或『仄韻』，只要口頭唱一唱看，如果韻與韻相叶順口，那就可以。／四句連押……在臺灣民歌，四句均要押韻，只要罩句就可以通押，韻母相同的韻腳亦無需迴避。……平仄……在臺灣民歌卻很自由，不管是平是仄，只要唱起來語氣通順，音律和諧就可以了。」[51]由此可以看出，泛歌仔的演唱非常自由。這樣其傳播就非常廣泛，在底層民眾中流傳較廣。

歌仔的內容大致可分為兩大類，一是以抒情為主的民歌、小調、雜歌、兒歌，一是有人物情節的故事傳說歌。故事傳說歌可分為三種，一是民間熟知的長篇故事，如〈陳三歌〉、〈英臺歌〉、〈雪梅歌〉、〈孟姜女〉、〈鄭元和〉、〈烏白蛇〉等。一是中小型的唱段，如〈雜貨記〉、〈火燒樓〉、〈加令記〉、〈海底反〉、〈過番歌〉、〈唐山過臺灣〉等。還有一類是勸善歌，如〈曾二娘歌〉、〈鴉片歌〉、〈廿四孝〉、〈煙花歎〉、〈騙子歌〉等。這幾種歌仔都有書坊刊印的唱本。歌仔冊中較少有抒情性的歌仔，但正因為沒有固定統一的書寫形態，這類抒情歌仔反而是人人均可自由發揮、隨口吟唱。

歌仔唱本又叫歌仔冊，或稱「歌仔簿」，是有詞無譜的通俗方言歌本，在閩南、臺灣民間極為流行。初為手抄本，到了清末，有人開

始將歌仔的唱詞刊印成冊出版。從此，歌仔冊流行於閩南及臺灣，甚至遠傳到南洋一帶。可以見到的最早的歌仔冊是道光年間會文堂刻印的〈繡像荔枝記陳三歌〉、〈圖像英臺歌〉等。借助於歌仔冊的發行，歌仔的流傳更加迅速而廣泛。因此，歌仔冊對於歌仔戲的形成有較為重大的影響。歌仔冊雖有詞無譜，亦未標明曲牌，但民間大多有唱詞與曲牌的慣例對應。由於未標明曲牌，演唱者可根據客觀條件自由更換曲牌或改變唱詞，使歌仔更加靈活多變，豐富多彩，通俗易學。歌仔冊輕薄短小、內容通俗，價格低廉，頗受中下階層民眾歡迎，因此能夠風行於臺灣。歌仔是口頭流傳的文學，為了便於傳誦，有人將唱詞用文字記錄下來，成為歌仔冊。而隨著時代的演變，歌仔除了為一般口頭傳唱或是書寫成歌仔冊之外，又衍生出念歌說唱、歌仔戲等相關藝術。臺灣歌仔冊裡，臺灣話文漢字是在既有的漢字基礎上創建然後進行調整而成的。歌仔冊最主要形式是七字仔，即七字一句的韻文，多為描敘男女戀情。一九三〇年前後，臺灣的歌仔冊創作者編演了不少反映臺灣現實生活的「新劇」，如〈廖添丁〉、〈運河奇案〉、〈臺北新聞〉、〈臺民淚〉等。臺北帝國大學東洋文學會編，一九四〇年十月二十六日油印發行的《臺灣歌謠書目》，共收錄了臺灣發行的歌仔冊三百九十四本，大陸出版的歌仔冊八十五本[52]。

臺灣歌仔戲是以閩南語俗曲唱本「歌仔冊」為演出腳本的小型戲曲形式，有的歌仔戲甚至不需要劇本，根據觀眾的需要，即興演出。歌仔戲在閩南傳來的歌仔及民間戲曲的基礎上創造而成。是中華文化傳承、再生創造的產物。歌仔戲在一九二一年前後，已由業餘進化為專業，由野臺戲轉變為劇場演出。歌仔戲在一九二三年後，演出劇目開始由民間故事題材擴展到歷史題材，有單本劇演進成四至七本的連臺本戲。此時，日本據臺已三十年，許多人會日語卻不懂國語（普通

---

52 這些臺北帝國大學（今臺灣大學）於戰前集得的歌仔冊，據李獻璋於〈清代福佬話歌謠〉一文中指出：光復時被校內某員擅自攜回，任校方催討不還，早已成為私有。

話），日常生活中只能用閩南方言交流，以閩南方言為語言載體的歌
仔戲於是大受歡迎。一九二五年後，歌仔戲已成為臺灣最受歡迎的劇
種。同時，一些合於歌仔戲唱詞七言四句結構的閩南語流行歌，也被
歌仔戲吸收，成為穿插性質的小調來應用，如〈雪梅思君〉、〈青春
嶺〉、〈望鄉調〉、〈可憐青春〉等等。二十世紀二十年代以後，「孟姜
女」、「秦香蓮」、「李亞仙」等民間故事和生活中的善良、柔弱的女
性，成為歌仔戲苦旦著力表現的對象。主人公往往比較弱小，但具有
中華傳統美德，其不幸遭遇很容易引起觀眾的共鳴。在受到觀眾熱烈
歡迎的情況下，歌仔戲劇本題材更加貼近群眾。如〈運河奇案〉、〈父
仇不共戴天〉、〈林投姐〉、〈人道〉、〈彰化奇案〉、〈王阿嫂〉、〈圓仔嫂
強盜殺人事件〉、〈可憐的壯丁事件〉、〈月女尋夫〉等，都是反映當時
臺灣人民生活的現代戲，當時叫時裝戲。一九三七年後，在「皇民化
運動」中，歌仔戲遭受到日據當局的摧殘。一九四一年四月十九日，
日本在臺成立「皇民奉公會」並增設「娛樂委員會」，禁止一切演出
中國歷史故事和使用中國各種方言的戲劇。[53]歌仔戲同布袋戲、閩南
歌謠、客家歌謠等傳統文化一道遭到禁止。此時，日本人只准許新劇
和改良劇演出。一些歌仔戲劇團為了生存，就模仿新劇，用改良來獲
得生存權。

二　歌仔冊個案抽樣析賞──〈金快運河記新歌〉

　　一九三二年，臺南發生了一起命案，一少爺與一貧女相愛，受到
男方父母的阻撓，不能結合，雙雙跳入運河自殺。事發當天，臺灣歌
仔戲班「得樂社」的大部分藝人跑到現場觀看，被他們的忠貞愛情所
感動。回來後，幾位老藝人把事件編成劇本，名為《運河奇案》，兩

53　見江武昌：〈臺灣布袋戲簡史〉，臺灣《民俗曲藝》雜誌第67-68期合刊本（1990年10
　　月），頁104。

天後在臺南市演出，轟動一時，觀眾紛紛買票前來觀看，演出長達一個半月。該戲情節後來又被改編成了歌仔冊〈金快運河記新歌〉。

閩南語歌仔冊一般沿用中國傳統說唱話本的形式，開頭總有一段可有可無的開場白作為引子。如一九三五年由玉珍漢書部印行的〈金快運河記新歌〉，開章云：

> 念出臺南運河記　我共列位先通知　恰早新聞有講起　為著愛情歸陰司

歌仔冊使用底層民眾熟知的方言土語，融故事的新奇性、感染性與歌詞的通俗性之中，在日據時期殖民當局逐步禁止漢語言和漢文字的使用、強制民眾使用日語的情勢之下，底層民眾在意識深處抵制日本式教育，而謀求祖國國語（普通話）而又不可得。於是，閩南方言成為臺灣民間社會使用最多的語言形式，而以閩南方言為載體、以講古、說唱等表演形式口頭傳播的歌仔冊，逐步普及開來，成為民眾所喜聞樂見的文藝形式之一。

歌仔冊的故事情節往往生動感人，或以新奇、神秘取勝，或以反映現實、言情說理見長。這種風格與中國傳統文學中的古詩十九首、魏晉詩歌、唐宋傳奇、明清小說是一脈相承的。歌仔冊雖以閩南語說唱，但印製成書的唱詞，卻往往用古漢語文言語詞記音。所以，即使今日不會說閩南話的讀者，看完歌仔冊，其中故事情節的大概也能了然於胸。由此看來，臺灣閩南語方言文學，無論從語言形式上還是從內容上、敘事策略上，本質上是與大陸文學息息相通的。如〈金快運河記新歌〉描寫兩個主人公殉情的場面描寫：

> 看見運河放聲啼　講乎清天明月知　怨恨無塊通講起　到者皆死不皆生

世間一切來看破　　汝咱願死同心肝　　手巾提來縛相瓦　　這是皆
死不皆活
手巾提來縛腿腳　　那死了後袂折開　　身屍即能做一位　　永遠陰
間通相隨
甲君戀愛情意好　　甘願同死性命無　　離開世間袂返到　　水通一
聲落運河

　　此段描寫，與〈孔雀東南飛〉裡焦仲卿與劉蘭芝的殉情有異曲同
工之處。只是這裡的兩個主人公是「那死了後袂折開　身屍即能做一
位　永遠陰間通相隨」，共赴黃泉，而焦仲卿妻及焦仲卿只能一個孤
單地投水自盡，另一個則「自掛東南枝」而已。不同的情節、不同的
時代，但卻是同樣的絕戀。而幕後的元凶則同樣都是中國幾千年來積
重難返的封建意識。奇案奇戀，寧不讓人噓歎不已。

　　在歌仔冊的末尾，還經常加上一些廣告語、對聽眾的祝福語等和
故事本文沒有關係的客套的商業用語。如〈金快運河記新歌〉：

真有心色著內面　　在店塊賣陳玉珍　　到者共伊來捷止　　卜甲朋
友恁相辭
大家做火是福氣　　看著大家大趁錢

　　當然，由於閩南語畢竟是由中原古語衍生而來，歷久以來，有許
多字音已無法找到最為合適的同樣也隨時代變遷而變化了的現存漢文
言詞彙來替代，所以，在找不到更為合適的替代字的時候，往往生造
字詞，或用俗不堪言、令人啼笑皆非的字詞來頂替，由此而影響了歌
仔冊的文學性，同時也造成了歌仔冊「言而無文，行而不遠」[54]的情

54 語見《左傳》〈襄公二十年〉。

況，只能在閩南方言區域內流播、受傳。還以〈金快運河記新歌〉為例，文中有這樣一段：

> 話屎到者准　好　比伊瑞成恰尿刀　不信提來甲伊考　金快想著心肝嘈
>
> 被人片來煙花院　我著受苦成十年　恨來恨去恨自己　自恨婆娘目青暝

文中用了「屎」、「尿」等俗語，而「騙」則以別字「片」字替代。總起來看，閩南語歌仔冊，應該屬於俗文學之列。這種大眾化的俗文學，在日據時期起到了暫時替代漢語言雅文學的教育功能，普及民間社會中的中華文化傳統及傳播反封建反殖民的戰鬥精神的作用。

另外，還有〈父仇不共戴天〉、〈林投姐〉、〈人道〉、〈圓仔嫂強盜殺人事件〉、〈可憐的壯丁事件〉、〈月女尋夫〉、〈彰化奇案〉、〈王阿嫂〉等類似〈運河奇案〉的反映當時臺灣民眾生活的現代戲，當時叫時裝戲。[55]

據汪毅夫教授提供之〈金快運河記新歌〉歌仔冊，〈金快運河記新歌〉於「昭和十年月三十九日印製」、「昭和十年月三廿四日發行」（按：原作如此，似應為「昭和十年三月十九日印製」、「昭和十年三月廿四日發行」之誤），該歌本封底印製「玉珍漢書部最新出版各種歌冊目錄」，內有如下歌仔冊名稱：

〈社會黑狗上下〉、〈紅蓮寺全七集〉、〈自由戀愛新歌〉、〈最新病子歌〉、〈梁英死某歌〉、〈最新手巾歌〉、〈開天闢地〉、〈文明北兵歌〉、〈封神歌全三集〉、〈百樣果子上下〉、〈戒世驚某歌〉、〈菜瓜花歌上下〉、〈日臺會話新歌〉、〈蔡端造洛陽橋〉、〈最新戒嫖歌〉、〈鬧天宮

---

55 參見陳耕：《閩臺民間戲曲的傳承與變遷》（福州市：福建人民出版社，2003年9月，初版1刷），頁122。

全三集〉、〈人心知足上下〉、〈談天說地上下〉、〈食茶講書句〉、〈新編
二十四孝〉、〈國語白話新歌〉、〈分開勸合相褒〉、〈三伯英臺賞花〉、
〈英臺回家想思〉、〈三伯探英臺歌〉、〈三伯英臺離別〉、〈三伯想思
歌〉、〈三伯歸天歌〉、〈英臺埋喪歌〉、〈英臺祭靈獻歌〉、〈英臺廿四拜
歌〉、〈運河奇案歌〉、〈梁祝看花燈〉、〈新編英臺拜墓〉、〈陰司對案
歌〉、〈三伯回陽和番〉、〈梁成征番〉、〈農場相褒上下〉、〈曾二娘歌上
下〉、〈姜女祭祀郎歌〉、〈社會覺醒上下〉、〈人生必讀歌〉、〈世間開化
歌〉、〈嘉義行進相褒〉。

　　可見，僅玉珍漢書部一家書局，在一九三五年三月份左右即印行
了共四十四種閩南語歌仔冊。當時閩南語歌仔冊的盛況，可窺一斑。

　　毋庸諱言，以臺灣話文為語言載體的閩南語歌仔冊，語言風格總
體上來說，是鄙野的，然而歌仔冊充滿了來自民間的生命力，用詞生
動活潑，可視為一種珍貴的時代語彙紀錄。許多歌仔冊將臺灣話文與
文言詞語巧妙結合在一起，這樣就既可以逃避日本統治當局的檢查，
以實現韌性抗爭殖民統治的目標，同時也使歌仔冊具有了雅俗互滲的
韻致。反過來講，如果沒有既有文言語彙和國語（白話）語彙的支
撐，歌仔冊也不會產生這種雅俗共生的美學效果。「言而無文，行而
不遠」。歌仔冊在臺灣日據時期的受眾比較多，但是，在其他華文世
界裡，也只有在閩南方言區裡擁有部分受眾。因此，這種方言文學受
到臺灣民眾較為普遍的歡迎，這種現象是在日據時期臺灣那樣一個國
語（白話）不普及、底層民眾文化水平普遍不高、而且漢文化受到日
本統治當局摧殘壓制的條件下產生的。到了臺灣光復初期之後，隨著
國語（白話）在臺灣的普及和日本殖民壓迫的消失，歌仔冊基本完
成了它傳承中華民族文化的歷史使命，同時逐漸失去了它的普及教化
功能。

第七章
日據時段的臺灣現代翻譯文學

第一節　概述

　　在中國現代文學史上，許多作家在創作的同時還從事文學翻譯，魯迅、郭沫若、茅盾等作家都著有許多優秀的翻譯文學作品。毫無疑問，翻譯文學是中國現代文學的一個重要組成部分，推而廣之，日據時段的臺灣現代翻譯文學也是臺灣現代文學的重要一環。

　　臺灣最早從事文學翻譯活動的是文言詩人謝雪漁（1871-1953），他發表於一九〇五年七月一日《漢文臺灣日日新報》的小說〈陣中奇緣〉，是臺灣作家第一篇標注為小說的作品[1]。該小說以一七九三年法國大革命為背景，以發生於法國共和政府軍與保王黨軍隊作戰過程中的愛情故事為題材。可謂開臺灣譯介文學風氣之先。

　　一九〇六年，李漢如等臺灣文化人創辦了「新學會」，「匯羅東西學者之演著，擇其精華，譯其原意，分科立派，作一紹介物。」[2]與此相應，在臺灣，眾多翻譯小說也隨著新學的引進而應運而生。

1　此處採納臺灣學者黃美娥的說法，參見黃美娥：〈文學現代性的移植與傳播：日治時代臺灣傳統文人對世界文學的接受、翻譯與摹寫〉，「正典的生成——臺灣文學國際學術研討會」（臺北市：中央研究院中國文哲研究所、哥倫比亞大學蔣經國基金會中國文化及制度史研究中心主辦，2004年7月15日-16日，打印稿），頁17。

2　參見李漢如：〈新學叢志敘〉、伊藤政重：〈新學叢志發刊詞〉，轉引自黃美娥：〈文學現代性的移植與傳播：日治時代臺灣傳統文人對世界文學的接受、翻譯與摹寫〉，「正典的生成——臺灣文學國際學術研討會」（臺北市：中央研究院中國文哲研究所、哥倫比亞大學蔣經國基金會中國文化及制度史研究中心主辦，2004年7月15日-16日，打印稿），頁3。

　　魏清德（1888-1964）、謝雪漁、林佛國（1885-1969）等一些文言文人曾學習日文，他們較早地進行了日文中譯的文學活動。如謝雪漁以筆名雪漁逸史發表在《漢文臺灣日日新報》一九〇六年四月二十八日、四月二十九日第二三九五號、二三九六號的〈靈龜報恩〉；魏清德以異史筆名翻譯的日本〈赤穗義士菅谷半之丞〉（全文共二十四回）發表於一九一〇年《漢文臺灣日日新報》等。

　　第一次世界大戰後，臺灣文化人對歐洲歷史的興趣漸增，如林佛國在〈讀威廉自敘傳〉一文中，敘述了他在讀德皇威廉自傳後的心得[3]，對文中世局興衰及威廉的成敗榮辱均作了高度評價。該書為威廉皇帝被廢隱於荷蘭後所作，從一個側面反映了當時的歐洲社會情況。從林佛國對於威廉的八萬言長篇自傳的推許與譯述，可以推知臺灣文化人睜開眼睛看世界的傾向。

　　林佛國在一九二四年二月《臺灣詩報》創刊號上，又特別以俄國托爾斯泰、印度「泰古俞」（泰戈爾）為例，將中國古代詩歌與歐美詩歌和印度詩歌作了一番比較[4]，呼籲臺灣詩家取外國文學之長，補己之短，可以說已經具有了比較文學視野。

　　連橫也開始注意對西方文學的譯介。他在《臺灣詩薈》中說：「少陵之詩，人世之詩也；太白之詩，靈界之詩也。故少陵為入世詩人，而太白為出世詩人。吾友蘇曼殊嘗謂拜倫足以貫靈均、太白，而沙士比、彌爾頓、田尼孫諸子，只可與少陵爭高下，此其所以為國家詩人，非所以語於靈界詩翁也。烏呼！英國有一沙士比，已足驕人，而中國有一靈均，又一太白，……而今之崇拜西洋文學者，不知曾讀

3　參見林佛國：〈讀威廉自敘傳〉，《臺灣日日新報》第8119號（1923年）。

4　參見林石崖：〈臺灣詩報序〉，《臺灣詩報》創刊號，1924年2月6日，轉引自黃美娥：〈文學現代性的移植與傳播：日治時代臺灣傳統文人對世界文學的接受、翻譯與書寫〉，「正典的生成──臺灣文學國際學術研討會」（臺北市：中央研究院中國文哲研究所、哥倫比亞大學蔣經國基金會中國文化及制度史研究中心主辦，2004年7月15日-16日，打印稿），頁12。

靈均、太白之詩而研究之歟？」[5]他在《臺灣詩薈》有限的版面裡，為北京佛化新青年會發行的《佛化新青年》雜誌刊登了廣告，並詳列出該雜誌第二卷第二號的目錄[6]，該卷中有多篇與泰戈爾相關的論述。連橫對於泰戈爾的接受與認可，於此可見。

　　與此同時，《三六九小報》也開始登載一些譯介文章。一九三〇年九月的《三六九小報》上，倩影〈新聲律啟蒙〉有「凸唱羅梭舊俗語，尖端改革新名詞。修成一代之名，有太戈爾；震動萬人之血，唯馬克斯。」語，詩中出現多個外國人名。另外，同期報紙登有一份幽默調侃的「詩學秘方」：「取古唐詩、詩學含英、詩韻合璧，各一部，火烹存性，將餘灰收起。另用開明墨汁四瓶，攪和，入瓦釜中，文火煎之，以成膏為度。取起放冷，然後一氣服下，則頓時文思大進，詩竅玲瓏，下筆千言，倚馬可待。」[7]作者認為這是「灣製泰戈爾」的捷徑。雖為遊戲文章，但可以從中看出其對泰戈爾的崇仰。

　　《三六九小報》還曾發表了〈蕭伯納之自由談〉[8]，譯介蕭伯納有關「自由」的評論。一九三四年七月三日的《三六九小報》發表懺紅的〈餐霞小紀〉，云：「昨年來遊之世界的漫評大家蕭翁，西方之曼倩也。嘗曰人斃虎，曰狩獵；人傷人，曰凶暴。對於有強權無公理上，下一頂門針。後有人戲仿其口吻，見他人與愛侶調情，謂之曰暴行；謂自己之調情，則曰接吻，曰擁抱，前後針鋒相對，碧眼胡煞是可人。」[9]懺紅，本名洪鐵濤，臺南人，南社、春鶯詩社社員。洪鐵

5　參見連橫：《臺灣詩薈》第13號（1992年），頁83。

6　參見黃美娥：〈文學現代性的移植與傳播：日治時代臺灣傳統文人對世界文學的接受、翻譯與摹寫〉，「正典的生成——臺灣文學國際學術研討會」（臺北市：中央研究院中國文哲研究所、哥倫比亞大學蔣經國基金會中國文化及制度史研究中心主辦，2004年7月15日-16日，打印稿），頁13。

7　〈新聲律啟蒙〉、〈詩學秘方　灣製泰戈爾〉，見《三六九小報》第2號，1930年9月13日，頁4。

8　參見翊：〈蕭伯納之自由談〉，《三六九小報》第401號，1934年12月6日，頁4。

9　見懺紅：〈餐霞小紀〉，《三六九小報》第355號，1934年7月3日，頁2。

濤還把蕭伯納與中國的東方朔相比，進而指出，東西方種族的幽默修
辭有殊途同歸之妙，「顯然更是站在東方的位置去看待蕭伯納幽默修
辭的影響效應」[10]。

　　臺灣偵探小說的寫作受到了中國大陸、外國偵探小說的綜合影
響。而在這過程中，對於外國偵探小說的譯介，顯然起到了重要的作
用。如，舊詩人張純甫在一九三五年十一月八日的日記裡，就有如下
的記錄：「觀福爾摩斯偵探小說，不出門。」由此可見外國偵探小說
的吸引力與普及度，可作為上述論斷的一個佐證。

　　此時期也出現了西洋詩歌漢譯作品，如一九三六年十二月《孔教
報》「駱」（按：據臺灣學者黃美娥推斷，可能是臺北瀛社成員駱子
珊。[11]）所著《東西詩話》，翻譯了雨果、拜倫兩位詩人的情詩，並附
加了對兩位西方詩人的介紹[12]。

　　此後，賴和曾經翻譯過尼采的著作[13]。賴和遺稿、散文〈高木友
枝先生〉曾由張冬芳譯成日文，一九四三年四月二十八日刊載於《臺
灣文學》三卷二號「賴和先生悼念特輯」。賴和遺稿、用文言寫成的
散文〈我的祖父〉，一九四三年四月二十八日曾由張冬芳譯成日文刊
載於《臺灣文學》三卷二號〈賴和先生悼念特輯〉。張冬芳（1917-
1968），銀鈴會成員，曾多次將祖國的文學作品譯成日文介紹給當時

---

10 黃美娥：〈文學現代性的移植與傳播：日治時代臺灣傳統文人對世界文學的接受、
　　翻譯與摹寫〉，「正典的生成——臺灣文學國際學術研討會」（臺北市：中央研究院
　　中國文哲研究所、哥倫比亞大學蔣經國基金會中國文化及制度史研究中心主辦，
　　2004年7月15日-16日，打印稿），頁14。

11 參見黃美娥：〈文學現代性的移植與傳播：日治時代臺灣傳統文人對世界文學的接
　　受、翻譯與摹寫〉，「正典的生成——臺灣文學國際學術研討會」（臺北市：中央研
　　究院中國文哲研究所、哥倫比亞大學蔣經國基金會中國文化及制度史研究中心主
　　辦，2004年7月15日-16日，打印稿），頁128。

12 駱〈東西詩話〉，載《孔教報》第3號，1936年12月18日，頁26。

13 參見鄧慧恩：〈賴和手稿翻譯尼采學說研究〉，臺灣「臺灣文學館第一屆臺灣文學研
　　究生學術論文研討會」會議論文，2004年5月。

的臺灣文壇。

　　賴和發表於一九三二年一月的〈豐作〉[14]，一九三六年一月，由楊逵譯為日文，轉載於東京的《文學案內》二卷一號（新年號），傳播於日本文壇。賴和的短篇小說〈豐收〉反映了臺灣農民運動，反映了日本占領下臺灣的「蔗農問題」。楊逵的〈豐收〉譯文，將賴和介紹到日本，把臺灣遭受殖民統治壓迫的實況廣泛地傳達到日本內地，體現了強烈的歷史使命感，具有比較重要的現實意義。

　　楊逵還曾經用日文翻譯了《三國志》。他的日文小說〈送報伕〉則由大陸著名作家胡風在一九三六年翻譯為中文，收入上海生活書店的《世界知識》叢書。一九四四年冬，楊逵編譯了四幕話劇《怒吼吧，中國》。此劇原作者為俄國作家特洛查可夫，原劇本是批判中英鴉片戰爭中英國對中國的侵略，楊逵巧妙地運用了隱喻手法，改編後的劇作影射、譴責了日本侵略者。該劇表面上以「皇民劇」的方式，在臺北茶座、臺中臺中座和彰化公演三場，「臺上表現的是英國人欺侮中國人，臺下看的卻是日本人欺侮臺灣人。」[15]該劇因為極具反侵略、反殖民的抗爭意識，反映了臺灣民眾的心聲，由此引起臺灣觀眾的共鳴。「當臺上痛斥英美列強侵略中國的行徑時，臺下則暗咒日本的軍國主義勢力，高聲叫好。」[16]楊逵的這篇譯介作品的改編意圖在於巧妙表達反抗意識，諷刺、批判社會黑暗現實。

　　魯迅的著作（包括譯介作品）對臺灣新文學的發展有著重要的影響。一九二五年一月，魯迅小說〈鴨的喜劇〉開始在《臺灣民報》上轉載，此後，一直到一九三〇年，魯迅的作品，包括譯著，屢次在《臺灣民報》上轉載。

14　原載於《臺灣新民報》第396號、第397號，1932年1月1日、1932年1月9日。

15　陸士清：《臺灣文學新論》（上海是：復旦大學出版社，1993年6月，初版1刷），頁112。

16　見倪金華：〈日本、中國大陸與臺灣的臺灣文學研究比較觀〉，《臺灣研究集刊》2002年第4期，頁88。

　　一九二七年在廣州嶺南大學就讀的臺灣文學青年張秀哲，曾與楊成志合著《毋忘臺灣》一書。後又翻譯了《勞動問題》一書，該書原名《國際勞動問題》，日本淺利順次郎著。張秀哲的譯本於一九二七年由廣州國際社會問題研究社出版，譯者署名為張月澄。魯迅在為其所作的序文中說：

　　「張秀哲君是我在廣州才遇見的。我們談了幾回，知道他已經譯成一部《勞動問題》給中國，還希望我做一點簡短的序文。我是不善於作序，也不贊成作序的；況且對於勞動問題，一無所知，尤其沒有開口的資格。我所能負責說出來的，不過是張君於中日兩國的文字，俱極精通，譯文定必十分可靠這一點罷了。

　　但我這回卻很願意寫幾句話在這一部譯本之前，只要我能夠。我雖然不知道勞動問題，但譯者在遊學中尚且為民眾盡力的努力與誠意，我是覺得的。」[17]

　　文末署「一九二七年四月十一日，魯迅識於廣州中山大學。」

　　一九三六年十月十九日魯迅逝世，同年十一月，臺灣作家王詩琅作〈悼念魯迅〉、黃得時作〈大文豪魯迅逝世〉刊登在楊逵和葉陶主編的《臺灣新文學》上。

　　另外，從賴和、楊逵、龍瑛宗、王詩琅等作家的有關文章中，都傳達出魯迅對臺灣作家思想與創作的深刻影響。從鍾理和的日記、楊雲萍的文章中，也可以看到臺灣作家接受魯迅文學的情況。

　　賴和的文章與魯迅「匕首式」的雜文頗為相似，賴和的文章頗有魯迅風格，賴和一生未曾見過魯迅，但深受魯迅影響。賴和在日據時代就贏得「臺灣的魯迅」的稱號，說明臺灣人對賴和、魯迅都是有所理解的，也可見魯迅在臺灣作家心目中的分量。

　　被稱為「臺灣新文學的先鋒」的張我軍，往返於北京、臺北的時

---

17 〈寫在《勞動問題》之前〉，本篇最初印入《國際勞動問題》一書，原題為〈《國際勞動問題》小引〉，後選入《而已集》。

候，曾擔任《臺灣民報》臺灣分局的記者，當時最早在《臺灣民報》
上刊載的魯迅作品，是由張我軍從北京帶回來的書籍轉載的。隨著臺
灣新文學運動的發展，在二十世紀三十年代，「魯迅作品雖然有所限
制，可是透過日文譯本，或以中文原文能直接閱讀，在某種程度上變
得可能了。」魯迅作品「悄悄地沉入作家們的內心底，給予他們的文
學創作很大的影響。」[18]《臺灣文藝》曾經從一九三五年的新年號起
連載增田涉著、頑鐵譯成中文的《魯迅傳》。一九三六年，魯迅逝世
後不久，《臺灣新文學》在一九三六年十一月號發表王詩琅的〈魯迅
を悼む〉（〈悼魯迅〉），黃得時在同期雜誌發表〈大文豪魯迅逝く ――
その生涯と作品を顧みて〉（〈大文豪魯迅逝世 ―― 他的生涯與作品之
回顧〉），深切懷念魯迅先生。

　　此時期的譯介活動還有：

　　一九三四年七月十五日出版文藝雜誌《先發部隊》，第一期用中
文，安田保譯的〈蘇俄藝術的眺望〉發表；楊逵創辦的《臺灣新文學
創刊號》由劉慕沙譯；《臺灣新文學》曾刊行了一期〈高爾基特輯
號〉；林履信《蕭伯納的研究》一書一九三九年由上海印書局出版；
徐坤泉的通俗言情小說〈可愛的仇人〉曾於一九三八年由張文
環譯為日文並由臺灣大成映畫公司出版。

第二節　張我軍的日文中譯

　　張我軍進行了大量的日文中譯的翻譯文學活動。其主要譯介作品
依年代如下（以下著作凡不單獨注明者，均為用國語白話文創譯。）：

　　〈安部磯雄〈貞操是「全靈的」之愛〉譯者附言〉原載《臺灣民
報》第六十號，一九二五年七月十二日。文中認為「失了偶的人再

18　〔日〕中島利郎：〈日治時期的臺灣新文學與魯迅〉，轉引自倪金華：〈日本、中國
　　大陸與臺灣的臺灣文學研究比較觀〉，《臺灣研究集刊》2002年第4期，頁90。

婚，失了愛的人離婚，倘本人有這種意志，是不容第二者去咒罵他、攻擊他的，因為這是這一班可憐的人的唯一的生路。」顯示了張我軍的新思想。

　　武者小路實篤《愛欲》譯文載於一九二六年二月二十八日《臺灣民報》第九十六號學藝欄。並附〈《愛欲》譯者引言〉。

　　張我軍翻譯日本小說家有島武郎（1878-1923）的文學理論著作《生活與文學》，一九二九年六月由上海北新書局出版。張我軍在一九二八年十二月一日寫於北平的〈《生活與文學》譯者序〉中說：「我平時有一種脾氣，文學理論家的文學論，總不大好讀；如果他同時又是一個作家，那自然作為別論。我所好讀的，是作家的文學論，因為他才能指示我們以文學的真物故也。……因為理論家的文學論是站在文學之宮的門外估價的，而作家卻是從文學之宮的室內叫出來的啊。」表述了譯者的現實主義的翻譯選材標準，以及堅持理論與創作兩者視閾融合的闡釋原則。

　　一九二九年七月二十七日，葉山嘉樹〈洋灰桶裡的一封信〉譯文發表於上海《語絲》週刊五卷二十八期。

　　張我軍翻譯日本和田桓謙三《社會學概論》由上海北新書局於一九二九年十一月出版。譯者在寫於一九二九年八月二日的〈《社會學概論》譯者序〉中說：「自己不懂的，我不翻譯，不認為好的，不翻譯。」由此可知，張我軍的創譯活動實際上是遵循著「好即本文」[19]的原則的。其翻譯活動的選材，自有其獨到的取捨標準。

　　千葉龜雄《現代世界文學大綱》譯本一九三〇年十二月由神州國光社出版。譯者在寫於一九三〇年七月的〈《現代世界文學大綱》譯者序〉說：「選擇那較切於現在之需要的部分零賣」，體現了譯者的社會關懷。

19　參見郭小聰：〈「好即本文」的原則〉，《國際關係學院學報》2004年第6期，頁60。

西村真次《人類學泛論》譯本一九三一年三月由神州國光社出版。譯者在一九三〇年八月寫於北平的〈《人類學泛論》譯者贅言〉中提及他與胡先驌[20]的合作。文中說：「……第一，胡先驌博士之校閱本書，不是『掛名』的。……第二，本書第五章第三節〈人體化石〉……為原書所沒有，經胡博士所補的。而本書最末一段補語，也是胡博士所補的，……」張我軍是臺灣新文學運動的代表人物，而胡先驌則是大陸當時被新文學者們視為反對派的「學衡派」的代表人物之一，兩者在翻譯活動中的默契配合，特別是胡先驌的認真嚴肅的治學精神，得到臺灣新文學者張我軍的由衷敬佩，實為一段文學佳話。

一九三一年十一月，張我軍譯，夏目漱石著《文學論》由上海神州國光社出版。周作人為該譯本作序，文曰：「張我軍君把夏目漱石的《文學論》譯成漢文，叫我寫一篇小序。……中國近來對於文學的理論方面似很注重，張君把這部名著譯成漢文，這勞力是很值得感謝的，……民國二十年六月十八日，豈明於北平之苦雨齋。」由此可以看出，周作人與張我軍的友情自一九三〇年代初期即已開始了。周作人本人是一位翻譯大家，他對譯者的稱賞也可從側面反映出譯文的高水平。

正木不如丘《人性醫學》譯本一九三二年由北平人文書店出版。張我軍在一九三二年一月二日寫於北平的〈《人性醫學》譯者序〉中

---

20 胡先驌（1894-1968），詩人，植物分類學和古植物學家，號步曾。江西新建人。早年中秀才，一九一二年赴美留學，獲哈佛大學博士學位，回國後曾任南京高等師範學校、東南大學、北京大學、北京師範大學等校教授和中正大學校長，中央研究院評議員和院士。胡適等推行白話文運動時，「學貫西中」的南京東南大學的教師梅光迪、胡先驌、吳宓等學者於一九二二年一月創辦了《學衡》雜誌，《學衡》的宗旨是「昌明國粹，融化新知」，主張保存古文，提醒人們不能隨意丟棄民族文化傳統。於是，以胡先驌、梅光迪、吳宓為代表的「學衡派」出現了。胡先驌是「學衡派」的代表人物，他曾入中國近代革命詩社南社，與龐樹柏、朱鴛雛等同為南社中宋詩派的代表。

說：「原著者正木氏是醫學博士，而又是一位著名的小說家，因為他是科學工作者，所以不說鬼話；因為他是文學家，所以文字優美，見解新鮮而活潑。」顯示了譯者的比較文學視野。

今中次磨《法西斯主義運動論》譯本一九三三年二月由北平人文書店出版。譯者在一九三二年十月二十八日寫於北平的〈《法西斯主義運動論》譯者序〉中說：「日本國中，自從去年占據我東三省以來，法西斯主義忽見發展，在這當兒，著者竟出而著書反對法西斯主義，這我以為不是沒有意義的事。」譯者的政治傾向與中華身分認同可見。

樋口一葉小說〈歧途〉譯文發表於一九四四年一月一日《藝文》。樋口一葉（1972-1896），日本女作家，被張我軍認為是「明治時代的第一流作家」。[21]〈歧途〉，原名〈わかれ道〉。

另外，張我軍於一九三四年一月在北平創辦了《日文與日語》月刊，擔任主編。該月刊內容包括初、中、高級日語講座、日本研究、名著評論、時文譯詮等。一九三五年十二月停刊。一九三七年九月，張我軍相繼在北京大學文學院日本文學系、北京大學工學院、外國語學院任教授。作為從事日語教育的教授，他還發表了大量的有關日本語文教學研究、日語翻譯的文章。

第三節　黃宗葵、劉頑椿、吳守禮等的中文日譯

在日據時期的臺灣現代文學史階段，臺灣文學者有許多將中文傳統經典翻譯成日文的活動，其目的在於傳承、普及祖國傳統文化，這反映了在殘酷殖民統治下掙扎反抗的有良知的臺灣作家，以自己獨特

---

21 〈《歧途》譯者小引〉，參見張光正編：《張我軍全集》（北京市：臺海出版社，2000年8月，1刷），頁418。

的文化隱喻的文學方式，來反抗日本殖民主義的統治。這些翻譯作家
作品及活動主要有：

　　一九四三年，黃宗葵譯《木蘭從軍》。黃宗葵，臺南人，創辦發
行了日文雜誌《臺灣藝術》。此書系中文歷史小說之日譯本。

　　一九四三年三月，劉頑椿譯《岳飛》。劉頑椿，名春木，新竹
人，在臺灣新民報社擔當校對、編輯多年，光復後不久病故。此書為
中文裨史小說《精忠傳》的日譯本。

　　一九四三年，劉頑椿譯《水滸傳》。此書係裨史小說《水滸傳》
之日譯本。

　　江肖梅，名尚文，字質軒，新竹人。一九一七年臺北國語學校師
範部畢業後，任公學校教師，一九四一年任日文月刊雜誌《臺灣藝
術》編輯長，光復後曾任新竹縣督學。江肖梅致力於詩歌、小說，戲
劇創作，各體俱工。一九四四年他曾以日文翻譯《包公案》、《諸葛孔
明》。

　　吳守禮（1909-2005），臺南人。一九三九年開始進行中文日譯的
活動。一九四〇年將《閩粵民間故事「董仙賣雷」》（林蘭原著）譯為
日文。一九四二年將《相思樹》（林蘭原著）譯為日文。

　　黃得時（1909-1999）用日文改寫的《水滸傳》，影響很大，一九
三七年十二月五日到一九四二年十二月七日，在《臺灣新民報》曾連
載五年，但因該書傳播民族思想的目的被殖民當局發覺而兩次被禁。
一九四一年九月三十日，黃得時在臺北清水書店出版了日譯《水滸
傳》單行本三冊，出到第三卷時，也慘遭殖民當局腰斬。黃得時，臺
北人。臺北帝國大學中文系畢業。一九三三年參與組織臺灣文藝協
會，創辦《先發部隊》和《第一線》。一九三四年任臺灣文藝聯盟委
員。一九三七年任《臺灣新民報》中文版副刊主編。一九四一年與張
文環等組織啟文社，創辦《臺灣文學》雜誌，與日人西川滿主辦的
《文藝臺灣》相對抗。

小結
語言轉換、文化隱喻與韌性抗爭

　　本編主要從文學的語言載體形態的角度，分類考察了日據時期臺灣現代文學的發展歷程。在文學的內部深挖，清理出此時期臺灣現代文學在外力壓迫下的炎黃文化本質，透析出一支不曾歇止的中華文學流脈。另外，致力於透過臺灣現代作家的創、譯用語（不同於大陸現代作家創作用語）之轉換、作家的身分認同、文人寫作與民間寫作的融合共存等文學變貌，發明臺灣現代作家在日本殖民當局的語言暴政下，或正面尖銳對抗，或機智運用文化隱喻的技巧進行韌性抗爭的書寫策略，以及臺灣民眾口承敘事文學的民間戰鬥精神。

一　有關「語言的轉換」[1]

　　多種形態的語言轉換問題，是發生於臺灣現代文學史時期的特殊問題，貫穿於日據時期臺灣現代文學的整個進程。在此時期，漢語文學與日語文學之間的衝撞與糾葛纏繞是其中的主要特點。因為，「殖民壓迫的最大特色即是將語言書寫化為文化意識鬥爭的戰場」。[2]語言是思想的工具，也是一個民族的靈魂和族群的認同記號。若扼止某民族的語言，不僅會使該民族失卻其民族性，同時也會弱化甚至消弭其特有的文化，進而使民族文化喪失個性，被占統治地位的體制所吞

1　詳細參見汪毅夫先生：〈語言的轉換與文學的進程──臺灣文學的另一種解說〉文，本文之撰寫啟發自此文，寫作過程中亦參考了該文，謹致謝忱。

2　見邱貴芬：〈「發現臺灣」──建構臺灣後殖民論述〉，文收錄於張京媛編：《後殖民理論與文化認同》（臺北市：麥田出版社，1998年），頁173。

噬。從日據時期的日語教育政策，可看到漢民族語言被殖民當局刻意壓抑，以致邊緣化的現象，而其他少數民族的語言，更是處於邊緣的邊緣。語言是殖民統治者的主要施暴對象之一，因此，日本統治者妄圖通過廢除漢文以壓縮臺灣作家的思想空間，同時強力建構日文體系，以建立政治與文化的權威。有許多作家在使用日語後，轉向了其他領域的著述，如陳逢源的文言詩歌造詣頗深，但在一九四〇年代至光復，他發表的著作多為社會、經濟方面的研究著作。正因如此，「在日文普及而霸權的時代，能創作漢詩是多麼彌足珍貴的事，因為懂得而且可以使用漢文便多少帶有反抗殖民文化的意味」。[3]

語言因人類社會需要而產生，並隨生活轉變而發展。因此，當人們習得某一種語言時，他們也同時習得該語言所隱涵的文化。語言學家愛德華・沙派爾（Edward Sapir）說：「語言和文化之間的關係是一體兩面的，語言是不能脫離文化而存在的，它是在社會內遺留下來，它決定了我們生活面貌的風俗和信仰。」[4]日本人極力要通過普及日語，把日本文化灌輸到臺灣，所以在據臺期間，以日語教育為手段，企圖借此改造臺灣民眾的思想，使其成為具有日本民族文化特性的「皇民」，進而達到長期統治的最終目標。但是，知識普及、民族解放思潮和對於自由平等的追求，都使得臺灣知識人深刻思考殖民地的處境以及借文化隱喻以實現韌性抗爭的問題。在這種大環境下，臺灣文學出現了不斷實現語言轉換的變貌。

日據時期的臺灣漢文言文學、國語（白話）文學、方言文學與臺灣作家的日語文學有著互相促進、互相取長補短的聯繫。比如，被黃得時認為是「新文學運動上抨擊舊文人最早的論文」[5]的是甘文芳以

---

3 〈鐵血與鐵血之外：閱讀「詩人吳濁流」〉，《「臺灣古典文學論文集」初編》2002年7月，臺灣政治大學副教授黃美娥打印稿，頁9。

4 轉引自曹素香：〈語言和歷史文化的關係淺論遺留在臺語中的日語〉，載《北師語文教育通訊》第3期（1995年），頁84。

5 黃得時：〈臺灣新文學運動概觀〉，《臺北文物》第3卷第2期（1954年8月），頁15。

日文寫作的〈實社會と文學〉（〈社會現實與文學〉）。

　　臺語（實際上即指閩南語）是中國古代語言（晉唐中原古音）的活化石。臺灣史家連橫曾經說，臺灣方言的每一個字在古漢語中都有對應的字源，「無一字無來歷」。由此可見陸臺語言的血肉關聯。但隨著兩岸新文學運動的開展，國語（白話）的推廣，閩南方言也受到了這種現代白話（國語白話）的影響。閩南方言由此徘徊於文言與現代白話之間，有時傾向於文言，有時傾向於現代白話（國語白話）。此一時期的歌仔冊創作用語恰恰反映了漢語言由文言向白話文轉換期的最初形態，其中有文言詞語的運用，並間雜有方言白話。在臺灣光復前用日語寫作的臺灣現代作家，有相當部分運用日語的能力低於其方言的水準。

　　日據時期臺灣作家的日語作品之所以能夠在日本發表，一方面是因為有的作品同樣以其思想高度而獲得了日本讀者的共鳴，如楊逵的〈送報伕〉；另一方面是有的作家作品極為巧妙地利用了日本文學細膩、內向、詭秘的特點，糅和進文化隱喻的手法，在藝術上達到了日本本國的文學家所能達到的高度，使得日本作家也不得不嘆服，如龍瑛宗、張文環。

　　就作家群體而言，除了洪棄生、王松和連橫等老作家堅持用文言寫作而不移易，使用不同寫作用語的臺灣現代作家在其文學活動中經歷了各不相同的語言的轉換：從用文言寫作到兼用國語（白話）寫作，如賴和、陳虛谷和楊守愚；從用文言起草到用國語（白話）和方言定稿，如賴和；從用文言寫作到兼用日語寫作，如吳濁流；從用文言寫作到兼用日語和國語（白話）寫作，如葉榮鐘；從方言俚語到文言詞語，如許丙丁的〈小封神〉與賴和的《鬥鬧熱》；從用方言思考到用日語和國語（白話）寫作，如呂赫若、張文環；從使用國語（白話）創作到改用日文創作，如楊雲萍；各類翻譯文學，如張我軍的日文中譯、黃宗葵、劉頑椿、吳守禮等的中文日譯；從用方言思考到用

日語寫作，如呂赫若。賴和在一九二四年左右寫的〈開頭我們要明瞭地聲明〉一文中曾對文言、國語（白話）、方言文學各自的價值作了如下論述：「舊文學自有它不可沒的價值，不因提倡新文學就被淘汰……新文學的藝術價值因其有普遍性愈見得偉大，亦愈要著精神和熱血，……有思想的俚謠、有意態的四季春、有情思的採茶歌，其文學價值不在典雅深雋的詩歌之下……」[6]

臺灣現代文學從倡言「反對文言文，提倡白話文」起步，又在日據當局強制阻限漢語的重壓之下艱難地進步。然而，作為古代漢語書面語、作為中國文學傳統的寫作用語，文言在日據時期始終是臺灣作家主要的寫作用語之一。在臺灣現代文學起步以後、臺灣光復以前，「反對文言文，提倡白話文」只是部分地得到部分臺灣現代作家的響應。事實是，部分臺灣現代作家接近和接受了國語（白話），但罕有用文言寫作的臺灣現代作家放鬆或放棄了文言。用文言寫作的臺灣現代作家「提倡作詩，組織詩社以期保持漢文於一線」[7]，他們使用文言、寫作舊詩、結社聯吟，用意乃在「特籍是為讀書識字之楔子」[8]。這是臺灣現代作家主觀方面的原因。從客觀情況看，日據當局政策調整過程中留下的空白也使得用文言寫作的臺灣作家有了乘隙活動的餘地。日據當侷限制並且進而扼制漢語教學和漢文報刊，卻不曾對使用文言、寫作舊詩和結社聯吟的活動實施嚴厲的限令或禁令。這也是文言成為日據時期臺灣現代作家主要寫作用語的客觀原因之一。

在臺灣光復以前，用文言寫作的臺灣現代作家有相當部分透過方言來學習文言，又用方言來誦讀或吟唱文言作品。「操閩語」的作家

6　李南衡編：《賴和先生全集》（臺北市：明潭出版社，1979年3月，《日據下臺灣新文學明集1》），頁355-356。

7　葉榮鐘：《日據下臺灣政治社會運動史》（臺中市：晨星出版有限公司，2000年8月），下冊，頁619。

8　臺中棟社發起人林癡仙語，轉引自林獻堂：〈林序〉，《無悶草堂詩存》。

與「使用客語」的作家都用文言寫作，卻用各自的方言吟唱，由此發生了結社聯吟活動中的方言「區隔」現象[9]。

因為中日語表達、思維習慣的不同，臺灣作家往往存在著無以言說的痛苦。張文環的第一部長篇小說〈山茶花〉在《臺灣新民報》上連載之前[10]，寫了如下感言：「本來、寫這類鄉下生活時，最痛苦的莫過於有時無法以適當的日文來表達。一旦無法表現出來，筆下停滯不前，反而寫出奇怪的東西來。」[11]因此，臺灣現代日語文學作品往往夾雜大量的臺灣方言。一些作家甚至抱持了用方言來寫作小說的態度，某些日語作品在譯成國語（白話）後，亦是方言俚語迭出。

在臺灣現代文學的進程中，方言文學始終未能獨立發展成熟。方言文學必須與文言或國語（白話）結合在一起才能取得較高的藝術成就。如閩南語流行歌詞，即為方言與文言或國語（白話）的有機結合體。

二　有關文化隱喻與韌性抗爭

主導意識形態企圖扼殺異己的聲音。但是，只要社會矛盾依然存在，那些異質性意識形態就仍然存在。臺灣作家就利用文化隱喻和韌性抗爭的方式將這種庶民意識形態藏身於文本的縫隙。

隱喻是修辭，是比喻語言。但它也是一種功能，具有詩性的特點，它從語言出發，結合意象和象徵，賦予敘事話語以遠超出其字面意思的深廣含義，使文本與讀者形成有機的互動機制。文本通過隱喻

9　黃美娥：〈建構中的文學史：新竹地區傳統文學史料的採集、整理與研究〉，「臺灣文學史料編纂研討會論文」（嘉義縣：中正大學文學院，2000年）。

10　《山茶花》從一九四〇年一月二十三日連載至同年五月十四日，共一百十一回。

11　陳萬益等編：《張文環全集》資料輯（四）（臺中縣：臺中縣立文化中心，1998年12月），「序」。

構成一個功能系統，借助此系統，文本可以在與受眾的對話中昇華出潛在的隱性意蘊。以寫西方現代派風格的日語詩歌見長的風車詩社詩人楊熾昌說：「寫實主義必定引發日人殘酷的文字獄，因而引進法國超現實主義手法，來隱蔽意識的表露。」[12]正由於此種寫作技法轉變，使臺灣文學作品藝術性得以提高，善用反諷手法的蔡秋桐、象徵筆法見長的楊逵、心理刻畫深入的翁鬧、龍瑛宗等逐漸崛起。

　　作為文化形態的隱喻機制，文化隱喻適用於以情感、心理上可為敵對者接受的形式掩飾言說者的原始意圖。這種機制恰好契合了韌性戰鬥、曲筆反諷的表述要求。許多臺灣現代進步作家都曾不同程度地採用過文化隱喻的書寫方式。如呂赫若，他是臺灣現代文學史上一個富有思想的優秀作家。其小說隱喻著中華文化中儒家理學、釋家輪迴、道家超脫思想，展示著中國民間文化傳統的雜糅和積澱。賴和，他生活於日據時期，卻始終堅持中文寫作。堅持祖國母語寫作，這本身就隱喻著作家對祖國文化的熱愛與秉承。楊華也始終堅持運用中文，他的小說〈薄命〉曾和呂赫若的小說〈牛車〉一起在一九三六年被胡風輾轉從日本介紹給祖國的讀者，引起強烈的反響。楊華小說的中文語言載體，以及其小說中拼命工作仍貧病交加的工人，在父權、夫權壓制下薄命的童養媳，分別隱喻著資本與封建迫害、壓榨下層工農及女性的罪惡。楊守愚也是始終堅持中文寫作的作家，但他在一九三七至一九四五年間停止了寫作。他的這種寧可封筆不寫，也不運用殖民語言的「留白」寫作，實際上也隱喻著一種無言的抗議。與呂赫若比較起來，楊逵在日據時期的日語作品反抗殖民統治的隱喻內涵更為凸顯，其小說也更傾向於革命現實主義。比如其小說《萌芽》，其文題即深具隱喻意義：它隱喻著「民族解放運動雖然遭到鎮壓，但人民的革命意志不衰，反抗鬥爭不息，它如同埋藏在地下的種籽一樣，

---

12 陳器文：《臺灣小說志稿》（臺北市：臺灣文獻會，1997年4月），頁21。

時機一到，必然要衝破阻力、萌發新芽。」[13]可惜由於語言轉換的困難，楊逵直到一九五七年才發表其臺灣光復後的第一篇中文小說。吳濁流也善於運用文化隱喻手法，如他一九三七年的處女作小說〈水月〉，「水月」隱喻著主人公仁吉的理想如「水中撈月」般無法實現，揭露了日本殖民者在政治、經濟諸方面對臺灣勞動者的排擠與壓迫。只是吳濁流的小說更具鄉土風格，與呂赫若小說的精緻典雅略有不同，而且吳濁流在這兩個時期的寫作語言均是日語，與呂赫若的前期用日文、後期用中文不同。這些作家在文化隱喻機制下創作的小說都表現了他們的歷史責任感，代表了臺灣人民追求正義與進步的不撓精神。

　　意識形態是社會矛盾衝突的反映。占統治地位的主導意識形態，力圖以普遍化的形式，整合各種異質的聲音，調和各種社會矛盾來獲取合法地位。在殖民當局極端權力的壓抑下，「臺灣作家的創作呈現出微妙複雜的現象。既要使用殖民者強迫使用的語言作為表現的媒介，又要堅持存在骨血之中的民族的立場，作家們除了不得不虛與委蛇，寫些官樣文章，一個重要的文學策略就是將敘述的焦點轉移到民間的民族的生活。」[14]辜顏碧霞的通俗小說〈流〉，以一位女性作家身分，書寫了舊社會大家族門第的興衰滄桑，展現了作者對女性命運的關懷。全書無一處涉及政治，但書前有日人田淵五吉所寫的序文，文中「刻意穿鑿附會說這一部小說可當作臺灣皇民運動的強有力資料。」[15]序言所說與事實不符，這是為了躲避檢閱，順利出版，不得不添加的歌頌時政的話語，由此構成了一種調侃與反諷。文本在產出

---

13 劉登翰等：《臺灣文學史》（福州市：海峽文藝出版社，1991年），第6期，上卷，頁491。

14 黎湘萍：〈民族抗爭中的臺灣文學〉，楊匡漢主編：《中國文化中的臺灣文學》（武漢市：長江文藝出版社，2002年10月，初版1刷），頁77。

15 參見李進益：〈日據時期長篇通俗小說的創作及主題探究——以徐坤泉、吳漫沙作品為主〉，「第三屆通俗文學與雅正文學學術研討會」論文集（臺中市：中興大學中國文學系，2001年）。

主導意識形態話語時，又拆解了這些話語。

　　臺灣現代文學作品大多具有韌性抗爭的精神。其中有較強烈的抗議精神者，如楊守愚、楊華、賴和、虛谷、王錦江（王詩琅）等人始終以中文創作，母語寫作的本身即顯示了語言運用者的文化傾向。楊守愚、楊華等人的作品，除尖銳的抗議精神外，已有社會主義傾向。趨向透過人性的探討表達反抗意識者，如翁鬧；手法趨向隱喻或反說者，則如呂赫若。

　　文言詩歌發展到晚期，部分舊文人媚日取寵，有損節操。但是我們不能否認大多數舊詩文社對於堅持漢文教育、傳承傳統文化的努力與貢獻。「城郭已非華表在，斯文不墜一脈延」[16]文言詩文作為邊緣文體，承擔了持守中國語言文化的重任。「漢詩有淵深的奧義，往往惹起很大的誤解，尤其是外國人為甚。例如李白的『白髮三千丈，緣愁似個長』之句，日人拿來作為中國人善撒謊之例證。這是因為他們不知漢詩之構造及造句與日詩或洋詩不同之故。」[17]臺灣文言詩人正是利用這種中日文化上的差異與隔膜，借助文言詩歌書寫達到了文化隱喻與韌性抗爭的目標。

　　由上可知，日本統治者為加強其統治權力，實施強制式的「語言同化政策」，使懂日語的臺灣民眾人數逐年遞增。在日本人企圖「同化」甚至「皇民化」臺灣民眾的壓迫形勢下，臺灣民眾反同化的意識也為之興起，種種反日意識、思想瀰漫在臺灣民眾的內心深處。臺灣民眾對漢語文的自發學習、對於改日本姓名的抵制，都是他們反同化意識的具體反映，有些臺灣作家則以日語、漢文言等各各不一的語言形態，借助於文化隱喻的書寫方式進行著韌性的抗爭。

---

16 見汪毅夫：《中國文化與閩臺社會》（福州市：海峽文藝出版社，1997年4月，初版1刷），頁63。

17 吳濁流：〈漢詩必須改革〉，《濁流詩草》（臺北市：臺灣文藝雜誌社，1973年），頁343。

第三編
文學內外的糾葛

第八章
各種文藝思想的交鋒

第一節　概述

　　在日據時期，臺灣文學界發生過大大小小十餘次文藝論爭，顯示了各種文藝思想在此時期的激烈交鋒。

　　一九二〇年代初，張深切主張文學寫作不需要心理描寫，曾經引起了與謝孟章的論戰，張深切為證實其說，於一九二一年九月十日寫作了小說《鴨母》。[1]

　　一九二九年，葉榮鐘、江肖梅之間發生了戲劇創作問題的論爭。一九二九年五月五日，葉榮鐘在《臺灣民報》發表了〈為「劇」申冤——讀江肖梅氏的獨幕劇〉，批評張淑子和江肖梅兩人的兩部舊劇《草索記》和《病魔》「不是『劇』」，並提出了對戲劇藝術性的看法。文章刊出後，張淑子發表了〈讀報質疑——致問葉君〉[2]，江肖梅亦作〈答葉榮鐘氏的《為「劇」申冤》〉[3]，對葉榮鐘的批評進行反駁。葉榮鐘又發表了〈敬復淑子〉[4]、〈戲曲成立的諸條件——評江肖梅氏的《病魔》〉[5]，重申了自己的觀點與理論主張，在這兩篇文章中著重指出，戲劇是一種最綜合的、最具體的藝術，其文字要具有小說的效力；演員動作要有雕刻美。唯有綜合諸條件，才能描寫出「真

1　該小說後收入一九六一年八月發表的〈遍地紅〉。

2　載於《臺灣新聞》，1929年5月9日。

3　載於《臺灣民報》，1929年5月19日。

4　見《臺灣民報》，1929年6月2日。

5　見《臺灣民報》，1929年7月28日至8月25日。

劇」的世界。並認為「戲曲是不能離開觀眾而超然獨立的，所以戲曲
的內容第一要使觀眾能充分理解，不但要觀眾能理解，還要使觀眾對
它能夠發出同情和同感才好。」[6]此後，江肖梅又作了〈戲曲辯
論——再答葉榮鐘氏〉，載於《臺灣民報》一九二九年九月一日、九
月八日。一九二九年十月二十日，《臺灣民報》上發表了紫鵑女士
（按：在葉榮鐘的〈戲曲與觀眾——答紫鵑女士〉文中，葉榮鐘提
到，紫鵑女士是一位負笈南京、但是生長於臺灣的新女性。若此言是
真，紫鵑女士當又是日據時期臺灣為數不多的女性新文學者，而且也
是日據時期臺灣的中華文化流脈未被阻斷的例證之一。）的〈《戲曲
成立的諸條件》的商榷——致葉榮鐘氏的一封信〉，葉榮鐘則寫作了
〈戲曲與觀眾——答紫鵑女士〉，發表於一九二九年十一月十日和十
一月十七日的《臺灣民報》。文中除表示對紫鵑女士的「肅然起敬」
以外，還明確指出：「演劇是民眾吸飲詩人想像中的活動力和熱情的
無料食桌！演劇是涵養民眾的趣味和品性的社會的學校！所以我們不
必去以那些坐在『象牙之塔』裡打盹的所謂高級戲曲為希罕了。」[7]
這次論爭，「反映了新文學界正在重視戲劇創作特點的探討。這次論
爭範圍雖不大，但對戲劇理論的探索卻起了重要作用。」[8]

　　薔薇詩人與鹽分地帶詩人論戰：一九三〇年代的新詩處於現代與
寫實傳統的對峙狀態。一方面是鹽分地帶，即南縣濱海（七股、將
軍）一帶的詩人集團，他們主張社會寫實，詩歌的風格主要是現實主
義。後來他們在這個詩人集團的基礎上成立了臺灣文藝聯盟佳里支

6　葉榮鐘：〈戲曲成立的諸條件——評江肖梅氏的《病魔》〉，葉芸芸、陳昭瑛主編：
　　《葉榮鐘早年文集》（臺中市：晨星出版有限公司，2002年3月31日，《葉榮鐘全集
　　7》），頁208。

7　葉榮鐘：〈戲曲與觀眾——答紫鵑女士〉，葉芸芸、陳昭瑛主編：《葉榮鐘早年文集》
　　（臺中市：晨星出版有限公司，2002年3月31日，《葉榮鐘全集7》），頁213。

8　劉登翰、莊明萱、黃重添、林承璜主編：《臺灣文學史》（福州市：海峽文藝出版
　　社，1991年6月，初版1刷），上卷，頁612。

部，成員有吳新榮、郭水潭等。另一方面則是臺南市的風車詩社，這個詩人群教育水準較高，他們主張從西方引進的超現實主義詩風（現代主義），主要成員有楊熾昌（水蔭萍）、李張瑞（利野倉）、林永修等，曾經在一九三三至一九三四年間出版《風車詩刊》三輯。因為兩個詩人群體的各自主張不同，他們之間曾產生了一場有關藝術風格的論戰。風車詩社的主要領軍人物楊熾昌曾經寫過一篇題為《薔薇》的小說，郭水潭據此稱風車詩社詩人為「薔薇詩人」。

除以上幾種論爭以外，另外還有，風車詩社成員李張瑞曾在一九三五年六月在《臺灣新聞》上發表文章，針對日本人黑木謳子的現實主義觀點提出異議，此後又得到楊熾昌的響應，形成「風車」詩社對外的一次重要文學論戰。

《文藝臺灣》第六卷第五號（1943年9月），刊出了楊雲萍〈漿糊剪刀和臉皮：讀黃得時《臺灣文學史序說》〉，文中舉出了兩個例證，指控黃得時「序說」多所抄襲。

劉捷一九三四年十一月在《臺灣文藝》上發表了論文〈鳥瞰臺灣文學〉。吳新榮則於一九三四年發表了〈文學自殺論〉，兩人由此發生爭論。吳新榮還曾與新垣宏一就文學為人生、為藝術的問題展開筆戰，在論戰中，吳新榮表現出堅定的現實主義立場。

民間文學方面，李獻璋在一九三六年所著的《臺灣民間文學集》一書中，在「民歌」一類裡，收有「民謠」和「褒歌」兩類，與此前搜集整理臺灣民間文學的外國學者的不同之處主要體現在他在「褒歌」一類之下，不再分成小的類別，也是一個創新。

其他重要的文藝論爭還有：新舊文學論戰（含《風月報》論戰）；鄉土文學及臺灣話文論戰；大眾文藝論爭；薔薇詩人與鹽分地帶詩人論戰；無產階級文藝的倡導；殖民地文學論戰；外地文學與臺灣文學論爭；糞現實主義論戰；第三文學論戰等。

第二節　新舊文學論戰沿革及意義

　　隨著日本政府對漢文教育的摧毀與日文教育的推動，以及臺灣一些舊士紳依附政權後的墮落，舊文學創作日趨形式化。雖有詩社為推廣漢文言詩歌而舉行的擊缽吟，但礙於政治形勢，大多是遊戲之作。針對臺灣當時漢文言詩歌的狀況，連橫曾「反對非詩之擊缽吟」，「以其為一種遊戲，朋簪聚首，鬥捷爭工，藉資消遣，然可偶為之而不可數，數則詩必滑，一遇大題，不能結構。且使詩格自卑，雖工藻繢，亦不過土苴。又謂作詩當於大處著筆，而後可歌可誦。」[9]文言詩人黃文虎亦曾對臺灣文言文學的弊端，提出七點反省[10]。包括：一、作者多於讀者，且根柢薄弱。二、模仿古人，浪費天真浪漫的性靈。三、移用成句，不重創作。四、偽託他人之作，以造成兒女生徒，情侶才名。五、僅仰詞宗鼻息，以邀膺選。六、無中生有，描寫景物多出想像。七、如同商人廣告，一稿多投。[11]

　　一九二○年七月，陳炘在《臺灣青年》創刊號上發表了雜文〈文學與職務〉，認為，有生命力的文學，應當傳播文明思想、改造社會，而大陸的白話文學便是這種文學，臺灣文學應努力向白話文學的方向發展。[12]一九二一年，《臺灣青年》第三卷第三號刊出了甘文芳的《實社會與文學》（用日文寫作），文章中抨擊舊文學，申論文章應該有時代性。一九二一年十二月，《臺灣青年》刊出陳端明的〈日用文

9　見連橫發表於《臺南新報》的〈臺灣詩界革新論〉。轉引自鄭喜夫：《連雅堂先生年譜》（南投市：臺灣省文獻會，1992年），頁47。

10　見施懿琳：《從沈光文到賴和》（高雄市：春暉出版社，2000年），頁265。

11　以上七種反省可參見施懿琳：《從沈光文到賴和》（高雄市：春暉出版社，2000年），頁265。黃文虎原文題為〈臺灣詩人的毛病〉，該文於一九四一年發表於《風月報》，署名「元園客」。黃文虎即黃朝傳，號文虎。

12　參見白少帆：〈從《新青年》到《臺灣青年》、《臺灣民報》──紀念臺灣新文化／新文學運動八十周年（之二）〉，《百年潮》2001年第1期，頁77。

的鼓吹〉（用文言文書寫），對文言文和白話文進行比較，主張文學改革要先從文體改革開始。使用國語白話文。該文發表後被查禁，於一九二二年一月《臺灣青年》第四卷第一號重刊。一九二三年一月《臺灣》雜誌刊登黃呈聰〈論普及白話文的新使命〉及黃朝琴的〈漢文改革論〉，鼓吹白話文運動，拉開了臺灣新文學運動的序幕。臺灣舊文學創作的弊端，成為新文學運動的主要革新對象。

　　伴隨著臺灣新文學運動的展開，臺灣文壇發生了新舊文學的激烈論爭，時間持續兩年多，一九二五年進入高潮。臺灣新舊文學論戰的導火線起於留學北京的張我軍發表於一九二四年十一月二十一日《臺灣民報》的論文〈糟糕的臺灣文學界〉（《臺灣民報》二卷二十四號，署筆名「一郎」）。接受了大陸「五四」新文學精神的張我軍，在該文中尖銳批評一些甘心為日本駐臺總督所籠絡的舊詩人把詩當作沽名釣譽的工具，向舊文界的舊詩人、名宿儒發起猛烈攻擊，從此引起新舊兩派的辯論。

　　張我軍的文章，實際上除批評舊文學形式外，還徹底揭露與批判了一些舊文人惡劣的文風與人品，挑戰了臺灣文壇的名流、權威，因而極具震撼力，迫使舊文界做出反應。首先撰文的是舊文界名儒連橫。他在自己主編的《臺灣詩薈》上，在為林小眉（林景仁，菽莊花園主人林爾嘉之子，號小眉）的《臺灣詠史》所作的跋中，反駁道：「今之學子，口未讀六藝之書，⋯⋯不足以語汪洋之海也噫。」[13]連橫雖然意在強調舊文學傳統的重要性，只是反對拋棄優秀文學遺產的沒有根基的「新」文學，但他將新文學青年們均視為「口未讀六藝之書」者，言詞未免過於偏激。因此，張我軍於一九二四年十二月十一日在第二卷二十六號《臺灣民報》，發表〈為臺灣的文學界一哭〉，猛

---

13 參見劉登翰、莊明萱、黃重添、林承璜主編：《臺灣文學史》（福州市：海峽文藝出版社，1991年6月，初版1刷），上卷，頁363。

烈還擊:「他對於新文學是門外漢，……我能不為我們的文學界一哭
嗎?」[14]一九二五年一月一日又在《臺灣民報》三卷二號發表〈絕無
僅有的擊缽吟的意義〉，認為「詩，和其他一切文學作品的好壞，不
是在字句聲調之間，乃是在有沒有徹底的人生觀和真摯的感情。」[15]
同時指出了擊缽吟也有「絕無僅有的意義」[16]，即:「1.養成文學的趣
味;2.磨練表現的工夫。」但是「現在的擊缽吟，已從根本上錯誤
了……所以不但不能獲到這兩點應有的美點，反而要加上許多的弊
害。明白說一句，是得來的文學的趣味和表現的工夫，不是有益於真
正的文學的，反而有害於真正的文學的。」[17]

　　張我軍除舊佈新的倡議，引來了更多舊文人的反對。其中有個名
叫鄭軍我的舊文人，在《臺南新報》發表〈致張我軍一郎書〉，採取
以退為進的戰法，企圖引誘張我軍就範。如說:「檄文內容亦頗思路
不凡」，「惟詞鋒太露，未免由獨斷之嫌」。「至於文學之革新，將來順
時勢之潮流，當有必然之日」，「何用急於革新哉」?並說:「深望知
過必改，取消不遜文字」，「不然則是自置身於孤立之地，行見四面楚
歌」等。張我軍以決絕的態度，在一九二五年二月二十一日的《臺灣
民報》三卷六號上發表了〈復鄭軍我書〉，針鋒相對地作了回答。詞
嚴義正，表現出毫不妥協，一往無前的精神氣概。

　　舊文人並沒有就此罷休，一九二五年間，更是蜂然而起，在經常
發表舊文學作品的《臺灣日日新報》、《臺灣新聞》、《臺南新報》等刊
物上，發表了大量的駁論文章，集體與以張我軍為代表的新文學展開
論戰。其中有蕉麓、赤嵌王生、艋舺黃衫客、一吟友、講新話、壞東
西等人，甚至有人採取謾罵的手法，對張我軍大肆攻擊。如有個化名

14　張我軍:〈為臺灣的文學界一哭〉，《臺灣民報》第2卷26號，1924年12月11日。

15　張我軍:〈絕無僅有的擊缽吟的意義〉，《臺灣民報》第3卷2號，1925年1月1日。

16　張我軍:〈絕無僅有的擊缽吟的意義〉，《臺灣民報》第3卷2號，1925年1月1日。

17　張我軍:〈絕無僅有的擊缽吟的意義〉，《臺灣民報》第3卷2號，1925年1月1日。

咄咄生的，寫了篇〈胡適之之奴隸〉，發表於一九二五年一月二十七日發行的《臺灣日日新報》，對張我軍進行人身攻擊。

這種惡劣的文痞文章，反映了一些舊文人對新文學的嫉恨和思想理論的貧乏。對於這些舊文人的圍攻與謾罵，張我軍自一九二五年二月十一日至一九二六年二月十六日，在《臺灣民報》發表了九篇〈隨感錄〉，擇其要害，給以無情的揭露與鞭笞。如〈狂犬病的流行〉。這些〈隨感錄〉，短小精悍，極具「殺傷力」。在此期間，半新舊發表〈新文學之商榷的商榷〉（《臺灣民報》3卷4號），蔡孝乾發表〈為臺灣的文學界續哭〉（《臺灣民報》3卷5號）予以支持。一九二五年，賴和也堅決站在新文學陣營一邊，聲援張我軍的文學主張。他發表〈讀臺日紙的《新舊文學之比較》〉、〈答覆臺灣民報設問〉等文章，闡述了新文學運動的必要性，認為新文學運動是適應時代的要求、以民眾為對象，把文學作為社會的縮影，力主反映現實社會問題。賴和發表〈讀臺日紙《新舊文學之比較》〉（《臺灣民報》89號），楊雲萍發表〈無題錄〉（《人人》第二期），以及蘇維霖、張梗、張維賢、陳滿盈等也先後撰文，聲援張我軍，提倡新文學，反對舊文學。

從一九二四至一九二五年間，臺灣進行了新舊文學的激烈論爭，實質上是文學界的一場深刻革命。由於舊文學的侷限與落伍，經過幾番短兵相接的較量，已無招架之力，其勢頭每況愈下，而新文學即以不妥協的革命精神，勃然興起，主導文壇，開拓發展前境。這標誌著文學革命運動取得了決定性的勝利。當然，舊文學界反對新文學有各種各樣的情況，有的是依附殖民當局，頑固維護陳腐的思想文化統治體制；有的出於對民族傳統文化的熱愛，一時又對新文學不理解，但隨著時間的推移，不斷進行觀察與思考，也逐漸認識到舊文學的弊端；有的則通過這場論爭，接受了新文學的主張，並對舊營壘反戈一擊。此即第一次新舊文學論戰（1924-1925）。廖漢臣曾說：「第一次論戰新舊文學的優缺點大都被揭露出來了，舊陣營的人數雖多，卻多

是暮氣沉沉的老人，對於新文學強悍的攻擊，只有招架之力，已無能力反擊了。」[18]由此可見當時臺灣舊詩人凋零的實況。

　　一九二八年十二月七日，葉榮鐘寫了一篇〈墮落的詩人〉從東京寄回刊於一九二九年一月八日《臺灣民報》，批評專事應酬與歌頌日本總督的舊詩人。四月十九日，又寫了一篇〈為「劇」申冤──讀江肖梅氏的獨幕劇〉發表於五月五日的《臺灣民報》，開啟了幾個月的論戰。時值「五四」運動十周年，大概就在此時前後，葉榮鐘著手撰寫《中國新文學概觀》（按：中文寫作），於一九二九年十一月七日脫稿於「高圓寺精舍」，由東京新民會於一九三〇年六月出版。值得注意的是，這是「第一部由臺灣人撰寫成書的中國新文學概論」[19]，為「五四」運動十年來的中國新文學做了一個評估與結論。

　　葉榮鐘參與文學論戰的時候，是在臺灣新舊文學論戰的第二階段。先前張我軍所引起的論戰，與五四初期白話文學運動的情況極為類似，主要的爭論集中在文言與白話之爭、舊詩格律的束縛與解放之爭、文學內涵的貧乏與創新之爭。在大陸白話文運動中，胡適等新文學者取得了初步的勝利。然而，在臺灣卻由於日本殖民者有意識地籠絡舊文人，致使舊體詩社林立，擊缽吟會風行，舊文人相與唱和、樂此不疲。一九二六年十一月，有兩位日本詩人國分青崖和勝島仙坡來臺，當時號稱能詩的總督上山滿之進在報上刊登詩作，表示歡迎。結果就有一些臺灣舊詩人也在報上發表詩作與上山滿之進唱和。於是，引起葉榮鐘的朋友陳虛谷的不滿與不屑，在《臺灣民報》上為文，嚴詞批評他們巴結權貴，令人不齒。

18　施懿琳、楊翠：《彰化縣文學發展史》（彰化縣：彰化縣立文化中心，1997年5月），頁232。

19　參見洪銘水：〈葉榮鐘論「五四」新文學與「第三文學」的提出〉，葉芸芸、陳昭瑛主編：《葉榮鐘早年文集》（臺中市：晨星出版有限公司，2002年3月31日，《葉榮鐘全集7》），頁19。

　　這些舊詩人對此批評雖無言以對，但仍然痼疾難改。於是葉榮鐘接著在一九二九年一月八日的《臺灣民報》上發表了一篇〈墮落的詩人〉，徹底地批判了此類舊詩人的人格與詩格。葉榮鐘的文學根底新舊兼長，由他來反戈一擊，極具說服力，使對方一時無法招架。但是，等到五月五日的《臺灣民報》上刊登了他的一篇〈為劇申冤——讀江肖梅氏的獨幕劇〉，就引起了一連串的反擊。他也為此寫了一系列的評論文章陸續從東京寄回臺灣發表，如〈戲劇成立的條件——評江肖梅氏的《病魔》〉。這個筆戰延續到九月。但是他對舊詩人的批判一直延續到《南音》出版發行的日子。

　　葉榮鐘是「新舊詩學」[20]對話的代表人物之一，他發表於《南音》的文章表明了他對文學的基本看法。他在〈做詩的態度〉中強調，「詩是生出來的，是要有『情動於中』的內容。」這是繼承〈詩大序〉以來的儒家的「詩歌發生學」的傳統，即主張詩乃由詩人真實的感情流露而出。葉榮鐘反對舊文學的重點在於舊詩已成陳腔濫調，失去生命。在一九二八年的名篇〈墮落的詩人〉中，他批評舊詩沒有「生命」，缺乏「個性」；強調做詩要有「真的靈感」，即所謂「情動於中而行於言」。

　　一九三〇年代黃得時曾發表〈一九三二年臺灣文藝檢討〉一文，推崇《臺灣新民報》是島內最好的文藝，《詩報》則「不值一顧」，因此引發了新竹頑固生激烈的批評。頑固生指出，《新民報》漢詩欄的投稿者大多數也是《詩報》的投稿者，且常常同一首詩分投在兩報上發表，何以投在《新民報》者就是具有藝術價值，而投在《詩報》的就遭否定呢？

---

20 陳昭瑛：〈誰召同胞未死魂：葉榮鐘《早年文集》的志業與思想〉，葉芸芸、陳昭瑛主編：《葉榮鐘早年文集》（臺中市：晨星出版有限公司，2002年3月31日，《葉榮鐘全集7》），頁64。

　　一九四一年六月一日，元園客[21]在《風月報》（後改《南方》）上，發表〈臺灣詩人的毛病〉，攻擊文言詩人，鄭坤五在同一雜誌發表〈臺灣詩人七大毛病再診〉一文，為文言詩人辯護，而引起一場筆戰。〈臺灣詩人的毛病〉一文發表於一九四一年六月一日出版的一百三十一期《風月報》，署名「元園客」。所謂「七大毛病」是指：1. 作者多如牛毛，作品多「合掌重疊意」；2.「摹仿古人不已」，而失卻自己「天真浪漫的性靈」；3. 有抄襲之嫌；4. 為了才名偽託他人之作；5. 揣摩詞宗意思，以求有權者垂青；6. 無中生有，「不到其地，偏有采勝之作」；7. 一稿多投，「幾同商人廣告」。[22]接著，《風月報》一百三十二期發表了小鏡云〈答萬華元園客君〉一文，抨擊元園客「欲恐嚇斯文退步」[23]；一百三十三期由《風月報》改名為《南方》的雜誌上，元園客以〈答臺灣詩人的毛病反響〉一文反駁了小鏡云的觀點。一百三十四期《南方》雜誌繼有「高適後人」〈與元園客〉反對元園客。元園客則在一百三十五期《南方》雜誌上發表〈答高適後人〉指明自己以前也是舊詩人，現在的文章「多半係過去之懺悔，並欲質於世之同吾病者，改弦更張而已。」[24]發表於同期《南方》雜誌的旁觀生〈讀臺灣詩人的毛病有感〉一文則主張進化論的創作觀。在一百三十七期《南方》雜誌上，從前曾以「鄭君我」筆名與張我軍開展新舊文學論戰的鄭坤五發表了〈對臺灣詩人七大毛病再診〉，一一批駁了「七大毛病」說。一百三十八期《南方》雜誌，新文學作家林荊南以

21 元園客本名黃朝傳，另有名黃鼎虎、黃文虎、黃習之。一九二〇年代曾以「黃衫客」為筆名，以舊文人身分與張我軍等新文學者論戰。

22 參見朱雙一：〈日據末期《風月報》新舊文學論爭述評──關於「臺灣詩人七大毛病」的論戰〉，《臺灣研究集刊》2004年第2期，頁91。

23 參見朱雙一：〈日據末期《風月報》新舊文學論爭述評──關於「臺灣詩人七大毛病」的論戰〉，《臺灣研究集刊》2004年第2期，頁91。

24 參見朱雙一：〈日據末期《風月報》新舊文學論爭述評──關於「臺灣詩人七大毛病」的論戰〉，《臺灣研究集刊》2004年第2期，頁91。

「嵐映」筆名發表了〈誰是誰非〉批評了鄭坤五的觀點[25]。一百三十九期《南方》雜誌上，醫卒〈三診臺灣詩人七大毛病〉、第二旁觀生〈讀《臺灣詩人七大毛病再診》感言〉也代表新文學陣營逐一批駁了鄭坤五的觀點[26]。醫卒主張詩人要有氣節，詩歌要寫實。第二旁觀生則強調改革。一百四十／一百四十一期《南方》雜誌上，坤五的〈駁醫卒氏三診及第二旁觀生之再診感言〉一文道出了在當時社會形勢下舊詩人的無奈與苦衷：「在滿清中，曾屢演出文字獄慘劇，是前車之鑒，自是至今，可想而知，況潮流澎湃，漢文失勢，漢詩現在已在受厭惡排斥寰境內，得托足於琴棋畫娛樂品之列，已屬萬幸，又要利用到治國平天下，夢想又太無程度！」[27]此後論戰持續到一百四十七期才告一段落。參與論戰的，支持元園客的，有旁觀生、嵐映、第二旁觀生、醫卒、莊文夫、新和緩、啞吧、宋義勇、趙子曰、陌生、靳固、舟輯、贊人、小詩醫、太基左、劍秤堂主人、新人、顛狂生、鼻祖、老五、南方朔等；支持鄭坤五的有小鏡雲、銳鋒、樂耳生、修正生、高皪袍、詩先鋒、黃景南、綠波、怪客等。[28]因論爭後期出現了出於意氣的謾罵現象，編者宣告暫停。一百五十期《南方》雜誌，黃石輝又發表了〈為「臺灣詩人的毛病」翻舊案〉一文。對元園客表示贊同。朱點人，以「描」為筆名發表《我的散文》系列作品以魯迅為切入點，對「文人無行」的觀點進行了抨擊。舊詩人陣營只有王筱庵、鄭坤五寫文章應戰。接著，新文學者林荊南、周傳枝（周青）、

---

25 參見朱雙一：〈日據末期《風月報》新舊文學論爭述評──關於「臺灣詩人七大毛病」的論戰〉，《臺灣研究集刊》2004年第2期，頁92。

26 參見朱雙一：〈日據末期《風月報》新舊文學論爭述評──關於「臺灣詩人七大毛病」的論戰〉，《臺灣研究集刊》2004年第2期，頁92。

27 參見朱雙一：〈日據末期《風月報》新舊文學論爭述評──關於「臺灣詩人七大毛病」的論戰〉，《臺灣研究集刊》2004年第2期，頁92。

28 參見朱雙一：〈日據末期《風月報》新舊文學論爭述評──關於「臺灣詩人七大毛病」的論戰〉，《臺灣研究集刊》2004年第2期，頁92。

林克夫、毓文（廖漢臣）等參與論戰。這次復燃的論爭持續到一百六十五期蔡紫軒〈《一個詩人的面影》發表後〉和高嶺雲龍的〈新舊詩學優劣論〉發表後，才完全結束。[29]這次論爭討論了文學的時代性、社會性等問題，可以說是「20年代臺灣新文學論爭的延續」，從中可以看出「與祖國大陸新文學的千絲萬縷的聯繫」[30]。

　　第三文學論戰發端於葉榮鐘對「第三文學」的倡導。受一九三〇年代臺灣島內政治環境的影響，臺灣文壇的主流被「皇民文學」和「普羅文學」占據，葉榮鐘則起而提倡「第三文學的路線」，主張文學創作要源於站立於臺灣土地的鄉土情感。

　　在「臺灣文化協會」成員意識形態左右分裂之後，葉榮鐘連續在《南音》第八號（1932年6月15日）及第九、十合刊（7月15日）的「卷頭言」上發表〈第三文學提倡〉及〈再論第三文學〉，主張以臺灣歷史文化特質為本位的「第三種文學」。此論在日據時期的臺灣文學界，可謂獨樹一幟。葉榮鐘在《南音》第一卷第八號上的〈卷頭言：第三文學提倡〉，可以說是一篇很重要的文學宣言，從過去批評舊詩人的墮落到現在把矛頭轉向急進的「普羅文學」文學，他針對當時臺灣文壇的發展方向提出了第三種選擇，他說：「然則當來的臺灣文學應當立腳在那一點呢？這就是我所要提倡的第三文學的根據，據我想來，一個社會的集團，因其人種、歷史、風土、人情應會形成一種共通的特性，這樣的特性是超越階級以外的存在。所以臺灣人在做階級的分子以前應先具有一種做臺灣人應有的特性。第三文學是要立腳在這全集團的特性去描寫現在的臺灣人全體共通的生活、感情、要求和解放的，所以第三文學須是腳立臺灣的大地，頭頂臺灣的蒼空，

---

29 參見朱雙一：〈日據末期《風月報》新舊文學論爭述評——關於「臺灣詩人七大毛病」的論戰〉，《臺灣研究集刊》2004年第2期，頁93-95。

30 參見朱雙一：〈日據末期《風月報》新舊文學論爭述評——關於「臺灣詩人七大毛病」的論戰〉，《臺灣研究集刊》2004年第2期，頁95。

不事模仿、不赴流行，非由臺灣人的血和肉創作出來不可。這樣的文學才有完全的自由，才有完全的平等，進一步也才可以寄與世界的文學界，所謂世界的文學一定不是像『味之素』去統一一切的味道的，有著深刻雄偉的北歐文學，還須有纏綿悱惻的南歐文學才能夠形成光彩陸離的今日的世界文學呢！」[31]接著，他總結這篇文章的論點說：「所以第三文學的建設不但於臺灣自身有絕對的必要和價值，由客觀的看來也是世界的文學所賦予的使命呀！深望島內的文人作家，放大眼光，認識臺灣文學的進路，超越一切階級的羈絆，用我們的歷史、風土、人情來寫貴族與普羅以外的第三文學。」[32]葉榮鐘有關「第三文學的路線」的主要文章有：葉榮鐘〈卷頭言──第三文學提倡〉，《南音》一卷八號（1932年6月）；以及〈卷頭言──再論第三文學〉，《南音》一卷九、十號合刊（1932年7月）。

　　如上，圍繞「新舊文學」的論爭在臺灣可謂持續時間曠日持久。當然，對於「新舊文學」之間的問題，不應該只就論爭的勝敗來談，而應該多從幾個角度來觀察，考量各方面的背景，才可能窺得全貌。有許多創作舊體詩文的作家也具有強烈的抗日意識和堅強的民族氣節。如洪棄生便以極具民族氣節聞名，他甚至因為反對日本政府而不讓子女讀公學校。[33]

第三節　鄉土文學和臺灣話文論戰沿革及意義

　　最早提倡鄉土文學的是黃石輝。黃石輝（1900-1945），高雄縣鳥松鄉人，屏東礪社，臺灣文化協會成員。鼓吹用臺灣話創作，描寫

31　葉榮鐘：〈卷頭言：第三文學提倡〉，《南音》第1卷第8號，1932年6月15日。
32　葉榮鐘：〈卷頭言：第三文學提倡〉，《南音》第1卷第8號，1932年6月15日。
33　見程玉凰：《嶙峋志節一書生──洪棄生及其作品考述》（臺北縣：國史館，1997年5月），頁120。

「臺灣事物」的文學。他從一九三〇年八月十六日起,在《伍人報》第九至十一號連載〈怎樣不提倡鄉土文學〉一文,指出,「你是臺灣人,你頭戴臺灣天,腳踏臺灣地,眼睛所看得是臺灣的狀況,耳孔所聽見的是臺灣的消息,時間所歷的亦是臺灣的經驗,嘴裡所說的亦是臺灣的語言,所以你的那枝如椽的健筆,生花的彩筆,亦應該去寫臺灣的文學了」[34],提出了立足於臺灣鄉土的新文學的主張。一九三一年七月二十四日,他又在《臺灣新聞》報發表〈再談鄉土文學〉一文,著重論述鄉土文學的語言文字形式問題,就文字問題、語言整理、讀音問題等提出一些具體意見,並倡議組織成立鄉土文學研究會。

黃石輝的倡導隨即得到郭秋生的有力呼應。郭秋生於一九三一年七月在《臺灣新聞》報發表了一篇〈建設臺灣白話文一提案〉,全文兩萬餘字,分三十三期連載,論述「臺灣語的文字化」,提出「以現行的漢字為工具來創造臺灣話文」的主張。郭秋生認為,臺灣話文易學易讀易寫,對作家與讀者都有好處。同年八月,他又在《臺灣新民報》發表〈建設臺灣話文〉的文章,除重申建設臺灣話文的必要性外,並提出臺灣話文、鄉土文學、民間文學三位一體的主張。

黃石輝、郭秋生對鄉土文學的倡導,很快引起文壇的重視,但也遭到一些作家的反對,從而引爆了一場「臺灣話文爭論」,即臺灣第一次鄉土文學論戰,從而揭開「臺灣話文運動」的序幕。一九三一年八月一日,毓文[35]在《昭和新報》發表了〈鄉土文學的吟味〉;八月十五日,林克夫發表了〈鄉土文學的檢討〉;八月二十九日,朱點人發表了〈檢一檢鄉土文學〉,反對黃、郭提出的鄉土文學與臺灣話文的

---

34 劉登翰、莊明萱、黃重添、林承璜主編:《臺灣文學史》(福州市:海峽文藝出版社,1991年6月,初版1刷),上卷,頁446。

35 廖毓文,名漢臣,一號文瀾,臺北市人。日據時期致力於新文學運動,參加臺灣文獻協會、臺灣文藝聯盟,創辦中文雜誌《先發部隊》、《第一線》等。一九三一年,當屏東黃石輝,提倡鄉土文學,主張以臺灣話文寫作時,他起而極力反對臺灣話文,主張普及白話文、宣揚祖國文化。

主張。毓文認為，鄉土文學是十九世紀末德國人所提倡的，臺灣不必去提倡這種過了時的文學。林克夫也認為臺灣不必費苦心專造使臺灣人懂得的文學，應該用普遍的中國白話文創作文學作品。繼之，又有明弘、越峰等作家參加反對行列。而支持黃、郭一方的，則有莊遂性、黃純青、李獻章、賴和、黃春成等。關於鄉土文學論爭的文章還有：一九三一年十二月，林鳳岐在《臺灣新民報》發表的〈我的改造臺灣鄉土文學的提案〉；一九三二年一月，鄭坤五在《南音》第二號發表的〈就鄉土文學說幾句話〉等。

　　發生在一九三〇年代的臺灣話文論戰（1930-1932）的爭論焦點主要是文學為誰而寫和以何種語文書寫。雙方的代表人物為：以黃石輝、郭秋生為代表的一方，主張可以部分使用臺灣話文；朱點人、林克夫、賴明弘等則主張完全使用中國白話文。實際上，葉榮鐘在一九二九年四月十八日於東京寫作的〈關於羅馬字運動〉一文（載於《臺灣民報》一九二九年五月十二日、五月十九日、五月二十六日）中就曾經主張過運用中國大陸的文學作品語言來滋培臺灣話文的主張[36]。一九三二年一月，《南音》開闢了「臺灣話文討論欄」，刊登了黃石輝、莊遂性、黃春成、賴明弘等人的討論文章。一九三三年《臺灣新民報》上有「鄉土文學論爭」的部分，其中所爭論的文學創作用語，有人主張用國語白話文，有人主張用「臺灣話」（有的主張用教會羅馬拼音，有的主張用日本假名拼音來寫），對一九三〇年發生的論爭又有進一步的發展。

　　這次鄉土文學的倡導與論爭，持續兩年多時間。這是一次如何進一步建設臺灣新文學問題的內部論爭。當時，處於日本殖民統治之下，這場論爭是一種民族意識的堅持與困惑的反映。討論雖然沒有什麼結果，而且偏重於文學的語言文字形式問題，但對於強調民族意識

---

36 參見葉芸芸、陳昭瑛主編：《葉榮鐘早年文集》（臺中市：晨星出版有限公司，2002年3月31日，《葉榮鐘全集7》），頁94。

和地方色彩，促進文學走向群眾，都發揮了積極作用，在實踐上也為以後形成鄉土文學創作傾向、作家群和思潮流派產生深遠的影響。

　　一九三五年，《第一線》雜誌特設民間文學輯，發表了多篇民間故事，引起李獻璋、廖漢臣與張深切的爭論，此次爭論可以說是一九三〇年鄉土文學論爭的延續。一九三六年，李獻璋[37]將其所集謎語、歌謠、詳加注釋，輯為《臺灣民間文學集》，並由廖漢臣（毓文）、黃得時、莊松林（朱鋒）、楊松茂（守愚）分別改寫民間故事，賴和（懶雲）進行修改，由臺北文藝協會出版刊行。

第四節　大眾及左翼文藝的倡導

一　大眾文藝的開展

　　早在文學革命運動初期，就有臺灣文化人關心文學的普及化與平民化問題。一九二三年，黃呈聰發表〈論普及白話文的新使命〉一文，強調白話文普及的一個新使命，就是要「普及文化」。黃朝琴在《漢字改革論》中，明確提出「學問要平民化」。賴和也在〈開頭我們要明瞭聲明著〉一文中切要提出，「要倡導平民文學、普及民眾文化的這一種藝術運動。」雖然這些見解主要是推行白話文，但也包含了倡導文藝群眾化的思想因素。到了三十年代初期，文藝大眾化問題則進一步受到推重，成為文學界共同關注的焦點。一九三二年，葉榮鐘撰寫〈知識分配〉一文，響亮地提出了「到民間去」、「到農村去」[38]的口號。這篇文章發表於純文藝刊物《南音》，其中所講的「知識階級」，包括文藝工作者。文中強烈提出「知識階級」必須「大悟一

37　李獻璋，桃園縣大溪鎮人。臺灣文藝協會會員。對臺灣語言研究有素，勤於搜集民間謎語，歌謠。

38　葉榮鐘：〈知識分配〉，《南音》1卷7號，1932年5月25日。

番」,「與民眾結成密接的關係」,要「到民間去」,「到農村去」,「到鄉里去」[39]等主張,反映了文學界對實行文藝大眾化的重視及其思想發展。這時,南音社也宣告要努力「使思想、文藝浸透於一般民眾的心田」。[40]此後,臺灣藝術研究會、臺灣文藝協會都強調切合臺灣民眾需要的新文藝,把民間文學提到前所未有的位置上。這樣,文藝群眾化的思潮就逐步在文學界興起。一九三四年,舉行了臺灣文藝聯盟成立大會,匯集了全臺新文學作家的思想主張和創作經驗,進一步把實行文藝群眾化明確為臺灣新文學運動新的進取目標。

一九三〇年,賴和發表〈希望我們的喇叭手吹奏民眾的進行曲〉一文,傾心推動文藝群眾化。其作品注重群眾性與鄉土性。他曾經主持《臺灣民報》(後改名為《臺灣新民報》)文藝欄,擔任《南音》、《臺灣新文學》等新文學雜誌的編輯,扶持文學新人。

一九三一年組成的南音雜誌社及其於一九三二年出版的文藝雜誌《南音》半月刊,以推行文藝普遍化與群眾化為主要使命。該刊闢有多種欄目。評論方面,刊發了陳逢源的〈對於臺灣新詩壇投下一巨大炸彈〉、毓文的〈最近蘇維埃文壇展望〉、奇的〈知識分配〉、芥舟的〈社會改造與文學青年〉、明塘的〈民歌由來的概論〉等文章,宣揚先進文藝思想,大力批判舊文學,強調文藝的群眾化。創作方面:刊發了賴和的〈歸家〉、〈惹事〉,周定山的〈老成黨〉,赤子的〈擦皮鞋〉等小說,具有強烈的現實性、批判性和鄉土色彩。另還發表了一些詩歌、散文和劇作。同時,特闢「臺灣話文嘗試欄」,刊載郭秋生、黃純青等繼續提倡臺灣話文的論文,發表了郭秋生用臺灣話文寫作的隨筆和童話,推廣其對於自己文藝主張的實踐。葉榮鐘也在《南音》發表文章,闡述了他對臺灣文學發展方向的思考,認為文藝應

---

39 葉榮鐘:〈知識分配〉,《南音》第1卷第7號,1932年5月25日。
40 劉登翰、莊明萱、黃重添、林承璜主編:《臺灣文學史》(福州市:海峽文藝出版社,1991年6月,初版1刷),上卷,頁438。

「普遍化」、「接近大眾」。[41]《南音》辦刊時間雖不達一年,但在文藝大眾化方面的成績卻很顯著。

二　左翼文藝的倡導

　　一九二三至一九二六年間,在東京的留日學生(《福爾摩沙》雜誌周圍的巫永福等)受到左翼思想的啟發,開始提出自由平等的要求。接著,臺灣文化協會分裂為議會設置請願和左翼(階級鬥爭)兩派。一九二七年,其中的左翼力量整合為臺灣農民組合(楊逵返臺加入),一九二八年則進一步成立了臺灣共產黨。另一派(蔣渭水、蔡培火)則成立了臺灣民眾黨和臺灣地區自治聯盟。臺灣文藝聯盟也逐漸分成兩個殊途同歸的左翼路線,即以楊逵為代表的階級解放路線和以張深切為代表的民族鬥爭路線。

　　一九二九年,臺共安排蘇新、莊守等臺灣左翼人士回到臺灣開展工農運動。一九三一年,「九一八」事變後,日據當局大舉鎮壓進步人士。一九三一年六月下旬謝雪紅和楊克培被捕,隨後,王萬得、蕭來福、潘欽信、簡娥、莊春火、顏石吉、劉守鴻、蘇新先後被捕,到九月中旬,臺共成員全部被捕。[42]在一九三〇至一九三一年間,曾出現了《伍人報》、《臺灣戰線》、《臺灣文學》等眾多具有左翼思想、「帶有倡導無產階級文藝性質」[43]的刊物。這表明,一九三〇年代初,在左翼人士的倡導下,臺灣曾醞釀掀起左翼文藝運動。雖然因為

---

41 陳昭瑛:〈誰召同胞未死魂:葉榮鐘《早年文集》的志業與思想〉,葉芸芸、陳昭瑛主編:葉榮鐘早年文集》(臺中市:晨星出版有限公司,2002年3月31日,《葉榮鐘全集7》),頁59。

42 蘇新等人此時期的活動參見莊嘉農:《憤怒的臺灣》(香港:智源書局,1949年3月初),頁49-60。莊嘉農,蘇新的筆名。

43 劉登翰、莊明萱、黃重添、林承璜主編:《臺灣文學史》(福州市:海峽文藝出版社,1991年6月,初版1刷),上卷,頁442。

殖民當局的壓制，未能蓬勃發展。但這種思潮卻深刻影響了楊逵等一部分作家的思想與創作。

此後，《臺灣文藝》（臺中，1934年）集結了有著左翼思想的「鹽分地帶作家」（吳新榮、郭水潭）；一九三五年，楊逵另組臺灣新文學社，主編《臺灣新文學》，也納入「鹽分地帶作家」，與日本左翼雜誌《文學評論》緊密聯繫。

第五節　臺灣作家與來臺日本人的文學論戰

戰時臺灣有兩個「唱對臺戲」的文藝雜誌，一個是來臺日本人作家西川滿主編的《文藝臺灣》，創刊於一九四〇年，另一個是創刊於一九四一年的臺灣作家張文環主編的《臺灣文學》。《文藝臺灣》是「臺灣文藝家協會」主辦的刊物，吹捧「外地（殖民地）文學」和異國情調，成員有楊雲萍、張文環、黃得時、龍瑛宗等[44]。張文環後來因為不滿西川滿的宗主國日本人的傲慢，退出臺灣文藝家協會和《文藝臺灣》社，組織了啟文社，在一九四一年五月創辦了《臺灣文學》雜誌。啟文社是一個進步文藝團體，成立於一九四一年五月二十七日，成員有張文環、黃得時、呂赫若、吳新榮、吳天賞、王碧蕉、王井泉等[45]，以及中山侑、坂口衿子、名和榮一等日本作家。發行機關刊物《臺灣文學》，與西川滿《文藝臺灣》分庭抗禮。該社因不滿「皇民文學」而成立，表現了一定的民族抗日意識。至一九四三年，《臺灣文學》被迫與《文藝臺灣》合併為臺灣文學奉公會的機關雜誌《臺灣文藝》，組織也宣告解體。

---

44 參見黎湘萍：〈從呂赫若小說透視日據時期的臺灣文學〉，《中國現代文學研究叢刊》1999年第2期，頁135。

45 參見黎湘萍：〈從呂赫若小說透視日據時期的臺灣文學〉，《中國現代文學研究叢刊》1999年第2期，頁135。

　　在日本人占領臺灣後期，日據當局越來越嚴厲地推行「皇民化運動」，在語言、衣著、姓氏、生活習慣、信仰等方面全方位地強迫臺灣民眾「日本化」。一九四〇年，在日據當局的支持下，來臺日本人作家西川滿等人成立了「臺灣文藝家協會」並主編了《文藝臺灣》雜誌。一九四一年，日據當局又成立了「皇民奉公會」，並設立了皇民奉公會文化部、文學報國會臺灣支部等。在此背景下，一九四一年，張文環等創辦了《臺灣文學》，與《文藝臺灣》對壘。此後，一九四二年、一九四三年日本當局曾在東京舉辦了兩次所謂的「大東亞文學者大會」，第三次「大東亞文學者大會」則於一九四四年在南京舉辦。一九四三年，還曾在臺灣舉辦「臺灣決戰文學會議」，在此次會議上決定合併《文藝臺灣》與《臺灣文學》兩個刊物，發行《臺灣文藝》雜誌。此後，日據當局「臺灣總督府情報課」要求作家們創作為侵略戰爭造勢的所謂「決戰小說」，以矇騙麻痺臺灣同胞。一時間「皇民文學」、「決戰文學」甚囂塵上，摧殘了臺灣文學的正常發展。在這種嚴峻的政治形勢下，一些有良知和民族氣節的臺灣作家進行了堅韌的抗爭，主要表現為以下幾次論爭和批判：

　　皇民文學論戰。一九三七年（蘆溝橋事變）始臺灣島內禁用中文，在一九三七至一九四〇年間，中文報刊只剩《風月報》一份。一九四一年西川滿主持《文藝臺灣》，企圖收編臺灣文學至日本文學支流之中。一九四二年張文環、黃得時刊行《臺灣文學》與之抗爭，強調臺灣本位的文學史觀。如，一九四三年周金波獲第一回文藝臺灣賞；而呂赫若則獲第一回臺灣文學賞。「皇民文學」一詞，在一九四三年開始出現。一九四五年日本投降才停刊。一九四四年，在「臺灣文學決戰會議」中，《臺灣文學》被迫與《文藝臺灣》合併，合稱為《臺灣文藝》，以臺灣文學奉公會為主導，總督府介入其開展的所有文學活動，一九四五年日本投降才停刊。

　　糞寫實主義論戰：糞寫實主義論戰表面上看是一次浪漫主義與現

實主義的論爭，實則是一九四三年第一屆「皇民奉公會文學獎」頒獎後引發的臺灣文壇不同民族和立場的作家，對殖民地戰時文學典範的爭執。此論爭以臺灣得獎作家的現實主義創作問題為引子，圍繞《臺灣文學》、《文藝臺灣》兩個刊物展開。此次論爭中主要代表人物的論述，雖環繞現實主義與浪漫主義、外地文學與臺灣文學等議題，但討論並不十分深入，爭執核心在於戰時文藝的指導原則以及皇民文學等方面。親官方立場的日籍文學者有意與臺灣文學奉公會的文藝統制政策呼應，對本土文壇進行更徹底的統制，故導致本土作家反彈。此論戰可視為日本殖民當局官方意識形態妄圖收編臺灣文壇的最後一役，一九四四年十二月，《臺灣文學》終於遭到停刊，被《文藝臺灣》強行合併，並改由臺灣文學奉公會發行。戰時兩派對峙、競爭的局面，因而結束。此一帶有政治目的的論戰，顯示了臺灣文學和「日本外地文學」雙方的尖銳的意識形態鬥爭。日本殖民作家西川滿批評臺灣新文學總是把「養子之虐待，家族間的糾葛等當成大事描寫風俗」[46]，而臺灣作家楊逵等卻堅持「狗屎現實主義」[47]，否定「皇民化」才能使臺灣民眾享受現代化的生活的謬論。就這樣，楊逵、楊雲萍等臺灣作家一直持守著中國文化傳統，同時也時刻關注著臺灣的社會現實與臺灣的底層民眾。楊雲萍在〈派遣作家之感想〉一文中記錄，臺灣「勞動農民們」在所謂「決戰期」也是在《三國志演義》和《水滸傳》中尋找自己的精神寄託，而不是在以日語演出的「皇民劇」中尋求娛樂，鮮明地向統治當局宣言，臺灣的普羅大眾日常生活的靈魂所在，從來都是屬於包括閩南語和客家話等方言在內的漢民族語言的世界[48]。

　　戰時兩大文藝集團之間的意識形態鬥爭可謂淵源久矣。一九四〇

46　西川滿：〈文藝時評〉，《文藝臺灣》第6卷第1號，1943年5月1日。

47　伊東亮（楊逵）：〈擁護狗屎現實主義〉，《臺灣文學》第3卷第2號，1943年7月31日。

48　楊雲萍：〈派遣作家之感想〉，《臺灣文藝》第1卷第4號，1944年8月13日。

年代初期的「外地文學」與「地方文學」等論述已有較勁之意。一九四三年二月，文學獎評審工藤好美[49]對採取寫實主義的得獎者張文環多所讚美，引發另兩位得獎者西川滿、濱田隼雄異議。隨後西川滿、濱田隼雄、葉石濤等人先後撰文批判臺灣作家的寫實主義為惡俗、扒糞式的「投機文學」、「糞寫實主義」。楊逵、吳新榮等臺灣作家起而撰文駁斥，他們認為臺灣的「外地文學」及浪漫主義文學內容貧乏，而寫實主義文學則具有深厚的社會內涵。一九四三年四月到八月間，雙方展開激烈的筆戰。此次論戰還反映於一九四三年九月厚生演劇研究會與藝能文化研究會的拼臺、陳火泉〈道〉與王昶雄〈奔流〉的皇民文學書寫，乃至臺灣決戰文學會議文學雜誌存廢問題的對立各方面。參加論戰的作家，有工藤好美、西川滿、濱田隼雄、楊雲萍、張文環、呂赫若、伊東亮（楊逵）、林精鏐、吳新榮、葉石濤、世外民（邱永漢）、陳火泉、王昶雄，以及一些演劇界人士，涉及面極廣。

　　楊雲萍借助《中國文學月報》的抗爭：一九三二年一月，留學日本的楊雲萍回到臺灣後，曾於一九四〇年五月在《臺灣藝術》上的〈臺灣文學研究〉一文，指出，臺灣有著自己豐富的文學碩果並值得研究。一九三七年四月「漢文欄」被廢止，一九三九年西川滿的《文藝臺灣》創刊，而楊雲萍主編的白話文《臺灣小說選》卻被禁刊。楊雲萍在他撰寫的《臺灣小說選》的序文裡說：「把結論先提示罷，臺灣的新文學運動，是受到了中國的新文學運動的運動與成就所影響，所促進。既是臺灣的運動，當然保持了多少的臺灣的特色」[50]。他後來指出：「日本帝國主義者，統治臺灣的五十一年」，「就是要怎樣把臺灣從它的祖國──中國隔離起來，把臺灣封鎖。」[51]對此楊雲萍巧妙地用日語從事著傳播中華文化的工作，他和蘇維熊等臺灣作家加入了

---

49 時任「臺北帝大」教授。

50 楊雲萍：〈臺灣小說選序〉，《臺灣小說選》，1940年1月12日。

51 楊雲萍：〈五四運動對臺灣的影響〉，《臺灣之聲》1948年10月1日。

以竹內好為首的「中國文學研究會」[52]，通過《中國文學月報》（1935年3月-1943年3月）接收著中國新文學的信息。如，一九三五年五月十六日，《中國文學月報》第三號，發表了楊雲萍的〈閒話〉；一九三五年十一月二十七日《中國文學月報》第九號，發表了楊雲萍的〈會員消息〉；一九三六年三月五日《中國文學月報》第十一號，發表了楊雲萍的〈會員消息〉；一九三六年五月一日《中國文學月報》第十四號，發表了楊雲萍的〈會員錄〉。[53]

52　參見橫地剛作、陳映真、吳魯鄂譯：〈范泉的臺灣認識──上一世紀40年代後期臺灣的文學狀況〉，《復旦學報》（社會科學版）2004年第3期，頁19。

53　參見橫地剛作、陳映真、吳魯鄂譯：〈范泉的臺灣認識──上一世紀40年代後期臺灣的文學狀況〉，《復旦學報》（社會科學版）2004年第3期，頁19。

下篇
臺灣現代文學史的光復初期時段
（1945年8月16日-1949年5月20日）

第一編
文學的外圍：光復之喜與惡政之怨

第九章
光復初期臺灣現代文學史背景

第一節　光復初期的臺灣社會概況

一　概述

　　一九四五年八月十五日，日本裕仁天皇通過無線電廣播投降詔書，宣布接受〈波茨坦公告〉，無條件投降。一九四五年八月十六日，臺灣總督安藤利吉向全臺廣播：「諭勿輕舉妄動，靜待善後措施。」殖民政府準備移交公共管理權，日本軍隊也繳械等待被遣返日本。這意味著臺灣結束了五十年日本殖民統治，回歸祖國的懷抱。消息傳來，臺灣人民的欣喜若狂。當時人們的心情可由下面這首當時廣為傳唱的歌詞略窺一斑：

　　　　臺灣今日慶昇平，／仰首青天白日青。／六百萬民同歡樂，／
　　　　壺漿簞食表歡迎。／哈哈！／到處歡聲，／哈哈！／到處歡
　　　　聲，／六百萬民同歡樂，／壺漿簞食表歡迎。

　　這首歌由臺南師範學校漢文教師陳保宗作詞，由該校音樂教師周慶淵配曲。在臺灣光復初期中國政府的接收部隊未到臺灣之前，「迅即傳遍全島，人人會唱。」[1]

　　但是，與歡欣鼓舞、大快人心的熱烈場面不協調的是，接收軍隊

---

[1] 歌詞等參見黃武東：《黃武東回憶錄》（臺北市：前衛出版社，1988年9月15日），頁152。

和官員均姍姍來遲。早在開羅會議後，國民黨當局就已在一九四四年四月成立「臺灣調查委員會」，派陳儀為主任委員，準備接收臺灣的工作。一九四五年九月一日，「臺灣省行政長官公署」在重慶成立，陳儀被任命為臺灣省行政長官兼臺灣警備區司令，負責收復臺灣和澎湖列島。但一九四五年十月五日，前進指揮所主任葛敬恩才率數十名官員，搭乘美軍飛機抵達臺北，為陳儀來臺就職做準備。陳儀則到了十月二十四日，即受降典禮的前一天，才從上海飛抵臺北。從八月十六日到十月二十四日整整七十天，臺灣沒有政府管理。黃得時把這段歷史稱為「真空七十天」。在這種無政府狀態下的臺灣民眾，保持了極度克制的態度。雖然過去飽受日本人的壓制，但極少對日本人採取報復行動，以此與國民黨當局所謂「以德報怨」政策相呼應。而昔日欺壓百姓的日本警察，這時也不敢出門一步。十月十日，臺灣民眾自發舉行盛大的中華民國國慶，慶祝第一個「雙十節」，舉行戲曲演出、燃放爆竹、提燈遊行，盛況感人。十四日，國民黨空軍司令部派機來臺空投〈告臺灣同胞書〉，雖是善意的問候，但百姓卻誤會成轟炸機而引起一陣騷動。十五日，臺灣各地青年自發組織幫助維持社會秩序。「真空七十天」期間，雖然沒有政府、沒有事業主管，但心向祖國的臺灣民眾每天堅守工作崗位，電力、自來水、郵政、電話、公路、鐵路等幾乎所有公共事業，均正常進行。疏散到鄉下的呂泉生也自動回到「臺北放送局」（中廣前身）上班，恢復正常廣播。臺灣銀行鈔票雖然出現通貨膨脹的現象，但照樣流通，以此維持了經濟的安定。臺灣民眾都懷著期待的心情等待祖國的接管。不少人每晚學唱中華民國國歌，趕製國旗。「太平町」（今延平北路）街道兩旁國旗高掛、歡迎標語高懸。講國語（普通話）成了時尚，形成了自發學習的高潮。然而臺灣民眾在基隆碼頭迎接到的軍隊士兵卻是衣著破爛，挑鍋背傘，裝備不佳，精神萎靡。這使大家大失所望。

　　一九四五年十月二十五日，中國戰區臺灣省受降典禮在臺北市公

會堂（今中山堂）舉行，出席典禮的有陳儀、葛敬恩（行政長官公署秘書長）、柯遠芬（警備司令部參謀長）等，盟軍方面有顧德禮上校、柏克上校等十九人，臺灣民眾代表林獻堂等三十餘人，日方代表為臺灣總督兼第十方面軍司令官安藤利吉等五人。參加典禮的共一八〇多人。由臺灣省行政長官陳儀代表中國戰區最高統帥受降，正式宣布：「從今天起，臺灣及澎湖列島，已正式重入中國版圖，所有一切土地、人民、政事皆已置於中華民國國民政府主權之下。」接著，一九四五年十一月三日，臺灣行政長官公署公告：本省日據時期印有之郵票，加印「中華民國臺灣省」字樣，暫行通用。十一月二十二日，行政長官公署宣布，為破除日本統治觀念，公布「各縣市街道名稱改正辦法」，先頒發臺北、基隆、高雄三市政府遵辦，規定於當地縣市政府成立後兩個月內，將所有街道之日本名稱一律改正為「發揚中華民族精神或紀念國家偉人之名稱。」比如迪化街、天水路、酒泉街、哈密街、承德路等，以北方的地名做為臺北市北區的街名。十二月十一日，行政長官公署公布「臺灣省人民恢復原有姓名辦法」，日據時期「皇民化運動」中改為日本姓名者，得以恢復原有姓名。比如，曾經被迫改名為「楊佐三郎」的作曲家楊三郎又改回了原名。一九四五年底，國民黨當局明令恢復臺灣民眾的中國國籍。但是，行政長官制度的集權、不民主，造成了種種弊端：接收人員到臺灣後，整日花天酒地；長官公署任人唯親，政治混亂；工廠倒閉，交通阻塞，物價飛漲。陳儀所宣稱的「實行三民主義」的「治臺」口號被臺灣民眾諷刺為「實行三民取利」，接收大員則被戲諷為「劫收」大員。民眾對當局之失望，由此可見。一九四五年十二月，臺灣各地物價上漲，高達光復初數十倍。一九四六年一月二十五日，開始公民登記。一九四六年四月一日，國語推行委員會成立。一九四七年一月四日，黃金及物價暴漲。臺灣省行政長官公署於一九四七年四月二十四日奉命改制為臺灣省政府。五月五日，長官公署撤廢。五月十六日，臺灣省政府成

立，魏道明任臺灣省主席。黃朝琴（1897-1972）此時也成為臺灣政壇的風雲人物，光復後曾歷任臺北市首任市長、省臨時議會議長、省議會議長等職。在少數民族的政策方面，一九四五至五〇年代為國民黨政府對臺灣原住民實施管理行政準備階段，確定了「山地鄉」的體制、調整了各級機關「山胞」業務執掌[2]。

　　臺灣光復到一九四九年間，兩岸在包括思想、文化在內的各領域都是互相融通的。因此，當時在大陸存在的激烈的政治、階級鬥爭，在臺灣同樣存在。一九四六年，國共內戰爆發，以要求和平建國、要求高度地方自治、反對獨裁政治為內容的民主運動在全大陸洶湧展開。這一運動立即波及臺灣。一九四七年一月，響應大陸抗議美軍強暴北大女生沈崇的反美臺灣學生和群眾在北新公園集結示威。一九四七年臺灣「二二八事件」之前，大陸國民黨特務暗殺了民主記者李公樸和詩人聞一多，引發了大規模抗議遊行示威。一九四七年二月二十七日，菸酒公賣局取締私菸，臺北市大稻埕引起騷動。二月二十八日，警備總司令部發布臺北區臨時戒嚴令。三月二日，陳儀行政長官廣播「二二八」事件四點處理辦法。「二二八」事件處理委員會成立。三月二十五日，公布「奸偽徹底肅清辦法」。「二二八」事變後三個月，大陸爆發「五二〇」民主學生運動，有一五〇人被逮捕或受傷。由此可見，臺灣「二二八事件」是中國戰後民主運動的一部分。一九四八年，蔣介石、李宗仁就任總統、副總統。一九四八年秋開始，國共內戰形勢逆轉，全國震動，臺灣大學和臺北師院學生以歌詠隊、文學小刊物、墻報等形式發展民主運動，一九四九年一月五日，陳誠就任臺灣省政府主席。二月四日，公布實施「三七五」減租。一九四九年四月六日，國民黨大肆逮捕臺灣大學和臺北師院兩校學生及包括楊逵在內的臺灣文藝、文化界人士，史稱「四六事件」。五月二

2　http://elearn.tnua.edu.tw/project/intro/project-1.html

十日，警備總司令部發布全省戒嚴令。十二月七日，國民黨中央政府從南京遷至臺北。

　　光復初期的政治混亂與經濟的動盪有著直接關係，林亨泰曾回憶說：「彼時臺灣的物價節節升高，早晚的物價變動相當巨大，晚上的價格往往比早上還要高出很多。而如此的情形正好以同年六月十五日所公布的『新臺幣發行法』為界線，而有了決定性的改變。……物價連日升高，彷彿就像是一夜之間突然急速萎縮衰弱的肉體，不禁令人悵然。透過這樣的心理背景，人們所切身感受的，恐怕是一種價值意義的喪失吧！」[3]可見，當時臺灣的經濟情況與同時期的大陸經濟如出一轍。光復初期，日據時期的「皇民化運動」的遺毒也是一個不可忽視的歷史問題。「皇民化運動」的負面影響，在臺灣青少年人心中，是一個隱性的存在。另外，光復後從海外歸來的日軍在戰爭期所徵調的臺灣兵，人數較多，約有三十萬人，這些人返臺後，生活沒有著落，成為無業遊民，對現實極為不滿。這些不安定因素都成為此後臺灣社會的隱患。此外，有一些日據時期來臺的日本人在臺灣光復初期，未被遣返歸國前，仍滯留臺灣活動。如西川滿、濱田隼雄、池田敏雄、立石鐵臣等。西川滿在臺灣光復初期，還參與話劇演出，伙同濱田隼雄設立了一個名為「制作座」的劇團，並且有一些文化人來西川滿家參與觀、演話劇的活動。

　　光復初期在臺的進步省內外知識分子，為了中國的民主進步，團結共事。臺灣知名文化人蘇新、吳克泰、周青、楊逵、王白淵，與大陸在臺知識分子黃榮燦、王思翔、周夢江等同在文化思想領域工作。他們編輯了《人民導報》、《和平日報》、《臺灣評論》、《臺灣文化》和《新生報》、《中華日報》等島內報刊。光復初期兩岸文化思想交流頻

3　林亨泰作，林巾力譯：《從我的第一本詩集說起——日文詩集《靈魂の產聲》的出版經緯》，二〇〇一年五月十九日，日文完稿；二〇〇一年八月五日，中文翻譯。

繁。當時大陸重要的民主報刊，如《文匯報》、《大公報》、《文萃》、《民主》、《周刊》、《觀察》、《文藝春秋》、《新文學》等都或直接或間接地影響了臺灣文化界、知識界的思想。一九四六年大陸評論家范泉和臺灣作家賴明弘在大陸刊物《新文學》上發表的關於臺灣新文學的文章，直接引發了在臺灣《新生報》「橋」副刊上從一九四七至一九四九年關於臺灣新文學的論議。[4]版畫家黃榮燦抗議專制獨裁的國民黨反動統治，支持學生的民主運動，自一九四六至一九五一年在臺灣的活動，他在大陸《文藝春秋》發表的作品，均與「二二八事件」和「四六事件」同步。

二　臺灣民眾對於國語（白話）的學習熱情

光復初期，臺灣民眾積極主動地學習國語（白話），以此表明自己的國族認同。其對祖國文化的熱愛感人至深。

臺灣民眾自發參與國語運動的狀況自「臺灣光復當日」始。李嚴秀峰〈臺北蘆州李氏古厝沿革簡介〉記：

> 日寇統治臺灣時期，我政府曾派設中華領事館駐設臺灣。領事為曾啟明先生，浙江溫州人。李祖武、李新蔗與其私交甚篤，願為其宣揚國語運動，每於清晨拂曉時分，密至該館向曾領事學習國語，再秘密傳授家人。至臺灣光復當日，李氏族人率先創辦國語補習班，免費教授國語，鄉人聞風而至者眾多，約二百餘人，共設三班，由李祖武、李新蔗教授之，達年餘之久，足見臺灣同胞熱愛祖國之愛國精神。

4　參見〔日〕橫地剛著，陳映真、吳魯鄂譯：〈范泉的臺灣認識——上一世紀40年代後期臺灣的文學狀況〉，《復旦學報》（社會科學版）2004年第3期，頁15-26。

　　日本帝國主義對臺灣長達半個世紀的統治，使臺灣的漢語文飽受創傷。臺胞平時講用的是閩南話和日語。語言溝通問題，是當時大陸來人（所謂「外省人」）與臺胞接觸乃至整個「光復」工作中的一大障礙。國民黨政府接管臺灣不久，開始積極推行「國語（即普通話）教育運動」，也就是「國語學習運動」。臺灣行政長官陳儀在到臺後不久發表的「施政要點」中說，希望臺胞三、四年內能說國語。臺灣省教育處還為此報請國民黨中央政府教育部，調派該部「國語執行委員會」委員魏建功、何容及幹事王炬等來臺協助。「國語運動」的推進方式，一是在正規學校內實施國語教程。當時有的學校在日降後很快就停止日文課程，延請來自大陸的老師講授國語課，在音樂課中用國語教唱抗日歌曲，如「義勇軍進行曲」、「畢業歌」等。另一方式，是由政府出資，舉辦群眾性的業餘學習，特別是夜校的形式，方便各界人士免費參加。此外，社會人士也興辦國語補習班。如臺北就有個叫阿甘萊的菲律賓裔臺灣人，借用「靜修女校」的課室為校舍，興辦了「阿甘萊國、英語補習學校」。這類學校是收費的。臺胞對「國語運動」響應之熱烈，感人至深。各種國語補習班，報名就讀者均十分踴躍。由七〇軍政治部借用當地中、小學教室開辦的十餘處「國語補習夜校」，處處爆滿。學生中，年長者六、七十歲，年輕的十幾歲；有家庭婦女、職業婦女、職工、商販和普通勞動者（如人力車夫）等。當時使用的是類似一年級小學生用的啟蒙課本。學生們無論老幼都學得很認真，務求把每個字的語義，特別是語音弄清楚。這種「國語補習夜校」的學員極少有中途輟學的。當時有的報刊甚至說，臺灣老百姓「拼命學國語」。光復初期這個「國語學習運動」及由此帶動起來的「國語熱」，對國語在臺灣的普及，功不可沒。

　　光復初期國語推行運動的主要目標是去除日本化，建立中國化的認同，以推行國語為主要途徑，並逐漸朝向政局穩定，亦即「去除日

本化恢復中國化」的「改制穩定期」語言教育政策[5]。國語（普通話）在臺灣的普及對增進臺胞對祖國的認識與理解、對促進兩岸文化思想交流，起到了重要的作用。

三　「二二八事件」等政治事件對臺灣文學的影響

「二二八事件」是一個複雜的政治事件，導致「二二八事件」的主要原因是國民黨當局在臺灣的惡政，國民黨當局在處理光復後臺灣問題上的政策失誤與執政不力與臺灣民眾本來的期望形成極大的反差，令廣大臺灣同胞大失所望。許多在該事件中被捕或失蹤的知識分子主要是因為階級鬥爭所致。該事件的發生，起因也主要是統治階層的貪贓枉法、欺壓下層民眾。實際上跟所謂省籍問題並無太大關聯，而所謂「本省人」與「外省人」的矛盾升級，則是被少數居心不良者所利用，大肆誇張、渲染的結果。一個民族的階級鬥爭、黨派之爭都是民族內部的問題，跟兩個民族之間的鬥爭，如中日之間的抗戰與侵略不能混為一談。在「二二八事件」中，萬餘人受害，許多文藝刊物被禁，對臺灣文學產生巨大衝擊：楊逵呼籲武裝抵抗陳儀政府入獄，林茂生遭殺害，張深切、張文環被迫逃亡，蘇新偷渡香港，周金波、吳新榮、王白淵[6]被捕判刑，郭秋生多人終生未再寫作。一九四九年呂泉生寫下〈杯底不可飼金魚〉詞及曲。「二二八事件」傷亡慘重，令呂泉生深覺痛心，他當時在「臺灣廣播電臺」（即中廣前身）主持節目，目睹這一場悲劇的經過，其間他還保護一位外省籍同事安全脫身，免於受害，因此借這首嚴肅且具歷史意義的歌謠來抒發胸中感

5　參見陳美如：《臺灣語言教育政策之回顧與展望》（高雄市：復文出版社，1998年）。

6　當臺灣終於脫離日本統治時，王白淵大感欣慰，但觀諸當局的惡政，他漸感憂心。終於，一九四七年四月，「二二八事件」後，因倡議臺灣民主黨遭牽連被捕。

懷。他呼籲大家要視同手足，要「朋友弟兄無議論」，同時也寄望「能打破地方主義，在這塊美麗的寶島上，不允許再發生猜忌、互相殘殺的局面」[7]。所以以「好漢剖腹來相見」相勸，寓意深遠。

　　一九四九年三月二十日，兩位臺灣大學與臺灣師範學院（臺灣師大前身）的學生因被認為「違反交通規則」遭警方逮捕，由此引發學生集體抗議。軍警於四月六日進入校園鎮壓，計有七位學生被殺害、五十多位學生被取消學籍，此事件即為「四六慘案」。國民黨當局先後拘捕、監禁了二〇〇多名大學生，十八名學生被槍決。被捕學生中有許多是臺大麥浪歌詠隊隊員。「四六事件」爆發後，《新生報》「橋」主編歌雷等文化人也遭逮捕，臺灣文學的重建再度遭挫。一九四九年，臺灣全省戒嚴。「四六事件」可以說是臺灣一九五〇年代白色恐怖的濫觴。從此，臺灣校園進入長達四十年的白色恐怖時期。

　　此外，還有楊逵發表〈和平宣言〉所引發的「和平宣言事件」。在「二二八事件」中，楊逵、葉陶夫婦被捕，被監禁四個月。出獄後，楊逵沒有屈服，又發表了一個〈和平宣言〉，認為「外省人和本省人之間的鴻溝非早一天填平不可」，「建議把二二八事件被捕人，全部釋放，以及國共內戰之和平解決」，為此他又再次被捕，被判徒刑十二年。這些政治事件都或者直接影響到作家本人，或者影響到作品的出版、發表，或者成為文學作品中所反映的題材，由此而與臺灣現代文學發生了關聯。

第二節　光復初期的臺灣文學社團與相關報刊

一　概述

　　從一九四五年八月到一九四九年十二月，臺灣先後創辦出版社約

7　見「時報悅讀網」，http://www.readingtimes.com.tw/

五十二家，發行報紙、雜誌約六十餘種，這些出版社與報刊大多與文學有關。

　　據《臺北市志》載，到一九四八年底，臺北市有出版社四十二家（含十二家大陸遷臺的出版社）。此外，臺南市有出版社十家左右。光復初期的出版社情況可由吳濁流文學作品的出版情況來窺一斑。吳濁流的日語小說《胡志明》由民報總社出版發行，其中，《胡志明》第一篇一九四六年十月十日出版；第二篇〈悲戀の卷〉一九四六年十月十日；第三篇〈悲戀の卷（大陸篇）〉一九四六年十一月二十日；第四篇〈桎梏の卷〉一九四六年十二月二十五日。其短篇日文小說《夜明け前の台灣》（《黎明前的臺灣》）由學友書局一九四七年六月十四日出版。其短篇小說《ポッタム科長》一九四八年五月三十一日由學友書局出版。其文言詩歌集《藍園集》一九四九年八月二十日由英才印書局出版。其他出版社還有，日月潭出版社、臺北新民印書館，以及版畫家黃榮燦（1916-1952）創辦的新創造出版社等，另外，較有名氣的書局還有，嘉義玉珍書局、臺中瑞成書局、臺中新光書店、臺中文林出版社、新竹竹林書局等。如，林亨泰詩集出版的事宜，後來就請託他的遠房表弟、在臺中市經營新光書店的傅瑞麟。新光書店是傅瑞麟在戰後不久所開設的出版社，主要的經營項目是出版大學考試用的參考書籍。蕭金堆在新光書店出版的地理參考書籍，當時頗富盛名。一九四五到一九四九年，因臺灣本島的中文出版社較少，所以很多中文書籍是來自大陸，一些大陸出版社在臺北設有分店，如商務印書館、中華書局、正中書局、開明書店等。慶芳書局（一九四六年李慶雲在高雄創辦）上架的中文書籍，常向這幾家出版社整批購買。光復初期，中文書籍一上架，便有購買者，銷路很好。一九四六年春後，一些民營出版社開始出現，並開始出版個人著作。如臺北市的東方出版社、正氣出版社、華國出版社、復興出版社、勝利出版社、南方書局、東華書局、三民書局、臺灣書店、學友書店、

臺灣文化協進會、新新月報社出版部、臺灣青年月報出版部、臺灣新生報社、新希望周刊社、民權印書館、三省堂；臺南市的臺南書局、大方書局、興臺日報社、臺中市的掃蕩周報社等。最早出版的個人著作是柯遜添編纂的《注音符號講義》（1946年8月）。與此同時，報社、雜誌社也紛紛創辦。據臺灣省宣傳委員會統計，截至一九四六年六月六日，臺灣全省已有報紙、雜誌六十餘家，各出版社出版的圖書已達三十餘萬冊。此後，圖書出版數量更急劇增長。到一九四九年初，臺北市所出雜誌已多達二〇〇餘家，內容涉及人文科學和自然科學的各個方面。[8]

　　文學團體方面，就在日本宣布投降的當天，朱點人、林自蹊等，首先發起組織「文學同志社」，發行《文學小志》。這個文學團體雖然規模不大，活動時間很短，卻開了戰後臺灣文壇組社辦刊的風氣之先。一九四五年十一月十八日，臺灣文化協進會宣告成立，並創辦了《臺灣文化》月刊。該會為官民與各黨派知識分子結合的團體。參加者有游彌堅、連震東、范壽康、羅萬俥、林呈祿、許乃昌、林獻堂、林茂生、陳紹馨、楊雲萍、李萬居、黃啟瑞、洪炎秋、呂赫若、陳逸松、蘇新、王白淵等，幾乎都是「五四」以來臺灣文化界的名流。成立此會的目的，是為肅清日本殖民文化的遺毒，建立科學的新臺灣和民主的臺灣新文化。這雖是一個文化團體，但具有濃厚的文學色彩。銀鈴會在光復初期堅持活動，發行了中日文並行的《潮流》雜誌（1948-1949）。

　　戰後的臺灣的知識分子，甫脫離殖民桎梏，滿懷憧憬希望，志同道合者聚會結社、談文論藝，創辦雜誌期刊，充滿社會責任感和歷史使命感，但「二二八事件」發生後，社團及報刊活動趨於低調。

8　以上數據參見李瑞良：〈臺灣「2・28」前後的進步出版活動〉，北京《編輯學刊》1996年第1期，頁66。

二　光復初期的文學報刊[9]

　　一九四五年日本帝國主義投降不久，楊逵便先後創辦了《一陽周報》、《臺灣文學》、《力行報》、《文化交流》，「介紹大陸文學，接續民族文學的香火」[10]。

　　一九四五年十月二十五日，臺灣省行政長官公署機關報《臺灣新生報》宣告誕生。這是戰後臺灣創辦的第一家全島性的新聞報紙。為了推動島內文學事業的發展和繁榮，《臺灣新生報》創刊後即零星發表一些文學作品，從一九四七年五月四日起，又特闢「文藝」副刊，由大陸來臺作家何欣任主編。一九四七年七月三十日，「文藝」副刊刊行到第十三期停刊。從一九四七年八月一日起，「文藝」副刊更名為「橋」，至一九四九年三月二十九日停刊，共出二二三期。這兩個副刊是當時發表文學作品和文學言論的主要園地。因為光復初期許多讀者不熟悉中文，許多作品以日文形式發表，而且題材也主要是寫日據時期，但與日據時期的日文作品相比，更富批判精神。

　　一九四五年十月，《政經報》半月刊創刊於臺北。發行人陳逸松，主編蘇新。一九四六年八月停刊。

　　一九四五年十一月，「臺灣文化協進會」創辦了《臺灣文化》雜誌，主編楊雲萍。其宗旨是溝通海峽兩岸的作家學者的思想感情。曾發表了許壽裳的《魯迅的思想與生活》等重要作品。《臺灣文化》的撰稿人有洪炎秋、吳新榮、楊守愚、王白淵、戴炎輝、劉慶端、呂訴上、劉捷、呂赫若、廖漢臣（廖毓文）、黃得時等。此外，大陸來臺的作家許壽裳、臺靜農、李何林、李霽野、黎烈文、袁珂、黃榮燦、

9　詳參陳建忠、沈芳序：《臺灣記行──百年臺灣文學雜誌特展（光復初期1945-1949）》，臺灣「國家圖書館」文訊雜誌。

10　古繼堂：《臺灣小說發展史》（瀋陽市：春風文藝出版社、遼寧教育出版社，1989年11月，初版1刷），頁88。

雷石榆等，也都在這個刊物上發表過文章，許廣平、田漢也曾為其寫稿。魯迅逝世十周年和一九四八年許壽裳被殺害後均曾出過紀念專輯。一九四九年停刊。

　　一九四五年，臺灣島上還出現一個民間人士創辦的刊物——《新新》。一九四五年十一月，綜合性雜誌《新新月刊》於新竹市創刊，發行一年時間，至一九四七年一月停刊，其中第四、五期合刊，共發行八期，發行人黃克正，主編黃金穗。撰稿人有江肖梅、龍瑛宗、吳濁流、呂赫若、吳瀛濤、王白淵、周伯陽等。該雜誌注重作品內容，以具體的事物代替抽象的描寫，力求既能給民眾以視覺上的娛樂，又能提高其文化素質。該雜誌中、日文並用，發表了龍瑛宗的《從汕頭來的人》（日語）和呂赫若的《月光光——光復以前》（中文）等小說，成為此一時期臺灣文學的重要園地。第七期刊有〈談臺灣文化的前途〉的座談會紀要，發言者有黃得時、王白淵、張冬芳、李石樵、王井泉、劉春木、林博秋、張奚惠等。座談會主持人蘇新認為，過去在日本統治下的臺灣文化史是漢民族文化與日本文化的抗爭史。王白淵認為，臺灣文化的前途是民主主義文化。黃得時則明確表示，臺灣文化的前途就是中國文化，對於還沒有中國化的文化，要努力使之符合中國文化。《新新》上的言論證明，許多臺灣省籍作家都認同臺灣文學與中華民族文學的不可分割性。《新新》因通貨膨脹與二二八事件而停刊。

　　一九四五年十二月，林獻堂、黃朝清、張煥珪、洪元煌、莊垂勝（遂性）、陳虛谷、吳蘅秋、葉榮鐘、張聘三、何集璧等人申請創辦了臺中新報。葉榮鐘曾起草該報創作緣起如下[11]：

11　見葉榮鐘：〈《中報》創刊緣起〉，葉芸芸、陳昭瑛主編：《葉榮鐘早年文集》（臺中市：晨星出版有限公司，2002年3月31日，《葉榮鐘文集7》），頁335。

《中報》創刊緣起

竊以報紙為人民之喉舌猶為民主主義社會所不可或少之利器臺
中位居本省之中央物產豐裕人材輩出文化之發達為全島冠是以
報紙銷售之數量亦較他處為最前在日人統治下本有《臺灣新
聞》嗣後全島合為一社名曰《臺灣新報》臺中里支社仍得繼續
刊行乃自光復以還《臺灣新報》支社停辦報紙須仰臺北發送又
以交通阻梗鮮有得讀到當日所引之報紙讀者所接皆屬舊聞且因
通信機關失靈中部消息殆無從採錄方今光復伊始百事待興政府
施策有須報紙宣傳解釋者實較往日為多民眾興情從來所不容表
現而此際極待表現者亦屬不少是故報紙之用莫較此時為急至於
指導民眾灌輸文化宣揚三民主義洗刷日本思想之餘毒猶有待於
報紙者固不待言也鄙人等有鑒及此爰為倡以下列方法發刊報紙
願我同志贊襄是禱……。

　　文中表露了臺灣知識者掃清日本殖民遺毒、恢復民族文化的
熾熱情感。

　　一九四五年十二月，《新聲月刊》（日文）創刊於臺北市，由
植田富士太郎主編，新聲月刊社發行。在該雜誌的創刊號上，刊
有魯迅《藤野先生》的日文譯文。

　　一九四六年一月，《人民導報》、《臺灣民聲報》在臺中創刊。二
月二十日，《中華日報》在臺南創刊。五月，《興臺新報》創刊。夏
天，《自由日報》創刊。這些報紙，多少都發表一些文學作品，較突
出的是《中華日報》。此報闢有文藝專欄，發表了不少臺灣作家的作
品。《中華日報》為國民黨臺灣省黨部的機關報，其宗旨是「闡揚主
義，宣導政策，剖析時事」。鑒於當時作者和讀者的實際情況，此報
以中文為主，但也留有日文版面。為了振興文藝，從一九四六年三月
五日起，特闢日文版文藝欄，由龍瑛宗任主編。在這個文藝園地上發

表文章的作家有吳濁流、吳瀛濤、王碧蕉、詹冰、賴傳鑒、王育德、葉石濤、黃昆彬、丘媽寅等，發表的文章、作品有論說、書評、文藝評論、隨筆、小說、現代詩等。這個文藝園地存在了七個月時間，至一九四六年十月二十四日更名，共發行四十期。

一九四六年五月四日，林紫貴等人在臺北市組建了臺灣文藝社，發起人有林紫貴、姜琦、葉明勛、林茂生等，創辦《臺灣文藝》月刊，可惜只出一期，影響不大。

一九四六年五月二十一日，《臺灣新生報》「國語」副刊[12]出第一期，一九四六年十二月二十四日出至第三十二期停刊，該刊為周刊，每周二出版。

一九四六年六月，《臺灣之聲》月刊創刊於臺北市，發行人林忠，主編周召南，臺灣之聲出版社發行。一九四六年七月，《臺灣評論》月刊於臺北市創刊，林忠任發行人，李純青為主編，編輯王白淵、蘇新。一九四六年十月發行至第四期後，遭國民黨中央宣傳部勒令停刊。一九四六年八月《新知識》月刊於臺中市創刊，張星建任發行人，王星翔（張禹）、周夢江、樓憲任主編，中央書局發行，甫出版就被查禁停刊。

一九四六年九月《臺灣文化》月刊在臺北創刊，發行人游彌堅，主編楊雲萍，參與編輯者有許乃昌、蘇新、王白淵等，是臺灣文化協進會機關刊物，至一九五〇年十二月一日出版六卷三、四期合刊後停刊，共發行二十七期。其中一九四六年十一月出版的一卷二期「魯迅逝世十周年特輯」，甫出版就被查禁。該刊從一九四九年七月一日五卷一期起，逐漸變為臺灣研究的純學術刊物。主編名義上是陳紹馨（臺灣大學歷史系教授），實際上是臺灣大學歷史系助教的陳奇祿。

---

12 由臺灣省國語推行委員會主導的學術刊物。

一九四六年十月二十五日，《臺灣月刊》創刊於臺北市，發行人張皋，主編沈雲龍，臺灣月刊社發行，至一九四七年五月出版第七期後停刊，共發行七期六冊，是行政長官公署宣傳委員會機關刊物，該刊經常刊登文藝作品。

一九四六年十一月二十一日，《中華日報》「新文藝」副刊創刊，蘇任予任主編，江森（何欣）、郭風、姚朋（彭歌）等經常為其撰稿。一九四七年一月，《文化交流》雜誌創刊，僅發行一期，楊逵為編輯之一，闢有紀念林幼春、賴和的特輯。一九四七年五月，改版後的《民聲日報》「民聲」副刊創刊。一九四七年五月四日，《新生報》「文藝」周刊創刊，何欣任主編，注重介紹世界文學。一九四七年十月，《公論報》「公論副刊」創辦，王幸均等為主編。一九四七年十月，《建國月刊》創刊，曾今可任主編。一九四八年八月，《臺灣文學》創刊，共發行三輯，楊逵負責編輯。一九四八年十一月，《華報》「菊壇」和「綜藝」副刊創刊。一九四九年四月十八日，《新生報》「每周文藝」創刊。一九四九年九月，《公論報》「文藝」周刊創辦，江森主編，注重文藝理論、外國文學評論和臺灣省籍作家作品的介紹。

《國語通訊》，不定期刊，臺灣省國語推行委員會印行。一九四六年十二月出第一期、第二期，一九四七年出至第十四期停刊。《國語旬刊》，臺灣省國語推行委員會示範國語推行所編印，一九四六年創刊，出至第七期停刊。

《人民導報》「藝文」副刊於一九四六年十一月一日創刊，一九四七年二月十三日停刊。蘇新、呂赫若在《人民導報》被迫改組時離社，經呂赫若推薦由賴明弘取代呂的職位。賴明弘工作至「二二八事件」發生，嗣後辭歸故里豐原[13]。

一九四七年又有幾家新報誕生：一九四七年一月《奮鬥》月刊

---

13 參見《吳克泰回憶錄》（臺北市：人間出版社，2002年8月）。

創刊於臺北，總編輯吳漫沙，發行人楊鑫茲，臺北市文化運動委員會發行。一九四七年一月《文化交流》於臺中市創刊，為不定期刊物，發行人藍更與（運登），主編王思翔、楊逵，文化交流服務社發行，僅發行一輯，曾發表了許壽裳關於孫中山、章太炎的文章，不久發生「二二八」事件，被迫停刊。一九四七年五月四日，《新生報》創刊，闢文藝副刊《橋》，共出版二二三期，該刊號召本省作家和外省作家「加強聯繫與合作」。這個副刊發表了蔡德本的《苦瓜》、黃昆彬的《美子與豬》、邱媽寅的《叛徒》、王溪青的《女扒手》、謝哲智的《拾煤屑的小孩》、葉石濤的《三月的媽祖》等小說。六月，《和平日報》創刊。九月三日，《更生日報》和《臺北晚報》誕生。一九四七年十月《建國月刊》創刊於臺北，社長紐先銘，發行人柳劍鳴，主編曾今可。十月十日，《自立晚報》問世。十月二十五日，《公論報》發行。十二月二十一日，《南方周報》創刊。這些報紙都闢有一定版面發表文藝作品，其中以《自立晚報》和《公論報》最突出。《自立晚報》原創辦人是周莊伯，吳三連、鄭邦琨、李玉階、李雅樵等先後任社長、發行人，以「無黨無派，獨立經營」為方針。創辦以來，開闢過多種文藝欄目，發表過數量相當可觀的文學作品。一九五〇年代後，因發表「違禁」言論，多次被迫停刊整頓。《公論報》發行人李萬居，總編倪師壇，主編黃星照。因經常發表民眾關心的各種消息，被稱為「公教人員及市民之喉舌」。此報闢有文藝周刊，初名「日月潭」；此外還闢有雙周刊「臺灣風土」，頗有特色。該報的文藝欄偏重於文學理論、英美二十世紀作家作品及臺灣本島作家作品的介紹，內容充實，文學技巧也較高。何欣曾擔任過周刊的主編，撰稿人有李辰冬、陳紀瀅、陳祖文、聿均等。一九四七年，許乃昌、林茂生、陳旺成等還創辦了《民報》，一九四七年三月停刊。

一九四八年四月，《創作》月刊在臺北市創刊，小兵（毛文昌）主編，創作月刊社發行，至九月一日共發行六期四冊，其中

三、四期及五、六期均為合刊，創刊號上有許志儉〈追念許壽裳老先生〉一文。為純文學雜誌，特約長期撰稿人有臺靜農、李霽野、錢歌川等人。一九四八年五月，油印詩刊《潮流》由銀鈴會發行，該刊原名《邊緣草》，創辦於戰前，戰後改名。共發行二十餘冊。一九四九年三月，銀鈴會解散，《潮流》也即停刊。一九四八年八月，《臺灣文學叢刊》第一輯在臺中市創刊，發行人張歐坤，主編楊逵，臺灣文學編輯部發行，同年十二月停刊，共出三輯。一九四八年還相繼有《大漢日報》、《國語日報》、《華報》、《精忠報》、《臺灣人報》等創刊，其中比較重要的是《國語日報》。此報創辦於一九四八年十月二十五日，洪炎秋、夏承楹、羊汝德等先後任社長、發行人。該報確定以「推行國語，普及教育」為宗旨，採用注音文字，以中小學生為主要讀者，亦刊登一些通俗文學作品，是專業性的民間報紙，對戰後臺灣文學的振興起到了重要作用。另外，還有臺灣《中華日報》北部版《國語》副刊[14]，一九四八年九月一日出第一期。《國語日報》[15]，一九四八年十月二十五日創刊。

到了一九四九年，臺灣政治、經濟、軍事形勢均已進入「非常時期」，整個島上已沒有什麼「談文」的空間，因此，這一年雖又創辦了《大華晚報》、《臺灣新聞報》、《中國日報》和《建國日報》等報紙，但注意力都已不在文化方面。

14　由臺灣省國語推行委員會主導的學術刊物。
15　由臺灣省國語推行委員會主導的學術刊物。

第三節　融匯於中華文化主流的光復初期臺灣文學周邊文化

一　概述

　　臺灣光復後，海峽兩岸實現了一九四五至一九四九年間一個短暫時期的統一。由於海峽兩岸人員往來、政治經濟文化諸方面均不再有人為的障礙，臺灣文學及其周邊文化便全方面地融匯於中華文化主流。

　　一九四五至一九四八年間，臺灣開展了一次和臺灣文學的關係極為密切的國語運動。光復初期臺灣的國語運動「經歷了官方籌劃和民眾自發並行的過渡階段和語文學術專家主導的階段，並且在官方、民眾和專家的共同參與之下，成為在臺灣全面推行國語、全面提升臺灣民眾的國語水準的社會運動。與臺灣國語運動同步、得臺灣國語運動的配合，臺灣文學在光復初期的幾年間實行和實現了『文學的國語、國語的文學』的目標。」[16]一九四五至一九四九年是臺灣現代文學最終成熟的階段，國語運動對文學的推動是此一時期最為重要的文學史實。由此，臺灣現代文學史上劃出了一個「文學的國語、國語的文學」的時期。

　　人們自發、自覺地補習、運用中國語言文化，在光復初期蔚然成風。比如，在接收軍隊來臺灣時，歡迎的民眾曾經寫了一副對聯，聯曰：「喜離苦雨淒風景，快睹青天白日旗」，以表示回歸祖國的歡喜心情。而建於一九四六年，位處雲林縣林內鄉，祀釋迦牟尼的圓明禪寺則有這樣一副對聯：「圓蓋擎天，老樹還同菩提樹；明光匝地，名山並駕古靈山。」顯示了臺灣佛教與大陸佛教的匯流。

---

16 見汪毅夫：〈文學的周邊文化關係──談臺灣文學史研究的幾個問題〉，《福建師範大學學報》（哲學社會科學版）2004年第1期，頁76。

　　光復後，臺灣重返祖國懷抱，民俗歌謠重獲自由發揮的時機。民眾大開嗓門，為自由而高聲歡唱，吐出被欺壓的苦悶之氣，也唱出樂觀之理想。加上傳播工具的日益發達，整個臺灣社會從城市到鄉間，從白領階級到勞動者，每個人莫不隨時隨地哼唱著屬自己的歌。一時，一些古老自然民謠和流行新歌，傳唱於臺灣。光復前後的好歌就在這個時候奠定了他們難以動搖的基礎，而光復後初期遂成為臺灣歌謠的盛行時期。

　　二次大戰結束，日本人撤離臺灣，國民政府大力推行國語政策，教師們晚上補習國語（普通話），白天則向人傳授。音樂課不再唱日本歌曲，也不唱方言歌曲，而是教唱大陸歌曲，因為大陸歌曲傳入的數量還不多，一節課就唱完了。音樂教材幾乎成了真空狀態。臺北市長游彌堅[17]為鼓勵音樂創作，指示策劃「第一屆徵募兒童新詩、歌謠、話劇」等活動，廣徵創作歌謠，特聘請音樂專家、學者審查創作作品。該活動催生了此後傳唱近五十年的知名兒歌〈造飛機〉。民眾參與募集新歌活動的熱情，使游彌堅計劃建立「歌謠曲庫」。他高薪聘請呂泉生，創辦與主編《新選歌謠月刊》，邀請臺大、師大教授翻譯世界名曲，填寫中文歌詞，也廣泛鼓勵作家、音樂人創作詞曲。「臺灣文化協進會」合唱團也在呂泉生籌劃下成立。此外，還舉辦音樂會與比賽，資助張福興等人採擷民謠。此時期臺灣重回祖國，與日據時期相比而言，臺灣民眾得到了相對的言論自由，傳統戲曲、漢樂和民謠又可以重新演唱了。此時，大陸各省的民歌民謠開始不斷輸入臺灣。臺灣民歌由此吸取了諸多有益的藝術營養。

　　臺灣光復初期，臺灣的文藝創作頗為活躍。大陸的藝術家亦有力於焉。如，一九四五年十月，曾任福建國立音樂學校校長和教授的著名音樂家蔡繼琨來到臺灣。十月三十日，蔡繼琨任職「臺灣省行政長

17　一九四六年三月一日，陳儀派游彌堅為第二任臺北市長，游在公暇兼任臺灣大學教授與淡江中學董事長。

官公署宣傳委員會委員」[18]。十二月，「臺灣省警備司令部交響樂團」
成立，團址設於臺北「第三高等女學紀念舍館」[19]，蔡繼琨任團長，
不久改名為「臺灣省行政長官公署交響樂團」，蔡繼琨仍任團長。該
交響樂團經常舉辦演奏會，並曾赴閩訪問演出，在光復初期對於提升
臺灣文藝水平做出了貢獻。蔡繼琨被譽為「臺灣交響樂之父」[20]，並
曾在臺灣《新生報》發表隨筆〈戲劇節感言〉。

二　與文學有關的視覺藝術

　　一九四五年來到臺灣的四川重慶版畫家黃榮燦通過藝術創作記錄
了光復初期臺灣的歷史，反映了「二二八事件」中臺灣民眾的苦難。
其版畫名作《恐怖的檢查——臺灣二二八事件》在「二二八事件」發
生不久，以「力軍」為筆名發表於上海的《文匯報》。一九四六年，
他還在上海《文藝春秋》發表了（按：原文誤印為「黃燦榮」）「桂林
木刻」作品[21]。一九四七年三月一日，他另有作品《新創造》由新創
造出版社發表。

　　來自大陸福建省的木刻家吳忠翰（吳宗漢）和畫家陳庭詩（耳
氏）同臺灣的文藝創作發生了關係。吳宗漢於一九四六年十月二十日
在臺灣《和平日報》上發表文論〈讀〈魯迅書簡〉後感錄〉，研究、
紀念魯迅，談論木刻問題。該文同當時眾多的有關魯迅的文章一起，
構成了光復初期臺灣文壇的「魯迅熱」。該文曾先以〈〈魯迅書簡〉讀
後感——關於木刻上諸種問題〉為題在一九四六年一月廈門《閩南新

18　《臺灣省行政長官公署公報》第1卷第2期，1945年12月5日。

19　《臺灣省行政長官公署公報》第1卷第2期，1945年12月5日。

20　參見汪毅夫：〈1945-1948：福建文人與臺灣文學〉，《福建論壇》（人文社會科學版）
　　2001年第6期，頁10。

21　一九四六年五月十五日出版的《文藝春秋》第2卷第5期，頁7。

報》副刊「藝壇」上發表。陳庭詩是聾啞畫家，到臺前在福州生活書店工作，曾在福建各報刊發表美術作品，如在永安《戰時木刻》發表《皇軍三部曲》（系列漫畫三幅）等，一九四七年到上海參加全國木刻展，同年赴臺。到臺後，他潛心繪畫藝術，獲得廣泛讚譽[22]。

　　一九四六年十一月，來自福建的木刻家朱鳴崗曾擔任過臺灣省訓練團的教職。朱鳴崗在抗戰時期曾任福建長汀僑民師範學校和永安師範學校美術教員，並曾在福建各報刊發表木刻和繪畫作品，如〈慰問〉（載福建永安《現代文藝》第4卷第1期〔1941年10月25日〕）、〈流亡〉（載福建永安《現代文藝》第4卷第6期〔1942年3月25日〕）、〈戰時婦女的工作〉（漫畫十二幅）（載福建永安《戰時木刻》第4期）等。在臺灣，朱鳴崗也有〈交通四題〉（載《臺灣月刊》第3、4期合刊〔1947年1月10日〕）、〈街頭小街〉（收於江慕雲《為臺灣說話》〔上海市：中國印書館，1948年9月〕）等美術作品發表，並有《刃鋒和他的木刻》（載臺灣《新生報》1948年10月8日）等藝術評論。朱鳴崗在臺灣省訓練團的教職任上培養了不少創作人才。

　　林亨泰光復初期日文詩集《靈魂の產声》封面美輪美奐，據林亨泰回憶，該封面的設計，是由他登門請托名畫家林之助先生而作。據林亨泰自述，「封面的圖案，外圍部分是由三條細長的直線所圍繞，然後是『詩』『集』『靈』『魂』『の』『產』『聲』等十幾個字體以優雅的線條展開，各自嵌鑲在透著白色的米黃空間當中。而在中央偏下方之處，畫有兩棵樹與三朵雲，優美的線條相互延展而又輪廓分明。林之助先生的封面設計相當高雅，至今仍令我至感念不已。」[23]

　　日據時期著名漫畫文學家雞籠生光復後側重於進行美術創作，他

22　參見汪毅夫：〈1945-1948：福建文人與臺灣文學〉，《福建論壇》（人文社會科學版）
　　2001年第6期，頁11。

23　林亨泰作，林巾力譯：《從我的第一本詩集說起——日文詩集《靈魂の産声》的出
　　版經緯》，二○○一年五月十九日，日文完稿；二○○一年八月五日，中文翻譯。

曾在一九五四年出版《廣告畫》一書。此畫集為供製作廣告化之參考
而作者。

　　光復初期臺灣電影事業之發展，大致如下：一九四五年十月五
日，重慶派來首批接收人員抵臺。接收電影方面的白克隨同來臺。一
九四六年四月二十七日，電影戲劇公會成立。一九四六年五月二十五
日，《電影戲劇》周刊創刊，逢週六出版。一九四七年國民黨臺灣省
黨部成立「臺灣電影企業公司」，與美國八大公司展開電影業務競
爭。一九四八年五月二十八日，上海西北影業公司導演何非光偕演員
沈敏等抵臺，在臺中霧社拍製電影《花蓮港》。一九四九年三月，上
海國泰電影公司導演張英、張徹率《阿里山風雲》影片外景隊到達臺
灣，《阿里山風雲》為臺灣第一部自製的國語（白話）影片。[24]

三　民歌與流行歌的再出發

　　一九四五年臺灣光復後，隨著民眾生活的改變，及大陸人士的大
量遷居和全國各地民謠和國語（白話）流行曲的流入，臺灣民歌的創
作、流傳也有了很大改變，但臺灣居民的民歌，仍以當地民歌為主
流。此時期一些有代表性的臺灣民歌民謠工作者及歌手如下：

　　許常惠，彰化縣人，一九二九年生。一九四〇年到日本，在東京
時開始學小提琴，一九四六年回臺灣。一九四九年入臺灣省立師範學
院音樂系，其著述的有關臺灣民謠編曲部分，著名者有《收穫歌》、
《情歌》、《耕農歌》、《六月茉莉》等九種。曾參加過臺灣重要的搜集
民歌的工作。

　　許石，臺北人。曾到日本從秋月大村、吉田等學習作曲。一九四
六年回臺灣，從事臺灣民謠搜集與編曲。

---

24 參見《臺灣電影史連載（1930-1941）》，「紀錄・中國」網站http://www.chinadocu.com/
　shownews.asp?newsid=351

　　林清月（1883-1960），臺南人，後遷居臺北大稻埕，著名中醫，喜愛民歌。一九四〇年代，常在《臺灣文化》刊出臺灣民歌。

　　吳瀛濤，著名臺灣民歌、謎語、諺語、民間故事搜集家、民俗研究家。後在一九五〇、六〇年代，先後在《臺灣風物》月刊等刊物發表民歌及論文。

　　光復初期，有一批作曲家為流行歌曲的創作及繼續發展卓有貢獻。如呂泉生、楊三郎、蘇桐、王雲峰等。光復後參與閩南語流行歌創作的學院派作曲家較少，早年只有呂泉生一人。他作曲的〈杯底不可飼金魚〉、〈搖嬰仔歌〉等久為傳唱。

　　呂泉生臺灣第二代音樂家[25]中最具代表性的人物之一，以創作具有鄉土色彩的歌曲音樂見長。呂泉生筆名呂玲朗（日據時代）、田舍翁、居然、鐵生、泉生、羅仙明秋、長風（戰後），一九一六年出生在臺中縣神岡鄉，是「臺灣第一書庫」筱雲山莊主人呂炳南的後人。二十歲畢業於臺中一中，而後負笈東瀛，入東洋音樂學校鋼琴科，二年級時，因意外傷害，右肩脫臼，手指受傷，乃改修聲樂。二十三歲完成學業後，擔任職業歌唱家。一九四三年返臺，採集整編了兩首臺灣民謠〈六月田水〉（嘉義）和〈丟丟銅仔〉（宜蘭），發表於《臺灣文學》雜誌，開以五線譜記錄整編閩南民謠為合唱曲的風氣之先。不久又採編了〈一隻鳥仔哮救救〉。日據當局在臺灣實施皇民化的「新臺灣音樂」運動時，禁止了鄉土歌謠演唱，而呂泉生卻在此時應「東京廣播協會」之邀，將這些閩南歌謠的合唱錄音帶，遠播日本。戰後，他先後指揮過 XUPA「中廣」合唱團、「臺灣警備總司令部交響樂團」合唱隊，「臺灣省文化協進會合唱團」，策劃編輯出版了《一〇一世界名歌集》（中文）、《新選歌謠》月刊和國民小學音樂教材。對臺灣的音樂教育做出了重要貢獻。他作曲的〈搖嬰仔歌〉、〈杯底不可

25 參見莊永明、孫德銘編：《臺灣歌謠鄉土情》（臺北市：臺灣的店，1999年）。

飼金魚〉等作品，久為傳唱。創作於「二二八」事件時，呼籲民眾和睦相處的〈杯底不可飼金魚〉是一首小調歌曲，旋律、音程變化大，高亢且充滿熱情，該歌曲密切聯繫社會現實，引起民眾的共鳴，被廣為傳唱，是音樂與文學相容共生的典範之作。

　　楊三郎[26]（1919-1989），本名楊我成，出生於臺北縣永和農家，六歲遷居臺北市。十八歲跟鄭玉東學習小提琴，後改習小喇叭，十九歲即被邀請在同聲俱樂部獻藝。後到日本留學，二十一歲學成後，在當時東北淪陷區「滿洲」的大連、「新京」、以及山東青島等地做樂手。戰後，他應呂泉生之邀，到臺灣廣播電臺（今中廣前身，日據時代稱「臺北放送局」）表演，一九四七年在呂泉生鼓勵下，完成處女作〈望你早歸〉，一鳴驚人，聞名歌壇。一九四八年後，他與周添旺先後合作了〈孤戀花〉、〈思念故鄉〉、〈秋風夜雨〉等閩南語流行歌。

四　民間戲曲的再度繁榮

　　一九四八年一月十九日，身在上海、關心臺灣民間文學的范泉寫作了〈關於臺灣戲劇〉，發表於香港《星島日報》副刊。該文指出，臺灣的戲劇演員，實際上最初是從大陸的江蘇、福建的泉州、廣東的潮州等地招聘而來的，指出明鄭時期已有大陸演員赴臺演出。該文還簡單明瞭、具體扼要地介紹了臺灣戲劇的特點與演員的身份等問題，有力地宣傳、推介了臺灣戲劇。

　　臺灣光復初期，「過去所有被日本政府禁演的舊劇也已自然解禁，話劇仍處於停滯狀態，只有歌仔戲……迅速復生，蓬勃發展，並遠赴南洋公演」[27]。日據時期皇民化運動中被迫改行的歌仔戲藝人，

---

26 參見莊永明、孫德銘編：《臺灣歌謠鄉土情》（臺北市：臺灣的店，1999年）。

27 焦桐：《臺灣戰後初期的戲劇》（臺北市：臺灣協和藝術文化基金會台原出版社，1990年），頁30。

又重操舊業,各地戲班也重新成立,開始演出。此時期,國語(白話)尚未普及,而日語又為臺灣民眾所不齒,閩南話成為民間日常交流的普遍語言。閩南方言文藝形式由此有了良好的語言環境。看戲是光復初期民眾的最佳娛樂方式,歌仔戲自然就成了他們最喜愛的劇種,歌仔戲因此開始了一段輝煌時期。僅一年時間,臺灣便出現了上百個歌仔戲職業劇團。村社的子弟班更是不計其數。「當時只要有兩個老戲箱就可以組團。一九四七年的『二二八』事件對歌仔戲的影響也比較小。到一九四九年全臺已發展至擁有三百多個歌仔戲劇團,歌仔戲進入了黃金輝煌時期。」[28]臺灣光復初期,內臺歌仔戲很受觀眾歡迎,演出以「連臺本戲」為主,歌仔戲內臺戲班稱為「戲臺」。在一個地方,「戲臺」可以演出一兩個月之久。「戲臺」演出前,往往先以化妝踩街的方式作宣傳,觀眾則爭相觀看。觀眾對歌仔戲的喜愛幾乎近於狂熱。當時臺灣著名的內臺戲班有「明華園」[29]、「紅玉歌劇團」[30]等。

此時期在各戲班激烈的競爭下,新的改良曲調愈來愈多。內臺戲的演出要大量運用機關布景,戲院經營者就往往不惜大量投資添加設備,興建屋頂高、空間寬的舞臺以求演出效果的完善。此時期的歌仔戲人才輩出,加上布景與聲光效果的改善,「一齣戲連演五天十天,票價也不低,熱情的觀眾還是每天來報到。戲臺水準頗為平均,文武戲各有擅場,觀眾對歌仔戲藝術較現在專精,臺上台下的良性互動,成就了歌仔戲史上的黃金階段,……戲臺一天演兩場,以夜戲為主,日戲為輔,日戲多半演出歷史劇,內容多沿襲京劇傳統的戲碼,夜戲

---

28 陳耕:《閩臺民間戲曲的傳承與變遷》(福州市:福建人民出版社,2003年9月,初版1刷),頁176。

29 參見陳國嘉:〈明華園經營策略之探討〉,《海峽兩岸歌仔戲學術研討會論文集》(臺北市:文建會,1996年),頁450-451。

30 參見瀟瀟:〈「范」片主角訪問記〉,臺灣《地方戲劇雜誌》第3期(1956年5月6日),頁14。

則演出歌仔戲自編的劇目，故事情節曲折複雜，泰半為倫理親情大悲劇」。[31]觀眾的喜愛使臺灣歌仔戲迅速發展，光復初期的幾年間風靡全島，各大城市均有大型戲院供內臺戲班演出，如臺北的「永樂座」與「新舞臺」、臺中的「樂舞台」、臺南的「大舞臺」等。

　　一九四八年，廈門「都馬抗建劇團」來臺演出，因數月後的內戰使其無法返鄉，只好留在臺灣。該劇團在臺灣受到熱烈的歡迎，臺灣的歌仔戲也逐漸吸收了該劇團創製的自由活潑的都馬調曲調。都馬調比較靈活，對歌詞的字數沒有限制，可用於大段敘事抒情的唱段，後來與「七字調」一起成為臺灣歌仔戲中最重要的兩種曲調。為增強戲劇音樂的吸引力，提升戲劇表現力，許多戲班自創新曲調，這些與傳統不同的曲調即為「新調」或「變調」。這些曲調仍以傳統的五聲音階構成，通常以戲班的名稱為曲名，如「南光歌戲團」所創作的南光調、「文和歌劇團」所創作的「文和調」和「寶島歌劇團」的「寶島二調」等。

　　其他民間戲曲方面，在臺灣光復初期，布袋戲與子弟戲也廣受民眾歡迎。以彰化縣芬園鄉為例，該鄉的洪塗長（1919-）是臺灣布袋戲與子弟戲的耆老，「同義閣」掌中劇團的負責人。他十六歲時開始學戲，先進「蟠桃園」學北管子弟戲，十八、九歲時再學布袋戲及後場樂器，不久以助手身分開始演出。其後他將中國古典小說、演義故事搬上舞臺，逐漸形成了自己的演出風格，奠定了他在布袋戲演藝界的地位。「同義閣」掌中劇團日據時期由彰化縣芬園鄉的幾位人士出資建立，光復前後交由洪塗長掌管。臺灣光復初期，各地廟會活動頻繁，組織者往往會邀請「同義閣」劇團演出，在廟埕前搭建戲棚或小戲臺手操戲偶演出，稱為「外臺戲」，演出劇目以酬神戲為多。洪塗長的演出劇目，內容多涉及忠孝節義的情節，技藝方面也具有傳統民

---

31 參見劉秀庭：《臺灣第一苦旦廖瓊枝專輯》（臺北縣：臺北縣立文化中心，1995年），頁41-42。

族特色，如「古冊」布袋戲《西漢演義》、《三國演義》及《包公審郭槐》和《薛丁山征西》劇目等。由於洪塗長有北管戲的基礎，技藝純熟，內容以「古冊」小說為腳本，豐富生動，因此，深受民眾喜愛，在芬園鄉甚至比歌仔戲還受歡迎。此後，國民黨政府限制集會活動，嚴格限制外臺戲的演出，「同義閣」掌中劇團轉入戲院的內臺戲演出。與洪塗長同時期的布袋戲藝人還有南投的張萬德、臺中的王振生等。

　　北管戲因主要由民間的子弟班[32]演出，故又稱為子弟戲。光復初期，臺灣民間北管子弟團總數約有千餘團之多，農家子弟主要是利用夜間空暇演練。如，彰化芬園鄉茄苳村的「蟠桃園」及芬園村的「慶樂軒」是芬園鄉的子弟戲團。其中「蟠桃園」具有百年以上的歷史。當時劇團分為前後場，前場是演員，後場則以鑼、鼓、琴、嗩吶等中國傳統樂器配樂。此類子弟團由本莊鄉紳出資組建，教曲者為本莊人士，成員則為本莊青年。子弟戲的唱詞與道白，除丑角因以逗笑為主，使用方言表演外，其餘多用閩南腔的國語（普通話）表演。後來，職業北管劇團的唱詞與吟詩運用國語（普通話），而在對白上則開始使用閩南語，以便不懂國語（普通話）的百姓可以聽懂，但業餘的子弟戲卻保持著以往的語言運用狀態，這也成為一個有趣的獨特現象。子弟戲團的活動主要有演戲、擺場清唱和出陣演奏戲曲三種主要形式。演戲是「蟠桃園」的主要演出方式，指登臺演出，每齣戲在演出前均必須「扮仙」，然後再演「正戲」。「蟠桃園」常演的扮仙戲有《醉八仙》、《蟠桃會》等。正戲的戲曲則有《空城計》、《下南唐》、《劉秀複國》、《孔明收姜維》（《天水關》）、《借東風》、《黃鶴樓》、《龍鳳閣》、《長坂坡》、《臨潼關》、《取荊州》、《打金枝》、《渭水河》、《秦瓊倒銅旗》等劇目。擺場清唱與出陣演奏都是清奏形式，擺場清唱多在晚間的喜慶宴會表演，由子弟團員圍圓而坐，鑼鼓齊鳴，

---

32 有關子弟戲團的詳情，參見蔡相輝主編：《芬園鄉志·文化篇》（彰化縣：彰化縣芬園鄉公所，1998年3月）。

有時配合琴弦，以專人清唱西皮或福路。出陣演奏則由子弟團員組成
「陣頭」，多出現在神佛遶境、慶典遊行、紅白喜事等場合。子弟戲
團在臺灣有著悠久的歷史，在鄉村裡充當著娛人、娛神的角色。又加
以子弟戲易學易會，只要稍有資質，並努力向學，四個月即可上臺表
演。因此，在光復前後成為鄉村民眾的重要娛樂形式之一。子弟戲在
臺灣光復初期也達到了高峰期。子弟戲團興旺時，鄉里不出閒人，甚
至小偷及鄉民的賭博行為也都相繼減少。因此，子弟戲，除了可以教
人以演技，還可使人接受忠孝節義的傳統道德教育，寓教於樂，促進
地方團結。

第十章
彼岸之念與此岸之思

第一節　概述

　　光復後，陸臺間經濟、文化交流迅速發展。兩岸在此時期的文化交流毫無障礙且交錯互生。如，黎烈文、歐坦生等由大陸去臺灣，但其文學作品有很多寄回大陸發表，上海的《文藝春秋》上刊有他們的大量文章和有關他們的消息。楊逵、賴明弘等與《文藝春秋》主編范泉有著密切的交往；楊逵、謝雪紅等與一批大陸赴臺年輕作者在臺中《和平日報》緊密合作；楊逵、藍明谷等翻譯了魯迅《阿Q正傳》、〈故鄉〉。楊逵於此時期在臺省內外文化人共同參與的文學論議活動中明確指出：「臺灣文學是中國文學的一環，當然不能對立」[1]。

　　大陸文化人始終沒有放棄對於臺灣民眾的支持與關心。早在一九四七年三月八日，詩人臧克家就在上海寫了一首詩〈表現——有感於「二·二八」臺灣人民起義〉，這是目前發現的大陸詩人對「二二八事件」的最早反映。詩中寫道：

> 五十年的黑夜，／一旦明了天，／五十年的屈辱，／一顆熱淚把它洗乾，祖國，你成了一伸手／就可以觸到的母體，不再是，只許藏在心裡的／一點溫暖。／／五百天，五百天的日子／還沒有過完，／祖國，祖國呀，獨裁者強迫我們／把對你的愛，／換上武器和紅血／來表現！

1　參見楊逵：〈臺灣文學問答〉，《新生報》「橋」副刊，1948年6月25日。

一九四七年三月六日，以范泉為主要編輯的《文匯報》發表了題為〈臺灣大慘案的教訓〉的社論，譴責「二二八事件」的原因是當局的殘酷壓迫。接下來他翻譯了楊雲萍的多篇詩作，呼籲讀者能讀懂在日本統治下的「寥穆和悲哀」，以及蘊藏其中「充滿了新的希望的反抗的吶喊聲」。范泉在社論中針對著「統治階級的新聞記者和文藝工作者」[2]，用上述兩篇文章來應對「對於臺灣文學還很生疏的中國讀者」。[3]

當「二二八事件處理委員會」提出了「三十二條政治改革方案」時，《文匯報》再次刊登社論，以示支援。當國民黨的鎮壓開始時，第三度刊出社論來表示對當局的抗議以及對臺灣民眾的深切同情。《文匯報》還對事件進行追蹤報導，並二十多次登載了揚風（楊靜明），鳳炎（周夢江）等駐臺灣記者的報導[4]，在力求逼近事件真相的同時，不斷表達對臺灣民主運動的支持和對臺灣當局政府的抗議。主要文章有：〈臺灣大慘案的教訓〉（《文匯報》，1947年3月6日）、〈趕快解決臺灣事件〉（《文匯報》，1947年3月11日）、〈臺灣問題的癥結〉（《文匯報》，1947年3月16日）等。「五二〇」血案後，《文匯報》被查封。國民黨政府封鎖了兩百六十三種「民主刊物」，報導臺灣事件的報紙雜誌也都在上海消失了。《文萃》在一九四七年四月五日發刊了《臺灣真相》特集後，也被迫轉入地下[5]。

大陸福建學者對臺灣文學的研究起步較早。臺灣光復時，已頗有成果。

一九四七年四月十五日，福建國立海疆學校教授王新民在該校《海疆學報》第一卷第二期發表〈清初臺灣番族原始文學資料〉。福

2　范泉：〈記臺灣的憤怒〉（文藝出版社），1947年3月6日。

3　范泉：〈楊雲萍——記一個臺灣作家〉，《文匯報》，1947年3月7日。

4　詳見橫地剛：《南天之虹》（臺北市：人間出版社，2002年2月）。

5　橫地剛：〈在臺灣的新興木刻藝術1945-1950〉，《中國版畫研究》2002年第9期。

建國立海疆學校創辦於一九四四年。該校「創辦的動機，是為收復臺灣而儲備人才」[6]。《清初臺灣番族原始文學資料》從多種文獻收集前人採集的臺灣少數民族的口傳文學，以直音法注音、以意譯法釋義，並對其進行分類。

第二節　在大陸的臺灣文化人和在臺灣的大陸文化人

一　臺灣文化人在大陸

蘇新一九四七年七月到香港，在香港期間主編了《新臺灣》雜誌。《新臺灣》由新加坡華僑陳嘉庚贊助，出版不定期的叢刊。蘇新在香港期間，曾分別以莊嘉農和林木順的筆名出版《憤怒的臺灣》、《臺灣二月革命》兩書，介紹臺灣的民眾解放運動和「二二八事件」經過，並在《華商報》、《大公報》、《文匯報》發表文章。一九四九年三月，蘇新從香港來到北京，從事政府部門的對日民間外交及對臺廣播工作。

何非光一九四七年在上海導演了影片〈出賣影子的人〉和胡蝶主演的影片〈某夫人〉，一九四八年又導演了影片〈同是天涯淪落人〉。一九四七年，何非光被安排拍攝了中國第一部以臺灣為背景的影片〈花蓮港〉，其插曲〈哇愛哇的妹妹呀〉曾傳唱一時。

在一九四八年十月十五日出版的《文藝春秋》上，林曙光的評論（按：原雜誌分類為「介紹」。）文章《臺灣的作家們》首先介紹了臺灣新文學發展的脈絡，然後著重介紹了賴和、楊逵、龍瑛宗、呂赫

6　蟻校氏（蟻碩）：〈創造光榮的歷史〉，載《國立海疆學校校刊》第15期（1948年11月5日）。

若、張文環、吳濁流、王白淵、楊雲萍等。該刊九十七頁《編後》對林曙光其人有簡要評論。

一九四七年，洪炎秋曾在《臺灣文化》連載〈國內名士印象記〉，記述北大師友的種種情形。

二　大陸文化人在臺灣

臺灣光復初期，葉明勳、王新民、許壽裳、李何林、李霽野、袁珂、臺靜農、黎烈文、雷石榆、吳忠翰、歐坦生、姚勇來（姚隼）、沈嫄璋、陳大禹、陳庭詩（耳氏）、朱鳴岡、畢彥、王思翔、楓野、樓憲、周夢江、金堯如（沈明）等大陸文化人滿腔熱忱，先後赴臺共襄中華文化重建盛舉。

雷石榆於一九四六年來臺參加臺灣文化協進會舉辦的魯迅逝世十周年的紀念活動。其文章〈在臺灣首次紀念魯迅先生感言〉發表於一九四六年十一月一日的《臺灣文化》;〈隨想〉發表於一九四七年一、二、三月的《臺灣文化》第二卷一至三期;另外，在《國聲報》和《臺灣新生報》上也發表過文章。一九四八年，他參加了《新生報》「橋」副刊上的臺灣新文學問題論議，在「橋」副刊上發表了數篇論文，對臺灣新文學的重建發揮了積極的作用。雷石榆在一九四六年秋末到臺北，先在臺灣交響樂團任編審，一九四七年任臺灣大學副教授。後結識了楊逵、呂赫若等臺灣作家。一九四九年六月雷石榆被當局以其思想左傾為由逮捕。一九四九年九月，他被迫離開臺灣。

中國著名現代作家臺靜農（1903-1990），抗戰勝利後去臺北，在臺灣大學任教。一九四九年以後因周圍環境緣故，以潛心教育、鑽研學問和書法創作為主，成為一名成就斐然的教育家、學問家和書法家，間或撰寫散文，一九八八年出版了雜文專集《龍坡雜文》，晚年的作品裡懷舊之情溢於言表，蘊藏著對中華大地的鄉愁，文筆爐火純

青，恬淡的風格反襯了感情的奔放，感人至深。

現代著名教育家和傳記文學作家許壽裳（1883-1948），一九四六年任臺灣編譯館館長。一九四八年二月十八日，許壽裳在臺北寓所慘遭歹徒殺害。所著有《章炳麟傳》、《我所認識的魯迅》、《中國文字學》、《傳記研究》等。

著名作家、翻譯家黎烈文一九四六年初任臺北《新生報》副社長。一九四七年起，任臺灣大學教授。一九七二年十月三十一日在臺北病逝。譯著有散文集《崇高的女性》等二十一種。黎烈文夫人雨田女士也隨其赴臺。雨田女士名許粵華，一九四七年《臺灣省政府公報》所刊臺灣省教育廳的《推薦書目》，內有雨田的作品，同年福建廈門《明日文藝》「下期預刊小說」目錄裡有雨田的《零點五》。

此外，還有：袁珂（1916-2001）一九四六年來臺後曾任臺灣編譯館編輯；巴金（1904-2005）曾應臺灣大學經濟系主任兼省立圖書館館長的邀請，於一九四七年六月二十日來臺旅遊一個月；一九四七年八月後，揚風再次去臺灣，羅鐵鷹也在此時去臺；一九四七年十二月，田漢曾來臺居留月餘，為其電影劇本搜集臺灣高山族資料；一九四八年九月，豐子愷與上海開明書店創辦人章錫琛一同來臺，舉辦漫畫展、做廣播演說，停留近兩個月。

一九四六年一月二十七日，北京大學教授魏建功來臺就任臺灣省國語推行委員會主任委員，魏建功秉承了母校的傳統、先師錢玄同的理念，跨海投身於光復初期臺灣的國語運動。

著名中國現代文學史家、魯迅研究專家薛綏之先生曾經來到臺灣，擔任《世界日報》記者，後回大陸，曾任山東聊城師範學院副院長、中國現當代文學碩士導師。

第三節　范泉、《文藝春秋》與臺灣現代文學之關聯

　　范泉[7]（1919-2000），一九四四年九月到一九五二年十二月期間曾擔任上海永祥印書館總編輯，從事《文藝春秋》半月刊、月刊等雜誌的編輯，香港《星島日報》的《文藝》副刊以及《文匯報》等的編輯，在翻譯、創作、散文、兒童文學、詩歌、評論等領域均有涉及，發表了大量的著作。一九四九年後，就任上海市新聞出版印刷學校副校長。一九五八年十二月被定為「右派」，下放到青海省。一九七九年就任青海師範學院（今青海師範大學）中文系教授，一九八六年回到上海，就職於上海書店編輯部。二〇〇〇年一月逝世，享年八十四歲。

　　范泉有關臺灣的著作，大多在上海發表，其中有多篇轉載在香港及臺灣的刊物上。此外，他翻譯了龍瑛宗的小說〈白色的山脈〉和楊雲萍的日語詩歌二十六首，並且對歐坦生的五篇著作寫了編輯介紹。

　　「二二八事件」發生之後，范泉馬上發表了兩篇文章。其一為〈記臺灣的憤怒〉，另一篇為〈楊雲萍──記一個臺灣作家〉。前者在事件發生三天後的三月三日寫成，六日編成小冊，由文藝出版社出版。〈楊雲萍──記一個臺灣作家〉則在一九四七年三月七日的《文匯報・筆會》專欄上發表。

　　一九四七年十月，范泉出版了散文集《創世紀》，其中收錄了〈記臺灣的憤怒〉、〈楊雲萍──記一個臺灣作家〉兩篇文章，並在最後寫上「無非是想作為一個『絕不再蹈覆轍』的紀念而已」。一九四七年八月後，范泉會晤了來上海避難又重回臺灣的黎烈文和攜帶描寫「二二八事件」的短篇小說〈沉醉〉來訪的歐坦生。

7　有關范泉的信息，詳見橫地剛作，陳映真、吳魯鄂譯：〈范泉的臺灣認識──上一世紀40年代後期臺灣的文學狀況〉，《復旦學報》（社會科學版）2004年第3期。

　　一九四七年九月，臺灣傳來了楊逵「失蹤」的消息。楊逵在「二二八事件」中被捕，實際已於八月九日被釋放。但范泉不知楊逵獲釋，寫了〈記楊逵——一個臺灣作家的失蹤〉，發表在《文藝叢刊》。文中云：「如果楊逵真的已經死去，那不僅是臺灣文藝界的損失，更將是中國文藝界的損失」。范泉在發表於一九四七年的〈記楊逵——一個臺灣作家的失蹤〉中說楊逵「並不被任何人御用，也從沒有為軍閥的侵略政策宣傳」，他的作品「洋溢著天才的機智」，其尖利的嘲諷「到了極點」。他認為楊逵「老於世故，具有豐富的生活經驗」，「能運用多種藝術形式的，關心著臺灣人的生活與幸福」[8]。一九四七年十一月，范泉在《文藝春秋》上評介了歐坦生的作品：「揭露了我們某一部分的祖國的同胞正在如何地把輕佻與污辱拋給了這塊新生的土地」[9]；一九四八年，許壽裳被慘殺的消息傳來，范泉在《文藝春秋》發表了悼文，並再次翻譯了〈楊雲萍詩抄〉，介紹了臺灣作家，傳達了《新生報》（橋副刊）上的新文學論議的信息。

　　從監獄出來的楊逵在〈如何建立臺灣新文學〉文中也表達了對范泉〈論臺灣文學〉的讚美[10]，楊逵在〈「臺灣文學」問答〉中讚揚了歐坦生的〈沉醉〉[11]，同時在〈「臺灣文學」問答〉中介紹了范泉的〈大地山河〉。[12]

　　范泉的文章〈論臺灣文學〉流傳到臺灣之後，楊逵將簽名的《鵝鳥出嫁》（三省堂臺灣分店，1946年3月）贈送給范泉。另外還有「對祖國抱著無限熱忱和希望的臺灣的文化工作者，他們都紛紛寫信給我，或者提供了許多珍貴的意見，或者贈送書刊，希望和我做一個文

8　范泉：〈記楊逵——一個臺灣作家的失蹤〉，《文藝叢刊》第1輯（1947年10月）。

9　范泉：〈編後〉，《文藝春秋》第5卷第5期，1947年11月15日。

10　楊逵：〈如何建立臺灣新文學〉，《新生報》（橋副刊），1948年3月29日。

11　楊逵：〈「臺灣文學」問答〉，《新生報》（橋副刊），1948年6月25日。

12　楊逵：〈「臺灣文學」問答〉，《新生報》（橋副刊），1948年6月25日。

字上的朋友」，其中還有專程來上海拜訪他的人們。以楊逵、賴明弘、楊雲萍、郭秋生，林曙光為首，還有甘於埋名，范泉稱為「一個出身在臺灣農民之家的文藝工作者」，「一個過去用日文來寫作文藝作品，而現在已經改業運輸商的臺灣知識分子」等一些人的影子[13]。

　　去臺灣的大陸文化人中，許多人是范泉的朋友。如許壽裳、李何林，黎烈文、呂熒（何估）、歐陽予倩、田漢、黃榮燦、朱鳴岡、梁永泰、黃永玉；《和平日報》的樓憲（尹庚）、王思翔（張禹）、周夢江（黃鳳炎），《大中華報》的揚風，《文匯報》駐臺灣記者索非、高耘、胡天、王望、王坪、王戟、董明德、重瞳等人，還有民歌社的歐坦生（丁樹南）與羅沈（陳絨）及東北作家孫陵等，此外還有中外文藝聯絡社的葉以群和東南文藝運動的許傑等人。

　　通過光復後兩岸文化人的交流和閱讀臺灣作家的著作，范泉對臺灣的理解逐步加深了。

　　范泉與楊雲萍是文友，但從未謀面。他們二人的友情是一九四〇年代後期兩岸文化人交流的典型代表。

　　光復後不久，楊雲萍編《民報》（學林副刊）。設立編譯館後，就任了該館編纂及臺灣研究組的主任。「二二八事件」後，到臺灣大學任歷史系教授，同時擔任了《臺灣文化》的主編。在黃榮燦的介紹下，以轉載陳煙橋論文為契機，《臺灣文化》與《文藝春秋》兩刊開始了合作。不久便發展到同時刊登李何林、黎烈文的三篇論文的程度[14]。期間，《文藝春秋》於一九四七年七月在臺北設立了總經銷店，一九四八年三月，開了永祥印書館臺灣分店，臺灣的讀者群逐漸增多。

　　隨著交往的加深，一九四六年，楊雲萍託人將詩集《山河》贈給了范泉。范泉在〈楊雲萍——記一個臺灣作家〉裡記載了選自《山

---

13 范泉：《記臺灣的憤怒》，（上海市：文藝出版社，1947年3月6日）。
14 橫地剛：《南天之虹》（臺北市：人間出版社，2002年2月）。

河》的〈月光〉、〈泉〉、〈寒廚〉、〈妻喲〉、〈里巷黃昏〉、〈新年志感〉
等六首詩，並作了評價。

　　因「二二八事件」，《臺灣文化》不得不暫時停刊。在重新發刊的
第一期，楊雲萍在〈近事雜記（五）〉文中對范泉的「好意與策勵」[15]
表示感謝。范泉則在《山河》卷頭上的〈新年志感〉中，高度評價了
楊雲萍作品中的戰鬥精神：

> 　　楊雲萍，這絕不是一個靜謐與憂鬱的代名詞。這應該是一聲臺
> 灣平民的抑憂的然而卻是憤怒的吶喊。這應該是一種把半個世
> 紀葬送在被侮辱與被傷害裡的反抗的呼聲。[16]

　　一九四八年二月，許壽裳在臺灣被殺害，三月，范泉在《文藝春
秋》上寫了悼念文章，並又從楊雲萍《山河》中譯出了二十首詩，還
在「編後」中作了評語：

> 　　臺灣詩人楊雲萍先生的詩，從一個知識分子的立場看來，似乎
> 是太嫌軟弱了些，但是我們不能忽略那塊鄭成功時代被華夏的
> 子孫們居住下來的土地，曾經在異族的控制下冬眠了五十多年，
> 我們不能丟開了客觀的現實而刻意苛求主觀的滿足──這是異
> 常明顯的事實；更何況，發表在這裡的二十首詩篇，是寫作在
> 臺灣光復以前，而且是用日文寫出。但僅僅從這些題材平庸詩
> 章裡，我們都已能夠看出作者是懷著一種怎樣哀痛的心情，游
> 離於苦鬥的邊緣，而摯愛祖國的熱忱卻是畢露無遺了。[17]

---

15 楊雲萍：〈近事雜記（五）〉，《臺灣文化》第2卷第4期（1947年7月1日）。
16 范泉：〈楊雲萍──記一個臺灣作家〉，《文匯報》，1947年3月7日。
17 范泉：「編後」，《文藝春秋》第6卷第4期（1948年8月1日）。

一九四八年夏，楊雲萍應范泉的要求，將林曙光的文章〈臺灣的作家們〉薦寄給了范泉。[18] 范泉則在一九四八年十月十五日《文藝春秋》（七卷三期）上強調臺灣文學是「發源於中國新文學運動主流的一個具有光榮的傳統與燦爛的歷史的支流」，呼籲大陸文化人理解與支持臺灣文學。這是「在《文藝春秋》上論及臺灣的最後一篇文章」[19]。

一九四五年十月，楊雲萍「等待」著能夠滿懷「自負」和「自誇」地回歸祖國[20]。但是一九四五年十二月三日，楊雲萍又寫了一首題為〈挫折〉[21]的詩。他感到自己在這短時間中「苦心結構的圖案」被「破壞」了，但他在詩作的最後還加上了一句「走向幸福之門是窄的」，表明了他重新燃起了鬥志。一九四六年元旦，范泉的〈論臺灣文學〉在半月刊《新文學》[22]的創刊號發表了。范泉在文中評價了臺灣文學家們的「自負」、「自誇」和「挫折」，把他們的「自負」與「自誇」當成自己的「自負」與「自誇」。表明了要與他們共同為創立新的臺灣文學而努力的意願。

范泉的論文〈論臺灣文學〉中，將島田謹二的〈文學的過去、現在與將來在臺灣〉[23]，與在一九四一年五月到一九四三年五月期間發表的署名為亞夫的論文[24]進行了比較。其中，亞夫的論文闡述了與島

---

18 參見林曙光：〈文史雙棲楊雲萍〉，《文學臺灣》第8號，1993年10月5日。

19 橫地剛作，陳映真、吳魯鄂譯：〈范泉的臺灣認識——上一世紀40年代後期臺灣的文學狀況〉，《復旦學報》（社會科學版）2004年第3期，頁20。

20 楊雲萍：〈我們的「等路」——臺灣文藝與藝術（上、下）〉，《民報》，1945年12月2日、3日。

21 參見鄭（楊）雲萍：〈挫折〉，《民報》（學林副刊），1945年12月8日。

22 權威出版社，1946年1月1日發行。

23 《文藝臺灣》，1941年5月20日。

24 論文尚未發現，題目不詳，該文發表的時間，採用橫地剛的說法。關於「亞夫」其人，生平不詳，可參見橫地剛作，陳映真、吳魯鄂譯：〈范泉的臺灣認識——上一世紀40年代後期臺灣的文學狀況〉，《復旦學報》（社會科學版）2004年第3期，頁20。

田的「外地文學」的史觀相異的論點。范泉在引用文章裡還提及了張文環主編的《臺灣文學》。

〈論臺灣文學〉一文整理了在「外地文學」論爭中所出現的臺灣新文學的問題。范泉將島田謹二與亞夫的主張作了比較。

島田將臺灣文學分為三個時期，第一期是日本統治的一八九五年到日俄戰爭的一九〇五年，第二個時期是從一九〇五年到一九三〇年，第三個時期是一九三一年以後。與此相對，亞夫將臺灣文學分為四個時期。第一期是到一九二四年的「未開拓」期，第二期是一九二四年到一九三三年的「文學運動醞釀期」，第三期是一九三三年到一九三七年的「文化運動正式化期」，第四期是蘆溝橋事變後的「內地與臺灣文化一體形成期」。

范泉認為島田的「觀察是不適當的」，並表明了自己的「不能滿意」。范泉反駁了島田將臺灣人的文藝作品放在「附錄的地位」，以「日本作家之居住在臺灣的，以及用臺灣的風土人情作為小說題材的文藝作品」作為主要論述對象的說法。他認為，只有依靠臺灣本土作家的努力「才能創造具備臺灣性格的臺灣文學」，外來作家的努力是「絕不能替代本島作家的地位」的。

范泉為亞夫理清了日本統治下語言殖民的問題。范泉認為臺灣文學是受了「中國新文學運動的影響」，在「學習並模擬了中國文學的形式和內容」的基礎上發展起來的，但是「在政治革命的企圖完全絕望了以後」，同時日本文化侵略政策在臺大幅展開以後，迅速「變質」了。針對臺灣文學「文藝表現形式」的變更，即殖民者強行要求從「漢文」到「日文」的轉換，范泉揭露了日本文化侵略政策的本質。范泉認為：「半個世紀以來的臺灣文學，完全是陷於形式的蛻變過程中」，由於禁止使用漢文，導致「消滅了漢文的創作，使漢文的作家沒有發表的可能和機會。這無異消滅了臺灣文學力量的一半，削弱了臺灣文學一貫的創造力」。臺灣文學「改變的只是外表的形式」，

「它的內在性質」卻始終「還帶有中國文學的遺留的血液」。對亞夫未能論及的一九四〇年以後的情況,他補充道,即使是在殖民地時代的末期,臺灣作家們並「沒有,也不會遺忘掉這個古老國度的風情和文化」。因此,「人力的武斷式的支配」只能改變臺灣文學的一部分性質。據此,范泉提出一種新的臺灣新文學史分期論。范泉的分期論如下:第一時期是一九二四年到抗戰勝利,其中又將這一時期分為兩個階段,第一階段是一九二四年到一九三七年的「與中國文學共鳴階段」,第二階段是一九三七年到抗戰勝利的「表現形式改造階段」,而以第二個時期為建設期,第三個時期為完成期。最後,他總結了日本統治下的臺灣文學,並「預言」了今後的方向。

> 我們相信在重入祖國懷抱以後的臺灣文學,將隨著時光的教養而把自己融合到母土的文學的燦爛潮流裡。臺灣文學已堂堂地進入了燦爛輝煌的建設期了。而且我們可以預言,正像中國的新文學一樣,建設期的臺灣文學會迅速地超越,用急切的步伐走過歐洲的文藝思潮所經歷的的各個階段,而進入完成期,和母土乃至世界文學並列的時期。

〈論臺灣文學〉是戰後大陸文化人最早的臺灣文學論。范泉的〈論臺灣文學〉對一九四〇年代後期「臺灣新文學爭論」有很大的影響。賴明弘一九四六年一月三日寫於上海的〈重現祖國之日——臺灣文學今後的目標〉一文在一九四六年一月二十八日刊行的半月刊《新文學》第二期上發表,這是臺灣作家最早回應范泉的文章。

一九四七年一月一日,〈論臺灣文學〉改題為〈臺灣文學的回顧〉,在《民權通訊社》[25]第三十一號再次刊出,署名為「民權社・姚群」。

---

25 分裂後的中國民主社會黨臺灣省執行委員會臨時辦事處機關報,謝漢儒任主編,洪炎秋任書記長。

　　歐陽明[26]的文章〈魯迅──中國的高爾基〉[27]觸及了范泉譯的《魯迅傳》，而且還將發表在《文藝春秋》上的陳煙橋的版畫《魯迅與高爾基》[28]借來作為插圖。可以說都與范泉有了很密切的關係。歐陽明在《人民導報》（藝文）（1946年12月1-8日）上登載的論文初稿〈臺灣新文學的建設〉，還完全引用了范泉論文裡「臺灣文學是中國文學的一環」這一觀點。

　　一年後，國共和談決裂，內戰馬上擴大到全國範圍。楊逵為發表〈和平宣言〉的文章而被逮捕，《文藝春秋》也在同月十五日被迫停刊，不久國民黨敗退臺灣。兩岸再度隔斷，兩岸前此再次構建起來的文化交流也再次遭遇挫折。

　　范泉此時期所作有關臺灣文學的作品及其他活動如下：

（一）在大陸發表的有關著作

　　〈論臺灣文學〉，范泉，《新文學》，創刊號，一九四六年一月一日。改題〈臺灣文學的回顧〉，轉載《民權通訊社》，第三十一號，一九四七年一月一日，署名民權通訊社姚群。

　　《記臺灣的憤怒》，范泉，文藝出版社，一九四七年三月六日。

　　〈楊雲萍──記一個臺灣作家〉，范泉，《文匯報》（筆會副刊），一九四七年三月七日。

　　《創生紀》，范泉，寰星圖書雜誌社，一九四七年七月。收錄〈記臺灣的憤怒〉、〈楊雲萍──一個臺灣作家〉、〈吉田秀雄〉。

　　〈臺灣高山族的傳說文學〉，范泉，《文藝春秋》，第五卷第二期，一九四七年八月十五日。《文藝春秋》第五卷第二期八月號，上海永祥印書館印行，一九四七年八月十五日出版，發表范泉短文〈臺

26　按：一說「巴特」、「歐陽明」為賴明弘的筆名。

27　歐陽明：〈魯迅──中國的高爾基〉，《新生報》（橋）第33期（1947年10月22日）。

28　陳煙橋：版畫《魯迅與高爾基》，《文藝春秋》第2卷第4期（1946年3月15日）。

灣高山族的傳說文學〉，該文中加注云：「本文為拙作傳說集《神燈》
的《後記》；這裡的所謂《集子》，就是指即將出版的《神燈》的單印
本」。文末署「一九四七年，七，二十。」由此，可斷定，早在一九
四七年，臺灣少數民族的口承民間文學已進入了范泉的學術視野。

〈記楊逵——一個臺灣作家的失蹤〉，范泉，《文藝叢刊》，第一
輯《腳印》，一九四七年十月。

〈關於邊疆小說〉，范泉，《文藝春秋》，第五卷第五期，一九四
七年十一月十五日。

〈臺灣戲劇小記〉（筆談），范泉，《文藝春秋》，第五卷第六期，
一九四七年十二月十五日。改題〈關於臺灣戲劇〉，轉載《星島日報》
（文藝副刊），第八期，一九四八年一月十九日。

〈高山族傳說——神燈〉（黃永玉插繪），范泉，中原出版社，一
九四七年十二月。收錄〈臺灣高山族的傳說文學〉及〈高山族的舞蹈
和音樂〉。

〈悼許壽裳先生〉（悼詞），洛雨，《文藝春秋》，第六卷第四期，
一九四八年三月十五日。轉載於《星島日報》（文藝副刊），第十七
期，一九四八年三月二十二日。

〈關於「白色的山脈」——敬覆林曙光先生〉，范泉，《中華日
報》（海風副刊），一九四八年七月一日。

（二）范泉對臺灣作家作品的翻譯

〈白色的山脈〉，龍瑛宗著，范泉譯，《文藝春秋叢刊》之二，
〈星花〉，一九四四年十二月一日。出處〈白色的山脈〉，《文藝臺
灣》，第二卷第六號，一九四一年九月二十日。

《巷上盛夏》，楊雲萍著，范泉譯，《星島日報》（文藝），第十四
期，一九四八年三月一日。〈詩創造〉，第九期，與〈豐饒的平原〉同
時揭載，一九四八年三月。出處同名《文藝臺灣》，第一卷第三號，

一九四〇年五月一日。

〈楊雲萍詩抄〉，楊雲萍著，范泉譯，《文藝春秋》，第六卷第四期，一九四八年四月十五日。出處《山河》，清水書店，一九四三年十一月十三日。

（三）范泉在臺灣報紙發表的作品

〈吉田秀雄〉，范泉，《人民導報》（人民副刊），第二期，一九四六年十月二十七日。

〈茅盾先生出國前後〉，范泉，《人民導報》（藝文）欄，第七期，一九四六年十二月十五日。出處〈茅盾先生出國二三事〉，轉載自《文匯報》（教育文化體育）欄，一九四六年十二月五日，與《文藝春秋》第三卷第六期同時揭載，一九四六年十二月十五日。

〈大地山河〉，范泉，《力行報》（力行副刊），第二十九期，一九四八年二月四日。出處〈小朋友〉，第八百二十九期，一九四七年二月二十七日。

此外尚有《文藝春秋叢刊》之一《兩年》（封面裝幀）、其二《星花》（編後），及《文藝春秋》（第五卷第五期、第六卷第四期、第七卷第四期）《編後》提及臺灣。

上海出版的以范泉為主編的《文藝春秋》所發表的臺灣文化人（含由大陸赴臺灣者）的作品或其他有關臺灣的作品如下：

《文藝春秋叢刊之二》《星花》（上海永祥印書館刊），一九四四年（民國卅三年）十二月一日出版。在頁十二至頁十八載有龍瑛宗〈白色的山脈〉譯文。

《文藝春秋》第三卷第四期，一九四六年（民國三十五年）十月十五日出版。歐坦生的小說《泥坑》發表。李霽野在此期《文藝春秋》上發表了他在「白沙國立女子師範學院」講演的講辭〈桃花源和牛角灣〉。

　　《文藝春秋》（副刊）第一卷第二期，一九四七年（民國三十六年）一月十五日出版，頁二十二「文壇瑣聞」欄中言：「黎烈文在臺灣，去年曾函告其友人，擬回滬辦一雜誌，或閉門譯書。惟迄今尚未定歸期。」

　　《文藝春秋》第四卷第三期（新人推薦號），一九四七年三月十五日出版，歐坦生〈訓導主任〉發表。文末署「卅五年十二月寫於福州」，表明此文是歐坦生一九四六年在福州寫作的。

　　《文藝春秋》第四卷第四期，一九四七年四月十五日出版，發表黎烈文翻譯法國 P・梅里美作小說〈伊爾的美神〉。該雜誌「編後」欄中對其評價。

　　《文藝春秋》第四卷第六期，一九四七年六月十五日出版，發表黎烈文翻譯法國 P・梅里美的小說〈塔莽戈〉。

　　《文藝春秋》第五卷第一期七月號，一九四七年七月十五日出版，歐坦生小說〈婚事〉發表；同期，有歐陽予倩所作評論〈三個戲〉，評價了新中國劇社在臺灣上演的歐陽予倩本人導演的三個戲《鄭成功》、《日出》、《桃花扇》。該期雜誌頁七十八「編後」欄中云：「……芥舟，草莽，……諸先生：請示通訊處。文藝春秋編輯部」由此可知，臺灣作家芥舟（郭秋生）應當向《文藝春秋》投過稿。

　　《文藝春秋》第五卷第二期八月號，上海永祥印書館印行，一九四七年八月十五日出版，扉頁有〈歡迎艾蕪・黎烈文〉短文。

　　《文藝春秋》第五卷第五期十一月號，一九四七年十一月十五日出版，發表歐坦生小說〈沉醉〉、黎烈文的論文〈梅里美評傳〉。

　　《文藝春秋》第五卷第六期十二月號，一九四七年十二月十五日出版，范泉的隨筆〈臺灣戲劇小記〉發表。文末日期「一九四七年十一月」，文中對三百年來的臺灣戲劇運動史進行了回顧。

　　《文藝春秋》第六卷第二期二月號，一九四八年二月十五日出版，發表黎烈文翻譯、法國 P・梅里美作短篇小說〈渥班神父〉。

　　《文藝春秋》第六卷第三期三月號，一九四八年三月十五日出版。歐坦生短篇小說〈十八響〉、洛雨的悼詞〈記許壽裳先生〉發表於本期，同期《文藝春秋》另發表〈悼念許壽裳先生〉專文於扉頁。

　　《文藝春秋》第六卷第四期四月號，一九四八年四月十五日出版，選譯並登載了楊雲萍在臺灣日據時期的二十首詩歌，總題為〈楊雲萍詩抄〉。主編范泉在該期雜誌中，對楊雲萍的詩歌給予高度評價。

　　《文藝春秋》第六卷第五期五月號，一九四八年五月十五日出版，李何林發表書評〈讀〈城與年〉〉，黎烈文翻譯法國 E・梭維斯特的隨筆〈窗前隨感──愛的哲學之一〉。

　　《文藝春秋》第七卷第三期九月號，一九四八年九月十五日出版，黎烈文譯，法國 E・梭維斯特的散文〈名勢篇──「愛的哲學」之一〉發表。

　　《文藝春秋》第七卷第四期十月號，一九四八年十月十五日出版，發表朱鳴岡木刻畫《三代》、《太太，這只肥！》、歐坦生短篇小說〈鵝仔〉、林曙光評論（按：原雜誌分類為「介紹」。）〈臺灣的作家們〉、黎烈文翻譯法國 E・梭維斯特作散文〈祖國──愛的哲學之一〉。該刊九十七頁《編後》對歐坦生小說、林曙光其人有簡要評論。

小結
光復初期庶民寫作和官方意識形態：
融合──分流──交織

　　一九四五年，日本戰敗，臺灣回歸祖國。一九四五年八月十五日至一九四九年國民黨政府遷臺的一段時期，為光復初期。臺灣剛光復時，原本全島一片歡聲笑語，人民為擺脫異族統治而欣喜若狂。但在此後一個短暫的時期裡，臺灣人不再是「日本籍的臺灣人」，卻成為等著祖國接收、沒有國籍的中國人。接著，國民黨當局派來的接收人員素質參差不齊，其中有少數人員做出違法越軌行為，開始引起民眾的不滿。此外，加上陳儀的長官公署集行政、司法、經濟大權於一身，形成了另一種形式的霸權專制統治，貪婪腐化，執政不當，致使通貨膨脹嚴重，時局動盪不安，最後，終於釀成臺灣史上的悲劇──「二二八事件」，給臺灣社會留下難以抹平的傷痕。

　　因此，雖然光復之初，臺灣有一個短暫的光明時期，但到後來，臺灣民眾和接收當局之間開始存在一種緊張對立的氣氛。

　　光復後到一九四九年三月二十九日《新生報》「橋」副刊停刊的三年半多的時間，是臺灣文化言論界相對較為寬鬆自由的時期。不論中國古典、現代小說、外國現代小說或者政論雜誌，應有盡有。臺灣許多刊物一一復甦，臺灣文化人開始盡可能地大量吸收這些文學典籍的有益營養。同時，隨著日本殖民當局政治禁忌的解除，臺灣作家的創作也基本上可以暢所欲言。除了臺灣作家們存在的語言轉換方面的困難外，應當說，這個時期的臺灣文學界是呈現著生機勃勃的良性發展趨向的。

　　光復初期，國民政府推行「國語運動」，得到民眾的自覺擁護，因此臺灣得以成為在當時中國，國語（普通話）普及的最好的一個省，此一時期閩南語歌謠及方言戲曲也得到繼續發展。而此時以社會底層民眾為訴求、以歌謠採集為基礎的流行歌曲成為方言文學的發展重心。關心兩岸文化交流的作家們，也急欲通過文學的推動，使臺灣民眾能早日與大陸接軌，於是積極地向民眾傳播有關大陸或臺灣的知識。

　　此時期深刻影響文學進程的政治因素是階級鬥爭，而非國族認同。應該說，臺灣民眾（包括廣大的臺灣文化人群），對於祖國是心嚮往之的，擁護臺灣脫離日本殖民統治、回歸祖國，由此對於國民政府接收臺灣之舉亦心懷期待，正因為這樣，才會出現世界歷史上都少見的平穩「政治真空」時期七十天。只是後來國民黨接收當局的貪贓枉法、營私舞弊、欺壓民眾的倒行逆施促使底層民眾奮起抗爭。但這些抗爭均為民族內部的階級鬥爭，與此前中日之間的民族鬥爭顯然有別。

　　受這種政治因素的影響，光復初期的臺灣文學出現了庶民寫作和官方意識形態由最初的融合一致到後來分流、分化，再到後來的階級意識的相左、國族認同的統一兩者相互交織的複雜形態。這個文學進程中有兩個轉換，而這兩個轉換的分水嶺是「二二八」事件和其後的白色恐怖。

　　《新生報》「橋」副刊在一九四七到一九四九年間發起了一場新文學論議，在這次討論活動中，本省外省作家平等交流，獲益多多。但好景不長，一九四九年「四六事件」爆發，《新生報》主編歌雷遭逮捕，新文學論議於焉落幕，臺灣新文學的重建進程再度遭挫。一九四九年五月，臺灣警備司令部宣佈戒嚴，臺灣進入了「白色恐怖」時期。政治事件對光復初期臺灣文學產生了巨大的影響，不僅傷害了文學，磨損了作家的才情，也傷害了臺灣民眾的感情，造成了此後臺灣社會的傷痕。

　　從一九四九年三月（《新生報》「橋」副刊停刊）到一九五七年（現代派文學出現），專制的官方意識形態使臺灣文學又經歷了另一段艱苦的發展里程。

第二編
文學的內部：回歸的歡喜與轉換的陣痛

第十一章
光復初期臺灣文言文學

第一節　概述

　　一九四五年，日本無條件投降。一些臺灣文言文學者為收拾舊山河，出謀劃策，其意殷殷，其功厥偉，其情可佩。他們憑藉自己的崇高威望，組織民眾維持治安，起到了穩定局勢、保持社會安定的重要作用。如葉榮鐘出任「歡迎國民政府籌備委員會」總幹事，與林獻堂等人籌備創辦《中報》，並擔任省立臺中圖書館研究輔導部長兼採編部長；一九四六年，林獻堂、丘念臺領導的「臺灣光復致敬團」飛上海轉南京謁中山陵；林獻堂還出任了臺灣省通志館館長。

　　此時期，日據時期的一些詩社仍然堅持活動，如南社一直到一九五一年併入延平詩社，才結束其極具歷史性的文化傳承重任。一九四五年，蘇東岳與蘇友章，合併浣溪，淡如二詩社，設立光文吟社，於是年中秋舉行紀念沈光文的活動，以宏揚詩學，啟迪地方文化。

　　一九四五年，蔡秋桐（愁洞）出任元長鄉長，後來他還曾當選過臺南縣議員。其後則歸隱田園，加入「元長詩學研究社」，轉寫文言詩歌，一九八四年去世。

　　戰後，鄭坤五遷籍於高雄市，曾被聘為高雄中學國文教師及屏東女中教師，並參與創辦若干小報及其藝文討論，與陳春林、陳皆興等舊文人時相往還。

　　光復前善寫文言文學、國語（白話）文學、日文文學的多面手葉榮鐘在光復初期著有大量的舊體詩歌、輓聯，以及用文言文書寫的公文、信函、祭文等舊體文學作品。如葉榮鐘曾作「被征海外傷亡少年

追悼會輓聯」[1]四副，聯曰：

　　建設正需人材惜諸子齎志以歿
　　返魂雖借天功歎雙親抱恨終生

　　魂歸故鄉知此日揚眉笑享同胞祭奠
　　稼作他鄉痛生前飲恨忍受異族欺凌

　　華表歸來仍漢土
　　玉樓辭去奈齠年

　　日本已投降從此定無桎梏箱黃土
　　臺灣雖解放而今懂得自由慰英靈

　　由這些對聯作品來看。葉榮鐘在臺灣光復初期的舊文學創作，目光是集中於社會現實的，另外，他的舊體詩歌的功力，以及其對於新思想新文化的融會貫通，在經過日據時期煉獄的磨練之後，此時也得以提升。如上述最後一聯，即突破了傳統呆板的嚴式對仗，採用了寬式對仗的形式，如上下兩聯中的「定無」與「懂得」不能相對。但不影響整副對聯的嚴整性。當然，從此副對聯看來，他仍存在著舊文學者為虛與應酬而因辭害意的毛病，如下聯中的「英靈」一詞，用於被日本軍閥徵召而冤死海外的少年，無論如何都是不太合適的，因為這些人既是受害者，同時還是施害者。或許葉榮鐘的本意應該是「冤魂」也未可知。

1　見葉芸芸、陳昭瑛主編：《葉榮鐘早年文集》（臺中市：晨星出版有限公司，2002年3月31日初版，《葉榮鐘全集7》），頁343。

　　臺灣光復後，有許多舊體詩人已逝，其後人將其在日據時期未能發表的舊體詩作整理、發表，形成了光復初期一種獨特的「生前創作、身後發表」文學現象。如謝星樓，一九三八年，即「七七事變」次年，病終。光復後其哲嗣謝汝川，將謝星樓在日據時期所撰詩作三百首，集為《省廬遺稿》出版。其中詩作多為弔古傷時之作。

　　一九五三年，臺北市中國詩壇印行《臺灣詩選》。光復後，各地詩社重整旗鼓，恢復活動，詩報接踵而出，臺北市人黃景南，亦出為創辦「中國詩壇」，控揚風雅，並請該社顧問曾今可選錄光復後之詩壇佳篇，而成此集。

　　吳萱草（1889-1960）撰《忘憂洞天詩集》一九五八年刊。吳萱草號牧童，一作穆堂，臺南縣將軍鄉人。幼受教於澎湖人陳九如，十六歲而能詩詞，一九一二年，與王大俊、王炳南等，創設嶼江詩社，後發展為蘆溪、白鷗、佳里、琅環諸吟社，而執該地詩壇牛耳，因屢次經商失敗，隱居故鄉，不問世事，詩酒自娛。臺灣光復後，眾望難卻，出任南瀛詩社副社長、首屆臺南縣議員及中國聖道會臺南縣支會首屆理事長。一九六〇年，因病去世。

　　一九五〇年，先烈遺志刊行會出版了《蔣渭水遺集》。

　　一九四九年楊守愚作〈應社成立十周年雅集張達修有詩見示次韻奉酬〉詩。由此可見在日據時期堅持民族氣節的舊體詩社應社在光復初期仍在延續著活躍的生命力。

　　一九四九年三月黃得時著〈詩鐘之起源及其格式〉發表於《人文科學論叢》第一輯。

　　許多臺灣文化人在書寫私人信函的時候還是慣用文言文體來行文。如丘念臺自南京發給葉榮鐘的回復電報，言簡意賅、情意殷殷：「彰化銀行轉葉榮鐘兄關於省參議事如何進行京中對兄態度甚表欽佩弟丘念臺叩」。文言詞語簡潔有力的優勢盡現於此。

　　此時期還有歷史散文《臺灣省通志》的編纂活動。如傳統詩社星

社成員黃水沛（黃春潮）在臺灣光復後，就曾被聘為臺灣省文獻委員會編纂。

第二節　光復初期臺灣現代文言詩歌

劉克明在光復當年作有詩歌〈光復志慶〉，詩云：

> 籠罩妖雲五十年，而今白日現青天。
> 開羅宣佈依公道，臺島復歸舊主權。
> 鐵幕豈容長閉鎖，金甌終竟再團圓。
> 戰餘建設知非易，努力用心待眾賢。

詩中表現了作者對臺灣光復的欣喜之情，展望了光復後，臺灣在祖國懷抱中眾志成城，共同建設美好家園的美好前景。劉克明，為瀛社社友。《臺灣省通志》有記：「克明，字篁川，原籍新竹，後遷臺北，任臺北師範學校教師，培養人才不少。光復後卒，著有：《臺灣古今談》等。」

高墀元〈光復志慶〉詩云：

> 五十年間似籠禽，含冤莫訴感難禁。
> 弟兄既翕耽和樂，城市依然古復今。
> 過去忠君誠套語，將來愛國是真心。
> 邦家建設吾民責，喚醒同胞寄意深。

楊爾材〈喜臺灣光復作〉云：

> 淪落五十年，銜石海難填；渾如籠中鳥，拘束有誰憐？局促灰

心未，悲鳴淚潸然；天心忽一挽，美擲原子彈。兵甲洗天河，海復變桑田；我臺報光復，喜地與歡天。河山欣我還，祭祀告祖先；行動無牽制，還我自由權。焚書焚未盡，尚有埋殘篇；國粹何人保？騷人一線延。民族留正氣，端賴國姓傳；寧作貧家子，不為富家佃。

從茲歸祖國，炎黃裔胄全；同根生同種，其豆漫相煎。重整山河固，歐亞望平齊；勿忘孫國父，遺囑服拳拳。

楊爾材，《臺灣省通志》有記：爾材，字近樗；生於澎湖，後遷嘉義縣朴子鎮，創設朴雅吟社，宣揚詩學，培養人才不少。

王則修在一九四八年，與門下蘇東岳、洪調水等，併合浣溪、淡如兩吟社，新設光文吟社、應聘為顧問，一九五二年，以八十六歲高齡逝世。則修「詩文俱工，擅作楷書」[2]。沒後惟存《倚竹山房文稿》一集未刊。

一九四八年，吳景祺撰《詠歸集》。臺灣光復後，一九四六年，吳景祺以地方碩學名士資格出任斗六初級學校校長。此集為其集任職期間所詠詩作及〈離校之辭〉一文而成。

曾為「仰山吟社」社友的李康寧（1909-1968）在光復之初，曾應聘授國文於「宜蘭塾」及「勸學堂」，復聘於臺灣銀行、第一商業銀行，一九四八年，兼任《經濟快報》記者。康寧平生好吟詠，因所在「仰山吟社」潰於戰爭期，曾於一九五二年發起重組「宜蘭縣仰山吟社」。

戰後初期，石中英隨丈夫呂伯雄返回臺灣。一九四六年她有〈丙戌元旦書懷〉（參考石中英撰：《芸香閣儷玉吟草》，卷1，頁2。），表

2　見臺灣省文獻委員會編，張炳南監修、李汝和主修、廖漢臣纂修：《臺灣省通志卷六》〈學藝志〉〈藝文篇〉（臺中縣：臺灣省政府印刷廠，1971年6月30日），全一冊，頁62。

現了對臺灣光復的欣喜：

> 遍地皆春色，陽回萬象新。屠蘇消瘴癘，爆竹逐凶神。仇恨縈
> 雙鬢，歡娛爽一身。河山幸無恙，聊慰遠征人。

　　返臺之後，石中英繼續與臺灣傳統詩社保持密切關係，參加臺北
瀛社、臺南延平詩社和全島詩人大會的活動。因為呂伯雄、石中英夫
婦是抗日有功人士，戰後與之往來酬唱者，不乏各界知名人士。〈慰問
丘念臺先生違和〉（1947）、〈敬步張群院長游臺南赤崁樓登高懷古原
玉〉（1947）、〈奉和紐先銘將軍「傲骨與君同」原韻〉（1948）等詩，
都反映了他們活躍的社會活動。光復初期，石中英依然保有當年對國
家時事的關心，也能站在民眾的立場，勇於針砭時弊。如一九四七年
秋，石中英作〈綠野新村〉[3]一題，抒發對「二二八事件」的感慨：

> 浪跡天涯數十年，故鄉風景尚依然。中原破碎燹灰後，蓬島分
> 攜抗戰前。
> 頑寇首甘還失地，黎民方喜得歸田。無端禍起蕭牆下，遍地飛
> 鴻冒火煙。

　　對於「禍起蕭牆」感到無限遺憾。在中華民族主義及漢文化的認
同下，石中英對「二二八事件」的同室操戈深感痛心。終石中英之一
生，幾乎都為國為民而憂，如她在一九四九年所寫的〈書懷〉詩所自
陳的：「風急群猿嘯，天昏滿地陰。哀鴻竄何處？唳鶴望高岑。南北

3　參見石中英撰，呂伯雄編：《芸香閣儷玉吟草》（臺北市：龍文出版社，1992年），
　　卷1，頁5。

奔戎馬，東西備戰心。太平猶未現，豈敢遁泉林。」[4]一九四九年寫
的八首組詩〈奉和呂民魂先生五十壽辰自敘瑤韻〉[5]回憶「隨夫廿載
枉奔騰」的革命歷程，將自己的家國之思融合於親情敘述。

　　不僅對國家的關心與男性相同，石中英亦強調男女智力並無高
下。她有〈男女智力同〉[6]（1946）詩，清楚地對此觀念做了說明：

> 自古男尊視女卑，都緣禮教有偏私。養成驕傲英雄漢，壓迫溫
> 柔慈母儀。
> 若得平心同教育，焉知並駕不齊馳？木蘭良玉傳千古。誰道男
> 宜女不宜？

　　此詩雖傾向枯淡的說理，但是，作為一名女詩人，石中英不僅以
具體的行動證明，更能透過詩歌作品，奮力疾呼，努力震醒女性同胞
的昏聵，已屬難得。

　　一九五一年清溪（按：即福建安溪）謝德南在〈芸香閣儷玉吟草
序〉中云：「第閨閣中以詩稱於寶島者，當推呂伯雄先生之夫人石中
英女士。」石中英在臺灣女性文言詩人中的地位，以詩歌藝術標準衡
量，謝德南之評或有可議。但若就詩歌的題材、視野、氣魄而言，石
中英當拔頭籌。

　　女詩人張李德和一九四七年籌辦書道會、婦女會、愛蘭會。一九
五三年曾出版《琳琅山閣吟草》、《鷗社藝苑》。二〇〇〇年江寶釵為

4　參見石中英撰，呂伯雄編：《芸香閣儷玉吟草》（臺北市：龍文出版社，1992年），
　　卷1，頁10。

5　參見石中英撰，呂伯雄編：《芸香閣儷玉吟草》（臺北市：龍文出版社，1992年），
　　卷1，頁10。

6　參見石中英撰，呂伯雄編：《芸香閣儷玉吟草》（臺北市：龍文出版社，1992年），
　　卷1，頁2。

之彙編《張李德和詩文集》上下兩冊。[7]她光復後的詩作依題材可分為以下幾類：

一、酬酢之作。如〈秋懷和金川女士原玉〉（按：金川，即黃金川女士。）〈贈記者沈嫄嬅女士〉：

詠雪聰明淑德該。操觚界裡見奇才。一枝彤管彰褒貶。輿論麻風化草來。

二、遊戲之作，主要是擊鉢吟詩的詩鐘形式。

三、關懷兒女、表達母愛的詩歌。如〈民國卅五年五月廿八日即興〉：

三年無消息。憂成眼疾。
一聲電報吃心驚。展看旋教喜氣呈。軍旅吾兒身健在。迷蒙三載得分明。

四、關心時事、參與政治的詩歌。如〈民國三十六年三月十二日夜感賦〉，真切地描述了二二八事變的經過。

五、與其他女詩人的交往。如張李德和有〈贈金川女史〉詩贊黃金川：

金玉文章繡口開，川流芳字遍三臺。女中豪傑兼騷雅，史上應添八斗才。

又如〈和石中英女士〉云：

7　參見江寶釵彙編：《張李德和詩文集》（臺北市：巨流圖書公司，2000年12月，初版1刷）。

喜承珠玉仰高風，翰墨因緣順利通。雅挹芝眉欣有日，靈犀一
點付飛鴻。

第三節　光復初期臺灣現代文言散文

此時期的文言散文，首先表現為史志散文的書寫。光復伊始，眾
多臺灣知識分子承擔起了修志編史，搶救傳統文化遺產，褒揚愛國
抗日精神、彰顯民族氣節的歷史任務。此時期比較重要的歷史散文著
作有：

《臺灣埔里鄉土志稿》。一九四八年，劉枝萬纂。枝萬，南投
人，學於日本早稻田大學，體弱輟學。光復後，歷任南投文獻委員
會，臺灣省文獻委員會編纂，嗣入中央研究院。此書系油印本，僅出
一卷，後無續刊。

《臺灣省通志稿》。黃純青等監修，林熊祥等主修，楊錫福等纂
修。臺灣省通志之纂修，倡設於一九四七年「臺灣省通志館」創立之
時，其纂修實際工作之積極進行，則延至一九四九年「臺灣省文獻委
員會」成立以後。

一九四七年，臺灣通志館成立，黃春潮（水沛）被聘為該會顧問
委員會委員。翌年通志館改組為臺灣省文獻委員會，轉任編纂。著有
《臺灣通志稿人物志第一冊》及〈建置篇〉。

張李德和文言散文如一九四八年燈節日所作《嘉義交趾陶》
〈序〉。表達了對葉王陶藝品工藝的關心與理解、對人文物象的喜愛
與興趣。

葉榮鐘此時期的文言文為數眾多，較重要者如下：
〈為保全公共建造物事勸告同胞兄弟〉[8]反映了臺灣文化人勇於

8　葉芸芸、陳昭瑛主編：《葉榮鐘早年文集》（臺中市：晨星出版有限公司，2002年3
　月31日初版，《葉榮鐘全集7》），頁323。

承擔社會責任，呼籲民眾愛護家園，平穩回歸祖國的自覺意識。

　　葉榮鐘作為林獻堂的秘書，曾於一九四六年一月十八日為林獻堂起草文稿〈被征海外傷亡少年追悼會祭文〉[9]。文章祭悼了戰時被日本軍部徵調成為犧牲品的臺灣少年們，對他們的早逝感到惋惜。葉榮鐘所作〈被征海外傷亡少年追悼會弔辭〉[10]則更是對日本軍國主義的罪惡進行強烈譴責。文章古樸典雅，有魏晉之風，且與社會現實聯繫緊密。

　　葉榮鐘代莊遂性寫作的〈陳博士新彬先生弔辭〉懷念了一位愛國醫學博士，對其在日據時期持守民族氣節，在每年六月十七日日本所謂「占領臺灣始政紀念日」從不懸掛日本國旗，「而使日人側目」[11]的愛國行動及其醫學成就進行了高度的讚揚。文章情真意切，至為感人。

　　葉榮鐘為林獻堂起草、林獻堂發表的〈林獻堂氏代表臺灣光復致敬團一行發表談話〉[12]一文反映了光復初期臺灣文壇的國語（白話）文學還遠未成熟，但是已有趨向成熟的姿態。該文的第一段以較徹底的國語（白話）文寫作，而到了第二段以下，則顯示了文言詞語與國語（白話）文詞語的夾雜共存，是不夠成熟的白話文。

　　葉榮鐘另寫有〈臺灣光復致敬團〈祭黃陵文〉〉[13]，表達了臺胞慎終追遠的尋根情懷。

　　葉榮鐘記述臺灣的歷史民俗文化，批評社會陋習。撰寫政治社會類雜文，為其同時代人留下歷史見證，更為後代留下寶貴資料。

9　葉芸芸、陳昭瑛主編：《葉榮鐘早年文集》（臺中市：晨星出版有限公司，2002年3月31日初版，《葉榮鐘全集7》），頁339。

10　葉芸芸、陳昭瑛主編：《葉榮鐘早年文集》（臺中市：晨星出版有限公司，2002年3月31日初版，《葉榮鐘全集7》），頁341。

11　葉芸芸、陳昭瑛主編：《葉榮鐘早年文集》（臺中市：晨星出版有限公司，2002年3月31日初版，《葉榮鐘全集7》），頁353。

12　葉芸芸、陳昭瑛主編：《葉榮鐘早年文集》（臺中市：晨星出版有限公司，2002年3月31日初版，《葉榮鐘全集7》），頁357-358。

13　葉芸芸、陳昭瑛主編：《葉榮鐘早年文集》（臺中市：晨星出版有限公司，2002年3月31日初版，《葉榮鐘全集7》），頁361-362。

第十二章
光復初期國語（白話）文學

第一節　概述：光復初期國語（白話）文學的復甦

　　皇民化運動時期，國語（白話）文學遭受重大挫折。臺灣重新回到祖國懷抱後，臺灣作家內心充滿喜悅和期待，熱情積極地投身於國語（白話）文學的學習與創作，一九四五至一九四八年於是成為國語（白話）文學在臺灣的復甦期。這與臺灣作家因光復而煥發的創作熱情分不開，同時也應歸功於大陸文學和臺灣文學的匯流。

一　創作用語由日文向中文轉換的困難與適應

　　國語（白話）文學在臺灣光復初期有一個青黃不接的短暫時期。出現這樣的局面，主要是因為眾多在日據時期以日文寫作者有著跨越語言的困難，短時期內尚無法運用中文寫作。「當時，臺灣作家既不願亦不能用日文寫作，使用中文則發生困難。」[1]比如，陳千武一九五八年才發表第一首華文詩〈外景〉。許多作家都是受純粹日文教育長大，在光復之後始正式接觸到祖國語文，而學習祖國語文則多半靠自學。

　　在臺灣回歸祖國之後，學習中文就成了臺灣人民特別是有志於文學創作的人的「入門第一課」。楊逵在一篇題為〈我的小先生〉的文章裡，追述了他在光復初期向自己七歲的次女素娟學國語的情景。在

1　孫達人：〈〈橋〉和它的同伴們〉，曾健民主編：《噤啞的論爭》（臺北市：人間出版社，1999年9月，初版1刷），頁6。

表現臺灣作家渴望掌握祖國語言並盡快用中文進行寫作的同時，也透露出他們當時的中文水平距離創作還有很長一段路程。楊逵在光復初期的四年時間裡，發表了許多評論文章，對發展臺灣新文學貢獻了許多好意見。但均以日文寫成。直到一九五七年，他才發表自己的第一篇中文作品。

另外，光復伊始，一些日據時期的國語（白話）文學者將注意力放在了政治、經濟等其他社會活動方面，一時無暇顧及國語（白話）文學創作。如葉榮鐘在光復初期主要從事社會活動，寫作的多是應用性文章或論文。王詩琅一九四六年返臺，轉向了臺灣民俗、歷史的研究著述。

此時期的國語（白話）文學作家作品主要有：

黃得時在一九四五年十一月受「教育部」委派，與羅宗洛等人接收臺北帝國大學，[2]一九四六年八月被聘為臺大文學院副教授。其隨筆《許先生最後的背影》發表於一九四八年五月一日《臺灣文化》第三卷第四期。

楊守愚於一九四五年十一月，在《政經報》第二期發表了他完成於一九四五年光復慶祝後兩天的散文〈賴和《獄中日記》序言〉。一九四六年七月二十二日，他擔任臺灣文化協進會文學委員，並為該會發行的《臺灣文化》月刊撰稿。其舊作〈鴛鴦〉，改題名為〈阿榮〉後，發表於《臺灣文化》一卷二號。一九四八年十月，楊守愚於《臺灣文學》一卷二號，發表了他的國語（白話）詩歌〈同樣是一個太陽〉。

一九四六年初，張我軍返回臺灣。一九四七年十二月二十三日，他的散文〈當鋪頌〉發表於《臺灣文化》。一九四八年六月三日，張我軍在《臺灣茶葉》上發表散文〈採茶風景偶寫〉。一九四八年七

2　參見江寶釵：〈黃得時年表〉，《臺灣文學館通訊》第2期（2003年12月），頁29。

月，散文〈在臺灣西北角看採茶比賽後記〉發表於《臺灣茶葉》。一九四八年十月一日散文〈山歌十首〉發表於《臺灣茶葉》。一九四九年一月一日散文〈埔里之行〉發表於《臺灣茶葉》。

呂赫若光復後實現了較快的語言轉換，這在跨語一代的臺灣作家中是少見的。他在臺灣光復以後創作、發表了他一生僅有的四篇中文小說。

面對百廢待興的臺灣文壇，戰後臺灣的文化重建工作是臺灣文學者的首要任務。日據時期的著名作家楊逵、龍瑛宗、吳濁流、楊雲萍、王白淵等，在這方面都有突出的表現。如楊逵先後擔任《和平日報》新文學欄、《力行報》副刊的編輯工作並自創刊物，編印包括魯迅《阿Q正傳》、郁達夫《微雪的早晨》、茅盾《大鼻子的故事》等在內的中、日文對照的《中國文藝叢書》。此外，他還積極投入有關臺灣文學建設和發展方向等問題的討論。龍瑛宗作為光復初期最為活躍、成績卓著的臺灣作家之一，在主持《中華日報》日文版文藝欄的同時，又親自撰寫大量作品，其內容包括：大陸文學、文化的介紹，如先後介紹了老舍、章炳麟、魯迅、劉鐵雲等；世界文學的評介以及個人的創作，如小說《燃燒的女人》、散文〈女性與讀書〉、新詩〈心情告白〉等。龍瑛宗的這些活動不僅顯示了較寬闊的視野，而且在臺灣本地作家中頗具代表性，如葉石濤、王育德等當時的文學撰著也包含了這幾個方面。一九四六年，「臺灣文化協進會」成立，發行《臺灣文化》，楊雲萍出任主編，並發表〈臺灣新文學運動的回顧〉及雜記多篇。

林精鏐很快適應了日、中語言的轉換，其創作未因語言的轉換而中斷。他光復前後共寫有三百多首詩歌，其光復後詩歌的風格由日據時期的寫實，轉向了唯美而細膩的刻畫。鍾理和原本即用中文寫作，因此，此時期創作相對多於其他作家，但是他的身體虛弱、家庭貧困，這些客觀條件也限制了他發表作品的數量。

二　兩岸國語（白話）文學的匯流

　　此時期臺灣文壇活躍著一些來自大陸的新文學者。其中不乏像許壽裳、臺靜農、黎烈文、李何林、李霽野、袁珂、雷石榆、何欣等一九三〇年代的資深老作家。這些作家原籍都在大陸，他們相繼在臺灣光復後來到臺灣，其目的「完全是為了支援臺灣省文化和文學的建設，奉有協助振興和重建臺灣省文化和文學的神聖使命。」[3]

　　上海永祥印書館印行、一九四七年八月十五日出版的《文藝春秋》第五卷第二期八月號，曾經記載兩岸文學者茶聚的歡快場景扉頁有〈歡迎艾蕪〉〈黎烈文〉短文，並附茶聚活動的照片四張。會後，黎烈文返回臺灣。

　　除了本省作家外，大批赴臺的大陸文化人也為臺灣文學輸入新鮮血液。他們不少是中國現代文學史上知名的作家，如許壽裳、李何林、臺靜農、黎烈文、李霽野、袁珂、雷石榆等。他們或編輯出版報刊雜誌，或親自撰文著書。魯迅的摯友、著名作家許壽裳於一九四六年渡海組建臺灣省編譯館，任臺灣編譯館館長，後又任臺灣大學國文系主任。他積極向臺灣同胞介紹魯迅，出版了《魯迅的思想和生活》一書，並撰寫了《亡友魯迅印象記》等重要文章，對重建臺灣新文化做出了突出貢獻。一九四八年二月十八日，許壽裳在臺北寓所慘遭歹徒高萬俥殺害。

　　著名作家、翻譯家黎烈文抗戰勝利後去臺灣。一九四六年初，任臺北《新生報》副社長。一九四七年起，任臺灣大學教授。他在翻譯外國進步文藝作品及理論方面，對臺灣新文學的復甦卓有貢獻。

　　一九四五年十月二十五日創刊的《臺灣新生報》，在一九四七年

3　劉登翰、莊明萱、黃重添、林承璜主編：《臺灣文學史》（福州市：海峽文藝出版社，1993年1月，初版1刷），下卷，頁8。

五月四日特闢「文藝」副刊，由何欣主編。何欣是英、美文學教授，主張文學不能閉關自守，世界文學是彼此相互影響的。他利用《文藝》副刊，極力向臺灣讀者介紹世界各國文學，同時借助英、美文學思潮，闡釋臺灣作家的創作。

《臺灣新生報》「文藝」副刊於一九四七年七月三十日停刊，八月一日改創《橋》副刊，歌雷（史習枚）擔任主編。歌雷主張新現實主義的創作路線，視野開闊，富有熱情，在副刊上，組織了以楊逵為代表的本省籍作家與外省籍作家共同探討「臺灣文學」發展路線的論議。

報刊雜誌蜂起、大陸書籍的出版引介是這時期文化振興的重要標誌，也提供了兩岸文學、文化匯流的主要場所。從一九四五年至一九四九年，臺灣有多達一百多種的報刊雜誌，或用中文、日文，或者中、日文並用，都對當時的國語（白話）臺灣文學創作給予極大的關注和支持。

書籍出版方面，大陸左翼作家劉白羽的小說《成長》一九四六年四月在臺灣新創造出版社出版；一九四六年八月，雷石榆新詩集《八年詩選集》在高雄出版，此為「臺灣光復後所出版的第一冊詩集」[4]；歐陽予倩的《桃花扇》（未定稿）列為「新中國演出臺本」之一，由新創造出版社出版。

由當時臺灣報刊雜誌對大陸新文學的介紹、出版界對於大陸書籍的出版引介，不難看出當時大陸和臺灣文化、文學匯流的文壇總趨向。

臺灣光復初期，一批福建文化人先後來到了臺灣。他們為戰後臺灣新文學的重建做出了貢獻。[5]

4　見楊若萍：《臺灣與大陸文學簡史（1652-1949）》（上海市：上海文藝出版社，2004年3月，初版1刷），頁187。

5　有關光復初期福建文人在臺灣的情況，詳見汪毅夫〈1945-1948：福建文人與臺灣文學〉，《福建論壇》（人文社科版）2001年第6期。

　　葉明勳（1913-2009），福建浦城人。一九四六年五月四日，臺灣文藝社成立，葉明勳為該社發起人之一。葉明勳的夫人嚴停雲後來以「華嚴」的筆名從事文學創作，成為臺灣著名小說家。嚴停雲系福建閩侯人，中國近代文化名人嚴復的孫女。

　　曾任福建《中央日報》記者的沈嫄璋於一九四六年隨丈夫姚勇來到臺，並於一九四七年進入臺灣《新生報》社。到臺後，沈嫄璋除主要採寫省政新聞外，也發表《新中國劇社的長成》（載《臺灣月刊》第3、4期合刊，1947年1月10日）一類文化新聞。姚勇來最初供職於臺灣省行政長官公署新聞室，後與沈嫄璋一起進入臺灣《新生報》社。他以「姚隼」為筆名在《臺灣月刊》、《新生報》等發表作品，如〈新臺灣之旅〉、〈人與人之間及其他〉、〈橋之讚頌〉、〈橋頭二題〉、〈十年〉、〈海浴場上〉、〈化蕃兩公主〉等作品（〈新臺灣之旅〉、〈人與人之間及其他〉載於《臺灣月刊》，〈橋之讚頌〉、〈橋頭二題〉、〈十年〉、〈海浴場上〉、〈化蕃兩公主〉均載臺灣《新生報》），並以〈論爭雜感〉（臺灣《新生報》，1948年6月20日）一文參加了在一九四七年發起的「臺灣文學論議」。

　　何敏先[6]，字文聰，福建福州人。一九四六年到臺任職教育部門。在臺灣出版《環遊臺灣》一書。何敏先後離臺返閩，於一九四八年八月參加福州市記者公會。

　　林良（1924-），福建同安人，一九四六年到臺任職於臺灣省國語推行委員會研究組。後到創刊於一九四八年十一月二十三日的該會《國語日報》編輯兒童副刊。林良從此時起開始創作兒童文學，以「子敏」的筆名享譽臺灣文學界。後有臺灣兒童文學創作的「大家長」和「長青樹」之譽。[7]

6　參見《福州新聞志報業志》（福州市：福建人民出版社，1997年），頁397-399。

7　王林：〈日月潭邊的童心淺唱——略論當代臺灣的兒童散文創作〉，《臺灣研究集刊》1998年第2期，頁79-80。

　　一九四七年二月一日，中央通訊社福州分社總編輯鄭文蔚等人在臺北創辦《中外日報》，並邀請福建報人寇冰華、陳石安和趙肅芳到臺分別擔任該報總主筆、副總編輯和攝影記者。《中外日報》不久因臺灣「二二八事件」而停刊。寇冰華、陳石安和趙肅芳於三月間先後離開臺灣。幾個月後，陳石安再次赴臺，在臺灣從事報業和報學研究，著有《報學概論》、《新聞編輯學》等，並以「岑憑」的筆名創作文學作品。[8]鄭文蔚也留居臺灣，臺灣《新生報》一九四八年八月二十八日曾刊有鄭文蔚同文友的唱和詩，鄭文蔚「以近狀串次成章」的和詩如下：

　　　　舊地悲歡仍此身，重來時節又殘春。未消鬱勃樽前氣，猶對娉婷月下人。從昔才氣關困厄，至今世亂幸全真。斯鄉尚有求田計，不向雲間露一鱗（「悔向雲間露一鱗」，定庵句）。

　　該詩作描述了作者文學才華受限、文學活動受阻的鬱悶心情。
　　一九四七年二月，福建作家歐坦生到臺灣基隆中學任教。歐坦生從一九三六年開始發表小說。其小說創作曾受到張天翼的影響，他用過「異風」的筆名（按：「異」、「翼」同音）。到臺前，歐坦生曾在上海《文藝春秋》發表小說〈泥坑〉[9]，並向該刊投寄小說〈訓導主任〉[10]和〈婚事〉。[11]歐坦生到臺後恰逢臺灣「二二八事件」發生。他以此親身經歷寫成小說〈沉醉〉，發表於一九四七年十一月十五日《文藝春秋》。〈沉醉〉發表後，引起楊逵的注意和好評，他在〈臺灣文學問

8　參見徐君藩等編：《兩岸故人集》（福州市：海峽文藝出版社，1994年），頁203；徐
　　君藩等編：《福州文壇回憶錄》（福州市：海潮攝影藝術出版社，1993年），頁256-
　　257。
9　載《文藝春秋》第3卷第4期，1946年10月15日。
10　發表於《文藝春秋》第4卷第3期，1947年3月15日。
11　發表於《文藝春秋》第5卷第2期，1947年8月15日。

答）文裡說：「去年十一月寫的《文藝春秋》曾有邊疆文學特輯，其中一篇以臺灣為背景的〈沉醉〉，是『臺灣文學』的好樣本」。[12]楊逵還在一九四八年九月將〈沉醉〉收入他主編的《臺灣文學》第二輯。歐坦生後來改用「丁樹南」的筆名從事文學批評，並卓然自成一家。

　　一九四六年初畢業於廈門大學銀行系的姚一葦（原名姚公偉），於一九四六年九月一日到臺，十月一日進入臺灣省銀行公庫部任辦事員，後來成為臺灣地區最有影響力的劇作家和評論家。

　　曾任福建省立師範學校校長、並曾有詩劇《悲壯的別離》[13]等作品發表的唐守謙於一九四五年十一月三十日就任臺灣省立臺北師範學校校長[14]；在福建以寫文藝評論見長的俞棘，到臺後曾任創刊於一九四六年二月二十日的臺灣《中華日報》總編輯；吳東權於一九四六年中學畢業後，從福建莆田到臺灣任職於日產接收委員會，一九四七年起，開始在創刊於一九四七年七月的臺灣《全民日報》發表作品，後成為臺灣著名小說家。[15]

　　在兩岸文化人的協力下，光復後一九四六年到一九四九年，臺灣的國語（白話）文學創作漸漸地恢復了繁華面貌。

三　光復初期國語（白話）文學創作概況

（一）散文隨筆創作

　　著名散文家、翻譯家錢歌川（1903-1990）在臺灣光復後來到臺

12　轉引自《1947-1949：臺灣文學問題論議集》（臺北市：人間出版社，1999年），頁142。

13　一九三八年九月刊於福建《抗敵戲劇》半月刊。

14　參見〈臺灣省行政長官公署公報〉第1卷第3期，1945年12月8日。

15　參見徐迺翔主編：《臺灣新文學辭典》（成都市：四川人民出版社，1989年10月），頁95-96。

灣，一九四六年任臺灣大學教授兼文學院院長。後曾在臺灣成功大學任教。錢歌川原名慕祖，自號苦瓜散人，又號次逖，筆名歌川、味橄、秦戈船，湖南湘潭人。一九二○年赴日留學，一九三六年入英國倫敦大學研究英美語言文學，一九三九年回國後任武漢、東吳等大學教授。錢歌川於臺灣光復初期在臺灣創作的散文主要是反映他對臺灣生活的感受，其中也有一些對於當時臺灣社會狀況的真實記錄。其散文隨筆創作受英國小品的影響較大，字裡行間有著查爾斯·蘭姆的英國隨筆筆調，格調輕鬆，構思巧妙，寓莊於諧，掩飾思想鋒芒於幽默，善於從日常生活中的瑣屑小事中挖掘出深邃的人生哲理，往往讓讀者在會心的笑聲中領悟到文章內裡深藏的諷喻。

　　一九四七年，張深切著《我與我的思想》由臺中中央書局出版。書中所輯文章，計分三部，一寫其思想發展過程，並附有關「食色性的問題」三篇隨筆。二錄其生平的七篇論文，三為外雜篇，有「教育革新芻議」、「記范烈士本梁」、「悼張我軍」等八篇散文。一九四七年，張深切著《在廣東發動的臺灣革命運動史略》，亦由中央書局出版。

　　洪炎秋（1902-1980），散文家。原名洪槱，又名洪棪楸，字炎秋，光復後以字為名。筆名洪芸蘇。鹿港人。為洪棄生的次子。幼時從父學習，奠定了深厚的國學基礎。一九一八年到日本讀書。一九二○年返臺，開始學習國語和注音字母。一九二二年隨父遊歷中國大陸。一九二三年考入北京大學預科。一九二五年升入大學部教育系。其間於一九二七年和同在北京學習的臺灣青年張我軍、蘇維霖、吳敦禮等人創辦《少年臺灣》雜誌。北京大學畢業後，執教北平師範學校，一九二九年至河北教育廳任科員。一九三一年《南音社》創辦後，他被邀為同仁。同年開始，先後在北大等校任教。一九四六年返臺任臺中師範學校校長。一九四七年九月任臺灣省國語推行委員會副主任委員。次年任《國語日報》社社長，並任臺大中文系教授。洪炎秋的創作以散文、特別是以雜文著稱。作品多取材於歷史掌故和社會

現狀。結集出版有《閒人閒話》。《閒人閒話》於一九四八年發表，此書為其歸臺後出版的第一部隨筆集。其中〈正篇〉輯「全省行腳叩頭戰敗記」，關於「烏合之眾」、「氣小性急」、「臺灣革命運動史略序」、「國內名士印象記」其一至其四，「談貪行」、「悼許季茀先生」十篇。「附篇」輯：「偷書」、「健忘禮贊」、「閒話鮑魚」、「關於死」、「賦得長生」、「就河豚而言」、「我與我父」、「馭夫術」、「辮髮茶話」、「談美貌」十篇。洪炎秋的作品知識豐富，表現淺近，詼諧幽默的文字時常顯露批判的鋒芒。

葉榮鐘作於一九四六年二月的〈臺灣經濟建設的原則〉的雜文，回顧了日據時期臺灣經濟處於日本帝國主義的壓榨與剝削之下的情形，對光復後的臺灣經濟建設提出了諸多切實可行的建言，以飽蘸熱情的筆墨書寫了一個有見地的臺灣知識分子的愛國情懷。文中說：「臺灣現在是光復了，光復的具體底事實就是臺灣已經重回祖國的懷抱了，土地是中華民國的版圖，人民是中華民國的國民，臺灣人已不是異族的奴隸而是臺灣的主人了，換言之，臺灣人的立場與光復前完全相反了，這是臺灣人五十年來忍辱包羞為牛為馬所換來的一個最寶貴最美滿的對價……」[16]

楊夢周也撰寫了為數可觀的隨筆，其中有社會文化批評，也有文藝時評。前者如發表於一九四六年十二月二十八日《中華日報》上的〈節約與浪費〉、一九四七年六月十二日《中華日報》上的〈舞禁的波折〉等，都對醉生夢死、奢侈浪費的享樂主義的社會風氣進行了批評。後者則如一九四六年十一月二十九日《自強報》署名洛茵的〈談詩〉，批評脫離現實的詩人；一九四七年六月十五日發表於《中華日報》的〈漫談靈感〉認為，寫作的源泉在於社會經驗、對人生意義的認識、作家的思想觀念等。

---

16 見《臺灣經濟建設的原則》，葉芸芸、陳昭瑛主編：《葉榮鐘早年文集》（臺中市：晨星出版有限公司，2002年3月31日，《葉榮鐘文集7》），頁347。

　　楊夢周發表於一九四七年四月十一日《中華日報》的散文〈難忘的日子〉寫「二二八事件」中一名福州青年被一群臺灣人用日本刀刺死的悲劇，對造成這個悲劇的深層原因進行了反思，是反映這一事件的比較早的文學作品。

　　一九四七年五月十一日，楊夢周於《中華日報》「新文藝」第二十一期發表隨筆〈展開臺灣的新文藝運動〉提倡文藝大眾化；一九四七年九月一日，於《臺灣文化》第二卷第六期，發表〈文藝大眾化〉，進一步明確呼籲擴展新文藝領域、文藝大眾化，並且認為「除了特別寫給某地方人看的作品以外，絕不可全用方言」，要像老舍一樣用全國普遍的語言來寫大眾化的作品；一九四七年一月二十五日，於《中華日報》發表的〈春節雜感錄之一〉和一九四六年十月十九日，在《自強報》發表的〈阿Q與羅亭〉，訴說了他對底層平民的深厚感情，及其堅持文藝大眾化的主張。

　　日據時期的通俗小說家徐坤泉，臺灣光復後，轉向了歷史散文創作。從一九四七年起，開始擔任臺灣省通志館編纂。一九五〇年擔任臺灣省文獻委員會編纂，並完成〈臺灣省通志稿學藝志文學篇〉。一九五四年因病去世，享年四十八歲。

（二）通俗漫畫文學創作

　　一九四五年，《新新月刊》創刊，新高漫畫集團成員四大編輯陳家鵬、王花、葉宏甲、洪晁明主持漫畫專欄，漫畫作家有陳定國、梁梓義、華王兒等。他們被稱為臺灣漫畫的先鋒，《新新》月刊一共發行了八期，因為經濟問題而結束。葉宏甲為《新新》月刊創作了評論性的時事漫畫多幅，一九五六年獲邀為大華出版社繪作《臺灣民間故事》。和《新新》同時，一九四五年王朝宗的長篇漫畫《水滸傳》第一集出版，書中以國語（漢語）敘事。這是臺灣光復後的第一本連環漫畫單行本。一九四七年，王朝宗又出版了另一本三國志連環漫畫《貂蟬》。

　　一九四九年漫畫家梁又銘、梁中銘創辦了第一份大型漫畫刊物《圖畫時報》三日刊，內容包括《國際政治漫畫》、《社會漫畫》、《幽默漫畫》、《連環漫畫》，主要的畫家除了梁氏兄弟，還有牛哥、何超塵、羅輔聞等等。這份刊物後併入《中央日報》。

　　雞籠生（陳炳煌）光復後攜眷回到故鄉基隆，一九五一到一九六三年入農復會主編《半年》雜誌，一九五四年，出版了《百貨店》第二集。此外，他還出版了《傻瓜集》、《海外見聞錄》等多本散文集。陳炳煌退休後僑居美國。

（三）戲劇文學創作

　　臺灣光復，各地戲劇、戲曲演出活動復甦。

　　一九四六年，宋非我、張文環編導的《壁》於北市中山堂演出。「二二八事件」切斷了本土話劇主流。戲曲也因為「二二八事件」爆發而發生變化。臺灣行政長官公署禁止臺灣外臺戲演出一年以上，藝術轉業或轉入戲院演出。緊接著顧劇團、崑曲曲友徐炎之、福建都馬劇團、中國國劇團來臺，對臺灣光復初期的臺灣戲曲發展有深刻影響。

　　《文藝春秋》第五卷第一期七月號，一九四七年（民國三十六年）七月十五日出版。

　　同期，有歐陽予倩的評論《三個戲》，評價了新中國劇社在臺灣上演的歐陽予倩本人導演的三個戲《鄭成功》、《日出》、《桃花扇》。

　　一九四六年十一月二十八日，福建劇作家林舒謙受委派擔任「臺灣省訓練團主任秘書」。[17]朱鳴崗則先在一九四六年十一月二十七日受委派擔任「臺灣省訓練團講師兼訓導處美術指導員」（〈臺灣省行政長官公署公報〉，1946年冬字，頁762）。林舒謙曾親身經歷臺灣「二二八事件」發生的全過程、他在臺灣省訓練團教職任上為培養臺灣的文

17　參見〈臺灣省行政長官公署公報〉，1946年冬字，頁774。

學藝術創作人才做了有益的工作。[18]

第二節　光復初期的國語運動[19]

臺灣光復後文學語言的順利轉換，臺灣光復初期的國語推行運動功莫大焉。魏建功等語言學家，在臺灣光復初期，經過努力，在短期內基本上清除了日本殖民統治五十年強制推行的日文日語對臺灣民眾語言的影響，實現了中華民族語言的純潔、規範、統一，對祖國的統一大業亦居功其偉。

國語推行運動從一九四五年十月二十五日起，即進入了官方籌劃和民眾自發並行的過渡階段。這一運動在臺灣有很強的勢頭、也有很強的陣容。除了著名語言學家魏建功受聘擔任一九四六年四月一日成立的臺灣省國語推行委員會主任委員外，一九一三年教育部召開讀音統一會時到會的四十四名會員[20]中，還有許壽裳、汪怡參與其中。

魏建功（1901年11月7日-1980年2月18日），江蘇海安人，字天行，筆名健攻、山鬼、文狸等。著名語言文字學家、教育家。是我國現代語言學的早期開拓者之一，也是北京大學中文系古典文獻專業的奠基人。一九三〇年代，北大中文系有「三大概要」的說法，就是指胡適的《中國文學史概要》、沈兼士的《文字學概要》、魏建功的《聲韻學概要》。抗戰勝利後，他擔任了臺灣省國語推行委員會主任委員兼臺灣大學中文系特約教授。一九四八年十月，回北京大學任教。

早在一九一九年，魏建功就在錢玄同的感召下，傾心國語運動。

18　參見汪毅夫：〈1945-1948：福建文人與臺灣文學〉，《福建論壇》（人文社會科學版）2001年第6期，頁11。

19　有關魏建功及國語推行運動詳情，參見汪毅夫：〈魏建功等「語文學術專家」與光復初期臺灣的國語運動〉，《東南學術》2002年第6期，頁99-108。

20　參見汪毅夫：〈魏建功等「語文學術專家」與光復初期臺灣的國語運動〉，《東南學術》2002年第6期，頁99-108。

一九四四年前後，國語推行委員會分別在西北地區和重慶地區設置了
兩個推行國語的基地，西北地區由黎錦熙負責，重慶地區由魏建功負
責。一九四五年抗戰勝利後，魏建功被借調到臺灣推行國語。他抵
臺之初曾滿腔熱忱地預言：「從今以後，我們由臺灣喪失而積極開始
的國語運動將要在臺灣收復以後又悄悄的從臺灣積極開始完成大
功！」[21]一九四六年四月二日，臺灣省國語推行委員會正式成立，魏
建功擔任主任委員。由於日本侵占臺灣後強制推行奴化教育達半個世
紀之久，臺灣民眾中懂得國語的人微乎其微。臺灣光復後，臺胞們學
習國語熱情高漲。為了加快國語在臺灣的普及，魏建功提出了幾條推
行國語的原則，如：實行臺灣話復原，從方言比較學習國語；注重用
國音讀字，由臺灣話讀出音引渡到國音；研究臺灣語與國語的詞類
對照；利用注音符號貫通中華文化等。在他的提議下，廣播電臺開設
了國語講座。他撰寫的〈國語運動綱領〉、〈日本人傳訛了我們音〉、
〈學國語應注意的事情〉等文章，適時而切實可行地指導著臺灣的國
語運動。

　　臺灣國語運動包括官方籌劃、民眾自發和學者（語文學術專家）
導向幾個方面。許多語文學術專家在臺灣光復初期曾參與臺灣國語推
行委員會的工作。例如，許壽裳曾任臺灣省國語推行委員會委員[22]，
黃得時曾任臺灣省國語推行委員會編輯，義務為該會《國語日報》編
輯副刊[23]。

　　在清初以來的國語運動史上，「臺灣」和「光復初期」是相當重
要的地點和時段。在光復初期國語運動的推動下，臺灣成為當時中國
推廣國語（普通話）最好的省份。[24]

21　引自《魏建功文集》（南京市：江蘇教育出版社，2001年7月），卷4，頁313。

22　臺灣省國語推行委員會：〈敬悼本會委員許季茀先生〉，載《臺灣文化》第3卷第4期
　　（1948年5月1日）。

23　據張博宇編：《臺灣地區國語運動史料》，頁93。

24　參見舒乙：〈鄉音灌耳〉，《人民日報》海外版，1994年2月18日。

第三節　光復初期的國語（白話）小說家

光復初期臺灣創作成就比較突出的國語（白話）小說家主要有鍾理和、呂赫若、歐坦生、楊夢周、周青（周傳枝）等。另外，在通俗小說方面，葉步月在光復初期寫了科幻小說《長生不老》。

一　鍾理和

鍾理和一九四六年一月寫成了〈白薯的悲哀〉，並在三月從大陸返回臺灣。後任屏東內埔初中國文教師。此時期，他繼續堅持自己少有發表機會的邊緣私寫作，寫成《校長》、《海岸線道上》（未完）。八月，因肺疾病倒。一九四七年，因病情惡化，辭教職回美濃定居。八月，入臺北松山療養院。後由妻子耕耘維持生計，自己則收拾家務，同時寫作。此時期，其主要創作活動如下：

一九四五年九月，在北平參加「臺灣省旅平同鄉會」，撰文〈為臺灣青年申冤〉，又寫〈為海外同胞申冤〉，未完。七月，寫成〈逝〉。十月五日，寫成〈門〉，原題〈絕望〉。十月，寫〈供米〉未完成，完成〈秋〉。完成〈第四日〉。一九四六年，寫成〈白薯的悲哀〉[25]、〈校長〉、〈海岸線道上〉（未完）。同年，〈逝〉以「江流」筆名發表於《政經報》。一九四六年九月十五日，〈生與死〉[26]，以筆名「江流」發表於《臺灣文化》第一卷第一期。一九四七年寫〈祖國歸來〉，未竟。〈秋〉[27]的原稿在「二二八事件」時遺失，一九四九年，憑記憶重寫。一九四九年七月二日，寫成〈鯽魚、壁虎〉。

鍾理和的日記體小說〈門〉以他的親身經歷為腳本，描述了他在

25　〈白薯的悲哀〉，以「江流」筆名發表於《臺灣》雜誌。

26　一九四四年十二月寫成。

27　一九六○年以遺作發表於《晨光》雜誌第八卷第十期。

東北的生活。短篇小說〈第四日〉則描寫了日本戰敗後的東北生活情形。散文體小說〈白薯的悲哀〉描寫抗戰勝利後，旅居北平臺胞受到的誤解與歧視。[28]小說《祖國歸來》描寫抗戰勝利後，北平臺胞的生活狀況，尖銳地批判了國民黨當局的惡政。散文〈海岸線道上〉則描寫了作者從基隆坐火車南行時的途中見聞。

　　鍾理和此時期的創作仍然是延續著社會批判的風格，他對社會人生的關懷，是真誠和懷有希望的。他一直為生計與健康問題困擾，一九六〇年八月四日，修訂作品《雨》時，肺疾復發，吐血不治而逝，享年四十六歲。

二　呂赫若、周青

（一）呂赫若

　　呂赫若僅有的四篇中文作品創作於臺灣光復以後。呂赫若的小說創作經歷了日本殖民統治與國民黨統治臺灣初期兩個時期。前後兩種統治性質是不同的，但它們都是黑暗、腐敗的。一九四七年二月發表於《臺灣文化》的中文小說〈冬夜〉充溢著作者對國民黨失政的失望與不滿。呂赫若小說文本的隱喻功能，在光復初期臺灣的執政當局「惡政」的歷史場境下，同樣賦予呂赫若以韌性抗爭的民間戰鬥精神。在光復初期，呂赫若的小說有：《故鄉的戰事一──改姓名》（1946）、《故鄉的戰事二──一個獎》（1946）、《月光光──光復以前》（1946）、〈冬夜〉（1947）。

　　〈冬夜〉（1947）是寫於戰後的一篇中文小說。在語言轉換的過程中，呂赫若的國語（白話）作品留下了用方言思考的痕跡。〈冬

---

28 參見鍾理和著，鍾鐵民編：《鍾理和全集卷3》（高雄市：春暉出版社，財團法人鍾理和文教基金會發行，1997年），頁8。

夜〉中有「他是個某某公司的大財子」[29]之語，「財子」應為「財主」，在閩南方言裡，「財主」讀若「財子」，兩者是完全同音的。從中可以看出呂赫若實現由日語創作向中文創作的轉換的困難和他的努力。但他通過對周圍臺灣底層民眾生活的觀察和自身的親身體會，逐漸對一些國民黨內地來臺官員貪污腐敗和欺壓臺灣人民的醜行產生了反感和不滿。他為這篇小說取名「冬夜」，顯然帶有隱喻的內涵。曾與呂赫若共同在臺灣從事左翼活動的周青對「冬夜」的含義進行過這樣的概括：「冬夜，是白色的，也是恐怖的；冬夜，是寒冷的，也是殘酷的；冬夜，是無情的，它能把人類的愛化成水；冬夜，是漆黑的，她是一切死亡的象徵。但是：冬夜，瀰漫著黎明前的期待；冬夜，可聽到春天來臨的足音；冬夜，也是最能鍛鍊人去勇敢地戰鬥；冬夜，充滿著理想、歡樂和希望！」[30]借助這一概括，不難理解「冬夜」的文化隱喻意義。一九四七年發表的〈冬夜〉，形象、深刻地表現了臺灣光復前後社會矛盾的重心轉移。其中獨特的事件，隱喻著造成種種不合理社會現象和悲劇的根源，是階級壓迫，而不是民族矛盾。〈冬夜〉以警察包圍「盜匪」，以及「盜匪」抵抗的槍聲結束全篇。而在這篇作品發表的同一個月的最後一天，臺北爆發了震動全國的「二二八」起義，印證了呂赫若的預見性，也證明了他是一個敢於為窮苦百姓歌與呼的優秀作家。從小說故事事件的選擇，到情節的設計都可看出呂赫若晚期思想的提升與變化。在「二‧二八」後，呂赫若成為《光明報》的骨幹，進入中共臺灣地下黨武裝基地「鹿窟」堅持鬥爭、最後英勇犧牲的人生走向，有其必然性。〈冬夜〉由此顯示了呂赫若小說文本的「事件隱喻」功能。

　　國語（白話）是「臺灣現代文學進程中語言轉換的主要趨向。在

29　呂赫若著，林至潔譯：《呂赫若小說全集》（臺北市：聯合文學出版社，1996年9月，初版3刷），頁537。

30　周青：〈呂赫若晚年的中文作品評析〉，《臺灣研究》1998年第3期，頁91。

臺灣光復初期，完全採用國語（白話）則是語言轉換的最終結局。」[31]
呂赫若的四篇國語（白話）作品（〈改姓名〉、〈月光光〉、〈一個獎〉、
〈冬夜〉）創作於一九四六年二月到一九四七年二月。其小說文本語
言由日語向中文的轉換，意味著臺灣又在多年的屈辱歷史後，返歸於
有著五千年歷史的中華文化洪流，漢民族文化已重新成為臺灣占統治
地位的主流文化，而此時臺灣社會上的主要矛盾也已由中日民族矛盾
改變為中華民族內部的階級矛盾。由此顯示了呂赫若小說文本的「語
言轉換的隱喻功能」。

　　兒童天真無邪、沒有因襲過多的封建意識重擔，還沒有接受過多
的皇民化教育。呂赫若小說中的臺灣兒童形象隱喻著臺灣的光明未
來，是作者寄予希望最大的一個形象群體。《故鄉的戰事一──改姓
名》中，純真的臺灣孩子以為，改了姓名，臺灣人就同日本人平等
了，事實遠非如此。臺灣孩子雖然改了日本姓名，卻仍被日本孩子看
作是「假偽的」[32]日本人。小說以「嗳喲，日本人你真是個癡子，連
你自家的小孩子都騙不著，怎樣能夠騙得著有了五千年文化歷史的黃
帝子孫呢？」[33]結束全篇。小說借日本孩子、臺灣孩子的無忌童言喻
示了「創氏改名」運動的失敗和「皇民化運動」的虛偽。〈月光光〉
裡的孩子們因為不會、也不願意說日本話，怕被東家聽見自己說臺灣
話，被迫關在租來的房子裡，不能出門，由此造成了他們性格受到壓
抑，日漸憂鬱。而一聽到父親帶頭去屋外唱臺灣歌謠，立即精神煥
發，恢復了朝氣。這些愛憎分明的兒童形象，預示著臺灣的光明前
景，寄託著作者的無限希望。由此顯示了呂赫若小說文本的「兒童形

---

31 汪毅夫：〈語言的轉換與文學的進程──關於臺灣文學的一種解說〉，《中國現代文
　　學研究叢刊》2004年第1期，頁208-209。

32 呂赫若著，林至潔譯：《呂赫若小說全集：臺灣第一才子》（臺北市：聯合文學出版
　　社，1995年7月初版，1996年9月第三次印刷），頁517。

33 呂赫若著，林至潔譯：《呂赫若小說全集：臺灣第一才子》（臺北市：聯合文學出版
　　社，1995年7月初版，1996年9月第三次印刷），頁518。

象的隱喻」功能。

〈冬夜〉中的郭欽明是光復後最早從大陸來臺的商人，是一個有代表性的資本家的典型。這一富豪形象，已經跨越了一般花花公子形象所能涵蓋的意義，有著強烈的政治、社會的隱喻意義。「郭欽明是光復後最早從大陸來臺的商人，有敏感、突出的典型意義……郭欽明的花言巧語，在呂赫若筆下，已經超越了一般浪蕩商人拐誘女子的甜言蜜語，而是十分強烈的政治、社會的『反諷』（意義）。」[34]由此顯示了呂赫若小說文本的「富豪形象的隱喻」功能。

呂赫若小說文本的深層隱喻意義，有助於對在新舊思想衝突、鬥爭中充滿了各種複雜矛盾的光復初期的臺灣，作家們中華民族文化心態的考察。

呂赫若在光復初期曾參與臺灣省藝術建設協會和出版協會，後棄文從武，參加共產黨在臺武裝鬥爭，一九五一年在臺灣共產黨的武裝基地被毒蛇咬螫致死。[35]

（二）周青

周青（1920-2010），臺北人，本名周傳枝，日據時，十四歲公學校畢業，進日華紡織會社當保全工，認識了一些進步人士。此後，當過職員、工人、見習生、泥水匠。此間接觸了更多的抗日志士，受其啟發，逐步養成了民族意識和左翼傾向，並開始嘗試文學創作。並曾組織「曙聲新劇研究俱樂部」[36]，參加過老臺共（一九三一年被破

---

34 陳映真：〈論呂赫若的〈冬夜〉──〈冬夜〉的時代背景、審美上的成就和呂赫若的思想與實踐〉，《文藝理論與批評》1999年第4期，頁107。

35 按：此說法參照林至潔：〈期待復活──再現呂赫若的文學生命〉，林至潔譯：《呂赫若小說全集：臺灣第一才子》（臺北市：聯合文學出版社，1995年7月初版，1996年9月第三次印刷），頁16。

36 參見周青：《周青文藝論集》（北京市：臺海出版社，2004年1月，初版1刷），扉頁「作者簡介」。

壞）外圍分子組成的「不定期會」，進行抗日活動。一九四〇年在花
蓮米崙發動過罷工，使日本鬼井組建築的大型鋁廠軍事工程延期。一
九四一年至一九四三年，他曾參加了《南方》雜誌「臺灣詩人七大毛
病」的文藝論爭。

　　一九四五年八月，日本投降後，周青與朱點人、林自溪等在臺北
創立了「文學同志社」，創辦了光復初期第一份中文文學雜誌《文學
小刊》，發表處女作、抗日題材短篇小說〈葫蘆屯〉。一九四五年十二
月十五至十九日在《臺灣民報》副刊發表短篇小說〈災殃〉，小說寫
在東京留學的明智和在日本工作的工人阿榮一起乘坐日本軍艦從日本
返臺，途中遭遇米軍軍艦襲擊，船被魚類擊沉，水兵和船員乘坐救生
艇逃跑，船上的臺灣百姓大多隨船沉沒，阿榮命喪大海，明智在海裡
拼命掙扎……小說將戰爭的殘酷場面與阿榮「慘淡的家」、「襤褸的妻
子」對阿榮的溫馨等待進行了鮮明的對照，營造了一種濃厚的悲劇氛
圍，從而達到了譴責戰爭、譴責日本帝國主義、呼喚和平的目標。一
九四五年十二月在《臺灣民報》副刊發表兩首散文詩〈苦悶〉和〈死
者的呼聲〉[37]，表達了對日本帝國主義和戰爭的憎恨，抒發了對祖國
和自由和平的嚮往。其中〈苦悶〉[38]一詩寫道：「黑暗壓在頭上，恐怖
在心窩亂攪？／狂風帶著惡鬼的喘息，巒山是青臉幽靈的巢穴。／
啊，祖國呀！我那美麗理想的樂園。／早已雲消霧散，剩下的，只是
我這個憂鬱灰色的殘骸。」一九四六年初應高雄《國聲報》副刊主編
雷石榆之約，撰寫自由式散文「灰色的追憶」[39]，該文抒發了對於自
由民主的渴望，周青時任臺灣《人民導報》高雄特派員。一九四七年
二月二十七日傍晚，周青親眼目睹了「二二八事件」的經過。「二二

37　此詩寫於光復前，發表於光復後一九四五年十二月十八日《臺灣民報》副刊。

38　此詩寫於光復前，發表於光復後一九四五年十二月十五日《臺灣民報》副刊。

39　一九四六年三月，臺盟中央刊物《臺灣國聲報副刊》。

八事件」期間，作為《中外日報》記者的周青大量發表文章，積極參加反暴政的抗爭，報導「二二八」的第一篇特寫新聞即為他和吳克泰共同寫作。「二二八暴動」被鎮壓後，周青離開臺灣，一九四七年四月十五日抵達上海，任臺灣旅滬同鄉會幹部。一九四八年初回臺組織「鄉音藝術團」任團長，不久即被特務盯上，再逃上海。一九四八年四月寫作了詩歌〈起來吧！臺灣弟兄！〉[40]，大聲呼籲：「起來吧，臺灣弟兄，／光明已排在前面，／我們要勇敢趕快的突進，……前進吧，弟兄們！打倒賣國獨裁的反動政權……」一九四九年三月參與臺灣新生報《橋》副刊關於「臺灣文學問題」的辯論，發表過論議文章〈略論臺灣新文學建設諸問題〉，認為臺灣文學的「特殊性」和「全體性」是不可分離的一個事物的兩面，具有互相聯繫的緊密關係。文章認為「臺灣已是中國的一部分，相遇祖國脫離是完全不對的，是完全錯誤的」。並進一步主張「和群眾站在一起，和群眾打成一片，來建設新現實主義的、光輝燦爛的臺灣新文學──偉大的人民文學」[41]。在大陸的周青，筆耕不輟，發表了大量的小說、文學評論。周青一九八二年至今任中國社會科學院臺灣研究所資深研究員，一九八四年十一月參加中國作家協會。

　　周青的文學創作直抒胸臆、旗幟鮮明，但又不乏文學技巧與浪漫氣息。

---

40 寫於一九四八年四月二十三日，發表於一九四八年五月一日香港臺灣從刊〈臺灣人民的出路〉。

41 見〈略論臺灣新文學建設諸問題〉，一九四九年三月七日臺灣《新生報》「橋」副刊。

三　歐坦生和楊夢周的小說創作

（一）歐坦生

　　歐坦生（1923-），生於福州，畢業於暨南大學。[42]即一九六〇年代臺灣頗有名氣的評論家、小說家「丁樹南」（筆名）。[43]歐坦生從初中二年級開始發表作品，其小說處女作是一九三六年發表於《福建民報》的〈壓歲錢〉。[44]此後在《文藝春秋》雜誌陸續發表了小說〈泥坑〉（1946年10月15日）、〈訓導主任〉（1947年3月15日）、〈婚事〉（1947年7月15日）。到臺灣前，他已是小有名氣的小說家。一九四七年二月，他來到臺灣，在基隆中學工作，一九四七年十月，到南部烏樹林糖廠附設的員工子弟小學當校長。[45]

　　來到臺灣後，歐坦生又在上海《文藝春秋》發表了三篇小說。其中，一九四七年十一月十五日，〈沉醉〉發表於《文藝春秋》第五卷第五期十一月號，被歸類為「臺灣土著小說」，在該雜誌扉頁，主編范泉撰寫短文〈關於三篇邊疆小說〉，內云：「〈沉醉〉的作者，至今還留在臺灣。／〈沉醉〉的作者歐坦生先生，曾經把這篇小說親自帶到上海來，因此和編者有了見面的機會。發表在這裡的〈沉醉〉，已和原作略有出入，這是經編者參加了意見後，由作者在上海改寫過的。」而在小說最後，作者記曰：「三十六年六月底，初稿於臺灣，八月初修正於上海旅次。」由此可知，該小說初稿寫於一九四七年六

42　參見徐迺翔主編：《臺灣新文學辭典》（成都市：四川人民出版社，1989年），頁4，十「丁樹南」條下所記歐坦生生平。

43　關於歐坦生小說的「發現」及尋找作者的過程，參考曾健民：〈撥開歷史的迷霧──記探詢作家歐坦生的經過和感想〉，《聯合副刊》，2000年7月13日-16日。

44　參見汪毅夫《隔世之念與隔岸之想──〈文藝春秋〉、范泉、歐坦生及其他》，《世界華文文學論壇》2001年第4期，頁70。

45　參見丁樹南《歐坦生不是藍明穀》，《聯合副刊》，2000年6月13日。

月的臺灣；一九四八年三月十五日，短篇小說〈十八響〉發表於《文藝春秋》第六卷第三期三月號，文末署：「三十六年四月底寫畢」；一九四八年十月十五日，短篇小說〈鵝仔〉發表於《文藝春秋》第七卷第四期十月號，該刊九十七頁《編後》對該小說有簡要評論。

歐坦生在臺灣創作的三篇小說，題材均涉及臺灣現實問題。

〈沉醉〉作於一九四七年六月底，距離「二二八」不過四個月，顯示了作者觀察的客觀與敏銳。〈沉醉〉寫一個外省籍知識分子欺騙了臺灣女子。但它在題材的挖掘上仍不夠深入。小說花了很多篇幅寫被騙女子的癡情，心理描寫精細入微。但同時也使小說的重點遊移，彷彿成為單純的「癡心女子負心漢」的故事，因而削弱了它的社會意涵。但作者敢於書寫臺灣尖銳現實社會問題的勇氣難能可貴。楊逵在〈臺灣文學問答〉一文裡曾評價說：「以臺灣為背景的〈沉醉〉是『臺灣文學』的好樣本。」[46]楊逵還把〈沉醉〉收入他主編的《臺灣文學》第二輯（1948年9月出版）。

一九四七年十月，歐坦生寫作了〈十八響〉與〈鵝仔〉。此時歐坦生對臺灣現實的認識更為具體而清晰，因此在題材的挖掘上更為深入，人物形象也更為典型，特別是對社會邊緣人物的刻畫更為成功。

〈十八響〉借「十八響」來批判當時社會的官僚體制。主人公因患有腸胃病，經常放屁，被同事取了一個「十八響」的綽號。「十八響」是一個社會底層的小人物，有著阿 Q 一般的精神勝利法。文中有一段「很容易讓人想起阿 Q 被抓住辮子往牆頭碰，被迫承認別人是他「老子」那一段落」[47]。可見歐坦生所受魯迅小說的影響。

〈十八響〉語言生動，情節具有喜劇色彩，但卻能夠讓人笑過之餘深入思考故事背後的社會問題。在小說中，趙事務等人對待「十八

---

46 《1947-1949臺灣文學問題論議集》（臺北市：人間出版社，1999年9月），頁142。

47 呂正惠：〈發現歐坦生──戰後初期臺灣文學的一個側面〉，《新文學史料》2001年第1期，頁40。

響」和同樣常放屁的局長的兩種態度反映了世態炎涼。體現了作者的
「社會意識」。小說反映了臺灣當時嚴酷的政治、社會現實，對「十
八響」的不幸遭遇表示了同情，向腐敗的國民黨官僚體制發出了悲憤
的不平之鳴。

〈鵝仔〉寫臺灣小孩所喜愛的「鵝仔」闖進處長宿舍而引發的衝
突。小說中處長太太的蠻橫無理，隱喻了階級壓迫的社會現象。小孩
阿通的正直倔強隱喻了社會正義力量的存在，他的反抗，隱喻了社會
邊緣弱勢群體潛在的抗爭精神。而忍氣吞聲的阿通爸爸，則隱喻了大
部分被欺壓卻又不敢反抗的底層民眾。小說由此譴責了光復初期一些
貪贓枉法的國民黨接收官員。〈鵝仔〉使用了許多閩南語彙，而作者
卻是一個外省作家，小說文本的這種獨特現象表明，小說反映的是階
級矛盾，而非所謂「省籍矛盾」，小說中的外省人，是處長級官員家
庭，並不能代表外省民眾。

歐坦生是一個富有正義感並具寫作才華的外省文藝青年，他在戰
後的混亂時期來到臺灣，參與、見證了這一複雜的歷史年代。一九四
九年，臺灣全面進入白色恐怖的「肅清時期」。當時，與歐坦生相識的
福州來臺文人，有五人被捕：路世坤[48]、沈嫄璋（在獄中自殺）、姚勇
來（沈嫄璋的丈夫）、陳石安、鄭天宇。[49]歐坦生僥倖未受牽連。一九五
一年一月，歐坦生第一次以「丁樹南」為筆名，在臺灣發表了小說《章
旭先生》[50]。後來，他逐漸以「丁樹南」為筆名，轉向文學批評寫作。

---

48 路世坤在一九四七年二月二十八日即「二二八事件」發生的當日被發表為臺灣省行
政長官公署財政處科員。路世坤被捕，但倖免於難，未像臺灣學者所言遭到槍決。
參見汪毅夫：〈隔世之念與隔岸之想——《文藝春秋》、范泉、歐坦生及其他〉，《世
界華文文學論壇》2001年4月，頁70。

49 陳映真言，參見呂正惠：〈發現歐坦生——戰後初期臺灣文學的一個側面〉，《新文
學史料》2001年第1期。

50 見〈1999中華民國作家作品目錄〉第一期（頁18）「丁樹南」條，此一條目可能為
丁樹南自撰，因文中還提及《章旭先生》發表於臺灣生活文摘叢書《嘉陵江畔的傳
奇》集內。按，此書一九五一年一月出版。

（二）楊夢周

　　楊夢周（1923-2011）從一九四六年十月至一九四七年九月間，發表了至少七十餘篇作品，是「光復初期臺灣文壇的重要存在。」[51]他的作品真實反映了「二二八事件」及「二二八」前後臺灣的社會狀況。

　　楊夢周原名楊思鐸，小名永和，筆名較多，有雲泥、鵬圖、思鐸、虹光、何人等。福建晉江人，出生於福州，在福州讀小學和初中。一九四六年夏，他到臺灣鳳梨公司工作。他喜愛讀書，在臺北「新公園」的圖書館閱讀了大量的大陸新文學作品，如魯迅的《魯迅全集》、袁水拍的《馬凡陀山歌》等。魯迅作品對他產生了很大影響。一九四七年夢周到臺南新營臺糖中學任教。一九四八年夏離開臺灣返回廈門。二〇一一年，楊夢周病逝於福建晉江。楊夢周在發表於一九四七年四月二十三日《中華日報》「海風」第一百五十七期的〈中夜囈語〉中說明，他取筆名「夢周」，目的在於「用於追念我們的前驅周樹人，即魯迅先生」。夢周的作品反映了光復初期的臺灣社會狀況。因為夢周是閩南人，懂閩南語，因此與臺灣下層民眾交流起來不存在障礙，能夠瞭解到他們的真實想法，所以，他的作品能夠真實地反映下層民眾的心聲。其主要作品有：

　　洛茵（夢周）小說〈耒陽縣〉[52]（連載於一九四六年十一月十四至十六日的《自強報》「寶島」副刊），構思類似於魯迅的《故事新編》，取材於《三國演義》第五十七回，但主題和細節方面作了很大改動，在古代故事裡添加了許多現代的人、事、物，如龐統由耒陽縣長後來升官為副處長，以及許多新名詞，如吉普車、救濟院、鈔票、保險箱、接收清單等，影射對象明顯，諷刺意味極強，矛頭直指當時

---

51 楊夢周生平行跡參見朱雙一：〈楊夢周：光復初期臺灣文壇的重要存在〉，《臺灣研究集刊》2004年第4期，頁99。

52 連載時，第一天題為〈耒陽縣〉，後兩天改為〈萊陽縣〉。

臺灣「接收大員」營私舞弊的醜行；夢周〈謁官記〉發表於一九四六年十一月二十日《中華日報》，揭露了錄用新人時「不問能力只問關係」的現象；發表於「二二八」事件前的夢周〈春（外一章）〉（《中華日報》，1947年2月27日）、雲泥〈夜歌〉（《中華日報》，1946年12月12日）反映了當時社會嚴重的貧富對立現象；〈漲風〉（《中華日報》，1947年1月27日）描繪了春節時的冷落情景；短篇小說〈餘生〉（《中華日報》，1947年1月12日）通過一個上學的貧家小孩小明家的貧困與同學家的富裕從側面反映了社會的不公；夢周〈天運〉（《中華日報》，「新文藝」第16期，1947年3月30日）將反迷信的主題與社會上地主階級對農民的剝削聯繫在一起，別具深意；夢周〈證件〉（《中華日報》，1947年2月9日）揭露了官僚借「證件」問題排擠、頂替臺籍工作人員的劣跡；小說〈創傷〉（1947年4月20日），寫「二二八」事件中善良的貧苦臺灣家庭救助外省籍夫婦兩人的故事；小說〈末路〉（《中華日報》，1947年6月1日）寫公務員被上司藉故辭退的故事，情節與〈證件〉類似；小說〈七二七九號卡車〉（《臺灣新生報》，「文藝」第11期，1947年7月16日）以作者工作過的鳳梨公司發生的腐化行為為素材，描寫小知識分子的灰色生活，揭露官僚們的劣跡。

　　一九四八至一九四九年間，國語（白話）臺灣文學逐漸成熟。光復初期的國語（白話）文學復興的扎實工作為以後臺灣文學的繁榮發展打下了堅實的基礎。此後，在光復後第一代作家之中，廖清秀是最早成名的一個；一九五二年他發表〈恩仇血淚記〉，得「中華文藝獎金委員會」長篇小說獎。李榮春以七十萬言巨型長篇〈祖國與同胞〉，在稍遲一兩年後深受矚目。到了一九五六年九月，廖毓文著成了通俗傳記小說《謝介石與王香禪》，描寫偽滿外務大臣謝介石及其妻王香禪的故事，曾引起一場筆墨官司。光復後鹽分地帶的後一代作家則有林佛兒、楊青矗、小赫、周梅春、黃進蓮、林仙龍、簡簡、羊子喬、謝武彰、黃武忠等。

第十三章
光復初期臺灣日語文學

第一節　概述

　　光復初期，許多日語作家遭遇了短時期內無法實現中日文語言轉換的困難。

　　光復前日本侵略者所推行的「皇民化」運動，造成了許多臺灣同胞不會使用漢語文字。楊逵、巫永福、王昶雄、陳千武、張文環等用日語寫作的作家「連思考都全是日文」[1]。光復初期，這些作家都幾乎無法用中文進行寫作。如楊逵，一九五七年才寫作了他的第一篇中文小說〈春光關不住〉[2]。許多光復前使用日語創作的作家很多停止了寫作，有的則選擇了放棄日語寫作，開始直面語言轉換的陣痛。如，張文環「一向用日文寫慣了作品的他，驀然如斷臂將軍，英雄無用武之地，不得不將創作之筆束之高閣」，轉而「認真學習國文」[3]。

　　當然，也有一些作家仍暫時運用日語創作。如，一九四五年，吳瀛濤寫下了詩歌〈給零雁〉，表達回歸祖國的欣喜及對像「零雁」一樣被迫背井離鄉的親友的懷念。吳濁流的一些重要日語小說，此時以單行本的形式發表，如〈胡志明〉、〈黎明前的臺灣〉、〈波茨坦科長〉等。龍瑛宗則發表了〈女性畫家〉。此外，楊逵的〈鵝媽媽出嫁〉也

1　鍾肇政：〈創作即翻譯〉，載臺灣《聯合報》，1991年8月20日。

2　一九六二年三月三十日發表於《臺灣新生報》，後改名為〈壓不扁的玫瑰花〉在一九七六年選入臺灣初中語文教材。

3　張我軍：〈城市信用合作社巡禮雜筆〉，原載《合作界季刊》第3號，1952年。轉引自張光正編：《張我軍全集》（北京市：臺海出版社，2000年8月），頁366。

在此時期印行。一九四六年十月十九日魯迅逝世十周年，龍瑛宗作
〈中國近代文學的始祖──適逢魯迅逝世十周年紀念日〉文、楊逵作
〈記念魯迅〉詩歌刊登於臺灣《中華日報》上。

　　一九四六年十月二十五日，行政長官公署頒佈命令，取消各大報
紙、雜誌的日文版，並禁用日語唱片，禁止臺籍作家用日文寫作。日
語作品的出版活動被全面禁止（僅留一份官定政令宣導用的《軍民導
報》）。因為語言轉換方面的困難及日文報刊廢止，許多日據時期的日
語作家暫時無法適應而停筆。銀鈴會詩人的《邊緣草》雜誌維持到一
九四七年暫停，但翌年更名為《潮流》以中、日文夾雜合用的方式繼
續出版六期，一九四九年停辦。

　　在日文未全面禁止之前，龍瑛宗主編的《中華日報》日文版文藝
欄，可以算是目前所知最完整的日文文學園地。該報作者除吳濁流、
龍瑛宗外，主要是吳瀛濤、王碧蕉、詹冰等南部作家。文藝欄雖僅持
續七個月，但發表了較多的文學作品及評論，成為光復初期日文作家
重要的發表場域。創刊於臺南的《中華日報》，其日文版文藝欄始於
一九四六年三月十五日，終於同年十月二十四日。它以大眾傳媒的較
大篇幅，成為光復後頭一年臺灣文壇最具規模的創作園地。該欄刊載
文藝評述、小說、詩、散文、隨筆、劇評等，經常撰稿人除楊逵等知
名作家外，還有陳金火、莊世和、賴傳鑒、黃昆彬、邱媽寅、鄭世
潘、郭啟賢、孫土池、黃成、謝哲智等新秀。作為一個日文園地，它
除了對於當時臺灣的文壇活動給予及時的關注和評論外，也十分注重
對大陸文學、文化的介紹。如發表了龍瑛宗有關〈駱駝祥子〉、〈老殘
遊記〉等的文章、王育德〈文學革命和五四運動〉、李志陽〈中國文
學的方向〉等。甚至大陸文學作品也日譯刊載，張冬芳即對此用力較
著者。

　　葉石濤此時期在《中華日報》日文欄裡發表了大量小說。成為

「那個清淡季節的臺灣文壇上較突出的作家」。[4]葉石濤在一九四八年、一九四九年兩年發表了〈復仇〉、〈河畔的悲劇〉、〈娼婦〉、〈澎湖島的死刑〉、〈天上聖母的祭典〉（1949）、〈三月的媽祖〉（1949）等六篇歷史題材小說，分別反映臺灣不同歷史階段的事件。他還發表了〈一九四一年以後的臺灣文學〉（1948）、〈俄國三大文豪交惡〉（1948）、〈拉蒂葛的小說〉（1949）等文學評論文章。

　　龍瑛宗在一九四五至一九四七年之間，發表了〈青天白日旗〉、〈從汕頭來的人〉、〈女人在燃燒〉等三篇作品。

　　此外，黃昆彬〈李太太的悲傷〉發表於《中華日報》（1946年6月19日）。江肖梅一九四七年寫作了日文小說《諸葛孔明》。一九四七年，張深切的日文散文〈獄中記〉附錄在他的中文著作《在廣東發動的臺灣革命運動史略》一書中出版。張我軍評價該文說：「本篇內容充滿著反日抗日的情緒，自文章本身說，雖然也有不大流暢的地方，卻又有才氣煥發的地方；自思想見解說，雖然難免有幼稚得可笑的地方，但又有超然獨到的地方。」[5]

　　日據時期殖民政府的文化殖民政策，特別是語言同化政策，其荒謬性與危害性並存。許多日據時期臺灣作家，在光復後較長時間裡不能癒合由此造成的語言與心理上的傷痕，甚至有的作家終其一生仍覺日文創作比中文創作自如。比如龍瑛宗，退休後，又執筆以日文寫短篇小說。一九七八年，他以日文寫作的唯一的一篇長篇小說〈紅塵〉，在高雄《民眾日報》副刊連載，由鍾肇政翻譯成中文，一九九七年由遠景出版社出版。如此悖論的存在，不一而足。

4　見古繼堂著：《臺灣小說發展史》（瀋陽市：春風文藝出版社、遼寧教育出版社，1989年11月，初版1刷），頁103。

5　張我軍：〈《在廣東發動的臺灣革命史略》序〉，張光正編：《張我軍全集》（北京市：臺海出版社，2000年8月），頁436。

第二節　光復初期的日語小說創作

一　吳濁流

　　吳濁流光復後歸臺，先後擔任《臺灣新報》、《新生報》和《民報》等幾家報紙的記者。一九四八年擔任大同工業職業學校訓導主任，一九四九年任臺灣機械工業同業公會秘書。吳濁流創作不輟，日據後期，他冒險進行地下寫作，光復初期，他發表小說〈陳大人〉、散文〈日本應往何處去〉等，成為聯繫戰前、戰後臺灣文學的橋樑，推動了戰後臺灣文學的發展。他「雖然吟詠並書寫漢詩，但小說一概都用日文撰寫」[6]。此時期其小說均以日據時期的生活為背景，描寫臺灣人民的不幸遭遇，揭露日本帝國主義及其走狗的醜惡嘴臉。

　　吳濁流在一九四四年寫作的〈陳大人〉一九四六年三月發表於《新新》雜誌。小說寫「巡查補大人」陳英慶依靠日本勢力，欺壓同胞。〈糖扦仔〉（一九四四年寫作，戰後發表於《民生報》）中的「糖扦仔」，擔任日據當局的「協議委員」、保正、「壯丁團長」，為虎作倀。作者對此類民族敗類進行了深刻地揭露與批判。一九四六年十月，〈胡志明〉[7]出版，民報印書館印刷，民報總社發行。該小說反映了孤兒意識與祖國認同主題。是他的代表作。一九四七年六月十四日《夜明け前の臺灣》（《黎明前的臺灣》）由學友書局出版。一九四八

6　戴國輝：〈葉榮鐘先生留給我們的淡泊與矜持〉，葉榮鐘：《少奇吟草》（臺中市：晨星出版有限公司，2000年），頁29。

7　一九五六年四月由日本東京一二三書房再次出版，改名為《アジヤの孤兒》（〈亞細亞的孤兒〉）。一九五七年六月一日，重新在日本由廣張書房出版，改名為《歪められた島》（中譯為：《被扭曲的島嶼》或《被弄歪了的島》），一九六二年六月十日由傅恩榮譯，南華出版社出版，題目再改為〈亞細亞的孤兒〉，主人公姓名改為胡太明。一九七三年五月，日本東京新人物往來社再次出版該書，名為〈亞細亞的孤兒〉。該書的多次再版從一個側面反映了它的轟動效應與藝術價值。

年五月三十一日，《ポッタム科長》（《波茨坦科長》）由學友書局出版。一九四八年，吳濁流又起草了小說《泥濘》。

吳濁流是一個具有強烈使命感的現實主義作家。他的全部作品貫穿著強烈的民族意識和對反動勢力的戰鬥精神。

〈胡志明〉是他的第一部長篇小說，也是他的主要代表作，是臺灣日語文學中一部具有劃時代意義的重要作品。寫於一九四三至一九四五年，但在一九四六年才發表，是他在日據時期冒著生命危險[8]書寫的力作，小說反映了日本殖民統治下的臺灣民眾的痛苦悲情，映照了現實社會的一個側面。小說敘述了一個在日本統治下的臺灣知識分子胡志明，在面對認同危機時追尋其中華根性的道路。胡志明是一個愛國知識分子，作者通過描寫他的生平經歷及其思想歷程，表現了臺灣知識分子在侵略者的殘酷統治和血腥鎮壓下，民族意識的覺醒過程。這個反抗侵略的臺灣青年知識分子堅持正義，尋求光明，捨生取義。這種不畏強權、為回歸祖國而抗爭的獻身精神就是亞細亞的孤兒的靈魂，也是作者歷史使命感和現實主義精神的體現。〈胡志明〉記錄了臺灣民眾濃厚的中國情愫和深刻的尋根思考，反映出日據時期臺灣民眾的悲憤、苦難與辛酸，表達了臺灣人民渴望祖國興盛，不再做海外孤兒的理想。具體說來，〈胡志明〉主要反映了如下幾個議題：

一、日本殖民者對待臺灣民眾的不平等待遇及非國民認同。如，在大陸越獄後避難上海租界地的志明發現臺灣人的日本人身分並不被日本憲兵認可，他們認為臺灣人與中國人並沒有什麼差別。

二、回歸祖國的內心渴望。如，志明成功脫險返回臺灣後，村人們心存敬意，因為志明是村裡唯一去過大陸的人，親友也紛紛前來詢問中國的狀況；胡老人耿耿於懷的是孫子志明已經失去考秀才與舉人的機會，他堅持志明到彭秀才那裡學漢文與四書五經。這種對中國傳

8　當時吳濁流家前面就是警察署的宿舍，為了防備特務警察搜查，在寫好兩三張稿紙後就立即藏在廚房的炭簍裡，然後轉移到鄉下老家去。

統文化的依戀，顯現了他對祖國的認同。

　　三、被祖國同胞誤解的痛苦與尷尬。如，志明參加留日中國同學會，不小心說出臺灣話（客家話），被認為是來自中國大陸的客家人，當他說出自己是臺灣人時，其他留學生竟然視他為間諜；志明被徵兵往廣東，廣州居民對腰掛單刀的太明深懷敵意。在廣州，志明因目睹了日本侵略者殘忍殺害中國愛國青年，肆意凌辱中國婦女，精神幾乎崩潰。

　　四、皇民化的毒害。如，侄兒達雄認為必須獻身「聖戰」，才能成為真正的「皇民」；日據當局強迫臺灣民眾「捐獻金屬」製造武器，強制青年參加「生產志願兵」充當炮灰；志明的同父異母兄弟志南在「勞動服務隊」裡累死；即使狂熱追求皇民化的人也無法與日本人享有同等待遇，皇民化二十多年的事務員中島，永遠得不到提升，到老也僅是個雇員。

　　五、反殖民意識。有著民族意識的大多數臺灣民眾採取各種方式與殖民政策對抗。如，志達當了預備警員，但人們厭惡他，對抗他所代表的政治權勢；妹妹經常諷刺挖苦當保正的志剛；祖父將中國視為祖國，志明也把到大陸視為「歸故國」；小說甚至讓太明直接控訴侵略者的罪惡。如：

　　　　哎呀！瞧！像食人肉的野獸，瘋狂地鼓噪著，你的父親，你的
　　　　丈夫，你的兄弟，你的孩子，都為了他──他們為什麼高呼為
　　　　國家、國家？這樣高呼的傢伙才是壞蛋。借國家之力貪圖自己
　　　　的欲望，是無恥之徒，是白日土匪！殺人要償命的，可那傢伙
　　　　殺了那麼多的人，為什麼反要稱他英雄？混蛋！那是老虎！是
　　　　豺狼！是野獸！你們不知道嗎？[9]

9　參考中國現代文學館編：《吳濁流代表作》（北京市：華夏出版社，1999年1月，初版

另如：

混蛋！你嘴裡口口聲聲嚷著「同胞！同胞！」其實你是個走狗！是皇民之輩！是模範青年！是模範保正！是應聲蟲！混蛋！你是什麼東西？[10]

在小說結尾，志明更是在牆壁上留下「狂言」：

志為天下士，
豈甘作賤民？
擊暴椎何在？
英雄入夢頻。
漢魂終不滅，
斷然捨此身！

狸兮狸兮！（按：日人辱稱臺灣人語）意如何？
奴隸生涯抱恨多，
橫暴蠻威奈若何？
同心來復舊山河，
六百萬民齊崛起，
誓將熱血為義死！[11]

1刷），頁210；以及黃玉燕譯作，見（http://www.luodayou.net/db/prints/The_Orphans_of_Asia.doc）。

10 參考中國現代文學館編：《吳濁流代表作》（北京市：華夏出版社，1999年1月，初版1刷），頁210；以及黃玉燕譯作，見（http://www.luodayou.net/db/prints/The_Orphans_of_Asia.doc）。

11 參考中國現代文學館編：《吳濁流代表作》（北京市：華夏出版社，1999年1月，初版1刷），頁210；以及黃玉燕譯作，見（http://www.luodayou.net/db/prints/The_Orphans_of_Asia.doc）。

　　文末的漢文言詩歌，使小說的悲憤情緒達至高潮，呼出了被殖民者的心聲。後來太明雖然不知所終，但是通過周圍民眾的猜測與議論，可以基本確定他回歸大陸投身抗日鬥爭的去向。

　　〈胡志明〉大致有如下藝術特色：

　　一、把握時代精神的現實主義。繼承了以魯迅為代表的大陸「五四」現實主義小說的創作藝術傳統。

　　二、有強烈的鄉土文學風格。小說對於臺灣鄉村習俗、農民生活等，都有生動的描寫，「具有深厚的社會性和鄉土性」[12]。

　　三、具有鮮明的民族特色。在藝術表現上，作品結構借鑑中國古典章回小說的形式，全書五篇四十八節，每節均有標題，其人物描寫遵循傳統的表現手法，敘事手法也適合於中國讀者的傳統審美習慣。小說末尾的文言詩歌，製造了震撼人心的悲劇性效果，同時具有強烈的象徵意味，因為它不僅表明志明終於敢於正面批判殖民統治，而且它被民眾暗中地「一傳十、十傳百地傳揚出去，因此來看那字跡的人倒不在少數」。[13]而蘊含在詩中的抗日意識，也進一步由這些來觀看的人散發出去，這就是吳濁流在小說中所潛藏的「漢魂終不滅」的隱喻意涵。在小說中，文言詩歌成為太明的精神寄託、立身之本和傳播抗日意識的媒介。文言詩歌在這裡具有了民族文化象徵物的功能。

　　一九四八年五月，短篇小說《波茨坦科長》出版。小說主人公波茨坦科長在大陸時是一個漢奸，但是抗戰勝利後，他卻能作為接收官員來到臺灣。小說以細密的社會觀察，反諷了國民黨當局的庸腐無能，反映了臺灣民眾對國民黨當局接收官員貪污腐敗行為的不滿與失望。

---

12 參見劉登翰、莊明萱、黃重添、林承璜主編：《臺灣文學史》（福州市：海峽文藝出版社，1991年6月，初版1刷），上卷，頁577。

13 中國現代文學館編：《吳濁流代表作》（北京市：華夏出版社，1999年1月，初版1刷），頁211。該譯文為根據一九六二年南華出版社傅恩榮譯本所編。

　　吳濁流小說的寫實風格是一以貫之的。他認為小說也是歷史的一種，寫小說是為歷史留下見證。因此，日據時期的〈糖扦仔〉、〈陳大人〉、〈先生媽〉，及戰後的《波茨坦科長》，創作背景雖不同，本質卻都是鞭撻敗類惡徒，伸張正義。他堅持公理正義，以筆當劍，評斷是非，勇於抨擊奸惡，及時剖析社會病理，如他將親身經歷的「二二八事件」，快速地反映在小說《黎明前的臺灣》。因此，這種緊密聯繫現實寫作的社會使命感，成為他最重要的創作品格。

　　吳濁流具有強烈的民族意識，他用嚴峻的眼光審視現實，其小說在光復後的臺灣文壇上，以其深刻的思想性和現實性，具有重要的時代意義。從總體上看，其光復初期的創作與其光復前創作相比，文學風格和藝術手法都沒有顯著的改變。但他的作品中對臺灣五十年殖民傷痛的深刻描述和詮釋，對臺灣知識分子的苦悶的細緻表現，及其內含的強烈的愛國思想和中華身分認同，使其對臺灣文學做出了傑出貢獻，從而在臺灣文學史上占有重要的位置。

二　楊逵等小說作家

　　一九四五年日本投降後，楊逵曾創辦《一陽週報》，主編《力行報》副刊和《臺灣文學》叢刊，介紹祖國語言文學。他將「首陽農園」改稱「一陽農園」，象徵一元復始的春陽，再度升上地平線，迎向戰後急需重建的臺灣。「二二八事件」發生時，楊逵因鼓勵農村青年參加「二七部隊」，於一九四七年四月被捕，經審訊後於八月獲釋。出獄後，他繼續從事促進民主進步的文化工作，一九四八年創辦了《臺灣文學叢刊》，將魯迅、巴金、沈從文的作品譯成日文轉介給臺灣讀者，希望借此增進臺灣與大陸知識分子之間的瞭解。一九四九年一月二十一日，楊逵在上海《大公報》發表反內戰反壓迫的〈和平宣言〉，一九五〇年再次被捕入獄。楊逵這一階段的代表小說有結集

出版的《鵝鳥の嫁人》（臺北三省堂刊行，日文小說集，一九四六年出版）。

　　光復初期，葉石濤「意識到做為一個中國人的光榮。時代興替的刺激，使他結束了愛情幻夢，走出象牙塔，開始關懷這塊哺育他的大地。」[14]一九四六年，他於《中華日報》日文欄發表〈黛玉與寶釵〉、〈幻想〉、〈關於香煙〉、〈夢與謊言〉、〈玻璃小偷〉、〈江湖藝人〉等作品。另著有長篇小說〈熱蘭遮城陷落記〉（已散佚）。一九四七年寫作長篇小說〈殖民地的人們〉（已散佚）。一九四八年在《新生報》發表小說〈河畔的悲劇〉、〈來到臺灣的唐芬〉、〈澎湖島的死刑〉、〈汪昏平、貓和一個女人〉，在《中華日報》發表〈負讎〉、〈娼婦〉。一九四九年發表小說〈三月的媽祖〉、〈伶仃女〉。葉石濤的小說主題往往隨時代背景而快速變化。此時期，其小說開始由早期的唯美浪漫轉向較為嚴肅的政治歷史題材書寫。

　　〈復仇〉、〈河畔的悲劇〉、〈娼婦〉三篇都以荷蘭據臺時郭懷一之亂為背景。〈復仇〉寫一個青年農民的妻子被荷蘭收稅官姦淫，農民忍無可忍，奮起反抗，用斧頭砍殺了收稅官後壯烈犧牲。〈河畔的悲劇〉寫郭懷一的一支隊伍在攻擊熱遮蘭城失敗後，被荷蘭軍隊殺害。〈娼婦〉寫曾參加郭懷一起義的何斌在九年後，密謀接應鄭成功軍隊，推翻荷蘭殖民統治。

　　〈天上聖母的祭典〉寫日據時期的抗日鬥爭，但穿插了一個浪漫幻美的愛情故事。男女主人公丘圭璧、春姬因從事抗日活動，在同一輛汽車上被押赴刑場執行槍決。但汽車經過的市區擠滿了參加天上聖母[15]祭典的信眾。兩人趁機逃脫，但從此天各一方。十五年後，丘圭

14　參見余昭玫：《葉石濤及其小說研究》（臺南市：成功大學中國文學研究所碩士論文，1989年2月），第三章狂歌與慟哭：論葉石濤小說的主題　第二節　葉石濤小說的四階段主題。

15　天上聖母即媽祖，是分身自大陸湄洲的神祇。

壁每年都舊地重遊，在參加天上聖母祭典的人群中尋找春姬。

〈三月的媽祖〉寫「二二八」起義失敗後，武裝力量領導者律夫逃亡的故事。

以上諸篇的共同特點是都以歷史事件為小說題材，但卻初步顯露了作者對於政治的興趣。

第三節　光復初期的日語詩歌創作

一　光復初期臺灣女性作家的日語詩歌

陳秀喜（1921-1991），生於新竹。晚年長住關仔嶺。日據時期在新竹女子公學校畢業。早期學習日語，擅長短歌、俳句，一九五七年後方開始學習中文。其詩作充滿親情關懷與強烈的民族意識。曾完成許多膾炙人口的詩篇，間或為曲譜詞，展現多方面的才華。其戰後詩歌有著突出的對於中華國族的認同表現。其詩歌強調愛心，表現了她的博愛思想，有強烈的感染力。其早期詩作已散佚，後期主要作品有《斗室》（日本短歌集）等。

杜潘芳格（1927-2016），新竹客家人。一九四四年，進入臺北女子高等學校就讀，婚後長住中壢。一九四〇年開始以日語寫詩，戰後其詩歌逐漸形成了冷靜批判的風格。其早期詩作已散佚。

一九四九年一月，銀鈴會女詩人陳素吟[16]在《潮流》冬季號發表了〈詩二章〉。〈詩二章〉包括〈白手的女人啊〉、〈人生日記〉兩篇作品。這兩篇作品獲得了許多銀鈴會詩人的稱讚：「深為作者的人性的高度與深度而感動不已」（綠炎）、「我想，素吟的詩作是來自於一種深刻的沉潛。她的詩，是在一番嚴肅思考人生之後的產物，並且，

---

16 陳素吟加入銀鈴會，是在一九四九年一月的《潮流》冬季號，即《潮流》復刊第四期的時候。在「入會感言」中有與她相關的「同仁消息」。

她也予以人生的明暗兩面細心的觀察。」（微醺）、「她以宛若澄澈寧靜
的湖水一般的眼睛凝視，另一方面，卻吞吐著生命的熱忱。」（亨人）、
「〈人生日記〉無非是平凡之中的總結，她那懇切的心聲很叫人感
動。」（子潛）[17]。陳素吟的〈人生日記〉如下：

　　　　訳のわからぬ悲しみにとらはれて、
　　　　遠い恋人の事が思ひ出されると、
　　　　日記を取り出して、
　　　　「一人で生まれ、一人で生き、
　　　　そして一人で死んで行く、
　　　　これが人生の凡てである」
　　　　と書き足します。

　　　　日が落ちて、
　　　　黄昏にむせび泣く胡弓の
　　　　音をきけば、又
　　　　「永遠に　人は生まれ
　　　　永遠に　人は悲しみつつ
　　　　永遠に　人は死んでいく」
　　　　と附け加へます。

　　　　永遠の悲哀に独り立ちて、
　　　　死の足音をきけば、
　　　　傷ついた魂の記録に、
　　　　「人は悲しむべく作られた」
　　　　と人生を肯定します。

17　以上評語均見《潮流會報》第1期（1949年3月1日）。

譯文如下：

當陷入莫名的悲傷時／想起遙遠的戀人／取出日記寫下：／
「獨自地被生下來，獨自地生活／然後獨自地死去／這就是人
生的全部」／這樣的句子。／／當太陽落下／傾聽黃昏裡悲泣
的胡弓／於是我又加上了／「永遠地　人們被生下來／永遠地
人們無止境的悲傷／永遠地　人們死去」／／在永遠的悲傷裡
獨自站立／傾聽死亡的跫音，／在受傷的靈魂的紀錄上：／
「人是為了悲傷而誕生」／以這樣的句子肯定人生。[18]

　　陳素吟從人生批判的角度，以真摯的態度寫下她對人生的思考，
像她這樣側重哲理思辨與理性書寫的女作家在當時較為罕見。

二　陳千武及銀鈴會諸詩人的日語詩歌

　　光復初期臺灣的很多日語詩人，能夠使用和日本人幾乎沒有兩樣
的純熟日語進行創作，他們的日語造詣，足以使得他們能夠創造出較
有藝術價值的日語詩歌作品。其詩歌內容，大部分是詠唱臺灣日常文
化、社會及感情型態，這表明他們能游走於日本文化與中國文化之
間，將之互相重疊、融合後化入為作品。他們的這種日文創作，成為
臺灣光復初期文化的混雜性（hybridity）的代表型態之一。

　　陳千武，本名陳武雄，筆名桓夫、生於南投。從小接受日文教
育，一九三九年八月首次發表新詩〈夏夜的一刻〉。一九五八年發表
第一首華文詩〈外景〉，此後即用華文創作至今。詩歌〈咀嚼〉、〈信
鴿〉是其代表作品。如：

---

18 林亨泰作，林巾力譯：《從我的第一本詩集說起──日文詩集《靈魂の産声》的出
版經緯》，二〇〇一年五月十九日日文完稿，二〇〇一年八月五日中文翻譯。

一直到不義的軍閥投降

我回到了，祖國

我才想起

我底死，我忘記帶了回來。(〈活著回來‧信鴿（序詩）〉)

　　「銀鈴會」創立於一九四二年，結束於一九四九年。林亨泰曾以一九四五年為界將銀鈴會分為前後兩期[19]。前期為一九四二年四月至一九四五年八月，發行刊物《ふちぐさ》；後期為一九四五年八月至一九四九年四月，發行刊物《潮流》。

　　銀鈴會的出現原是幾個朋友將作品以傳閱的方式輪流閱讀，當人數由草創的三人增加到十多位後（ひなどり生〔朱實〕、路傍之石〔張彥勳〕、曉星〔許世清〕為「銀鈴會」的三位原始創辦人。），才在一九四四年正式定名為「銀鈴會」，發行油印刊物《ふちぐさ》（按：中譯為緣草，或為邊緣草）。《ふちぐさ》前後印行達十數次，目前僅剩一九四五年六月二十日的夏季號。一九四五年後，日文禁用政策致使報紙雜誌的日文版陸續停刊，銀鈴會同仁乃於一九四七年商議暫停發行。[20]

　　一九四八年張彥勳等人不甘沉寂，「銀鈴會」重整旗鼓，邀請楊逵擔任顧問，《緣草》復刊，易名《潮流》，中日文均有，戰後復刊的第一期是在一九四八年五月所發行的《潮流》（光復前名《邊緣草》）春季號。此時的銀鈴會同仁都是二十來歲的年輕人，衝勁十足，並開始積極尋求新會員的加入，試圖在創作上有所突破或轉機。光復前的有些同人放棄寫作，有些同人則使用生澀的中文，摸索寫作。當時銀

---

19 參見林亨泰：〈銀鈴會文學觀點的探討〉，《林亨泰全集》《文學論述卷2》（彰化縣：彰化縣文化中心，1998年9月30日），頁30-33。

20 參見張彥勳：〈銀鈴會的發展過程與結束〉，收入《臺灣詩史「銀鈴會」論文集》（彰化縣：磺溪文化學會，1995年6月10日），頁27。

鈴會的成員有林亨泰、張彥勳、蕭金堆、錦連等人。銀鈴會共發行《潮流》五期（1948-1949），中日文並行，內有詹冰、林亨泰、楊逵的作品。

　　林亨泰（1924-），彰化人。一九四七年加入銀鈴會，並出版日文詩集《靈魂の產声》。後改用漢文創作，於一九五五年出版詩集《長的咽喉》。一九五六年以前衛性現代詩理論和實驗性創作，啟發現代詩社推動現代運動，影響深遠。一九六四年參與發起創立笠詩社，擔任首任主編。林亨泰堅持運用現代主義手法寫作，其詩作灌注著批判社會現實的精神，追求詩歌技巧的更新。出版有《林亨泰詩集》、《見者之言》、《找尋現代詩的原點》等多種。一九四八年末、一九四九年初，即《潮流》推出了第三、四期的時候，林亨泰在女詩人陳素吟（在第一商業銀行任職）的幫助與鼓勵下準備出他的一本日語詩集。林亨泰請銀鈴會同仁朱實與蕭金堆（即淡星、蕭翔文）為其寫序，蕭金堆序於三月九日完成。詩集〈靈魂の產聲〉在一九四九年四月十五日發行。其中有詩云：

> 不管是什麼時代，通過怎樣的歷史，「現實」並不會像無意義的時間那般，毫無目標地在空中飛蕩，任自飄流。「現實」毋寧是如此堅實地成為自己的呼吸、自己的感覺、還有自己的認識。詩，便是透過這些現實的諸多事件，融會自己的身體感官，而逐漸化形，成長。[21]

　　該詩集顯示了林亨泰在早期的詩創作中不斷追求「從自我之中自然生成的東西」，[22]正如林亨泰詩中所說「沒有情愛／這世界／可能再

---

21 林亨泰作，林巾力譯：《從我的第一本詩集說起——日文詩集《靈魂の產声》的出版經緯》，二〇〇一年五月十九日，日文完稿，二〇〇一年八月五日，中文翻譯。

22 見詩集《靈魂の產聲》蕭金堆序，呂興昌譯。

也無需留戀了」（《爪痕集》第六首），自然生成的情愛是令林亨泰不斷探索、努力、成長的動力。

錦連（陳金連）是臺灣「跨越語言的一代」[23]中的老詩人。光復初期作品散見於《軍民導報》等報刊。其詩歌偏重知性，即注重對生活本質的概括，常表現出某種抽象的追求或對某個形上問題的詮釋興趣。

詹冰戰後參加銀鈴會，在《潮流》等大量了發表日文詩，後輟筆學習漢文寫作。

蕭金堆當時是臺灣師範學院史地系的學生，不論在詩或小說方面都有相當多的作品，在一九四〇年代末期非常活躍，同時也是銀鈴會高昂精神的靈魂人物。林亨泰曾〈詩人淡星兄的韻味〉一文中對他有如下描寫：「淡星不善言詞……憎恨社會之惡乃是他的寬度／憐惜野百合乃是他的深度／他日夜沉思／不斷地刻雕著立體的夢／／」。[24]

朱實是臺灣師範學院自治會的學生領袖，也是銀鈴會發起人之一，本名朱商彝，筆名朱實。林亨泰曾在《潮流會報》第一期的短評〈我的印象〉（1949年3月1日）中，以「燒得熾紅的一根鐵棒」[25]來描述他的富有熱情的處世風格與人生態度。朱實一九四九年三月為林亨泰的詩集寫成一篇以短歌代「序」的作品，署名「晨光」，「四六事件」後，朱實離開了臺灣。

第五期的《潮流》，即一九四九年四月出刊的春季號，是銀鈴會的最後一期雜誌。該期《潮流》刊載著一些有關銀鈴會成員的重要訊息。他們還有出版更多的叢書的計畫，但他們只能無奈地讓《潮流叢書》只出版一冊之後就結束。另外，一九四九年五月一日發行的「文藝通訊」第二期的廣告欄，刊登了林亨泰詩集〈靈魂の產聲〉的廣

---

23 當今臺灣學者所言「跨越語言的一代」，指的是經歷中日語轉換的一代。

24 《潮流》春季號，一九四九年四月，林亨泰自譯。

25 呂興昌譯。

告，上寫：

　　君は純情を愛するか
　　君は真理を愛するか
　　又　寂寞の中を步み行
　く一人の友を愛するか

　　銀鈴會在臺灣光復初期的活動期間大約是從一九四八年五月到一九四九年五月。在此期間，銀鈴會詩人積極探索文學道路，積極參與各種文學論爭。然而不幸的是，社會的動盪很快開始了。二二八事件後，一九四九年，臺大、師大又爆發了「四六事件」，同日，楊逵也因〈和平宣言〉一文被捕，主編張彥勳自首，朱實逃走，「銀鈴會」成員被牽連而受拘捕、通緝者頗多，會員四散，文學活動無以為繼。

　　銀鈴會在臺灣現實發展史上具有重要的地位。它是戰後笠詩社的前身。尤其又經歷了兩個歷史時期以及語言轉換的階段，成為此後現代詩發展的基礎。

　　一九四九年五月二十一日，警備總司令部發表並實施戒嚴令，臺灣文學開始了另一段曲折的道路。

第十四章
光復初期臺灣方言文學

第一節　概述

　　臺灣的民間方言文學主要表現為口傳型態，主要借助於民間音樂、民間說唱等形式流傳，所以在日據時期，這個中華文化血緣流脈雖遭殖民當局嚴禁，幸而未被斷絕。光復初期，以方言為語言載體的民間戲曲、流行歌曲仍然依靠獨特的晉唐中原古音的韻致及其向民俗文化的轉換而獲生存與發展。閩南方言音調豐富且保有入聲，這讓閩南方言文學在誦讀上比國語（白話）有更強的音樂性，具有更抑揚頓挫的「歌詩」韻味，而眾多的閩南語流行歌詞作家如楊三郎等，往往既是詩人又是作曲者。此外，閩南語本身為數眾多的擬聲（狀聲）、擬狀字詞，更添增了幾分活潑生動。當然，臺灣的閩南語方言也有「言之無文，行而不遠」的弊端，所以它只能作為一種區域性的文學，作為普通國語文學的一種補充樣態和中華文化中的一種非物質遺存而存在。

　　臺灣光復後，閩南語歌仔冊得以重新出版發行，有的書局，如臺中瑞成書局，重新發行戰前印製的歌仔冊。但是，閩南語歌仔冊此時期較少有新作出現，直到一九五二年，「拱樂社」高價禮聘陳守敬等人編寫劇本，才重新開啟歌仔冊的商業文人寫作。這一方面是由於日據末期皇民化運動對方言文學的摧殘；另一方面是由於隨著各種現代傳播工具的普及，在國語（白話）文學、閩南語流行歌等新文化的衝擊下，「單調冗長的傳統歌仔不再受大眾青睞，歌仔冊也就一直無法

回復戰前的風光。」[1]

　　取代閩南語歌仔冊的是以閩南語創作的現代劇本，如簡國賢的閩南語劇作《壁》等。一九四八年七月十四日，陳大禹用國語、閩南語、日語創作了劇本《臺北酒家——一個劇本的序幕》，發表於《新生報》「橋」副刊第一百三十九期。作者在每一句對話中都用「國語」、「日語」、「臺語」做標記，並在每一段對話後加注解釋其意思，這種做法有創新性，但也造成了讀者的閱讀障礙和語感方面的滯塞，引起了爭論：沙小風、朱實等人支持其運用方言創作的大眾化努力；林曙光、麥芳嫻等則批評其未能確切把握臺灣方言，也沒有對其進行必要的選擇與改造，反而使臺灣讀者無法正確理解。

　　閩南語流行歌在臺灣光復後又在原有的基礎上恢復了生機。主要作品有〈望你早歸〉、〈補破網〉、〈燒肉粽〉等。這些歌曲不避俚語俗字，反映的題材也比較貼近文化層次較低的底層民眾，適時地反映了當時的社會情況與人們的願望，因此能夠獲得大眾化的共鳴。比如，〈補破網〉反映了戰後臺灣百廢待興的情況，隱喻了當時動盪、混亂的臺灣，就像一張「破網」，需要精心修補；〈燒肉粽〉則反映了光復初期臺灣人民面對通貨膨脹壓力及高失業率的不滿，以及市民生活的艱困。

　　光復初期還有一些反映民眾心聲的民間歌謠。如民間流行的〈寶島新臺灣歌〉[2]：

> 鴻章下關去寫字、尾省臺灣寫予伊。咱予清朝賣去死，害咱艱苦五十年。(〈鴻章下關〉)

1　王順隆：〈談臺閩「歌仔冊」的出版概況〉，《臺灣風物》第43卷第3期（1993年9月），頁128。

2　吳瀛濤：《臺灣諺語》（1975年），頁433。

今日好得咱祖國、想著臺灣漢民族，來予日本遮拘束，用心計較來光復。（〈今日好得〉）

卅四年祖國到位、索仔來共咱敨開；有話今通講透底，毋免心肝結歸蕾。（〈卅四年〉）

這三則歌謠描寫了戰後初期的歷史事實，也表明了「祖國認同的觀念從來是臺灣人民愛國主義傳統的最為顯要和重要的部分」[3]。

一九四九年五月，臺灣施行戒嚴，臺灣民眾失去言論自由，所謂「有話今通講透底，毋免心肝結歸蕾」反映了臺灣民眾的期望與心聲。著有小說〈小封神〉（1930年，國語白話與閩南方言並用）的許丙丁，光復後任臺南市參議員、市議員等。很多民謠都是由他來填詞才有固定版本。

部分作家在改用國語（白話）寫作的初期，其運用國語（白話）的能力往往低於方言的水準。因此，此時期，國語推行運動以此作為施行原理，力圖讓臺灣民眾通過自身方言（主要是閩南語）來譯轉國語（普通話）。因此，許多運用國語白話文創作的臺灣作家的寫作過程是一個從用方言思考到用國語（白話）寫作的轉換過程，其作品往往留有用方言思考和方言口語的痕跡。當然也不排除有的作家是有意識地在國語（白話）文學作品語言裡雜用方言詞語，以起到突出人物身分及性格特點的作用。

光復後臺灣方言文學沒有光復前那麼繁榮，這一方面是因為國民黨政府強力推行國語，另一個方面也跟臺灣民眾自身自覺地學習運用國語、以使用國語為自豪不無關係。還有一個主要原因是，臺灣回歸祖國了，臺灣方言文學作為反抗殖民統治的隱蔽性的工具功能和歷史使命已經完成。

3　汪毅夫：〈西觀樓藏閩南語歌仔冊〈臺省民主歌〉之研究〉，《福州大學學報》（哲學社會科學版）2004年第3期，頁9。

第二節　光復初期的閩南語流行歌

　　臺灣光復之初，民生凋敝，百廢待興，因此出現了一些反映各行百態及社會景象的閩南語流行歌，如〈燒肉粽〉、〈收酒矸〉等反映了民生困境，抒發了行業甘苦。〈望你早歸〉（1946）、〈秋怨〉（1947）等則是延續歌仔戲風格的哀傷怨歎的愛情悲歌。當時民風漸開，類似〈小陽春〉大膽描寫愛人互訴心語、耳鬢廝磨的自由戀愛場景的情歌，也開始出現。〈杯底不通飼金魚〉則在「二二八」事件後適時地呼籲民眾團結。光復初期閩南語流行歌詞作者有周添旺、李臨秋、陳達儒等人。另外也出現了幾位新秀，如張丘東松、楊三郎、那卡諾等人，他們的努力使閩南語流行歌得以繼續發展。而閩南語流行歌的文化形態，經過日據時期到光復初期的長時期發展，也逐步由文人文化轉換為民俗文化，歌詞創作也存了一個最初由作家創作，最終則流行、演變為民間文學樣態的特殊進程。光復初期，唱片製作尚未恢復，閩南語流行歌曲多是通過廣播媒體而傳播。不可諱言，有的曲子難免留有一絲東洋音樂色彩的痕跡。但所幸歌詞大多能保持著臺灣鄉土色彩。

　　光復初期主要的閩南語流行歌作家及其作品如下：

一　社會民生的關懷──張邱東松、李臨秋、呂泉生

（一）張邱東松

　　臺灣光復初期敘述行業甘苦、表示對社會民生的關懷的歌曲的標誌性作品是由張邱東松於一九四六年在臺北市中山堂發表的〈收酒矸〉。此外，張邱東松一九四九年發表的〈燒肉粽〉也是這種歌曲的經典之作。張邱東松（1903-1959），臺中人。日據時期有名的電影「辯士」，光復後任臺北女子初中教師。

〈收酒矸〉一九四六年創作，張邱東松作詞、作曲。歌詞：

> 阮是十三囝仔丹，自小父母就真散[4]（按：一作「自小父母就
> 真窮」）。／為著生活不敢懶，每日出去收酒矸。／有酒矸　通
> 賣否？／歹銅仔、舊錫、簿仔紙　通賣否？
> 每日透早就出門，家家戶戶去加問。／為著打拚顧三當，不驚
> 路頭怎樣遠（按：一作「不驚路頭怎樣起」）。／有酒矸　通賣
> 否？／歹銅仔、舊錫、簿仔紙　通賣否？
> 頂日去逛太平通[5]　今日就行大龍峒／為著生活會妥當　不驚
> 大雨佮大風。／有酒矸　通賣否？／歹銅仔、舊錫、簿仔紙
> 通賣否？

　　戰後初期，臺灣民眾失業率極高，通貨膨脹嚴重，自一九四五至
一九四九年四年間，物價漲了十倍。底層民眾的生活困境可想而知。
〈收酒矸〉描繪了一個為了生活從小即以收酒矸賣錢謀生的小市民的
人生實相。張邱東松創作的〈收酒矸〉及〈燒肉粽〉均充分反映了這
種小市民生活的艱困。

　　一九四九年，張邱東松受夜間街上傳來的「燒肉粽」的叫賣聲的
啟發，寫下了〈燒肉粽〉（原名〈賣肉粽〉）。詞曲由其個人獨自完
成。戰後，物價飛漲，底層民眾購買力極低，雖然「燒肉粽」極為誘
人，但他們無力享用。「燒肉粽」的生意由此清冷蕭條。歌詞訴說小
販們的悲苦生活和樂觀的人生態度。作為社會邊緣群體的市井小民的
生活，卻恰恰反映了社會的真實面貌。歌詞如下：

> 自悲自歎歹命人，父母本來真疼痛，乎我讀冊幾落冬，出業頭

4　注：散：散赤，意謂貧困。
5　太平通：地名，今臺北市延平北路一帶。

路無半項，暫時來賣燒肉粽，燒肉粽，燒肉粽，賣燒肉粽。

欲做生理真困難，若無本錢做昧動，不正行為是不通，所以暫時做這款，今著認真賣肉粽，燒肉粽，燒肉粽，賣燒肉粽。

物件（按：有的作「對象」）一日一日貴，厝內頭嘴一（按：也作「這」）大堆，雙腳行到欲撐腿，遇著無銷上克虧，今著認真賣肉粽（按：有時亦作「認真再賣燒肉粽」），燒肉粽，燒肉粽，賣燒肉粽。

欲做大來不敢望，欲做小來又無空，更深風冷腳手凍，啥人知阮的苦痛，環境迫阮賣肉粽，燒肉粽，燒肉粽，賣燒肉粽。[6]

〈燒肉粽〉的每段末尾都運用了反覆的修辭手法，「燒肉粽」的叫賣聲渲染了氣氛，增強了文本的在場性和實地感，將當時的民間疾苦，借小販的生活訴說出來。當時臺灣唱片業尚未恢復，〈燒肉粽〉先在電臺和淡水河邊的舞臺演唱，直到一九六〇年代才廣為傳唱。

（二）李臨秋

〈補破網〉發表於一九四八年。李臨秋作詞，王雲峰作曲。原是一首愛情歌曲，卻因恰逢光復初期這樣一個特殊政治時期，所以被聽眾賦予了更為深刻的意涵。歌詞如下：

見著網，目眶紅，破甲這大孔。（按：一作「破到這大孔」）／想欲補，無半項，誰人知阮若痛。／今日若將這來放，是永遠無希望。（按：一作「是永遠免希望」）／為著前途針活縫，尋家司補破網。（按：一作「找家俬補破網」）

6　該歌詞收錄於紀露霞「臺灣民謠交響樂章 貳」專輯中。「厝內頭嘴一大堆」：意謂家中人口眾多。「雙腳行到欲撐腿」：雙腳走路累得都快與身體脫離了。「克虧」：意為冤枉。

手拿網（按：一作「手偎網」），頭就重，淒慘阮一人。／意中人，走叨藏，那無來鬥幫忙。／姑不利終罔震動[7]，舉鋼針接西東（按：一作「夯網針接西東」）。／天河用線做橋板，全精神補破網。

魚入網，好年冬，歌詩滿漁港。／誅風雨駛孤帆，阮勞力無了工。／雨過天晴魚滿港，最快樂咱雙人。／今日團圓心花香，從今免補破網。[8]

　　這首歌本來是李臨秋應友人之求所寫的愛情歌曲。當時這個朋友與女友之間產生了誤會，但當他把〈補破網〉送給女友後，歌詞中的真情打動了她，由此挽回了愛情，兩人最終締結良緣。〈補破網〉發表後，被認為是以諧諷和雙關手法諷喻現實政治，因而被查禁，直到李臨秋加上有鮮明亮色的第三段歌詞，歌曲才得以傳唱，但歌曲被強加的諧諷功能及其隱喻意義，卻也將錯就錯地固定下來，成了戰後民眾編補希望理想的心曲。歌詞以平易通俗的民間方言詞彙，描述漁民縫補破舊的漁網的情景。「網」在閩南語裡與「望」、「夢」諧音，「補破網」就是補破碎的「夢」、補失落的「望」，一語雙關。光復初期，政局不穩定，經濟蕭條。此時的臺灣社會，就像一張「破網」，需要精心修補。歌詞以樂觀的精神呼籲「找傢俬補破網」、「全精神補破網」，面對困境，奮發振作，集中全力耐心地解決困難。這種積極的人生態度在閩南語歌曲中較為少見。一九五○年代，因為政治因素，這首歌被列為禁歌。直到一九七七年，才以「情歌」的名義獲得解禁。

　　〈小陽春〉李臨秋作詞，林二作曲。歌詞：

7　注：「姑不利終罔震動」：意為不得已姑且去做。

8　參見蔡幸娟：《臺灣歌聲：快樂的出帆》唱片專輯（臺北市：華博多媒體股份有限公司，2004年1月1日）。

　　日落天色漸黃昏　　西山光景目轉輪　　此時不游那有本／老人也
都小伸輪　來找桃源　好食困　好食困　桃紅又見一年春
月色清亮傷腦筋　　隔牆花影又迷魂　　途中狗吠阮無忍／尋花問
柳月穿雲　風流歌詩　送情份　送情份　詩家清景在新春
星河小娘來會君　　牛郎織女坐同船　　雙人得意嘴肉乎　　歡喜順
續舌交唇／心花齊開　亂紛紛　亂紛紛　萬紫千紅總是春

　　該歌詞創作明顯透露出受中國古典詩詞的深刻影響，詩情畫意，
意境清新。但也有豔詞鄙語，不免傷詞害意。

（三）呂泉生

　　出生於臺中的音樂家呂泉生（1916-2008）的〈杯底不能飼金魚〉
（亦作《杯底毋通飼金魚》）創作的素材來自「二二八」事件的人生
經驗，希望臺灣人不再分本省與外省，「朋友弟兄無議論」，一同合力
為臺灣的未來奮鬥。〈杯底不可飼金魚〉一九四九年流行傳唱，呂泉
生譜曲，呂泉生（筆名「田舍翁」、「居然」）作詞。歌詞：

　　飲啦！杯底不可飼金魚　好漢剖腹來相見／拚一步！爽快麼值
　　錢！飲啦！杯底不可飼金魚／興到食酒免揀時　情投意合上歡
　　喜　杯底不可飼金魚／朋友弟兄無議論　欲哭欲笑據在伊　心
　　情鬱卒若無透／等待何時咱的天　哈哈哈哈　醉落去年杯底不
　　可飼金魚　啊！

　　〈杯底不能飼金魚〉是臺灣最具代表性的飲酒歌，可謂雅俗共
賞。歌名是一句臺諺，運用了誇張的手法，意為朋友對飲，一句「乾
杯」，一飲而盡，不能在杯底留酒「飼金魚」。這首歌的創作本意是嚴
肅的。呂泉生擔任臺灣廣播電臺演藝股股長期間，親眼見到「二二

八」事件的悲劇，他認為如果大家能真誠相待，「剖腹來相見」，就不會產生誤會，有了誤會也會化解，於是創作了這首飲酒歌，希望人們能夠「朋友弟兄無議論」，不要互相猜忌。歌名以誇張手法，形象地表達出飲酒雙方共同舉杯，一飲而盡的痛快淋漓。中國古典文學中有不少的「飲酒歌」，如阮籍的古琴曲〈酒狂〉、陶淵明的〈飲酒歌〉「一士常獨醉，一夫終年醒。醒醉還相笑，發言各不領。」乃至李白〈行路難〉「金樽清酒鬥十千」，莫不借酒抒發內心情愫與社會政治理想，〈杯底不能飼金魚〉中所反映的這種「以酒為媒」的理念與中華酒文化傳統是一脈相承的。

二　愛情親情的傾訴──陳達儒、周添旺

（一）陳達儒

　　日據時代，陳達儒以〈白牡丹〉、〈日日春〉、〈農村曲〉、〈心酸酸〉等詞作揚名歌壇。戰後，陳達儒仍創作流行歌詞，並以製作流行歌本謀生。

　　〈青春悲喜曲（前篇）〉[9]一九五〇年前後流行傳唱，陳達儒作詞，蘇桐作曲。〈青春悲喜曲〉為二部曲，分為前篇、後篇，流行傳唱的是上舉的「前篇」。歌詞的書寫手法類似小說敘事，描寫一位女護士被始亂終棄的故事，表現了她「煩惱身中的子兒」的憂鬱、痛苦和焦慮。節奏急迫，扣人心弦，催人淚下。〈青春悲喜曲（後篇）〉[10]亦為一九五〇年前後流行傳唱，陳達儒作詞，蘇桐作曲。歌詞如下：

　　　　公園路雨毛毛　單身行出病院門　幸福夢今無映／愈想愈恨割

9　收錄於紀露霞「臺灣民謠交響樂章　貳」專輯中。
10　收錄於紀露霞「臺灣民謠交響樂章　貳」專輯中。

心腸　為著伊有曆變成不敢返　可恨伊放阮母子誰擔當

公園路春天後　兩平蟲聲亂操操　薄情郎做伊走　／這款愛人

誰敢交　想幼子出世日子已經到　可恨伊僥心絕情無回頭

公園路孤單行　手提包袱哭出聲　求幸福變歹命　／咬牙切齒

叫君名　無想阮應該也著想親子　可恨伊害阮墜落烏暗城

口白（一）薄情郎，阮是信賴你一個人格者，是一個有責任

人，誰知你所講的話全是花言巧語，一時你走避，身中团仔出

世日子迫近，已經難得再瞞社會的耳目，有曆變成不敢倒返，

母子前途，叫阮怎樣才好。

口白（二）想起初戀，每晚相親相愛，行著這條公園路，何等

快樂甜蜜，愛情結合期待幼子出世，會得創成幸福家庭，再三

再四望你不通昧記，意外盡盡誤，變成一場空夢的青春悲喜

曲，吳先生，你真真害人不淺啊！

　　歌詞直抒胸臆，借景抒情，巧妙地揭示了受騙少女的心境，充分
表露了傷感、無奈、怨恨的情感，娓娓動人。

（二）周添旺

　　周添旺在戰後與楊三郎合作了〈異鄉夜月〉、〈孤戀花〉、〈思念故
鄉〉、〈秋風夜雨〉等歌曲。一九八八年四月二十一日病逝，墓碑刻有
其生前最得意作品〈雨夜花〉、〈月夜愁〉、〈河邊春夢〉、〈秋風夜雨〉
四首作品，為其「墓誌銘」。[11]周添旺的歌詞創作數量眾多、內容豐
富，他創作力旺盛，一九七一年還作詞作曲了〈西北雨〉。

　　〈異鄉夜月〉一九四八年傳唱，周添旺作詞，楊三郎作曲。歌詞：

---

11 參見莊永明、孫德銘：《臺灣歌謠鄉土情》（臺北市：莊永明自行出版，1994年）。

　　明月在東方　思君心茫茫　異鄉的月暝　／秋風冷微微　阮所
愛的伊　自己在鄉里　／啊！昧得通相見　（總是阮的心肝）
也是在伊身邊
　　在故鄉彼時　一刻也不離　為何來所致　／乎阮離鄉裡　異鄉
思念伊　珠淚滿目墘　／啊！夜夜心內悲　（總是阮的心肝）
也是在伊身邊
　　空中明月圓　園中孤鳥啼　聲聲哭哀悲　／伴阮寂寞暝　想欲
回鄉里　佮伊再團圓　／啊！不知等何時　（總是阮的心肝）
也是在伊身邊

　　該歌曲的原主唱者是日據時期女歌星愛愛，一九三五年九月發
行。一九四八年，楊三郎在臺北中山堂舉辦作品發佈會，將周添旺所
寫的歌詞〈異鄉夜月〉重新譜曲，受到周添旺的認可，並從此流行傳
唱。〈異鄉夜月〉寓情於景，傾訴在秋風淒涼的月夜，戀人兩地相思
之苦，表達了悲涼的思鄉情緒，歌詞在整齊的韻律中夾雜了一句獨白
（「總是阮的心肝」），錯落有致，特色獨具。歌詞還運用了中國古典
文學中常見的「烘雲托月」手法，以「空中明月圓」反襯「伴阮寂寞
暝」，以「園中孤鳥啼」呼應「異鄉思念伊　珠淚滿目墘」，進而喚出
「想欲回鄉里　佮伊再團圓」的心中所想，詩意馥鬱，典雅蘊藉。

（三）那卡諾

　　那卡諾（1918-1993），本名黃仲鑫，因曾在臺灣日據時期取名「中
野」（Nakano），乃以那卡諾為藝名。一九三三年拜臺灣著名鼓師黃錦
昆學習擊鼓樂，二十歲即聞名樂壇，享有「鼓王」[12]之譽。他曾組織了

---

12 參見莊永明、孫德銘：《臺灣歌謠鄉土情》（臺北市：莊永明自行出版，1994年），頁
　52。

「那卡諾大樂團」，後與楊三郎合作，擔任「黑貓歌舞團」的首席鼓手及舞蹈指導。其作品不多，僅有〈望你早歸〉與〈苦戀歌〉流傳。

〈望你早歸〉表達了臺灣女性盼望因參戰流落海外的親人安全返鄉的心情，一九四六年創作，作詞者那卡諾，作曲者楊三郎。歌詞：

> 每日思念你一人　昧得通相見／親像鴛鴦水鴨不時相隨　無疑會來拆分離／牛阮孤單一個　若是黃昏月娘欲出來的時／加添阮心內悲哀　你欲佮阮離開彼一日／也是月欲出來的時　阮只好來拜託月娘／替阮講給伊知　講阮每日悲傷流目屎　希望你早一日返來
>
> 口白：噫！無聊的月光暝，來引起阮思念著故鄉的妹妹，／妹妹！我自離開故鄉到現在，也昧得通達成著我的目的，／我的希望，我也時常想欲寫批返去安慰著你，／又恐驚來加添著你的悲傷，你的憂愁，／妹妹！請你著來相信我，我不是彼一款無情的男性，／若是黃昏到月娘欲出來的時，我，我的心肝（接後半段歌）
>
> 牛郎織女二個　每年有相會　／怎樣你那一去全然無批　放舍會來拆分離　／牛阮孤單一個　若是黃昏月娘欲出來的時／加添阮心內悲哀　你欲佮阮離開彼一日　／也是月欲出來的時阮只好來拜託月娘／替阮講給伊知　講阮每日悲傷流目屎　希望你早一日返來

歌詞突破了傳統歌謠和一般流行歌押尾韻以及七字仔、五字仔的常規形態，隔句隔段押韻，歌詞也參差不齊，與中國古代散曲形式類似，是「散文」形式的「歌」，在閩南語流行歌中頗為罕見，雖無「句法」，略顯雜亂無章，但實際是形散而神不散。歌詞開篇破題，以中國傳統詩歌中常用的「鴛鴦」意象比喻戀人的親密無間，由此見

景生情，更加深了內心的思念與悲哀，接著又以「無聊的月光」引出內心表白，最後以「黃昏月娘」的意象「偷渡」回主題，文末「希望你早一日回來」雖平白至極卻真誠至極，千言萬語匯成一句話，且照應題目「望你早歸」，歌詞如行雲流水，水到渠成，詞句樸實無華，誠懇真摯。由歌詞中所運用的詩詞意象，如「鴛鴦」、「黃昏月娘」、「牛郎織女」來看，又加以全篇的「長短句」散曲形式和界乎漢文言、國語（白話）、閩南語方言之間的語言形態，這首歌詞的中華文化屬性鮮明立現。

一九四一年日本政府開始鼓吹、動員臺灣的子弟加入所謂「聖戰」。七十五萬臺灣青年被徵調遠赴大陸或海外加入戰場。一九四五年戰爭結束後，有些人僥倖平安歸來，有些人戰傷殘廢，更多的是死在他鄉。〈望你早歸〉描寫故鄉親人殷殷期盼的心情，恰好與時代情感不謀而合，能夠引起人們的共鳴。因其反映了現實生活，情感真摯，成為當年最受歡迎的歌曲之一。這首歌是臺灣現代文學史上，第一首不嚴格押韻、長短句的閩南語流行歌。一九四六年，〈望你早歸〉由呂泉生在電臺節目播放，隨即風靡臺灣。

此後，處於戀愛、失戀的感情漩渦的那卡諾，又寫成了〈苦戀歌〉歌詞。一九四七年由楊三郎作曲。歌詞故事以那卡諾本人的真實生活為原型，描寫了失戀後苦悶的心情。歌詞有「七字仔」的遺風，既有一般閩南語流行歌的綺麗風格，又有自身的口語化特色。

臺灣現代文學階段的閩南語流行歌對此後臺灣文壇的歌詞創作有著持續的影響。比如一九五〇年代末出現了洪一峰作曲、葉俊麟作詞的優秀歌曲〈舊情綿綿〉、〈思慕的人〉、〈淡水暮色〉、〈放浪人生〉、〈男兒哀歌〉、〈寶島四季謠〉、〈寶島曼波〉、〈何時再相會〉等。此外，一九五五年，林天來作詞，許石作曲的〈鑼聲若響〉發表；一九五七年許正照作詞，吳晉淮作曲的〈關仔嶺之戀〉發表。但是，文學使人諧和，政治使人疏離。政治局勢總是差強人意。先是一九四七年

的「二二八事件」，然後臺灣全島宣佈戒嚴，進入「動員勘亂時期」，形成了一九五〇年代的白色恐怖。因為審查制度的嚴酷，反映人民心聲的歌曲幾乎斷絕。如〈四季紅〉必須更名成〈四季謠〉，〈補破網〉則因為太灰色而被禁，能在社會上流傳的大多是無關社會民生的靡靡之音，整個歌壇瀰漫著消沉而低迷的氣氛。

　　閩南語流行歌的歌詞從日據時期的初創期開始，就從未能夠脫離開文言與國語（白話）的影響，這些歌詞大多是文言詩歌的舊體形式（如對偶、押韻、長短句）與新文化新思想的結合體，並且大都採用文言、國語（白話）與方言語彙的交雜並用的書寫方式。因此，一般的閩南語流行歌詞，即使不懂閩南語的讀者，也能看懂歌詞大意。光復後，隨著國語（白話）的普及，閩南語流行歌詞中的國語（白話）詞彙數量也日趨增多。據此可看出作為中華區域文學的臺灣方言文學之源流。

第十五章
光復初期臺灣現代翻譯文學

第一節　概述

　　光復初期的臺灣翻譯文學活動是多向的，即多數情況下是將臺灣作家的日語作品翻譯為中文，但有時也會把大陸新文學作家的作品翻譯成日語，以便於不懂中文的臺灣日語作家閱讀，有時還會將他國文學（如俄羅斯文學）翻譯為日語或漢語，引介到臺灣來。這些翻譯活動主要有：

　　一九四七年一月，王禹農將魯迅的《狂人日記》譯為日文，由臺北市標準國語通信學會出版。後，王禹農又通過東方出版社出版了他翻譯的《孔乙己・頭髮的故事》、《藥》的日文本。而楊逵的〈送報伕〉（胡風中譯）則與郁達夫的《微雪的早晨》（楊逵日譯）、茅盾的《大鼻子的故事》（楊逵日譯）、魯迅的《阿 Q 正傳》（楊逵日譯）等合併為「中國文藝叢書第一輯」，由東華書局出版。大陸作家張天翼著《華威先生》由何欣、林式鑒注音解析，於一九四七年一月在臺北新民印書館出版。

　　吳濁流的《波茨坦科長》本是用日文創作的，但以中文譯文的形式發表。孫達人曾經為楊逵翻譯論文〈臺灣文學問答〉，發表於一九四八年六月二十五日的《新生報》「橋」副刊。另外，楊逵的許多文章是由「潛生」翻譯的。新生報「橋」副刊在臺灣南北組織文學座談會，幫助老一輩臺灣作家將日文作品翻譯成中文。此外，楊逵對其重

印出版的作品，尤其是在翻譯成中文時，都或多或少進行了改寫。[1]

何欣（1922-1998），河北深澤縣人，抗戰時期曾在《時與潮文藝》工作。一九四六年到臺灣，先後擔任臺灣編譯館編纂、《新生報》副刊「文藝」主編、《公論報》副刊「文藝」主編，臺灣政治大學西語系教授。先後出版了三十多種西洋文學譯著，論著有《史坦貝克研究》、《梭爾‧貝婁研究》和《當代臺灣作家論》等。《未實現的諾言》是他在臺灣出版的一部散文集。

臺灣光復後，楊逵主編《力行報》副刊，一九四八年創辦《臺灣文學叢刊》，（共出三期），發行《中國文學》叢書，第一期便是中、日文對照的《阿 Q 正傳》，還有郁達夫的《微雪的早晨》等。將魯迅、巴金、沈從文的作品譯成日文介紹到臺灣。楊逵認為，二、三十歲的年青人，要他們放開日文，從頭學習漢字來創作新的文學，「幾乎是不可能的事」[2]。因此他以中日對照的形式，將魯迅、郁達夫、茅盾、沈從文、鄭振鐸等大陸作家與賴和，楊逵等臺灣作家的小說編輯出版。此後，《橋》副刊在一九四九年停刊前，翻譯刊載了三十七篇臺灣作家的日語作品，基本是每三期一篇。其中包含日據時代的臺灣文學作品。來自海峽兩岸的青年翻譯家孫達人、林曙光、潛生、陳顯庭、李炳昆、潮流、蕭金堆、陸晞白、朱實、秦婦、黃采薇、蕭荻等人承擔了這項翻譯任務。一九四八年，《中華日報》「海風」版也設了「臺灣鄉土文學選輯」[3]，至一九四八年七月十五日間，至一九四八年七月十五日間，刊出了葉石濤、施捨、黃翳、歐陽百川、潛生等人的五篇作品。

1　日本學者塚本照和曾經對照楊逵《送報伕》前後的不同版本進行研究，指出光復後翻譯的，和日文原稿有極大的差異。塚本照和還以楊逵《田園小景》和《模範村》前後版本的不同，指出由於作者經常修改自己的原作，導致讀者、研究者與作品之間產生歧義，造成了文學接受的誤讀和理解的差異。

2　黃永玉：〈記楊逵〉，《文藝生活海外版》第16期（1949年7月15日）。

3　歐陽漫岡：〈關於「臺灣鄉土文學選輯」〉，《中華日報》「海風」版，1948年7月1日。

　　臺灣《新生報》文藝副刊《橋》，是臺灣光復初期重要的文藝園地。該刊編者曾刊登廣告，說明「無論日文與中文均所歡迎」[4]。楊逵的日語作品〈知哥仔伯〉[5]、葉石濤的日語作品〈澎湖島的死刑〉[6]和〈汪昏平・貓・和一個女人〉[7]，就是由潛生譯為國語（白話）後發表於該刊的。

　　光復初期，林曙光應臺灣新生報《橋》副刊主編史習枚之邀，將臺灣作家的日語作品翻譯為中文，由此為臺灣文學史做出了劃時代的貢獻。林曙光（1926-2000）本名林身長，筆名林曙光、照史。高雄人，他早年負笈東瀛，光復後，返臺就讀於臺灣師範大學史地系。後從事地方史研究工作。

　　光復初期臺灣出版了眾多的大陸新文學書籍，通過對這些新文學書籍的譯介，自「五四」新文化運動以來的優秀新文學作品在臺灣逐步被推廣、普及，進而為臺灣民眾及文化人所涵養、吸納。比如，魯迅思想在戰後臺灣發生了重要的影響，臺灣知識分子借助於第二手的譯介作品，樹立起了較為科學的魯迅觀。魯迅對賴和、王詩琅、楊逵、龍瑛宗等作家的思想與創作均有著舉足輕重的影響。[8]「臺灣本地文化人一方面將魯迅思想與臺灣文化重建做有機結合，另一方面因吸收了魯迅思想的『社會性』與『政治性』獲得啟發，努力去思考戰後臺灣的現狀問題，最後且將魯迅的思想精神和臺灣現狀直接聯結，表達他們的不滿。」[9]

4　見臺灣《新生報》，1948年8月9日。

5　見臺灣《新生報》，1948年7月12日。

6　見臺灣《新生報》，1948年7月21日。

7　見臺灣《新生報》，1948年8月8日。

8　下村作次郎：〈戰後初期臺灣文壇與魯迅〉，見中島利郎編：《臺灣新文學與魯迅》（臺北市：前衛出版社，2000年5月），頁121。

9　黃英哲：〈戰後魯迅思想在臺灣的傳播〉，見中島利郎編：《臺灣新文學與魯迅》（臺北市：前衛出版社，2000年5月），頁147。

　　臺灣省教育會於光復初期曾邀請擅長國語（普通話）的人士，根據日文或英文、德文歌曲來翻譯填成中文歌詞，供中小學音樂課使用。中如王毓騵，近代知名譯詞、填詞者，曾任教於私立靜修女中，其作品有〈採茶歌〉、〈山谷裡的燈火〉、〈母親〉、〈快樂人生〉等。

　　光復初期，王白淵在《新生報》任編譯部主任。他於一九四六年十月第七期《新新》雜誌寫了一篇〈獻給青年諸君〉，開頭引用了當時任職聯軍總司令部的一位中國通副官的話：「日本這個國家今天淪為四等國，國民卻屬一等國民；反觀中國，今天它已列為一等國了，國民卻連四等國民都不如。」可見他愛之深，責之切的心情。

　　藍明谷編注的魯迅短篇小說〈故鄉〉，一九四七年八月由臺灣現代文學研究會印行，中日文對譯，中文旁邊標有注音字母，卷首有題為〈魯迅與《故鄉》〉的導言，文中有解說和注釋。[10]〈魯迅與《故鄉》〉及譯文是一九四七年五月時所作。這一讀物，在光復後的臺灣，不僅傳播了魯迅的思想和業績，而且對於長期經受殖民統治的臺灣同胞學習中文有很大幫助。藍明谷在導言中高度評價了五四運動的反帝反封建意義，認為魯迅是堅持五四正確方向、給予中國思想界重大影響的的代表人物之一。藍明谷（1919-1951），本名藍義遠，高雄人。藍明谷受其其父薰陶，培養了強烈的民族意識。臺南師範學校畢業後到屏東楊寮公學校任教。一九四〇年，藍明谷來到日本，一九四二年考入設在北京的一所東亞經濟學院。他在魯迅作品的影響下開始從事創作，最初的筆名之一就是「騷生」——取意於古代愛國詩人屈原的〈離騷〉。一九四六年十月中旬，藍明谷回到故鄉，初任教育會辦事員。在此期間，他把魯迅的短篇小說〈故鄉〉翻譯為日文。一九四七年一月，藍明谷正式加入中國共產黨。二月，經鍾理和介紹，任基隆中學國文教師。一九四九年被捕，一九五一年犧牲。

---

10 參見陳漱渝：〈藍明榖與魯迅的《故鄉》〉，《魯迅研究月刊》1998年第1期，頁52-53。

第二節　許壽裳、黎烈文等的翻譯文學活動

一　許壽裳

　　許壽裳（1883-1948），浙江紹興人。從青年時代赴日留學起就與魯迅結為終身摯友，共同籌辦《新生雜誌》，一九二五年又與魯迅一起參加女師大學生運動。這樣一位著名學者，為了創建臺灣省編譯館，於一九四六年奉命渡海赴臺，並親自擔任館長。該館建於一九四六年，在介紹祖國文化，促進臺灣文化迅速回歸方面起了很大作用。當時的臺灣，迫切需要掃除日本殖民統治的遺毒。魯迅的民族氣節和堅強意志，正可用來振興臺灣的民族文化和文學。許壽裳在臺灣出版了《魯迅的思想與生活》等論著，還撰寫了《亡友魯迅印象記》、〈我所認識的魯迅〉等文章，並在許多場合做了有關魯迅生平事蹟的報告。但是，臺灣編譯館後來被國民黨當局撤銷，許壽裳也被迫轉到臺灣大學任國文系主任。更不幸的是，一九四八年二月十八日，盜賊高萬俥用斧頭將其砍殺[11]，製造了一起震驚文壇的血腥事件。

　　一九四八年三月十五日出版的《文藝春秋》第六卷第三期三月號刊登了洛雨的悼詞〈記許壽裳先生〉，文章以許壽裳〈哭魯迅墓〉一詩作引。詩云：「身後萬民同雪涕，生前孤劍獨衝鋒。丹心浩氣終黃土，長夜憑誰叩曉鐘。」正文追念許壽裳生平行跡，文首則敘述當時情景。文末署日期為「三十七年二月二十四日夜」。從下文中可知，許壽裳任職臺灣省編譯館館長期間，在不到一年的時間裡，已籌劃譯出了《我默詩選》等名著數種，並且在其死前，已著手編譯《臺灣先史時代之研究》、《高山族語言集成》等數十種譯著。

　　同期《文藝春秋》另發表〈悼念許壽裳先生〉專文於扉頁，並附

---

11 一說是國民黨特務所為。

許壽裳先生遺像一張。介紹許壽裳生前身後事甚詳：

> 臺北二月十九日電：臺灣大學許壽裳教授，十八日夜在臺北和平東路青田街六號寓所遭凶殺，右頰右頸被柴刀砍中四刀，慘不忍睹。
>
> 本市二月二十一訊：本市文藝界學術界人士，昨天均以沉痛的心情，哀悼許壽裳先生的受難。昨天自晨至晚，許氏在滬友好的寓所電話頻傳，互詢壽裳先生遇害詳情。蔡元培先生的長子蔡無忌，準備在上海為這位善良不幸的老者舉行追悼會。
>
> 大公報二月二十五日駐臺灣記者嚴慶澍通訊：三十七年二月二十二日，殺害許壽裳教授的凶手高萬俥被捕，贓物亦經找出。凶手當場招認。這件駭人聽聞的血案至此真相大白，距離慘案發生三天半。

> 許壽裳先生，字季茀，籍貫紹興山陰，享年六十六歲。一九○二年初秋，考取浙江省官費學額派往日本留學，……抗戰以後，初到西安任教西南聯大，後在重慶時任職考試院考選委員。勝利以後，隨考試院復員抵京。三十五年六月，赴臺主持編譯館。臺灣「二二八」事變後，轉入臺大擔任文學系主任迄今。

> 許壽裳先生的遺著有：《章炳麟》，《亡友魯迅印象記》，《中國文字學》，《歷代考試制度述要》，《周官研究》，《傳記研究》等。零篇著作有〈懷亡友魯迅〉，〈懷舊〉，〈魯迅的生活〉，〈回憶魯迅〉，〈關於「弟兄」〉，〈魯迅的民族性研究〉，〈民元前的魯迅先生序〉、〈魯迅詩集序〉，〈魯迅的幾封信〉，〈魯迅遊戲文章〉，〈蔡子民生活〉，〈青年期的讀書〉等篇。
>
> 當臺灣主持編譯館務時期，未及一年，在許先生的擘畫下，所

譯的西文名著，已有《莪默詩譯》（波斯・莪默），《我的學校生活》（舊俄・亞克沙科夫），《鳥與獸》（英・哈德生），《四季隨筆》（英・吉辛）等書。對臺灣研究方面，又計畫編譯《過去日人在臺灣之科學活動及其成績》、《臺灣昆蟲志》、《高山族語言集成》、《臺灣先史時代之研究》、《臺灣民俗研究》、《臺灣通志》、《臺灣府縣誌藝文志索引》、《小琉球漫志》等書，且已分聘專家，著手譯述；複編《光復文庫》，第一期書目中有《臺灣三百年史》、《劉銘傳與臺灣》、《中國通史論》、《中國發明史略》、《三民主義淺說》、《魯迅及其阿 Q 正傳》等；且自為《文庫》寫就《怎樣學習國語和國文》一書，以期有助於臺胞的學習語文。

……

　　由此觀之，許壽裳的逝世，實臺灣，乃至整個中國翻譯界、文學界、學術界的一大損失。

二　黎烈文

　　黎烈文（1904-1972），作家、翻譯家、著名報人。又名六曾，筆名李維克、達六等。湖南湘潭人。一九二二年任商務印書館編輯。抗日戰爭時期在福建從事教育和出版工作，長期擔任福建改進出版社社長。抗戰勝利後去臺灣。一九四六年初，任臺北《新生報》副社長。一九四七年起，任臺灣大學教授。一九七二年十月三十一日在臺北病逝。譯著有散文集《崇高的女性》等二十一種。

　　黎烈文於一九四六年初到臺。臺灣《新生報》一九四八年三月十三日有張明的《在臺灣的作家》記：

光復後第一個來臺灣的中國作家（按：應為大陸作家）是黎烈
文。……黎烈文和陳前長官（按：指陳儀）私交甚篤，來臺前
即係應陳邀，最初任《新生報》副社長，其後即在（任）省立
師範學院教授。

黎烈文到臺後擔任的報界和教育界職務，都同文學相關。

《文藝春秋》（副刊）第一卷第二期，一九四七年一月十五日出
版，頁二十二「文壇瑣聞」欄中言：「黎烈文在臺灣，去年曾函告其
友人，擬回滬辦一雜誌，或閉門譯書。惟迄今尚未定歸期。」

《文藝春秋》第四卷第四期，一九四七年四月十五日出版，載有
黎烈文翻譯法國 P・梅里美作小說《伊爾的美神》。該雜誌「編後」
欄中評價云：「翻譯方面，黎烈文先生的《伊爾的美神》，無疑是一篇
充滿了綺麗的神秘感和恐怖美的小說。」可謂中肯之評。如果按照
「好即本文」[12]的原則來看，黎烈文的創譯風格與原作風格一致，應
當也是屬於浪漫派的。

《文藝春秋》第四卷第六期，一九四七年六月十五日出版。載有
黎烈文翻譯法國 P・梅里美的小說《塔莽戈》。

《文藝春秋》第五卷第二期八月號，上海永祥印書館印行，一九
四七年八月十五日出版。扉頁有〈歡迎艾蕪〉〈黎烈文〉短文，文曰：

最近，艾蕪先生自重慶來上海，黎烈文先生自臺灣來上海。文
藝春秋社在本月十日下午三時，約請了經常為本刊執筆的作家
李健吾、許傑、臧克家、碧野先生等作陪，舉行了一次小小的
茶聚，以示歡迎。
這次茶聚歷時三小時。大家不拘形式地談了一些文藝界的瑣

---

12 參見郭小聰：〈「好即本文」的原則〉，《國際關係學院學報》2004年第6期，頁60。

事：談到莎士比亞的翻譯問題，談到重慶文化界的現狀，談到
臺灣新舊文化的交替，……

……

黎烈文先生帶給我們的消息，說是：臺灣的文化目前是在真空
的階段。半世紀來，臺灣同胞已習慣於日文日語的寫說，現在
既無日文的書報，又不能閱讀高深的華文，所以臺灣作家都在
苦悶和沉默裡過日子，臺灣的讀者都在空虛和休息的狀態下消
靡時光，這的確是一個文化真空的嚴重問題。而另一方面，倒
是上海運去的那些含有毒素的連環圖畫，卻在臺灣非常暢銷。
關於這一點，應當是目前文化工作者值得注視、警惕和急待糾
正的。

現在，當本刊出版的今天，黎烈文先生又搭輪迴到臺灣去了。
我們一面禱祝他旅途的平安，和回到臺灣以後產生大量的譯
品；一面希望留在上海的艾蕪先生……。

文藝春秋社

歡迎詞：本社

攝影者：翟立林、葉德馨

　　文章中間穿插茶聚活動的照片四張。從文章內容來看，黎烈文的
觀點顯然有所偏頗。他不太瞭解臺灣作家中亦有習中文者，如葉榮
鐘、鍾理和、張我軍，另一方面，可以看出，黎烈文翻譯活動的闡釋
視野乃是高雅、嚴肅文學，對連環畫等通俗文學形式有偏見。

　　一九四七年十一月十五日，《文藝春秋》第五卷第五期十一月號
發表了黎烈文譯介十九世紀法國著名浪漫主義小說家梅里美的論文
〈梅里美評傳〉。作者將譯筆之流暢與中國傳統的考證輯佚之功底粹
於一文，是一篇有關法國文學史的佳作。文末署「民國三十六年中秋
節於臺北」，適值二二八事變之後。黎烈文處亂不驚、貫注全力於譯

述的自由精神與獨立人格可窺一斑。

一九四八年二月十五日，《文藝春秋》第六卷第二期二月號載有黎烈文翻譯、法國 P・梅里美作短篇小說〈渥班神父〉，文末注：「三十六年十一月上旬譯於臺北」。文章仍保留著為譯文加注的風格。

一九四八年五月十五日《文藝春秋》第六卷第五期五月號發表了黎烈文翻譯法國 E・梭維斯特的隨筆〈窗前隨感——愛的哲學之一〉。在該刊「編後」欄中，范泉評道：「〈窗前隨感〉，是黎烈文先生最近的譯作。閱讀了這篇文字以後，我們對於『愛』的哲學是更進一層地理解了。」

《文藝春秋》第七卷第三期九月號，一九四八年九月十五日出版。黎烈文譯，法國 E・梭維斯特的散文〈名勢篇——「愛的哲學」之一〉發表。譯文中對法國地名、人名等注釋甚詳，顯示了學者治學的嚴謹性與文學者的優美文筆的有機結合。

《文藝春秋》第七卷第四期十月號，一九四八年十月十五日出版，發表了黎烈文翻譯法國 E・梭維斯特的散文〈祖國——愛的哲學之一〉。

三　其他

臺灣語言學家吳守禮於光復後供職於臺灣大學（由「臺北帝國大學」改名）文學院，為中文系副教授、先修班教授。一九四六年五月，撰〈臺灣人語言意識側面觀〉，並受聘為臺灣省行政長官公署國語推行委員會委員（義務）。此後，撰《迭字兩讀》、合譯《殘廢》三幕劇。一九四七年開始校注〈海音詩〉。

一九四八年五月十五日出版的《文藝春秋》第六卷第五期五月號，發表了李何林的書評〈讀〈城與年〉〉，〈城與年〉是蘇聯作家斐定的長篇小說，由曹靖華翻譯。李何林選擇此一文本加以翻譯，其闡

釋目的中的左翼立場不難看出。文末作者注明「三十七年（按：民國三十七年，1948年）四月於臺灣」。

隨著海峽兩岸來往的溝通，其他國家的進步文學，也通過大陸傳入臺灣。比如，當時設在上海的蘇聯新聞處，把高爾基的〈母親〉、肖洛霍夫的《靜靜的頓河》等作品，輸入臺灣。這就拓寬了臺灣作家和讀者的文學視野，使他們有了認識蘇聯以及其他一些國家進步文學的機會。

小結
語言轉換的藝術與中華民族身分的認同

　　日據時期的廢止漢文與光復初期的國語運動均有著政治意識形態方面的因素，前者是妄圖通過語言轉換實現「文化殖民」神話，後者則是希望通過語言轉換實現「去殖民化」和標顯對於中華民族身分的認同。在日據時期，很多臺灣作家將日語書寫作為自我表達的重要工具。光復以後，日語書寫這種「被殖民者」的表象特徵，又為大多數臺灣作家、臺灣民眾和主導意識形態所共同拒斥，因此而由社會輿論中心轉移至邊緣。光復初期的臺灣由此產生了諸種後殖民時代社會文化現象。

　　根據社會語言學的原理，如果一個族群的語言失勢，則意味著他們在文化、政治方面的失勢。光復初期的國語推行運動，最主要的目標即去除日本化恢復中國化，借助於語言的轉換，達到控管政治、安定社會的目的，同時，借此凝聚共同的意識與民族的情感。「語言問題」由此成為「臺灣問題」的關鍵因素，蘊含了敏感的政治問題，涉及到政治、文化、民眾心理等諸多層面。戰後，臺灣的語言教育政策，與時局的演變、社會的發展及民心的歸向息息相關。一九四六年十月，臺灣的日語形式創作出版活動被禁止，這個行政舉措本身即證明，語言轉換的藝術，已經被提到事關民眾對於中華文化身分認同的政治意識形態層面上來。

　　此時期，祖國大陸文學源源不斷地輸入臺灣，推動了臺灣戰後文學向祖國文學匯流的最初趨勢。這種匯流是建立在統一的中華民族文

化基礎之上的。來自大陸的作家和臺灣省籍作家共同擔負起了肅清日本皇民文化流毒、重建民族文化、振興臺灣文學的歷史使命，並致力於「在剷除舊影響的基礎上，建立起一種新的民主的文學，使其成為反對奴役、壓迫、欺凌的利器」[1]。於是，不同省籍的作家在一致的中華民族身分認同前提下，開始了共建臺灣現代文學的事業。

實現「從文言文到白話文」的轉換是大陸與臺灣現代文學的共同趨向，但「實行」與其「實現」雖是同一個過程，卻不能等同視之。「從文言文到白話文」在臺灣光復初期（1945-1948）、在胡適一九一六年曾經預計的「三十年」屆滿之期才得「幾乎完全成功」。[2]臺灣光復初期（1945-1949）為臺灣現代文學的最後階段。在此階段，隨著國語運動的推展，臺灣民眾的國語普及率大幅提升，學校的教材，坊間的書報改用了國語（白話）。日語書寫成為一種苟延；文言寫作繼續存在，但已無法恢復昔日之盛；運用國語（白話）取代文言、取代日語成為大多數臺灣作家的選擇。

一九四七年，張深切著《在廣東發動的臺灣革命運動史略》出版，該書以中文寫成，但張深切的日文散文〈獄中記〉附錄其中。這種在中文著作裡附錄作者日文作品的現象，也是光復初期臺灣的獨特文學現象，它體現了臺灣作家們痛定思痛，在努力實現語言轉換的藝術目標的同時，自覺追求中華國族認同的意願。還有的作家迅即實現了從用日語寫作到用國語（白話）寫作的轉換。如，呂赫若在臺灣光復前用日語寫作，並成為最重要的用日語寫作的臺灣現代作家之一。其日語名作有〈牛車〉、〈暴風雨的故事〉等二十餘種。在臺灣光復初期，呂赫若滿懷欣喜地改用國語（白話）寫作，有《故鄉的戰事一：

1　參見劉登翰、莊明萱、黃重添、林承璜主編：《臺灣文學史》（福州市：海峽文藝出版社，1993年1月，初版1刷），下卷，頁12。

2　汪毅夫：〈語言的轉換與文學的進程——關於臺灣文學的一種解說〉，《中國現代文學研究叢刊》2004年第1期，頁203。

改姓名》（1946）、《故鄉的戰事二：一個獎》（1946）、《月光光 —— 光復以前》（1946）和〈冬夜〉（1947）等國語（白話）作品發表。以實際行動表達自己對於中華民族身分的認同。臺灣光復初期，也有少數用日語寫作的作家一邊學習國語（白話），一邊用日語寫作。其日語作品經他人譯為國語（白話），以此方式間接地實現了從日語到國語（白話）的轉換。

　　日據時期臺灣人民普遍所使用的語言，多為日語及閩南語，「國語」是相對少數、陌生的語言，臺灣光復時，重慶《大公報》記者李純青在臺灣苗栗就曾有「苗栗講客家話，有時要經過兩道翻譯，由國語翻閩南語，再由閩南語翻客家話」[3]的遭遇。文學上和社會上的方言「區隔」共同反映了國語（白話）低普及率的狀況。由此觀之，臺灣現代文學在臺灣光復初期短短幾年之間迅速實現為「國語的文學」[4]，國語推行運動確有成效。但國民政府來臺，利用強大的政治力，禁止日語，壓制方言，強力推行國語政策。絕對化、強制性的語言政策，也造成了尚未成熟把握與運用祖國普通語言的民眾和文化人的心理上的反感。此外，「二二八事件」使得原本單純的語言問題，亦染上了複雜的政治因素。從一九四五年陳儀接任臺灣前，率先提出他對臺灣語言教育的看法，可以推測「語言」成為紛爭的開端：「本人到臺灣後，擬先著手國語和國文的教授，預期達到使臺胞明白瞭解祖國文化的目的。此項工作艱巨，然以本人在福建推行國語運動之經驗而言，則此種工作在臺灣省可望四年內大抵完成。」[5]其後，又指出「剛性政策」的推行：「對於國文，我希望我們要剛性的推行，不能稍有柔

3　李純青：〈二十三天的旅行〉，載重慶《大公報》，1945年12月6日，引自《望鄉》（臺北市：人間出版社，1993年），頁28。

4　胡適語，引自《中國新文學大系·建設理論集》（上海市：上海良友圖書印刷公司，1935年），頁127。

5　《大公報》，1945年9月2日，轉引自許雪姬：〈臺灣光復初期的語言問題〉，收入《思與言》第29卷第4期（1991年12月），頁28。

性……俾可增加效率」[6]。以當時臺灣的語言狀況,「日語」及「臺灣話」是使用最為普遍的語言,「國語」相對於臺灣人民而言,還相當陌生,陳儀剛性的決策其用意在於:從心理、文化等層面的因素考量,要使臺灣民眾去除日本殖民的「奴化性」,加速「中國化」的完成。但陳儀剛性的決策,並未顧及當時普遍的語言現象,只為附和時政,率先實行「國語政策」,使許多臺灣作家即刻陷入語言困境。作為戰後語言政策的推行,難免顯得十分粗糙和過分急躁。

臺灣現代作家的寫作用語從日據中期的文言加上國語(白話)和日語,到日據晚期的文言和日語,再到光復初期的完全採用國語(白話),恰是一個起承轉合的過程,從起到合又恰是一個從文言到國語(白話)的轉換過程。

6　《行政長官公署公報》第14期,1946年2月16日。

第三編
文學內部的論議與文學外部的紛擾

第十六章
光復初期的文藝爭鳴

第一節　光復初期文學論議的起因及其範圍

　　光復初期的文藝爭鳴，主要是發生於《新生報》「橋」副刊等報刊上的有關臺灣文學發展方向的論議。[1]

　　文藝爭鳴是社會思潮的體現，文學方面的論爭也是社會矛盾的反映。而光復初期臺灣的社會矛盾又是執政當局的腐敗無能、施政失當的直接產物。光復伊始，臺灣同胞曾以極大的熱情期盼和迎接祖國的接收，但因國民黨當局搜刮民脂民膏支援反共內戰，以及不法奸商囤積居奇未受到有效制止，致使物價飛漲，民不聊生。在政治事務中，當局認定臺灣同胞的意識中普遍存有殖民遺毒，也引起了民眾的反感。當然，臺灣民眾也存在著對祖國的情況不瞭解、不習慣的問題。此後，「二二八事件」使一些臺灣文化精英和報刊雜誌遭到打擊，在臺灣同胞心中留下了創傷。

　　儘管存在著認知分歧，但這僅僅是民族內部的暫時性的矛盾衝突，兩者的根本文化源還是相同的，如一九四七年甦甡在臺北《臺灣文化》第二卷第一期發表〈也漫談臺灣藝文壇〉，針對《人民導報》上多瑙〈漫談臺灣藝文壇〉中對臺灣本省作家的批評，指出：「事實上本地文化人，尤其是文人……對於國內有價值的文人都很尊敬。我們尊敬胡適、魯迅、林語堂、田漢、茅盾、陶行知、聞一多等，而且很欲讀他們的著作。……只因本省被日政府隔絕祖國，致不能多得原

---

[1]　有關《新生報》「橋」副刊及《臺灣文化》上的文藝論議，詳參朱雙一：〈光復初期海峽兩岸的文學匯流〉，《臺灣研究集刊》1994年第2期，頁79-86。

著，而且因為受多年日本教育，致不能多讀一點原文而已。光復後，來自外省的文化人中，……不歧視本地人，真實地要為本地文化工作的人，我們也都很尊敬他們。例如，編譯館長許壽裳，新創造社的黃榮燦先生、前國聲報總編輯雷石榆先生等，近來已成為本地文人間的話題。」[2]同時，臺灣作家也批評了某些本省作家的錯誤言論。如楊雲萍寫道：「對說臺灣過去未曾接受『五四』時代運動云云的胡說，王錦江先生的〈臺灣新文學運動史料〉一文（見《新生報》七月二日附刊），確是一個回答。雖在日本統治者的摧殘下，臺灣和臺灣的文化，老是保持著和祖國的『關連』性；熱烈一時的新文學運動，就是這個明證的一例」[3]。有的臺灣作家則呼籲省內外同胞團結共建臺灣，如吳濁流寫於「二二八事件」發生後不久的《黎明前的臺灣》中指出：「說什麼外省人啦，本省人啦，做愚蠢的爭吵時，世界文化一點兒也不等我們，照原來的快速度前進著。因此我們與其呶呶不休於那些無聊的事，還不如設法使臺灣成為烏托邦，……這樣努力建設身心寬裕而自由的臺灣就是住在臺灣的人的任務，從這一點說來，是不分外省人和本省人的。」[4]

　　范泉一九四六年一月一日發表於在大陸主編並發行的雜誌《新文學》創刊號的〈論臺灣文學〉一文，引發了一場討論[5]，有關此次討論的論文有：〈論臺灣文學〉，范泉，《新文學》，創刊號，一九四六年一月一日；〈重見祖國之日──臺灣文學今後的前進目標〉，賴明弘，《新文學》，第二期，一九四六年一月二十八日；一九四六年九月十五日《臺灣文化》第一卷第一期（創刊號）的編輯「後記」，楊雲

2　甦甡：〈也漫談臺灣藝文壇〉，《臺灣文化》第2卷第1期（1947年1月1日）。

3　楊雲萍：〈近事雜記（六）〉，《臺灣文化》第2卷第5期（1947年8月1日）。

4　該譯文轉引自朱雙一：〈光復初期海峽兩岸的文學匯流〉，《臺灣研究集刊》1994年第2期，頁84。

5　參見橫地剛作，陳映真、吳魯鄂譯：〈范泉的臺灣認識──上一世紀40年代後期臺灣的文學狀況〉，《復旦學報》（社會科學版）2004年第3期，頁20-23。

萍;〈臺灣新文學的建設〉,巴特(歐陽明),《人民導報》「藝文」副
刊第五至六期,一九四六年十二月一至八日;〈臺灣文學的回顧〉,姚
群(范泉),《民權通訊社》,第三十一號,一九四七年一月一日;〈一
年來文化界的回顧〉,王白淵,《自由報》,一九四七年一月一日;〈第
一節文學〉,王白淵,〈民國三十六年度臺灣年鑑〉,一九四七年六
月;〈臺灣新文學運動史料〉,王錦江(王詩琅),《新生報》(文藝副
刊),第九期,一九四七年七月二日;〈打破緘默談「文運」〉,毓文
(廖漢臣),《新生報》(文藝副刊),第十二期,一九四七年七月二十
三日;〈臺灣新文學的建設〉,歐陽明,《新生報》(橋副刊),第四十
期,一九四七年十一月七日;〈論臺灣新文學運動〉,歐陽明,《南方
週報》創刊號,一九四七年十二月二十一日;〈新時代、新課題──
臺灣新文藝運動走的路向〉,揚風,《新生報》(橋副刊),第九十五
期,一九四八年三月二十六日;〈如何建立臺灣文學〉,楊逵,《新生
報》(橋副刊),第一百期,一九四八年三月二十九日;〈「臺灣文學」
問答〉,楊逵,《新生報》(橋副刊),第一百三十一期,一九四八年六
月二十五日;〈臺灣的作家們〉,林曙光,《文藝春秋》,第七卷第四
期,一九四八年十月十五日。這些論文的分歧主要是在「文學上的成
就」、歷史分期與「今後的方向」等方面的認識,根本認識是相同
的,均認為:「臺灣文學是中國文學的一環」;「臺灣文學運動的主流
乃是臺灣人自己的文學運動」;臺灣文學並未屈服於日本統治及「表
現形式」的變更,始終貫穿著民族精神;臺灣新文學運動起源於「五
四運動」[6]。

　　一九四七年十一月起,《新生報》(橋副刊)展開了一次關於臺灣
戰後文學應朝什麼方向發展的討論。《力行報》將這次在《新生報》

6　參見橫地剛作,陳映真、吳魯鄂譯:〈范泉的臺灣認識──上一世紀四○年代後期臺
　　灣的文學狀況〉,《復旦學報》(社會科學版)2004年第3期,頁20-23。

（橋副刊）上進行的討論稱為「臺灣新文學爭論」[7]，其實質實際上是文學大眾化與純文藝論戰、新現實主義等問題的討論。兩岸作家在新的歷史條件下共同探討臺灣文學如何發展問題，針對當時的現實，促進臺灣文學早日回歸，省外作家大多認為臺灣文學是中國文學的一部分，其共相是主要的，不宜過分強調殊相。如果在此歷史轉折關頭，不是致力於強調兩岸文學的共相，引導臺灣作家去認同民族文學，既不利於肅清殖民時期的遺毒，也將延緩臺灣文學回歸的歷史進程。這些主張得到楊逵等臺灣省籍作家的支持。在這次討論中，還提出了一種文學主張，認為臺灣文學應走「新現實主義」的路線。「橋」的主編雷歌（史習枚）就是一個「新現實主義」的倡揚者。駱駝英也解釋說：「新現實主義實力較在辯證唯物論與歷史唯物論上，且站在與歷史發展的方向相一致的階級立場上的藝術思想和表現方法」[8]。這是當時進步的文藝思潮。這樣的討論，都是明顯地要使臺灣文學擺脫一切舊影響，向著新的進步的方向發展。

　　在關於臺灣文學走向的討論中，來自不同省份而當時共住於臺灣島上的作家，在各種報刊雜誌上，發表了許多有價值的論文，例如：楊雲萍的〈奪還我們的語言〉、〈促進文化的方策〉、〈臺灣新文學運動的回顧〉，楊逵的〈文學再建的前提〉、〈臺灣新文學停頓的檢討〉、〈幼春不死，賴和永存〉、〈如何建設臺灣新文學〉、〈尋找臺灣文學之路〉、〈論文學與生活〉，甦甡的〈也漫談臺灣藝文壇〉，江流的〈造成文藝空氣〉，游彌堅的〈臺灣新文化運動的意義〉，王錦江的〈臺灣新文學運動史料〉，廖毓文的〈打破緘默談文壇〉，林曙光的〈臺灣文學的過去現在與未來〉、〈臺灣的作家們〉，葉石濤的〈一九四一年以後的臺灣文學〉，歌雷的〈臺灣文學的方向〉等。這些文章，從不同側

7　〈楊逵先生主持本報文藝座談會〉，《力行報》第86期，1948年8月1日。

8　轉引自葉石濤著：《臺灣文學史綱》（高雄市：春暉出版社，1987年2月，初版1刷），頁76。

面，探討了臺灣文學的發展方向問題。

　　一九四六年九月十二日，《新新》月刊在臺北大稻埕山水亭舉辦〈談臺灣文化的前途〉座談會。蘇新、王白淵、張冬芳、李石樵、王井泉、林博秋、黃得時等出席。該座談會發言記錄，用日文書寫，發表於《新新》月刊一九四六年十月十七日第七期。

　　一九四八年夏，臺灣學者林曙光與大陸學者范泉在《中華日報》上有過一次小討論。林曙光發表了〈白色的山脈讀後 —— 范泉先生的作品有問題〉[9]，范泉則發表了〈關於白色的山脈 —— 敬覆林曙光先生〉[10]回應。

第二節　關於臺灣新文學諸問題的討論

一　《新生報》「橋」副刊上關於臺灣文學方向的論議

　　一九四七年夏，歌雷（史習枚，江西人，上海復旦大學新聞系畢業。）從上海來到臺灣，八月一日接任新生報副刊主編，將副刊改名《橋》。「楊逵的〈臺灣文學問答〉是對於前此有關臺灣文學諸問題的論議的第一次總結」[11]。從一九四八年七月三十日開始刊登的駱駝英對這次論爭的總結性分析〈論「臺灣文學」諸論爭〉主張要善於從陸臺兩地社會的特殊性和一般性的辯證統一去看問題。

　　《新生報》（橋副刊）於一九四七年八月一日創刊後，「主編歌雷（原名史習枚），以兩三天一期的頻率，共出刊兩百二十三期，一九

9　曙光：〈白色的山脈讀後 —— 范泉先生的作品有問題〉，《中華日報》（海風副刊），1948年6月23日。

10　范泉：〈關於白色的山脈 —— 敬覆林曙光先生〉，《中華日報》（海風副刊），1948年7月1日。

11　許南村：〈「臺灣文學」是增進兩岸民族團結的渠道 —— 讀楊逵《臺灣文學問答》〉，曾健民主編：《噤啞的論爭》（臺北市：人間出版社，1999年9月，初版1刷），頁37。

四九年三月二十九日突然停刊，史習枚於一九四九年四月七日被捕，後因其親戚轉圜免遭牢獄之苦，但從此自文壇消失」[12]。在創刊號的〈刊前序語〉中，歌雷寫道：「橋象徵著新舊交替，橋象徵從陌生到友誼，橋象徵一個新天地，橋象徵一個展開的新世紀。」[13]在歌雷的努力下，《新生報》（橋副刊）取代《中華日報》文藝欄成為臺灣文學最主要的發表場所和文藝思潮的發源地，「和《臺灣文化》一樣，成為兩岸文學、文化匯流的重要場所」[14]。

　　一九四七年十一月，在《臺灣新生報》（橋副刊）上展開了一場延續到一九四九年三月的有關臺灣新文學諸問題的論議。這場爭論「表現了一種於今猶令人驚歎的、對強權的蔑視；對臺灣新文學發展前途之熱情關懷；表現了省內外作家、評論家——特別在一九四七年二月事件之後——拒絕被分化的堅強、溫暖的團結，更表現了對於理論和真理認真的、水平頗高的、嚴肅的探索，在臺灣文學思潮史上，這是一次繼臺灣從中國五四新文藝運動中汲取並承繼其理論和創作、而展開臺灣現代新文學以來，另一次汲取和承繼中國三十年代文藝思想、理論和作品的重要歷史事件。」[15]《新生報》（橋副刊）所引導的這場「歷時一年多的有關臺灣文學的名稱、本質、特徵和發展方向的論爭」[16]，對於戰後臺灣文化的重建有著極大的現實意義和理論價值。發表於「橋」上的相關論爭文章有：揚風〈新時代、新課題——臺灣新文藝運動應走的路向〉（第95期）、楊逵〈如何建立臺灣新文學〉（第86期）、林曙光〈臺灣文學的過去、現在與將來〉（第102

12　朱雙一：〈光復初期海峽兩岸的文學匯流〉，《臺灣研究集刊》1994年第2期，頁82。

13　歌雷：〈刊前序語〉，《新生報》（橋副刊），1947年8月1日。

14　朱雙一：〈光復初期海峽兩岸的文學匯流〉，《臺灣研究集刊》1994年第2期，頁82。

15　石家駒：〈一場被遮斷的文學論爭——關於臺灣新文學諸問題的論爭（一九四七——一九四九）〉，曾健民主編：《噤啞的論爭》（臺北市：人間出版社，1999年9月，初版1刷），頁14。

16　朱雙一：〈光復初期海峽兩岸的文學匯流〉，《臺灣研究集刊》1994年第2期，頁82。

期）、駱駝英〈論「臺灣文學」諸爭淪〉（第148期）、何無惑〈致陳百感先生的一封信〉（第157期）、籟亮〈關於臺灣文學的兩個問題〉（第200期）等[17]。

這次論議的主要問題有：

一、關於臺灣新文學的歷史和本質的問題。一九四七年十一月七日，歐陽明[18]的文章〈臺灣新文學的建設〉引起論爭。

二、關於奴化教育的爭論。相關文章有彭明敏〈建設臺灣新文學，再認識臺灣社會〉（1948年5月10日）、蕭荻〈瞭解、生根、合作〉（1948年6月1日）、王澍〈我看臺灣新文學運動論爭〉（1948年6月4日）等。

三、關於寫實主義和浪漫主義的討論。相關文章有阿瑞〈狂飆運動〉（1948年5月14日）、雷石榆〈臺灣新文學創作方法問題〉（1948年5月33日）、揚風〈文章下鄉〉（1948年5月24日）、雷石榆發表〈再論新寫實主義〉（1948年6月30日）等。

四、關於臺灣文學命名的問題。相關文章有田兵〈臺灣文學的意義〉（1948年5月26日）、姚筠〈我對新臺灣文學運動的看法〉（1948年6月9日）、〈中華日報〉對錢歌川的採訪報導（1948年6月14日）、陳大禹〈「臺灣文學」解題〉（1948年6月16日）、瀨南人（林曙光）〈評錢歌川、陳大禹〉（1948年6月20日）、楊逵〈臺灣文學問答〉（1948年6月25日）等。

五、關於對於「五四」運動的評價問題。相關文章有胡紹鐘〈建設臺灣新文學之路〉（1948年5月24日）、孫達人〈論前進與後退〉

---

17 參見朱雙一：〈光復初期海峽兩岸的文學匯流〉，《臺灣研究集刊》1994年第2期，頁82。

18 一說為賴明弘，見楊若萍：《臺灣與大陸文學關係簡史（1652-1949）》（上海市：上海文藝出版社，2004年3月，初版1刷），頁201，另有一說是藍明谷，參見石家駒：〈一場被遮斷的文學論爭——關於臺灣新文學諸問題的論爭（1947-1949）〉，曾健民主編：《噤啞的論爭》（臺北市：人間出版社，1999年9月，初版1刷），頁28。

（1948年5月28日、6月7日）、揚風〈五四・文藝寫作──不必向五四看齊〉（1948年6月7日、6月30日），雷石榆〈在論新寫實主義〉（1948年6月30日）等。

六、關於理論和實踐的關係問題。相關文章有陳百感[19]〈臺灣文學嗎？容抒我見〉（1948年8月15日）、駱駝英〈關於理論與實踐〉（1948年8月22日）、何無感（張光直，張我軍之子，駱駝英的學生）〈致陳百感〉（1948年8月25日）、陳百感〈答駱駝英先生〉（1948年9月5日）等。

另外幾個方面的問題：

一、純文藝與大眾文藝之爭。始於稚真的〈論純文藝〉（「橋」第38期，1947年11月3日）。主張「為文藝而文藝」、〈再論純文藝──兼答揚風先生〈走出象牙之塔來〉一文〉，「橋」第四十五期，一九四七年十一月十九日。反對者有揚風、斯妥。揚風認為文藝應該「大眾化」。斯妥認為文藝有社會性，要反映現實。

二、臺灣新文學的定位。歐陽明的〈臺灣新文學的建設〉[20]和林曙光的〈臺灣文學的過去、現在和未來〉[21]提出應該把目標放在如何建立臺灣文學使其成為中國文學。

三、臺灣新文學的方向。歌雷〈臺灣文學的方向──師範學院文藝座談會演講〉[22]，主張「要肯定具體的社會發展方向，與新現實主義的文藝道路」[23]。

四、臺灣新文學的特殊性。大部分作家認為臺灣新文學有其特殊

---

19 陳百感為邱永漢的筆名，參見石家駒：〈一場被遮斷的文學論爭──關於臺灣新文學諸問題的論爭（一九四七──一九四九）〉，曾健民主編：《噤啞的論爭》（臺北市：人間出版社，1999年9月，初版1刷），頁28。

20 「橋」第40期，1947年11月7日。

21 「橋」第102期，1948年4月12日。

22 「橋」第204期，1949年1月24日。

23 歌雷：〈臺灣文學的方向──師範學院文藝座談會演講〉，「橋」第204期，1949年1月24日。

性，歌雷在「橋」舉辦的第二次作者茶會上曾指出：

> （1）在語文及形式的技巧上與國內的作家產生距離，除了日
> 文外，中文仍停留在五四時代，或更早於五四的語文法。（2）
> 由於受日本統治五十一年，使臺灣的文學參雜日語、臺灣鄉土
> 的俗語、口語，造成語彙的混雜。（3）由於文藝工作者受反日
> 歷史經驗的影響，因此作品帶有濃厚的傷感主義與低沉氣氛。
> （4）臺灣作家的成功作品的共通點是民間的文藝形式與現實
> 化。[24]

　　五、重建臺灣新文學的方法。如楊逵在發表於〈臺灣文學問答〉[25]
裡，曾提出了六個步驟。

二　《臺灣文化》對兩岸新文學傳統的兼容

　　《臺灣文化》月刊於一九四六年九月五日在臺北創刊，一九五〇
年停刊，是「臺灣文化協進會」的機關刊物。該刊的辦刊目的是：日
本的殖民統治雖然未能從根本上摧殘臺灣的中華文化本質，從反面「鐵
一般地證明著我們中國文化的強韌性」[26]，但「我們的文化，一部分
變了質，一部分受過了嚴重的破壞」[27]，擺脫殖民統治的戰後臺灣

---

24 見「橋」第101期，1948年4月9日。

25 見「橋」第131期，1948年6月25日。

26 「臺灣文化協進會」成立宣言及會長游彌堅《文協的使命》，《臺灣文化》，1946年9
　月5日。轉引自朱雙一：〈光復初期海峽兩岸的文學匯流〉，《臺灣研究集刊》1994年
　第2期，頁81。

27 「臺灣文化協進會」成立宣言及會長游彌堅《文協的使命》，《臺灣文化》，1946年9
　月5日。轉引自朱雙一：〈光復初期海峽兩岸的文學匯流〉，《臺灣研究集刊》1994年
　第2期，頁81。

「需要新文化」，而且「對新文化的需求格外的大，格外的深切」[28]，因此，需要創辦一本「綜合文化雜誌」[29]來滿足這種需要。

　　《臺灣文化》挖掘整理、推介了許多臺灣日據時期作家的舊作，並對戰後臺灣重建的方向提出建議。如楊雲萍《臺灣小說選》曾於一九四○年遭到日據當局禁止發行，《臺灣文化》雜誌於一九四六年九月將《臺灣小說選》中序文的一部分以〈臺灣新文學運動的回顧〉[30]為題發表，楊雲萍在編輯後記中說：「組版甫成，即遭日當局禁止，故只有校樣以外，未得成書，現稍修改一二，用前記題目發表，可是，當時的種種的制限的痕跡，終是修改不了。（民國三十五年八月十八日記）。」[31]當然，當時臺灣本土文學的藝術水平與來自大陸的作家相比略為落後，《臺灣文化》第二卷第二期的〈編輯後記〉曾寫道：「常聽到對於《臺灣文化》的寄稿者外省同胞居多的指責」[32]，「這話未必是然。我們素來並沒有省界觀念，只希望能在本省文化界開闢一條新路，提高本省文化水準。文化是沒有國界的，何況省界呢？……但覺得本省創作尚在『微乎其微』，我們期望本省文人，對於創作方面，更加努力！」[33]「由此提示了引入祖國大陸文學，實現兩岸文化匯流的必要性。」[34]

　　在歌謠整理方面，廖漢臣等曾經在《臺灣文化》上展開過論議。

28　「臺灣文化協進會」成立宣言及會長游彌堅《文協的使命》，《臺灣文化》，1946年9月5日。轉引自朱雙一：〈光復初期海峽兩岸的文學匯流〉，《臺灣研究集刊》1994年第2期，頁81。

29　「臺灣文化協進會」成立宣言及會長游彌堅《文協的使命》，《臺灣文化》，1946年9月5日。轉引自朱雙一：〈光復初期海峽兩岸的文學匯流〉，《臺灣研究集刊》1994年第2期，頁81。

30　楊雲萍：《臺灣新文學運動的回顧》，《臺灣文化》創刊號，1946年9月15日。

31　參見楊雲萍：《臺灣新文學運動的回顧》，《臺灣文化》第1卷第1期，「後記」，1946年9月15日。

32　朱雙一：〈光復初期海峽兩岸的文學匯流〉，《臺灣研究集刊》1994年第2期，頁81。

33　朱雙一：〈光復初期海峽兩岸的文學匯流〉，《臺灣研究集刊》1994年第2期，頁82。

34　朱雙一：〈光復初期海峽兩岸的文學匯流〉，《臺灣研究集刊》1994年第2期，頁82。

一九四七年十一月一日，《臺灣文化》雜誌在第二卷第八期上刊文，介紹了該雜誌社組織的「民謠座談會」的情況，文章題為〈民謠座談會〉；一九四八年四月一日，《臺灣文化》三卷三期發表了林清月的文章〈臺灣民間歌謠〉；一九四八年八月一日，《臺灣文化》三卷六期發表了廖漢臣的〈談談民歌的搜集〉；一九四八年十月一日，《臺灣文化》三卷八期發表了林清月的〈民間歌謠（上）〉；一九四九年三月一日，《臺灣文化》四卷一期發表了林清月的〈民間歌謠（中）〉。直到一九五〇年十二月一日，《臺灣文化》還在六卷三、四合期上發表了黃得時的有關文章〈關於臺灣歌謠的搜集〉。此外，林清月還有一篇題為〈歌謠小史〉的文章發表於《臺灣文物》第二卷第二期。經過論議，作家們認為：「臺灣有許多好的民歌散在於各地。自二十年來。就零零碎碎的被收錄在各種報紙或雜誌裡，而且也有人把它輯錄成冊了。……不過，經已發表的民歌，沒論在數量上，或質量上講，都還不能使人滿意。」[35]因此，有必要進一步進行歌謠的搜集與整理。

　　《臺灣文化》還刊登了關於方言羅馬字的論爭文章。一九四八年六月，胡莫在〈廈門方言之羅馬字拼音法〉一文[36]中提出了《臺灣新白字》（即《新拼音法》）方案。朱兆祥則於一九四八年九月在《臺灣文化》上發表〈廈語方言羅馬字草案〉[37]，對「胡式羅馬字」提出批評[38]，提出了「臺語羅馬字草案」，並指出了要「以國羅為依歸」的原則[39]。

---

35 廖漢臣：〈談談民歌的搜集〉，《臺灣文化》第3卷第6期，1948年8月1日。

36 載《臺灣文化》第3卷第5期。

37 載《臺灣文化》第3期第7期。

38 有關胡莫與朱兆祥關於方言羅馬字的論爭，參見汪毅夫：〈魏建功等「語文學術專家」與光復初期臺灣的國語運動〉，《東南學術》2002年第6期，頁106-107。

39 汪毅夫：〈魏建功等「語文學術專家」與光復初期臺灣的國語運動〉，《東南學術》2002年第6期，頁107。

三　論議的結果——促使兩岸文學融合的進步現實主義

儘管在光復初期的臺灣，本省和外省作家在創作方法問題上有些不同看法，但文學發展路線問題上卻有著共同的目標，即「都服膺於追求民主、進步的現實主義文學路線」[40]，這種共同的發展目標促使本省和外省作家求同存異，團結合作，使得兩岸文學在光復初期的臺灣迅速得到了融合。

臺灣《新生報》副刊「橋」所展開的有關文學問題的討論，是兩岸作家合作共事的生動例證。一九四八年，這個副刊曾展開一次關於臺灣戰後文學應朝什麼方向發展的討論。這次討論的本質，是兩岸作家在新的歷史條件下共同探討臺灣文學的發展路線的問題，針對當時的現實，促進臺灣文學早日與大陸文學匯流。在這次討論中，作家們提出了臺灣文學應走「新現實主義」的路線的文學主張，這種「新現實主義」是一種進步的現實主義，其目標便是使臺灣文學擺脫日據時期臺灣的舊影響，向著新的進步的方向發展。

在圍繞《新生報》（橋副刊）和《臺灣文化》展開的關於臺灣文學發展路線的討論中，兩岸作家以赤誠之心，理性思考，發表了許多有價值、有見地、能夠解決實際問題的論文，例如：楊雲萍的〈奪還我們的語言〉、〈促進文化的方策〉、〈臺灣新文學運動的回顧〉，楊逵的〈文學再建的前提〉、〈臺灣新文學停頓的檢討〉、〈幼春不死，賴和永存〉、〈如何建設新文學〉、〈尋找臺灣文學之路〉、〈論文學與生活〉，甦甡的〈也漫談臺灣藝文壇〉，江流的〈造成文藝空氣〉，游彌堅的〈臺灣新文化運動的意義〉，王錦江的〈臺灣新文學運動史料〉，廖毓文的〈打破緘默談文壇〉，林曙光的〈臺灣文學的過去現在與未來〉、〈臺灣的作家們〉，葉石濤的〈一九四一年以後的臺灣文學〉，歌

---

40 朱雙一：〈光復初期海峽兩岸的文學匯流〉，《臺灣研究集刊》1994年第2期，頁84。

雷的〈臺灣文學的方向〉等。這些文章，從不同側面，深入探討了臺灣文學的發展方向問題。

　　通過這些論議，以祖國大陸赴臺作家為媒介，以新出版的報刊、雜誌為陣地，「五四」以來的祖國大陸進步文學思想很快傳入臺灣，臺灣作家在理論上找到了發展和振興臺灣新文學的指針。一九四六年，《臺灣新生報》發表社論，提出要為臺灣文化「輸血」，即輸祖國大陸「五四」以來新文化之血，新文學之血。這一觀念的實現，對臺灣戰後文學繼承中華民族文學傳統起了很大作用，也進一步促進了戰後初期兩岸文學的融合。

結論

臺灣現代文學：語言轉換中的中華文化脈搏

　　從總體上看，臺灣現代文學的進程跟大陸現代文學運動的全程，本質相同，即都是中華文化的發展流脈，也都是用「一個文學或語言上的工具去替代另一個工具」[1]，即語言轉換的過程。但是，因為歷史上政治、經濟、社會諸方面的獨特性，臺灣現代文學史上又有區別於大陸現代文學史的特異文學現象存在。其中最為突出，而又具普遍代表性的，是流動纏繞、糾葛共生的「語言轉換」、「邊緣書寫」、「文化隱喻」等美學現象。

一　臺灣現代文學史上的多重「轉換」美學

　　臺灣現代文學史上有著多種多樣的類型的轉換模型。

　　首先是語言的轉換。文學的語言形式與社會意義之間有著密切的關係。當語言現象與社會文化因素發生交互作用時，語言代碼就不再僅僅是單純語言學上的符號，而是蘊涵著複雜的社會因素和深刻的文化意義。因此，將「從文言文到白話文」，亦即從文言到國語（白話）的轉換作為臺灣現代文學起迄的標誌，有其合理性。包括從文言到國語（白話）在內的語言轉換問題，是發生於臺灣現代文學史時期的特殊問題，並且始終貫穿於臺灣現代文學的進程。在此時期，國語（白話）是語言轉換的主要趨向和最終結局。因此，從文言到國語

1　唐德剛譯注：《胡適口述自傳》（上海市：華東師範大學出版社，1993年），頁142。

（白話）不僅是臺灣現代文學同臺灣近代文學，也是臺灣現代文學同臺灣當代文學分野的顯要標誌。某些臺灣現代文學作品的創作過程其實是一個語言轉換的過程、一個亦創亦譯的過程。如賴和作品的從文言初稿到國語（白話）夾雜方言的定稿，呂赫若作品的從方言腹稿到日語或國語（白話）文稿。與此相應，臺灣現代作家的創作用語其實可以稱為創、譯用語，它涉及文言、國語（白話）、日語和方言。表面上的語言轉換實際上隱喻著深層次的國族、身分認同。如，皇民化運動氣焰極熾的一九三九年後，仍有文言詩社的創立和擊鉢吟會的舉行，文言詩人們以此宣告自己的漢文化身分與堅守的中華民族品格。

臺灣現代文學基於歷史命運，語言工具分歧為中文與日文兩條路線。中文寫作者須面對文言、方言向國語（白話）轉變的語言結構調整學習；而日文寫作者初期要承受以異族語言反抗異族統治的精神折磨，戰後從日文再向中文蛻轉者更是飽嘗精神裂隙和語言跨越的雙重困擾。

日據時期很多作家都是文言、國語（白話）文學並作的。如賴和、楊守愚、陳虛谷。由於一九三七年日本殖民當局廢止報刊中文欄，進而禁止使用中文（但是對於文言詩歌卻沒有強行禁止），許多作家只好運用日語寫作，還有一些作家，就又轉向了文言詩文創作。如周定山在一九三七年由國語（白話）文學創作轉向了文言文學創作。

賴和、陳虛谷和楊守愚均是彰化應社的社友，長於用文言寫作，他們用文言寫作，也用國語（白話）寫作。賴和是「在臺灣的舊詩壇嶄露頭角，成為應社的一員大將」[2]的人物。他能夠「自如地游走在新、舊文學兩個領域中」[3]，賴和常常會用新、舊不同的文體，來表達同一個問題、抒發同一種感受。賴和以不同文體表現同一題材的例

2　葉榮鐘：《臺灣人物群像》（臺中市：晨星出版有限公司，2000年），頁286。

3　見施懿琳：《從沈光文到賴和——臺灣古典文學的發展與特色》（高雄市：春暉出版社，2000年6月，初版1刷），頁451。

子不在少數，比如〈補大人〉先後就用了文言詩歌與國語（白話）小
說兩種文類來表現；〈送虛谷之大陸〉也同樣有新、舊詩兩種文體的
作品；此外還有題為〈哀聞賣油炸檜的〉的舊詩及〈不幸之賣油炸檜
的〉的國語（白話）小說。其文學創作所採用的語言及文體形式處於
流動的轉換過程之中。葉榮鐘更是此類作家的典型代表。葉榮鐘的文
學生涯是從寫作文言詩歌開始的。「葉氏生長於文風鼎盛的鹿港，從
小習古詩文，後來到臺中霧峰跟隨林獻堂時加入『櫟社』與林幼春成
忘年交，從十八歲到七十八歲去世時為止，前後六十年詩作不輟」[4]。
葉榮鐘的「日文功力系不容被質疑的……但他的中文造詣不僅不差，
甚至有過於北大校友洪炎秋和北師大畢業生張我軍等人」[5]。葉榮鐘在
臺灣現代文學時期用文言寫作，也用日語和國語（白話）寫作。

　　臺灣方言文學經常和文言文學或國語（白話）新文學纏繞在一
起，無法截然分開。比如郭秋生，他既是臺灣新文學運動的一個健
將，同時還創作了許多方言報告文學作品，而這些報告文學又是基於
文藝大眾化、面向底層民眾、倡導新思想、新文化的，而且文章是按
照國語（白話）新文學的標準來寫作的。提倡臺灣話文的黃石輝實際
上做得一手漂亮的文言詩。而《三六九小報》上的許多文言作品又夾
雜著眾多的方言語彙，則顯示了臺灣方言與傳統漢語言文學的血緣關
係。在一定程度上說，臺灣方言文學（主要指臺灣福佬系方言）是漢
語言文學由文言文學向白話文新文學轉換期的獨特形態，因此，臺灣
方言文學創作如果脫離開了漢語，就會成為無源之水、無本之木。臺
灣作家杜國清認為：「臺語，一般是指閩南話，……臺語是漢語系的
一個方言。……文學創作，免不了有地方色彩，如何提煉方言，使之

4　洪銘水：〈《少奇吟草》跨越世代的見證〉，引自葉芸芸、陳昭瑛主編：《少奇吟草》
　　（臺中市：晨星出版有限公司，2002年3月31日，《葉榮鐘全集5》），頁42-43。
5　戴國輝：〈葉榮鐘先生留給我們的淡泊與矜持〉，引自葉芸芸、陳昭瑛主編：《少奇吟
　　草》（臺中市：晨星出版有限公司，2002年3月31日，《葉榮鐘全集5》），頁29。

加入、豐富、充實大家共通的現代漢語，我想才是創作者在有限的
一生中，能夠創造出優越作品的客觀條件。基於政治壓迫而造成反抗
的理由，企圖使用方言，以取代大家共通的現代漢語，由此希望創
作出大家都能接受和欣賞的作品，恐怕主觀的願望多於客觀的可能
性。」[6]如署名「村老」的〈斷水之後〉[7]運用了大量的方言對白，「雖
使鄉里人物的性格，神龍活現，但亦因濫用之故，適足對某些不諳臺
語的讀者，造成了隔閡的反效果。由此，更令我們體驗到鄉土小說中
的方言驅用，必須經過整理、消化、選擇，而後適切運用的原則。」[8]
臺灣的鄉土文學史，其實是臺灣新文學史的一部分，反映了殖民現代
性與文化的合理保守之間的糾葛。綜觀為期約二十六年的臺灣現代文
學史，臺灣鄉土文學的主題，首先從反封建、反落伍入手，進而鼓吹
民主、自由，最後則歸結到反抗日本的殖民統治，進而向具有中華意
識、現代意識的臺灣文學方向的演變。

　　方言文學屬於區域文學，臺灣文學屬於閩臺區域文學的一支，進
一步講，是中華文化大板塊中的一個小板塊。只有從這個原理出發，
才能夠解釋，為什麼那麼多的閩南語歌謠、閩南語歌仔冊、流行歌詞
等都要用文言詞語來記音、表意，而且經過這樣一個「轉譯」過程後
更能夠增添這些方言通俗文學的古樸與典雅，能夠提升這些作品的藝
術層次與魅力。

　　從傳承中華文化的視角來看，無論日語作品寫得多麼好，與用中
文寫作的作品相比，在語言上也是處於劣勢的，是特殊的社會環境造

6　杜國清：〈笠、臺灣、中國、世界〉，《笠》詩刊151期。轉引自陸士清：《臺灣文學新
　　論》（上海市：復旦大學出版社，1993年6月，初版1刷），頁116-117。

7　原作署日期為1931年12月26日，原載《臺灣新民報》第407號，1932年3月19日、27
　　日出版，根據守愚的〈報顏閒話十年前〉（載於《臺北文物》第3卷第2期）一文，知
　　悉村老即楊松茂（守愚）。

8　見鍾肇政、葉石濤主編：《一群失業的人》（臺北市：遠景出版社，1979年7月初版，
　　《光復前臺灣文學全集2》），頁115。

成的臺灣日語作家的無奈與尷尬。從另外一個角度來說，用日語寫作
的作品，如果表達的是社會與歷史的真實，反映的是普遍的人類的心
聲，弘揚的是正氣歌，那麼，其成就當然也是不容抹殺的。但如果日
語作品迎合的是殘虐的暴政，與民眾的願望相對立，違背歷史潮流和
自然規律，則其危害也是極大的，當然這樣的作品也沒有什麼藝術價
值和生命力可言。

　　日據時期，三種版本的《水滸傳》的中文日譯，也是一個有趣的
語言轉換文學現象，同時也說明臺灣民眾在殖民當局的語言暴政下對
中華傳統文化的接收渴望。

　　其次是身分的轉換。正如同中國文學的歷史傳統，不降其志，不
辱其身的高風亮節操守，早已成為朝代更迭、政權移轉下文人人品特
出的表徵，作為前清遺老的臺灣文人，也往往借由遺民身分來表態。
「為了保持忠貞和氣節，選擇退隱明智的遺民型詩人」[9]的出現，也
成為臺灣現代文學發展中令人矚目的現象。不過，起初的心志雖同，
但後來卻因為面對日本政權的高壓與籠絡利誘，遺民文人也各自出現
了不同的因應之道，例如洪棄生、許夢青畢生堅拒日人拉攏，抑鬱憤
死不改其衷；吳德功、蔡啟運由反抗到傾斜，卒與日人友好；林癡仙
先是耽於酒色，而後則為民族運動而奔走；林幼春由消極隱居而積極
抗日……等。文言文人與文言文學並不全是落後、保守、陳腐、頹
廢、安逸享樂、媚日取寵的，新、舊文人的界限無法判然二分。日據
時期作家跨國語（白話）、文言文學兩領域者為數眾多。如張我軍的
第一首作品就是律詩〈寄懷臺灣議會請願諸公〉。文學與文化不可能
是只有創新而沒有傳承，運用文言舊體詩文也能夠傳達新思想。日據
後期，日據當偏限制並且進而扼制漢語教學和漢文報刊，卻不曾對使

9　參見黃美娥：〈日治時代臺灣遺民詩人的應世之道──以新竹王松為例〉，「加州大學
　聖塔芭芭拉校園2000年臺灣文學國際研討會論文」打印稿，頁1。

用文言、寫作漢文言詩歌和結社聯吟的活動實施嚴厲的限令或禁令。
據臺灣學者報告，一九〇二年臺灣全省共有詩社六家，到臺灣現代文
學起步之年的一九二三年增至六十九家，此後仍然保持逐年增加的慣
性，至日據後期的一九四三年竟然攀升至兩百二十六家[10]，詩鐘（擊
缽吟）在日據初期引發的「詩社林立、詩人輩出、活動頻繁」的狀況
一直延續到日據後期。「擊缽吟一體包括詩鐘和『擊缽吟之詩』（七
律、七絕），它是從『擊缽催詩』的活動形式取義的。由於擊缽吟是
一種具有關於題、韻、格、時等方面的規定和限制，又有『宣唱聯
句』、『主評甲乙』等競技性節目的集體創作活動，它很快吸引了侵臺
日吏中的漢文學家和漢文學愛好者，也吸引了眾多的臺灣詩人。」[11]
擊缽吟活動在日據時期歷久不衰，甚至到了日本殖民當局廢止漢文使
用的皇民化運動時期，也是如此，如一九四一年盧谷在〈寄遂性信〉
裡曾經有莊遂性初試擊缽吟的記述，並有盧谷對莊遂性在此次擊缽吟
會上所作詩作〈歸燕〉與〈送春〉詩的評點。[12]賴和曾抄錄《小逸堂
擊缽吟存稿》[13]，其中記錄當時參與詩會者有：黃倬其、郭克明、王
義貞、楊嘯霞、王蘭生、楊笑儂、楊雲鵬、楊石華、石錫勳、石迂
吾、黃文陶等人。「在擊缽吟創作活動中，臺灣詩人宣揚抗日愛國思
想、傳播中國文史知識，創作了不少優秀作品」[14]。這都是舊形式與新
思想之間的轉換與兼容。

---

10 參見吳毓琪：《南社研究》（臺南市：臺南市文化中心，1999年）。

11 見汪毅夫：《中國文化與閩臺社會》（福州市：海峽文藝出版社，1997年4月，初版1
　　刷），頁64。

12 參見一九四一年盧谷〈寄遂性信〉之九，陳逸雄編：《陳盧谷作品集》（彰化縣：彰
　　化縣立文化中心出版，1997年12月），頁596。

13 參見施懿琳：《從沈光文到賴和——臺灣古典文學的發展與特色》（高雄市：春暉出
　　版社，2000年6月，初版1刷），頁519。

14 見汪毅夫：《中國文化與閩臺社會》（福州市：海峽文藝出版社，1997年4月，初版1
　　刷），頁65。

　　作家中還存在著由政治活動者向文學活動、文化活動者的轉換現象。如王詩琅從積極從事社會政治運動轉而主要從事文學活動。林獻堂、葉榮鐘等撰寫的詩文，有時是用來發表自己的政治見解與看法的，但是這些詩文又具有文學價值，同時或者此後成為文學欣賞的對象。有的文學者轉換為從政者、學者，如張李德和光復後曾任縣議員，是女性參政的一個代表人物，由此，她實現了自己社會政治地位的提升；楊雲萍戰後曾擔任臺灣行政長官公署簡任參議，一九四七年起即任臺大歷史系教授。

　　此外，文學內部與文學外圍的文化及外圍書寫有時是互相影響的，有時也會互相轉化。吳濁流曾於一九四一年到大陸南京，寫下了長篇散文〈南京雜感〉。一吼（周定山）則曾經先後四次來到大陸，寫了大量的有關大陸游歷的詩歌。類似這些或留學日本、或求學大陸、或遊歷於大陸及其他國家、地區的文學者在離開臺灣期間創作的作品，構成了獨特的離島書寫景觀。而這些文學者後來又回到臺灣，或者人沒有回到臺灣，但其作品卻回歸臺灣產生影響，也構成了一種文學創作與傳播的空間流動與轉換。

二　臺灣現代文學史上的「邊緣書寫」現象

　　就臺灣現代文學史而言，邊緣書寫有多重含義。一是，臺灣被日本割據，就祖國大陸來講，在這五十年的時間裡（在本論文裡則大致指一九二三至一九四五年），臺灣文學屬於邊緣文學；另一個含義是，臺灣絕大多數知識分子在日本殖民者的暴力統治下，只能採取文化隱喻和韌性抗爭的寫作手法，或者是被迫離鄉背井到大陸，或到日本，或到世界其他國家和地區進行寫作，而這些作品又通過各種途徑返回臺灣而產生影響，是為臺灣文學的外圍寫作，也是邊緣寫作的一類，眾多的離島寫作與歸島之響構成了臺灣現代文學邊緣寫作的另一

道景觀，形成了獨特的離散美學（Diaspora aesthetic）現象。還有一些知識分子始終堅持使用中文寫作，而中文在日據時期的臺灣不是殖民當局所提倡、官方所使用的官方語言，就政治角度來說漢語言被語言暴政人為地邊緣化了，這種中文寫作在當時當然也是邊緣寫作；而民間口傳的方言文學、民間戲曲文學，則是中文寫作中的邊緣寫作，臺灣的主要方言所謂「臺灣話」，實際上就是閩南方言，閩南方言又來自河洛方言，是我國七大方言之一。閩南方言在學術界以古漢語活化石著稱，是古漢人從中原移民到福建、臺灣的見證；還有南島語系群族（有人稱為臺灣原住民）文學，他們的寫作，多是口頭創作，這些也是邊緣寫作；另外還有生活在社會底層的貧苦百姓的口頭創作、民間戲曲、民間歌謠，以及各種被士紳階層認為不登大雅之堂的偵探、情愛、武俠小說，還有佛教文學、燈謎、講古等休閒娛樂、智力遊戲文學等，都是邊緣寫作的範疇；園林、廟宇、祠堂、會館、書院、戲樓等建築中題寫、鐫刻的楹聯，以及懸掛於室內的書畫條幅，都是邊緣文體，處於文學的邊緣，但卻可以隨時啟發人們的民族意識與正氣節操；處於男權社會的邊緣的女性書寫，則勇敢地挑戰、震撼父權、夫權的社會體制。「從美學觀點來講，邊緣倒是產生美感的良好土壤。……在現實中，主流往往倒是強權和利欲支配下的逢場作戲，聚集著矯飾、虛偽、雜亂、醜惡，而只有邊緣地帶才能歸依本真，顯露出人性、真情和純美。」[15]因此，這些所謂邊緣文學，卻恰恰能夠體現臺灣民間社會的主流文化——中華文化，從而成為臺灣現代文學的真正主流。

「邊緣」一詞在臺灣現代文學史上有多種內涵，它首先表現為，文學相對於殘暴無情的政治統治與經濟槓桿，是一種遠處於意識形態最邊緣的上層建築。馬克思在《德意志意識形態》中，曾把意識形態

---

15 公仲：〈新移民文學的新思考〉，《文藝報》第5版，2005年3月17日。

視作一種「錯誤意識」,「因為幾乎整個意識形態不是把人類史歸結為一種歪曲的理解,就是歸結為一種完全的抽象。」[16]文學雖然從屬於意識形態,文學生產亦受制於意識形態,但文學話語又是一柄雙刃劍,它可以維護既定的社會秩序,也可以反叛現有的意識形態。因為「文學不僅僅再現、反映了意識形態,而且它還是意識形態的生產工廠,它以審美這種特殊的方式生產出潤滑的、可口的、包裝精美的意識形態產品。根據其性質的不同,人們或者稱之為精神食糧,或者視之為精神鴉片。」[17]文學可以編造生動的謊言,可以引誘讀者接受現存的不合理社會等級制度,文學便由此成為生產意識形態的工具。這也就是日據臺灣時期殖民當局所吹捧的皇民文學等「時局」文學的作用,也就是當局所認可的主流意識形態的文學,但這種文學是暴政的奴婢,是「精神的鴉片」。但是,文學也具有揭示、破壞、批判與反抗現存所謂「主流意識形態」的功能。從一八九五年臺灣淪陷以來,許多臺灣作家以特立獨行的生活方式和堅持不懈的邊緣書寫與殖民當局進行韌性的抗爭,挑戰以文化殖民政策為代表的「主流意識形態」。從漢語言和傳統藝術形式的運用到中華文化理念的滲透,都對當局所主導的意識形態構成了背叛。這些邊緣書寫所帶來的真實感性經驗突破了殖民政策的規訓,為所謂「主流意識形態」祛魅,把被其遮蔽的民眾生存真相昭示於人間,暴露其背後的虛假、欺騙和凶殘。因此,這種邊緣書寫成為意識形態批判的利刃。與生產統治意識形態的「中心話語」相對,邊緣文學無疑是語言暴政的批判話語。

　　「邊緣」一詞的內涵也是不斷轉換的。不同內涵的邊緣概念因參照物的變化又可以互相變換。臺灣民眾認為是民間社會主流的、能夠代表主流民意的文學作品,從殖民當局的譽輿學角度看來則很可能是

---

16 《馬克思恩格斯全集》(北京市:人民出版社,1972年),卷4,頁489。

17 參見南帆主編:《文學理論新讀本》(杭州市:浙江文藝出版社,2002年8月),頁181。

邊緣文學。民間社會文化的自我規約力具有無堅不摧的穿透力和牢不可破的免疫功能，臺灣民眾借助它識破了殖民當局意識形態的不真實，認識到「它常常隱蔽或扭曲現實，把自己的思想普遍化，編造社會全體成員共同利益的謊言，達成維護其統治的目的。」[18]因此，被殖民當局認可的能夠代表他們的所謂「主流」意識形態的作品，如皇民化運動時期產生的那些「畸形」文本，在臺灣的廣大民眾看來，則是精神扭曲的文學，是偏離了臺灣主流民意的邊緣文學。相對於小說、詩歌、散文等現代文體來說，文言詩文、民間口承敘事文學屬於邊緣文體。相對於文學內部而言，文學周邊的文化則屬於邊緣。相對於嚴肅文學作品而言，漫畫文學、俠義小說、言情小說、流行歌曲等通俗文學是處於邊緣的，但是這些通俗文學作品卻擁有多於所謂嚴肅文學的讀者受眾，就讀者數量與影響範圍來講，通俗文學的地位要高於嚴肅文學。從接受美學與語言學的角度來評價，吳漫沙的〈韭菜花〉、源自大陸閩南的歌仔，對於傳承中華文化的作用功莫大焉。在中文嚴肅文學都被禁止了的皇民化運動時期，吳漫沙的鴛鴦蝴蝶派通俗小說直到一九四四年仍得暢行發表，「山伯英臺」的歌仔仍傳唱於街頭巷口，邊緣文體顯然起到了非邊緣的文化傳承作用，起到了顛覆中心權力話語、瓦解政治意識形態權威的作用。從地緣角度來說，遠處於中國海疆的臺灣文學應屬於中國文學的邊緣文學，但是殖民地時期的臺灣文學擔負的反帝反殖民的任務卻是中國地域裡最為繁重而艱巨的，從這點看來，臺灣恰處於中國反帝反封建追求中華民族復興的最前沿和中心地帶，臺灣現代文學所顯示的破立結合、回歸傳統與邁向現代的纏繞混雜、性別論述與後殖民理念的潛流共生，這些新文學觀念都與中國大陸新文學觀念近乎同步，而且由於臺灣現代文學萌生於中國蒙受恥辱的最具代表性的地區，因此，表面上看來好像是處於

18　參見南帆主編：《文學理論新讀本》（杭州市：浙江文藝出版社，2002年8月），頁184。

中國文學邊緣的臺灣文學，實際上在某種意義上說恰恰成為大陸新文學、新文化思想的尖端實驗室。臺灣作家的創作很多都受到大陸作家的影響。如賴和、楊逵受魯迅的影響；賴和新詩受郭沫若的影響；吳漫沙受鴛鴦蝴蝶派小說的影響創作的言情通俗小說；吳坤泉受張資平影響創作的三角戀愛模式的言情通俗小說，以及廢人以張資平的小說《愛力圈外》為底本，改編的五幕劇本《鎖在雲圍的月亮》。

再者，在日本分等級的社會制度下，大多數的臺灣民眾是得不到受教育機會的，因此，文盲數眾多（含不識中文、亦含不識日文者。）。在這種情況下，民間口頭流傳的文學，雖然被殖民統治者邊緣化於社會主流意識形態之外，但是，在臺灣下層民眾的中華傳統區域民間社會裡，卻成為文化的中心。因此，邊緣與中心的概念，都是有針對性的，也是兩個相對的概念。民間寫作在日據時期臺灣與殖民統治者所大力扶植的日本殖民文學、皇民文學相對而言，是邊緣寫作，而到了臺灣光復以後，在光復初期，民間寫作與祖國的文學合流，一度也進入社會的中心地帶。但是經過「二二八事件」以後，就呈現出了民間寫作時而與官方意識形態融合在一起（這主要指統治者弘揚中華文化的合理導向層面），時而又與官方主流寫作分道揚鑣。而有些文本是以當時當地的社會弱勢群體的生活為書寫的對象與題材，這些書寫對象恰處於社會的邊緣，此類社會邊緣題材著作，亦為邊緣文學之一類。

臺灣淪陷後，日本為達成其「同化」政策，建立了公學校（後改為國民學校），作為主要之初等教育機構；強力實施日本語文教學。數量眾多的日語書刊，也對中文書寫構成了語言壓迫。漢語書寫在此時期的邊緣化不難想見。伊格爾頓認為，語言本身具有難以把握的、流動易變的結構，因此，文本對意識形態的示義也是流動的、開放的。正是由於語言示義過程的聚合與移置的矛盾運動，帶來了文學文

本的多義性與複雜性。[19]臺灣光復後，漢語重新成為在臺灣的話語主導，實現了主導語言的轉換。接收當局和臺灣民眾一方面努力去除日本語文與文化影響，一方面加強實施漢語普通話的普及。至國民黨政府遷臺，在前期國語推行的基礎上，更加全面、徹底地貫徹國語教育政策，此時，漢語書寫便流動到了社會文學生產機制的中心。

　　臺灣現代文學史上還出現了「外省」現象。這個「外省」並非只是一種地理意義上的外省，更指的是一種邊緣意識和外省意識。在臺灣光復初期，「外省」是一種少數狀態，但它恰恰保持了它的邊緣意識和對社會結構（包括藝術結構）的衝擊力。在光復初期臺灣文化重建的過程中，「外省」匯集成了強大的洪流，成為事實的存在和強勢話語。於是，文化融會、匯流了，「外省」的意義也不再存在。「外省意識」強化了在時代大話語之下被淹沒的聲音，用陌生化手段讓我們感知到事物另一面的存在。由此強烈的「外省意識」往往成為真正藝術家的自覺選擇。然而，「外省」又是無奈的，任何「外省」的最終目的卻是想獲得被承認，想進入某種話語範圍內，或者想創立自己的話語權。在生活和環境的脅迫下，「外省」總在不斷妥協、不斷修正。它常常很難擺脫來自於「中心」和「主流」的誘惑。它焦慮，試圖對抗，或者模仿、認同，以至於常有諂媚和迎合的傾向。即使是主動選擇「外省化」存在的知識分子，在內心深處，也仍然時時擺脫不了如何「進入」或「成為」主流的焦慮。「外省意識」[20]這樣一種在「主流／中心」之中無法解決的悖論，恰好是透視臺灣現代文學、文化現象，乃至社會問題、社會現象的要義所在。

　　文學作為意識形態生產方式的特性恰恰在於文學的審美形式；其次，文學常常能把真實的關係重新編碼、移置，轉換為審美想像關係

19　參見南帆主編：《文學理論新讀本》（杭州市：浙江文藝出版社，2002年8月），頁183。

20　梁鴻：〈論當代文藝的「外省意識」〉，《文學報》第2版（批評錄），2004年9月30日。

的暗碼。如果說，一個時代主導意識形態的重要任務是使統治和權力合法化，那麼，政治的審美化能夠產生奇特的效果，從而使統治和權力變得更加隱蔽動人。在統治意識形態的壓制和監控下，反抗的意識形態也同樣採用了審美形式這個隱蔽的手段。形式是反抗與論戰的秘密語言，文學形式的變革往往引發人們感知方式的變化，從而對社會意識形態產生不可忽視的影響。所以，與政治、法律、哲學不同，文學是以審美的方式生產意識形態，伊格爾頓把它命名為「形式的意識形態」[21]。文學形式要為內容服務，這好像是沒有疑問的真理，但是在日據時期的臺灣文學，文學形式卻有時起到了內容所無法起到的作用。比如，擊缽吟詩，連經常參加擊缽吟活動的文言詩人林幼春都認為：「山歌或可成詩，但是現在的擊缽吟則斷不是詩。」[22]可是擊缽吟這種詩歌遊戲活動使用的語言工具卻始終是漢語言，恰恰是這種文學形式和遊戲形式能夠在日本殖民政府語言暴政下，「維一線斯文於不墜」，使中華傳統詩歌的創作在整個日本殖民臺灣時期都未曾斷絕。如果說文學內容是文學的中心，文學形式是服務於這個中心的邊緣，那麼，擊缽吟僅憑它所堅持的漢語言形式，即可體現其傳承中華文化的中心意涵。

三　邊緣美學與轉換美學的交叉、糾葛及其譽與學悖論

　　整個臺灣現代文學史就是處於纏繞不清的邊緣與轉換的不斷糾葛之中。這裡有語言的轉換、時間的轉換、身分的轉換、主政者的轉換、空間的轉換、邊緣與中心的轉換、主流民意與執政者主流意識形態的衝突鬥爭及融合、分流，這些形成了臺灣現代文學史上獨特的邊

21 參見南帆主編：《文學理論新讀本》（杭州市：浙江文藝出版社，2002年8月），頁183。
22 見葉芸芸、陳昭瑛主編：《葉榮鐘早年文集》（臺中市：晨星出版有限公司，2002年3月31日初，《葉榮鐘全集7》），頁284。

緣美學與譽輿學的悖論。比如，楊逵的〈送報伕〉就是這種悖論的典型代表。一方面，該小說在臺灣受到當局的管制，橫遭腰斬，另一方面，該小說卻又戲劇性地在日本國內權威性的文學雜誌《文學評論》上發表，獲得日本這個殖民宗主國主流文壇的認可。無論如何，該小說在當時臺灣這個殖民當局執政的主流意識形態下，是被殖民當局邊緣化了的文學作品，但是，另一方面，在殖民地普羅大眾的心目中，在以中華文化為主流文化的臺灣民間社會裡，楊逵的〈送報伕〉一作，無疑是黃鐘大呂，振聾發聵的反殖民、反壓迫的典範，能夠代表民間社會的主流民意。然而，從該小說的語言載體看來，其「創譯用語」（楊逵往往是先用臺灣方言思考、打腹稿，然後再用日語寫作出來，因此他的寫作用語毋寧說是「創譯用語」更為恰當。）乃是日語，這又與以中華文化為中心意涵的臺灣民間社會文化有一定的距離，就語言這方面來說，它無疑也是奉中文為圭臬的中華文學的邊緣文學作品。就日本國內文壇而言，楊逵的文學作品雖然在主流刊物上發表，並且獲得好評，但它僅僅是一篇外國人創作的日語作品，是來自日本國外的、有著異域風情的文學。如此種種，都構成了〈送報伕〉充滿了各種邊緣與轉換糾葛不清的藝術魅力與矛盾張力。正是這樣一篇有這個有著各種各樣「邊緣性」特色的作品，在處於文化殖民高壓政策之下的殖民地臺灣，起到了鼓舞民眾鬥志、指明鬥爭路向、弘揚中華愛國精神的作用，楊逵也由此獲得了他在臺灣文壇的較高地位。這個譽輿結果，本身即又說明了邊緣文學向主流文學的流動轉換現象。吳濁流在日據時期出版的日文小說不多，僅有〈水月〉和〈泥沼裡的金鯉魚〉，他在日據時期創作最多的反倒是漢文言詩歌。他認為自己始終是一個詩人，甚至在留遺囑的時候，也要囑咐家人，在他的墓誌銘上要寫「詩人吳濁流先生葬此佳城」[23]，可是到了光復初

23　見鍾肇政：〈鐵血詩人吳濁流〉，《臺灣春秋》第2卷第4期（1990年），頁333。

期，吳濁流反倒是以較為活躍的日文小說作家之一的面貌，活躍於臺
灣文壇。在此時期，他發表了他在日據時期的「地下寫作」作品長篇
日文小說〈亞細亞的孤兒〉，轟動一時。他的創作的語言、思維無疑
是不斷轉換的，其創作時所用語言，說是創作用語，毋寧說是創譯用
語更為恰當。又如楊守愚的〈貧婦吟〉[24]，表現了他對貧女的關懷，
這首以臺灣閩南語書寫而成的押韻詩，很有民歌的味道。不僅在內容
上貼近民眾的心聲，在文字表現上，也盡量使用民間語言。具體的勾
勒了貧家婦女從清早到夜暗終日辛勞，卻又衣食貧乏的生活。對殖民
者的苛酷，深表不滿。其方言近乎漢語普通話白話文，被有的學者歸
類於白話新詩[25]。其中描寫的臺灣下層女性貧民在日據時期的殖民地
半封建社會裡，無疑是屬於弱勢群體，處於社會的邊緣。但正是這些
下層百姓發出的卻是代表著臺灣民間社會的大多數民眾利益的呼聲，
由此又居於臺灣傳統民間社會的中心地帶，這構成了一個具有荒謬的
合理性的悖論。臺灣現代文學史上的女性文言詩人是邊緣文學中的邊
緣詩人，她們用自己的文學作品證明了自身的才智，諸如此類女性文
學和有關女性的文學，成為臺灣文學中勇敢挑戰男權中心意識的一種
獨特存在。這些都是「邊緣」與「轉換」流動、糾葛、纏繞的表現。

四　臺灣現代文學史：文化隱喻機制下的中華文化主流脈搏

　　文化隱喻適用於以情感、心理上可為敵對者接受的形式掩飾言說
者的原始意圖。這種機制恰好契合了韌性戰鬥、曲筆反諷的表述要
求。許多臺灣現代進步作家都曾不同程度地採用過文化隱喻的書寫方

24　發表於一九三一年二月二十八日《臺灣新民報》三五三號，署名「靜香軒主人」。
25　參見施懿琳：《從沈光文到賴和——臺灣古典文學的發展與特色》（高雄市：春暉出
　　版社，2000年6月，初版1刷），頁541。

式。如吳濁流因長期受日人統治，雖然會創作文言詩，但卻無法使用中文來寫作小說，因此完成於戰爭時期的〈亞細亞的孤兒〉，雖反映了殖民統治下知識分子的痛苦，強力批判殖民者的殘暴，可是使用的卻是異族文字。為了凸顯書中主角胡志明的志節，吳濁流運用漢詩來表達志明的漢人意識，這種以日文夾雜漢詩的敘述模式，相較於通篇日文的作品而言，具有強烈的文化隱喻效果。「漢詩的出現，必與漢學或大陸有關，如此不止肯定了漢文化的存在，凸顯其與日文化的差異，更乘機展現了漢文化的主體性」。[26]文化隱喻虛構了一個和諧的世界，提供了社會矛盾想像的解決方式，但是這些運用文化隱喻機制構建的文本極具戰鬥精神與韌性抗爭意識，從而建構了一種民間意識形態，同時也生產出了對於主導意識形態的批判與解構因素。如臺灣現代文學史上的翻譯文學，特別是日據時段的中文日譯（如兩種版本的《水滸傳》譯本），所關注的已經不僅僅是字面意義轉述的文字翻譯，而是更注重中華文化內涵和中華民族精神傳達的文化翻譯，這種進行語言轉換的文學翻譯活動實際上是一種文化隱喻。由此，翻譯文學現象在臺灣現代文學史上實際上成為了一個文化問題，而此種翻譯文本的深刻文化內涵的轉達，也恰恰正是臺灣現代翻譯文學的價值所在。民間意識形態內容由此沉澱於文學形式之中，隱蔽地規訓著民間社會生活，培育出合乎中華文化傳統的感知方式。

　　臺灣現代文學最本質的特徵仍是中華文化特質。臺灣同胞對中華文化身分的堅定認同和愛國主義傳統，是任何人也無法改變的。在日據時期，有眾多的臺灣文化人堅持中文寫作，這本身就是一種民族文化操守的堅持。比如賴和，他以始終的中文寫作捍衛了中華文化的尊嚴。賴和曾說：「讀日本書做什麼，我們不要做日本仔，也沒福氣可

---

26 黃美娥：〈鐵血與鐵血之外：閱讀「詩人吳濁流」〉，《「臺灣古典文學論文集」初編》（2002年7月），頁11。

以做大人，我們用不著讀日本書。」[27]堅定的「反同化意識」透露於
字裡行間。像賴和一樣堅持中文寫作的還有鍾理和、王詩琅、楊守
愚、陳虛谷等。中國語言文字的運用，表現了對中國文化的熱愛，能
夠時刻提醒人們的民族意識與民主鬥志，增強人們的抗日信心。這些
中文寫作者代表了臺灣民眾綿延不斷的尋根意識和愛國情懷。陳虛谷
的文言詩歌的根源，主要來自李、杜、韓、蘇以及王、孟、韋、陶、
小謝：「李、杜、韓、蘇斷不可不讀；王維、韋應物、陶淵明、謝朓
亦不可不讀。」[28]一九三二年《南音》的創辦，奠定了葉榮鐘為臺灣
新文學大家的歷史地位。《南音》雖是為提供新文學園地而創辦的，
但取名「南音」卻呼應著屈原的傳統。「南音」即南方音樂，即楚
聲。（「南音」最原始出處是《左傳》〈成公九年〉記載楚囚鍾儀奏
「南音」）。在日據時代的古典詩歌，「楚囚」常是詩人自況之語，比
喻為生活在殖民地如同坐日人牢；「南音」也常用於形容自己的詩
作。刊物取名「南音」「既指出臺灣文學乃中國文學大傳統中的「南
方」支脈，也強調臺灣文學的精神與屈原的愛國熱忱、亡國之哀由所
呼應。」[29]臺灣現代文學的不同創作用語使得臺灣現代文學史彷彿支
離破碎，但其中有一個不動的中樞，成為臺灣現代文學史品格的根
本，這就是「中國的性格」[30]。無論是在日據時期，還是在光復初期，
中國大陸與臺灣的文學交流與文化交流始終沒有完全隔絕，有許多知
識者或由大陸來到臺灣，或由臺灣內渡大陸，舊文人如任雪崖，雪

---

27 懶雲（賴和）：〈無聊的回憶（二）〉，載《臺灣民報》219號，1928年7月29日，頁9。

28 見一九四一年虛谷：〈寄遂性信〉之七，收於陳逸雄編：《陳虛谷作品集》（彰化
　　縣：彰化縣立文化中心出版，1997年12月），頁588。

29 陳昭瑛：〈誰召同胞未死魂：葉榮鐘《早年文集》的志業與思想〉，葉芸芸、陳昭瑛
　　主編：《葉榮鐘早年文集》（臺中市：晨星出版有限公司，2002年3月31日，《葉榮鐘
　　全集7》），頁59。

30 吳濁流：〈南京雜感〉，轉引自劉登翰、莊明萱、黃重添、林承璜主編：《臺灣文學
　　史》（福州市：海峽文藝出版社，1991年），上卷，頁608。

崖，廣東人，久寓臺北而入籍，曾與李鷺村、林絳秋、王喬雯、賴獻瑞等諸詞友設立巧社。新文人如吳漫沙，吳漫沙在二十歲以後，才由福建石獅來到臺灣，在臺灣開始了他深受大陸鴛鴦蝴蝶派小說風格影響的言情通俗小說創作。而鍾理和、張我軍、張深切、雞籠生則內渡大陸，開始了他們的深受五四新文學運動影響的新文學創作，而他們的作品又通過各種各樣的途徑或在臺灣發表，或在大陸發表，然後再經由他人傳播回臺灣，從而在臺灣發生重要的影響和強烈的反響。而大陸文化人，如胡風、范泉等在上海翻譯、介紹臺灣作家作品，證明了「日本統治的殖民地臺灣與上海的文學家們是站在同樣的土壤上的」[31]。作家們的努力打破了侵略者破壞中華文化整體板塊的迷夢，兩岸文化人「通過日語為臺灣文學與中國文學的交會開闢了一個空間」。[32]

　　「語言轉換」、「邊緣書寫」、「文化隱喻」等美學現象貫穿於臺灣現代文學的整個進程，而中華文化特質是臺灣現代文學進程不曾歇止的主題曲，國語（白話）是臺灣現代文學進程的主流趨向。在臺灣光復初期，絕大多數作家採用國語（白話）是語言轉換的最終結局。但無論採用何類語種，臺灣現代文學湧動著始終如一的主流脈搏，即生生不息的中華民族情感。

---

31 見〔日〕橫地剛撰，陳映真、吳魯鄂譯：〈范泉的臺灣認識——上一世紀40年代後期臺灣的文學狀況〉，《復旦學報》（社會科學版）2004年第3期，頁17。

32 見〔日〕橫地剛撰，陳映真、吳魯鄂譯：〈范泉的臺灣認識——上一世紀40年代後期臺灣的文學狀況〉，《復旦學報》（社會科學版）2004年第3期，頁17。

參考文獻

一　論著

臺灣省文獻委員會編　張炳南監修　李汝和主修　廖漢臣纂修　《臺
　　　灣省通志卷六》〈學藝志〉〈藝文篇〉　臺中縣　臺灣省政府
　　　印刷廠　1971年　全一冊

〔日〕尾崎秀樹　《舊殖民地文學の研究》　東京都　勁草書房
　　　1971年

陳少廷編撰　《臺灣新文學運動簡史》　臺北市　聯經出版公司
　　　1977年

鍾肇政、葉石濤主編　《光復前臺灣文學全集》　臺北市　遠景出版
　　　社　1979年

林　梵　《楊逵畫像》　臺北市　筆架山出版社　1979年

《魯迅全集・日記》　卷15　北京市　人民文學出版社　1981年

王晉民、鄺白曼　《臺灣與海外華人作家小傳》　福州市　福建人民
　　　出版社　1983年

封祖盛　《臺灣小說主要流派初探》　福州市　福建人民出版社
　　　1983年

陳飛寶編　《臺灣電影史簡編》　廈門市　廈門大學臺灣研究所
　　　1983年

《臺灣香港文學論文選（首屆臺灣香港文學藝術討論會專輯）》　福
　　　州市　福建人民出版社　1983年

汪景壽　《臺灣小說作家論》　北京市　北京大學出版社　1984年

〔美〕愛德華‧薩丕爾著　陸卓元譯　陸志韋校訂　《語言論——言
　　　語研究導論》　北京市　商務印書館　1985年2月第2版
　　　2000年4月第5次印刷

武治純　《壓不扁的玫瑰花——臺灣鄉土文學初探》　北京市　廣播
　　　出版社　1985年

《臺灣香港文學論文選（全國第二次臺灣香港文學學術討論會專
　　　輯）》　福州市　海峽文藝出版社　1985年

楊　義　《中國現代小說史》　北京市　人民文學出版社　1986年
　　　卷1

葉石濤　《臺灣文學史綱》　高雄市　春暉出版社　1987年

白少帆、王玉斌、張恒春、武治純　《現代臺灣文學史》　瀋陽市
　　　遼寧大學出版社　1987年

包恆新　《臺灣現代文學簡述》　上海市　上海社會科學院出版社
　　　1988年

張毓茂主編　《二十世紀中國兩岸文學史》　瀋陽市　遼寧大學出版
　　　社　1988年

陳映真　《西川滿與臺灣文學》　臺北市　人間出版社　1988年

陳飛寶　《臺灣電影史話》　北京市　中國電影出版社　1988年

楊　義　《中國現代小說史》　北京市　人民文學出版社　1988年
　　　卷2

古繼堂　《靜聽那心底的旋律：臺灣文學論》　北京市　國際文化出
　　　版公司　1989年

古繼堂　《臺灣新詩發展史》　北京市　人民文學出版社　1989年

公仲、汪義生　《臺灣新文學史初編》　南昌市　江西人民出版社
　　　1989年

徐迺翔　《臺灣新文學辭典》　成都市　四川人民出版社　1989年

古繼堂　《臺灣小說發展史》　瀋陽市　春風文藝出版社　遼寧教育
　　　出版社　1989年

陳遼主編　《臺灣港澳與海外華文文學辭典》　太原市　山西教育出
　　版社　1990年

汪毅夫　《臺灣近代文學叢稿》　福州市　海峽文藝出版社　1990年

于寒、金宗洙　《臺灣新文學七十年》　延吉市　延邊大學出版社
　　1990年

張恆豪編　《翁鬧 巫永福 王昶雄合集》　臺北市　前衛出版社
　　1990年

彭瑞金　《臺灣新文學運動四十年》　臺北市　自立晚報文化出版社
　　1991年

楊　義　《中國現代小說史》　北京市　人民文學出版社　1991年
　　卷3

黃重添、莊明萱、闕豐齡　《臺灣新文學概觀》　廈門市　鷺江出版
　　社　1991年　上冊

黃重添、徐學、朱雙一　《臺灣新文學概觀》　廈門市　鷺江出版社
　　1991年　下冊

劉登翰、莊明萱、黃重添、林承璜主編　《臺灣文學史》　福州市
　　海峽文藝出版社　1991年　上卷

王晉民主編　《臺灣文學家辭典》　南寧市　廣西教育出版社　1991
　　年

《金川詩草》　臺北市　陳啟清先生慈善基金會出版　1991年

許俊雅　《日據時期臺灣小說研究》　臺灣師範大學國文研究所博士
　　論文　1991年

施　淑　《日據時代臺灣小說選》　臺北市　前衛出版社　1992年

翁光宇　賴和、楊逵、吳濁流、鍾理和作品欣賞　南寧市　廣西教育
　　出版社　1992年

王景山主編　《臺港澳暨海外華文作家辭典》　北京市　人民文學出
　　版社　1992年

趙　朕　《臺灣與大陸小說比較論》　福州市　海峽文藝出版社
　　　　1992年

《正續合編金川詩草》　臺北市　中研院文哲所　1992年

劉登翰、莊明萱、黃重添、林承璜主編　《臺灣文學史》　福州市
　　　　海峽文藝出版社　1993年　下卷

陸士清　《臺灣文學新論》　上海市　復旦大學出版社　1993年

古繼堂　《臺灣新文學理論批評史》　瀋陽市　春風文藝出版社
　　　　1993年

呂良弼、汪毅夫著　《臺灣文化概觀》　福州市　福建教育出版社
　　　　1993年

王震亞　《臺灣小說二十家》　北京市　北京出版社　1993年

唐德剛譯注　《胡適口述自傳》　上海市　華東師大出版社　1993年

古繼堂主編　《臺港澳暨海外華文新詩大辭典》　瀋陽市　瀋陽出版
　　　　社　1994年

宋益喬選編　《許地山靈異小說》　上海市　上海文藝出版社　1994
　　　　年

陳明台　《前衛之貌，薪火相傳──臺中縣作家作品集》　臺中縣
　　　　臺中縣文化中心　　1994年

汪毅夫　《臺灣社會與文化》　福州市　海峽文藝出版社　1994年

劉登翰　《文學薪火的傳承與變異》　福州市　海峽文藝出版社
　　　　1994年

黃英哲編　《臺灣文學研究在日本》　臺北市　前衛出版社　1994年

許俊雅　《日據時期臺灣小說研究》　臺北市　文史哲出版社　1995
　　　　年

黃武忠　《親近臺灣文學》　臺北市　九歌出版社　1995年

王白淵著　陳才昆譯　《荊棘的道路》　彰化縣　彰化縣立文化中心
　　　　出版　1995年

呂興昌編　《水蔭萍作品集》　臺南市作家作品集　臺南縣　臺南縣
　　文化中心　1995年

呂赫若著　林至潔譯　《呂赫若小說全集：臺灣第一才子》　臺北市
　　聯合文學出版社　1995年

梁明雄　《日據時期臺灣新文學運動研究》　臺北市　文史哲出版社
　　1996年

游勝冠　《臺灣文學本土論的興起與發展》　臺北市　前衛出版社
　　1996年

岡崎郁子著　葉笛、鄭清文、塗翠花譯　《臺灣文學　異端的系譜》
　　臺北市　前衛出版社　1996年

下村作次郎　《從文學讀臺灣》　臺北市　前衛出版社　1997年

朱立元主編　《當代西方文藝理論》　上海市　華東師範大學出版社
　　1997年

王文寶　《中國俗文學發展史》　北京市　北京燕山出版社　1997年

汪毅夫　《臺灣近代詩人在福建》　臺北市　幼獅文化事業公司
　　1997年

汪毅夫　《中國文化與閩臺社會》　福州市　海峽文藝出版社　1997
　　年

東海大學中國文學系編輯　《臺灣文學中的歷史經驗》　臺北市　文
　　津出版社　1997年

洪敏聰　《澎湖的褒歌》　澎湖縣馬公市　澎湖縣立文化中心　1997
　　年

彭瑞金　《臺灣新文學運動四十年》　高雄市　春暉出版社　1997年

鄭文惠等　《金川詩草百首鑒賞》　臺北市　文史哲出版社　1997年

范　泉　《文海硝煙》　哈爾濱　黑龍江人民出版社　1998年

季廣茂　《隱喻視野中的詩性傳統》　北京市　高等教育出版社
　　1998年

曾健民編　《臺灣鄉土文學‧皇民文學的清理與批判》　臺北市　人
　　　間出版社　1998年

臺灣文學論集刊行委員會編　《臺灣文學研究の現在》　東京都　綠
　　　蔭書房　1999年

吳毓琪　《南社研究》　臺南市　臺南市立文化中心　1999年

陳遼、曹惠民主編　《百年中華文學史論（1898-1999）》　上海市
　　　華東師範大學出版社　1999年

陳映真（等）編　《1947-1949臺灣文學問題論議集》　臺北市　人
　　　間出版社，　1999年

曾健民主編　《噤啞的論爭》　臺北市　人間出版社　1999年

胡　適　《國語文學史》　合肥市　安徽教育出版社　1999年

王乃信、林至潔等譯　《臺灣社會運動史（1913-1936）》　「臺灣總
　　　督府警察沿革志」第二篇「領臺以後的治安狀況」（中卷）
　　　臺北市　創造出版社　1999年　第2版

〔德〕威廉‧馮‧洪堡特著　姚小平譯　《論人類語言結構的差異及
　　　其對人類精神發展的影響》　北京市　商務印書館　1999年
　　　11月初版　2002年11月2刷

陳昭瑛　《臺灣與傳統文化》　中山學術文化基金會　1999年

陳昭瑛　《臺灣儒學——起源、發展與轉化》　正中書局　2000年

公仲編著　《世界華文文學概要》　北京市　人民文學出版社　2000
　　　年

江寶釵彙編　《張李德和詩文集》　臺北市　巨流圖書公司　2000年

《鍾理和傳》　南投市　臺灣省文獻會編印　2000年

曙玉、邊國恩等編　《二十世紀西方現代主義文學》　天津市　百花
　　　文藝出版社　2001年

奚永吉　《文學翻譯比較美學》　武漢市　湖北教育出版社　2001年

許　鈞　《文學翻譯的理論與實踐：翻譯對話錄》　南京市　譯林出
　　　版社　2001年

丁　帆　《中國大陸與臺灣鄉土小說比較史論》　南京市　南京大學
　　　　出版社　2001年

安興本　《衝突的臺灣》　北京市　華文出版社　2001年

計璧瑞　《臺灣文學論稿》　北京市　華文出版社　2001年

趙遐秋、曾慶瑞　《「文學臺獨」面面觀》　北京市　九州出版社
　　　　2001年

〔日〕中島利郎等編　《日本統治期臺灣文學文藝評論集》　東京都
　　　　綠蔭書房　2001年

〔日〕井手勇　《決戰時期臺灣的日本人作家與皇民文學》　臺南市
　　　　臺南市立圖書館　2001年

呂正惠、趙遐秋　《臺灣新文學思潮史綱》　北京市　崑崙出版社
　　　　2002年

張光正編　《近觀張我軍》　北京市　臺海出版社　2002年

葉芸芸、陳昭瑛主編　《葉榮鐘全集》　臺中市　晨星出版有限公司
　　　　2002年

古繼堂主編　《簡明臺灣文學史》　北京市　時事出版社　2002年

古繼堂　《臺灣文學的母體依戀》　北京市　九州出版社　2002年

南帆主編　《文學理論新讀本》　杭州市　浙江文藝出版社　2002年

許南村編　《反對言偽而辯：陳芳明臺灣文學論、後現代論、後殖民
　　　　論的批判》　臺北市　人間出版社　2002年

楊匡漢主編　《中國文化中的臺灣文學》　武漢市　長江文藝出版社
　　　　2002年

劉登翰　《中華文化與閩臺社會──閩臺文化關係論綱》　福州市
　　　　福建人民出版社　2002年

馬重奇　《閩臺方言的源流與嬗變》　福州市　福建人民出版社
　　　　2002年。

徐麗紗　《蔡繼琨：藝德雙馨》　臺北市　時報文化出版企業公司
　　　　2002年

〔日〕川瀨健一著　李常傳譯　《臺灣電影餐宴：百年導覽》　臺北
　　市　南天書局　2002年

黃美娥編　《日據時期臺北地區文學作品目錄》　臺北市　臺北市文
　　獻委員會　2003年　上下卷

黎湘萍　《文學臺灣：臺灣知識者的文學敘事與理論想像》　北京市
　　人民文學出版社　2003年

〔日〕中島利郎　《1930年代臺灣鄉土文學論戰資料彙編》　高雄市
　　春暉出版社　2003年

蔡友謀　《海內外石獅人著述資料彙編〈四〉臺灣作家吳漫沙卷》
　　香港　人民出版社　2003年

王景山編　《臺港澳暨海外華文作家辭典》　北京市　人民文學出版
　　社　2003年

朱雙一　《閩臺文學的文化親緣》　福州市　福建人民出版社　2003
　　年

陳貽庭、張甯、陳慶元　《臺灣才子》　北京市　九州出版社　2003
　　年

陳　耕　《閩臺民間戲曲的傳承與變遷》　福州市　福建人民出版社
　　2003年

譚達先　《論港、澳臺民間文學》　哈爾濱市　黑龍江人民出版社
　　2003年

周　青　《周青文藝論集》　北京市　臺海出版社　2004年

汪毅夫　《閩臺區域社會研究》　廈門市　鷺江出版社　2004年

楊若萍　《臺灣與大陸文學關係簡史（1652-1949）》　上海市　上海
　　文藝出版社　2004年

楊永林　《社會語言學研究：功能稱謂性別篇》　上海市　上海外語
　　教育出版社　2004年

莊孔韶主編　《人類學通論》　太原市　山西教育出版社　2004年7
　　月初版3刷

黃萬華主編　《多元文化語境中的華文文學》　濟南市　山東文藝出
　　　版社　2004年

肖　成　《日據時期臺灣社會圖譜：1920-1945臺灣小說研究》　北
　　　京市　九州出版社　2004年

黃美娥著　王德威主編　《重層現代性鏡像：日治時代臺灣傳統文人
　　　的文化視域與文學想像》　臺北市　麥田出版社城邦文化事
　　　業公司　2004年

Paul Ricoeur, *The Rule of Metaphor*　trans. Robert Czerny, London
　　　Routledge & Kegan, 1978.

Colin Murray Turbayne, The Myth of Metaphor, New Haven Yale
　　　University Press, 1962.

John Lyons, *Introduction to Theoretical Linguistics*, Cambridge: Cambidge
　　　University Press, 1968.

二　單篇論文

龍瑛宗　〈日人文學在臺灣〉　《臺北文物》第3卷第3期

郭水潭　〈日僑與漢詩〉　《臺北文物》第4卷第4期　1956年2月

陳少廷　〈五四與臺灣新文學運動〉　《大學雜誌》第53期（1972年
　　　5月）

張良澤　〈從鍾理和的遺書說起──理和思想初探〉　《中外文學》
　　　第2卷第6期　1973年11月

李南衡　〈日據下臺灣新文學抗日精神〉　《中華雜誌》第17卷第8
　　　期　1979年8月

廖毓文　〈臺灣文字改革運動史略〉　《日據下臺灣新文學明集》
　　　《文獻資料選集》　臺北市　明潭出版社　1979年　頁458-
　　　496

黃武忠　〈日據時代臺灣新文學的特性──兼談研讀應有的認識〉
　　　　《書評書目》第86期　1980年6月

楊　逵　〈臺灣新文學的精神所在：談我的一些經驗和看法〉　《文
　　　　季》第1卷第1期　1983年4月

黃得時　〈五四對臺灣新文學之影響〉　《文訊月刊》第11期（1984
　　　　年5月）　頁45-79

〔日〕松永正義著　林崗摘譯　〈臺灣文學的歷史與個性〉　《文學
　　　　研究動態》1984年第9期

翁光宇　〈崚嶒傲骨吳濁流──兼談抗戰時期的臺灣文學〉　《文學
　　　　報》　1985年6月6日

林瑞明　〈日本統治下的臺灣新文學運動：文學結社及其精神〉
　　　　《文訊月刊》第29期（1987年4月）　頁35-50

尉天驄　〈一步一步走向沒有光的地方！：從「五四」想到臺灣新文
　　　　學〉　《中國論壇》第28卷第3期　1989年5月

王曉波　〈五四時期文學革命與日據下臺灣新文學運動（上）〉
　　　　《中華雜誌》第27卷第6期　1989年6月　頁42-54

王曉波　〈五四時期文學革命與日據下臺灣新文學運動（下）〉
　　　　《中華雜誌》第27卷第8期　1989年8月　頁48-54

劉登翰　〈大陸臺灣文學研究十年〉　《福建論壇》（文史哲版）
　　　　1989年第4期

欽　鴻　〈記范泉主編的《文藝春秋》〉　《新文學史資料》1990年
　　　　第1期

許俊雅　〈延斯文於一線──日據時期臺灣傳統詩歌〉　中央日報第
　　　　17版　1990年5月28日

黃重添　〈略論臺灣文學中的民族文化基因〉　《福建論壇》（文史
　　　　哲版）1991年第4期

王景山　〈魯迅和臺灣新文學〉　《中國論壇》第31卷第12期　1991
　　　　年9月　頁12-18

劉登翰　〈論臺灣移民社會的形成對臺灣文學性格的影響〉　《福建論壇》（文史哲版）　1991年第5期

林瑞明　〈臺灣新文學運動理論時期之檢討（1920-1923）〉　《聯合文學》第9卷第2期　1992年12月　頁164-173

廖一瑾　〈臺灣第一位閨秀詩人黃金川和她的金川詩草〉　《中國文化大學中文學報》第1期　1993年2月

朱雙一　〈光復初期海峽兩岸的文學匯流〉　《臺灣研究集刊》1994年第2期

許俊雅　〈三臺才女黃金川及其詩〉（第二屆高雄市文化發展史學術研討會）　收入《高雄歷史與文化論集》第1輯　陳中和翁慈善基金會出版　1994年4月

朱雙一　〈光復初期海峽兩岸的文學匯流〉　《臺灣研究集刊》1994年第2期

汪毅夫　〈《臺灣詩史》辨誤舉隅〉　福建論壇（人文社會科學版）1994年第4期

黃俊傑　〈黃金川的情感世界與現實關懷〉（高雄市文化發展史學術研討會）　收入高雄歷史與文化論集第1輯　陳中和翁慈善基金會出版　1994年4月

黃琪椿　〈日治時期臺灣新文學運動與社會主義思潮之關係初探（1927-1937）〉　清華大學文學研究所碩士論文　1994年

陳芳明　〈百年來的臺灣文學與臺灣風格 —— 臺灣新文學運動史導論〉　《中外文學》第23卷第9期　1995年2月　頁44-55

黎湘萍　〈沒有浪漫時代的臺灣文學史〉　《臺港與海外華文文學評論和研究》　1995年第3期

汪毅夫　〈「劫後文章民族恨，皮裡春秋愛國情」：略談日據前期臺灣文學抗日愛國的民族精神〉　《臺灣研究》1995年第3期

王保生　〈臺灣文學研究深入的標誌：評《臺灣文學史》〉　《文學評論》1995年第4期

朱雙一　〈現實主義理論和批評的新世代視域：略論臺灣文學批評家
　　　　呂正惠〉　《文藝理論與批評》1995年第5期

葉　笛　〈日據時代臺灣詩壇的超現實主義運動——以風車詩社核心
　　　　人物楊熾昌的詩運動為軸〉　收錄於呂興昌編　《水蔭萍作
　　　　品集》　臺南市作家作品集　臺南縣　臺南縣文化中心　1995
　　　　年

程玉凰　〈洪棄生及其作品考述〉　中正中研碩論　國史館出版
　　　　1995年

許俊雅　〈日據時期臺灣新文學的發展〉　《日據時期臺灣小說研
　　　　究》　臺北市　文史哲出版社　1995年

李瑞良　〈臺灣「2‧28」前後的進步出版活動〉　《編輯學刊》
　　　　1996年第1期

彭小妍　〈文學典律、種族階級與鄉土書寫——張我軍與臺灣新文學
　　　　的起源〉　《中國文哲研究集刊》第8期　1996年3月

汪毅夫　〈城郭已非華表在斯文不墜一脈延——日據時期臺灣人民維
　　　　護中華文化的鬥爭事蹟〉　《臺聲》1996年第2期

徐　學　〈定位臺灣文學的三種方法〉　《臺灣研究》1996年第2期

徐　學　〈斬不斷的民族心聲：八年抗戰時期的臺灣文學〉　《文藝
　　　　理論與批評》1996年第4期

呂正惠　〈日據時代臺灣新文學研究的回顧——七十年代以來臺灣地
　　　　區的研究概況〉　《臺灣社會研究》第24期（1996年11月）
　　　　頁143-170

古遠清　〈一位歷史學家眼中的日據時代的臺灣文學：評林載爵的
　　　　《臺灣文學的兩種精神》〉　《臺聲》1996年第12期

朱雙一　〈日據時期臺灣新詩的抗議和隱忍〉　《臺灣研究》1996年
　　　　第4期

林瑞明　〈騷動的靈魂——決戰時期的臺灣作家與皇民文學〉　《臺
　　　　灣文學的歷史考察》　臺北市　允晨文化實業公司　1996年

彭小妍　〈認同、族群與女性：臺灣文學七十年〉　《文藝理論研究》1997年第2期

劉登翰　〈歌聲的呼喚〉　《臺聲》1997年第2期

汪毅夫　〈臺港澳的文化承傳〉　《臺聲》1997年第8期

施　淑　〈文協分裂與30年代初臺灣文藝思想的分化〉　《兩岸文學論集》　臺北市　新地出版社　1997年

許俊雅　〈再議30年代臺灣的鄉土文學論爭〉　《臺灣文學論》　臺北市　國立編譯館　1997年　頁141-162

施　淑　〈日據時代臺灣小說中頹廢意識的起源〉　《兩岸文學論集》　臺北市　新地出版社　1997年

陳漱渝　〈認准航道，飛出美麗的線條──關於「臺語文學」的對談〉　《書屋》1998年第1期

朱雙一　〈呂赫若小說創作的中國性〉　《臺灣研究集刊》1998年第1期

陳映真、施淑、藍博洲、馬相武、朱雙一　〈重返文學史：呂赫若及其時代──兩岸五人談〉　《南方文壇》1998年第2期

李仲明　〈抗戰時期淪陷區文學研究述略〉　《抗日戰爭研究》1998年第4期

汪毅夫　〈從臺南石姓某家的戶籍謄本看日據時期臺灣社會的若干情況〉　《臺灣研究集刊》1998年第4期

曾健民　〈臺灣「皇民文學」的總清算：從臺灣文學的尊嚴出發〉　《文藝理論與批評》1998年第6期

黎湘萍　〈從呂赫若小說透視日據時期的臺灣文學〉　《中國現代文學研究叢刊》1999年第2期

張圍東　〈日據時代臺灣報紙小史〉　臺灣「國立中央圖書館臺灣分館館刊」第5卷第3期　1999年3月31日　頁49-58

朱嘉雯　〈日據時期臺籍女詩人眼中的「家國」──以三臺才女黃金

　　　　川為論述焦點〉　中國女性書寫國際學術研討會會議論文
　　　　1999年4月

王景山　〈臺灣文學與魯迅文學傳統〉　《文藝報》　1999年9月7日

呂正惠　〈殖民地的傷痕：「脫亞入歐」論、皇民化教育與臺灣文學
　　　　中的認同危機〉　《文藝理論與批評》1999年第3期

劉　俊　〈臺灣文學研究在大陸：1997-1999：以「人大複印資料」
　　　　為視角〉　《臺灣研究集刊》1999年第4期

白舒榮　〈臺灣文學研究在大陸〉　《世界華文文學論壇》1999年第
　　　　4期

陳芳明　〈臺灣新文學史（1）──臺灣新文學史的建構與分期〉
　　　　《聯合文學》第15卷第10期　1999年8月　頁162-173

陳芳明　〈臺灣新文學史（2）──初期新文學觀念的形成〉　《聯
　　　　合文學》第15卷第11期　1999年9月　頁154-164

陳芳明　〈臺灣新文學史（3）──啟蒙實驗時期的文學〉　《聯合
　　　　文學》第15卷第12期　1999年10月　頁155-165

劉登翰　〈發揮民族文化的凝聚力　促進兩岸關係的發展〉　《臺
　　　　聲》1999年第5期

古遠清　〈「臺灣文學是中國文學的一環」是老調嗎？：有關「臺灣
　　　　文學詮釋權」的爭論〉　《文藝報》　2000年1月18日

汪毅夫　〈臺灣遊記裡的臺灣社會舊影──讀日據時期的三種臺灣遊
　　　　記〉　《臺灣研究集刊》2000年第2期

汪毅夫　〈閩臺文化史札記〉　《福建師範大學學報》（哲學社會科
　　　　學版）2000年第3期

陳映真　〈陳芳明歷史三階段論和臺灣新文學史論可以休矣！──結
　　　　束爭論的話〉　《聯合文學》第17卷第2期　2000年12月
　　　　頁148-172

朱雙一　〈中華故事圈中的臺灣少數民族口傳文學〉　《臺灣研究集
　　　　刊》2000年第4期

陳　遼　〈評議：一九四七-一九四九年間臺灣文學論爭三大問題〉
　　　　《世界華文文學論壇》2000年第2期

古遠清　〈臺灣文學與中國文學不是「兩國文學」：兩岸「爭奪」臺
　　　　灣文學詮釋權述評〉　《臺聲》2000年第2期

陳淑容　〈一九三〇年代鄉土文學‧臺灣話文論爭及其餘波〉　臺南
　　　　師範學院鄉土文化研究所碩士論文　2000年六月

許南村　〈「臺灣文學」是增進兩岸民族團結的渠道：讀楊逵《臺灣
　　　　文學問答》〉　《文藝理論與批評》2000年第3期

劉登翰　〈走向學術語境：祖國大陸臺灣文學研究二十年〉　《臺灣
　　　　研究集刊》2000年第3期

倪金華　〈日本的臺灣文學研究之學術檢討〉　《世界華文文學論
　　　　壇》2000年第3期

陳映真　〈以意識形態代替科學知識的災難——批評陳芳明先生的
　　　　「臺灣新文學史的建構與分期」〉　《聯合文學》第16卷第9
　　　　期　2000年7月　頁138-160

陳逸雄著　林莊生譯　〈臺灣新文學運動導論〉　《文學臺灣》第36
　　　　期　2000年10月　頁41-54

樊洛平　〈臺灣新文學重建的歷史見證：關於40年代後期臺灣文學問
　　　　題的討論〉　《世界華文文學論壇》2000年第4期

呂正惠　〈發現歐坦生：戰後初期臺灣文學的一個側面〉　《世界華
　　　　文文學論壇》2000年第4期

劉登翰　〈歷史的警示——重讀《橋》關於「建設臺灣新文學」的討
　　　　論〉　《世界華文文學論壇》2000年第4期

周良沛　〈「『臺灣文學』論爭」中的滇人羅鐵鷹〉　《文藝理論與批
　　　　評》2000年第6期

彭小妍　〈文學典律、種族階級與鄉土書寫：張我軍與臺灣新文學的
　　　　起源〉，《歷史很多漏洞——從張我軍到李昂》　臺北市　中
　　　　研院文哲所　2000年　頁1-26

邱靖桑　〈洪棄生社會詩研究〉　靜宜大學中文研究所碩士論文
　　　　2000年

柳書琴　〈殖民地文化運動與皇民化：論張文環的文化觀〉　《殖民
　　　　地經驗與臺灣文學》　臺北市　臺杏文教基金會　2000年
　　　　頁1-44

朱雙一　〈歐坦生、〈文藝春秋〉和光復後臺灣文學的若干問題〉
　　　　《新文學史料》2001年第1期

陳　遼　〈范泉：大陸研究臺灣文學第一人〉　《福建論壇》（文史
　　　　哲版）2001年第1期

黎湘萍　〈另類的臺灣「左翼」〉　《中國現代文學研究叢刊》2001
　　　　年第1期

林翠鳳　〈黃金川的詩學養成及其〈金川詩草〉內容探討〉　《東海
　　　　中文學報》第13期　2001年7月

汪毅夫　〈隔世之念與隔岸之想——〈文藝春秋〉、范泉、歐坦生及
　　　　其他〉　《世界華文文學論壇》2001年第4期

汪毅夫　〈1945-1948：福建文人與臺灣文學〉　《福建論壇》（人文
　　　　社科版）2001年第6期

朱雙一　〈從新殖民主義的批判到後殖民論述的崛起——一九七〇年
　　　　代以來臺灣社會文化思潮發展的一條脈絡〉　《臺灣研究集
　　　　刊》2001年第4期

黎湘萍　〈另類的臺灣「左翼」〉　《中國現代文學研究叢刊》2002
　　　　年第1期

童　伊　〈宣揚「臺灣文學具主體性」就是鼓吹「文學臺獨」——評
　　　　首屆「臺美文學論壇」〉　《文藝報》2002年1月29日

朱雙一　〈臺灣新文學民俗描寫中的「傳統」與「現代」〉　《臺灣
　　　　研究集刊》2002年第2期

朱雙一　〈文學視野中的鄭成功——「遺民忠義精神」及其在日據時
　　　　代臺灣的傳衍〉　《臺灣研究集刊》2002年第3期

倪金華　〈日本、中國大陸與臺灣的臺灣文學研究比較觀〉　《臺灣
　　　　研究集刊》2002年第4期

陳思和　〈許俊雅和她的臺灣文學研究：《美麗島面面觀》序〉
　　　　《華文文學》2002年第5期

汪毅夫　〈魏建功等「語文學術專家」與光復初期臺灣的國語運動〉
　　　　《東南學術》2002年第6期

翁聖峰　〈日據時期臺灣新舊文學論爭新探〉　輔仁大學中文博士論
　　　　文　2002年

川路祥代　〈殖民地臺灣文化統合與臺灣傳統儒學社會〉　成大中研
　　　　所博論　2002年

陳芳萍　〈彰化應社及其詩作研究〉　清大中研所碩論　2002年

劉登翰　〈論〈過番歌〉的版本、流傳及文化意蘊〉　《華僑大學學
　　　　報（哲學社會科學版）》　2002年第2期

〔日〕橋本恭子　〈《華麗島文學志》研究：以「外地文學論」為中
　　　　心〉　臺灣清華大學中文系博士論文　2003年1月

古遠清　〈二十世紀臺灣文學理論批評發展輪廓〉　《東方論壇》
　　　　2003年第2期

黎湘萍　〈知識者的現實認知與文化想像──從二十世紀40年代臺灣
　　　　作家的日文小說看其文化認同的困境〉　《臺灣研究集刊》
　　　　2003年第2期

汪毅夫　〈地域歷史人群研究：臺灣進士〉　《東南學術》2003年第
　　　　3期

朱雙一　〈日據前期臺灣的文化民族主義──以連雅堂、洪棄生、丘
　　　　逢甲等為例〉　《臺灣研究集刊》2003年第3期

劉紅林　〈賴和與魯迅〉　《學海》2003年第5期

劉登翰　〈論閩南文化──關於類型、形態、特徵的幾點辨識〉
　　　　《福建論壇》（人文社會科學版）　2003年第5期

朱雙一、程曉飛　〈日據下臺灣「現代化」的文學證偽〉　《南京大
　　　學學報》（哲學人文科學、社會科學版）　2003年第5期

〈臺灣文學館通訊・2〉　臺南市　臺灣文學館　2003年12月初版1刷

黎湘萍　〈族群、文化身分與華人文學──以臺灣香港澳門文學史的
　　　撰述為例〉　《華文文學》2004年第1期

劉　俊　〈臺灣文學：語言・精神・歷史〉　《讀書》2004年第1期

汪毅夫　〈語言的轉換與文學的進程──關於臺灣文學的一種解說〉
　　　《中國現代文學研究叢刊》2004年第1期

汪毅夫　〈文學的周邊文化關係──談臺灣文學史研究的幾個問題〉
　　　《福建師範大學學報》（哲學社會科學版）　2004年第1期

朱雙一　〈日據末期《風月報》新舊文學論爭述評──關於「臺灣詩
　　　人七大毛病」的論戰〉　《臺灣研究集刊》2004年第2期

李進益　〈日據時期長篇通俗小說的創作及主題探究──以徐坤泉、
　　　吳漫沙作品為主〉　中興大學「第三屆通俗文學與雅正文學
　　　全國學術研討會」2002年

橫地剛作　陳映真、吳魯鄂譯　〈范泉的臺灣認識──上一世紀40年
　　　代後期臺灣的文學狀況〉　《復旦學報》（社會科學版）
　　　2004年第3期

王　寧　〈全球化語境下漢語疆界的模糊與文學史的重寫〉　《甘肅
　　　社會科學》2004年第5期

汪毅夫　〈西觀樓藏閩南語歌仔冊〈臺省民主歌〉之研究〉　《福州
　　　大學學報》（哲學社會科學版）2004年第3期

汪毅夫　〈1826-2004：海峽兩岸的閩南語歌仔冊〉　《臺灣研究集
　　　刊》2004年第3期

黃萬華　〈抗戰時期淪陷區文學及其研究〉　《文學評論》2004年第
　　　4期　頁124-130

汪毅夫　〈《暢所欲言》與1897-1928年間泉州的市井文化〉　《東南
　　　學術》2004年第6期

張妙娟　〈《臺灣教會公報》——林茂生作品介紹〉　《臺灣風物》
　　　　第54卷第2期　2004年六月

三　電子文獻

向陽工坊——臺灣文學傳播研究室——長廊與地圖～臺灣新詩風潮的
　　　　溯源與鳥瞰　（http://home.kimo.com.tw/chiyang_lin/）
臺灣文學步道　（http://www.south.nsysu.edu.tw/sccid/liter/17.html）
現代主義密探　（http://home.ied.edu.hk/~s0102991/content_left.htm）
許俊雅　《九○年代臺灣古典文學研究現況評介與反思》　（www.
　　　　ln.edu.hk/clt/docs/）
臺灣咁仔店網站　（http://www.taiwan123.com.tw/musicdata）
聯合百科電子出版事業有限公司《臺灣文獻叢刊》　（http://163.22.
　　　　41.203/taiwan/Home/index.asp）

後記

　　《臺灣現代文學史稿》成書後，一轉眼，十年已過。回首往事，不由得不感慨萬千。

　　記得我在我的博士論文「致謝」裡面曾說：「感謝你，福建！感謝你，臺灣！」——是的，福建是我學術生涯發端之地，臺灣則是我近二十年來融入學術生命的第二故鄉。誰能想到呢？一個山東小伙，踏上福建的土地，就此和臺灣結緣，他的博士生導師、甚至在美國的博士後導師、訪問教授合作導師都來自臺灣，那片美麗、親切的土地！

　　感謝萬卷樓圖書公司，給我提供這樣一個機會讓我可以首次在臺灣出版自己的圖書，這是我多年來的嚮往！更要感謝福建師範大學文學院為我提供資助並牽線搭橋在臺灣出版，也感謝萬卷樓圖書公司的編輯老師為編輯拙作所做出的努力。感謝所有支持、幫助過我的親人、老師、朋友！

　　是為記。

戊戌初秋，李詮林於閩侯長灣山麓

二〇一八年九月二十二日

作者簡介

李詮林

　　福建師範大學文學院教授、博士生導師、文化產業管理系主任。兼任福建師範大學閩臺區域研究中心研究員、中國世界華文文學學會理事、中國文化產業管理專業委員會理事、國家「2011計畫」兩岸關係和平發展協同創新中心教授、福建省留學生同學會理事、福建省臺港澳暨海外華文文學研究會副會長兼秘書長，美國麻省理工學院（MIT）訪問教授，臺灣大學客座教授。主要從事中國現當代文學、臺港澳暨海外華文文學、文化產業等方面的研究。

本書簡介

　　本書以語言轉換為經脈，以臺灣光復為界限，將臺灣現代文學史分為日據時段和光復初期兩個大部分（上下篇）進行論述；其中日據時段部分又分為兩個小階段（日據當局廢止臺灣中文報刊及報刊漢文欄之前與其後）。並按文學本體與文學外圍文化及兩者的融混共生形態（主要表現為文藝論爭）將兩個大部分（上下篇）分別劃分為文學外圍書寫、文學的內部考察、文學內外的糾葛纏繞三個論述角度與層次。經過對臺灣現代文學史上的文學周邊文化、作家作品及文學流派、文學思潮等的全方位掃描，本書認為，邊緣書寫、語言轉換、文化隱喻，以及對中華文化的堅韌持守是臺灣現代文學史最具規律性的

文學現象，在臺灣光復初期，絕大多數作家採用國語（白話）是語言轉換的最終結局。

福建師範大學文學院百年學術論叢·第五輯　1702E02

臺灣現代文學史稿

作　　　者	李詮林	
總 策 畫	鄭家建　李建華	
發 行 人	陳滿銘	
總 經 理	梁錦興	
總 編 輯	陳滿銘	
副總編輯	張晏瑞	
編 輯 所	萬卷樓圖書股份有限公司	
排　　　版	林曉敏	
印　　　刷	百通科技股份有限公司	
發　　　行	萬卷樓圖書股份有限公司	

臺北市羅斯福路二段 41 號 6 樓之 3
電話 (02)23216565
傳真 (02)23218698
電郵 SERVICE@WANJUAN.COM.TW
香港經銷　香港聯合書刊物流有限公司
電話 (852)21502100
傳真 (852)23560735

如何購買本書：
1. 劃撥購書，請透過以下郵政劃撥帳號：
　帳號：15624015
　戶名：萬卷樓圖書股份有限公司
2. 轉帳購書，請透過以下帳戶
　合作金庫銀行　古亭分行
　戶名：萬卷樓圖書股份有限公司
　帳號：0877717092596
3. 網路購書，請透過萬卷樓網站
　網址 WWW.WANJUAN.COM.TW

大量購書，請直接聯繫我們，將有專人為
您服務。客服：(02)23216565　分機 610

如有缺頁、破損或裝訂錯誤，請寄回更換
版權所有·翻印必究
Copyright©2019 by WanJuanLou Books CO., Ltd.
All Right Reserved　　　　**Printed in Taiwan**

ISBN 978-986-478-258-1
2019 年 5 月再版
2019 年 1 月初版
定價：新臺幣 940 元

國家圖書館出版品預行編目資料

臺灣現代文學史稿 / 李詮林著. -- 再版. --
臺北市 ： 萬卷樓, 2019.05
　面 ；　公分. -- (福建師範大學文學院百
年學術論叢. 第五輯 ；1702E02)
ISBN 978-986-478-258-1(平裝)

1.臺灣文學史　2.文學評論

820.8　　　　　　　　　　　　108000216